나의 누이와
A. J. 바이스에게 바칩니다.
바이스, 당신이 없었다면 분량은 두 배,
완성도는 절반도 안 되는 책이 나왔을 겁니다.
그 아름다운 언어가 영원히 풍성하기를.

주요 등장인물

테오 윤 링 1923년에 말라야 페낭에서 태어나 엘리트로 자란 중국 화교 3세. 제2차 세계대전이 일어나면서 언니 윤 홍과 함께 정글 한가운데 있는 일본군 포로수용소로 끌려가 끔찍한 고통을 겪는다. 그곳에서 극적으로 탈출하지만 언니 윤 홍은 죽게 되고, 언니를 위한 정원을 만들겠다는 약속을 가슴에 품고 일본인 정원사 아리토모를 찾아간다.

나카무라 아리토모 한때 일왕의 정원사였지만 일본을 떠나 말라야 정글에서 일본식 정원을 조성하며 살고 있다. 아리토모는 진정 누구이고 왜 일본을 떠나야만 했는지, 그의 존재는 많은 부분 베일에 싸여 있다. 그의 정원에 매혹된 윤 링은 일본인에 대한 증오에도 불구하고 그에게 언니를 위한 정원을 설계해달라고 부탁한다.

매그너스 프레토리우스 1905년 케이프타운을 떠나 쿠알라룸푸르에서 윤 링의 아버지를 만나 함께 사업을 시작했다. 윤 링에게는 어린 시절의 삼촌과 같은 존재로, 자신의 친구인 아리토모를 윤 링에게 소개한다.

프레더릭 프레토리우스 매그너스의 형 피에터의 아들로 윤 링보다 두세 살 많으며 윤 링의 오랜 친구이다.

요시카와 다쓰지 아리토모의 목판화를 찾아 말레이시아의 고산지대까지 온 역사학 교수. 제2차 세계대전 당시 가미카제 조종사로 참전했던 경험이 있으며 전쟁 중에 아버지와 동생을 잃었다.

테오 윤 홍 윤 링의 언니. 동생과 함께 일본군에게 잡혀가 성노예로 희생당한다.

도미나가 노부루 윤 링이 잡혀간 일본군 포로수용소에 부임해온 일본군 고위 간부. 수용소 상황과 자신의 신분을 잊고 윤 링과 종종 일본식 정원에 대해 이야기 나눈다.

차례

므네모시네(Mnemosyne) 같은 기억의 여신은 있지만
망각의 여신은 없다. 하지만 망각의 여신도 있어야 한다.
둘은 쌍둥이 자매로, 쌍둥이 권력자로, 우리 양옆에서 걸으면서
우리와 우리의 존재를 차지하려고 서로 싸우므로.
죽을 때까지 평생토록.

— 리처드 홈스,
「기억과 망각 속을 누비다(A Meander through Memory and Forgetting)」

1

구름보다 높이 솟은 산꼭대기에 일왕(日王)의 정원사였던 사람이 살았다. 전쟁 전에는 그를 아는 사람이 별로 없었지만 나는 그에 대해 알고 있었다. 그는 해가 뜨는 나라인 고국을 떠나 말라야*의 중앙 고산지대로 왔다. 언니에게 처음 그 정원사에 대해 들었을 때가 내 나이 열일곱 살이었고, 그를 찾아 산으로 올라간 것은 10년쯤이 지나서였다.

그는 동족인 일본인들이 우리 자매에게 저지른 일에 대해 사과하지 않았다. 빗줄기가 들이치던 아침에 처음 만났을 때도, 이후에도 마찬가지였다. 하긴 어떤 말이 내 고통을 달래고 언니를 돌아오게 할 수 있을까? 그건 불가능했다. 그리고 그는 그걸 알았다. 그걸 아는 사람은 별로 없었다.

* 지금의 말레이시아

11

* * *

그날 아침 이후 36년이 흐른 지금, 다시 아리토모의 목소리가 들린다. 울림이 깊은 허허로운 목소리. 잠가놓은 기억들이 빙벽에서 얼음 파편 쪼개지듯 갈라지며 나오기 시작한다. 잠자는 동안, 갈라진 유빙들이 기억의 새벽빛을 향해 떠간다.

산의 고요가 나를 깨운다. 깊은 적막감. 유기리*에 살면 이렇다는 것을 잊고 있었다. 눈을 뜨면 집에서 웅웅 소리가 울린다. 전에 아리토모가 한 말이 기억난다.

"오래된 집은 기억들을 간직하고 있지."

집사인 아 청이 문을 노크하고 가만히 나를 부른다. 나는 침대에서 내려와 잠옷 가운을 걸친다. 두리번거리며 장갑을 찾다가 침대 협탁에서 발견한다. 양손에 장갑을 끼고 아 청에게 들어오라고 말한다. 그가 들어와서 협탁에 백랍 쟁반을 내려놓는다. 쟁반에 찻주전자와 파파야 접시가 놓여 있다. 집사는 매일 아침 아리토모를 수발하던 방식 그대로 내게 해준다. 그가 몸을 돌리고 말한다.

"은퇴하셨으니 오래 평안하시기 바랍니다, 테오 판사님."

"그래요, 내가 아 청보다 먼저 은퇴했네요."

내가 알기로 그는 나보다 대여섯 살 연상이다. 엊저녁 내가 도착했을 때 아 청은 집에 없었다. 나는 그를 바라보면서, 기억 속의 그의 모습에 지금 보이는 모습을 겹쳐서 바라본다. 아 청은 키가 작고 단

---

* '저녁 안개'라는 뜻으로 작품에서는 정원 이름으로 쓰인다.

12

정하다. 기억하는 것보다 작다. 이제 완전히 대머리가 되었다. 서로 눈이 마주친다.

"처음 나를 봤을 때를 생각하는군요, 그렇죠?"

"처음이 아니라 마지막 모습을 생각합니다. 판사님이 떠나시던 날이었지요."

그는 고개를 끄덕이면서 말을 잇는다. "아 푼과 저는…… 저희 부부는 늘 판사님이 언젠가 돌아오시기를 바랐지요."

"부인은 잘 계시지요?"

나는 고개를 살짝 돌려 아 청의 뒤쪽을 쳐다본다. 그의 부인은 내가 부르면 들어오려고 문간에 서서 기다릴 것이다. 부부는 타나라타*에 살면서, 매일 아침 자전거로 산길을 달려 유기리로 온다.

"아 푼은 저세상으로 갔습니다, 테오 판사님. 4년 됐습니다."

"아, 맞아. 그랬지요."

"아내는 판사님께 감사 인사를 하고 싶어 했어요. 병원비를 내주셔서요. 저도 마찬가지고요."

나는 찻주전자의 뚜껑을 열었다 닫으면서, 그녀가 입원했던 병원이 어딘지 기억하려고 애쓴다. 병원 이름이 생각난다. 레이디 템플러 병원.

"5주네요." 그가 말한다.

"5주라니요?"

"5주 후면 아리토모 씨가 우리 곁을 떠난 지 34년이 됩니다."

---

* 쿠알라룸푸르에 인접한 캐머런 하일랜드 내의 지역으로 평편한 땅이라는 의미

"세상에, 아 청!"

나도 거의 그만큼이 지나서야 유기리에 돌아왔다. 아 청은 내가 이 집을 비운 세월에 따라 나를 평가할까? 아버지가 부엌 벽에 자식의 키를 눈금으로 표시하듯이.

아 청의 시선이 내 어깨 너머 어딘가에 머무른다.

"더 시키실 일이 없으면……." 그가 몸을 돌리려 한다.

나는 좀 더 부드러운 말투로 말한다.

"오늘 아침 10시에 손님이 오기로 했어요. 요시카와 교수예요. 오시면 응접실 베란다로 모셔주세요."

집사는 고개를 끄덕이고 방에서 나가 문을 닫는다. 그는 얼마나 알고 있을까. 오랜 세월 아리토모의 시중을 들면서 무엇을 보고 들었을까. 이런 궁금증이 생긴 게 처음은 아니다.

파파야가 차갑다. 난 시원한 게 좋다. 파파야에 라임 조각을 짜서 즙을 뿌려 두 조각 먹다가 접시를 내려놓는다. 미닫이문을 열고 베란다로 나간다. 낮은 기둥 위에 집을 지어서 베란다가 바닥에서 60센티미터 떨어져 있다. 대나무 발을 걷어 올리니 삐걱 소리가 난다. 산은 늘 기억하던 그대로다. 첫 새벽빛이 산의 옆구리에 쏟아진다. 풀밭에는 시든 잎과 부러진 잔가지가 축축이 젖은 채 잔뜩 널려 있다. 안채는 나무 울타리로 가려져 있어 정원 가운데서는 보이지 않는다. 울타리 한쪽이 무너지고 바닥에 깔린 널 사이로 풀이 높이 자라 있다. 이럴 거라고 짐작하고 마음의 준비를 했지만, 유기리가 이 정도로 방치되다니, 충격이 크다.

울타리 너머 동쪽으로 마주바 차 농장의 일부가 보인다. 휑한 계

14

곡은 마치 수도사가 축복을 구하느라 하늘을 향해 든 손바닥을 연상시킨다. 오늘은 토요일이지만 찻잎을 따는 일꾼들은 비탈에서 한창 작업 중이다. 간밤에 폭풍우가 쳤고, 산봉우리에는 여전히 구름이 잔뜩 끼어 있다. 나는 베란다에서 내려서서 폭이 좁은 타일 바닥에 발을 딛는다. 맨발에 닿는 촉감이 서늘하고 축축하다. 아리토모는 아유타야에 있는 폐허가 된 궁에서 이 타일을 구해왔다. 한때 고대의 이름 모를 왕궁에 깔렸던 타일들은 잊힌 왕국의, 역사가 망각에 묻힌 나라의 마지막 유물이다.

공기를 한껏 들이마셨다가 내쉰다. 공중에 퍼진 내 숨결을 본다. 이 공기로 된 거미줄은 방금 전만 해도 내 몸속에 있었다. 그것을 보면서 경이감을 느낀다. 지난 몇 달간의 피로가 몸에서 빠져나갔다가 얼마 후 내 안으로 다시 밀려온다. 이제 주말에 잔뜩 쌓인 항소장을 읽거나 문서 작업에 매달리지 않아도 된다니 기분이 묘하다.

몇 차례 더 입으로 숨을 쉬면서, 정원으로 흩어지는 숨결을 지켜본다.

* * *

판사실에서 법정으로 가기 직전, 비서 아지자흐가 봉투를 가져왔다.

"방금 우편물이 왔는데요, 판사님."

그녀가 말했다.

봉투에는 요시카와 다쓰지 교수의 편지가 들어 있었다. 유기리에서 만날 날짜와 시간을 확인하는 내용이었다. 발신일이 일주일 전이었다. 단정한 필체를 보면서, 그와 만날 약속을 한 게 실수였는지 염려되었다. 도쿄로 전화해서 약속을 취소하려다가 이미 그가 말레이시아로 오는 중임을 깨달았다. 봉투에는 다른 물건도 들어 있었다. 봉투를 뒤집으니 12센티미터쯤 되는 나무 막대기가 책상에 뚝 떨어졌다. 막대기를 집어서 탁상용 램프에 비추어 보았다. 짙은 빛깔의 나무는 매끈했고 끝에 가늘게 겹쳐지는 홈이 여러 개 패여 있었다.

"아주 짧은 젓가락이네요. 어린이용이겠지요?"

비서는 내가 서명할 서류 뭉치를 들고 오면서 말했다. 아지자흐가 덧붙여 물었다.

"다른 한 짝은 어디 있죠?"

"젓가락이 아니야."

나는 앉아서 책상에 놓인 막대기를 쳐다보았다. 아지자흐는 내게 은퇴식이 시작될 거라고 알려주었다. 그녀의 도움을 받아 법복을 입고 함께 복도로 나갔다. 평소처럼 아지자흐는 변호사들에게 '판사님이 나오신다'고 알리기 위해 나보다 앞서 걸었다. 변호사들은 늘 내 기분을 파악하려고 비서의 표정을 살폈다. 나는 비서를 따라가면서, 판사실에서 법정으로 가는 게 이번이 마지막임을 깨달았다.

거의 1백 년 전에 지어진 쿠알라룸푸르의 대법원은 식민지 양식의 견고함이 있는 건물로 여러 왕조를 거쳐 남아 있다. 천장이 높고 벽이 두꺼워서 무더운 날에도 공기가 서늘하다. 내 법정은 40명, 아니 50명도 앉을 만큼 넓지만, 화요일인 오늘 오후에는 일찍 오지 않은 변호인들은 뒤쪽 문간에 서 있어야 했다. 은퇴식에 참석할 인원이 몇 명인지 비서에게 미리 들었으면서도, 나는 국왕 부부의 초상화 아래에 위치한 판사석에 앉으면서 놀랐다. 압둘라 만소르 대법원장이 입장해서 내 옆에 앉자 장내가 조용해졌다. 그는 내게 몸을 숙이고 귀에 대고 말했다.

"아직 늦지 않았으니 다시 생각해보지."

"대법원장님은 포기를 모르시네요, 그렇지요?"

나는 그에게 슬쩍 미소를 지었다.

"자네도 절대 마음을 바꾸지 않을 테고."

그가 한숨을 쉬고 말을 이었다.

"그래. 하지만 계속 머물 수는 없겠나? 퇴임까지 2년밖에 안 남았는데."

나는 그를 바라보면서 대법원장실에서 대화하던 오후를 떠올렸다. 그날 나는 조기 퇴직 하겠다는 결정을 그에게 알렸다. 우리는 오랜 세월 법리나 그의 법원 관리 방식을 두고 각을 세웠다. 하지만 나는 항상 그의 지성과 공정성, 판사들에 대한 신의를 존경해왔다. 대법원장이 내게 평정심을 잃은 태도를 취한 것은 그 하루뿐이었다. 그의 얼굴에 아쉬움이 가득했다. 나도 대법원장이 그리울 터였다.

대법원장은 안경 너머로 참석자들을 보면서 내 생애에 대해 이야기하기 시작했다. 법정에서 말레이어를 사용하라는 표지판이 붙어 있는데도 그는 무시하고 영어를 섞어서 축사를 했다.

그가 말했다.

"테오 판사는 여성으로서는 두 번째로 대법원 판사에 임명되었습니다. 지난 14년간 이 판사석을 지켰고……"

먼지 낀 높은 창문으로 길 건너 크리켓장이 일부 보였다. 그 뒤에 있는 '셀랑고르 클럽'의 튜더풍*으로 꾸민 정면은 캐머런 하일랜드를 연상시켰다. 중앙 포르티크** 위쪽의 시계탑에서 종소리가 울렸다. 그 느긋한 종의 떨림이 법정 벽을 타고 퍼졌다. 나는 살짝 손목을 움직여 시간을 확인했다. 3시 11분. 늘 그렇듯 종은 시간에 맞지 않게 울렸다. 오래전 벼락을 맞은 후 시간이 정확하지 않았다.

"…… 오늘 여기 모인 우리 가운데 테오 판사가 열아홉 살 때 일본 강제 수용소 포로였다는 사실을 아는 사람은 거의 없습니다."

대법원장이 말했다.

변호인들이 웅성대면서 큰 관심을 갖고 나를 쳐다보았다. 나는 수용소에서 보낸 3년에 대해 누구에게도 말하지 않았다. 하루하루 살면서 그 일을 기억하지 않으려 애썼고 대개는 뜻대로 됐다. 하지만 들리는 소리가, 누군가 내뱉는 한마디 말이나 거리에서 나는 냄새가 옛 기억들을 불러냈다.

대법원장은 축사를 이어갔다.

"종전 후 테오 판사는 전쟁 범죄 재판소에서 조사원으로 일하면서 케임브리지의 거튼 칼리지 법학부의 입학 허가를 기다렸습니다. 법정 변호사가 된 후 1949년 말레이로 돌아와 2년 가까이 검사보로 근무했고……"

법정 앞쪽에 연로한 영국 변호사 4명이 앉아 있었다. 그들은 자신

* 튜더 양식. 고딕 양식에 르네상스 건축의 화려한 장식성을 더한 후기 고딕 양식
** 대형 건물 입구에 기둥을 받쳐 만든 현관 지붕

만큼 오래된 양복과 넥타이 차림이었다. 30년 전 말레이가 독립한 후에도 그들을 비롯해 많은 고무 농장주들, 공무원들이 말레이 체류를 선택했다. 이 늙은 영국인들은 잊힌 낡은 책에서 찢어낸 책장처럼 쓸쓸해 보였다.

대법원장이 헛기침을 하자 나는 그를 바라보았다.

"…… 테오 판사가 정년퇴임까지 2년 남은 시점에서 바로 두 달 전 법정을 떠나겠다는 의사를 밝혔을 때, 내가 얼마나 놀랐는지 모를 겁니다. 테오 판사의 판결문은 명료하고 품격 있는 문장으로 유명하며…… "

그의 축사가 유려해지면서 찬사 일색이었다. 나는 멀리 다른 시대로 날아가 아리토모와 산속에 있는 그의 정원을 떠올렸다.

축사가 끝났다. 내가 한눈판 것을 아무도 눈치채지 못했길 바라며 다시 법정으로 관심을 돌렸다. 자기 은퇴식에서 한눈을 파는 사람으로 보여봤자 득 될 게 없었다.

난 짧고 간단한 답사를 했고, 그 후 대법원장이 은퇴식을 마무리했다. 내 판사실에서 열린 조촐한 리셉션에 동료, 변호사협회 관계자, 대형 로펌의 대표 변호사 몇 명을 초대했다. 기자가 몇 가지 질문을 하고 사진을 찍었다. 손님들이 떠나자 아지자흐가 방 안을 돌면서 컵과 종이 접시들을 치웠다.

내가 말했다.

"카레 파이*는 자네가 가져가. 케이크 상자도 챙기고. 음식을 버리면 안 되지."

"알아요, 판사님. 늘 그렇게 말씀하시잖아요."

아지자흐는 음식을 치우고 나서 덧붙였다.

"더 필요하신 게 있어요?"

"자네는 퇴근하라구. 문단속은 내가 할 테니."

재판이 끝날 때마다 내가 하는 말이었다. 내가 덧붙였다.

"그리고 고마워, 아지자흐. 다 고마웠어."

그녀가 검은 법복의 주름 잡힌 곳을 흔든 다음 옷걸이에 걸었다. 그러더니 나를 바라보며 말했다.

"오랜 세월 판사님 밑에서 일하는 게 쉽지만은 않았어요. 하지만 그럴 수 있어서 기쁩니다."

그녀의 눈에 눈물이 고였다. 아지자흐가 말을 이었다.

"변호인들은…… 판사님을 어려워했지만 판사님을 항상 존경했어요. 그들의 말에 귀 기울이셨으니까요."

"그게 판사의 의무라구, 아지자흐. 말을 잘 들어주는 것. 그걸 잊은 판사가 너무 많은 듯싶지만."

"그렇죠. 하지만 아까 대법원장님이 주절대실 때는 판사님도 듣지 않으신걸요. 제가 다 보고 있었다고요."

"그는 내 인생에 대해 말하고 있었어, 아지자흐."

나는 그녀에게 미소 지으면서 물었다.

"내가 다 아는 얘긴데 뭘. 그렇게 생각하지 않아?"

"일본 놈 짓인가요?"

---

* 카레 가루로 맛을 낸 고기와 채소를 밀가루 피에 싼 말레이시아식 파이

그녀가 내 손을 가리켰다. 그러더니 얼른 사과했다.

"어머나. 하지만…… 늘 너무 겁나서 여쭤보지 못했어요. 아시다시피 판사님이 장갑을 끼지 않은 걸 한 번도 못 봤거든요."

나는 왼쪽 손목을 천천히 돌렸다. 보이지 않는 문고리를 돌리듯이. 장갑의 손가락 두 개를 잘라내고 꿰맨 부분을 보면서 내가 말했다.

"늙어서 좋은 점은 나를 찬찬히 살펴보지 않은 사람들은 그저 나를 허영심 많은 노인네로 본다는 거지. 관절염을 감추려고 장갑을 낀다고 말이야."

우리는 어떻게 이별을 해야 할지 몰라서 그냥 서 있었다. 그때 그녀가 손을 뻗어 다른 손을 잡더니 날 끌어안았다. 내가 반응할 새도 없이 그녀는 밀대에 밀가루 반죽을 둘둘 말듯 나를 감싸 안았다. 그러더니 아지자흐는 포옹을 풀고 핸드백을 챙겨서 나갔다.

나는 주위를 둘러보았다. 책꽂이는 비어 있었다. 내 물건은 다 싸서 부킷툰쿠에 있는 집으로 보냈다. 부유물이 썰물에 밀려 바다로 쓸려가듯 물건이 다 빠져 있다. 『말레이시아 법 저널』과 『전영(全英) 판례집』은 도서관에 기증하려고 상자에 담아 한쪽에 두었다. 책꽂이 한 칸에 책등에 금박으로 판례 연도가 박힌 『말레이시아 법 저널』들만 남아 있었다. 그것들은 아지자흐가 내일 출근해서 치워주기로 했다.

벽에 걸린 그림 앞으로 갔다. 어릴 적 우리 집을 그린 수채화였다. 언니가 그린 그림. 언니의 그림 중 이것만 내가 간직하고 있었다. 전쟁이 끝나고 우연히 발견한 유일한 그림이기도 하다. 나는 그림을 고리에서 떼서 문 옆에 세워두었다.

평소 책상 위에 쌓여 있던 분홍 리본으로 묶은 서류들은 이미 다른 판사들에게 넘겼다. 의자에 앉으니 책상이 평소보다 크게 보였다. 나무 막대기가 아까 놔둔 곳에 그대로 있었다. 반쯤 열린 창밖으로 어스름이 내렸고 까마귀들이 보금자리로 돌아왔다. 새들이 도로변에 조르르 서 있는 자단나무에 몰려들어서 거리마다 소란스러워졌다. 수화기를 들고 번호를 돌리다가 나머지 번호가 기억나지 않아서 멈추었다. 주소록에서 번호를 찾아서 마주바 차 농장 본채에 전화를 걸었다. 전화를 받은 가정부에게 프레더릭 프레토리우스와 통화하고 싶다고 말했다. 오래 기다리지 않아도 됐다.

"윤 링?"

그가 수화기를 들자마자 물었다. 약간 숨이 차는 목소리였다.

"유기리에 가려고요."

전화선을 타고 침묵이 흘렀다.

"언제?"

"이번 금요일이요."

나는 잠시 말을 멈추었다. 그와 마지막으로 통화한 것은 7개월 전이었다. 내가 말을 이었다.

"아 청에게 제가 지낼 수 있게 준비하라고 전해줄래요?"

프레더릭이 대답했다.

"그는 늘 당신을 맞을 준비를 해놓고 있소. 하지만 내가 아 청에게 전하겠소. 오는 길에 농장에 들러요. 차나 마십시다. 내가 유기리까지 태워다줄 테니."

"거기 가는 길을 잊었어요, 프레더릭."

또 한 번 침묵이 흘렀다.

"우기가 끝났지만 여전히 비가 내리니 운전 조심해요."

그가 전화를 끊었다.

자멕 사원의 첨탑에서 기도 시간을 알리는 종소리가 강을 건너 도시에 울려 퍼졌다. 나는 텅 빈 법원에서 나는 소리에 귀를 기울였다. 북적대는 소리에 익숙해져서 오래전부터 이 소리를 잊고 지냈다. 등기 담당 직원 라쉬드가 그날 신청된 서류가 담긴 트롤리를 문서보관실로 옮기는 소리다. 다른 판사실에서는 전화벨이 1분쯤 울리다가 그쳤다. 문을 쾅쾅 닫는 소리도 복도에 울렸다. 그 소리가 얼마나 요란한지도 모르고 지냈다.

서류 가방을 들고 흔들어보니 평소보다 가벼웠다. 법복을 가방에 넣고 문간에서 집무실을 둘러보았다. 문틀을 붙잡고 서서, 이 방에 다시 발을 들이지 않으리란 걸 알았다. 후들거리는 느낌이 가라앉았다. 전등을 끄고도 한참을 거기 서서 그림자 속을 응시했다. 언니의 수채화를 들고 문을 닫았다. 문고리를 몇 번 돌려서 문이 잠겼는지 확인한 다음 컴컴한 복도를 내려갔다. 한쪽 벽에 걸린 퇴임한 판사들의 사진이 나를 내려다보았다. 사진 속 인물은 유럽인에서 말레이시아인, 중국인, 인도인으로 바뀌었다. 또 흑백 사진에서 컬러 사진으로 변했다. 곧 내 사진이 걸릴 자리를 지나 복도 끝에서 계단을 내려갔다. 판사 전용 주차장 입구가 있는 왼쪽으로 돌지 않고 정원으로 나갔다.

여기가 법원 단지에서 내가 가장 좋아하는 장소였다. 자주 여기 앉아서, 작성 중인 판결문의 법률적인 문제를 고민했다. 정원에 나오는 판사는 없다시피 해서 나 혼자 독차지하기 일쑤였다. 가끔 정원사 카림이 작업 중이면 잠시 이야기를 나누며, 어떤 화초를 심고 솎아낼지 조언하곤 했다. 이날 저녁 정원에는 나 혼자였다.

스프링클러가 작동되면서 햇빛에 말라비틀어진 풀잎의 냄새가 허공에 퍼졌다. 정원 가운데 있는 구아바 나무 옆에는 긁어 모아둔 나뭇잎 더미가 있었다. 법원 건물 뒤편으로 곰박 강과 클랑 강이 합류했고, 티티왕사 산맥의 흙냄새가 풍겼다. 쿠알라룸푸르 주민들은 그 악취를 질색했다. 우기와 우기 사이에 강 수위가 낮아지면 특히 냄새가 고약했지만 난 한 번도 싫었던 적이 없었다. 도시 한가운데서 150킬로미터 떨어진 산맥의 냄새를 맡을 수 있었으니까.

평소 자주 찾는 벤치에 앉아 고요 속에서 온몸의 감각을 열었다. 적막감이 건물을 휘감아 건물의 일부가 되었다.

한참 후에 일어났다. 정원이 뭔가 부족했다. 나뭇잎 더미로 걸어가서 나뭇잎을 몇 줌 집어 잔디밭에 대충 뿌렸다. 손에 묻은 나뭇잎을 털어내고 잔디밭에서 나왔다. 과연 그 풍경이 더 나아 보였다. 훨씬 나았다.

제비들이 처마에 달린 둥지에서 나와 날더니 날개 끝으로 내 머리를 스치고 지나갔다. 전에 가보았던 높은 산속의 석회암 동굴이 기억났다. 서류 가방과 그림을 들고 정원에서 나왔다. 머리 위 하늘로 사원에서 올리는 기도의 마지막 대목이 울려 퍼지더니 메아리가 잦아들며 고요만 남았다.

* * *

유기리는 타나라타에서 서쪽으로 12킬로미터 떨어져 있었다. 타나라타는 캐머런 하일랜드로 올라가는 길에 있는 세 개 마을 가운데 두 번째였다. 쿠알라룸푸르에서 4시간을 운전한 끝에 그곳에 도착했다. 오는 길에는 서두르지 않고 군데군데 들렀다. 몇 킬로미터 간격으로 노점이 나왔는데, 노점에는 뿌연 병에 담긴 야생 꿀, 입으로 부는 화살 총, 냄새가 고약한 프타이 콩 다발이 쌓여 있었다. 지난번 다녀간 이후로 도로가 더 넓어졌고 급커브 길이 완만해졌다. 하지만 자동차와 관광버스가 너무 많았고, 고산지대의 건설 현장으로 향하는 트럭들이 자갈과 시멘트를 질질 흘리고 있었다.

9월 마지막 주라서 그런지 산맥에 우기의 기운이 감돌았다. 타나라타에 접어드니, 가파른 비탈길에 있는 예전 왕립 육군 병원이 보이면서 낯익은 부산한 느낌이 밀려왔다. 병원 건물이 이제는 학교가 되었다는 말을 프레더릭에게 들은 적이 있었다. 그 뒤쪽에 새 호텔이 우뚝 서 있었다. 호텔 정면은 진부한 튜더 양식을 흉내 낸 모양이었다. 이제 타나라타는 마을이 아니라 소도시였고, 중앙로에는 스팀보트* 식당과 여행사, 기념품점이 즐비했다. 마침내 차가 이런 곳을 벗어나니 다행스러웠다.

마주바 차 농장 앞을 지나면서 보니 경비원이 철 대문을 닫고 있었다. 800미터쯤 대로를 달리다가, 유기리로 빠지는 길을 놓친 것을

* 샤부샤부 비슷한 음식

알아차렸다. 나 스스로에게 짜증이 나서 차를 휙 돌렸다. 아까보다 천천히 달리며 광고판들 사이에 숨어 있는 출구를 찾아냈다. 홍토가 깔린 도로는 몇 분 후 유기리 입구에서 끝났다. 도로 옆쪽에 랜드로버 한 대가 서 있었다. 나는 그 옆에 주차하고, 차에서 내려 뻣뻣한 다리를 쭉쭉 폈다.

정원을 둘러싼 높은 담장에는 군데군데 이끼와 오래전에 생긴 물얼룩이 있었고 갈라진 틈으로는 양치식물이 자랐다. 담장에 문이 나 있었는데 문설주 옆에 일본식 한자가 새겨진 나무 현판이 걸려 있었다. 이 글자들 밑에 '저녁 안개(Evening Mists)'라는 정원의 영어 이름이 적혀 있었다. 공기, 물, 빛, 시간이 겹쳐지는 곳으로 들어가는 느낌이었다.

담장 위로 고개를 돌려 정원 뒤편 산등성이에 삐죽삐죽 솟은 나무 꼭대기들을 쳐다보았다. 수풀 사이에 목조 전망대가 보였다. 전망대는 마치 나뭇가지 틈에서 좌초해 갇힌 배에 생긴 까마귀 둥지처럼 수풀 속에 숨어 있었다. 나는 산속 깊이 들어가는 구불구불한 오르막길을 한참이나 응시했다. 마치 집으로 걸어오는 아리토모가 힐끗 보인 것 같았다. 나는 고개를 저으면서 대문을 밀고 정원으로 들어가 문을 닫았다.

바깥세상의 온갖 소음이 잦아들어 나뭇잎 속에 묻혔다. 나는 꼼짝 않고 그대로 서 있었다. 문득 지난번 이 자리에 있었던 이후로 변한 게 없다는 생각이 들었다. 35년 가까이. 공기에서 송진 냄새가 묻어났고, 산들바람에 대나무가 삐걱대며 부딪쳤다. 모자이크 조각 같은 햇살이 바닥에 흩어졌다.

기억이라는 나침반에 의지해 정원 안으로 걸음을 옮기기 시작했다. 한두 차례 엉뚱한 곳을 돌았지만 마침내 연못에 도착했다. 나는 걸음을 멈추었다. 구불구불한 나무 터널을 빠져나온 터라 연못 위의 탁 트인 하늘이 더 강렬하게 다가왔다.

연못 중앙에 놓인 길쭉한 바위 여섯 개는 석회암 산 지대의 축소판을 보여주었다. 맞은편 물가에 정자가 있고, 물에 비친 정자의 그림자는 공중에 매달린 종이 등처럼 보였다. 정자에서 몇 걸음 떨어진 곳에 있는 버드나무가 연못에 가지를 드리웠다.

수심이 얕은 곳에서 잿빛 왜가리 한 마리가 나를 향해 있었다. 다리 하나를 든 모습은, 악보를 잊어 손을 허공에 들고 있는 피아니스트 같았다. 잠시 후 왜가리는 다리를 내리고 부리로 물을 쪼았다. 내가 처음 유기리에 왔을 때 있었던 왜가리의 자손일까? 정원에 왜가리 한 마리가 있다는 말을 프레더릭에게 들은 적이 있었다. 왜가리는 줄곧 있었다지만 40년이나 지났으니 예전 그 새일 리가 없을 것이다. 그런데도 왜가리를 보고 있자니 예전 그 새일까 싶었다. 이 성스러운 곳에 들어온 덕에 시간의 손아귀에서 벗어났다고 믿고 싶었다.

오른쪽 비탈길 끝에 아리토모의 집이 있었다. 창문으로 불빛이 보였고 부엌 굴뚝에서 연기가 나와 나무꼭대기 위로 솟아올랐다. 한 남자가 현관 앞에 나타나더니 나를 향해 비탈길을 내려왔다. 그가 몇 발자국 앞에서 멈춘 것은 서로 찬찬히 살필 공간을 두기 위해서겠지. 우리가 나무나 돌, 정원 풍경과 비슷하다는 생각이 들었다. 둘 사이의 거리는 세심하게 계산된 것이리라.

그가 다가오면서 말했다.

"마음이 변했나 했소."

"기억했던 것보다 더 멀었어요."

"나이 들수록 어떤 곳이 더 멀게 느껴지는 법이지, 안 그렇소?"

예순일곱 살인 프레더릭 프레토리우스는 오래된 예술품 같은 위엄을 풍겼다. 희귀성과 가치를 아는 데서 우러나는 품격이랄까. 오랜 세월 서로 연락을 주고받았고, 그가 쿠알라룸푸르에 올 때마다 차나 식사를 함께 했다. 지난 이삼 년간 그의 쿠알라룸푸르 나들이는 점점 줄었다. 나에게 가까운 친구는 프레더릭이 유일하다는 것을 오래전에 깨달았다.

"방금 당신이 저 새를 보는 모습이 마치 과거를 되돌아보는 것 같았소."

나는 몸을 돌려 다시 왜가리를 바라보았다. 새는 연못의 안쪽으로 들어가 있었다. 수면에서 안개가 걷히고 바람의 속삭임만이 느껴졌다. 내가 대답했다. "옛날 생각을 했어요."

"순간적으로 당신이 가버릴 거라는 생각을 했소."

그는 말을 멈추더니 곧 덧붙였다. "큰 소리로 당신을 부르고 싶더군."

"저, 퇴임했어요."

내 입으로 그 말을 한 것은 처음이었다. 내면에서 뭔가 떨어져 나와 바스러져 불완전한 사람이 된 느낌이었다.

"어제 신문에서 봤소." 프레더릭이 말했다.

"기자들이 찍는 사진은 늘 흉해요, 진짜 못 나와요."

정원에 불이 들어오자 벌레들이 어지럽게 날아다녔다. 개구리 한 마리가 울었다. 몇 마리 더 울더니 점점 수가 많아져서, 결국 사방에 개구리 울음 천지가 되었다.

프레더릭이 말했다.

"아 청은 집에 돌아갔소. 내일 아침에 올 거요. 내가 요깃거리를 좀 가져왔지. 당신이 아직 장을 볼 여유가 없을 것 같기에."

"마음 써줘서 고마워요."

"의논할 게 있는데 내일 아침에 합시다. 당신이 그 시간에 깰 수 있을지 모르겠지만."

"난 일찍 일어나는 사람이에요."

"잊지 않았지."

그는 내 얼굴을 응시하면서 덧붙여 말했다.

"혼자 있어도 괜찮겠소?"

"별일 없을 거예요. 내일 만나요."

그는 미심쩍은 표정을 지으면서도 고개를 끄덕였다. 그러더니 몸을 돌려 걸음을 옮겼다. 프레더릭은 내가 걸어온 오솔길을 내려가 나무 아래 그늘로 사라졌다.

연못에서 왜가리가 몇 차례 날개를 시험 삼아 흔들다가 날아올랐다. 새는 주위를 돌면서 나를 스쳐 지나더니, 한 바퀴 돌자 날개를 활짝 펴고 방금 나온 별들의 꼬리 쪽으로 날아올랐다. 나는 거기 서서 고개를 들고 노을 속으로 사라지는 왜가리를 바라보았다.

                                    * * *

　내 방으로 다시 들어오자, 아 청이 가져다준 파파야가 기억난다.
남은 파파야를 다 먹고나서 짐을 풀어 옷을 옷장에 건다. 지난 몇 년
사이 이제 고지대도 예전처럼 시원하지 않다는 불평을 들었다. 그래
도 카디건을 걸치기로 한다.

　방에서 나오니 집 안이 어두워서 기억을 더듬어가며 구불구불한
복도를 지난다. 응접실 바닥을 맨발로 딛자 다다미가 퍼석거린다.
베란다로 나가는 문들이 열려 있다. 아 청이 여기에 키 낮은 사각의
상을 놓고, 양옆에 등나무 방석을 두었다. 베란다 아래쪽에 진회색
바위 다섯 개가 거리를 두고 놓여 있다. 직사각형 바닥에는 자갈이
깔려 있고 그 위에 나뭇잎들이 흩어져 있다. 바위 하나가 다른 것들
과 거리를 두고 멀찌감치 놓여 있다. 이 구역 뒤로 바닥이 완만한 경
사를 이루며 연못가로 이어진다.

　프레더릭이 도착한다. 그는 바닥에 앉는 게 못마땅한 눈치다. 그
가 상에 마닐라지 서류철을 내려놓고, 몸을 굽혀 책상다리를 한다.
그는 방석에 앉으면서 찡그린다.

　"돌아오니 기분이 이상해요?" 그가 묻는다.

　"고개를 돌릴 때마다 오래전의 소리들이 울려요."

　"나도 그런 소리를 듣지."

　프레더릭이 서류철의 끈을 풀고 서류 뭉치를 상에 올리며 말한다.

　"최근 상품의 디자인이오. 여기 있는 것은……"

　그는 검지로 서류 한 장을 옻칠된 상 위로 밀면서 말을 잇는다.

"…… 포장에 대한 내용이오."

그림에 사용된 로고가 눈에 익다. 처음에는 찻잎 줄기처럼 보이던 것이 계곡을 그린 정밀화로 변하고, 여러 개의 선 사이에 '마주바 하우스'가 있다.

"아리토모가 매그너스에게 준 목판화네요?"

"이 작품을 쓰고 싶소. 물론 당신에게 사용료를 지불하겠소. 저작권료로."

아리토모는 유기리를 포함해 모든 저서와 미술품의 저작권을 내게 물려주었다. 나는 거의 예외 없이 아무에게도 작품 사용을 허락하지 않았다. 내가 대답한다.

"그걸 쓰세요. 저작권료는 안 받아요."

그는 놀라는 기색을 감추지 못한다. 프레더릭이 대꾸하기 전에 내가 말을 막는다.

"에밀리는 어떻게 지내세요? 이제 연세가…… 여든여덟 살은 됐지요?" 나는 오래 전 만났을 때 그의 숙모가 몇 살이었는지를 기억하려 애쓴다.

"숙모가 그 말을 들으면 기절하겠군. 그 양반, 올해 여든다섯이거든."

그는 머뭇거리다가 말을 잇는다. "건강이 안 좋아요. 언젠가는 아무것도 기억하지 못하겠지만, 지금은 상태가 괜찮은 날도 있으니……"

그의 목소리가 한숨으로 잦아든다.

"자리가 잡히면 에밀리를 뵈러 가야겠네요."

에밀리 같은 중국 노인들은 아랫사람이 먼저 찾아가서 인사하는 것을 대단히 중시한다는 것을 안다.

"그러는 게 좋을 거요. 숙모님께 당신이 돌아온다고 말씀드렸으니까."

나는 정원을 손짓하며 말한다. "당신 일꾼들이 유기리를 잘 관리했네요."

"판사님이 거짓말을 하면 안 되지."

프레더릭의 얼굴에 미소가 떠오르더니 이내 사라진다. 그가 말을 잇는다.

"직원들이 유기리를 관리할 능력이 없다는 거야 우리 둘 다 아는 사실인데 뭘. 게다가 내가 줄곧 말하듯이 솔직히 난 그들이 일을 제대로 하는지 확인할 능력이나 관심도, 시간도 없는 사람이요. 정원은 당신의 관심이 필요하지."

그는 말을 멈추었다가 잇는다. "한데 난 마쭈바의 정원에 몇 가지 변화를 주기로 결정했소."

"어떤 종류의 변화요?"

"조경을 도와줄 정원사를 고용했소. 비말야는 1년 전 타나라타에서 조경업을 시작했소. '토착 식물 정원' 애호가죠."

"유행을 좇는군요." 나는 무시하는 말투를 숨기지 않는다.

프레더릭이 짜증스런 표정을 짓는다.

"우린 자연이 의도한 풍경으로 돌아갈 참이요. 토착 식물과 나무들을 쓰려고 해요. 그것들이 야생에 있던 모습대로 자라게 할 작정이요. 최대한 사람의 도움이나 간섭 없이."

"마쭈바의 소나무들을 전부 없애려고요? 또 전나무, 유칼립투스…… 장미, 아이리스…… 음…… 극락조화도?"

"그것들은 외래종이요. 전부 다."

"여기 있는 차나무는 안 그런가요. 나도 그렇고. 또 당신도 마찬가지죠. 당신은 특히 더 그렇네요."

내가 참견할 일이 아닌 줄 안다. 하지만 그의 숙부인 매그너스가 마주바 차 농장을 설립한 후 60년간, 농장의 격조 있는 정원은 감탄과 사랑의 대상이었다. 전국에서 관람객들이 찾아와 열대 지역에 있는 영국식 정원을 구경한다. 그들은 말끔하게 정돈된 생울타리를 따라 걷는다. 또 에밀리가 심은 풍성한 꽃밭과 다년초 화단, 장미 꽃밭을 만끽한다. 그런 정원이 화초를 정돈하지 않고 멋대로 무성하게 자라게 두는 열대우림 같은 모양새로 바뀐다는 말을 들으니 속상하다.

"내가 예전에, 아주 오래전에도 말했지만, 마주바의 정원은 너무 인위적이에요. 나이 들수록 점점 자연을 관리한다는 것이 탐탁지 않소. 나무들은 제멋대로 자라게 내버려둬야 해요."

프레더릭은 시선을 유기리 정원으로 옮기면서 말을 잇는다.

"나한테 맡긴다면 여기 있는 것을 모두 치울 거요."

"정원 가꾸기라는 게 자연을 통제하고 완벽하게 만드는 게 아니고 뭔가요?" 언성이 높아지는 게 느껴진다. 내가 연이어 쏘아붙인다.

"토종 식물 정원이라는 말에 이미 인간이 결부되어 있는 거라고요. 사람이 화단을 파고 나무를 자르고 씨앗을 뿌리고 꺾꽂이를 하죠. 내가 보기에 이 모든 게 엄청난 계획인 것 같네요."

"유기리 같은 정원들은 기만적이요. 이런 정원들은 가짜지. 여기 있는 모든 것은 생각해서 모양을 잡고 만들었으니까. 우리가 앉은 이곳은 세상 어디서도 보기 힘든 인위적인 장소예요."

잔디밭에서 참새 떼가 나무로 날아오른다. 마치 낙엽이 나뭇가지로 돌아가는 것 같다. 나는 프레더릭이 반대하는 정원의 개념에 대해 생각한다. 거기에는 일본인들이 사무치게 사랑하는 일면이 담겨 있다. 그들이 자연을 통제하는 기법이며, 그것은 천 년에 걸쳐 완성되었다. 일본인들은 주기적으로 지진과 자연 재해의 포화를 받는 땅에서 살면서 주변 세상을 길들이려 했을까? 나는 시선을 응접실로 돌려서 아 청이 무척 성실하게 가꾼 소나무 분재를 바라본다. 분재로 만들지 않았다면 크게 자랐을 소나무는 이제 학자의 책상이나 지킬 만한 크기에 머물러 있다. 나뭇가지에 구리선을 칭칭 감아 보기 좋은 형태로 유지된다. 프레더릭처럼 그런 기법을 잘못된 것으로, 하늘의 능력을 땅에 휘두르려는 수작으로 보는 이들도 있다. 하지만 내 경우 잠시나마 질서와 고요와 망각까지 경험한 곳은 치밀하게 계획해서 조성한 유기리 정원이었다.

"오늘 아침에 누군가 날 만나러 도쿄에서 올 거예요. 그가 아리토모의 목판화들을 볼 겁니다."

"그것들을 팔려는 거요? 돈이 부족해요?"

프레더릭이 걱정하는 기색을 보이자 내 마음이 누그러져 화가 가라앉는다. 아리토모는 정원사이자 목판화 작가였다. 나는 예전에 인터뷰를 하던 중 얼떨결에 그에게 목판화 작품들을 물려받았다고 털어놓았다. 그 후 일본 감정가들이 작품을 내놓거나 전시회를 열라고 열화를 부렸다. 지금껏 나는 그 요구를 거절했고 그들의 분노를 샀다. 내가 그 작품들의 주인으로 적합치 않다고 공공연히 말하는 이들도 있었다.

"1년 전에 요시카와 다쓰지 교수의 연락을 받았어요. 아리토모의 목판화에 관한 책을 내고 싶다더군요. 나는 그와 만나는 것을 거절했어요."

프레더릭이 눈썹을 치뜨며 묻는다.

"그런데 오늘 그 사람이 여기 온다는 거요?"

"최근에 그에 대해 알아봤어요. 그는 역사학자예요. 존경받는 사람이죠. 그의 조국이 전쟁에서 벌인 일들에 관한 논문과 저서들을 썼어요."

"있었던 일들을 부인하겠지."

"그는 왜곡에 맞서는 것으로 명성이 높아요."

"왜 역사학자가 아리토모의 예술에 관심을 가질까?"

"요시카와는 일본 목판화의 권위자이기도 해요."

"그의 책을 읽어본 적이 있소?" 프레더릭이 묻는다.

"책이 다 일본어여서요."

"일본어를 할 줄 알잖소?"

"예전에는 그럭저럭 말은 했죠. 말하는 것과 글을 읽는 것은…… 아주 달라요."

"오랜 세월이 흐르는 사이…… 오랜 세월이 지났는데도 당신은 일본 놈들에게 어떤 일을 당했는지 말해준 적이 없소."

그의 말투는 온화하지만 감정이 상했다는 것을 알 수 있다.

"내가 당한 일은, 다른 수천 명도 똑같이 겪었어요."

나는 차 포장지에 찍힌 잎 모양의 윤곽선을 쓰다듬는다. 내가 말을 잇는다.

"아리토모가 말라버린 냇물에 대한 시를 낭송해준 적이 있어요."

나는 잠시 생각하다가 시구를 외운다.

"물이 흐르기를 멈추어도 우리는 여전히 그 이름의 속삭임을 듣네.'"

"당신은 여전히 힘들어하는군, 그렇지 않소? 그가 죽고 오랜 세월이 흘렀는데도."

누군가 아리토모의 '죽음'에 대해 말할 때마다 나는 여지없이 안절부절못한다. 내가 말한다.

"그가 아직도 거기 있다고 생각하는 날도 있어요. 도교 전설 속의 여덟 신선 중 한 사람처럼 산속을 거닐고 있다고. 집으로 돌아오는 현자처럼. 하지만 놀라운 것은, 단지 그 이야기만 듣고도 여기를 찾아오는 사람들이 계속 있다는 사실이지요."

"그가 여기 산 기간이…… 13년쯤 되려나? 14년쯤? 그는 거의 매일 정글 속 산길을 걸었소. 임업 지도원보다도 산길을 훤히 꿰뚫었지. 그런 사람이 어떻게 길을 잃을 수 있었을까?"

"원숭이도 나무에서 떨어질 때가 있죠."

어디서 들은 속담인지 기억하려 애쓰지만 생각나지 않는다. 언젠가 기억이 날 거라고 자위하면서 덧붙여 말한다.

"어쩌면 아리토모는 그가 생각했던 것보다 정글에 익숙하지 않았던 거예요."

누군가 대문에 달린 줄을 당기자 집 안에 종소리가 퍼지고 나도 그 소리를 듣는다.

"요시카와일 거예요."

프레더릭은 상을 양손으로 짚고 노인처럼 끙끙대면서 일어난다. 나는 앉아서 상에 생긴 그의 손자국이 흐려지는 것을 본다.

"프레더릭, 내가 요시카와와 대화하는 동안 여기 있으면 좋겠어요."

"급히 가봐야 해요. 오늘 종일 분주할 것 같아서."

나는 몸을 일으켜 그와 눈높이를 맞춘다.

"부탁이에요, 프레더릭."

그가 나를 물끄러미 바라보다가 고개를 끄덕인다.

2

역사학자는 약속한 시간에 정확히 도착했다. 혹시 내가 재판에 늦
는 변호인들을 어떻게 다루는지 들었을까? 몇 분 후 아 청이 요시카
와를 베란다로 안내한다.

"요시카와 교수님." 나는 영어로 인사를 건넨다.

"다쓰지라고 부르십시오."

그가 허리 굽혀 절하며 말한다. 나는 맞절을 하지 않고 프레더릭
을 고개로 가리키며 소개한다.

"프레토리우스 씨는 제 친구입니다."

"아! 마주바 차 농장의 주인이시지요."

다쓰지가 말하면서 나를 힐끗 보더니 프레더릭에게 절한다.

나는 손님인 다쓰지에게 상석을 권한다. 정원이 가장 잘 보이는
자리다. 60대 중반의 그는 연회색 리넨 양복에 흰 와이셔츠, 하늘색
타이 차림이다. 태평양 전쟁에 참전했을 연배라는 생각이 든다. 나

는 일본 남자를 만날 때마다 무의식적으로 참전했을 나이인지 따져본다. 그의 눈길이 낮은 천장과 벽들을 지나 기둥에 머문다. 그러다가 정원을 내다본다.

"유기리군요." 다쓰지가 중얼댄다.

아 정이 차와 작은 종이 담긴 쟁반을 내온다. 나는 찻잔 세 개에 차를 따른다. 다쓰지는 내 손을 쳐다보다가 내가 의식하자 눈을 돌린다.

내가 찻잔을 앞에 놓아주자 다쓰지가 말한다.

"저희 업계 사람 누구와도 대화하지 않는 걸로 유명하시지요, 테오 판사님. 솔직히 말해 판사님이 만남을 거절하셨을 때 놀라지 않았습니다. 하지만 마음을 바꾸셨을 때는 깜짝 놀랐답니다."

"교수님의 명성이 대단하다는 것을 알고 마음을 바꾸었습니다."

"악명이라는 표현이 더 걸맞겠지요."

다쓰지가 대답한다. 하지만 그는 기분이 좋아보인다.

내가 프레더릭에게 설명한다. "요시카와 교수님은 인기 없는 주제들을 공론화하는 성향이 있거든요."

다쓰지가 말한다. "우리 군대가 저지른 범죄에 대한 자료를 없애려고 역사 교과서를 개정하려는 움직임이 있을 때마다, 또 정부 각료가 야스쿠니 신사를 방문할 때마다 신문사들에 항의 편지를 보내거든요."

프레더릭이 묻는다.

"귀 국민은…… 거기에 어떻게 반응합니까?"

잠시 다쓰지는 말이 없다. 그러다가 마침내 입을 연다.

"저는 지난 10년간 네 차례 공격을 받았습니다. 살해 협박도 받았고요. 하지만 여전히 라디오와 텔레비전에 출연합니다. 저는 사람들에게 과거를 부인하면 안 된다고 말합니다. 우리가 바로잡아야 한다고요. 그래야 한다고!"

나는 용건으로 화제를 돌린다. "나카무라 아리토모는 아주 오랫동안 인기가 없었습니다. 심지어 그분의 생전에도요. 그런데 왜 지금 그에 관한 글을 쓰고 싶으신 건가요?"

"제가 젊었을 때 친구가 있었습니다. 그는 아리토모 선생의 우키요에*를 몇 점 가지고 있었지요. 친구는 늘 그것들이 천황 정원사의 작품이라고 말하곤 했지요."

역사학자는 찻잔에 입술을 대더니 감탄사를 내뱉는다.

"훌륭한 차군요."

"마주바 농장의 차예요."

다쓰지가 프레더릭에게 말한다. "기억해뒀다가 구입해야겠군요."

"뭘 말입니까? 아리토모가 만든 것 말입니까?"

프레더릭이 말한다.

"우키요에라고 합니다." 다쓰지가 대꾸한다.

내가 그의 말을 막고 묻는다. "그것들을 가져오셨습니까? 친구 분이 소유한 우키요에를 가져오셨나요?"

"공습 때 친구의 집과 함께 소실되었습니다."

다쓰지가 기다린다. 내가 잠자코 있자 그가 말을 잇는다.

* 일본의 민속을 주로 다룬 목판화

40

"친구 덕분에 나카무라 아리토모에게 관심을 갖게 되었습니다. 그의 작품이나 일본을 떠난 후의 삶을 다룬 믿을 만한 글이 전혀 없습니다. 그래서 제가 써보기로 했습니다."

"아시다시피 윤 링은 누구에게도 아리토모의 작품 사용을 허락하지 않습니다." 프레더릭이 말한다.

"아리토모 선생이 모든 소유물을 테오 판사님께 남겼다고 알고 있습니다." 다쓰지가 말한다.

"교수님께서 이걸 제게 보내셨지요."

나는 나무 막대기를 상에 올려놓는다.

"이게 뭔지 아십니까?" 그가 묻는다.

"문신용 바늘의 손잡이지요. 전자 바늘이 쓰이기 전에 문신사들이 사용하던 겁니다."

"아리토모 선생은 전혀 다른 종류의 예술품을 제작했습니다. 대중에게는 공개하지 않았던 것이지요."

다쓰지는 상 위로 손을 뻗어 바늘 손잡이를 집는다. 가는 손가락과 다듬은 손톱이 눈에 들어온다. 그가 덧붙여 말한다.

"그분은 호리모노(문신) 예술가였습니다."

"뭐라고요?"

프레더릭이 찻잔을 입으로 가져가다 말고 묻는다. 그의 손이 가볍게 떨린다. 난 언제부터 주변 사람들의 이런 나이 든 징후를 알아차리기 시작했을까?

다쓰지가 엄지로 넥타이 매듭을 바로잡으면서 대답한다.

"아리토모 선생은 천황의 정원사만이 아니었습니다. 호로시이기도 했지요. 문신 예술가 말입니다."

나는 등을 꼿꼿이 세운다.

다쓰지가 말을 잇는다. "예전부터 늘 우키요에 작가와 장인 호로시는 밀접한 관계가 있었지요. 그들은 같은 곳에서 영감을 얻었습니다."

"어디서요?" 내가 묻는다.

"책이지요. 중국 소설입니다. 일본어로는 18세기에 번역되었습니다. 그 책은 『수호지』인데, 출간되자 널리 인기를 얻었지요."

"일본 여학생들을 광적으로 몰아가는 유행처럼 말입니까?"

프레더릭이 말한다.

"그보다 훨씬 더했습니다."

다쓰지는 프레더릭에게 검지를 들어 보이고 내게 고개를 돌려 말을 잇는다.

"개인적으로 대화할 수 있으면 더 좋겠습니다, 테오 판사님. 다음 번에 만날 약속을 할 수 있다면……"

프레더릭이 일어나려고 하지만 나는 그에게 고개를 젓는다.

내가 말한다.

"아리토모가 문신사였다고 어떻게 확신하시죠, 다쓰지?"

역사학자는 프레더릭을 힐끗 보더니 나를 바라본다.

"제가 알던 사람의 몸에 문신이 있었습니다."

그는 잠깐 말을 멈추고 허공을 바라본다. 그러다가 덧붙인다.

"그에게 아리토모 선생이 문신을 해주었다고 들었습니다."

"교수님은 그를 믿으셨고요."

다쓰지가 내 눈을 물끄러미 바라보고, 난 그의 눈에 고인 아픔에 놀란다.

"그는 제 친구였습니다."

"아리토모의 우키요에를 소장했다는 그 친구인가요?"

내가 묻는다. 다쓰지가 고개를 끄덕인다.

내가 말한다.

"그러면 오늘 그를 여기 모시고 오셨어야지요."

"그는 세상을 떠났습니다…… 오래전에."

순간적으로 찻상에 아리토모의 모습이 스친다. 나는 그가 뒤에 있는지 확인하려고 고개를 돌리지 않기 위해 안간힘을 쓴다. 눈을 깜빡이니 아리토모는 사라지고 없다.

"저는 아리토모의 우키요에와 관련해서 교수님을 만나는 데 동의했습니다. 여전히 우키요에에 관심이 있으신가요?"

"제가 그 우키요에를 사용하도록 허락해주시겠습니까?"

"먼저 교수님께서 작품을 검토하신 후 어떤 작품을 책에 넣을지 의논하지요. 하지만 아리토모가 작업한 문신에 대해선 언급하지 않는 거지요?"

다쓰지가 말을 막으려 하자 나는 손을 들고 계속 말한다.

"제 조건들 중 하나라도, 단 하나라도 위반하시면 교수님의 저서를 전부 회수하는 조치를 취할 겁니다."

"일본인들에게는 아리토모 선생의 작품을 감상할 권리가 있습니다."

나는 가슴을 짚으며 말한다. "일본인들이 어떤 권리를 가졌는지는 제가 결정할 겁니다."

나는 자리에서 일어난다. 관절이 녹슬어서 얼굴이 찌푸려진다. 역사학자가 부축하려고 일어나지만 나는 그의 손을 뿌리친다.

"작품들을 전부 준비하겠습니다. 며칠 후 다시 만나서 검토하시지요."

"몇 점이나 됩니까?"

"모르겠네요. 스물이나 서른 점쯤."

"그것들을 본 적이 없습니까?"

"몇 점만요."

"저는 스모크하우스 호텔에 머물고 있습니다."

역사학자는 종이에 전화번호를 적어서 내게 준다.

"정원을 구경해도 되겠습니까?"

"정원은 제대로 관리되지 않습니다."

나는 쟁반에 놓인 종을 흔들고 다시 말한다. "집사가 나가는 길을 안내해드릴 겁니다."

* * *

오늘은 구름 한 점 없이 투명한 빛줄기가 강하게 정원에 쏟아진다. 안채 옆의 단풍나무가 물들기 시작했으니 곧 붉은색이 짙어질 것이다. 이유를 설명할 수 없지만 이 단풍나무는 계절 변화가 별로 없는 고지대의 수목 같지가 않다. 나는 나무 기둥에 기대서서, 손마디로 아픈 엉덩이를 누른다. 다시 일본식 좌식에 익숙해지려면 한참 걸릴 것이다. 곁눈질하니 프레더릭이 나를 지켜보고 있다.

그가 말한다. "그 사람의 명성이 어떻든 난 그를 믿지 않소. 다른 전문가들에게도 목판화들을 보여야 될 거요."

"제가 여기서 지낼 시간이 길지 않아요."

"한동안 머물길 바랐는데. 새로 지은 티 하우스도 보여주고 싶고. 풍경이 기가 막혀요. 이렇게 서둘러 떠날 순 없소."

그는 나를 쳐다보다가 천천히 알아채고 표정이 부드러워진다. 프레더릭이 묻는다.

"무슨 일이요? 무슨 일이 있는 거요?"

"뇌에 뭔가 있어요. 있으면 안 될 게 있다네요."

나는 카디건을 끌어당긴다. 그러다가 그가 설명을 기다린다는 걸 깨닫고 말을 잇는다.

"이름을 기억하는 데 문제가 있었어요. 쓰고 싶은 단어를 떠올리지 못하는 경우들도 있었고."

그가 손을 휘저으며 말한다. "나 역시 그런 순간들이 있소. 나이 들어서 그런 게지."

"이건 달라요."

프레더릭이 나를 쳐다보니 공연한 말을 한 건지 걱정된다. 내가 덧붙여 말한다.

"어느 오후에 법정에 앉아 있는데, 갑자기 내가 쓴 판결문이 도무지 이해되지 않더라고요."

"병원에서는 뭐라고 했소?"

"신경외과 의사들이 여러 가지 검사를 했어요. 내가 의심한 그대로 말하더군요. 읽고, 쓰고, 언어를 이해하는 능력을 잃어간대요. 어느 언어든지. 1년 후나 혹은 그 이전에라도 내 생각을 표현하지 못하게 될 거래요. 헛소리를 쏟아내는 거죠. 그리고 사람들의 말과 내가 눈으로 보는 단어들이 이해되지 않을 거라고 하네요. 그게 문건이든 도로 표지판이든 어디에 적혀 있든."

잠시 나는 침묵하다가 다시 입을 연다.

"뇌 기능이 퇴화할 거예요. 곧이어 치매가 정신을 미치게 만들고."

프레더릭은 나를 빤히 쳐다본다.

"요즘은 병원에서 못 고치는 병이 없소."

"이 이야기는 길게 하고 싶지 않아요, 프레더릭. 그리고 혼자만 알고 계세요."

내가 손바닥으로 그를 막는다. 손가락 두 토막이 잘린 손으로. 얼른 손가락 세 개를 오므려 주먹을 쥔다. 허공에서 손으로 만져지지 않는 것을 움켜잡은 듯한 느낌이다.

"모든 기능을 상실하는 때가 올 거예요. 어쩌면 기억들까지도."

나는 어렵사리 차분한 목소리를 유지한다.

"글로 적어요. 당신한테 가장 중요한 기억들을 모두 적어두라고. 어렵지 않을 거요. 판결 내용을 적는 것 같을 테니."

나는 그를 힐끗 곁눈질한다.

"제 판결에 대해 뭘 아는데요?"

그는 머쓱한 미소를 짓는다.

"내 변호사들에게 판례집에 판결문이 실릴 때마다 한 권씩 보내라고 일러두었거든. 당신은 글을 잘 써요. 윤 링의 판결문은 명료하고 호감이 가지. 흑주술을 이용해 정부(情婦)를 살해한 장관에 대한 재판을 내 아직도 기억하지. 사실 당신의 판결문은 다 책으로 엮어야 하는데."

그의 이마에 깊은 주름이 생긴다. 그가 말을 잇는다.

"당신은 영국인 판사의 말을 인용한 적이 있소. '법조인에게 언어는 연장'이라는 문장이지 아마?"

"이제 곧 난 그 연장을 못 쓰게 되는걸요."

"내가 판결문을 읽어주겠소. 당신이 썼던 글을 다시 듣고 싶다면, 내가 낭독해주지."

"내가 무슨 말을 하려는지 모르겠어요? 그때쯤이면 나는 남이 하는 말을 못 알아듣는다니까요!"

내가 화를 내도 그는 꿈쩍하지 않는다. 다만 그의 눈에 슬픔이 내려서 난 차마 쳐다볼 수가 없다. 내가 다시 말한다.

"가보시는 게 좋겠어요. 내가 너무 붙들고 있었네요."

나는 기둥에서 몸을 뗀다. 움직임이 느리고 둔하게 느껴진다.

프레더릭은 손목시계를 힐끗 본다.

"중요한 일은 아니오. 기자 몇 명에게 차 농장을 구경시키고, 그들이 칭찬하는 기사를 쓰게 하면 되는 일이니."

"아주 어려운 일은 아니겠는데요."

그의 얼굴에 얼핏 미소가 번지다가 이내 사라진다. 그는 더 말하고 싶어 하지만, 나는 고개를 젓는다. 프레더릭은 베란다에서 계단 세 개를 내려가서 천천히 몸을 돌려 나와 마주 본다. 문득 그가 많이 늙어 보인다. 프레더릭이 묻는다.

"뭘 할 거요?"

"산책할 거예요."

* * *

집 현관문에서 아 청이 지팡이를 내민다. 나는 고개를 젓다가 지팡이를 받는다. 손잡이가 잡기 편하다. 잠시 지팡이를 바라보다가 아 청에게 돌려준다. 나는 서너 걸음 걷다가 멈추고 어깨 너머를 힐끗 본다. 아 청은 아직도 문간에 서서 나를 지켜본다. 연못 건너편에 도착할 때까지 그의 눈길이 느껴진다. 연못 건너편에서 돌아보니 집사는 안채에 들어가고 없다.

어떤 생물도 숨 쉰 적 없는 것처럼 공기가 맑다. 쿠알라룸푸르의 진득진득한 더위 속에서 지낸 터라 공기의 변화가 반갑다. 정오가 다 되었는데도 해가 구름에 폭 싸여 있다.

연못 수면이 연잎으로 꽉 차 있다. 연잎이 너무 많다. 전날 저녁 도착했을 때는 미처 알아보지 못했다. 연못 맞은편의 생울타리는 원래 해안가로 밀려드는 물결 모양이지만, 나무를 제대로 자르지 않아서 선이 이지러졌다. 정자의 서까래는 아래로 늘어졌다. 전체적인 구조가 흔들려서 본 모양을 잃어간다. 나뭇잎과 죽은 벌레, 나무껍질이 바닥에 나뒹군다. 그 사이로 뭔가 스르르 지나가기에 나는 물러선다.

정원 진입로에는 둥근 석판이 깔려 있다. 라웁의 금광에서 나온 버려진 돌을 깎아 만든 석판이다. 오솔길의 굽이마다 다른 풍경이 나타난다. 어느 지점에서도 정원이 전체적으로 조망되지 않고 실제보다 확장되어 보인다. 웃자란 띠* 풀 더미에 장식품이 살짝 숨어 있다. 화강암 토르소 조각상, 안개와 비를 맞아 반질반질해진 사암 부처 두상. 독특한 형태의 줄무늬가 있는 바위들, 사방 모서리에 거미집이 늘어진 석등들은 고불고불한 양치식물 사이에 웅크리고 있다. 아리토모는 첫 돌을 놓을 때부터 유기리를 고풍스러워 보이게 설계했다. 이제 그가 빚은 세월의 환영은 현실로 변했다.

프레더릭의 일꾼들이 내 지시에 따라 유기리를 관리해왔다. 비전문가들의 손에 정원이 관리된 셈이다. 그들은 자라게 둬야 하는 가지들을 잘라냈다. 어렴풋이 가려져야 좋을 풍경을 탁 트이게 손봤다. 정원의 전체적인 조화를 고려하지 않고 오솔길을 넓혔다. 덤불 사이로 드는 바람조차 엉뚱한 소리가 난다. 덤불을 너무 촘촘히 웃자라게 방치한 결과다.

방치와 실수는 조율되지 않은 악기들이 내는 불협화음과 비슷하다. 아리토모는 자신이 조성한 정원들 가운데 유기리가 가장 의미 있다고 말했다.

나는 정원을 중간쯤 걷다가 멈추고 발길을 돌려 안채로 돌아간다.

* * *

서재에 있는 14세기 청동 불상은 세월의 때가 묻지 않았다. 불상

---

* 벼과에 속하는 다년생초

의 얼굴에는 세속의 근심이 없다. 아 청이 종일 창을 열어 환기하는 데도 서가의 장서에서 나는 곰팡내가 집을 휘감은 퇴색한 분위기를 더 짙게 한다.

대여섯 달 전 나는 몸의 이상을 감지했다. 밤에 두통이 나서 자주 깼고 쉽게 피곤해지기 시작했다. 일에 집중할 수 없는 날들도 있었다. 이름과 단어를 잊기 시작하자 걱정을 넘어 두려움이 되었다. 단순히 나이 때문이 아니라 더 심각한 상태일지도 모른다는 의심이 들었다. 난 허약한 몸으로 강제 노동 수용소에서 나왔고, 이후 완전히 회복되지 않았다. 나 자신을 밀어붙여 전쟁 전의 삶으로 돌아갔다. 검사가 되고 나중에는 판사가 된 게 위안이 되었다. 법을 적용하고 언어로 작업하는 기쁨도 발견했다. 난 몸의 쇠잔을 40년 넘게 연착륙시키는 데 성공했다. 더 이상 빠져나갈 게 없는 날이 올까 봐 늘 두려웠다. 그런데 얼마나 빨리, 얼마나 급격히 그 순간이 올지는 예상하지 못했다.

나는 주변 모든 것을, 빛까지도 광활한 허공으로 끌어당기며 붕괴하는 별이 되고 말았다.

일단 바깥세상과 소통하지 못하게 되면, 기억 외에 아무 것도 남지 않을 것이다. 내 기억은 모래톱 같아서, 밀려드는 물살 때문에 해안까지 닿지 못하겠지. 시간이 흐르면 기억은 가라앉아 내게 닿지 않을 테고. 그 생각을 하자 공포감이 엄습한다. 기억이 없는 사람은 뭐라고 해야 하나? 세상과 세상 사이에 붙잡힌 유령. 정체성이 없고, 미래도 과거도 없는 유령.

잊고 싶지 않은 것들을 적으라던 프레더릭의 조언이 내 마음의 갈라진 틈에 단단히 자리 잡는다. 헛짓인 줄 알지만, 한편으로는 그때가 오면 도움이 될 만한 것을 챙겨두고 싶다. 아무리 빈약해도 나 스스로 방향을 잡고, 무엇이 진짜인지 결정하는 데 도움이 될 만한 것을.

아리토모의 책상에 앉아서 놓치고 싶지 않은 인생의 편린들이 있음을 깨닫는다. 그것들을 동여맬 매듭을 아직 찾지 못했다는 이유만으로도 그것들을 붙들고 싶다.

다른 것들을 다 잊으면 마침내 아리토모와 내가 서로에게 무엇이었는지 명확히 알게 될까? 그때 누가 쓴 글인지 모르는 채로 내 글을 읽을 수 있다면 그 답을 얻게 될까?

집 밖에서는 산맥이 정원으로 끌어들여져 정원의 일부가 되었다. 아리토모는 차경 기법*인 '샤케이'의 거장이었다. 그는 정원 외부의 요소들과 풍경을 취해 그가 조성하는 정원에 꼭 필요한 부분으로 만들었다.

기억이 스쳐 지나간다. 높은 가지에서 빙글빙글 떨어지는 나뭇잎을 낚아채는 것처럼 나는 그 기억에 손을 뻗는다. 그래야 한다. 그 기억이 다시 내게 돌아올지도 모르니.

비상조치 기간 중 마주바 차 농장의 개인 관람객 중에는 유기리도 보게 해달라는 이들이 있었다. 이따금 아리토모는 관람을 허락했다. 그 경우 내가 정문에 나가 방문객을 기다렸다. 대부분 정부 고위 관료로, 정글에 숨은 공산 게릴라를 소탕하러 가기 전에 부인과 캐머런 하일랜드로 휴가를 왔다. 그들은 산맥 속의 정원에 대한 소문을

---

* 주변 풍경을 활용해서 정원을 만드는 방법

51

듣고 직접 보고 싶어 했다. 나중에 그 정원을 산책한 소수 특권층임을 자랑할 수 있을 테니까. 방문객들을 맞으러 가보면, 기대감에 들뜬 소란한 분위기가 흘렀다.

"유기리가 무슨 뜻이지요?"

보통 부인들 중 한 명이 이렇게 물으면 내가 답해주었다.

"저녁 안개입니다."

시간대가 맞고 빛이 협조하면, 방문객들은 아리토모를 힐끗 보는 기회를 얻기도 했다. 그는 회색 유가타*와 하카마** 차림으로, 돌에 붓글씨를 쓰는 것처럼 움직이며 흰 자갈밭을 긁어 줄을 냈다. 나는 관람객들의 표정을 관찰했다. 다는 아니어도 일부는 지금 제대로 본 건지, 유령이라도 본 건 아닌지 의심했다. 처음 아리토모를 봤을 때 나도 똑같은 생각을 했었다.

그는 관람객들과 같이 정원을 돌아보지 않았고, 내가 안내하기를 바랐다. 하지만 내가 관람객들에게 그를 소개하면 아리토모는 일손을 멈추고 대화를 나누었다. 관람객들은 그가 오래전 산맥으로 들어온 후로 늘 받는 질문을 던졌다. 아리토모는 나만 아는 지겨운 표정을 지었지만, 손님들에게는 내색하지 않고 참을성 있게 답해주었다.

그는 먼저 가볍게 절을 하고 나서 말했다.

"맞습니다. 저는 천황의 정원사였습니다. 하지만 아주 오래전 일입니다."

---

* 기모노의 일종으로 간편하게 입는 전통 상의
** 주름 잡힌 통바지 형태의 일본 전통 의상

예외 없이 그가 무슨 사연으로 이곳에 왔는지 궁금해했다. 마치 처음 받는 질문인 듯이 그는 난감한 표정을 지었다. 나는 아리토모의 눈에서 고통을 읽었다. 그 순간 나무 사이에서 우는 새의 소리 외에는 아무 소리도 들리지 않았다. 그러다가 아리토모는 짧게 웃고 대답했다.

"아마도 언젠가는, 제가 꿈의 부교를 건너기 전에는 이유를 알게 되겠지요. 그때 말씀드리겠습니다."

관람객 가운데 적대감을 보인 경우도 몇 차례 있었다. 그들은 보통 참전했거나 나처럼 일본 수용소에 잡혀갔던 사람들이었다. 나는 그들 가운데 누가 그럴지 짚어낼 수 있었다. 그럴 때면 아리토모의 눈빛이 냉랭해지고 입매가 처졌다. 하지만 그는 늘 예의를 지켰고, 대답을 마치고 절을 한 후 일행과 헤어졌다.

공격적인 질문을 받는 중에도 아리토모는 사람들이 그를 보려고 유기리를 찾아온다고 즐겨 생각했다. 내 느낌은 늘 그랬다. 아리토모는 그가 말레이 반도의 다른 지역에는 없는 희귀하고 독특한 야생난이라도 되는 듯, 사람들이 보고 싶어 한다고 믿는 듯했다. 어쩌면 그래서 관람객들을 꺼리면서도 내가 인사시키는 것을 막지 않았다. 또 관람객들이 올 때마다 전통 의상을 차려입는 것도 그 때문이었다.

아 청은 이미 퇴근했다. 집이 고요하다. 나는 의자에 등을 기대고 눈을 감는다. 눈앞에 이미지들이 휙휙 지나간다. 바람에 나부끼는 깃발. 돌아가는 물레방아. 왜가리 한 쌍이 호수 위에서 날개를 치면서 높이 더 높이 태양을 향해 하늘로 오른다.

다시 눈을 뜨자 어쩐지 세상이 다르게 보인다. 더 또렷하고 분명하지만 더 작다.

판결문을 쓰는 것과 크게 다르지 않다고 혼잣말을 한다. 필요한 말을 찾아내는 거야. 그 말은 내가 평생 사용한 도구에 불과해. 내 기억의 방에서 아리토모와 함께한 시간의 기억 모두를 끌어내서 정리해야지. 말이라는 음악에 맞춰 춤을 추는 거야, 한 번만 더.

창밖에 짙은 안개가 내렸다. 안개가 정원이 빌려온 산맥을 휘감는다. 안개 역시 아리토모가 계획한 샤케이(차경)의 일부인지 궁금하다. 그는 산맥뿐 아니라 바람, 구름, 변하는 빛까지 빌려 썼을까? 천국에서 빌려온 걸까?

3

내 이름은 테오 윤 링이다. 1923년 말레이 반도의 북서 해안에 있
는 페낭 섬에서 태어났다. 해협인*인 부모님은 주로 영어를 사용했
고, 내 이름은 집안 친구인 시인에게 부탁해서 지었다. 테오가 성씨
다. 인생이나 이름이나 가족이 맨 우선이다. 늘 그렇게 배웠다. 난 이
름 순서를 바꾼 적이 없었다. 영국에서 공부할 때조차도 성을 먼저
썼다. 또 부르기 쉽게 영국식 이름을 가져본 적도 없다.

나는 1951년 10월 6일 마주바 차 농장에 왔다. 두 시간 연착한 끝
에 기차가 타파 로드 역으로 들어섰고, 객실 창으로 매그너스 프레
토리우스가 힐끗 보이자 마음이 놓였다. 그는 신문을 무릎에 펼쳐놓
고 벤치에 앉아 있었다. 기차가 멈추자 그가 일어났다. 플랫폼에 안

---

* 15~16세기 인도네시아, 말레이시아, 싱가포르 등 동남아시아로 이주한 중국인 이민자의 후
손으로 현지에서 태어나 중국어를 못하는 중국인을 뜻한다. 해협에 정착한 중국인이라는 의미
에서 유래했다.

대를 한 사람은 매그너스 한 명뿐이었다. 나는 열차에서 내려 그에게 손을 흔들었다. 병사 둘이 기관총이 탑재된 위컴 트롤리* 앞을 지났다. 기차는 쿠알라룸푸르를 떠난 순간부터 무장한 화물차의 호위를 받았다. 카키색 군복 차림의 젊은 오스트레일리아 병사들 사이를 지나는데, 땀이 나서 면 블라우스가 등에 달라붙었다. 병사들이 휘파람을 불면서 쳐다봤지만 난 모르는 체했다.

매그너스는 내게 모여드는 인도인 짐꾼들을 보냈다.

"윤 링. 짐은 이게 다야?"

그가 내 가방을 받으면서 물었다.

"겨우 일주일 머물 건데요."

매그너스는 60대 후반이지만 열 살은 젊어 보였다. 키가 나보다 15센티미터쯤 크고 그 연배 남자들이 흔히 그렇듯 뚱뚱했다. 머리가 벗겨지고 옆쪽으로 흰머리가 있었다. 안대를 하지 않은 눈은 주름투성이지만 놀라울 만큼 파랬다.

내가 말했다.

"기다리시게 해서 죄송해요, 매그너스. 아주 여러 번 정차해서 조사를 받아야했어요. 열차를 기습할 거라는 첩보가 입수됐나 봐요."

"연착할 줄 알았지."

그는 말라야**에서 산 지 40여 년이나 되었어도 억양이 두드러졌

---

* 철도 기술자들을 운반하던 차량
** 말레이 반도. 18세기에 영국의 식민지였다가 1957년 독립했다. 1946년 말라야 반도의 주들이 연합해서 말라야연방이 되었고, 1963년 싱가포르, 사바, 사라왁을 합쳐 말레이시아가 되었으며 2년 후 싱가포르가 탈퇴하고 현재의 말레이시아가 되었다.

는데 모음을 단조롭고 짧게 발음했다. 매그너스가 계속 말했다.

"역장이 안내 방송을 했거든. 다행히 공격받지는 않았지?"

그를 쫓아서 기차역을 따라 두른 철조망 담장에 난 문을 지났다. 우리는 망고 나무 밑에 주차된 황록색 랜드로버로 갔다. 매그너스가 내 가방을 뒷좌석에 실었고, 우리는 차에 타고 출발했다.

멀리 석회암 언덕 위로 구름이 짙게 끼어 있었다. 저녁때 비가 쏟아질 터였다. 타파의 중앙로는 조용했고, 중국 상점들은 오후의 햇살을 막으려고 '포 차이' 소화제와 호랑이 연고 광고가 그려진 나무 블라인드를 내렸다. 간선도로로 접어드는 교차로에서 매그너스는 급히 달리는 군용 차량들에게 양보하느라 차를 세웠다. 총받이가 달린 순찰차, 네모난 무장 병력 수송차들, 병사들을 가득 태운 트럭들이 지나갔다. 그들은 쿠알라룸푸르를 향해 남쪽으로 달렸다.

"무슨 일이 있나보네요."

내가 말했다.

"저녁 뉴스에 소식이 나오겠지."

산맥 쪽으로 난 도로가 급경사가 되기 직전, 보안 검사대에서 말레이 임시 경찰관*이 철제 장애물을 내리더니 우리에게 차에서 내리라고 명령했다. 다른 경관은 축대 뒤에서 경기관총을 겨누었고, 또 다른 경관은 차를 수색하고 차 밑에 바퀴 달린 거울을 넣었다. 우리를 내리게 한 경관이 신분증을 제시하라고 요구했다. 그가 나만 몸 수색을 하고 매그너스는 조사하지 않자 나는 분노가 솟구치는 것을

* 비상시의 임시 경찰관

느꼈다. 다행히 평소 경찰관들이 내 몸을 더듬는 것보다는 정도가 덜했다. 내가 그들이 늘 대하는 전형적인 중국 촌사람과 다른데다, 백인인 매그너스의 존재 때문에 조심하는 눈치였다.

우리 뒤에 있던 중국 노파에게 자전거에서 내리라는 명령이 떨어졌다. 그녀는 원뿔 모양의 밀짚모자로 햇빛을 가리고, 고무 유액이 말라붙은 검은 면바지를 입고 있었다. 임시 경찰관은 그녀의 등나무 바구니를 뒤지더니 파인애플을 위로 들었다.

"파인애플이에요, 파인애플."

그녀가 말레이어로 애원했다. 경관은 파인애플의 맨 위와 아랫부분을 당겨서 과일을 두 동강 냈다. 과육을 파낸 자리에 담긴 쌀이 땅바닥에 쏟아졌다. 경찰관들이 그녀를 길가의 초소로 끌고 가자, 노파의 흐느낌이 더 커졌다.

"똑똑하군."

매그너스가 길바닥에 흩어진 쌀을 고개로 가리키면서 중얼댔다.

"경찰관이 마을에서 설탕을 빼돌린 고무 농장 일꾼을 잡은 적이 있어요." 내가 말했다.

"파인애플에 숨겨서?"

"물통에 설탕을 섞었죠. 제가 처음 기소한 사건들 중 하나였어요."

"그런 사건을 많이 다뤘니?"

매그너스가 물었다. 그때 임시 경찰관이 장애물을 올리고 통과하라고 손짓했다.

"살해 위협을 받을 만큼 많았죠. 제가 사임한 이유 중에는 그것도 있어요."

내가 말했다.

800미터도 못 가서 우리는 늘어선 트럭들 뒤에서 멈추었다. 트럭마다 방수포가 벗겨져 있었다. 비쩍 마른 중국인 직원들이 쌀 포대에 앉아서, 너덜너덜한 대나무 부채를 부쳤다.

"잘됐군. 수송대를 놓쳤을까 봐 걱정했는데."

매그너스가 시동을 끄면서 말했다.

"기다시피 산을 올라가게 생겼네요."

내가 차량들을 보면서 말했다.

"도움을 받을 순 없겠지. 하지만 적어도 호위대는 있는 셈이니까."

매그너스가 앞쪽에 있는 무장 호송 차량 두 대를 손짓하며 말했다.

"최근에 캐머런 하일랜드에서 공격이 있었나요?"

말레이 공산당이 정부를 상대로 게릴라전을 벌이기 시작한 지 3년이 넘었고,* 캐머런 고지대는 비상조치 구역으로 선포되었다. 전쟁은 끝날 기미가 보이지 않았고, 공산당 게릴라들은 계속 고무 농장과 주석 광산을 주기적으로 공격했다. 정부는 그들을 '씨티**', 더 흔히 '산적 떼'로 칭했다.

매그너스가 말했다.

"그들은 버스와 군용 차량을 습격하고 있지. 하지만 지난주에는 채소 농장에 나타났어. 건물에 불을 질렀고 관리인이 죽었지. 네가 가장 좋은 때를 골라서 우리 집에 왔다고는 말하지 못하겠구나."

---

* 말레이 공산당은 제2차 세계대전 중 항일전 참전 후 세력이 커졌고, 불법화되면서 정글로 들어가 정부와 게릴라전을 벌였다. 공산당의 주요 세력은 화교였다.
** CT(Communist Terrorist)로 공산당 테러범을 말한다.

앞의 차량들에 햇빛이 반사되었다. 나는 차창을 열었지만, 도로를 달군 열기만 밀려들 뿐이었다. 기다리는 사이 뒤에 오던 차들도 대부분 멈춰 섰다. 15분 후에야 다시 움직일 수 있었다. 안전상의 이유로 당국이 도로변의 잡목 수풀을 파내고 나무를 다 잘라서 그루터기만 있는 작은 들판만 남았다. 멀리 도로 뒤쪽, 한때 서늘한 나무 그늘이 있던 곳에 토착 전통 가옥 한 채가 있었다. 비탈길 위에 우뚝 선 집은 홍수에 떠내려간 방주와 비슷했다. 사롱*을 두른 노파가 그루터기에 앉아서 우리를 쳐다보았다. 가슴을 드러낸 노파는 입술에 새빨간 립스틱을 발랐다.

대나무들이 도로 안쪽으로 기울어져서 자랐고, 햇빛이 나무 사이로 들어와서 도로의 군데군데를 누렇게 비추었다. 맞은편에서 양배추를 잔뜩 실은 트럭이 달려오자, 우리 차는 도로 옆 바위에 바싹 붙었다. 손을 뻗으면 길에서 자라는 고사리를 딸 수 있을 것 같았다. 기온이 계속 떨어지고 햇볕이 내리쬐는 좁은 구역만 더웠다. '라타 이스칸다르 폭포'에서 물줄기가 속삭이듯 떨어지면서 대기에 습기를 퍼뜨렸다. 그 습기에 산봉우리의 나무와 뿌리 덮개, 흙의 냄새가 실려 왔다.

한 시간 후 타나라타에 도착했다. 마을에 들어서는 오르막길에 붉은 벽돌 건물이 있었다.

매그너스가 말했다.

"이 근처를 돌아다니고 싶겠지만 마을의 문이 6시에 닫히는 것을

* 말레이시아, 인도, 스리랑카, 인도네시아 등에서 남녀 구분 없이 허리에 두르는 천

잊지 마라."

앞쪽의 트럭들이 안개에 싸여서 형체 없는 덩어리로 보였다. 매그너스가 전조등을 켜자 세상이 뿌연 누런색으로 변했다. 중앙로를 벗어나자 시야가 좀 트였다.

"저기 '그린 카우'가 있지. 언제 거기 가서 한 잔 하자."

매그너스가 말했다.

차는 속도를 내서 타나라타 골프 클럽 앞을 지났다. 매그너스를 곁눈질하자니, 일본 강점기를 그와 부인이 어떻게 견뎠는지 궁금해졌다. 일본군이 침입했을 때 말라야에 거주하는 여러 유럽인들과 달리 매그너스 부부는 피난하지 않고 자택에 남았다.

"다 왔다."

마주바 차 농장 입구에 접어들자 그가 차의 속도를 늦추면서 말했다. 화강암 문설주에 경첩이 있던 자리가 이 빠진 것처럼 움푹 패여 있었다.

매그너스가 말했다.

"일본 놈들이 대문을 가져갔지. 난 대문을 다시 못 달고 있다."

그는 못마땅한 표정으로 고개를 저으며 덧붙였다.

"전쟁이 끝난 게 어디 보자, 벌써 6년이 됐나? 하지만 여전히 물자가 부족해."

비탈길에 촘촘히 자란 차나무는 수십 년간 잎을 따서 네모난 생울타리 모양이었다. 허리 높이의 차나무 사이에서 일꾼들이 부지런히 찻잎을 땄다. 그들은 어깨 너머로 등에 맨 대바구니에 찻잎을 한 줌씩 던졌다. 공기에 허브 향이 배어 있었다. 그 냄새는 향기라기보다 풍미에 가까웠다.

"차 냄새군요, 그런가요?"

내가 숨을 깊이 쉬면서 말했다.

"산맥의 냄새지. 여길 떠날 때마다 이 냄새가 가장 그립단다."

매그너스가 대답했다.

"강점기 동안 농장에 엄청난 피해가 있지는 않았나 봐요."

내 말에 담긴 쓸쓸함을 눈치챈 매그너스의 표정이 굳었다.

"전쟁이 끝난 후 재건을 위해 무척 많은 일을 해야 했지. 우린 운이 좋았어. 일본으로서는 우리가 계속 차를 생산해야 했으니까."

"내외분이 억류되지는 않았나요?"

"아니, 그랬지. 어떤 면으로는 억류당했지."

매그너스는 방어하는 말투로 대꾸했다. 그가 이어서 설명했다.

"고위 장교들이 우리 집을 거처로 삼았어. 우린 단지 내의 울타리로 구분된 수용소에 살았고."

그가 호루라기를 불자, 길에 흩어져 있던 일꾼들이 푸른 차 밭의 끝으로 뛰어갔다.

매그너스가 말했다.

"매일 아침 우리는 비탈길로 가서 막노동꾼들과 나란히 서서 일해야 했단다. 하지만 이 말은 분명히 해야겠구나. 일본군은 영국 놈들이 내 민족*에게 한 짓보다는 나은 대접을 했지."

---

* 남아프리카에 사는 네덜란드계 백인인 보어인들. 그들은 현재 남아프리카공화국의 전신인 트란스발공화국을 건설했다.

"그러니까 아저씨는 두 번 포로가 된 셈이네요."

나는 그가 보어 전쟁*에 참전했던 기억을 떠올렸다. 매그너스는 전쟁 당시 겨우 열일곱이나 열여덟 살이었다. 내가 수용소에 잡혀간 나이와 얼추 비슷했다.

매그너스가 고개를 저으면서 말했다.

"또 지금은 다른 전쟁을 벌이고 있지. 이게 내 운명인 것 같아, 그렇지 않아?"

도로를 지나 농장 단지 안으로 들어갔다. 오르막길을 구불구불 올라가니 마침내 유칼립투스 나무가 줄지어 선 긴 진입로에 접어들었다. 둥근 연못부터 길이 좁아졌다. 연못 속의 새끼 오리들이 집 그림자를 가렸다. 단지를 에워싼 철망 울타리를 보니 내가 갇혔던 수용소가 떠올랐다.

매그너스가 내 불편한 표정을 오해하고 말했다.

"남아프리카의 네덜란드식 주택이지. 내 고향에서는 아주 흔한 양식이야."

초소에서 구르카인**이 서둘러 나와 문을 열었다. 매그너스가 차를 몰고 안채를 빙 돌아 뒤편 차고로 가자, 큰 갈색 개 두 마리가 차와 나란히 달렸다.

"걱정하지 마라, 물지 않으니까."

그는 등에 짙은 줄이 있는 개를 손짓하며 말을 이었다.

---

* 1899~1902년 트란스발공화국과 영국 사이에 벌어진 전쟁
** 군인 자질이 탁월한 네팔 민족

"둘 다 로디지안 리지백*이야. 저 녀석은 브롤록스, 작은 놈은 비테르갈."

내 눈에는 두 마리가 똑같이 커 보였다. 내가 랜드로버에서 내리자, 개들은 차고 축축한 코를 내 정강이에 대고 쿵쿵댔다.

"들어가자. 어서."

매그너스가 내 가방을 들면서 말했다. 앞서 가던 그가 잔디밭에서 멈추더니 한 팔을 휘저으며 말했다.

"마주바 하우스입니다."

단층 주택의 벽에는 흰 회반죽이 칠해져 있고, 지붕은 검은 갈대를 엮어 얹었다. 현관 양쪽으로 큰 창 네 개가 너른 간격으로 나 있었다. 나무 덧문과 골조는 모두 해초 같은 초록색이었다. 현관 앞쪽, 박공지붕의 삼각형 벽체에 나뭇잎과 포도 문양의 회반죽 장식이 있었다. 창가에 대가 긴 꽃들이 있었는데, 이름이 극락조화라는 것을 나중에 알았다. 빨간색, 오렌지색, 노란색 꽃을 보자, 수용소에서 일본 경비병이 즐겨 접었던 종이 새가 기억났다. 나는 그 기억을 밀어냈다.

지붕에서 깃발이 바람에 나부꼈다. 오렌지색, 흰색, 파란색, 초록색의 굵은 줄이 그려진 깃발이 낯설었다.

매그너스가 내 눈길을 좇아가며 말했다.

"비에르클뢰르라고 하지. 트란스발의 국기."

"깃발을 내리지 않으실 거예요?"

정부는 말레이 공산당 지지자들의 중국 국기 게양을 막기 위해,

* 남아프리카산 사냥개

외국 국기 게양을 금지했다.

"차라리 나부터 죽이라고 해."

그가 신발을 벗지 않고 집에 들어가기에 나도 똑같이 그랬다. 현관홀 벽에는 흰 칠이 되어 있고, 창문으로 들어온 저녁 햇살이 누런 마룻바닥에 떨어졌다. 거실 벽에 나란히 걸린 그림이 보여서 나는 다가가서 찬찬히 살폈다. 지평선까지 뻗은 황량한 산을 그린 풍경화들이었다.

"토머스 베인스의 작품이지. 저 꼭두서니 나무를 묘사한 판화는 피에르니프의 작품이고. 케이프*에서 가져왔지."

매그너스는 내 관심이 반가운 듯 말했다.

액자에 그림자가 어렸다. 몸을 돌리니 40대 후반의 중국 여인이 서 있었다. 잿빛 머리를 단정하게 틀어 올린 모습이었다.

"내 아내 에밀리란다."

매그너스가 부인의 뺨에 키스했다.

"이렇게 와줘서 반가워요, 윤 링."

그녀가 말했다. 헐렁한 베이지색 스커트가 마른 몸매의 윤곽을 부드럽게 보이게 했다. 에밀리는 어깨에 빨간 카디건을 걸치고 있었다.

"프레더릭은 어디 있나?"

매그너스가 말했다.

에밀리가 대답했다.

"모르겠어요. 자기 별채에 있겠죠. 손님께서 피곤해 보여요, 여보.

* 남아프리카공화국의 수도 케이프타운

윤 링에게는 긴 하루였겠죠. 집 자랑은 그만하고 아가씨를 방에 모셔요. 저는 진료소에 가봐야 해요. 무투의 아내가 뱀에 물렸거든요."

"닥터 여를 불렀소?"

매그너스가 물었다.

"물론이죠. 오는 중이에요. 윤 링, 나중에 얘기해요."

그녀가 내게 목례를 하고 나갔다.

매그너스가 나를 복도로 데려갔다.

"프레더릭은 아드님인가요?"

내가 물었다. 프레더릭에 대해 들은 기억이 없었다.

"내 조카란다. 로디지아* 아프리카 소총 부대 소속 대위지."

집에는 매그너스의 고국을 연상시키는 물건이 많았다. 아프리카 부족민이 짠 황토색 소형 카펫, 크리스털 화병에 꽂힌 고슴도치 가시. 보이지 않는 먹잇감을 쫓는 60센티미터 높이의 청동 표범 조각상. 집 뒤쪽의 동쪽 윙**에 있는 작은 방을 지나갔다. 방 크기가 장롱만 했다. 라디오가 작은 테이블의 절반을 차지했다.

"저게 다른 농장들과 계속 연락하는 수단이지. 게릴라들이 전화선을 자주 차단해서 이제 저걸 이용한단다."

내가 묵을 방은 복도 끝에 있었다. 벽은 플라스틱 전기 스위치까지 하얗게 칠해져서, 순간적으로 다시 이포 종합병원에 돌아왔다고 착각했다. 테이블에 있는 꽃병에는 열대 지역에서 보지 못한 꽃이

---

* 지금의 짐바브웨
** 본채에서 돌출되게 지은 동

꽂혀 있었다. 나는 꽃잎에 손목을 문질렀다. 감촉이 벨벳 같았다.

"무슨 꽃이에요?"

매그너스가 대답했다.

"칼라. 케이프에서 구근을 보내왔지. 칼라가 여기서 잘 자라는구나."

그는 티크 찬장 옆에 내 가방을 내려놓고 다시 말했다.

"어머니는 어떠시니? 좀 차도가 있니?"

"당신만의 세계에 빠져 사세요. 완전히. 이제는 윤 홍에 대해 묻지도 않으세요."

어찌 보면 다행이었지만, 매그너스에게 그런 말은 하지 않았다.

"전쟁이 끝난 후 네가 여기 와서 요양했어야 했는데."

"대학에서 연락이 오기를 기다렸거든요."

"하지만 전범 재판소에서 일하다니! 그런 일을 겪은 후에."

그는 고개를 저으면서 덧붙였다.

"네 아버지가 그걸 허락했다는 게 놀랍지 뭐냐."

내가 얼른 대꾸했다.

"겨우 석 달인걸요. 아버지는 전쟁 내내 저나 윤 홍의 소식을 듣지 못하셨어요. 아버지는 저를 다시 만나자 어떻게 생각할지 난감해하셨어요. 아버지에게 저는 유령 같았죠."

내 평생 아버지가 우는 것을 본 것은 그때뿐이었다. 아버지는 정말 많이 늙어버렸다. 하지만 당시는 나도 그랬다. 부모님은 페낭을 떠나 쿠알라룸푸르로 이사해 살고 있었다. 새 집에서 아버지는 나를 위층 어머니 방으로 데려갔다. 그는 전쟁 전과 달리 다리를 절었다. 어머니는 나를 알아보지 못하고 등을 돌렸다. 며칠 후 그녀는 내가 딸이라는 것을 기억했지만, 나를 볼 때마다 윤 홍에 대해 묻기 시작했다. 큰딸이 어디 있는지, 언제 집에 올 건지, 왜 아직 돌아오지 않는지. 한참 지나자 나는 어머니를 만나기가 무서워졌다.

내가 말했다.

"저는 집에서 나와 있는 게 더 편했어요. 할 일이 있는 게 나았죠. 아버지도 말은 안 하셨지만 같은 기분이었을 거예요."

쿠알라룸푸르에 있는 전범 재판소의 보조 조사관으로 취직하는 일은 어렵지 않았다. 사실 일반 직원보다 나을 게 없었다. 전쟁 통에 죽거나 다친 사람이 워낙 많아서, 일본이 항복하자 영국 군정은 인력난에 맞닥뜨렸다. 하지만 일본 제국군에 희생당한 이들의 증언을 기록하는 일은 예상보다 나쁜 영향을 미쳤다. 자신들이 견뎌야 했던 학대에 대해 말하며 감정을 주체하지 못하는 희생자들을 바라보면서, 나 자신도 그 경험에서 벗어나지 못했음을 깨달았다. 그래서 거튼 칼리지에서 입학 허가서가 나오자 반가웠다.

"마지막에 실제로 잡은 전범이 몇 명이나 되지?"

매그너스가 물었다.

"싱가포르와 말라야를 합쳐서 199명이 사형 선고를 받았지만, 결국 처형된 것은 100명에 불과해요."

나는 욕실을 들여다보면서 대답했다. 욕실은 환하고 바람이 잘 통했다. 바닥은 체스 판처럼 검정색과 흰색 타일이 깔려 있었다. 벽에 갈퀴발 모양의 받침대가 달린 욕조가 붙어 있었다.

내가 다시 말했다.

"제가 거튼 칼리지로 떠나기 전에 참관한 교수형은 겨우 아홉 건이었어요."

"맙소사."

매그너스가 경악한 표정을 지었다.

우리는 한동안 침묵을 지켰다. 그가 찬장 옆쪽 문을 열더니 같이 방에서 나가자고 권했다. 집 뒤쪽으로 자갈 깔린 길이 있었다. 우리는 부엌 앞을 지나 잘 가꾼 잔디밭이 있는 널찍한 테라스에 도착했다. 잔디밭 중앙의 받침대에 대리석 조각상 한 쌍이 마주 놓여 있었다. 힐끗 보니 두 개가 같아 보였다. 나는 받침대 위로 흘러내린 조각상의 옷자락 주름을 쳐다보았다.

매그너스가 말했다.

"어느 늙은 농장주가 열다섯 살 애인과 도망쳤는데, 그 부인에게서 어처구니없이 싼값에 사들인 조각상이야. 오른쪽이 므네모시네. 들어본 적 있니?"

"기억의 여신이지요. 다른 하나는 누구죠?"

내가 물었다.

"당연히 므네모시네의 쌍둥이 자매지. 망각의 여신."

나는 매그너스가 나를 놀리나 싶어 쳐다보았다.

"그런 여신은 기억나지 않는데요."

"아니, 네가 기억하지 못한다는 게 바로 여신이 존재한다는 증거가 아니겠니?"

"그러면 그 여신의 이름이 뭔데요?"

그는 손바닥을 보이며 어깨를 으쓱했다.

"이제 우린 그녀의 이름조차 기억하지 못하지."

"둘이 완전히 똑같지는 않은데요."

나는 조각상들에 가까이 다가가면서 말했다. 므네모시네의 형체는 날렵하고, 코와 광대뼈가 도드라지고 입술은 도톰했다. 그에 반해 반대쪽 자매의 얼굴은 거의 뭉개져 있었다. 옷 주름까지도 므네모시네의 옷처럼 또렷하지 않았다.

매그너스가 물었다.

"어느 쪽이 언니일 것 같니?"

"물론 므네모시네겠죠."

"정말? 그쪽이 더 어려 보이는데. 그렇게 생각하지 않니?"

"망각보다 먼저 기억이 존재해야 되니까요. 혹시 그걸 잊으셨던 거예요?"

내가 그에게 미소를 지었다.

매그너스는 웃음을 터뜨렸다.

"가보자. 보여줄 게 있으니."

그는 테라스 가장자리에 있는 낮은 담장에서 멈추었다. 마주바 하우스는 농장 내에서 가장 높은 지대에 있어서 탁 트인 전원 풍경이 보였다. 매그너스가 언덕 아래 4분의 3 지점에 있는 전나무들을 손짓했다.

"저기부터 아리토모의 정원이지."

"걸어서 가기에 멀지 않을 것 같은데요."

20분이면 도착할 수 있을 것처럼 보였다.

"속지 말거라. 보기보다 멀거든. 언제 아리토모를 만나지?"

"내일 아침 9시 반이요."

"프레더릭이나 우리 직원이 차로 데려다줄 게다."

"걸어갈게요."

내 단호한 표정에 그는 잠시 말이 없다가 입을 열었다.

"네 편지를 받고 아리토모가 깜짝 놀랐지…… 편지를 받고 그리 내키지 않았을 게다."

"저더러 그에게 부탁하라고 말한 사람은 아저씨였어요. 제가 일본군 수용소에 억류되었던 일을 말하진 않으셨겠죠?"

"네가 전하지 말라고 당부했잖니. 아리토모가 윤 링의 정원을 설계하겠다니 다행이구나."

"아직 결정한 건 아니에요. 저랑 이야기한 후에 그가 결정할 거예요."

매그너스는 안대의 끈을 조절하면서 물었다.

"그럼 그가 결정하기도 전에 검사직을 사임했다는 게냐? 좀 무책임하지 않나? 검사 노릇이 내키지 않던?"

"처음에는 좋았어요. 그런데 지난 몇 달 사이 마음이 공허해지기 시작했어요. 시간을 낭비하는 느낌이었어요."

나는 말을 멈추었다가 이었다.

"또 일본 평화 협정이 체결되자 부아가 치밀었죠."

매그너스는 내게 고개를 기울였다. 검은 실크 안대는 고양이 귀를 만지는 촉감이었다. 그가 물었다.

"대체 그게 무슨 상관이지?"

"협정 항목 중에, 일본이 전쟁 중 유발한 손해와 고통에 대한 배상금을 지불해야 한다는 것을 연합국*이 인정한다는 대목이 있어요. 하지만 일본은 돈을 지불할 능력이 없기 때문에, 연합국과 그 국민들이 주장하는 배상금을 유예해준다는 거예요. '그 국민들'이요!"

나는 언성이 많이 높아진 줄 알면서도 자제할 수가 없었다. 마음을 열고 불만을 토로하니 속이 풀렸다. 내가 말을 이었다.

"그러니까 아시겠죠, 매그너스. 영국은 일본군에 고문당하거나 억류되거나 대량 학살된 남녀노소 누구도, 본인이나 가족 어느 누구도 일본에게 금전적인 형태의 배상을 요구할 수 없게 못 박았다고요. 우리 정부가 우리를 배신했어요!"

"말을 들어보니 놀랐나 보구나!"

매그너스가 비아냥댔다. 그는 덧붙여 말했다.

"빌어먹을 영국 새끼들이 무슨 수작을 벌일 수 있는지 이제 알겠지. 욕을 해서 미안하다."

"저는 일에 흥미를 잃었어요. 제 상사들을 모욕했지요. 동료들이랑 말싸움을 벌였고요. 누구든 들어주면 붙들고 정부를 험담했어요. 제 말을 들은 사람 중에 『스트레이츠 타임스』 기자가 있었죠."

그 생각을 하니 또다시 괴로움이 파도처럼 밀려들었다. 내가 덧붙였다.

"저는 사임한 게 아니에요, 매그너스. 파면당했어요."

"아버지가 상심이 크셨겠네."

그가 말했다. 그의 눈빛에 장난기가, 심지어 못된 기미까지 어렸을까?

"아버지는 배은망덕한 딸이라고 하셨어요. 아버지가 저를 그 자

* 미국, 영연방 등

리에 앉히려고 무척 줄을 댔거든요. 그런데 제가 아버지 얼굴에 먹
칠을 했다고요."

매그너스는 뒷짐을 지었다.

"아리토모가 어떻게 결정하든, 한동안 우리랑 지내면 좋겠구나.
일주일은 너무 짧아. 게다가 여기 처음 왔잖니. 구경할 만한 멋진 곳
들이 많단다. 좀 이따가…… 한 시간쯤 후에 응섭실로 나오너라. 저
녁 식사 전에 한잔 하자."

매그너스는 그렇게 말하고 부엌을 지나 안채로 들어갔다.

공기가 더 서늘해졌지만 나는 밖에 있었다. 산맥 속으로 해가 쏙
들어가자 계곡에 밤이 내려앉았다. 박쥐들이 끽끽 소리를 내며 보이
지 않는 벌레를 사냥했다. 수용소에 있을 때 포로들이 박쥐를 잡은
적이 있었다. 허기져 죽을 지경인 사람들이 박쥐 날개를 모닥불 위
에 펼치자, 불빛에 박쥐의 앙상한 뼈가 보였다.

아리토모의 정원 가장자리에 어슴푸레한 저녁 빛이 들자 전나무
를 탑처럼, 또는 정원을 지키는 보초처럼 보이게 했다.

4

다음 날 새벽 6시 반, 마주바 하우스를 나섰다. 수용소에서 나온 지 5년도 넘었는데 나는 수용소의 생활 규칙을 떨치지 못하고 두어 시간 전부터 깨어 있었다. 일본인 정원사가 어떻게 맞아줄지 걱정하면서도 간밤에 죽은 듯이 잤다. 결국 약속 시간인 9시 반까지 기다리지 못하고 동이 트는 대로 출발하기로 결정했다.

둘둘 만 종이 뭉치를 겨드랑이에 끼고 조용히 현관문을 닫고 대문으로 걸어갔다. 공기가 차서 뺨이 따갑고 입김이 나와 평소보다 크게 숨 쉬는 기분이었다. 밖에서 구르카 경비원이 쿠크리 칼*을 벼리다가 칼을 칼집에 넣고 대문을 열어주었다.

일요일이라 찻 밭은 비어 있었다. 계곡에서는 농가에서 새어 나오는 불빛들이, 흘러가는 구름에 가려진 별빛처럼 희미하게 빛났다. 인

---

* 구르카인들이 쓰는 넓은 단검

근 정글의 냄새를 맡으니 포로수용소가 떠올랐다. 전혀 예상 못한 일이었다. 걸음을 멈추고 주위를 두리번거렸다. 달이 산맥 뒤로 물러나고 있었다. 수용소에서 매일 새벽마다 본 그 달인데도 다르게 보였다. 수용소에서 지낸 게 아주 오래전인데 여전히 그런 순간이 있었다. 전쟁이 끝났다는 사실이, 내가 생존했다는 사실이 믿기지 않는 순간이.

한 달 전 셀랑고르 클럽의 바에서 매그너스와 나눈 대화가 생각났다. 당시에는 아직 검사보로 근무 중이었다. 재판을 마무리한 후 사무실로 돌아가다가 길 건너 법원 뒤편의 좁은 골목으로 들어갔다. 모퉁이를 도는데 한 무리의 사람들이 길을 막고 있었다. 흰 러닝셔츠와 검은 바지를 입은 남자들이 일본 병사들의 종이 모형을 세웠다. 실물 크기의 종이 인형이 지옥 귀신의 손에 할복당하는 장면이 연출되고 있었다. 이런 의식이 있다고 들었지만 직접 보는 것은 처음이었다. 이것은 일본군에게 살해된 이들의 영혼을, 이름 없이 구천을 떠도는 혼백들을 위로하는 의식이었다.

나는 일행의 뒤쪽에 서 있는 도교 사제를 보았다. 그는 색이 바랜 검은 제의를 입고 종을 흔들며, 칼끝으로 허공을 가르며 보이지 않는 부적 문구를 적었다. 사람들은 종이 인형에 불을 붙이고, 뜨거운 불꽃이 타오르자 뒤로 물러났다. 사방에서 사람들이 흐느끼고 통곡했다. 재는 하늘로 떠올랐고 공기 중에는 탄내만 남았다. 혼백들은 위로받았겠지만, 그들이 떠나자 내 가슴에는 새로이 분노가 솟구쳤다. 이날은 일이 손에 안 잡힐 것 같아서 셀랑고르 클럽의 도서관에 가기로 결정했다. 매그너스를 만난 지 11년이나 12년쯤 지났지만, 현관에서 안대를 쓴 그를 한눈에 알아보고 소리쳐 불렀다. 매그너스는 일행들이 총을 직원에게 맡기는 동안 기다리고 있었다. 그는 나를 쳐다보면서 누구인지 기억하려 애썼다. 내가 기억을 상기시키자 그의 얼굴에 미소가 번졌다. 그는 술을 사겠다고 고집을 부렸다. 우리는 베란다에 있는 테이블에 앉았다. 크리켓 구장과 법원 건물들이 보였다.

"보이!"

그가 나이 든 중국인 웨이터를 불러 술을 주문했다. 머리 위 천장에서 선풍기가 덜컥대며 빠르게 돌았지만 습기가 가시지는 않았다. 법원 위에서 시간을 알리는 소리가 크리켓 구장에 울려 퍼졌다. 3시였다. 농장주와 법조인들은 적어도 두 시간은 지나야 나타날 터였다.

매그너스는 차타드 은행에서 직원들의 급여를 인출하려고 쿠알라룸푸르에 왔다고 했다. 그는 한 달에 한 번씩 그 일로 다녀갔다.

매그너스가 말했다.

"네 부모님이 지금은 쿠알라룸푸르에 사신다는 소식을 들었다. 네 아버지가 페낭을 떠날 생각을 하실 줄은 전혀 몰랐는데. 어머니는……"

그는 말꼬리를 흐리면서 나를 빤히 응시했다. 그러다가 그가 말을 이었다.

"어머니는 어떠시니?"

"괜찮으신 날도 있고 안 좋으신 날도 있고 그래요. 안타깝게도 안 좋은 날이 점점 많아지는 것 같아요."

"내가 병문안을 가려 했지. 네가 영국으로 떠난 직후에. 그런데 네 아버지가 오지 말라고 하시더구나. 아무도 네 어머니를 만나지 못하게 막는 것 같았어."

내가 말했다. "어머니는 자신이 알아보지 못하는 낯선 사람이 말을 걸면 몹시 동요하세요."

"네 언니가 어떤 일을 당했는지 들었다. 끔찍하지. 그 아이를 딱 한 번 봤어. 정원 가꾸기에 열심이었던 걸로 기억하는데."

"언니는 늘 일본식 정원을 만들고 싶어 했어요."

매그너스는 나를 찬찬히 보았다. 그의 눈길이 내 손에 머물렀다가 다시 얼굴로 올라왔다. 그가 덧붙여 말했다.

"언니를 위해 만들어주지 그러니."

그는 안대 끈을 매만지면서 말을 이었다.

"그 아이를 위한 기념비로 삼으면 되겠구나. 기억할지 모르겠다만, 내 이웃이 일본인 정원사란다. 왕의 정원사였다는 것을 믿을 수 있겠니? 그가 기꺼이 도와줄게다. 그에게 정원을 만들어달라고 부탁해보면 될 거야. 그래, 아리토모에게 네 언니를 위해 정원을 설계해달라고 부탁해라."

"일본 사람이군요."

내가 지적했다.

매그너스가 말했다.

"음, 일본식 정원을 원한다면…… 아리토모는 전쟁에 관여하지 않았지. 또 그가 아니었다면 우리 일꾼 중 절반이 징용되어 탄광으로 끌려가거나 철도에서 부역하다 죽었을 거야."

"일왕이 교수형 당하기 전에는 제가 일본인에게 도움을 청하는 일은 없을 거예요."

그의 시선이 나를 불안하게 했다. 마치 잃어버린 한쪽 눈이 가졌던 힘이 남은 눈으로 옮겨져서 갑절로 예리해진 것 같았다.

잠시 후 매그너스가 말했다.

"네 안에 있는 그 증오심이 인생에 영향을 미치게 하면 안 되지."

"그건 제가 어쩔 수 있는 일이 아니에요, 아저씨."

웨이터가 시원한 타이거 맥주 두 잔을 가져왔다. 매그너스는 단숨에 반쯤 마시고 손등으로 입을 닦았다. 그는 내게서 눈을 떼지 않았다.

"내 아버지는 양을 키우는 농부셨지. 어머니는 내가 네 살 때 세상을 떠나셨고. 누나인 페트로넬라가 나를 키웠어. 형 피에터는 케이프타운에서 선생 노릇을 했고. 전쟁이 터지자 나는 참전했어. 보어 전쟁을 말하는 거야, 제2차 보어 전쟁. 막 스무 살이 되었을 때였지. 채 1년이 안 되어 난 영국군에게 잡혀서 실론에 있는 포로수용소로 이송되었지."

그는 다시 술잔을 입술에 댔지만 마시지 않고 테이블에 쾅 소리가 나게 내려놓았다. 매그너스가 말을 이었다.

"내가 집을 떠나 영국인이랑 전투를 벌일 때, 어느 아침 우리 농장에 키치너*의 부하들이 나타났지. 아버지가 집에 계셨어. 아버지가 맞서 싸웠지. 놈들이 아버지에게 총을 쏘고 집에 불을 놓았어."

"누나는 어떻게 됐어요?"

"누나는 블룸폰테인에 있는 강제 수용소로 보내졌지. 피에터 형이 누나를 빼내려 했어. 형의 아내가 영국인이었지만 형은 수용소

* 영국 군인이자 정치가, 보어 전쟁의 총사령관

78

방문조차 허락받지 못했어. 누나는 장티푸스로 죽었대. 하지만 그게 아니었을지도 모르지. 나중에 생존자들에 따르면 영국 놈들이 수감자 음식에 유리 가루를 넣었다니까."

그는 크리켓 구장을 쳐다보았다. 경기장의 풀이 마르고 열기가 번졌다.

매그너스가 말을 이었다.

"전쟁이 끝나고 집에 가니 우리 가족에게 이런 일들이 벌어졌더구나…… 다시는 그 지역에서 살 수가 없었어. 내가 성장한 곳이었는데도. 그래서 케이프타운으로 갔지. 하지만 거기도 고향에서 너무 가깝다 싶더군. 아마 1905년 봄이었을 거야. 바타비아*행 배표를 샀지. 여객선이 정비를 위해 말라카**에 정박해야 했어. 승객들은 수리가 끝나려면 일주일은 걸릴 거라는 말을 들었지. 나는 시내로 걸어가다가 언덕 위에 있는 버려진 교회를 봤어."

"성 베드로 교회죠."

"그래, 그렇지. 성 베드로 교회. 마당에서 삼사백 년 된 묘석들을 봤어. 그런데 거기서 바로 얀 반 리베크의 묘비를 발견했지."

매그너스는 내 멍한 표정을 보고 고개를 저으며 말을 이었다.

"세상은 영국 역사로만 이루어진 게 아니란다. 반 리베크는 케이프타운을 만들었지. 그는 그곳의 총독이 되었어."

"그런 사람이 어쩌다 말라카에서 생을 마쳤죠?"

* 자카르타의 옛 이름
** 말라야연방의 한 주

"네덜란드 동인도회사가 그를 거기로 보냈어. 그가 저지른 짓에 대한 벌로 말이야."

추억을 떠올리자 그의 얼굴이 한결 부드러워 보였고 동시에 늙어 보였다. 매그너스가 말을 이었다.

"아무튼 거기서 돌덩이에 새겨진 그의 이름을 보자, 나는 이곳 말라야에서 자리 잡아야겠다고 느꼈지. 여객선으로 돌아가지 않았어. 바타비아로 가지 않은 거지. 대신 쿠알라룸푸르를 찾아갔어."

그가 웃음을 터뜨리고 덧붙였다.

"결국은 영국 영토에 들어가는 걸로 끝나고 말았지. 그리고 여기서 산 세월이…… 어디 보자……"

그는 소리 내지 않고 입술만 달싹이며 계산했다. 매그너스가 다시 말했다.

"46년이군. 46년!"

그는 의자에 똑바로 앉으면서 웨이터를 찾느라 두리번댔다. 매그너스가 말했다.

"샴페인을 마실 만한 일이구나!"

"영국인들을 용서하셨어요?"

그는 비스듬히 앉았다. 매그너스는 한동안 침묵하면서 자신의 내면을 들여다보는 듯했다. 그가 입을 열었다.

"전쟁 중에 그들은 날 죽이지 못했어. 또 내가 수용소에 잡혀 있을 때도 그들은 날 죽이지 못했지. 하지만 46년간 증오심을 부여안고 살았다면…… 그게 나를 죽였을게다."

그는 감정을 가라앉힌 목소리로 마지막 말을 마치며 다정한 눈빛으로 나를 응시했다.

그가 내게 말했다.

"너희 중국인들은 어른을 공경해야 되지, 윤 링. 공자라는 사람이 그렇게 말했다지? 어쨌든 집사람이 그렇게 말하던데."

마침내 매그너스는 맥주를 마셨다. 그러더니 다시 말했다.

"그러니 내 말을 잘 들어봐라. 노인네 말을 귀담아 들어. 일부가 저지른 짓 때문에 일본인 모두를 경멸하지 마라. 마음을, 네 안에 있는 증오심을 놓아버려. 놔버리라고."

"그들이 저한테 이런 짓을 저지른걸요."

나는 불구가 된 손을 천천히 들어올렸다. 잘린 손이 가죽 장갑에 숨겨져 있었다.

매그너스가 안대를 가리키며 말했다.

"이건 저절로 빠진 것 같니?"

그날 클럽에서 매그너스와 만나고 3주 후 나는 파면당했다. 윤 홍을 위해 정원을 만들라는 그의 조언이 머릿속을 맴돌았다. 솔직히 그럴 마음이 점점 커졌다. 수용소에서 언니는, 전쟁이 끝나고 다시 예전 생활로 돌아가면 만들고 싶은 정원에 대해 몇 번이고 말했다.

검사보직에서 물러나던 날, 앉아서 책상을 정리했다. 개인 사물을 챙기다가 『스트레이츠 타임스』에서 오려놓은 기사들이 나오자 동작을 멈추었다. 기사 속 사진에 연미복 차림의 일본 남자들이 요시다 수상 뒤에 서 있었다. 일본 수상은 미일 안보 조약에 서명하고 있었다. 그 사진을 빤히 보면서 수용소를 생각했다. 그리고 나카무라 아리토모를 떠올렸다. 오래전 처음 그 사람에 대해 들었을 때가 기억났다. 그 이름을 잊지 않았다. 어딜 가나 그 이름이 나를 따라다녔다. 이제 그를 찾아갈 때가 되었다. 정원을 만드는 것은 내가 언니를 위해 반드시 해야 할 일이었다. 내가 언니에게 진 빚이기도 했다.

백지를 꺼내고 만년필 뚜껑을 열어 매그너스에게 편지를 썼다. 그 정원사와 만나게 주선해달라고 부탁했다. 다 쓴 편지를 봉투에 넣고 봉한 다음, 사무원에게 발송해달라고 부탁했다. 그리고 마지막으로 사무실에서 나왔다.

* * *

세상이 점점 환해지면서 달과 별들이 하얗게 변했다. 계곡까지 난 길의 중간쯤 갔을 때 차나무 쪽과 다른 나무 쪽으로 나뉘는 오솔길이 나왔다. 찻잎을 따는 일꾼들이 대대로 밟고 다닌 길이었다. 전날 저녁 식사 때 이 지름길을 통하면 유기리가 나온다고 매그너스가 일러주었다.

유기리가 가까워질수록 멀리 서 있는 전나무들이 더 높아졌다. 오솔길은 나무들 사이로 나 있고 계속해서 대나무 숲으로 이어졌다. 정원에 내가 도착했다고 알리는 듯 대나무끼리 슬쩍슬쩍 부딪쳐 전갈이 나무에서 나무로 전해지는 듯했다.

부슬부슬 비가 내리기 시작했다. 얼굴에 맺힌 빗방울을 닦아내면서 대나무 아래를 걸었다. 그렇게 다른 세상으로 접어들었다.

* * *

이곳의 고요는 격이 달랐다. 추를 단 낚싯줄에 매달려 더 깊고 아득한 바닷속으로 들어간 기분이었다. 거기 서서 적막감이 내 안에 스며들도록 했다. 나뭇잎 사이에서 보이지 않는 새가 휘파람을 불자, 선율 사이로 공허감이 깊어졌다. 나뭇잎에서 물이 뚝뚝 떨어졌다. 멀지 않은 나무 꼭대기 위로 붉은 기와지붕의 처마가 눈에 들어왔다. 그곳을 향해 걸음을 옮기니 곧 둥근 흰 돌이 깔린 네모진 땅이 나왔다. 나는 쭈그려 앉아 돌멩이를 집었다. 돌은 어머니가 풀라우 티쿠스 시장에서 가끔 사던 장수거북의 알만 했다.

왼쪽으로 15미터쯤 되는 거리에 둥근 과녁 두 개가 있었다. 오른쪽으로는 야트막한 비탈길에 초가지붕을 얹은 소박한 목조 가옥이 있었다. 나는 돌을 내려놓고 단층 가옥으로 다가갔다. 가옥의 앞쪽은 탁 트였고 처마에 돌돌 말린 대나무발이 걸려 있었다. 한 남자가 마루 끝에 서 있었다. 흰 가운과 회색 바지, 흰 양말 차림이었다. 50대 초반으로 보였고 머리가 잿빛으로 변하기 시작했다. 그는 오른손에 활을 들고 있었다. 그는 내가 거기 있는 줄 몰랐지만, 어쩐지 나를 알 것만 같았다.

6년 가까이 일본인을 보거나 대화한 적이 없지만 매번 일본인을 보면 구별할 수 있을 것 같았다. 나카무라 아리토모에게 편지를 쓰는 것은 어려운 일이 아니었지만, 내 발로 여기 와서 대화할 수 있을 거라고 생각하다니 내가 어리석었다. 마음의 준비가 되지 않았다. 어쩌면 앞으로도 그러리라. 발길을 돌려 정원에서 나가고 싶은 마음이 간절했다. 하지만 가져온 서류 뭉치를 보자, 이 정원사와 이야기를 나눠야 한다는 것을 알았다. 그가 어떻게 해주길 바라는지 꼭 말해야 했다. 아리토모가 내 제안을 받아들인다면 우리는 편지로 연락할 터였다. 다시 개인적으로 그와 만날 필요는 없겠지.

사내가 활을 들어 시위를 당겼다. 양팔이 서로 반대 방향으로 뻗었고, 마침내 그는 마룻바닥 위에 뜬 것처럼 보였다. 팽팽하게 시위를 당기는 그의 얼굴에 온전한 평온이 번졌다. 시간이 멈추었다. 시작도 없고 끝도 없었다.

그가 화살을 쏘았다. 활줄이 허공에서 날카로운 소리를 튕겨냈다. 그는 꼼짝하지 않고 서 있었다. 여전히 한쪽 팔을 뻗어 활의 가운데를 잡고 있었다. 활이 그의 눈높이와 수평을 이루었다. 화살은 과녁 중앙에서 제법 떨어진 곳에 꽂혔다.

나는 낮은 계단 세 칸을 밟고 마루로 올라갔다. 발을 딛자 윤이 나는 사이프러스 마룻장이 삐걱거렸다.

내가 말했다.

"나카무라 씨? 나카무라 아리토모신가요? 오늘 이따가 만나기로 되어 있는데……"

"신발 벗어요! 그대가 세상 문제들을 안으로 들이고 있소."

그가 말했다.

나는 뒤를 힐끗 보았다. 모래와 풀잎이 마룻바닥에 묻어 있었다. 나는 활터에서 내려섰다. 그가 활을 거치대에 세웠다. 흰 양말을 신은 그는 바닥에 아무 흔적도 남기지 않았다. 나는 그가 신발을 신을 때까지 기다렸다.

"빙 돌아서 안채 현관으로 가도록 해요. 아 청이 응접실로 모실 겁니다."

* * *

중국인 집시가 나를 집 안으로 안내했다. 그는 방 사이에 설치된 미닫이문을 열고 들어가 다시 닫기를 반복했다. 줄줄이 놓인 상자 속을 지나는 듯한 느낌이었다. 상자를 열면 다음 상자가 나타나고, 그 상자를 열면 다시 상자가 나타나는 식이었다. 집사는 나를 응접실에 두고 나갔다. 베란다로 나가는 문이 열려 있고, 베란다에는 낮은 네모난 상이 놓여 있었다.

베란다 아래 잔디밭에는 대나무 부목 네 개에 맨 줄이 직사각형을 이루고 있었다. 맨 위쪽 잔디가 벗겨져 촉촉한 검은 흙이 드러났다. 직사각형 뒤쪽부터 바닥면이 완만하게 낮아지다가 땅이 움푹 패인 상태였다. 그곳은 염전처럼 넓고 비어 있었다. 그 옆으로 흙과 자갈 더미가 쌓여 있었다.

보슬비는 멈추었지만 처마 밑으로 계속 낙숫물이 떨어졌다. 엉긴 빛의 방울들이 땅에 떨어지는 것 같았다. 집사가 쟁반을 들고 나왔다. 쟁반에 작은 청자 찻잔 두 개, 다관, 주둥이에서 김이 나는 작은 주전자가 담겨 있었다. 몇 분 후 활을 쏘던 남자가 다가왔다. 베이지색 바지와 흰 셔츠, 회색 리넨 재킷으로 옷을 갈아입었다. 그가 방석에 전통 방식으로 무릎을 꿇고 앉았다. 체중이 발꿈치를 누르는 자세였다. 그는 내게 맞은편 자리에 앉으라고 손짓했다. 나는 잠깐 그를 쳐다보다가, 서류 뭉치를 무릎 옆에 내려놓고 그와 같은 자세로 앉았다.

"나카무라 아리토모입니다."

그는 봉투를 상에 올려놓으면서 말했다. 봉투에 적힌 그의 주소는 내 필체였다. 내가 이름을 밝히자 아리토모가 말했다.

"이름을 한자로 써봐요."

그는 상에 손가락으로 글씨를 썼다.

"저는 수녀원 학교에 다녔습니다, 나카무라 씨. 라틴어는 배웠지만 한자는 배우지 않았습니다. 전쟁 후 조금 익혔을 뿐입니다."

"윤 링은 무슨 뜻입니까?"

"구름 숲."

그는 잠시 생각에 잠겼다.

"아름다운 이름이군요. 일본어로 당신 이름은……"

"제 이름이 뭔지 압니다."

잠시 아리토모는 나를 가만히 바라보았다. 그가 다관에 든 차를 그릇에 쏟더니 아직 김이 나는 차를 베란다에 버렸다. 이상하다는 생각이 들었지만 잠자코 있었다. 아리토모가 다관에 주전자에 든 더운 물을 다시 부었다.

그가 말했다.

"우리가 9시 반에 만나기로 한 줄 알았소만."

"지금 뵙는 게 불편하시면 나중에 다시 찾아뵙겠습니다."

아리토모는 고개를 저었다.

"몇 살입니까? 서른셋, 서른넷?"

"스물여덟입니다."

수용소에서 고초를 겪어서 그런지 나는 나이가 더 들어 보인다. 나도 그렇다고 인정하지만, 불쑥 창피함이 느껴져 스스로 놀랐다.

"연못을 만드는 중인가요?"

나는 경사면 아래쪽의 얕은 웅덩이를 내다보면서 물었다.

"모양을 바꾸는 것뿐입니다. 더 크게 만들고 있지요."

그는 다관을 들어서 찻잔에 투명한 초록빛 차를 따랐다. 그러더니 체스 판의 말을 옮기듯 찻잔을 내게 쭉 밀었다. 그가 덧붙여 말했다.

"당신은 '천황의 손님'이었다지요."

이번에는 그의 화살이 표적에 명중되었다.

"일본군 수용소의 수감자였습니다."

내가 대답했다. 그가 어떻게 알았는지 궁금했다.

아리토모가 말했다.

"이 집을 지을 때 매그너스가 내게 언니 분이 그린 수채화 한 점을 주었습니다. 그 친구가 당신 편지를 전해주면서 그 일을 상기시켰지요."

"윤 홍은 몇몇 화가와 공동 전시를 하곤 했어요."

"놀라운 일이 아니지요. 재능이 많은 분이니까요. 언니는 여전히 그림을 그리시나요?"

"언니는 저와 수용소에 같이 있었습니다."

나는 발목의 아픔을 덜어보려고 몸을 뒤척였다. 무릎을 꿇고 앉는 게 아주 오랜만이었다. 내가 덧붙여 말했다.

"언니는 거기서 죽었습니다."

내가 찻잔에 손을 뻗자 아리토모가 내 왼손을 잡았다. 그의 손이 내 팔목을 잡은 순간, 그의 얼굴에 경계하는 표정이 번졌다. 손을 뿌리치려 했지만 그의 손힘이 더 강해졌고 눈빛은 저항하지 말라고 말하는 듯했다. 내 손은 덫에 걸린 지친 동물처럼 움직임을 멈추었고 이내 기운이 빠졌다. 그가 장갑의 손가락 두 개를 잘라내고 꿰맨 자리를 만졌다. 나는 손을 빼서 상 아래로 내렸다.

"내가 정원을 설계해주기를 바란다고요."

난 정원사에게 편지를 보내놓고 그를 만나면 무슨 말을 할지 자주 고민했었다.

"윤 홍은…… 제 언니는…… 11년 전에 선생님에 대해 들었어요. 선생님이 말라야로 이주하신 무렵이지요. 1940년 언제쯤일 겁니다."

나는 적당한 어휘를 찾으려 애쓰면서 말을 이어갔다.

"11년이라."

그가 텅 빈 연못으로 눈을 돌려 가만히 쳐다보았다. 쓸쓸한 표정이었다. 아리토모가 말을 이었다.

"내가 여기서 그렇게 오래 살았다니 믿어지지 않는군요."

"선생님 소문을 듣기 전부터 윤 홍은 일본 정원에 매료되어 있었습니다."

아리토모가 말했다.

"그분은 어떻게 일본 정원에 대해 알았습니까? 그 시절 페낭에는 일본식 정원이 없었을 텐데. 아니 말라야 전역에 한 군데도 없었을 거예요. 오늘까지도 일본식 정원은 내 정원이 유일하니까."

"아버지가 한 달간 온 가족을 일본에 데려가셨어요. 1938년이었지요. 선생님의 모국은 아버지에게 고무를 사려고 했어요. 아버지는 회의가 많아서 바빴지만, 관리 부인들이 저희에게 도시를 구경시켜 주었어요. 몇 군데 절과 정원을 방문했지요. 기차를 타고 교토에 다녀오기도 했고요."

그때까지 외국에 가본 적 없던 나에게 그 여행의 추억은 미소를 짓게 했다. 나는 말을 이었다.

"윤 홍이 얼마나 흥분했는지 잊지 못할 거예요. 저는 열다섯 살이었고, 언니는 저보다 세 살 많았어요. 하지만 그 여행에서…… 그 여행에서 언니는 어린 계집애 같았고, 제가 언니 같이 느껴졌지요."

"아…… 교토…… 어느 절에 가봤습니까?"

아리토모가 중얼댔다.

"조주인, 도후쿠지, 긴카쿠지(金閣寺). 집에 돌아왔을 때 윤 홍은 구할 수 있는 일본 정원 관련서는 모두 읽었어요. 언니는 그 정원들이 어떻게 만들어지는지 알고 싶어 했고 배우는 데 집착했어요."

"정원 조성은 책으로 배울 수 있는 게 아닙니다."

"저희도 곧 그걸 알게 되었어요. 언니는 우리 집 뒤편에 바위 정원을 꾸미려고 했어요. 제가 거들었지만 실패하고 말았지요. 잔디밭을 망쳤다고 어머니가 몹시 역정을 내셨어요."

나는 말을 멈추었다가 다시 이었다.

"윤 홍은 선생님이 여기 사신다는 소문을 듣고, 선생님의 정원을 보고 싶어 했어요."

"당시에는 볼만한 게 전혀 없었을 겁니다. 당시 유기리는 완성되지 않았으니까."

내가 말했다.

"수용소에 있을 때 정원에 대한 언니의 애정 덕분에 우리 자매는 살 수 있었어요."

"어떻게 그게 두 분을 살게 했습니까?"

"수용소에 갇힌 사람들은 가상 세계로 도망쳤어요. 어떤 사람들은 꿈꾸는 집을 짓거나 요트를 만드는 상상을 했어요. 상상할 수 있는 세세한 부분이 많을수록 우리를 에워싼 공포감에서 더 멀리 벗어날 수 있었지요. '셸' 정유사의 네덜란드 기술자 부인은 수집한 우표들을 다시 보고 싶어 했어요. 그 바람이 그녀에게 계속 살아갈 의지를 주었죠. 어떤 남자는 고문을 당하면서 셰익스피어의 희곡 제목을 모두 반복해서 암송했어요. 희곡이 집필된 순서대로 외웠죠."

목구멍이 말라버려서 차를 한 모금 마시고 말을 이었다.

"윤 홍이 방문했던 교토의 정원을 떠올리며 아주 세세한 부분까지 이야기한 덕분에 우린 온전히 정신을 유지할 수 있었어요. 언니는 내게 말했죠. '우린 이 방법으로 목숨을 부지할 거야. 이게 우리가 수용소에서 걸어 나갈 수 있는 방법이야.'"

해가 산맥을 뚫고 나왔다. 멀리 나무 꼭대기 위로 새 떼가 검은 실처럼 하늘을 가로질렀다.

"어느 날 감시병이 절을 제대로 하지 않는다면서 저를 때렸어요. 그는 매질을 멈추지 않고 계속 후려갈겼죠. 그때 저도 모르게 정원에 가 있는 자신을 발견했죠. 사방에 꽃이 만발한 나무들이 있고, 물 냄새도······"

나는 잠시 말을 멈추었다가 이었다.

"제가 교토에서 가봤던 정원의 모습이 전부 섞인 그런 곳이었어요. 윤 홍에게 그 경험을 이야기했죠. 그때부터 우리 자매는 정원을 만들기 시작했어요. 바로 여기서."

나는 머리 옆면을 손가락으로 톡톡 치고 나서 말을 이었다.

"하루하루 세부 사항들을 덧붙였죠. 정원은 우리의 피난처가 되었어요. 마음속에서 우린 자유로웠죠."

아리토모가 상에 놓인 봉투를 건드리며 말했다.

"전쟁 범죄 재판소에서 조사관으로 일했다고 했지요?"

"책임이 있는 자들이 벌을 받는지 확인하고 싶었어요. 정의가 실현되는지 보고 싶었지요."

"나를 바보로 아는 겁니까? 이건 정의의 문제가 아니었소."

"제가 법정 서류와 공식 기록을 검토할 자격을 얻는 방법은 그 길밖에 없었어요. 제가 갇힌 수용소와 관련된 정보를 찾고 있었어요. 언니가 어디 묻혔는지 알아내고 싶었거든요."

그가 양미간을 찌푸렸다.

"수용소가 어디 있었는지 몰랐나요?"

"일본 놈들이 우리를 그곳으로 이송할 때 눈을 가리고 데려갔거든요. 정글 속 깊은 곳 어디쯤이었어요. 아는 것은 그게 전부였죠."

"당신이 있던 수용소의 다른 생존자들…… 그들은 어떻게 됐나요?"

나비 한 마리가 베란다 옆에 핀 칸나 주위를 맴돌았다. 나비는 합장하듯 날개를 포개고 마침내 잎에 내려앉았다.

"다른 생존자는 없었습니다."

"당신이 유일한 생존자였다는 겁니까?"

그는 내가 거짓말이라도 한다는 듯 쳐다보았다.

나는 그의 눈길을 피하지 않고 고스란히 받아냈다.

"제가 유일한 생존자였습니다."

한참을 둘 다 아무 말도 하지 않았다. 나는 쟁반을 옆으로 밀고 가져온 종이 뭉치의 끈을 풀었다. 종이를 상 위에 펼치고 가장자리를 찻잔으로 눌렀다.

"할머니가 쿠알라룸푸르의 땅을 윤 홍과 저에게 물려주셨어요. 6에이커*쯤 됩니다."

나는 첫 번째 서류를 손짓했다. 지적공사의 지도였다. 내가 말을 이었다.

"레이크 가든에서 조금만 언덕을 올라가면 부지가 나와요. 진짜 일본식 정원을 조성하기에는 기후가 너무 덥고 습하다는 것은 압니다."

나는 얼른 덧붙였다.

"하지만 대신 토종 식물을 심을 수 있겠지요. 이것은 부지를 찍은 사진이에요. 부지 모양을 보시면 어떻게 해야 될지 아이디어를 얻으실 수 있겠다 싶어서요."

그는 지도와 사진을 힐끗 쳐다보았다.

"정원을 조성하고 싶은 꿈꾼 사람은 언니지 당신이 아니었잖습니까."

"윤 홍은 표시도 없는 무덤에 누워 있습니다, 나카무라 씨. 이것은 언니를 위한 정원입니다. 언니의 기억 속에 있는 정원이에요."

나는 그를 설득할 말을 찾느라 전전긍긍했지만 단 한 마디도 생각나지 않았다. 내가 덧붙여 말했다.

---

* 약 2만 4천 제곱미터로 7천 3백여 평 크기

"이게 제가 언니를 위해 할 수 있는 유일한 일입니다."

"언니와 당신이 겪은 일 때문에 내게 이 일을 의뢰한다는 사실이 나로선 마음이 불편하군요."

"그러시지 않아도 됩니다. 선생님은 일본군 점령과 무관하다던데요." 나는 의도보다 날카로운 말투로 쏘아붙였다.

그가 입을 오므렸다가 말했다.

"내가 관여했다면 지금쯤 교수형을 당했겠지요? 어쩌면 당신 손에 죽었을지도 모르겠군요."

"일본 전범이 전원 기소당한 것도 아니고, 벌 받은 사람은 그보다 훨씬 적습니다."

둘 사이의 기류에 변화가 생겼다. 가만가만 불던 바람이 불쑥 멈춘 것 같았다.

아리토모가 말했다. "항복 후 얼마 안 되어서 영국 병사들이 여기 들이닥쳤습니다. 그들은 나를 집에서 끌어내고 바닥에 무릎 꿇게 했지요. 저기."

그가 잔디밭 한쪽을 손짓하며 말을 이었다.

"그들에게 방망이로 맞았지요. 나는 쓰러졌고 다시 일어나려다가 발길질을 당했소. 그들은 연신 발길질을 했지요. 그러더니 나를 끌고 가더군요."

"어디로요?"

"이포에 있는 감옥이었소. 나를 감방에 가두더군요. 그들은 나를 어떤 죄목으로도 기소하지 않았습니다."

그는 손등으로 빰을 쓰다듬으면서 덧붙였다.

"거기 다른 죄수들도 있었어요. 형을 선고받고 집행을 기다리는 일본군 장교들이었지요. 일부는 처형장으로 가면서 흐느꼈어요. 한 명 한 명 끌려갔고, 결국 나 혼자 남았지요. 그러던 어느 저녁, 경비병들이 나를 데리러 왔더군요."

그는 뺨을 쓰다듬는 것을 멈추고 말을 이어갔다.

"그들은 나를 감방에서 끌어냈어요. 교수형당할 거라는 생각이 들었소. 그런데 그들은 나를 풀어줬어요. 교도소 문에서 매그너스가 기다리더군요. 나는 2개월간 갇혀 있었어요."

나비가 검은색과 노란색 날개를 파닥이며 날아갔다. 정원사는 손가락으로 상을 톡톡 쳤다. 마침내 그가 자리에서 일어났다.

"갑시다. 정원 일부를 보여드리겠소."

"차가 식겠는데요."

나는 그의 결심을 얻어내고 싶었다. 하지만 아리토모는 내 제안의 수락 여부를 내색하지 않았다.

그가 말했다. "이 지역이야말로 차가 부족할 일은 없을 것 같은데, 그렇지 않은가요?"

* * *

그는 현관문 옆에 있는 모자걸이에서 토피*를 집었다. 우리는 안이 다 채워지지 않은 연못 주위를 빙 돌아서 걸어갔다. 연못 바닥에

* 열대 지방에서 햇빛 차단을 위해 쓰는 가벼운 헬멧 모양의 모자

깔린 굳은 점토가 눈에 들어왔다. 정원 안쪽으로 들어가자 타밀족*
일꾼이 진흙과 부순 뿌리를 짓이긴 반죽을 돌에 발라 손수레에 담고
있었다.

"셀라마트 파기, 투안."

일꾼이 아리토모에게 인사했다. 정원사는 일꾼이 한 일을 검사하
고 고개를 저었다. 짜증스런 기색이 역력했다. 일꾼이 영어를 거의
몰라서 아리토모는 원하는 바를 정확히 설명하지 못했다. 내가 둘
사이에 끼어들어 아리토모의 지시 사항을 말레이어로 통역했다. 아
리토모는 일꾼에게 전하라며 내게 세세한 지침을 말했고, 일꾼이 분
명히 알아들었다는 확신이 들 때까지 잔소리를 했다.

일꾼이 손수레를 밀고 가자 아리토모가 말했다.

"그래도 저 사람은 일을 엉망으로 할 겁니다."

"여기 일꾼이 몇 명이나 있나요?"

그가 대답했다.

"예전에는 아홉이었지요. 전쟁이 끝나자 그들은 결국 쿠알라룸푸
르로 가버렸어요. 지금 내 밑에는 겨우 다섯 사람이 일합니다. 정원
에는 관심도, 능력도 없는 자들이지요. 게다가 보다시피 일꾼들은
내 지시를 알아듣지도 못합니다."

나는 주변을 둘러보면서 말했다.

"선생님은 여기 11년간 사셨어요. 지금쯤 정원이 완성됐을 만도
한데요."

---

* 인도 동남부와 스리랑카 동북부 등지에 사는 종족

아리토모가 대답했다.

"나는 정원의 일부를 바꾸고 있어요. 나를 잡으러 온 병사들은 정원을 망가뜨리면서 희희낙락했죠. 정원을 복구할 때가 올까 싶어 오래 걱정했어요. 또 다른 군인들이 몰려와서 다시 정원을 못쓰게 만드는 꼴은 당하고 싶지 않았어요. 복구를 미루다 몇 달 전에야 시작한 겁니다."

"이 바꾸는 작업을 마치려면 얼마나 걸릴까요?"

"아마 1년도 넘게 걸릴 겁니다."

그는 말을 멈추고 나란히 서 있는 헬리코니아 꽃을 살폈다. 그러더니 아리토모가 덧붙여 말했다.

"실현해볼 새로운 아이디어가 몇 가지 있거든요."

"정원 하나를 완성하는 데 걸리는 시간치곤 긴 것 같네요."

"그렇다면 당신은 아는 게 없음이 분명하군요. 바위들을 캐서 옮겨야 합니다. 나무들을 뽑고 다시 심어야 하고. 모든 작업을 손으로 해야 합니다. 모든 작업을!"

아리토모는 낮게 드리운 나뭇가지를 부러뜨리면서 말을 이었다.

"그러니 이제 알겠지요. 나는 당신의 의뢰를 수락할 수가 없어요."

나는 깊은 실망에 빠졌다.

마침내 내가 입을 열었다.

"기꺼이 1년을 기다리겠습니다. 필요하시면 2년이라도 기다리지요."

"당신의 제의에 관심이 없습니다."

아리토모는 생울타리 옆에 놓인 커다란 돌로 성큼성큼 걸어갔다.

내가 얼른 그를 쫓아갔다. 돌은 내 엉덩이 높이만 했다. 평편한 표면에 작은 대야 크기의 구멍이 있었다. 대나무 관에서 떨어지는 물이 돌 웅덩이에 모였다가 넘쳐흘렀다. 자연이 만든 그릇 옆에 대나무 국자가 놓여 있었다. 아리토모가 국자에 물을 담아 마시고 나서 국자를 내밀었다. 나는 머뭇거리다가 국자를 받았다.

물은 시원했고 이끼와 광물 맛이 났다. 비와 안개 맛도 풍겼다. 국자를 제자리에 놓으려고 허리를 굽히다가, 수면을 지나 생울타리에 뚫린 틈에 눈이 갔다. 그 틈으로 멀리 있는 호젓한 산봉우리가 보였다. 그런 광경을 볼 줄은 꿈에도 몰랐다. 나뭇잎들에 완벽하게 에워싸인 그 풍경에 순간적으로 마음이 멈춰버렸다. 내 안의 고요가 다 빠져나가자 나는 똑바로 섰다. 상실감이 밀려들었다.

나는 혼잣말하듯 중얼댔다.

"어느 차 학교에서 스승이 정원에 생울타리를 심었대요. 제자들은 경악했죠. 학교는 내해가 보이는 풍광으로 유명했는데, 그걸 볼 수 없게 막았으니까요. 스승은 생울타리에 작은 틈새만 남겨놓고 그 앞에 수조를 설치했어요. 물을 떠먹으려면 허리를 굽혀야 했는데 그때 생울타리의 틈새로 바다가 보였다고 해요."

"어디서 그 이야기를 들었소?"

잠시 윤 홍이 책에서 차 선생의 일화를 읽었다고 둘러댈까 고심했다. 하지만 아리토모가 내 말을 믿지 않을 것 같았다.

"일본인한테 들었어요. 수용소에서."

내가 말했다.

"병사였소?"

"군 소속이 아니었어요. 적어도 그가 군복을 입은 것은 못 봤어요. 뭘 하는 사람이었는지 모르겠어요. 이름이 도미나가였어요. 도미나가 노부루. 그가 제게 그 이야기를 들려주었어요."

아리토모의 눈이 번뜩였다. 나방이 촛불에 뛰어들 듯 순식간의 번뜩임이었다. 그때 처음으로 난 아리토모에게서 불확실한 뭔가를 봤다.

"오랜만에 들어보는 이름이군요."

아리토모가 말했다.

"그 사람을 아세요?"

"그 차 스승은 도미나가의 종조부였어요. 스승이 왜 유명한 풍광을 막으려고 생울타리를 심었겠소?"

나는 대답했다.

"도미나가가 설명해줬어요. 하지만 이제야 제대로 알겠네요. 바다를 가리면 풍경을 보는 효과가 훨씬 극대화되지요."

아리토모는 한동안 나를 지켜보다가 고개를 끄덕였다.

안채로 걸어가는데 집사가 나왔다. 장신의 노란 머리 유럽인도 함께 다가왔다.

"안녕하십니까, 나카무라 씨."

유럽인은 고개를 돌려 나를 바라보면서 말했다.

"그럼 당신이 윤 링이겠군요. 난 프레더릭입니다."

그의 억양은 숙부와 달랐다. 훨씬 영어다웠다. 프레더릭은 나보다 두세 살 연상인 듯했다.

그가 다시 말했다.

"매그너스 숙부께서 당신을 차로 모셔오라고 했습니다. 숙부는 문제가 생길까 봐 걱정하세요."

"무슨 일이 있나?"

아리토모가 물었다.

"아직 못 들으셨습니까? 아침 내내 뉴스에서 난리인데요. 고등 판무관이 죽었습니다. 공산 게릴라들에게 살해당했어요."

아리토모가 나를 힐끗 쳐다보았다.

"당신은 가봐야겠군요."

앞쪽 낡은 출입문 앞에서 프레더릭이 걸음을 멈추고 말했다.

"참, 나카무라 씨. 숙부님이 파티에 대해 다시 말씀드리라고 하셨습니다. 저희랑 같이 가시지요. 저희가 기다리겠습니다."

"나는 마무리할 일이 있네."

아리토모가 말했다.

그가 빗장을 풀고 문을 열었다. 나는 물러섰고, 프레더릭이 내 앞을 지나 길 건너에 주차된 랜드로버로 걸어갔다. 아리토모가 절했지만 나는 맞절을 하지 않았다. 억지로 절해야 했던 시절이 기억났다. 얼른 절하지 않거나 허리를 충분히 굽히지 않았다고 사정없이 맞던 기억도 되살아났다.

내가 말을 하려고 입을 열자 아리토모가 고개를 저었다. 나는 문지방을 넘고 나서 몸을 돌려 그를 바라보았다. 그는 다시 내게 절하고 나무 문을 닫았다. 나는 한참 그대로 서서 대문을 빤히 보았다. 빗장 거는 소리와 열쇠 돌리는 소리가 들렸다.

5

아이라면 누구나 영웅 같은 삼촌을 갈망한다. 삼촌이 없는 내게는 매그너스 프레토리우스가 환상 속 인물이 되었다. 어린 시절 그는 내 삶에서 모호한 존재에 불과했는데도 그랬다. 매그너스에 대해 아는 것은 부모님께 들은 얘기와 그들이 말해주지 않아서 내가 짐작한 내용이었다. 내가 가까이 갈 때마다 두 분이 대화를 뚝 끊을 때 얼핏 들린 이야기들. 또 나중에 매그너스를 잘 알게 되어 직접 들은 사연들이 그에 대해 아는 전부였다.

매그너스는 1905년 케이프타운을 떠나 쿠알라룸푸르에 도착했고, 이포에 있는 거스린스의 고무 농장에서 부감독관으로 일했다. 그는 럭비를 할 줄 아는데, 면접관이 이를 알고는 취직시켜줬다고 떠벌리곤 했다. 매그너스가 아버지와 친해진 것도 이 시기였다. 두 사람은 동업해서 고무 농장을 사들였고, 세월이 흐르면서 농장 몇 군데를 더 인수했다.

외진 지역의 농장주들은 고무나무 속에서 외롭게 살았다. 가장 가까운 유럽인 집까지는 30킬로미터가 넘게 떨어져 있었다. 페낭에서 성장한 나는 농장주들이 과음하다 죽었다거나, 뱀에 물리거나 말라리아 등 열대 풍토병에 걸려 죽었다는 이야기를 종종 들었다. 줄줄이 끝없이 늘어선 고무나무에 싸여 살던 매그너스는 사는 게 지겨웠다. 그래서 더 가능성 있는 일을 찾기 시작했다. 어느 주말 그는 이포의 바에서 술을 마시다가, 정부 관리가 티티왕사 산악 지대의 해발 900미터 고원에 대해 떠드는 말을 엿들었다. 정부 관리는 그 고지대를 정부 행정 센터와 말라야 고위 공직자를 위한 산간 휴양소로 바꿀 계획이라고 했다.

매그너스는 그 지역에 올라간 적이 있어서, 곧 그 계획의 잠재성을 간파했다. 일주일 후 그는 정부로부터 고지대 부지 600에이커*를 양도받았다. 그는 고무 농장의 지분을 내 아버지에게 팔았다. 대공황 직전에 이루어진 이 매매를 두고 아버지는 늘 매그너스를 비난했다.

1885년 정부 측 측량사 윌리엄 캐머런은 고지대를 조사했다. 그는 끝없이 펼쳐진 안개 낀 산과 계곡을 만났고, 코끼리를 타고 산악 지대를 누비면서 파항 주와 페라크 주**의 경계 지역을 지도로 만들었다.

"한니발이 알프스를 넘는 것 같았지요."

내가 마주바에 머무는 동안, 매그너스는 손님들에게 자주 그렇게

* 약 243만 제곱미터로 73만 평 크기
** 말레이 반도 북서부에 있는 주들

말했다.

그는 실론 고지대에서 종자와 차나무를 들여왔다. 또 남인도에서 노동자들을 데려와서 밀림을 개간했다. 사오 년 사이 부지 내 경사진 땅과 산비탈에 키 작은 차나무가 꽉 들어찼다. 일꾼들이 찻잎을 계속 따서 차나무는 키가 크지 않았다. 일본 귀족들이 대대로 분재를 유지하는 것과 비슷했다. 매그너스가 차 재배를 시작한 지 몇 년 후, 캐머런 고지대에 차 농장 두 군데가 더 생겨서 서로 경쟁했다. 하지만 그 즈음 마주바 상표는 이미 말라야에서 자리를 잡았다.

아버지는 우리 집에서 그 상표의 차를 마시지 못하게 하셨다.

* * *

프레더릭은 마주바 하우스까지 짧은 거리를 가면서 내게 말을 붙이려고 애썼다. 하지만 난 정원 설계를 맡아달라고 아리토모를 설득하지 못한 데만 정신이 쏠렸다. 차창 밖으로 마주바 외곽의 계단식 채소 농장과 이따금씩 스치는 방갈로들을 힐끗 보았다. 구르카인 경비원이 마주바 하우스의 문을 열어줄 즈음에야 차도에 늘어선 자동차들이 눈에 들어왔다.

"여기 무슨 일이 있나요?"

프레더릭이 대답했다.

"매그너스의 바비큐 파티예요. 숙부가 매주 일요일 여는 파티죠. 오전 11시에 시작해서 보통 오후 예닐곱 시까지 계속돼요. 보시면 마음에 들 거예요."

전날 밤 매그너스에게 바비큐 파티 얘기를 들은 기억이 얼핏 났지만 까맣게 잊고 있었다.

부엌 바깥 통로에서 에밀리와 부딪칠 뻔했다. 그녀는 튜브 모양으로 생긴 이상한 물건을 담은 쟁반을 들고 있었다.

에밀리는 나를 나무랐다.

"어머, 얼마나 걱정했다고요. 벌써 사람들이 밖에 다 와 있어요."

그녀는 턱으로 집 뒤편을 가리키면서 말을 이었다.

"가서 사람들이랑 어울려요. 아니, 너는 아니야. 프레더릭! 너는 와서 숙모 좀 도와주렴. 이걸 매그너스에게 갖다 줘요."

그녀가 쟁반을 내밀었다. 반들거리는 튜브들은 둘둘 말린 생소시지였다. 한 줄의 두께가 2~3센티미터로, 길이는 50센티미터 정도 돼 보였다.

집 뒤쪽 테라스 정원에 15~20명쯤 모여 있었다. 중국인, 말레이인, 유럽인이 섞여 있었다. 일부는 등나무 의자에 조용히 앉아 있고, 나머지는 삼삼오오 모여 서서 술잔을 들고 대화를 나누었다. 화창하고 바람이 없는 날이었지만 분위기는 침울했다. 한 여인이 웃음을 터뜨리다가 이내 멈추고 주변을 힐끔댔다. 테라스 한쪽 끝에 있는 긴 테이블에 접시, 식사용 기구, 음식 냄비가 나란히 놓여 있었다. 숯화로 위에서 카레가 끓었고, 얼음 통에 든 튜브처럼 생긴 타이거 맥주병에 햇빛이 반사되었다. 녹나무 그늘에서 매그너스는 바비큐용 그릴을 확인했다. 오일 드럼통을 반으로 자른 그릴이 버팀대 위에 놓여 있었다. 로디지안 리지백 개들이 주인 발치에 느긋하게 앉아서 몸을 긁다가, 내가 다가가자 올려다보았다.

매그너스가 말했다.

"아, 널 찾았어! 아침 식사에 오지 않아서, 유기리에 간 줄 알았지."

"냉장고에서 이런 것들은 못 봤는데요."

매그너스에게 소시지 쟁반을 주면서 내가 말했다.

"부르보스*란다. 내가 직접 만들었지."

"브롤록스와 비테르갈이 싸놓은 것처럼 생겼네요."

개들은 제 이름을 듣자 힐끗 올려다보았지만, 꼬리는 그대로 풀 위에 있었다.

"아이고! 그것들을 그릴에 올려라. 얼마나 기가 막힌 맛인지 곧 알게 될 테니."

소시지에 고수 씨와 다른 향신료가 뿌려져 있었다. 매그너스는 어떤 향신료인지 알려주지 않으려 했다.

"우리 할머니가 알려주신 비법이거든."

소시지가 숯불에서 익기 시작하면서 아주 고소한 냄새가 났다. 문득 아리토모와 마신 차를 제외하면 아침나절 내내 아무것도 먹지 않았다는 게 생각났다.

매그너스는 맥주를 들이켜고 잔디밭에 흩어져 있는 손님들에게 말했다.

"내가 결례를 한다고는 생각하지 마세요. 거니의 사망 소식을 들었을 무렵에는 이미 파티를 취소하기에 늦었더라고요."

그가 맥주를 한 모금 더 마신 다음 내게 물었다.

* 양념한 소시지

104

"아리토모에게서 원하는 것을 얻었니?"

"그가 거부했어요."

"이런, 안됐구나. 하지만 여기서 지내거라. 머물고 싶은 만큼 있도록 해. 공기가 아주 좋을게다."

그는 손님들을 살피며 덧붙여 물었다.

"프레더릭이 아리토모에게 바비큐 파티가 있다고 말하지 않았니?"

"그는 해야 할 일이 있대요."

내가 대답했다. 매그너스가 쇠 젓가락을 들자 내가 물었다.

"강점기가 끝나고 그가 보복을 당했나요?"

"항일 게릴라한테? 물론 아니지."

매그너스는 손으로 입술을 닦았다.

"체포당했다고 하던데요"

"음, 영국군은 아리토모를 어떤 죄로도 기소할 수가 없었지. 또 내가 그를 보증했고."

그가 소시지를 뒤집자 기름이 숯에 떨어져서 구수한 연기가 구름처럼 피어올랐다. 매그너스가 말을 이었다.

"아리토모는 우리가 수용소에 끌려가는 것을 막아주었지. 전쟁 중 한때는 그의 휘하에서 30명도 넘게 일을 했어. 모든 인부와 그 가족까지 전쟁에서 살아남았지."

"저희 가족도 여기 와서 전쟁이 끝나기를 기다릴 걸…… 아쉽네요."

매그너스는 그릴에서 소시지를 뒤적이다가 동작을 멈추고 나를 쳐다보았다.

"일본 놈들이 공격하기 몇 주 전, 네 아버지에게 가족을 데리고 여기로 오라고 말했었다."

나는 그를 빤히 쳐다보았다.

"아버지가 그런 말은 안 하시던걸요."

"그 양반, 내 말을 들었어야 했는데 그러지 않았지. 내 말대로 했으면 좋았으련만."

뒤쪽에서 사람들이 웅성대는 소리가 멀어지는 것 같았다. 문득 아버지의 완고한 자존심에 부아가 치밀었다. 매그너스가 옳았다. 그랬다면 상황이 완전히 달라졌을 텐데. 나는 다치지 않았고 어머니는 마음속에서 헤매지 않았으리라. 윤 홍은 여전히 살아 있었을 테고.

"아저씨는 일본이 공격하리란 걸 일찌감치 아셨어요?"

나는 매그너스를 주의 깊게 쳐다보면서 물었다.

"뇌가 절반만 있는 사람이라도 지도를 보면 금방 알 수 있을 거야. 중국은 일본이 삼키기에는 너무 큰 나라야. 변두리를 야금야금 먹는 게 다였어. 그에 반해 남중국해에 위치한 영토가 좁은 나라들은 쉬운 먹잇감이었지."

프레더릭이 다른 쟁반을 들고 나왔다. 쟁반에는 양고기가 담겨 있었다. 매그너스가 그에게 말했다.

"바이 어 돈키.*"

"바이 어, 뭐요?"

나는 제대로 들었는지 몰라서 물었다.

* Buy a donkey. '나귀를 사다'는 뜻이지만 아프리카어와 발음이 비슷해서 쓴 말이다.

"난 이 젊은 친구가 아프리카어를 더 많이 쓰게 하려고 애쓴단다. 프레더릭은 오래 영국인들이랑 어울려 살다 보니 모국어를 잊었지. 윤 링에게 그게 무슨 뜻인지 말해줘라."

"바이에 단키에."

프레더릭이 말했다.

나는 알파벳을 말해달라고 부탁했다.

그가 대답했다.

"고맙다는 뜻이에요. 난 말레이어도 배우고 있어요. 우습죠, 양쪽 말이 비슷한 게 정말 많거든요. 피상(Pisang, 바나나), 피링(Piring, 접시), 폰도크(Pondok 오두막)."

"그거야 자바*에서 케이프타운으로 끌려간 노예들 때문이지."

매그너스가 말했다. 그는 마시던 맥주를 숯에 붓더니 우리에게도 그러라고 채근했다. 매그너스가 우리를 손님들에게 소개했다. 공기가 싸늘했지만 장갑을 낀 사람은 나밖에 없었다.

매그너스가 말했다.

"말콤에게 인사해라. 토착민 보호관이시지. 말콤이 가까이에 있을 때는 말조심해야 한다. 이 양반은 말레이어, 광둥어, 만다린어**, 호키엔***을 구사하니까."

"말콤 툼스입니다."

그가 따뜻한 미소를 지으면서 말했다. 정직한 얼굴을 한 40대 후

* 인도네시아의 커피로 유명한 섬 지역
** 중국어 방언 중 하나로 표준 중국어로 사용된다.
*** 중국 푸젠 성 출신 화교들이 쓰는 중국어 방언

반의 남자였다. 그 얼굴에 마음이 끌렸다. 좋은 인상이 원주민 부족의 복지를 관장하는 업무에 도움이 될 것 같았다.

프레더릭이 내게 속삭였다.

"이름은 '툼스*'인데 우울한 사람은 아니에요."

일행이 뷔페 테이블에서 접시에 음식을 담아 먹기 시작하려는데 툼스가 모두 동그랗게 서라고 청했다. 매그너스가 입술을 오므렸지만 잠자코 있었다. 우리는 고등 판무관의 명복을 비는 묵념을 했다. 이제야 그 죽음의 중요성이 인식되었다. 정부가 뭐라고 말하든 상황은 점점 악화되고 있었다.

모두 자리에 앉아 식사를 시작하자 매그너스가 물었다.

"부르보스는 맛이 어때?"

"보기보다 훨씬 맛있네요."

나는 소시지를 씹어 삼키고 나서 덧붙였다.

"거니는 어떻게 죽었어요?"

"게릴라들이 그의 차를 습격해서 총을 쐈어. 어제 오후 '프레이저스 힐'로 올라가는 도로에서 사건이 벌어졌다는군. 아마 거니 일행은 휴가를 가는 길이었을 거야. 부부가 무장 호송차에 타고 여행 중이었거든."

"그런데도 게릴라들이 그를 죽인 거죠."

자파르 하미드가 우리 쪽으로 의자를 당기며 말했다. 그는 타나라타에 있는 레이크뷰 호텔의 주인이었다.

---

* Toombs. 무덤을 뜻하는 영어 단어 Tomb과 발음이 비슷해서 프레더릭이 던진 농담이다.

매그너스가 물었다.

"그 소식이 오늘까지 발표되지 않은 이유는 뭘까?"

내가 말했다.

"요즘은 모든 걸 검열해요. 하지만 지금쯤 어떤 사건이 벌어졌는지 라디오로 세계 전역에 방송되고 있을걸요. 아저씨가 기차역에서 저를 여기 데려올 무렵에는 이미 거니는 그들 손에 죽었을 거예요. 그래서 도로에 군 차량이 그렇게 많았던 거예요."

툼스가 조용히 말했다.

"그럴 수 있겠네요…… 공산 게릴라에게는 대단한 쿠데타였죠. 오늘밤 그들은 정글에서 춤추고 노래할 겁니다."

"거니의 부인은요?"

내가 매그너스를 쳐다보면서 물었다.

"라디오에서는 게릴라들이 맨 앞 차량에 총격을 가했다더구나. 그들이 롤스로이스에 총질을 시작하자, 거니는 차에서 내려 저만치 걸어갔지."

"조심성이 없었네요."

유럽 여인이 큰소리로 말했다.

매그너스는 곧 그녀의 말을 바로잡았다.

"그는 아내가 총격당하는 것을 막으려 한 겁니다, 세라."

"부인이 가여워요……"

에밀리가 말했다.

매그너스가 아내의 어깨를 꽉 잡았다.

"보안 상태를 다시 한 번 점검하고, 조치를 강화할 방법도 모색하면 좋을 것 같소."

"우리가 더 할 수 있는 일이 별로 없죠, 안 그런가요?"

중년 남성이 말했다. 아까 내게 폴 크로포드라고 인사한 사람이었다. 타나라타에 딸기 농장이 있고, 자식 없이 홀아비가 되었다고 했다.

폴 크로포드가 말을 이었다.

"우리는 자택 주변에 울타리를 두르고 일꾼들이 보초를 서도록 훈련시켰습니다. 또 마을에 지역 의용병을 만들었지요. 하지만 아직도 우리가 요구한 임시 경찰은 오지 않네요."

전쟁이 끝난 후 나는 이런 경험을 다시 하지 않기를 바랐다. 그런데 지금은 다른 전쟁의 한가운데 있었다.

"일본이 항복하고 몇 주간 공산당원들이 마을에 사는 말레이인들을 죽인다는 소문이 계속 들려왔어요. 말레이인들이 중국인들에게 복수한다는 얘기도 들렸고요. 정말 겁나는 일이었어요." 에밀리가 말했다.

"내가 만나는 중국인 무단 거주자들은 지금도 일본을 물리친 게 공산당들이었다고 믿습니다." 툼스도 발언했다.

"제가 말레이에 온 첫 주에 어떤 병사가 말하더군요. 그는 나라를 통제하려고 처음 이곳에 들어온 부대원이었답니다. 그런데 그는 전쟁을 승리로 이끈 게 공산당이라고 생각하더군요. 그의 연대가 들어가는 마을마다 공산당이 일본을 누르고 승리한 것을 축하하는 휘장과 포스터가 붙어 있었다고요." 프레더릭이 말했다.

"말라야, 말라야. 당신네 영국인들이 너무도 부주의한 이름을 붙인 내 조국 '말라야'는 최근까지 공식적으로 존재하지 않았는데 그걸 이상하게 여긴 분은 없습니까?*" 하미드가 투덜댔다.

"이곳은 내 고국이기도 해요, 에칙 하미드." 내가 말했다.

"중국 화교인 당신. 당신들은 모두 이민자의 후손이죠. 당신들은 언제나 중국에 충성하겠죠." 하미드가 쏘아붙였다.

"말도 안 되는 소리예요." 내가 대꾸했다.

"아, 미안하군요. 당신은 해협 중국인이잖아요? 훨씬 더 나쁘지! 당신들은 다 영국을 모국으로 생각하죠. 직접 영국에 가본 적도 없으면서!"

하미드가 주먹으로 가슴팍을 치면서 말을 이었다.

"우리 말레이인들은, 우리가 이 땅의 진짜 아들이라고요."

그가 우리를 둘러보면서 덧붙였다.

"여기 있는 사람 중 그렇게 불릴 수 있는 사람은 아무도 없어요."

"제발 그러지 말아요, 하미드." 에밀리가 말했다.

나는 화를 누르고 말했다.

"옛 나라들은 죽어가고, 신생국들이 생기고 있어요. 조상들이 어디서 왔는지는 중요하지 않아요. 시암**이나 자바 섬, 아체***, 혹은 순다 해협****에서 항해해 온 선조가 없다고 자신 있게 말할 수 있나요?"

"말라야가 최근까지 존재하지 않았다니 무슨 뜻입니까?" 피터 보

---

* 1946년에야 말라야연방이 되었다.
** 타이 왕국의 옛 명칭
*** 수마트라 섬 북부에 있는 지역
**** 수마트라 섬과 자바 섬을 잇는 해협

이드가 물었다. 그는 고무 농장의 부관리인으로, 전임자가 공산 게 릴라들에게 살해되어 몇 주 전 런던에서 왔다.

하미드가 대답할 새도 없이 내가 설명했다.

"그것은 늘 영국이 통제권을 가진 고만고만한 영토들을 편의상 부르는 명칭이었어요. 처음에는 연합한 말레이 주들이 있었죠. 각 주는 주지사가 있고 서부 해안에 위치했지요."

말라야의 관리자로 파송돼 온 유럽인들이 여전히 이렇게 아무것도 모른다는 게 나로서는 충격이었다. 말레이인들이 질려서 백인들을 쫓아내고 싶어 하는 것도 무리가 아니었다. 내가 계속 말을 이었다.

"비연합 말레이 주들은 술탄들이 영국인 참모의 도움을 받아 통치했어요. 그리고 말라카, 페낭, 싱가포르 같은 해협 식민지들이 있었죠."

"모두 다 우리 말레이인들에게 훔쳐간 곳들이죠." 하미드가 말했다.

에밀리가 끼어들었다.

"말레이인들은 게을러서 그렇게 될 때까지 손 놓고 있었어요. 당신도 잘 알잖아요, 하미드. 우리 중국인들은 주석 산업을 일으켰어요. 우린 소도시들을 세웠고 상업을 도입했어요. 쿠알라룸푸르는 중국인들이 건설했어요! 모른다고 하지 말아요."

"아이고! 우린 똑똑한지라 주석 광산에서 백인의 노예 노릇을 하고 싶지 않았던 거지요. 당신네 중국인들과는 달리!"

하미드는 쏘아붙이고는 접시를 기울이며 덧붙였다.

"저, 에밀리. 벨라찬* 좀 더 주세요."

18세기에 킨타 밸리에서 주석이 발견되자 영국인들은 중국 남부에서 계약직 노동자들을 데려와 광산에서 일을 시켰다. 말레이인들은 고향 마을에 남아 자기 땅에서 농사를 지으려 했기 때문이다. 중국 이주자들은 돈을 벌어서 고국에 돌아가려는 목적으로 이곳에 왔다. 하지만 많은 중국인이 여기 남았다. 그들은 중국에서 벌어지는 전쟁과 폭동보다 영국 식민지에서의 안정된 생활을 선호했다. 그들은 페닝, 이포, 쿠알라룸푸르에서 가정을 꾸리고 돈을 벌었다. 또 중국 남부 항구 지역에서 더 많은 동포가 이주하도록 길을 열어주었다. 이 이주자들은 곧 말레이의 일부가 되었다. 내가 적도 하늘 아래 태어나 후덥지근한 열대의 공기를 호흡하면서 편안해하는 것이 당연하듯, 우리가 말레이의 일부라는 것을 의심한 적이 없었다.

매그너스가 손마디로 정상인 쪽 눈을 문지르며 말했다.

"두어 해 전 서재에 앉아 저녁 뉴스를 듣다가, 어떤 소식을 듣고 절망에 빠졌던 기억이 나는군요."

그는 크로포드와 툼스에게 고개를 돌리면서 말을 이었다.

"당신네 애틀리 씨**가 중국의 마오쩌둥 정부를 공식 인정한다는 뉴스였소. 말라야에서는 매달 공산 게릴라들이 주민을 수백 명씩 죽이는데 말이지."

크로포드가 대꾸했다.

"두어 주 후 선거가 있다는 것을 잊지 마십시오. 우리는 윈스턴을 다시 부를 겁니다."

* 새우 가루로 만든 양념
** 제2차 세계대전 직후의 영국 수상

매그너스는 찌푸리기만 했다. 그는 그런 예상에 심드렁한 표정을
지었다.

프레더릭이 말했다.

"그렇더라도, 세계의 이쪽 지역에서는 마오쩌둥을, 아프리카에서
는 마우마우*를 그대로 계승할 텐데요 뭐."

"지독하구나."

에밀리가 손으로 웃음을 막으면서 말했다.

"방금 옛 나라들이 죽어간다는 윤 링의 말이 맞지요. 중국보다 오
래된 나라는 없는데 이제 그 나라를 보자고요. 국명도 새롭고 황제도
새로운 사람이지요."

"마오 황제라고요?" 프레더릭이 말했다.

"칭호만 다를 뿐이지." 매그너스가 대답했다.

에밀리가 끼어들었다.

"제발 다른 이야기하면 안 될까요? 혹시 '한 수인**'의 신간을 읽어
본 분 있나요? 작년에 그녀가 여기 다니러 왔잖아요. 아, 몰리. 그 책으
로 영화를 만들 거라는 게 사실인가요? 윌리엄 홀든이 나온다면서요?"

* * *

점심 식사가 한창일 때, 안채에서 하인이 나와 매그너스에게 뭐라

---

* 케냐의 대영국 무장 독립 투쟁 단체
** 영국과 중국의 혼혈 여의사. 그녀의 자서전을 토대로 영화 『모정』이 제작되었다.

고 속삭였다. 그가 자리에서 일어나 부엌을 지나 안으로 들어갔다. 개들이 주인을 따라갔다. 몇 분 후 매그너스는 근심스러운 표정으로 돌아왔다.

그는 모인 사람들을 둘러보면서 말했다.

"우리 부관리인이 전화를 했는데 한 시간 전 공산 게릴라들이 타나라타의 한 마을에 방화를 했답니다. 놈들이 단도로 촌장을 베었다는군요. 촌장의 아내와 딸들이 그 광경을 지켜보게 했구요. 여러분을 보내고 싶지 않지만 6시 통행금지령이 떨어졌습니다."

다른 사람들도 자리에서 일어났고, 그들이 고등 판무관 살해 사건을 예상 외로 두려워하는 것을 난 알아차렸다. 매그너스와 에밀리가 손님들을 배웅했고 나는 정원에 남아 있었다. 두 자매 조각상 앞을 지나 낮은 돌난간에서 걸음을 멈추고 몸을 내밀었다. 아래 테라스에는 형식미 넘치는 정원이 있고, 잔디밭에 떨어진 참나무 잎들이 미완성된 퍼즐 조각처럼 보였다. 공작새가 짝을 쫓아 잔디밭을 지날 때 깃털이 낙엽을 스쳤다. 잔디밭 한쪽의 장미 정원에는 나선형 모양의 나무들이 서 있었다.

처음에는 가파른 산등성이 도로를 힘겹게 오르는 요란한 트럭 소리인 줄 알았다. 눈 깜빡하는 사이에 소리는 커져 뼛속까지 파고드는 굉음이 되었다. 비행기 한 대가 마주바 하우스 위를 지나 차 밭을 순회했다.

"다코타 기예요."

프레더릭이 안채에서 나와 내 옆으로 오면서 말했다.

비행기 꼬리 근처의 문이 열리면서 갈색 구름이 쏟아져 나왔다.

115

잠시 후 그 덩어리가 산산이 갈라졌다. 순간적으로 비행기가 분해되는 줄 알았다. 동체가 산산조각 나는 중이라는 생각이 들었다.

"저게 뭐예요?"

내가 물었다.

프레더릭이 대답했다.

"공산 게릴라들에게 투항을 촉구하는 안전통행증이랑 경고문 삐라예요. 바람을 타고 차나무 위로 날아온 삐라를 치우느라 법석을 떨어야 된다고 숙부가 말하더군요. 일꾼들 불평이 이만저만 아니라고."

비행기는 언덕과 구릉 주위로 날아갔고, 털털거리는 소리를 내면서 멀어졌다. 종잇조각들이 집 쪽으로 밀려왔다. 나는 잔디밭 끝으로 가서 머리 위로 손을 뻗어 종이 한 장을 낚아챘다. 심리전 담당 부서에서 이런 삐라를 발행한다는 소문은 들었지만 직접 보는 것은 처음이었다. 종이에 사진 두 장이 나란히 인쇄되어 있었다. 첫 번째 사진은 산적이 항복하는 장면이었다. 영양실조로 수척한 산적은 누더기를 걸쳤고, 광대뼈가 튀어나오고 뻐드렁니였다.

"동무들, 내 이름은 정 가 홍입니다. 한때 조호르 4연대 대원이었습니다."

나는 종이에 적힌 문구를 소리 내어 읽었다. 다른 사진에도 같은 남자가 있었다. 그는 영양 상태가 좋은 얼굴로 빙긋 웃고 있었다. 사무원처럼 흰 셔츠와 줄 세운 검은 양복바지를 입고, 수수한 얼굴이지만 생긋 웃고 있는 중국 젊은 여인의 허리를 안고 있었다.

"나는 투항 후 정부에서 좋은 대접을 받았습니다. 여러분을 그리워하는 가족을, 부모님을 생각해보세요. 모든 투쟁을 포기하고 여러

분을 그리워하는 이들에게 돌아가십시오."

사면과 보상 내용이 말레이어, 중국어, 타밀어로 적혀 있었다. 얇은 종이는 마치 밤새 차 찌꺼기에 젖은 것 같은 옅은 갈색이었다.

내가 말했다.

"이상한 색깔을 선택했네요."

"일부러 그런 거예요. 게릴라가 집어도 남의 눈에 덜 띄도록."

프레더릭이 말했다. 그는 헛기침을 하고 말을 이었다.

"매그너스가 나한테 방갈로를 내주었어요. 농장 저쪽 편이에요."

그는 잠시 말을 멈추었다가 덧붙였다.

"거기 가서 한잔 마실래요?"

"통행금지가 발령됐잖아요."

"우린 이미 단지 안에 들어와 있는걸요."

나는 삐라를 구기면서 말했다.

"오늘은 안 되겠어요, 프레더릭. 하지만 아침에 데리러 와줘서 고마워요."

* * *

내 방에 돌아가니 왼손에 통증이 일기 시작했다. 때맞춰 맥박이 심하게 뛰었다. 파티 동안 가라앉았던 아리토모를 향한 부아가 다시 수면 위로 떠올랐다. 뻔뻔한 인간. 쿠알라룸푸르에서 여기까지 오게 해놓고 그렇게 빨리 내 제안을 거절하다니. 진지하게 생각해보지도 않고. 망할 일본 자식. 개나 물어갈 빌어먹을 일본 새끼!

117

협탁 서랍을 열고 공책을 꺼냈다. 신문 기사들을 오려 붙인 공책이 묵직하고 두툼했다. 나는 제대로 쳐다보지도 않고 페이지를 쭉쭉 넘겼다. 기사를 줄줄 외우고 있었다. 전쟁 범죄 재판소에서 조사원으로 일하면서, 도쿄와 일본 점령국에서 열린 재판과 관련된 신문 기사를 모았다. 일본 장교들이 기소된 죄목을 잘 알면서도 스크랩한 기사들을 정기적으로 읽었다. 알아볼 만한 이름이나 낯익은 얼굴이 없다는 것을 오래전에 인정했는데도 기사를 보고 또 봤다. 내가 억류되었던 수용소에 대한 언급은 전혀 없었다.

공책 뒤쪽에 하늘색 봉투가 끼워져 있었다. 봉투에는 일본어와 영어로 주소가 적혀 있었다. 봉투를 들어보니 나뭇잎처럼 가뿐했다. 봉투가 든 페이지에는, 케임브리지로 떠나기 일주일 전 기소된 전범과 마지막으로 나눈 대화가 적혀 있었다. 내가 그에게 했던 약속이 기억났다. 대신 편지를 부쳐주겠다는 약속.

손의 통증이 천천히 가라앉았다. 하지만 통증은 다시 일어날 터였다. 안채 어디선가 하인들의 목소리가 얼핏 들렸다. 공작새 한 마리가 짝을 불렀다. 나는 봉투를 다시 공책 갈피에 넣고 표지를 덮었다. 다시 테라스로 나갔다.

한참을 거기 서서 유기리 쪽을 바라보았다. 계곡 기슭에 밤이 내려 아리토모의 정원이 어둠에 잠겨 보이지 않을 때까지 나는 거기 서 있었다.

6

고등 판무관 살해 사건 이후 일꾼들은 집 담장을 보수했다. 매그너스와 프레더릭은 돌아다니면서 공사를 감독했다. 일꾼들이 담장 밖을 비추도록 스포트라이트 한 쌍을 설치했다. 매그너스는 타나라타 골프 클럽에 갔다가 이포에서 일어난 사건 소식을 들었다. 공산 게릴라들이 고무 농장 관리인의 방갈로에 수류탄을 던졌다고 한다. 당시 집에는 관리인의 가족들이 모여 앉아 점심을 먹는 중이었다. 매그너스는 이 소식을 듣고 유리창마다 얇은 철망을 설치하기로 결정했다.

"집사람에게 들었는데, 네가 아직 우리 치료소를 보지 않았다면서." 매그너스가 말했다.

나는 그를 도와 내 침실 창문에 철망을 붙이는 중이었다. 철망 때문에 방이 컴컴해져서 전등 스위치를 켰다. 아리토모에게 의뢰를 거절당한 지 이틀이 지났지만 아직도 화가 가라앉지 않았다.

매그너스가 말을 이었다.

"가서 한번 둘러보라구. 작년에 간호사가 치료소를 그만두었지. 여기가 너무 위험해서 일을 못 하겠다고 하더라. 에밀리가 치료소를 직접 운영하기로 했어. 그 사람은 큰 깨달음을 얻은 바 있어 나와 결혼하기 전에 간호사 교육을 받았거든."

치료소 방문이 꺼려졌지만, 에밀리에게 인사치례를 하려면 가봐야 된다는 것을 알았다. 하얗게 칠한 방갈로는 일꾼 숙소에서 도보로 가까운 거리에 있었다. 내가 대기실에 들어서자, 의자에 구부정하게 앉아 있던 타밀인이 씩 웃었다. 에밀리는 키가 낮은 카운터 뒤에 앉아, 소리 없이 입술만 달싹이며 알약을 세서 병에 담았다. 열린 문틈으로, 가리개 뒤에 침상 두 개가 있는 방이 보였다. 침상 하나에 여자의 맨다리가 튀어나와 있었다.

에밀리가 나를 힐끗 보더니 말했다.

"저기 레추미가 누워 있어요."

"뱀에 물렸다는 사람이요."

에밀리는 한쪽으로 고개를 기울였다.

"아, 맞아요. 윤 링이 도착한 날 밤에 그랬지. 이제 레추미는 괜찮아요. 닥터 여가 주사를 놔주었거든. 마니암! 이봐, 마니암! 이거 가져가."

의자에 앉아 있던 일꾼이 일어나서 알약이 담긴 병을 받았다. 에밀리는 말레이어로 복용량을 따라 말하게 한 다음 그를 보냈다. 그녀가 내게 몸을 돌리고, 구석에 쌓인 약상자들을 가리켰다.

"오늘 들어온 약품이에요. 공산 게릴라 공격을 받을 경우에 대비해 내가 약을 더 주문했지."

그녀는 고개를 저으면서 덧붙였다.

"고등 판무관이 그들에게 살해되다니 아이러니 아니에요?"

"어째서요?"

"판무관은 공산 게릴라들이 '숭가이시풋'에 있는 농장을 공격한 후에도 며칠간 가만히 있었거든. 아무 조치도 취하지 않았죠."

"그는 전국적으로 비상조치를 선포한걸요."

"농장주들이 그러라고 채근을 했으니까. 매그너스가 이곳 사람들 모두 청원서에 서명하게 했어요. 윤 링 같은 도시 사람들이야……"

그녀는 흥 소리를 내고 말을 이었다.

"…… 전쟁이 벌어지고 있는 줄 전혀 모르겠지."

그녀의 주장은 어느 정도 사실이었다. 에밀리가 계속 말했다.

"내 입장에서 다행스러운 점은, 이제 그이가 일요일에 쓸데없이 친구들과 산맥을 헤매고 다니지 않는다는 거죠."

"그들이 뭘 하는데요, 멧돼지 사냥이라도 해요?"

"소문 못 들었어요? 타나라타에 있던 일본 놈들이 항복하기 전에 여기 산맥 어딘가에 금덩이를 묻었다는 얘기가 있어요."

"그건 헛소문에 불과해요, 틀림없어요."

"그이랑 친구들은 남학생들 같다니까. 숨겨진 보물을 찾아다니다니. 내 생각엔 마누라한테 벗어나는 게 좋아서 그러고 다니는 게 아닐까 싶네요."

에밀리는 찬장을 열고 생리대 상자를 채우기 시작했다. 그녀가 상자 하나를 내게 흔들면서 말했다.

"나를 캐묻기 좋아하는 여편네로는 보지 말아요. 그런 사람은 아니거든. 하지만 늘 궁금했어요. 수용소에서 지낼 때 이건 어떻게 처리했어요?"

"생리가 중단된 사람이 많았어요."

"그럴 수 있지. 열악한 환경에 잘 먹지도 못하니."

"저는 석방되고도 두세 달 동안 생리를 하지 않았어요. 그러다 어느 날 사무실에 있는데 다시 시작되었죠. 그렇게 됐어요."

미처 준비가 안 됐는데 그런 상황이 벌어져서 다른 사람에게 생리대를 가지고 있는지 물어봐야 했다. 하지만 나중에 오히려 안도감을 느꼈던 기억이 났다. 전쟁이 정말 끝났다는 사실을 마침내 받아들일 수 있었다. 내 몸이 자유롭게 다시 원래 리듬으로 되돌아왔다는 사실을.

치료소의 소독약 냄새를 맡자 속이 울렁거리기 시작했다. 에밀리가 걱정스러운 표정을 지은 것을 보면, 그런 기미가 빤히 드러난 게 분명했다.

에밀리가 물었다.

"호랑이 연고 같은 걸 줄까요?"

"여기 냄새가…… 병원을 연상시켜서요."

에밀리는 아쉬운 듯 고개를 저으면서 말했다.

"윤 링이 여기서 날 도와줄 수 있기를 바랐는데."

"여기 오래 머물지 못하겠네요."

치료소에서 나왔다. 다시 햇살과 싱그러운 공기 속으로 나오니 마음이 놓였다. 마주바 하우스로 돌아가니, 화장대에 둘둘 말린 종이 뭉치가 있었다. 아리토모에게 살펴보라며 유기리에 두고 온 지도와 사진이었다.

* * *

다음 날 아침, 일꾼을 소집하는 사이렌 소리가 잦아들 무렵, 나는 집에서 나와 손을 문지르며 차고 밖에 서 있었다. 세상은 온통 잿빛이고 축축했다. 1분 후 자갈돌을 밟고 다가오는 발자국 소리가 들리더니 안개 속에서 매그너스가 나타났다. 개들이 주인 뒤를 바싹 따라왔다. 전날 저녁 농장을 구경시켜 달라고 부탁한 장본인이 나인데도 그는 날 보자 놀란 표정을 지었다.

"네가 이렇게 일찍 일어날 수 있을 줄 몰랐다."

그가 개들에게 랜드로버의 뒷문을 열어주면서 말했다. 그가 재킷 안에 찬 리볼버 권총이 힐끗 보였다.

"저는 많이 안 자도 되거든요."

공장까지 짧은 길을 덜컥거리며 가면서 그는 차 농장이 어떻게 운영되는지 간략히 설명했다.

"조프 하퍼가 내 부관리인이야. 5명의 유럽인 보조원이 사무실에서 일꾼을 감독하지."

"그러면 차 밭은요?"

"농장은 서른다섯 개 구역으로 나뉘어져 있어. 각 구역은 감독관이 책임지지. 감독관 휘하에 반장들이 있어. 그들이 작업반을 책임져. 작업반에는 각각 찻잎 따는 일꾼, 잡초 제거하는 일꾼, 청소하는 일꾼이 있지. 경비원들은 도난이나 태만을 감시해. 그리고 의용병들을 세워서 그들을 지키게 하고."

"어제 공장 앞을 지나는데 바깥에 아이들이 있던데요?"

"일꾼 자식들이야. 우리는 아이들이 차나무에서 애벌레를 잡아오면 한 자루에 20센트씩 주지."

공장은 부두에 있는 창고만 한 크기였다. 일꾼들이 벌써 공장 밖에 줄지어 서 있었다. 크레텍 담배* 때문에 대기 중에 정향 냄새가 진동했다. 매그너스가 일꾼들에게 인사를 했고, 고참 감독이 일꾼들을 호명하며 출석부에서 이름을 지워갔다. 이 광경을 보자 수용소에서의 점호 시간이 생각났다.

매그너스가 부관리인 조프 하퍼와 의논을 했다. 하퍼는 땅딸막한 체구의 50대 사내로 등에 소총 한 쌍을 메고 있었다.

매그너스가 물었다.

"오늘 일꾼이 전원 나왔나?"

하퍼가 고개를 끄덕였다.

"고무 가격이 낮았거든요."

"그 상태가 계속되기를 바라보세."

하퍼가 말했다.

"어젯밤 링글렛으로 접어드는 도로에서 급습 사건이 있었습니다. 중국인 커플이 당했습니다. 개자식들이…… 양해하세요, 아가씨. 공산 게릴라들이 시신을 난도질해서 도로 위에 잔뜩 뿌려놨습니다."

---

* 정향과 담배를 혼합해 만든 담배

"우리가 아는 사람들인가?"

"싱가포르에서 방문한 사람들이랍니다. 결혼식 만찬장에서 나와 차를 타고 돌아가던 길이었답니다."

차 따는 일꾼들이 줄줄이 비탈길로 향했다. 나는 다른 일꾼들을 따라서 공장으로 들어갔다.

"빻는 기계, 굴리는 기계, 볶는 기계야."

매그너스는 공장 안에 줄줄이 늘어선 소리 없는 큰 기계들을 손짓했다. 차 볶는 냄새가 짙게 풍겼다. 차통을 열고 들여다보는 느낌이 들었다. 일꾼들이 주석 쟁반이 층층이 담긴 선반을 밀고 왔다. 쟁반마다 애벌레처럼 쪼그라든 찻잎이 잔뜩 담겨 있었다. 잠시 후 기계가 작동되기 시작하면서 공장이 시끄러워졌다. 매그너스가 나를 불러 다시 밖으로 데리고 나갔다.

우리는 차나무 사이에 난 길로 들어갔다. 개들이 땅을 쿵쿵대면서 터벅터벅 따라왔다.

"고무 가격이랑 이곳 일꾼들이랑 무슨 관계가 있나요?"

내가 물었다.

"조프가 매일 저녁 라디오에서 고무 가격을 확인하지. 고무 가격이 상승하면 일꾼들이 고무 공장으로 옮겨가거든. 일본군 점령 전에 떠난 사람들이 대부분 다시 돌아왔지만, 우린 늘 일손이 달리는 상황이야."

"그들이 농장을 버리고 떠났는데도 다시 고용하셨어요?"

매그너스가 몸을 돌려 나를 쳐다보더니 다시 걷기 시작했다.

"일본 놈들이 들어오자, 나는 일꾼들에게 마음대로 떠나도 된다고 말했어. 전쟁이 끝나면 다시 예전처럼 일하게 해주겠다고, 내 목숨이 붙어 있는 한 약속을 지키겠다고 맹세했지."

오르막길의 경사가 갑자기 급해지자 종아리가 당겼다. 차나무 위로 덩굴손 같은 김이 피어올랐다. 매그너스는 나를 힐끗 뒤돌아보면서 보폭을 좁혀서 걸었다. 그를 따라잡느라 더 힘들게 걸어야 했다. 산등성이 꼭대기에 도착하자 숨을 몰아쉬었다. 매그너스가 걸음을 멈추고 산맥을 손짓했다.

산맥은 북쪽으로는 태국 국경선 근처까지 500킬로미터 가량 뻗어 있었다. 또 남쪽으로는 조호르까지 쭉 뻗으면서 말라야를 양분하는 척추를 이루었다. 부드러운 새벽빛 속에서 산맥은 비단 폭에 그린 풍경화 같은 온화함을 간직하고 있었다.

매그너스가 말했다.

"이곳을 볼 때마다 중국의 푸젠 지방에서 보낸 일주일이 떠올라. 거기서 우이산에 갔지. 그곳에 절이 있었어. 스님들은 천년고찰이라고 말하더군. 그들이…… 그 승려들이 직접 차를 재배했어. 신이 처음 차를 심은 곳이 거기라고 내게 말하더구나. 믿을 수 있겠니? 그 사찰은 맛있는 차로 유명했지. 세상 어디에도 없는 풍미로!"

"어떤 종류의 풍미인데요?"

매그너스가 대답했다.

"차의 순수함을 보존하기 위해, 사춘기에 접어들지 않은 어린 중들만 찻잎을 딸 수 있대. 또 동자승들은 차 따는 작업을 시작하기 한 달 전부터 고추나 배추절임, 마늘이나 양파를 먹지 않았다고 하더라. 간장 한 방울 못 먹었지. 입김이 차를 오염시킬지 모르니까. 동자

126

승들은 해 뜰 무렵 차를 땄지. 바로 지금 이 무렵. 땀이 차의 풍미를 해치지 않도록 손에 장갑을 끼었어. 차를 따면 꾸려서 황제에게 진상했다더구나."

"아버지는 아저씨가 차 농사를 시작한 걸 얼빠진 짓으로 여겼어요."

"그 양반만 그렇게 생각한 게 아니란다."

매그너스가 웃음을 터뜨리며 차나무에서 잎 한 개를 땄다. 그는 손가락으로 찻잎을 돌돌 말아 냄새를 맡았다.

차 따는 일꾼들의 목소리와 노랫소리가 계곡에 울려 퍼졌다. 일꾼들은 대부분 여자였다. 다들 낡아빠진 밀짚모자를 쓰고 있었다. 큰 대나무 바구니를 등에 지고 이마에 밴드를 둘러 바구니를 고정시켰다. 일꾼들이 하루에 따는 찻잎은 22킬로그램 남짓이었다. 바구니가 차면 공장으로 가져가서 비우고, 다시 비탈진 차 밭으로 올라가서 날이 저물도록 같은 일을 반복했다. 그들을 바라보면서, 어릴 때 본 광고들이 얼마나 기만적이었는지 깨달았다. 퀴퀴한 시골 가게의 벽에 빛바랜 타이거 맥주와 체스터필드 담배 광고 옆에 붙은 포스터. 포스터에는 화사하고 말쑥한 사리*를 걸친 풍만한 차 따는 여인들이 있었다. 가지런한 흰 치아, 반짝이는 코걸이와 귀고리, 묵직한 금팔찌들.

저 아래 계곡에서 차를 따는 일꾼들은, 머리를 쓸 필요 없는 몹시 고된 육체노동을 하고 푼돈을 받았다. 농장을 돌아보면서 나는 매그너스가 선량한 고용주라는 것을 알았다. 일꾼들에게 숙소를 제공했고, 그들의 자녀들이 기본적인 교육을 받을 수 있도록 했다. 하지만

---

* 남아시아 지역의 여성들이 입는 민속 의상. 한 장의 긴 면포를 둘러 입는 옷

비탈진 밭에서 울리는 여인들의 웃음과 노래는 고된 인생살이의 한 맺힌 소리임을 알 수 있었다. 이들은 매일 저녁 바닥이 흙투성이인 오두막집으로 돌아갈 터였다. 여덟, 아홉, 열이나 되는 자식들. 토디*에 절은 남편······

매그너스가 말했다.

"고등 판무관이 총에 맞아 죽은 날, 육군 병장에게 직접 들었지. 경비부대가 트라스에 들어가서 전 주민을 쫓아냈다고 하더라."

"그게 어딘데요?"

"판무관이 살해된 지점에서 가까운 마을이지."

"군은 마을 주민들이 공산 게릴라를 돕는다고 생각했을 거예요."

"적어도 군인들은 마을의 집들을 다 태우지는 않았어."

매그너스의 시선이 다른 지평선에 머무는 것 같았다. 그 너머 다른, 더 오래된 세계에 눈이 끌리는 듯했다.

그가 말했다.

"특공대에 있을 때 영국군이 불 지른 농가 앞을 자주 지났지. 때로 폐허가 된 곳이 여전히 타고 있고, 연기가 피어올라 며칠간 고지대를 무시무시한 해 질 녘 광경처럼 만드는 경우도 다반사였어. 사방에 널브러진 죽은 양들 주위로 파리 떼가 끓고, 영국 놈들은 양을 말에 매달아서 끌어냈지. 우리가 가는 곳마다 하늘에서는 낮고 계속되는 콧노래 같은 게 울리는 것 같았어. 파리 떼가 내는 소리였지."

매그너스는 넋 나간 사람처럼 가슴팍을 쓰다듬었다. 그가 말을 이

* 사탕야자의 수액으로 양조하는 술

128

었다.

"우린 엄청난 분노로, 영국인에 대한 증오로 가슴이 터질 것 같았어. 그런 일들이 최후까지 놈들과 싸우자고 결심하도록 부추겼지."

그는 양팔을 차 밭에 펼치면서 덧붙였다.

"첫 번째 종자는 실론의 차 밭에서 들여왔어. 한때 내가 전쟁 포로로 노역한 ᄀ 차 밭에서. 역사는 아이러니로 가득 차 있지, 그렇지 않아?"

구름 떼가 산봉우리들을 지나 흘러갔다. 떠오르는 태양에서 힘찬 기운이 흘러나왔다. 다가오는 빛을 땅이 감지할 때 땅속 깊이 울리는 떨림을 나는 느낄 수 있었다.

내가 말했다.

"내일 집에 돌아가야겠어요. 타파까지 태워다주실래요? 거기서 기차를 타고 갈게요."

내가 발로 찬 돌멩이가 절벽의 튀어나온 바위로 미끄러졌다.

매그너스가 나를 힐끗 쳐다보았다.

"이제 어쩔 작정이냐? 옛 직장으로 돌아갈 거냐?"

"제가 정부를 어떻게 보는지 말했는데도 그렇게 물으세요?"

"정원 설계를 부탁할 만한 정원사들이 있을 거야."

"말라야에는 없어요. 아리토모만큼 명성 있는 사람은 없어요. 그렇다고 일본에 가고 싶지는 않아요. 그건 못 해요. 그렇게는 못 할 것 같아요."

정원사의 거절은 내 앞에 벽을 만든 셈이었고 나는 어떻게 해야 좋을지 난감했다.

"저 대신 아리토모와 대화해주세요, 매그너스. 재고해달라고 부탁해주세요. 정원을 만들 비용은 따로 챙겨두었어요. 사례는 충분히 할 거예요."

"나는 아리토모와 알고 지낸 지 10년이 넘었단다, 윤 링. 그는 결정하면 바꾸는 법이 없는 사람이야."

멀지 않은 산등성이의 나무 꼭대기에서 황새 한 쌍이 날아올랐다. 새들은 가장자리가 잿빛인 날개를 펴고 언덕 너머로 날아가 보이지 않는 계곡으로 향했다. 어찌나 고요한지 날개를 퍼덕이는 소리가 들리는 듯했다. 그때마다 짙은 안개에 물살 같은 문양이 퍼질 터였다.

* * *

매그너스는 아침 식사 전에 몇 구역을 더 돌아봐야 했다. 나는 혼자서 마주바 하우스로 돌아가겠다고 했다. 차 밭과 정글 입구 사이의 오솔길을 쭉 걸어가다가 갑자기 멈춰 섰다. 나무 사이를 찬찬히 살피면서도 내가 찾는 게 뭔지 알 수가 없었다. 다시 오솔길을 걷다가 화들짝 놀랐다. 열 발자국 정도 떨어진 그늘 속에 형체가 하나 있었다. 그것이 나를 향해 움직이기 시작했다. 나는 한 걸음 물러섰지만 그것은 계속 다가왔다. 형체에 햇빛이 조금 비치자 나는 안도의 한숨을 내쉬었다. 아홉 살, 열 살쯤 되는 여자아이였다. 얼굴과 옷이 흙투성이였다. 아이는 원주민이었고 울고 있었다.

"카칵 사야(우리 언니가)…… 토롱(제발요) 메레카(그 사람들이)……"

소녀는 흐느끼면서 더듬더듬 단어를 말했다.

"마나(어디?)"

내가 물으며 무릎을 꿇고 앉아 여자애의 얼굴을 들여다보았다. 아이의 어깨를 가만히 흔들며 다시 물었다.

"어디야?"

아이는 등 뒤쪽 나무 수풀을 가리켰다. 밀림에 압도당하는 느낌이 들었다.

그래도 난 말레이어로 말했다.

"경찰을 부르자. 경찰이 네 언니를 도와줄 거야."

일어나서 집을 향해 걷기 시작했다. 하지만 여자애가 내 손을 잡고 끌어당겼다. 아이는 나를 수풀 쪽으로 데려가려 애썼다. 나는 공산 게릴라들이 숨어 있을까 의심이 들어서 갈 수 없었다. 이마에 손을 대 햇빛을 가리고 눈을 가늘게 뜨고 비탈길 쪽을 보았다. 하지만 차 따는 일꾼들은 아직 이쪽 차 밭까지 오지 않았다. 의용군 경비원들도 보이지 않았다. 여자애는 더 크게 울면서 다시 팔을 잡아당겼다. 나는 아이를 따라갔지만, 정글 입구에 들어서자 몸이 굳었다.

전쟁이 끝난 후 처음으로 다시 우림 지대에 발을 들이는 순간이었다. 거기 들어가면 다시는 나오지 못할까 봐 두려웠다. 몸을 돌릴 새도 없이, 여자애는 내 손을 더 꼭 잡고 양치식물이 무성한 지역으로 떠밀었다.

벌레 떼가 딸깍딸깍 금속성 소음을 냈다. 매미들은 그물망 같은 소음을 사방에 씌우는 것 같았다. 새 울음이 번뜩이는 뾰족한 못을 허공에 박는 것 같았다. 조지타운 뒷골목에 있는 소란한 철물점 작업장에 들어간 느낌이었다. 나뭇가지와 나뭇잎이 바둑판처럼 얽힌

틈으로 햇빛이 들었지만, 바닥의 질척대는 어둠을 쫓을 정도로 강하지는 않았다. 덩굴이 나뭇가지 아래로 넓게 축 처진 올가미처럼 드리워졌다. 여자애는 동물들이 다니는 좁은 길로 나를 이끌었다. 돌마다 이끼가 잔뜩 끼어서 조금이라도 한눈을 팔면 넘어질 것 같았다. 15분, 20분쯤 아이를 따라 나무 아래를 걸었다. 머리 위에서는 갈라진 나뭇잎이 빛을 받아 투명한 초록색으로 변했다.

우리는 작은 빈터로 들어갔다. 아이가 걸음을 멈추고, 나무 밑에 있는 대나무 오두막을 손짓했다. 초가지붕이 벗겨지고 있었다. 최대한 소리 나지 않게 가까이 다가갔다. 뒤편 수풀에서 딱딱 나뭇가지 부러지는 소리가 나면서 묵직한 것이 땅에 툭 떨어졌다. 나는 몸을 휙 돌려 뒤를 보았다. 나무들은 움직임이 없었다. 농익은 두리안* 열매가 떨어지는 소리였다. 떨어지면서 가시 냄새가 나뭇잎에 흩뿌려졌다. 정글에서 나는 소리 사이로 다른 소리의 떨림이 느껴졌다. 아주 미세한 진동에서 위안 비슷한 게 느껴졌다. 그 떨림은 오두막 안에서 나왔다.

발로 문을 밀어 봐도 꼼짝하지 않았다. 다시, 이번에는 더 세게 밀었다. 문이 활짝 열렸다. 흙바닥에 피투성이 시신 세 구가 있었다. 어찌나 피가 검고 질편한지 몸에 피 칠갑을 한 것 같았다. 시신의 얼굴, 팽팽한 배, 허리에 두른 천에 파리 수백 마리가 몰려들었다. 시신들은 목이 베인 상태였다. 여자애가 비명을 질렀고 나는 손으로 아이의 입을 막았다. 여자애는 팔을 정신없이 휘저으며 몸부림쳤지만, 나는

* 가시 같은 외피에 싸인 열대 과일로 양파 썩은 냄새가 난다.

아이를 꼭 안았다. 주검에 붙었던 파리 떼가 날아올라 초가지붕 밑으로 몰려갔다. 곰팡이가 잔뜩 낀 것처럼 지붕 밑이 새까매졌다.

* * *

부엌에 다가가자 음식 냄새가 코를 찔렀다. 프레더릭과 에밀리가 식탁에 앉아 있었다. 내가 여자애를 데리고 들어가자, 두 사람은 대화를 멈추고 올려다보았다. 에밀리가 우리를 식탁에 앉혔다. 거기에는 바싹 구운 베이컨, 소시지, 계란, 기름에 지진 빵, 딸기 잼이 담긴 농장주의 아침 식사가 차려져 있었다. 프레더릭이 차를 따르고 달콤한 연유를 넣었다. 나는 차를 몇 모금 마셨다. 온기가 몸속에 퍼지자 한기가 가셨다. 나는 얼른 무슨 일이 있었는지 말했다.

"매그너스는 어디 있어요?"

에밀리가 내 눈을 응시하며 물었다.

"아직 밭에 계실 텐데요. 확실히는 몰라요."

그녀가 프레더릭에게 외치듯 말했다.

"조프를 불러! 네 삼촌을 찾으라고 말해. 경찰에도 전화하고. 툼스에게도. 어서!"

하녀가 담요 두 장을 내오자, 에밀리는 담요 한 장을 아이의 어깨에 둘러주고 한 장은 내게 주었다. 얼마 후 프레더릭이 매그너스와 돌아왔다. 개들이 따라 들어와 아이의 다리에 코를 대고 쿵쿵댔다. 아이가 비명을 지르면서 의자에 앉은 채 몸을 웅크렸다. 에밀리가 소리를 지르니 개들은 어슬렁어슬렁 구석으로 갔다.

매그너스가 말했다.

"이럴 수가! 윤 링, 곧장 집으로 왔어야지 거길 가면 어쩌니!"

여자애가 다시 울기 시작했다.

에밀리가 찌푸리면서 남편에게 쏘아붙였다.

"소리 지르지 말아요. 당신 때문에 가여운 아이가 겁먹잖아요."

"아이가 같이 가달라고 해서요." 내가 말했다.

"정글에 들어가는 것은 멍청한 짓이야. 상 멍청이 짓이라구! 만일 네게 무슨 일이 생겼다면 네 아버지가 내 불알을 잘라버렸을게다."

"아무 일도 없었는걸요."

매그너스는 나를 노려보면서 의자를 빼서 털썩 주저앉았다.

툼스가 도착하자, 여자애는 의자에서 내려와 그의 다리에 매달렸다. 원주민 보호관은 한쪽 무릎을 꿇고 아이에게 상냥하게 물었다. 그는 말레이어를 나보다 훨씬 유창하게 구사했다. 한참 후 툼스가 아이 손을 잡아 다시 의자에 앉혔다. 그는 남은 차를 아이에게 마시라고 권하며 달랬다. 여자애는 차를 한 번 맛보고 다시 마시면서도 툼스에게서 눈을 떼지 않았다.

"아이가 이름을 말해주지 않으려고 하네요."

에밀리가 말했다.

"로하나입니다."

툼스가 대답했다.

그가 내게 고개를 돌리고 말을 걸었다.

"당신이 본 시신은, 아이의 언니와 오빠, 사촌이었습니다."

"그들은 오두막에서 뭘 하고 있었지요?"

내가 물었다.

"실은 오두막이 아닙니다. 은신처지요. 밤에 멧돼지가 나오기를 기다리던 참이었어요. 이틀 전 사냥을 하려고 마을을 떠나왔어요. 그들은 로하나를 데려갔습니다. 엊저녁 로하나는 은신처에서 멀지 않은 곳에서 놀다가 비명 소리를 듣고 나무 사이에 숨었답니다."

"아이가 벌어진 일을 목격했소?"

매그너스가 물었다.

"공산 게릴라 4명이었답니다. 그 중 둘이 여자였다고 하네요."

툼스는 로하나를 힐끗 쳐다보면서 대답했다. 아이의 크고 검은 눈망울이 찻잔 너머 툼스에게 쏠렸다.

그가 말을 이었다.

"그들이 언니, 오빠와 사촌을 은신처로 들어가게 했답니다. 잠시 후 로하나는 게릴라의 고함을 들었다네요. 다음에 비명 소리가 났다는군요. 게릴라들은 오빠가 잡은 멧돼지를 끌고 은신처에서 다시 나왔지요. 그 중 한 명이 로하나를 보았고, 아이는 그들에게 쫓겼지요. 로하나는 정글 속으로 뛰어들어 갔다는군요. 밤새 거기 숨어 있었답니다."

한 시간 후 리 천 밍 경사가 이끄는 경찰들이 도착했다. 로하나와 내가 따로 조사를 받았고, 아이 차례가 되자 툼스가 동석했다. 리 경사는 내게 시신들이 발견된 은신처로 안내해달라고 요청했다. 우리는 두 대의 차에 나눠 타고, 내가 로하나를 만난 장소 인근까지 갔다. 거기서부터는 걸어서 정글로 들어갔다.

나중에 마주바 하우스로 돌아오는 길에 여기저기에 있는 일꾼들을 지나쳤다. 그들은 바구니를 옆에 내려놓고 크레텍 담배를 피우면서 수다를 떨었다. 우리가 차를 타고 지나갈 때 그들이 우리를 쳐다보았다. 벌써 살해 소식이 농장에 쫙 퍼졌다.

* * *

리 경사와 경찰관들이 농장 일꾼들의 심문을 끝냈다. 나는 방으로 가서 가방을 꾸렸다. 짐을 다 싸고 쉬려고 침대에 누웠지만, 좀처럼 마음이 가라앉지 않았다. 테라스로 나갔다. 서 있는 자리에서 뒤뜰 구석이 보였다. 잠시 후 에밀리가 부엌에서 나왔다. 그녀는 향 세 개를 들고 있었다. 그녀가 벽에 걸린 붉은 철제 천신의 제단 앞에 서서, 하늘을 향해 고개를 들고 손을 이마에 올리고 눈을 감았다. 그녀는 소리 내지 않고 입술만 달싹였다. 기도를 마치자 발끝으로 서서 향을 향로에 꽂았다. 향로 양쪽에 오렌지 두 개와 작은 찻잔 세 개가 놓여 있었다. 향 연기가 하늘로 피어올랐다. 백단 향내가 내가 서 있는 곳까지 번져 잠시 평온한 순간을 안겨주었다. 곧 향내도 연기와 함께 사라졌다. 그제야 쿠알라룸푸르로 돌아가기 전에 해야 할 일을 깨달았다.

에밀리는 부엌 앞을 지나가는 나를 보자 투덜댔다.

"어머, 어디 가려고? 곧 저녁 먹을 텐데. 오늘 저녁에는 차슈를 만들 거예요."

"늦지 않을게요."

* * *

이번에도 아 청을 따라 집으로 들어갔다. 처음 방문 때처럼 집사
는 내게 한마디도 말을 붙이지 않았다. 거의 일주일 전, 아리토모와
처음 만난 아침, 안내를 받아 들어갔던 방 앞을 지나갔다. 집사는 그
방을 지나 통로로 안내했다. 통로 옆쪽으로 바위 정원이 있는 작은
뜰이 있었다. 아 청은 미닫이문이 반쯤 열린 방 앞에 멈춰 서서 문틀
을 가만히 노크했다. 아리토모는 책상에 앉아 서류 뭉치를 나무 상
자에 담고 있었다. 그가 고개를 들고 놀란 표정으로 나를 보았다.

"들어와요." 아리토모가 말했다.

벌레가 날아다니는데도 창문이 열려 있었다. 멀리서 산맥이 어스
름 속으로 물러났다. 나는 보고 싶은 것을 찾느라 방 안을 두리번댔
다. 높이가 30센티미터쯤 되는 청동 불상이 창틀에 비스듬히 세워져
있었다. 불상은 엉덩이께 닿은 팔꿈치 부분이 뒤쪽 산맥의 윤곽만큼
이나 완만했다. 벽에는 군복 차림의 히로히토의 흑백 사진이 걸려 있
었다. 나는 눈을 돌렸다. 방 저쪽은 서가로 분리되어 있었다. 서가에
말레이 역사책들과 스탬포드 라플스, 휴 클리포드, 프랭크 A. 스웨튼
햄의 회고록이 나란히 꽂혀 있었다. 책상에는 20센티미터쯤 되는 중
국 궁수 청동상 한 쌍이 있었다. 줄이나 화살이 없는 활을 당기는 조
각상이었다. 천장에서 내려온 가는 줄에 대나무 새장이 걸려 있었다.
새장에는 반쯤 녹은 초 한 토막만 들어 있었다. 정원사는 고지도 수
집가인 듯했다. 18세기 네덜란드, 포르투갈, 영국 탐험가들이 세밀하
게 손으로 그린 말레이 제도와 동남아의 지도 액자가 있었다.

방 끄트머리에는 저택 그림이 걸려 있었다. 페낭에서 인기 있는 앵글로 인디언 양식*의 주택이었다. 널찍한 베란다가 집의 삼면에 걸쳐 있고, 정면에는 포르티크가 있었다. 지붕 중앙의 삼각형 부분에 '애델스테인(Athelstane)'이라고 새겨져 있고 그 아래 '1899'라고 적혀 있었다. 집 뒤쪽으로는 페낭 섬과 본토를 나누는 해협의 초록빛 물이 흘렀다. 나는 언니가 이 그림을 완성하고 얼마나 자랑스러워했는지 기억했다.

아리토모는 의자가 끽 소리가 나게 밀고 일어나 내 옆에 와서 섰다. 나는 계속 그림을 바라보았다.

아리토모가 말했다.

"경찰이 세마이족** 아이들에 대해 묻더군요. 그런 현장을 발견했으니 끔찍한 충격이었겠죠."

나는 액자 유리에 비친 그의 얼굴을 보면서 대답했다.

"시신을 본 게 처음은 아닌걸요. 그 냄새…… 그 냄새를 잊은 줄 알았어요. 하지만 그걸 어떻게 잊겠어요?"

그가 손을 뻗어 기우뚱한 그림 액자를 바로 잡았다.

"당신 집이었소?"

"조부님이 지으신 집이에요."

집은 노덤 가 동쪽 끝에 서 있었다. 노덤 가는 앙사나 나무가 그늘을 드리운, 식민지 고위 관료와 부유한 중국인의 저택이 늘어선 거

---

* 영국식과 인도식이 섞인 양식
** 말레이시아 중앙에 사는 부족

리었다.

내가 말했다.

"옹 노인은 우리 이웃이었어요."

나는 그림에 있는 집이 아닌 기억 속의 집을 보면서 말을 이었다.

"그는 손꼽히는 아시아 최고 갑부가 되기 전, 자전거 수리 일을 시작했지요. 그러다 어떤 아가씨를 만나 사랑하면서 모든 일이 벌어진 거죠."

나는 어머니가 언니와 나에게 들려주던 이야기를 떠올리면서 빙긋 웃었다. 내가 계속 말했다.

"옹 노인은 그 아가씨와 결혼하고 싶었지만, 그녀의 아버지가 허락하지 않았어요. 여자 집안은 뼈대 있고 부유한 가문이었거든요. 그러니 그 아버지는 무지한 자전거 수리공을 무시했죠. 그는 옹에게 집에서 당장 나가라고, 다시는 얼씬대지 말라고 윽박질렀죠."

아리토모가 팔짱을 꼈다.

"그는 그렇게 했나요?"

"옹이 대단한 부자가 되기까지 겨우 4년 걸렸대요. 그는 아가씨 집 맞은편에 집을 지었어요. 노덤 가에서 가장 큰 집이었지요. 그리고 가장 흉한 주택이었다고 어머니는 늘 말씀하셨어요."

나는 유리에 비친 내 얼굴을 바라보았다. 눈 밑이 거뭇하고 푹 꺼져 있었다. 내가 말을 이었다.

"옹은 자신이 집주인이라는 것을 누구에게도 알리지 않았어요. 그 집으로 이사한 다음 날 그는 기사가 운전하는 은색 다임러*를 타고 도로를 달렸지요. 그는 아가씨의 아버지를 찾아가서 결혼을 허락해달라고 다시 부탁했어요. 아버지는 당연히 승낙했고요. 한 달 후 결혼식이 치러졌지요. 노인들은 페낭에서 그렇게 호화로운 결혼식은 처음 봤다고 말하곤 했죠."

"내가 좋아하는 말라야의 특징 중 하나는 이렇게 이야기가 넘쳐난다는 거예요."

"저는 정원에 있는 옹 노인을 자주 봤어요. 그는 일꾼처럼 허름한 흰 조끼와 헐렁한 파란 면바지 차림으로 새가 든 새장을 들고 다녔죠. 옹 노인은 항상 새에게 다정하게 말을 걸었어요. 그가 여러 부인 중 누구에게도 그렇게 상냥하게 말하는 것을 본 적이 없었어요."

아리토모가 지붕의 삼각 꼴을 가리키면서 말했다.

"애덜스테인. 저건 스웨튼햄**의 가운데 이름이에요."

나는 놀라서 아리토모를 힐끗 보았다. 그 순간 서가에 초대 총주재관의 저서가 꽂혀 있었던 게 기억났다.

내가 말했다.

"조부님이 집에 그런 이름을 붙이셨어요. 택호 치고는 우습고 허세가 심하죠. 분명히 이웃들은 조부님과 우리 가족을 비웃었을 거예요."

"그 집에 찾아가 보고 싶네요. 다음에 페낭에 가면."

"일본 전투기가 섬을 폭격했을 때 그 집도 무너졌어요."

아리토모의 표정은 변하지 않았다. 내가 말을 이어갔다.

"우린 그 며칠 전에 겨우 집에서 나왔어요. 가재도구를 전부 두고

---

* 벤츠사와 합병한 독일 자동차 업체. 메르세데스 벤츠로 판매되었다.
** 말라야연방의 초대 총주재관

나왔지요. 사진도 전부. 윤 홍의 작품들도 두고 나왔어요."

난 윤 홍의 그림을 이곳에서 보고 동요했다. 언니가 아직 살아 있는 것 같았다. 내 방 문간에 나타나서 친구들에게 들은 소문을 말해줄 것 같았다. 나는 손을 뻗어 그림을 만졌다. 곧 내 손자국이 사라졌다. 내 손길이 수채화 속으로 들어갈 길을 찾기라도 한 듯이.

"이 그림을 사고 싶습니다."

아리토모는 고개를 저었다.

"이건 선물로 받은 겁니다."

"이 그림은 선생님에게는 아무 의미도 없는걸요."

나는 몸을 돌려 아리토모와 마주보면서 덧붙였다.

"이 그림을 제게 파시라고 요청하는 겁니다. 선생님은 제게 그 정도의 빚은 지셨어요, 적어도 그 정도는요."

"어째서? 내 조국이 당신에게 저지른 짓 때문에?"

"그림을 제게 파세요."

그는 허공에 대고 손짓하며 대답했다.

"당신이 다녀간 후 그 요청에 대해 줄곧 고심 중입니다."

나는 긴장했다. 그가 무슨 말을 하려는지 궁금했다.

"정원을 설계하고 만들어주실 건가요?"

아리토모는 고개를 저었다.

"당신이 배워서 직접 그렇게 할 수 있어요."

그 말의 의미를 파악하는 데 시간이 걸렸다.

"선생님에게…… 도제 수업을…… 받으라는 말씀인가요?"

그럴 마음이 전혀 없었다. 내가 얼른 덧붙였다.

"말도 안 되는 제안입니다."

"내가 정원을 만드는 방법을 가르쳐주겠소. 단순한, 기본적인 정원을 꾸미도록."

아리토모가 말했다.

"대충 꾸민 일본식 정원으로는 언니의 성에 차지 않을 거예요."

"내가 해줄 수 있는 것은 그게 다예요. 나는 당신이 말하는 정원을 만들 시간이나 의욕이 없어요. 아니, 다른 누구라도 마찬가지예요. 마지막으로 의뢰받은 작업을 하면서 다시는 정원을 만들어달라는 의뢰를 받으면 안 된다는 것을 알았지요."

"어째서 제가 그렇게 하길 바라시죠? 왜 마음을 바꾸셨어요?"

"나를 도와줄 사람이 필요하거든."

그의 제자가 된다는 것은, 그의 수족이 된다는 것은 눈곱만치의 매력도 없는 일이었다. 수용소에서 나와 병원에서 회복하면서 맹세했다. 다시는 그 누구에게도 내 인생을 통제당하지 않겠노라고.

내가 물었다.

"얼마나 저를 가르치실 건데요?"

"우기가 될 때까지."

속으로 따져보았다. 우기는 6~7개월 후에 시작될 터였다. 아리토모의 제안을 곱씹으면서 방 안을 천천히 걸었다. 실직 상태였지만 한동안 쓸 수 있는 돈을 저금해 두었다. 또 시간도 있었다. 아리토모의 제안은 내가 언니에게 일본식 정원을 만들어줄 수 있는 유일한 방법이었다. 고작 6개월이라고 자신에게 말했다. 더한 일도 견뎌내지 않았느냐고. 나는 걸음을 멈추고 아리토모를 바라보았다.

"우기까지만요."

"제자를 받는 일, 특히 여자일 경우는 더욱 더 보통 일이 아니오."

그는 경고하듯 손가락을 들면서 덧붙였다.

"내게 부과된 책무가 무겁거든."

"이 일이 주말 취미 생활이 아니라는 건 알아요."

그는 찡그리면서 서가로 가서 책 한 권을 꺼냈다.

"내가 하는 일을 파악하는 데 도움이 될 거요."

회색 천으로 제본된 얇은 책이었다. 일본 글자 밑에 영어 제목이 인쇄되어 있었다.

"『사쿠테이키*』."

내가 읽었다.

"일본 원예 관련 글들을 모은 가장 오래된 책이지. 원래의 두루마리는 11세기에 쓰였고."

"하지만 그 시절에는 정원 조경사가 존재하지 않았는걸요."

내가 말했다. 아리토모가 눈썹을 치떴다.

나는 덧붙여 말했다.

"윤 홍에게 들었어요. 언니가 보던 원예 책에 그런 대목이 있다고 했던 기억이 나요."

"그녀의 말이 옳았소. 그 책을 집대성한 다치바나 도시쓰나는 귀족이었소. 나무와 화훼를 다루는 솜씨가 뛰어났다고 하지."

"제 일본어 실력으로는 이 책을 읽지 못할 텐데요."

---

* 일본 정원의 미학에 대한 글 모음집 『작정기(作庭記)』

"당신이 들고 있는 책은 내가 몇 년 전 영어로 번역해서 출간한 번역본이요. 그 책을 가져요. 이제 수업은……"

아리토모는 감사 인사를 하려는 나를 막으면서 말을 이었다.

"첫 달에는 보수 중인 정원의 여러 구역에서 일하게 될 거요. 7시 반에 시작하지. 작업은 4시 반이나 5시, 필요할 경우에는 그보다 늦게 끝날 거요. 우린 월요일부터 금요일까지 일해요. 내가 요청하면 주말에도 와야 될 테고."

나를 위해 정원을 설계하고 조성하도록 설득하기가 쉽지 않을 줄 알고 있었다. 하지만 이제 가장 힘든 부분이 시작될 참이라는 것을 나는 깨달았다. 갑자기 나 자신과, 하기로 작정한 일에 대해 확신이 없어졌다.

아리토모는 연못 바닥에 떨어뜨린 돌멩이라도 찾는 듯 내 눈을 들여다보면서 말했다.

"한때 언니와 교토의 정원들을 거닌 소녀…… 그 소녀는 아직 거기 있소?"

시간이 지난 후에야 나는 말을 할 수 있었다. 그때도 작고 건조한 목소리가 나왔다.

"그 아이에게 너무 많은 일이 일어났습니다."

그는 내 눈에서 시선을 거두지 않았다. 아리토모는 질문에 스스로 답했다.

"그 아이는 거기 있소. 내면 깊은 곳에, 그 아이는 아직 거기 있소."

7

해가 뜨려면 아직 한 시간이나 남았지만, 침대에 누운 채로 빛이 땅 주변을 감싸는 것을 느낄 수 있었다. 수용소에서는 해 뜨는 게 겁났다. 그것은 예측할 수 없는 잔학 행위를 또 하루 당한다는 의미였으니까. 수용자로 잡혀 있을 때는 아침이면 눈을 뜨기가 두려웠다. 이제는 수감자가 아니라 자유의 몸인데도, 밤에 잠자리에 들면 눈을 감기가 두렵다. 나를 기다리는 꿈 때문에 공포에 질리곤 한다.

밤이 깊도록 아리토모가 번역한 『사쿠테이키』를 읽자니, 언니에게 들은 일본 정원 조성에 대한 기본적인 사실 몇 가지가 기억났다. 일본 정원 조성의 기원에 대한 아리토모의 설명은, 내 지식이 얼마나 알량한지 일깨워주었다.

정원을 설계하는 기법은 중국 사찰에서 유래했다. 중국 사찰에서는 승려들이 정원 일을 도맡았다. 정원은 사후의 극락세계라는 개념으로 만들어졌다. 불교 세계의 중심인 수메루 산*이 『사쿠테이키』에

두 번 이상 언급됐다. 왜 일본에서 본 정원의 핵심적인 특징이 독특한 암석이었는지 이해되기 시작했다. 일본의 지형적, 감정적 풍경에는 산이 두드러졌고, 수 세기를 거치면서 산의 존재는 시, 민요, 문학에 스며들었다.

어쩌면 아리토모가 이곳 산으로 온 까닭도 그런 이유라는 생각이 들었다. 어쩌면 그가 구름 속에 집을 마련한 것도.

일본에서 정원 설계에 대해 처음 기록한 것은 천 년 전인 헤이안 시대였다. 그 글은 숭고함과 관련된 감수성인 '모노노아와레**'를 강조했는데, 이것은 중국 문화의 모든 면에 집착하는 특징이 있었다. 이 시기에 조성된 정원은 남아 있지 않지만, 동해*** 너머 사는 중국 귀족들의 넓은 놀이 정원을 복제하기 위해 설계되었다. 그들은 뱃놀이, 문학 향연, 백일장, 노래를 즐기고 물 위에 시를 떠내려 보내는 행사를 하려고 호수 주변에 이런 정원을 꾸몄다.

세월이 흐르면서 무로마치 시대, 모모야마 시대, 에도 시대의 미학에 중국의 영향은 약해졌다. 이 연이은 시대에 일본의 정원들은 나름의 구성 요소와 건축 양식을 원칙으로 가졌다. 이제 일본에서의 정원 설계는 더 이상 바다 건너 구대륙의 양식이 아닌, 일본 시골 풍경의 영향을 받게 되었다. 선불교의 성장은 더 엄격한 금욕주의적 기풍을 주도했다. 승려들이 단출한 정원을 만드는 것으로 신앙심을 표현하면서 이전 시대의 과함을 덜어냈다. 정원 모양은 공(空)에 가

---

* 고대 인도의 우주관에서 세계의 중심에 있다는 상상의 산
** 마음에 젖어드는 애절함, 비애감
*** 원본에는 'Sea of Japan'으로 표기

까울 정도로 단조로워졌다.

　나는 책을 내려놓고 눈을 감았다. 텅 빈 상태, 그게 마음에 끌렸다. 지금껏 보고 듣고 살아온 모든 것에서 나 자신을 없앨 가능성.

　그날 저녁 잠자리에 들기 전, 나는 매그너스에게 캐머런 하일랜드를 떠나지 않겠다고 알렸다. 그는 반가워했지만, 내가 인근 방갈로를 임대하고 싶다고 말하자 입을 꾹 다물었다.

　"혼자 살 수는 없을 게다." 그가 말했다.

　"그건 위험해, 윤 링." 에밀리가 거실 한쪽에서 안락의자에 앉아 소설을 읽다가 고개를 들며 말했다.

　"구릉 지대에 공산 게릴라들이 있다고. 저들이 세마이족 청년들에게 한 짓을 보라니까." 매그너스가 언성을 높여 말했다.

　"쿠알라룸푸르에서도 혼자 산걸요." 내가 대답했다.

　수용소에 잡혀 있을 때는 수백 명 사이에서 살았다. 이제 내게는 프라이버시가 중요했다. 내가 덧붙였다.

　"아무튼 프레더릭도 방갈로에서 혼자 지내잖아요."

　"프레더릭은 남자야, 윤 링. 게다가 군인이고. 또 농장 단지 내에 거주하지. 거참, 이미 말했잖니. 언제까지든 우리랑 지내도 환영한다고." 매그너스가 대꾸했다.

　"두 분께 부담을 드리는 것은 옳지 않아요."

　그는 에밀리를 힐끗 쳐다보고 다시 내게 시선을 돌렸다. 매그너스가 가슴을 들먹이며 길게 숨을 들이쉬었다가 내쉬었다.

　그가 말했다.

　"단지 내에 빈 방갈로가 몇 채 있다. 부관리인들이 머물던 숙소지.

내가 하퍼랑 이야기해서 어떤 방갈로가 너한테 가장 적절한지 알아
보마."

"유난을 부리는 건 아니지만 유기리에서 가까워야 해요. 그리고
집세는 꼭 내야겠어요."

"그 대신 저녁 식사는 우리랑 해야 해. 적어도 일주일에 한 번은.
나는 윤 링이 칩거하다시피 사는 건 못마땅해요." 에밀리가 말했다.

"집사람 말이 맞아. 하나 더 있지. 매일 아침 일꾼 한 명이 유기리
까지 같이 걸어갈게다. 저녁에 일이 끝나면 그가 너를 집까지 데려
올 거고."

"와인 한 잔 따라주세요. 우리 건배해요."

경호원을 붙인다는 매그너스의 제안이 반가웠다. 어둑어둑한 동
틀 녘에 유기리까지 걸어갈 일이 걱정되던 차였다.

매그너스가 와인 병의 코르크 마개를 따는 사이, 나는 거실을 돌
면서 피에르니프의 석판화 속 꼭두서니 나무에 감탄했다. 그림들의
끄트머리에 나뭇잎 목판화가 있었다. 그 작품을 들여다보다가 나뭇
잎 사이에 숨겨진 마주바 하우스를 발견했다.

매그너스가 말했다.

"아리토모의 작품이지."

이 판화 옆에는 메달이 든 액자가 있었다. 메달 리본의 색이 마주
바 하우스 지붕에서 휘날리는 깃발과 아주 비슷했다.

"'우르록'이 무슨 뜻이에요?"

나는 메달에 적힌 단어를 읽으면서 물었다.

매그너스는 내 발음을 바로잡아주고 대답했다.

"전쟁이란 뜻이야."

나는 검은 사진을 손짓했다. 실크해트*를 쓴 노인의 뺨에 흰 수염
이 덥수룩했다.

"아버님이세요?"

내가 물었다.

매그너스가 내게 와인 잔을 건네주었다.

"저 사람? 아, 아니야. 폴 크루거. 제2차 보어 전쟁 중 트란스발공
화국의 대통령이었지. 혹시 '크루거 밀리언스**'라는 말을 들어본 적
있니? 있어? 영국인들은 프리토리아***를 점령한 후, 트란스발 조폐
국에서 200만 파운드에 달하는 금과 은이 없어졌다는 걸 발견했지.
50년 전에는 엄청난 액수였어. 현재 그 가치가 얼마나 될지 상상해
보렴!"

"그걸 가져간 사람이 누구였는데요?"

"전쟁 말기에 '폴 아저씨'가 로펠트**** 어딘가에 금과 은을 묻었다고
믿는 사람들이 있지."

"일본 놈들이 그랬다는 소문처럼?"

매그너스는 에밀리를 힐끗 보면서 웃음을 터뜨렸다.

"이 아가씨에게 내 주말 나들이에 대해 불평했구면? 글쎄, 일본
놈들이 타나라타에 숨겨놓은 것은 크루거 밀리언스에 비하면 새 발

---

* 서양 남자의 정장용 모자
** Millions. '수백 만' 파운드라는 의미
*** 남아프리카공화국의 행정 수도. 입법상의 수도는 케이프타운
**** 트란스발의 동부 지역

의 피겠지."

내가 말했다. "그래도 '야마시타의 금'만큼은 아니겠지요. 그 이야기 들어보셨어요?"

"들어보지 않은 사람도 있을까?"

"이상하지 않나요? 전쟁이 터질 때마다 늘 이런 소문이 있으니 말이죠. 크루거가 묻은 금을 발견한 사람이 있나요?"

"50년간 사람들이 찾고 있지만 아직 발견한 사람은 없지." 매그너스가 말했다. 작게 천둥이 치자 그는 천장으로 고개를 들었다.

벽에 다른 사진도 걸려 있었다.

"저 사람은 내 형이자 프레더릭의 아버지 피에터야. 그가 죽기 얼마 전에 찍은 사진이지."

매그너스가 내 옆에 와서 섰다. 그가 말을 이었다.

"프레더릭에게 여기 올 때 저 사진을 가져다 달라고 부탁했지. 내가 가진 유일한 가족사진이란다."

"프레더릭이 아버지를 많이 닮았네요."

에밀리는 소설책을 내려놓고 남편을 바라보았다.

매그너스가 말했다.

"우린 모든 것을 잃어버렸지. 아버지의 일기, 어머니의 요리책, 내동물 목각 인형, 부모님과 누이 사진. 모든 걸 잃었어."

"지금도……"

나는 말끝을 흐리다가 다시 말했다.

"그들의 얼굴을 기억하실 수 있어요?"

매그너스는 오랫동안 나를 응시했다. 그가 내 두려움을 이해한다는 것을 눈빛으로 알 수 있었다.

매그너스가 대답했다.

"오랫동안 기억하지 못했지. 하지만 지난 몇 년 사이…… 가족들의 모습이 되돌아왔지. 나이 들면 지난 일들이 기억나기 시작하거든."

"비가 내리겠네요."

에밀리가 말했다.

그녀는 일어나서 매그너스에게 손을 뻗었다. 부부는 뒷마당이 내다보이는 베란다로 나갔다. 산맥에서 불어온 비를 머금은 바람이 거실로 들어와 커튼 자락을 휘날렸다. 잠시 머뭇거리다가 나도 베란다로 나가, 두 사람과 떨어져서 섰다.

"누 레 디에 아아르데 나그테랑 엥 위크 인 다이 동케르 스틸 게나데 반 디에 리엥."

매그너스가 나직이 읊조리며, 아내의 허리에 팔을 둘러 끌어안았다.

무슨 이유인지 모르지만 읊조리는 소리가 내 안의 뭔가를 흔들었다.

내가 물었다. "무슨 뜻이에요?"

에밀리가 말했다.

"이제 대지는 밤새 비의 어둡고 고요한 은총 속에 씻기리.' 이 사람이 좋아하는 시 구절."

그녀는 몸을 돌려 남편에게 더 바싹 기댔다.

산맥 위로 번개가 번뜩거렸다. 잠시 후 비가 쏟아졌다. 빗줄기에 밤이 흐릿해졌다.

* * *

　6시 직전에 침대 옆에 놓인 램프를 켜고, 낡은 노란 블라우스와 무릎까지 내려오는 반바지로 갈아입었다. 에밀리에게 얻은 낡은 면장갑을 꼈다. 부엌에 들어가니 하인들이 스토브에 불을 피우고 있었다. 나는 빵 두 조각을 먹고 우유 한 컵을 마셨다. 현관문을 열 때 안방에서 매그너스가 기침하고 목청을 가다듬는 소리가 났다. 나는 마주바 하우스에서 나왔다. 농장에 사이렌이 울리기 시작했지만, 곧 저 멀리 숲 사이로 소리가 잦아들었다.

　유기리에 도착했을 때는 새벽빛이 하늘의 가장자리를 파고들었다. 몇 분 일찍 왔기에 정원 뒤쪽으로 갔다. 아 청이 자전거를 벽에 세우고 있었다. 내가 인사를 건네자 그가 목례했다. 아리토모는 활터에 있었다. 나는 옆에 서서 그를 지켜보았다. 아리토모는 활쏘기 연습을 끝내고 내게 안채 현관 앞에서 기다리라고 말했다. 그가 다시 나왔을 때는 파란 셔츠와 카키색 바지 차림이었다. 그는 내가 들고 있는 메모지를 손으로 가리키며 말했다.

　"난 자네가 메모하는 게 마땅치 않은데. 하루 일과가 끝난 후 집에 가서도 기록하지 않으면 좋겠군."

　"하지만 제가 다 기억하지는 못할 텐데요."

　"자네 대신 정원이 기억할 거야."

　공책은 안채에 두고 아리토모를 따라 정원으로 나갔다. 그가 이날 할 일을 말할 때 주의해서 들었다.

　일본의 초창기 정원사들은 승려들이었다. 그들은 꿈꾸는 극락을

152

절 인근에 재현했다. 나는 『사쿠테이키』의 소개글에서 아리토모의 집안이 16세기 이후 일본 통치자들의 니와시, 즉 정원사들이었다는 사실을 알았다. 대대로 집안의 장자는 아버지의 일을 이어받았다. 제1대 나카무라는 송나라의 중국인 승려였는데 중국에서 추방당했다는 전설이 있었다. 그는 부처의 가르침을 전파할 목적으로 바다 건너 일본으로 왔다. 하지만 궁정 대신의 딸과 사랑에 빠져서 파계했고 여생을 일본에서 지냈다. 아리토모를 곁눈질하면서, 그 이야기가 사실이라는 생각이 들었다. 그의 몸가짐에는 승려의 면모가 있었다. 차분하지만 단호하게 집중해서 접근하는 태도하며, 느릿느릿 신중하게 말하는 품이 수도승 같았다.

아리토모가 내 얼굴에 대고 손가락으로 딱 소리를 내면서 말했다.

"집중해. 내가 여기 어떤 종류의 정원을 만들고 있지?"

내가 본 정원의 각 부분을 떠올렸다. 구불구불한 보행로와 각각 다른 경치를 봤던 것을 되살려 얼른 답을 추측했다.

"산책하는 정원. 아니, 잠깐만요. 산책용과 조망용이 혼합된 정원입니다."

"어느 시대의 정원인가?"

당황스러운 질문이었다. 나는 솔직히 인정했다.

"특정 시대를 짚어내지 못하겠습니다. 무라마치 시대도 아니고, 완전히 모모야마 에도 시대도 아니고요."

"그렇네. 유기리를 설계하면서 여러 시대의 요소들을 혼합하고 싶었지."

나는 빗물 웅덩이를 피해 걸었다.

"그 때문에 선생님의 정원에서 전체적인 조화를 이루기가 훨씬 더 어려워졌겠네요."

"내 모든 아이디어가 실행 가능하지는 않았지. 이렇게 정원을 바꾸려는 데는 그런 이유도 있지."

거의 반평생 전에 들어봤던 정원을 거닐자니, 윤 홍이 같이 있으면 좋겠다는 생각이 들었다. 나보다 그녀가 더 정원을 좋아했을 텐데. 내가 여기서 뭘 하는 걸까. 언니의 것이어야 했던 삶을 내가 살고 있으니.

오솔길에서 굽이를 돌 때마다 아리토모는 암석의 배치나 독특한 조각상 또는 석등에 주의를 환기시켰다. 그것들은 이끼와 양치식물이 자란 그 땅에 수백 년간 있었던 것처럼 보였다.

아리토모가 말했다.

"이 석물들은 여행자에게 여정이 또 다른 단계로 접어들고 있음을 알려주지. 걸음을 멈추고 생각을 모아서 풍광을 음미하라고 말해주는 거야."

"지금껏 여자가 정원사 수련을 받은 적이 있나요?"

"없었지. 그렇다고 허용되지 않는 일이란 뜻은 아니야. 하지만 정원 조성에는 물리적인 힘이 필요하지. 여자는 정원사로 오래 버텨내지 못할 거야."

나는 부아가 나서 쏘아붙였다.

"감시병들이 우리에게 무슨 일을 시켰는지 아세요? 터널을 파게 했어요. 남녀 가리지 않고요! 남자들이 바위를 깨면 우리가 그걸 수 킬로미터 떨어진 협곡에 갖다버렸어요."

나는 숨을 깊이 들이쉬고 천천히 내뱉었다. 그런 다음 말을 이었다.

"한번은 언니가 제게 말했어요. 정원을 만드는 데는 육체적인 힘이 아니라 정신력이 필요하다고."

"자네는 분명히 둘 다 모두 충분히 가지고 있어."

아리토모가 말했다.

다시 부아가 끓어올랐지만 내꾸할 새도 없이 시끄러운 말소리와 웃음소리가 들렸다.

아리토모가 말했다.

"일꾼들이 여기 왔군. 지각이야, 늘 그렇지만."

기운 러닝셔츠와 반바지 차림으로 어깨에 수건을 걸친 사내들은 맨발이었다. 아리토모가 일꾼들에게 나를 소개했다. 영어를 몇 마디 구사할 줄 아는 칸나다산이 반장이었다. 다른 4명은 타밀어와 말레이어만 할 줄 알았다. 내가 함께 일할 거라는 말을 듣자 그들은 싱긋 웃었다. 피부가 검어서 흰 치아가 유난히 두드러져 보였다.

우리는 아리토모를 따라서 연장 창고 뒤편으로 갔다. 거기에 암석들이 놓여 있었다. 코코넛만 한 돌부터 내 어깨 높이의 석판까지 크기가 다양했다.

아리토모가 말했다.

"점령기 동안 내가 이포 근처 동굴들을 돌면서 구한 암석이야."

"그때 이미 정원에 변화를 주려는 계획을 세우셨나요?"

내가 물었다.

"일꾼들을 계속 여기 있게 하려면 그럴 듯한 이유가 필요했어. 그래서 쓸 만한 재료들을 찾아 돌아다녔지."

"그럼 헌병대가 사람들에게 무슨 짓을 저질렀는지 보고 들었겠군요."

아리토모는 나를 쳐다보더니 몸을 돌려 저만치 걸어갔다. 둘 사이의 공간에 고통스러운 침묵이 끼어들었다. 일꾼들은 긴장된 분위기를 알아차리고는 내게서 시선을 돌렸다. 나는 아리토모가 걸어가는 모습을 바라보면서 깨달았다. 그에게 배우고 싶으면, 내 편견을 밀어내야 한다는 것을. 나로서는 몹시 어려운 일이지만 그래야만 했다.

나는 성큼성큼 걸어서 그를 따라잡았다.

"선생님이 찾으신 이 암석들은 하나같이 독특한 흔적이 있는데요."

내가 말했다.

그는 한참 대꾸하지 않았다가 마침내 입을 열었다.

"정원 설계는 '돌을 놓는 기술'로 알려져 있지. 돌이 얼마나 중요한지 시사하는 말이기도 하고."

나는 내색하지 않았지만 안도감을 느꼈다. 우리는 암석이 있는 곳으로 돌아갔고, 그는 돌을 하나하나 점검하고 손으로 문질렀다. 큰 축에 드는 암석들은 1.5~1.8미터 높이로 폭이 좁고 가장자리가 날카로웠다. 표면에 줄무늬가 잔뜩 있었다. 암석들 양옆으로 잡초가 무성했다. 마치 돌들을 냉습한 흙 속으로 다시 밀어내려는 것 같았다.

아리토모는 암석 다섯 개를 추리고, 차례로 쓰다듬었다.

"돌은 저마다 개성을, 욕구를 가지고 있지. 이 암석들을 앞쪽으로 옮기게."

나는 숨쉬기가 힘들어졌다. 그의 명령이 날 일본군 노예 시절로 데려갔다. 아리토모가 의아해하는 시선을 알아차렸다. 내 결심이 흔들렸다. 주위를 둘러보면서, 수용소에서 목숨을 부지하려고 억지로 첫걸음을 떼야 했던 기억이 떠올랐다. 그 여정이 아직 끝나지 않았음을 알 수 있었다.

아리토모가 덧붙였다.

"그리고 그 장갑을 벗게."

"세탁할 수 있는 장갑이에요. 몇 켤레 더 있어요."

"맨손으로 흙의 감촉을 느끼지 않는 사람이 어떤 정원사가 될 것 같은가?"

우리는 서로 빤히 바라보았다. 그 순간이 영원처럼 길게 느껴졌다. 나는 장갑을 벗어서 주머니에 쑤셔 넣으면서도 아리토모에게서 눈을 떼지 않았다. 그는 움찔하지 않았지만 일꾼들은 자기들끼리 두런댔다.

"다들 뭘 기다리지? 풀이 자라기를 기다리나? 일을 시작해!"

아리토모가 손뼉을 치며 말했다.

일꾼 2명이 첫 번째 암석을 땅에서 한 뼘 정도쯤 들어올리자, 아리토모가 황마 밧줄로 만든 띠를 돌 밑에 넣었다. 띠는 2.5미터 높이의 나무 삼각대에 매달린 양묘기*와 연결되어 있었다. 꼭대기가 밧줄로 단단히 묶인 삼각대 다리는 지면 높이에 따라 맞추어 조절할 수 있었다. 칸나다산 반장이 양묘기의 크랭크를 돌리자 암석이 땅에서 묵직하게 들렸다. 산이 중력 법칙을 깨뜨리는 것 같았다. 암석이 공중으로 1미터쯤 들리자 아리토모가 칸나다산에게 멈추게 하고, 내게

---

* 무거운 물건을 들어 올리는 데 쓰는 기구

157

빳빳한 대나무 솔을 건넸다. 나는 띠 사이로 손을 뻗어서 돌에 묻은 흙과 뿌리, 곤충 유충들을 털어냈다. 그 작업이 끝나자 우리는 돌을 밧줄로 묶어 무거운 장대의 중앙에 맸다. 나는 장대의 앞쪽 끝에 서서 장대를 어깨에 짊어졌지만, 무게 때문에 무릎을 꿇고 넘어졌다. 일꾼들이 도와주려고 달려왔지만, 나는 손을 서으며 물러나게 했다. 뒤에서 칸나다산이 말했다.

"아가씨한테는 너무 무겁습니다요."

아리토모가 한쪽에 서서 나를 지켜보았다. 마음속에서 그에 대한 증오심이 솟구쳤다. 등줄기에 땀이 줄줄 흐르자 속으로 중얼댔다. '지금은 달라. 이제는 일본군 포로가 아니야. 난 자유로워, 자유의 몸이야. 또 난 살아 있어.'

메스꺼움은 가라앉았지만 목구멍 뒤쪽에 시큼함이 남았다. 나는 입술을 핥으면서 한 번, 두 번 침을 삼켰다.

"잠깐만요, 칸나다산. 퉁구 세케잡(조금만 기다려요)."

나는 밧줄을 조절하고 그에게 손짓했다. 내가 다시 외쳤다.

"사투, 두아, 티가(하나, 둘, 셋)!"

셋을 세는 소리에 우리는 장대를 다시 어깨에 올렸다. 일꾼들은 함성을 지르고 추임새를 넣었다. 나는 다친 동물처럼 비척비척 일어나 어깨를 파고드는 통증과 싸웠다.

"잘란(길로)!"

내가 외치면서 방향을 잡았다.

암석들을 닦고 앞쪽 베란다 근처로 옮기느라 아침나절이 지나갔다. 마지막 돌을 내려놓자 칸나다산과 일꾼들은 풀밭에 쭈그려 앉아 담배 한 갑을 돌리고 수건으로 얼굴을 닦았다. 나는 아리토모를 따라서 안채로 들어가 응접실로 갔다. 창호지를 바른 문들이 닫혀 있고, 그의 뒤쪽으로 미닫이 유리문 한 조가 눈에 들어왔다. 아리토모는 내가 앉을 자리를 알려주었다. 나는 흙투성이 옷을 손짓하며 말했다.

"제가 더러워서요."

"앉아."

내가 지시에 따를 때까지 기다렸다가 그가 먼저 유리문을 열고 그 다음에 창호지 문을 열었다. 정원이 나타났다. 나무들 위로 보이는 하늘에 삐죽삐죽한 산맥의 능선이 펼쳐졌다.

아리토모는 내 옆에 무릎을 꿇고 앉아서, 정원의 칸나다산과 다른 일꾼들에게 지시를 내렸다. 그는 첫 번째 암석부터 배치하고 싶은 자리를 손짓했다. 그가 위치에 만족하자 일꾼들은 암석부터 땅에 박았다. 아리토모는 남은 암석 네 개도 같은 과정을 반복했고, 각각 이전의 돌과 약간 거리를 두고 자리를 정했다. 혼자만 들을 수 있는 화음에 따르는 것 같았다.

내가 말했다.

"줄줄이 황제에게 절하고 물러가는 신하들처럼 보이네요."

아리토모는 인정하는 의미로 끙 소리를 냈다.

"이 틀 안에서 그림의 구도를 잡고 있지."

그가 지붕과 기둥, 바닥의 선을 가리켰다. 그는 허공에 손가락으로 직사각형을 그리면서 덧붙였다.

"정원을 보는 것은 예술 작품을 보는 것과 똑같아."

"하지만 그 구도는 균형이 맞지 않는걸요. 첫 번째와 두 번째 돌 사이 간격이 너무 넓고, 마지막 돌은 세 번째 돌에 너무 가까이 붙어 있어요."

나는 다시 풍경을 살피면서 덧붙였다.

"암석들이 막 허공으로 고꾸라지는 것처럼 보여요."

아리토모가 말했다.

"하지만 배열이 역동적인 느낌을 준다는 데 동의하지 않나? 그림을 보라고. 그림에는 넓은 여백이 있고 구조는 비대칭을 이루지…… 거기에는 불확실성, 긴장감, 가능성이 담겨 있어. 바로 그게 내가 여기서 원하는 요소지."

"암석을 어디 배치할지 어떻게 아나요?"

"『사쿠테이키』의 첫 번째 조언은 무엇이지?"

나는 잠시 생각에 잠겼다.

"돌의 요구에 순종하라."

아리토모가 고개를 끄덕였다.

"책의 서두에 나오는 말이지. 자네가 앉은 이 자리…… 그것이 출발점이야. 손님들이 정원을 감상하는 곳이 바로 여기지. 유기리는 여기서 보는 것에 준해 계산한 거리, 비례, 공간을 염두에 두고 모든 것을 심고 조성했지. 여기는 처음 자갈이 수면을 흩어지게 만드는 곳이야. 첫 돌을 제대로 놓으면 다른 돌들은 그 돌의 요구에 따르지. 효과는 정원 전체로 퍼져나가고. 우리가 돌이 원하는 대로 해주면 돌은 흡족할 거야."

"선생님은 돌에 영혼이라도 있는 듯 말하시네요."

"당연히 있지."

아리토모가 말했다.

우리는 베란다를 통해 밑으로 내려가 일꾼들과 합류했다.

그가 내게 삽을 주면서 말했다.

"각각의 암석은 3분의 1만 지면 위로 나와야 해. 그러니 땅을 깊게
파게."

그는 일을 맡기고 떠났다. 맨손으로 삽자루를 잡으니 물집이 생
겼다. 땅은 단단하지 않았지만, 몇 분 안 되어 땀이 줄줄 흘러내렸다.
마지막으로 고된 육체노동을 한 게 몇 년 전이라서, 자주 일을 멈추
고 쉬어야 했다. 두 시간 후 우리가 암석 다섯 개를 모두 지시대로 묻
자, 그가 다시 나왔다. 아리토모는 무릎을 꿇고 앉아 암석의 바닥 주
위를 단단히 다졌다. 그는 내게도 똑같이 하라고 했다.

나는 푸석한 흙 속에 손을 넣었다. 시원하고 촉촉한 흙이 살에 닿
으면서, 왼손의 통증이 가라앉았다. 우리가 밟고 다니는 흙을 맨손
으로 만지는 일은, 무척 단순하고 기본적인 행위였다. 그런데도 그
일을 한 게 언제였는지 기억나지 않았다.

저녁 무렵 몸이 뻣뻣하고 뻐근했다. 집에 가기 전, 낮에 돌을 심은
구역을 지나쳤다. 그 부근에 뿌릴 자갈이 든 자루들이 한쪽에 세워
져 있었다. 암석의 둥그스름한 꼭대기를 만지다가 밀어보았다. 돌은
단단하고 꼼짝하지 않았다. 그날 아침 우리가 묻은 돌이 아니라, 깊
은 땅속에서 솟은 지반의 돌출부라도 되는 것 같았다.

아리토모가 안채에서 나왔다. 그 뒤로 커다란 초콜릿색 버마고양
이가 걸어왔다. 그는 내가 고양이를 쳐다보는 것을 눈치챘다.

아리토모가 말했다.

"이 녀석은 '커닐스'야. 매그너스에게 얻은 고양이지."

잠시 우리는 땅에 드리운 암석들의 그림자를 보았다.

내가 물었다.

"정원의 설계도와 그림은 다 어디 있나요? 그것들을 보고 싶은데
요."

아리토모가 내게 고개를 돌리고 자신의 옆머리를 살짝 건드렸다.
그 순간, 그가 아침 내내 묻은 큰 돌들과 비슷하다는 생각이 스쳤다.
일부분만 세상에 드러날 뿐, 나머지는 안쪽 깊이 묻혀서 밖에서 보
이지 않았다.

8

매그너스에게 임대한 방갈로는 아리토모의 도제 수업이 시작된 첫 주말에 들어갈 준비가 되었다. 금요일에 다 같이 저녁 식사를 하던 중, 프레더릭이 짐 옮기는 일을 돕겠다고 했다. 그는 매일 저녁 마주바 하우스에 다녀갔다.

프레더릭이 물었다.

"내일 아침이면 괜찮겠어요? 9시쯤으로 정할까요?"

식탁 맞은편에 앉은 매그너스가 말했다.

"그러자고 하는 게 좋을걸. 이 친구가 곧 여기를 떠나거든."

"9시, 좋아요."

내가 대답했다. 한 주일 내내 유기리에서 일하느라 몸이 쑤셔서, 누군가 도와준다는 생각을 하니 반가웠다.

그날 밤 자러 가기 전, 테라스 난간 옆에 섰다. 대리석 조각상 그림자 사이에서 몇 분간 머물렀다. 금방이라도 비가 내릴 듯 상쾌한 쇠

냄새가 짙게 풍겼다. 마치 구름 속에 숨은 번개가 냄새를 빚어내는 것 같았다. 그 냄새가 수용소에서 보낸 시절을 연상시켰다. 그 시절 나는 마음을 딴 데 돌리려고 아주 사소하고 중요하지 않은 일에 몰두했다. 작은 나무에서 날아오르는 나비 한 마리, 잔가지에 비단실로 짠 거미집. 거미집 사이로 바람이 지나고 벌레들이 걸렸다.

응접실의 열린 창으로 「검은 구름이 하늘을 가려도*」의 선율이 느릿느릿 흘러나왔다. 매그너스가 또 세실리아 웨셀스의 음반을 듣고 있었다. 아래 계곡에서 유기리 주변의 나무 사이로 불빛이 나타났다. 그 빛을 보니, 아리토모가 집에서 뭘 하고 있을지 궁금했다.

아리아가 끝났다. 어떤 곡이 이어질지 알기에 기다렸다. 잠시 후 조심스러운 피아노 소리가 들리기 시작하면서 쇼팽의 「야상곡」이 이어졌다. 매일 밤 불 끄기 전, 베히슈타인**을 연주하는 것이 매그너스의 습관이었다. 첫 번째 야상곡이 다음 곡으로 넘어갔고, 곧 쇼팽의 「피아노 협주곡 1번 2악장 라르게토」가 한숨 쉬듯 시작되었다. 매그너스는 이 곡을 피아노 독주곡으로 편곡했다. 그는 밤마다 마지막으로 이 곡을 연주했다. 아내의 애청곡이라고 했다. 이 순간 에밀리는 침대에 누워서 남편이 그녀를 위해 연주하는 음악을 들으며 잠에 빠져들었다.

나는 눈을 감고 음악에 마음을 맡겼다. 음악이 어두운 산맥으로 둥둥 떠갔다. 마지막 몇 소절이 흘러나와 허공을 맴돌다 잠시 후 적

* 베버의 오페라 「마탄의 사수」에 나오는 아리아
** 독일의 피아노 제조업체

막 속으로 잦아들 때, 알 수 있었다. 내 방갈로로 이사하면 매그너스가 벌이는 이런 밤의 의식이 그리울 터였다.

방에 들어가기 직전, 내 눈이 다시 유기리로 향했다. 나무 사이에서 불빛을 찾아보았지만 보이지 않았다. 내가 한눈을 파는 사이 불이 꺼졌다.

* * *

'마게르스폰테인 코티지'는 마주바 하우스에서 400미터 떨어진 산등성이에 있었다. 콘크리트 더미에 지은 전형적인 인디언 양식 방갈로였다. 골진 양철 지붕은 녹이 슬고, 굴뚝은 회칠이 벗겨져 붉은 벽돌이 드러났다. 널찍한 베란다에서 비탈진 차 밭이 보였다. 방갈로 한쪽으로는 모감주나무가 창 쪽으로 비스듬히 서 있어, 오랜 세월 집 안에서 오간 대화를 엿들었을 것만 같았다.

프레더릭이 차에서 내 가방을 내려 방갈로 안으로 옮기면서 말했다.

"하인들이 정성껏 집을 청소했어요. 수돗물이랑 전기는 가동되는데, 전화는 안 되죠. 이 집이 E&O*나……"

그는 웃음을 터뜨리고 나서 말을 이었다.

"……심지어 콜리시움 호텔** 같을 거라고는 기대하지 말아요."

집에서는 축축한 냄새가 났다. 등나무 의자와 테이블은 무너질 것

---

* 이스턴 앤드 오리엔탈 호텔. 페낭에 있는 고급 호텔
** 고급 호텔 체인

같았고 짝도 맞지 않았다. 밑으로 처진 책꽂이에는 흰 곰팡이가 핀 『펀치』와 『주간 말레이 농장주』 잡지 몇 권이 꽂혀 있었다. 벽난로와 옆에 놓인 장작 통이 작은 거실의 한쪽을 차지했다. 추운 저녁에 불을 피울 수 있다는 사실이 아이 같은 즐거움을 주었다. 지도를 보면 말레이 반도는 적도에서 살짝 비켜났을 뿐인데 어떤 날은 열대 지역에 있다는 사실을 잊을 만큼 쌀쌀했다.

"내가 지내기에는 충분하고도 남아요."

내가 말했다.

프레더릭은 내 팔꿈치에 난 상처를 손짓했다.

"거기 뭘 좀 발라야겠는데요. 에밀리에게 겐티아나 바이올렛 액*을 조금 달라고 해요."

"그냥 긁힌 건데요."

나는 소매를 내려 상처를 덮었다.

"난 타나라타에 갈 거예요. 나랑 같이 갑시다."

프레더릭이 말했다.

"짐을 풀어야 해서요."

"먹을 걸 사야 되지 않나요?"

맞는 말이었다. 지금부터는 식사를 직접 준비해야 했다.

프레더릭은 내 결심이 흔들리는 기색을 눈치채고 말했다.

"갑시다. 내가 '아 후앗'의 코피티암**에서 아침을 살게요. 그 집 토

* 감염을 방지하는 소독약
** 동남아의 커피숍

166

스트를 먹으려고 몇 킬로미터를 운전해서 오는 사람도 있다고요."

* * *

고원에 자리 잡은 데서 이름이 유래된 타나라타는 낮은 구릉에 둘
러싸여 있었다. 울창한 산등성이 끝 여기저기 방갈로가 보였다. 방
갈로는 유럽 고무 회사들의 소유로, 고위 간부들이 휴양 시설로 이
용했다. 간간이 유럽인 직원들이 다녀가기도 했다.

프레더릭이 차의 속도를 낮춰 마을로 들어가면서 말했다.

"처음 여기 왔을 때, 주택 정면을 흉한 엉터리 튜더풍으로 지어야
하는 법이라도 있는 줄 알았어요. 적어도 숙부는 집을 지을 때 창의
력을 발휘했죠."

새벽 시장 옆 공터에 차를 주차했다. 노천 새벽 시장은 이미 북적
댔고, 손님들의 주문에 따라 잡은 닭의 피와 내장 냄새가 질편했다.
두꺼운 고리에 고기가 걸려 있고, 생선과 새우, 하얀 오징어가 녹는
얼음 위에 잔뜩 쌓여 있었다. 거기서 떨어진 물이 바닥에 흥건하게
고여서, 다들 빙 돌아가야 했다. 카레 항아리 옆에 말레이 노파가 쭈
그리고 앉아 있었다. 우리는 중국 부인들과 인도 부인들 사이를 비
집고 지나갔다. 그들은 통행을 막아선 줄도 모르고 길 가운데 서서
수다 떠는 것을 대수롭지 않게 여겼다.

중앙로에 늘어선 상점들은 노천 시장보다는 조용했고, 손님들은
주로 유럽인*들이었다. 프레더릭과 나는 상점 주인들에게 구입할 품
목 목록을 주고, 배급소에서 받은 허가증을 보여주었다. 물건은 마

주바로 배달해달라고 요청했다.

"저기가 아 후앗의 가게예요."

프레더릭이 상점가의 끝에 있는 가게를 손짓했다. 그가 덧붙였다.

"갑시다. 빈 테이블이 있으면 좋겠는데."

코피티암은 어느 타운이나 마을에 있을 만한 곳이었다. 러닝셔츠와 헐렁한 면 반바지 차림의 노인들이 아침 내내 수다를 떨면서 접시에 커피를 부어 마셨다. 벽에는 빨간 한자 문장이 세로로 적힌, 틀도 없는 큰 거울이 걸려 있었다. 테이블의 대리석 상판은 오래된 커피 얼룩이 겹겹이 쌓여서 누렜다. 라디오에서 여자가 부르는 만다린어 노래가 흘러나왔다. 카운터 뒤, 거울 바로 밑에 뚱뚱한 중국 중년 남자가 앉아 있었다. 그는 주방에 주문을 하면서 놀랄 만치 고운 손가락으로 주판알을 탁탁 튕겼다. 사내는 긴 새끼손톱으로 귀지를 파내 유심히 쳐다보았다.

"아, 플레들릭 씨! 안녕하세요!"

그가 우리를 보며 크게 인사했다. 사내가 덧붙여 물었다.

"어라, 여자 친구신가?"

"안녕하세요, 아 후앗."

프레더릭은 반은 사과조로, 반은 당황해서 나를 힐끗 보았다. 그가 커피숍 주인에게 다시 말했다.

"아니에요. 이분은 내 여자 친구가 아니에요."

몇 분 후 주문한 반숙 달걀, 커피, 토스트가 나왔다. 바삭하게 구운

---

* 작품에서 '유럽인'은 출신지와 상관없이 백인을 정중하게 지칭하는 어휘로 쓰였다.

흰 빵 조각에 버터와 코코넛 잼을 바른 토스트는 프레더릭의 장담처럼 맛이 좋았다. 그는 커피숍에 있는 노인들처럼 커피 잔 접시에 커피를 붓고 후후 불었다.

내가 말했다.

"우린 그러면 어머니한테 꾸중을 들었어요. 하류층이나 하는 짓이라고 하셨죠."

"하지만 이렇게 마시면 맛이 훨씬 더 좋아요."

그는 접시를 들고 후룩 소리를 내면서 마셨다. 프레더릭이 다시 말했다.

"해봐요."

나는 커피 잔을 저어 바닥에 가라앉은 연유를 섞었다. 얼른 주위를 살핀 후 커피를 접시에 따르고 접시를 입가로 가져갔다. 하지만 금세 접시를 도로 내려놓았다. 수용소에서 식사하던 방식이 또렷하게 떠올라서였다.

내가 말했다.

"당신도 케이프타운에서 성장했나요? 매그너스의 억양과 전혀 달라서 말이죠."

"내 어머니가 그 말을 들었으면 좋아서 얼굴이 환해졌겠어요. 어머니는 보어인*을 멸시했거든요. 세상에, 얼마나 심하게 보어인을 경멸했던지."

"왜요?"

* 네덜란드계 남아프리카공화국 주민

169

"어머니는 영국인이었거든요. 로디지아*에서 태어났고요. 어머니가 왜 내 아버지랑 결혼했는지는 하나님만 아실걸요. 아버지는 부자도 아니었고, 같이 있기에 재미난 사람도 아니었거든요. 난 어려서도 부모님이 행복하지 않다는 걸 알 수 있었어요. 아버지가 세상을 떠난 후 불라와요**로 이주했어요."

"그때가 몇 살이었는데요?"

"여덟이나 아홉 살이었죠. 아버지는 항상 영국 편을 들었고, 매그너스 숙부는 그걸 무척 못마땅해했죠. 형제가 소원했던 게 그 때문이라는 게 내 생각이에요."

프레더릭은 말라야에 살면서 산맥에 차 농장을 소유한 삼촌에게 단단히 매료되었다고 설명했다.

"열다섯 살 때 크리스마스를 이곳에서 보내려고 케이프타운에서 'P&O***'를 타고 왔죠. 책에서 읽은 것과는 아주 다르더군요. 어머니가 손도 못 대게 했던 몸****의 소설에 나오는 것과는 달랐어요."

나는 빙그레 웃으면서 말했다.

"우리 부모님도 서머싯 몸의 작품을 보지 못하게 하셨어요. 하지만 언니가 친구한테 책을 빌려서 읽고 나한테 넘겨줬지요."

"언니가 어떤 일을 당했는지 매그너스에게 들었어요. 유감입니다."

나는 그에게서 눈을 돌렸다. 더 많은 사람들이 코피티암으로 들어

---

* 짐바브웨의 구 명칭
** 짐바브웨의 남서부에 있는 도시
*** 대형 여객선 회사
**** 서머싯 몸. 『달과 6펜스』, 『인간의 굴레』 등을 쓴 영국 작가로 페낭 섬과 싱가포르 등을 극찬했으며 작품 속에도 즐겨 묘사했다.

오고 있었다. 프레더릭은 반숙한 달걀을 접시에 부딪쳐서 티스푼으로 껍질 안쪽을 파냈다. 그는 흥건한 달걀에 흰 후추를 몇 번 뿌리고 간장을 듬뿍 뿌려서 그릇째 입에 가져갔다.

내가 말했다.

"우리가 먹는 식으로 먹네요. 처음에 왔을 때 얼마나 머물렀어요?"

프레더릭은 손수건으로 입술을 닦으면서 대답했다.

"겨우 한 달이요. 언젠가 다시 오고 싶으리란 것을 알았지요. 세상에 내가 있고 싶은 다른 곳은 없었어요."

그의 눈에 행복한 추억이 반짝거렸다. 잠시 후 눈빛이 흐리멍덩해진 것은, 잃어버린 유년기가 떠올라서였으리라. 그 흔들리는 순간에 나는 그의 어릴 때 모습을 보았다. 또 앞으로 어떤 노인이 될지도 힐끗 볼 수 있었다.

"결국 이렇게 다시 왔네요."

내가 말했다.

프레더릭이 대답했다.

"4년 전에 어머니가 세상을 떠났어요. 난 매그너스에게 편지를 썼어요. 삼촌은 여기로 이주하라고, 차 농장 운영을 거들라고 청했어요. 그 제안을 덥석 받아들일 수가 없었죠. 공부를 마저 끝내고 싶었거든요. 그거, 먹을 건가요?"

그는 내 접시에 남은 빵 조각을 쳐다보았다. 내가 빵을 밀었다. 프레더릭이 말을 이었다.

"전쟁이 끝나자 로디지아 아프리카 부대*는 해산했지만, 작년에 재창설되었어요. 나는 예전 소속 연대가 공산당과 싸우기 위해 말라야에 파송된다는 소식을 듣고 다시 자원했지요."

프레더릭은 말을 멈추고 커피숍 안을 둘러보았다. 그가 말을 이었다.

"쉬운 작전일 줄 알았죠, 공산당 토벌 말이에요. 그런데 결코 그렇지가 않네요."

"전쟁 중에는 어디 있었어요?"

"버마. 거기서 진짜 무시무시한 일들을 봤죠."

프레더릭은 머뭇거리다가 말을 이었다.

"그러니 당신은 어떻게 감당하나요? 일본인들에게 그런 수모를 겪었는데, 어떻게 매일매일 일본인을 마주 대하지요?"

나는 뭐라고 대답할지 궁리하느라 뜸을 들였다.

내가 말했다.

"할 일이 아주 많아요. 정말 많아서, 일하는 동안에는 다른 생각을 할 틈이 전혀 없어요."

프레더릭은 믿지 못하는 눈치였다. 그래서 그에게 솔직히 말하기로 했다. 내가 다시 말했다.

"하지만 이따금 그가 하는 말의 어떤 어휘나 구절이 내가 묻어둔 줄 알았던 기억 속으로 파고들 때가 있어요."

나는 전날 저녁에 벌어진 일을 떠올렸다. 아리토모는 한 달 전에 자른 나무 더미로 나를 데려갔다. 통나무는 다듬어진 상태였다.

"일꾼을 시켜서 이 '마루타'를 더 작게 토막 내서 치우라고 해."

* 짐바브웨 군의 전신

172

그가 지시했다. 나는 아리토모가 시키는 일을 하지 않고 몸을 홱 돌려 그 자리를 떠났다. 그가 부르는 소리를 들었지만 멈추지 않았다. 걸음을 더 재촉해서 정원 깊은 곳으로 향했다. 발이 걸려 넘어졌지만 다시 일어나 계속 걸었다. 비탈길을 올라가니 마침내 높은 낭떠러지 가장자리에 도착했다. 앞에는 산맥과 하늘만 있었다. 거기 얼마나 오래 서 있었는지 알 수 없었다. 한참 후 아리토모가 옆으로 올라서는 기척이 느껴졌다.

내가 앞을 응시하면서 말했다.

"마루타. 수용소에서 병사들은 우리를 그렇게 불렀어요. 통나무. 그들에게 우리는 통나무에 불과했어요. 잘라서 소각하면 그만이었지요."

한동안 정원사는 침묵했다. 그러다가 내 팔을 잡는 손길이 느껴졌다. 아리토모가 말했다.

"피가 나는군."

그는 내 팔꿈치를 잡고 손수건으로 상처를 눌렀다.

"티우 네 아 마 차우 하이!"

귀에 익은 광둥어 욕설을 듣고 나는 정신을 차렸다. 프레더릭이 나를 빤히 보고 있었다. 나는 몇 번 눈을 깜빡이고 커피를 마셨다. 앉아서 주위를 둘러보았다. 은발의 중국 남자들이 테이블 몇 개를 차지하고 있었다. 왜소한 남자가 중국어 신문을 펼쳤다. 누군가 소리쳤다.

"디암, 디암! 모 초우."

그러자 대화가 조용해지면서 침묵이 흘렀다. 사내는 친구들을 차례로 바라보면서, 느릿느릿 신중하게 신문 기사를 낭독하기 시작했다.

"커피숍에 가면 어디나 이런 광경을 보게 되지요."

프레더릭이 말했다. 공산 게릴라들이 소식을 듣고 전령에게 메시지를 전하러 이런 곳에 온다고 알려져 있었다.

프레더릭이 말을 이었다.

"나는 내일 떠납니다. 우리 부대가 불법 거주자들을 거주지에서 새 동네로 옮기는 업무를 도우라는 요청을 받았거든요."

일본 강점기에 중국인 수천 명이 정글 변두리에서 살았다. 그들은 헌병대와 마주쳐서 끌려가 대량 학살 당하는 것을 피하려고 안간힘을 썼다. 전쟁이 끝난 지 6년도 넘었지만, 이들은 살던 곳에 남아서 자급자족하는 농부로 살았다. 공산 게릴라들은 이 불법 거주자들을 식량, 약품, 정보, 자금을 구하는 줄로 삼았다. 불법 거주자들은 '인민'이었다. 작전본부장인 해롤드 브릭스 중장은 '비상조치 상황*'에서 그들을 가장 큰 골칫거리로 파악했다. 군대가 전국적으로 50만 명의 불법 거주자들을 특별히 조성된 '새 동네'로 이주시키는 중이었다. 이들에는 어린이, 할머니, 가족, 심지어 그들이 키우는 가축까지 포함되었다.

"어떤 부락을 이주시킬 건데요?"

내가 물었다.

그가 내게 손가락을 흔들면서 말했다.

---

* 1946~1960년까지 말라야 공산당 산하 부대인 인민해방군과 영연방군 사이에 벌어진 게릴라전. 식민 정부는 이를 '비상조치 상황'이라고 불렀다.

"그 질문은 금지라는 것을 잘 알 텐데요. 또 새 동네가 어디 있느냐고 묻는 것도 안 되죠."

"비밀을 얼마나 잘 지키는지 점검했을 뿐이에요."

나는 한동안 조용히 있다가 다시 말했다.

"검사 생활 중에 그런 새 동네에 가야 했던 적이 있어요."

그는 한층 흥미가 생기는 표정으로 나를 바라보았다.

"그게…… '찬 리우 퐁' 사건이었지요? 온 뉴스에서 떠들었잖아요."

찬 리우 퐁. 30세의 고무 수액 채취 일꾼이었던 그녀는 게릴라에게 식량을 공급하고 심부름꾼 역할을 하다 체포되었다. 나는 쿠알라룸푸르에서 16킬로미터 떨어진 '남부 살락'에 있는 그녀의 집을 방문했다. 그녀가 어떻게 생필품과 정보를 빼돌렸는지 파악하기 위해서였다. 그녀가 이송된 '새 마을'에는 불법 거주민 600명과 그들의 가족이 살았다. 너비 3미터의 대지에 2미터 넘는 이중 담장이 세워지고 꼭대기에 철조망이 있었다. 감시탑에서는 무장한 보초병들이 그 일대를 지켰다. 마을 주민들은 매일 아침 정문을 통과할 때마다 수색당하고 얼굴이 신분증 사진과 일치하는지 조사받았다. 저녁에 집으로 돌아올 때마다 검문 과정은 되풀이되었다.

내가 말했다.

"경찰관이 찬 리우 퐁의 집을 보여주었어요. 집은 비어 있었어요. 공안부에서 그녀의 남편을 구금했고, 네 살 된 딸은 복지시설에 보냈지요."

이웃집 창에서 나를 빤히 쳐다보던 시무룩한 얼굴들이 떠올랐다. 다른 주민들이 게릴라를 돕지 못하게 통행금지가 시행되었다. 대부분의 주민들은 8킬로미터 떨어진 고무 농장에서 수액 채취 일꾼으로 일했다. 그들은 오전 8시에서 오후 1시까지만 마을 밖에 있는 것이 허용되었다. 이것은 그들의 밥벌이에 영향을 미쳤다. 고무나무 수액은 말라붙기 전인 새벽에 채취해야 했다.

"결국 그 여자는 중국으로 추방되지 않았나요?"

프레더릭이 물었다.

나는 고개를 끄덕였다.

"남편과 딸은요? 그녀가 가족을 동반할 수 있었나요?"

"내가 맡은 업무는 게릴라가 처벌받게 하는 것까지였어요."

프레더릭은 토스트를 뚝 잘라 접시에 남은 달걀을 훑어서 입에 넣었다.

* * *

코피티암에서 나오니 비가 내리고 있었다. 상점가 바깥의 1.5미터쯤 되는 통로에서 비를 피하며 날이 개기를 기다렸다. 오르막길에 낮은 빨간 벽돌집이 있었다. 거기서부터 도로가 방향을 바꿔 산 아래로 이어졌다.

"저건 뭐예요?"

프레더릭이 대답했다.

"예전에는 수도원 학교였는데 이후 일본군이 육군 병원으로 바꾸었지요. 지금은 영국군이 병원으로 쓰고 있어요. 누군가 내게 그런 말을 하더군요. 항복 이후 우리 병사들이 거기서 어린 중국 아가씨들을 발견했답니다. 일본 놈들은 그들을 결핵 환자로 위장하려 했지요."

"위안부군요."

내가 말했다.

"네?"

"군인 위안부들이라고요."

프레더릭이 말했다.

"그래요. 일본이 항복했을 때 버마에서 그런 여자들과 마주쳤어요. 그들은 고향에 돌아가는 길이었지요. 우리가 차를 태워주었어요."

"가족들은 그 아가씨들을 다시 받아주지 않았을 거예요."

하늘에서 벼락이 치자 나는 움찔했다. 내가 말을 이었다.

"그들은 가족의 치욕이 되었고, 그건 너무나 큰일이었을 테니까요."

"아가씨들 잘못이 아닌걸요."

프레더릭이 말했다.

"그들과 결혼하고 싶은 남자는 아무도 없을 거예요. 전쟁 내내 그들이 이삼백 명의 남자를 상대했다는 것을 알면."

프레더릭은 나를 힐끗 보면서 차양 아래로 손을 내밀었다.

그가 말했다.

"빗줄기가 약해지네요. 이리 와요, 차까지 뛰어갑시다."

마게르스폰테인 코티지에 도착하자 프레더릭은 차의 시동을 껐다. 그가 뒷좌석에 팔을 뻗어서, 봉투에서 갈색 종이 포장지를 꺼냈다.

"당신 거예요. 선물입니다."

나는 포장지를 열어 겐티아나 바이올렛 병을 꺼내면서 웃음을 터뜨렸다.

"이걸 사려고 살그머니 빠져나가 중국 약방에 다녀왔군요."

"상처가 더 날 때를 대비해서."

약병은 묵직하고 까맸다. 엄지손가락으로 상표를 문지르면서 나는 그를 바라보았다.

"마주바에 돌아오면 식사 대접을 할게요."

"닭발만 빼면 뭐든 좋아요."

그가 어깨를 으쓱하고는 말을 이었다.

"당신네 중국인들이 어떻게 그런 것을 먹을 수 있는지 도무지 이해가 안 돼요."

"그게 어때서요? 맛있고 오독오독 씹히는데요."

프레더릭은 웃음을 터뜨리다가, 내가 웃지 않는 것을 알고 이내 조용해졌다. 그는 내 표정을 찬찬히 살피며 바라보았다. 나도 지긋이 그를 응시했다. 그가 몸을 숙여 키스했다. 그의 손이 내 어깨를 쓰다듬다가 등으로 내려왔다. 몇 초 후 나는 몸을 뺐다.

내가 프레더릭의 귀에 속삭였다.

"안으로 들어가요. 젠티아나 바이올렛을 바르려면 도움이 필요해요."

* * *

내 경호를 맡은 타밀족 청년 시바는 매일 아침 방갈로 밖에서 나를 기다렸다. 그가 유기리까지 호위해주었다. 저녁에는 나 혼자 집까지 걸어왔다. 매일 집에 돌아오는 시간이 달랐고, 여러 길로 다녔다.

프레더릭과 잠자리를 한 후, 그동안 마음속에 쌓이던 짜증이 가라
앉았다. 난 언제나 엄마의 두 딸 중 매력 없는 아이였다. 그래서 전쟁
이 끝난 후 남자들이 매력적으로 봐주자 난 깜짝 놀랐다. 부상에서
회복하고, 여전히 육체적인 매력이 있다고 자신을 설득하면서 수많
은 남자랑 잤다. 내가 사랑을 나눌 때도 장갑을 벗지 않는다는 사실
이 남자들의 흥미를 더 돋우는 것 같았다. 그 시기를 돌아보면 궁금
증이 생긴다. 다른 사람에게 영향을 미치는 것이 내가 하려고 애쓰
던 일이었을까. 너무 오래 무기력하게 살아온 터라 그랬을까.

게릴라의 공격은 겁났지만 다시 혼자 사는 생활이 즐거웠다. 이
산맥에서는 나무의 숨결이 안개가 되었다. 안개가 구름 속으로 들어
가 비가 되어 다시 땅에 떨어지고, 비는 땅속 깊이 뿌리에 흡수되어
지상 30미터쯤에서 나뭇잎을 통해 수증기로 내뿜어지는 곳. 이곳에
서는 하루하루가 어느 산맥 뒤에서 열리고, 다른 산맥 뒤에서 마무
리되었다. 나는 유기리를 일출과 일몰 사이에 숨겨진 곳으로 생각하
게 되었다.

어느 아침 일꾼들이 차를 마시며 쉬려고 연장을 내려놓자, 아리토
모는 나를 정원의 어느 구역으로 데려갔다. 전에 가본 적 없는 곳이
었다. 그는 앞에 펼쳐진 말끔히 정돈된 잔디밭을 손짓하며 말했다.

"이곳의 특이한 점을 알아보겠나?"

나는 더 자세히 보려고 쭈그리고 앉았다.

"이곳의 뭔가가 묘해 보이는데요."

나는 손바닥으로 잔디를 가볍게 스쳤다. 풀잎에서 대답을 끄집어
낼 수 있을까 하는 기대가 반쯤 있었지만, 아무것도 알 수가 없었다.

나는 일어서서 말했다.

"이곳의 특이한 점이 뭔가요?"

아리토모는 내게 따라오라고 손짓하고, 가파른 길을 올라갔다. 나무 뒤쪽에서 물 쏟아지는 소리가 들렸다. 머리 위에서 단풍잎이 흔들리며 우리의 팔과 오솔길에 그림자를 드리웠다. 아리토모를 쫓아가려니 숨이 턱턱 찼다.

꼭대기에 도착하자 그가 말했다.

"여기가 유기리에서 가장 높은 지대지."

작은 산들이 여기서 시작되어 구름에 휘감긴 산맥 속으로 솟았다. 아래로 정원이 펼쳐지고, 그 중간 어디쯤에 안채가 있었다. 나뭇가지 사이 붉은 기와지붕 귀퉁이가 바람이 버리고 간 연처럼 걸려 있었다.

우리는 다시 걷기 시작했고, 초라한 폭포수가 만든 웅덩이에 도착했다. 물가에는 높이 자란 갈대 비슷한 식물이 자라고 있었다.

"창포야."

아리토모가 잎 몇 개를 뜯으면서 말을 이었다.

"아내가 창포 향을 좋아했지."

그는 잎을 짓이겨서 내 코에 갖다 댔다. 머릿속에 향긋한 냄새가 차올랐다.

"부인은 지금 어디 계세요?"

"아수카는 몇 년 전에 죽었어."

우리는 돌 벤치에 앉았고 나는 잠깐 해를 향해 고개를 들었다.

내가 말했다.

"물레방아가 오래된 것 같네요."

폭포 아래 웅덩이의 맨 가장자리에 지름이 4~5미터쯤 되는 물레방아가 있었다. 바퀴가 천천히 돌면서 물거품이 일어났다가 좁은 개울로 흘러내렸다. 개울가에 양치식물이 있고 바위에는 이끼가 잔뜩 끼어 있었다.

"2세기 전 교토 외곽의 불교 사찰에서 병사들이 약탈한 물레방아야. 그 절 주지가 모반 세력을 지원해서 도쿠가와 쇼군*의 분노를 샀거든. 이 물레방아는 히로히토 천황에게 받은 선물이야."

내가 헉 하고 숨 쉬는 소리가 내 귀에 크게 들렸다. 나는 꿈쩍하지 않고 앉아 있었다. 아리토모는 웅덩이 가장자리에 있는 바위에 오른발을 올리고 구두끈을 묶느라 정신이 팔린 듯했다. 뒤쪽 어디선가 새 한 마리가 울었다. 일왕의 이름을 들을 때마다 생각이 수용소 시절로 돌아갔다. 수용소 생활은 일본 시간에 맞추어 돌아갔다. 매일 새벽 우리는 일왕이 있는 쪽을 향해 절해야 했다. 그 아침 시간 그가 황궁에서 조반을 들 거라고 장교들은 말했다. 언젠가 윤 홍은 도쿄가 말라야보다 겨우 한 시간 빨라서 다행이라고 말한 적이 있었다.

아리토모가 눈을 감았다.

"종종 여기 앉아 물레방아 소리에 귀를 기울이지. 지금도 바퀴가 물속에서 천천히 돌아가면 애절한 불경을 독경하는 것 같아. 이 소리를 들으면, 버려진 절에 마지막으로 남아 죽는 날까지 염불을 하는 노승이 되지."

* 도쿠가와 시대의 우두머리

그가 중얼중얼 말했다.

"바퀴살 아래쪽에 글씨가 새겨져 있네요."

내가 말했다.

"그걸 알아볼 사람은 많지 않은데."

아리토모가 눈을 떴다. 그가 말을 이었다.

"승려들이 기도문을 새겼지. 바퀴가 돌 때마다 바퀴살이 물속으로 들어가면서 경전의 구절을 수면에 새기는 거지. 생각해보라고. 이 기도문들은 산속 절에서 바다까지 흘러가면서 지나치는 모든 것들을 축원했지."

개천이 이 산맥을 구불구불 내려가 유기리를 벗어나 강으로 흘러드는 광경이 머릿속에 그려졌다. 강줄기가 열대 우림을 지나며, 거기서 물을 먹는 호랑이와 쥐사슴을 지나고, 말레이의 작은 부락과 원주민 전통 가옥과 중국인 불법 체류자 주거지를 지날 때, 아침 햇살에 기도문이 물 위로 퍼지는 광경. 강가의 논에서 농부가 허리를 펴고 하늘을 올려다보면서, 얼굴에 닿는 시원한 바람을 느끼고 한동안 설명할 길 없는 흐뭇함을 느끼는 광경이 보였다.

내가 말했다.

"이 기도문들이 효험이 있다고 믿으시나요?"

"점령기에 내 정원은 아무 피해도 입지 않고 보존되었어."

"그건 아마 선생님의 지위 때문이었겠죠. 바퀴가 왕의 하사품이었으니까요. 그때는 일왕의 군대가 이걸 약탈하거나 야만적인 행위를 하지 않았죠. 하지만 우리 군대가 돌아왔을 때는 그게 선생님께 아무 도움도 되지 않았겠죠, 아닌가요?"

아리토모는 휙 일어나서 정원이 내려다보이는 튀어나온 바위로 걸어갔다. 그는 손바닥을 구부려 내게 가까이 오라고 했다.

아리토모가 말했다.

"아까 내가 보여준 잔디밭 말이야. 자네는 그 잔디밭의 특이한 점을 내게 말하지 못했어."

내가 선 자리에시는 조화를 뜻하는 노교의 상징*이 보였다. 빈터의 나무 사이에 완전한 원을 이루는, 음과 양의 요소로 이루어진 두 개의 눈물방울 모양이 있었다.

"잔디를 다른 높이로 깎았군요."

내가 말했다. 정말 간단했다. 아까 알아봤어야 했는데. 내가 덧붙였다.

"빛과 그림자로 조화를 부리셨어요."

"그렇게 보이게 한 거지."

아리토모가 대꾸했다.

구름이 빼곡해졌다. 빛과 그림자가 잔디에 새긴 음양의 상징은 사라지고, 풀은 다시 그냥 풀이 되었다.

* * *

주말에 일을 쉬는 날에는 차 농장을 돌아다녔다. 마주바의 넓은 지역들이 여전히 정글로 덮여 있었다. 수령이 수백, 수천 년인 나무

---

* 태극 무늬

들이 말라야를 뒤덮은 우림과 합해졌다. 농장 단지에는 식품점, 술집, 회교사원, 인도 절이 있었다. 일꾼들은 담장이 둘러진 단지 안에서 살았다. 매그너스가 훈련시킨 경비병들이 단지를 지켰다. 토요일이면 농장 버스가 일꾼들을 타나라타에 데려가서 바람을 쐬게 했다. 때로 나는 걸음을 멈추고 남자들이 세팍타크로*를 하는 모습을 지켜보았다. 그들은 손을 제외한 신체의 모든 부분을 사용해서 등나무로 만든 공을 최대한 오래 공중에 띄웠다.

나는 지구력을 기르려고 규칙적으로 산행을 했다. 마게르스폰테인 코티지로 이사하고 얼마 후 일요일 아침, 방갈로 뒤편의 낮은 구릉에 올라갔다. 40~50분 후 가파른 비탈의 꼭대기에 도착했다. 구름이 낮게 드리워서 산맥이 지면에서 잘려 공중에 떠 있는 것 같았다. 말라카 해협부터 꿈꾸는 듯한 팡코르 섬까지 한눈에 들어왔다. 동쪽으로는 눈이 닿는 곳까지 산맥이 이어졌고, 수평선에서 가늘게 반짝이는 줄이 어렴풋이 보이는 남중국해라고 혼자 생각했다.

바다 같은 구름 아래 풍경이 힐끗 보이는 것처럼, 나무 사이로 유기리 곳곳이 눈에 들어왔다. 정원의 주요 지표들을 찾았고, 그것들을 발견하자 마음이 들떴다. 높은 산등성이에서 지칠 줄 모르고 돌아가는 물레방아부터 시작해 눈으로 개천을 따라갔다. 물줄기는 차양 같은 나무들 밑을 지나 비탈 아래로 흘러내렸다. 내 시선이 아리토모의 집으로 옮겨갔다. 뒷문 밖에 한 사람이 서 있었다. 이렇게 먼 곳에서도 아리토모가 아니라는 것을 알 수 있었다. 바람이 강해지자

---

* 말레이시아의 전통 볼 게임. 배구와 비슷하지만 머리와 다리를 자유롭게 사용한다.

184

얼굴이 얼얼했다. 몇 분 후 다른 사람이 나타났고, 그가 아리토모라는 생각이 들었다.

그는 걸음을 멈추고 산맥으로 고개를 들었다. 1~2분 후쯤 그는 다시 다른 사람에게 몸을 돌렸고, 그들은 유기리를 벗어나 정글로 접어드는 오솔길로 걸어갔다. 나무 사이로 아리토모를 힐끗 볼 수 있었다. 다른 사람은 카키색 옷을 입어서 수변 환경과 섞여 알아보기 힘들었다. 곧 배가 지나며 일으킨 물보라를 바다가 감싸듯, 나뭇가지들이 촘촘히 오솔길 위를 덮었다. 두 사람 모두 보이지 않았다.

9

다쓰지를 만난 지 사흘 후 내가 누구인지 모르고, 내가 누구였는 지도 기억하지 못한 채 잠에서 깬다. 와락 겁이 나지만 동시에 안도 감이 느껴진다. 주치의는 기억 상실이 내 병의 증상은 아니라고 했 다. 하지만 이런 일들이 점점 더 빈번해진다. 이불보 위로 손을 뻗어 침대 옆에 놓인 메모장을 집어서 대충 쭉 읽어 내려간다. '꼭 그것들 이 영혼이 있는 듯 말하시네요.' 내가 쓴 문장이라는 것을 기억하는 데 몇 초 걸린다. 몇 장을 넘기면서 적합하지 않은 어휘를 볼 때마다 충격에 빠진다. 찬 리우 풍을 언급한 대목에서 읽기를 멈춘다. 파면 당하기 직전에 기소했던 여인이다. 그녀가 어떻게 되었는지, 그녀의 딸이 지금은 어디 있는지 궁금하다.

아주 오래전에 일어났던 일들을 기록하는 것은 상상보다 훨씬 어 렵다. 내 기억이 얼마나 정확한지 의심스럽다. 프레더릭이 차로 유 기리에서 데려온 날, 바비큐 파티가 열린 날 오후…… 그 일이 어찌나 또렷이 기억나는지 실제로 그런 일이 있었는지 의심스럽다. 거기 있던 사람들이 내가 기억한다고 여기는 말을 실제로 했는지 의심스럽다. 그런데 그게 중요할까? 대부분 세상을 떠난 마당에.

하지만 프레더릭이 옳았다. 나는 판결문을 작성하는 기분을 느낀다. 한 줄 한 줄 어휘가 짓누를 때와 비슷한 감정을 경험하고, 궁극적으로 메모장 너머의 시간과 공간은 선혀 의식하지 못한다. 그 느낌에 젖어서 늘 희열을 맛봤다. 이제 그것은 더 큰 쾌감을 준다. 그것이 내게 일어나는 상황을 통제하게 해준다. 하지만 언제까지 이 상태가 계속될지 모르겠다.

* * *

창틀 위에 비스듬히 놓인 불상에 햇살이 쏟아진다. 다쓰지가 서재를 둘러보는 사이 나는 우키요에 작품들을 꺼낸다. 우키요에는 밀폐된 녹나무 상자에 담겨 있다. 그것들을 상 위에 내려놓는다. 다쓰지는 선반에서 찾은 백랍 차통에 감탄하면서, 표면에 조각된 대나무 잎을 손끝으로 쓰다듬는다. 그가 조심스레 차통을 제자리에 놓고 서둘러 내 옆으로 온다.

나는 첫 번째 우키요에의 귀퉁이를 들어올린다. 먼지와 오랜 세월 종이에 배인 장뇌* 냄새가 피어올라 코를 괴롭힌다. 다쓰지가 몸을 돌리고 연신 나오는 기침을 손수건으로 누른다. 그는 다시 정신을 가

---

* 녹나무 수지로 만든 장뇌는 좀약 등의 원료로 쓰인다.

다듬고, 낡았지만 길이 든 가죽 지갑에서 흰 면장갑을 꺼내 손에 낀다. 그가 포개진 우키요에를 한 장씩 넘기면서 수를 헤아린다. 각각의 우키요에가 찍힌 종이는 대략 쟁반만 하다. 판화 안에 사각형이나 원형 테두리가 있고, 각각의 우키요에는 디자인이 다른 것 같다.

"서른여섯 점이군요."

그가 말한다.

다쓰지는 큼직한 확대경으로 첫 번째 작품을 살핀다. 확대경에 비친 뒤틀린 형태와 색깔은 비가 들이치는 창으로 보는 도시 스카이라인의 불빛 같다.

다쓰지가 중얼댄다.

"독특하군요.「안개와 차의 향기」만큼 훌륭합니다."

그가 말한 작품은 아리토모가 마주바의 차 밭 풍경을 묘사한 유명한 우키요에다. 아리토모는 그 목판화를 도쿄 국립 박물관에 기증했다. 내가 그를 만나기 전의 일이었다. 몇십 년이 흐르는 사이 이 작품의 파격적인 면이 점점 인정받아, 호쿠사이*의 「거대한 파도」에 필적할 작품으로 꼽힌다. 다쓰지가 「안개와 차의 향기」를 언급한 것이, 내가 여러 미술서에 이 작품의 복사를 허용했다는 사실을 노골적으로 상기시키려는 의도일 듯하다. 심지어 타나라타의 기념품점에서 이 판화가 프린트된 티셔츠를 파는 것을 본 적도 있다.

내가 말한다.

"그것들은 모두 제가 그 분을 알기 전에 제작되었습니다."

* 에도 시대에 활약한 대표적인 우키요에 작가

다쓰지가 대답한다.

"우키요에 제작은 시간이 많이 들고 힘든 과정입니다. 화가는 종이에 윤곽선을 그려서 그것을 목판에 붙여야 합니다. 그런 다음 밑그림의 역방향 사본을 목판에서 조각하지요. 다양한 색과 깊이 있는 세부 묘사가 들어가는 이런 우키요에는 일곱 개나 열 개의 목판이 필요합니다."

그의 얼굴에 어리둥절한 표정이 떠오른다. 다쓰지가 말을 잇는다.

"여기 사본은 한 장도 보이지 않는군요. 왜 이렇게 공을 들이고 작품마다 한 장만 찍었을까요? 집에 다른 사본이 없는 게 확실합니까?"

"선생님이 남긴 우키요에는 이게 다입니다. 아리토모는 우키요에를 일본의 화상들에게 팔았습니다. 그분이 그렇게 생활을 꾸렸을 거라는 생각이 듭니다. 아리토모는 여기 살 때 어떤 작품 의뢰도 받지 않았거든요."

"저는 그가 판 우키요에들을 모두 추적해왔습니다. 제가 본 작품 중에 여기 있는 우키요에의 사본은 없었습니다."

다쓰지의 목소리에 경미한 떨림이 있고, 나는 그의 눈이 빛나는 것을 알아차린다. 이 우키요에들이 포함된 아리토모에 관한 책이 출간되면, 이미 높은 학계에서의 위상이 한층 더 올라가겠지.

기억이 나서 내가 말한다.

"마주바 하우스에 또 다른 작품이 걸려 있습니다."

"그것도 보고 싶습니다."

"프레더릭이 반대할 것 같은데요. 제가 그에게 물어보지요."

다쓰지는 확대경을 내려놓는다.

"우키요에의 주제들 또한 예사롭지 않군요."

"예사롭지 않아요? 어떤 식으로요?"

그는 판화 더미에서 한 장을 끌어내서, 원단을 살피는 상인처럼 높이 들어올린다.

"이제껏 알아차리지 못하셨습니까?"

"산과 자연 풍경인걸요. 우키요에의 흔한 주제라는 생각이 듭니다만."

다쓰지가 말한다.

"하나같이 말라야 풍경입니다. 모든 우키요에의 주제가 다 그렇습니다. 여기에는 그분 고국과 관련된 작품은 하나도 없습니다. 우리 우키요에 작가들이 애호하는 평범한 모티프가 전혀 없습니다. 겨울 풍경도 없고, 후지산이나 '덧없는 세상*'이 담긴 작품이 없군요."

나는 다시 작품들을 넘긴다. 작품마다 눈에 띄는 말라야의 요소가 담겨 있다. 무성한 열대 밀림, 농장에 줄지어 선 고무나무, 바다를 향해 고개를 숙인 코코넛 나무, 열대 우림에서만 볼 수 있는 꽃과 새와 동물. 라플레시아**, 벌레잡이통풀, 쥐사슴, 맥***.

"전에는 한 번도 그런 생각을 안 해봤는데요."

내가 말한다.

"주변에서 흔하게 보는 것은 특별하게 여겨지지 않아서겠지요."

* '우키요'는 '덧없는 세상'이라는 뜻
** 말레이 반도 등에 서식하는 라플레아 속의 기생 식물
*** 코가 뾰족한 돼지처럼 생긴 동물

그는 그 작품을 쓰다듬으면서 말을 잇는다.

"이 판화들을 자세히 살펴본 후에 어느 작품을 책에 넣을지 결정하고 싶습니다."

"이것들은 제 허락 없이 사진을 찍거나 유기리 밖으로 가지고 나갈 수 없습니다."

내가 다쓰지에게 경고한다.

"당연히 그렇겠지요."

나는 가벼운 말투로 대꾸한다.

"교수님이 인간의 피부를 수집한다는 말을 들었어요. 문신을 사고판다고요."

그는 엄지와 검지로 넥타이 매듭을 바로잡는다.

"그쪽 일은 신중하게 처리하고 있습니다."

"그러셔야지요."

다쓰지가 말한다.

"일본 대중은 호리모노(문신)를 용납한 적이 없지만, 유명한 호리모노 거장들이 창작한 문신을 소유하려는 부유한 수집가들이 있습니다. 때때로 자기 피부를 팔고 싶어 하는 사람도 있고요. 드문드문 제가 그런 거래의 중개인 역할을 해왔습니다."

"그러면 사람의 피부 값은 얼마나 나가나요?"

다쓰지가 대답한다.

"가격은 천차만별입니다. 작가의 신분, 작품의 희귀성, 해당 문신의 크기와 특징에 따라 다르지요."

10년 전 도쿄에서 방문했던 박물관이 기억난다. 문신 수집으로 유명한 박물관이었다. 다양한 크기와 시기의 문신이 유리 틀 안에 봉인되어 보존되어 있었다. 나는 벽에 걸린 작품 사이를 걸으면서 사람의 살에 새겨진 빛바랜 잉크 자국을 바라보았다. 역겨운 동시에 매력적이었다.

"어쩌다 문신에 관심을 갖게 되었지요?"

다쓰지가 대답한다.

"우키요에의 세계와 호리모노의 세계는 겹칩니다. 아주 많은 호로시(문신사)들이 우키요에 창작을 병행했습니다."

"네, 그렇다면서요. 그 이야기는 이미 하셨어요. '그 둘은 한 우물에서 물을 뜬다'면서요. 이제 진짜 이유를 말해보시지요."

다쓰지는 숨을 깊이 들이마신 다음 내쉰다.

"처음 친구의 등에서 아리토모 선생의 호리모노를 봤을 때…… 당시에는 문신에 대해 아는 바가 없었지만, 심지어 그때도 훌륭하다는 것을 알아차렸습니다. 예술 작품이라고요. 우키요에 작가가 인체에 비슷한 그림을 그려낼 수 있다는 게 멋지다고 느꼈지요. 그 호리모노를 본 게 계기가 되어 한평생 그 분야에 사로잡히게 되었습니다."

내가 묻는다.

"친구의 문신은 보존되지 않았나요…… 사후에?"

다쓰지가 고개를 젓는다.

"오랜 세월 아리토모 선생이 작업한 다른 호리모노를 찾아다니는 중이지만 한 작품도 발견하지 못했습니다."

그는 한동안 침묵하다가 다시 입을 연다.

"거장 호로시들이 창작한 문신은 대단히 각광받지만, 문외한인

저로서는 그들의 세계에 들어가기가 어려웠습니다."

그가 상에 놓인 우키요에로 시선을 떨군다. 다쓰지가 덧붙여 말한다.

"그들의 존경심과 신뢰를 얻으려고 제 몸에 문신을 했지요."

겨우 두 번 만난 사이에 털어놓기에는 몹시 사적인 부분이다. 나는 상 가장자리에 책상다리를 하고 앉는다. 다리는 아직 괜찮아 보인다. 탄탄하고 반점도 없고, 정맥류 기미가 어디에도 없다.

내가 묻는다.

"몸 전체에 문신을 새기셨나요?"

"호리모노요? 아, 아닙니다. 아니오, 저는 여기에 문신을 해달라고 요구했습니다."

그가 오른손으로 왼팔을 쓰다듬는다. 어깨부터 팔꿈치 위 5센티미터쯤까지. 나는 그의 팔을 빤히 보지만 소매 밑으로 아무것도 보이지 않는다.

다쓰지가 말한다.

"제게 문신을 해달라고 호로시를 설득하기가 어려웠습니다. 추천장과 저에 관한 문건을 제시해야 했지요. 그러고도 그들은 제 청을 거절했습니다. 하지만 결국 한 사람이 문신을 해주겠다더군요. 제가 문신을 하자 소문이 퍼졌고, 다른 호로시들이 고객을 저에게 추천하기 시작했습니다. 호리모노를 팔고 싶은 고객들 말입니다."

"문신을 보고 싶군요."

나는 예의가 아닌 줄 알면서도 그렇게 말한다.

다쓰지는 엄지손가락으로 넥타이 매듭의 주름 잡힌 부분을 누른다. 그가 결정을 하고 왼쪽 손목에서 은 커프스를 뺀다. 소매를 말아 올리는 동작이 어찌나 정확한지 걷는 너비가 매번 똑같아 보인다. 4센티미터쯤. 팔꿈치에 이르러서 그가 소매를 어깨까지 올리자, 팔뚝 문신이 드러난다. 나는 더 잘 보려고 상에서 몸을 떼고 허리를 굽힌다. 잿빛 구름 속에서 하얀 학 두 마리가 원 모양으로 서로 닿을 듯 말 듯 쫓는 그림이다.

"예술가가 새들을 잘 포착했네요."

내가 말한다.

"아리토모 선생이 제 친구에게 해준 작품에는 못 미칩니다."

"문신을 하고 집에 돌아가자 부인이 달가워하셨나요?"

그는 학 한 마리를 손끝으로 스치면서 대답한다.

"저는 결혼한 적이 없습니다. 판사님처럼."

나는 마지막 말은 무시하고, 대신 그의 팔에 새겨진 문신을 찬찬히 본다. 내가 말한다.

"아리토모에 대해 하신 말이요…… 그가 문신사였다는…… 그것이 세상에 알려지면 그분 명성에 해가 될 거예요."

"그의 이름이 영원하게 될 겁니다."

내가 다쓰지의 말을 바로잡는다.

"아리토모가 만든 정원들이 이미 그를 영원하게 만든걸요."

다쓰지는 소매를 걷을 때와 똑같이 신중한 동작으로 소매를 내린다.

"정원은 시간이 흐르면 변합니다, 테오 판사님. 본래의 설계는 없어져버리지요. 바람과 비에 지워지기도 하고. 아리토모 선생이 만든 정원들은 이제 본래 형태로 존재하지 않습니다."

그는 소매에 커프스 버튼을 채우면서 말을 잇는다.

"하지만 문신은 어떨까요? 문신은 영원히 존속 가능합니다."

"'가장 흐린 먹조차 인간의 기억보다 오래 남는다'라는 거군요."

어디선지 몰라도 옛 중국 격언이 떠오른나. 어디서 들었을까.

"적절하게 보존될 경우에만 그렇지요."

다쓰지가 지적한다.

"오래 전 아리토모가 설계한 정원들을 찾아서 일본에 갔어요. 제가 일본에 간 것은 그때가 마지막이었어요."

"정원들을 찾았습니까?"

그는 답을 이미 아는 표정을 짓고 있다.

나는 사실대로 말한다.

"위치를 파악하기가 어려웠어요. 그에게 정원 조성을 의뢰했던 사람들은 전쟁 후에 죽었고, 후손은 흩어지고 옛집은 팔리거나 분할되었더군요. 아리토모가 만든 정원이 있던 자리에 아파트나 도로가 생기기도 했고요. 그가 만든 정원 중 여전히 건재한 한 곳만 겨우 찾았어요. 동네 공원으로 바뀌었더군요."

"아, 교토에 있는 정원이지요. 주쇼지마 교외 지구에…… 저도 거기 가본 적이 있습니다."

"거기 걸어 들어가면서, 아리토모가 원래 설계한 대로가 아니라는 것을 알 수 있었어요. 그의 정신이 부족했습니다."

"유기리는 그의 족적이 고스란히 간직된 유일한 정원입니다."

다쓰지가 말한다.

나는 판화 뭉치에서 마지막 우키요에를 꺼낸다. 장사방형* 프레임 세 개가 하나로 모인 듯한 구도. 윗부분이 잘려나간 피라미드 같다. 프레임 안에 기형의 물체들이 담겼다. 갑자기 욕지기가 나서 진정하려고 손바닥으로 상을 누른다. 내 병이 다른 방향으로 진전되어, 형상을 인식하는 능력을 잃을까 두렵다. 의사들이 그런 이야기는 하지 않았다. 몇 차례 눈을 깜빡이지만, 판화 속 물체들은 여전히 뒤틀려 있다.

다쓰지가 우키요에를 받아 공중에 높이 들고, 고개를 젖히고 감상한다. 화선지를 통과하는 빛이 그의 얼굴을 색색으로 물들인다. 그는 전에 본 적 있는 중국 경극에 나오는 배우처럼 변한다. 다쓰지에게 판화가 정상으로 보이는지 묻고 싶지만, 무슨 말을 들을지 걱정스럽다.

혼란스런 와중에 한 가지 생각이 떠오른다.

"이리 줘보세요."

내가 다쓰지에게 말했다.

내 다급한 말투에 그는 어리둥절한 표정을 짓는다. 나는 빼앗다시피 우키요에를 받아서, 상에 펼치고 손바닥으로 종이를 편다. 한 걸음 물러나고, 한 걸음 더 물러난다. 다쓰지가 뒷걸음질해서 옆에 와서 선다. 우리는 우키요에를 쳐다본다.

판화 속 물체의 뒤틀림이 없어진다. 우리는 나란히 있는 세 개의 연꽃 연못 가장자리에 서 있다. 연못들은 멀어지면서 좁아진다. 나

* 직사각형같이 생긴 마름모꼴

무, 하늘, 구름 모두 물속으로, 그림 속으로 끌어당겨져 있다. 안도감이 밀려든다. 내 웃음소리가 서재에 요란하게 퍼진다. 부자연스러운 소리지만 상관없다. 나는 다시 웃는다. 다쓰지가 나를 바라본다. 재미있지만 이유를 알 수 없다는 표정이다.

그가 말한다.

"재치 있군요. 그가 구현한 방식 말입니다. 원근법으로 장난을 했네요. 당장 알아봤어야 했는데."

"샤케이(차경)예요."

내가 말한다.

"그가 가르쳐주었습니까?"

"아리토모에게 배운 것 중 그것도 있었지요."

"제가 대화해본 예전 황궁 정원사들 모두 아리토모 선생의 차경 실력에 대해 말하더군요. 선생이 가진 최강의 기술이었지만, 그에 걸맞은 인정을 못 받았다고 했습니다."

"어쩌면 아리토모가 차경을 너무 잘해서 사람들이 그것을 의식하지 못했겠죠. 우리가 머리 위의 구름을, 담장 위의 산맥을 얼마나 자주 알아차리나요."

다쓰지는 잠시 내 말을 곰곰이 생각한다. 그는 상을 정돈하고, 장갑과 확대경을 지갑에 넣는다.

내가 입을 열었다.

"작업하실 방을 준비하겠습니다. 하루, 이틀 후쯤…… 시간에 쫓기는 것은 아니신지요?"

"저기…… 이 책을 최대한 서둘러 마무리하고 싶습니다."

그는 지갑의 잠금 장치를 끼우고 나를 올려다본다. 다쓰지가 말을 잇는다.

"이 책은 제 마지막 저서가 될 겁니다. 책을 내고 은퇴할 예정입니다."

"교수님이 한가하게 골프나 치는 상상이 되지 않네요."

"제게는 지켜야 할 약속이 있습니다. 여러 해 전에 한 약속이지요."

그의 말투에서 애잔함이 묻어나서 더 자세히 물어보려는데, 다쓰지가 지갑을 챙겨든다. 그는 절을 하고 방에서 나간다. 문간에서 그가 몸을 돌려 다시 절한다.

나는 창틀에 기대서서 산맥을 바라본다. 샤케이. 아리토모는 모든 작업에 차경의 원리를 적용시키지 않고는 못 배겼다. 그가 인생에도 그 기법을 적용했을 거라는 생각이 스친다. 아리토모가 그랬다면, 인생에서 현실과 반사에 불과한 것이 더 이상 구분되지 않는 시점이 왔을까? 또 결국 내게도 그런 일이 벌어질까?

* * *

그날 저녁 마주바로 걸어가기 전에, 앞쪽 베란다 아래 '가레산스이*' 정원에 떨어진 낙엽을 쓸어내기로 한다. 내가 땅에 심는 작업을 도왔던 다섯 개의 암석은 이제 더 매끈해졌고, 자갈밭에 그어진 선들은 이지러져 없어졌다. 나는 가장자리에 서서, 마지막으로 봤을

---

* 물을 사용하지 않고 돌과 모래 등으로 산수를 표현한 정원

때 아리토모가 갈퀴질로 그린 선들을 기억해내려 애쓴다. 그가 선호하는 문양이 있었다. 지도의 등고선, 나무의 나이테, 호수에 일렁이는 물결. 잠시 후 내가 갈퀴질을 해서 선을 그리자 자갈들이 탁탁 부딪친다. 일을 마칠 즈음, 밀물 때 물이 들어오듯 산 그림자가 자갈밭에 그린 선 위로 드리워진다.

* * *

아리토모에게 제자 수업을 받을 때 자주 드나들던 오솔길은, 나뭇가지와 잡초가 무성해져 좁아지고 몇 군데는 막혔다. 한참 길을 정돈하려니 땀이 나고 점점 짜증이 난다. 차 농장으로 들어설 무렵 하늘에 초저녁 별들이 나온다. 산맥 속에서는 밤이 급히 찾아온다는 것을 잊고 있었다.

지난해 캐머런 하일랜드에서 휴가를 보낸 사람들에게 프레더릭에 대한 이상한 이야기를 한두 가지 들었다. 프레더릭은 매그너스가 세상을 뜨기 전에도 마주바 차 농장을 집으로 삼았고, 이따금 영국과 남아프리카에 다녀올 때를 제외하면 1950년대 이후 쭉 캐머런 고지대에서 살았다. 그는 차 농장을 경영하면서 마주바에 있는 방갈로에서 생활했다. 에밀리는 칠순 생일에 프레더릭에게 마주바 하우스로 들어오라고 설득했다. 긴 세월 동안 난 그와 관계있는 여자 여럿에 대해 들었지만, 그는 결혼하지 않았다. 그가 토착 정원 조성에 열심인 걸로 볼 때, 마주바 하우스까지 고지대 고유의 모양새로 가꾸려 했는지 궁금하다. 이 '케이프 더치*'풍 집은 그의 숙부가 짓고 무척 자랑스러워한 건축물이다. 프레더릭이 손대지 않으면 좋을 텐데.

집 앞 진입로에 늘어선 늙은 유칼립투스 나무들은 뽑아내지 않은 채 그대로다. 나무껍질이 바닥에 흩어져 있다. 허리를 굽혀 하나를 집어 보니 낡은 양피지처럼 갈라지고 바싹 마른 촉감이다. 진입로 끝에 다다르자 멈춰 서서 마주바 하우스를 바라본다. 안에서 나오는 불빛이 집 주위에 금빛 원광을 뿜어내 빛이 연못에 반사된다. 프레더릭이 집을 매그너스가 살았을 때와 똑같이 보존한 것을 보니 흐뭇하다. 다만 이제 트란스발 국기가 휘날리지 않는다. 마주바 차 농장의 로고인 케이프 더치 양식의 주택이 그려진 초록색 삼각기가 게양대에서 가만히 나부낀다.

담장을 따라 극락조화가 피었던 자리에는 빨간색 히비스커스가 있다. 나는 '별일 아니지'라고 속으로 중얼대며 현관문으로 걸어간다. 하녀가 나와서 복도를 지나 거실로 안내한다. 예전 모습 그대로인 집 안을 보니 혹시 에밀리를 배려해서인지 궁금해진다. 찬장에 있던 청동 표범 조각상도 여전히 거기 있다. 영원히 먹잇감을 쫓는 포식자의 모습이다.

거실에는 매그너스가 케이프타운에서 가져온 노란 나무 가구가 놓여 있다. 파란색과 흰색 줄무늬 천을 다시 씌우긴 했지만. 베히슈타인 피아노가 구석에 놓여 있다. 토머스 베인스의 그림들과 피에르 니프의 석판화 작품들도 그 자리에 걸려 있다. 꼭두서니 나무의 뿌리가 액자를 쪼개고 벽 속으로 파고들어갈 것만 같다. 어느 잡지에

---

* 남아프리카 내의 네덜란드 문화

선가 이 두 화가의 작품 가격이 비싸다는 글을 읽은 기억이 난다.

나는 매그너스의 보어 전쟁 무공훈장 앞을 지나, 아리토모가 마주바 하우스를 목판으로 새긴 작품 앞에서 멈춘다. 프레더릭이 내게 사용 허가를 받고 싶어 한 판화다. 나는 아까 다쓰지와 살펴본 판화들을 떠올린다. 그의 문신에 대해서도 생각한다.

예전보다 책이 많다. 늘어난 서가가 방의 한 면을 차지한다. 고개를 갸우뚱하고 책 몇 권의 제목을 살핀다. 『트인 초원에서의 표류』, 『개척자』, 『코만도에 관하여』, 『드 라 레이』, 『트란스발의 사자』. 그레이트 트렉*과 보어 전쟁에 관련된 책들이다. C. 루이스, 레이폴트, C. J. 랑겐호벤, 유진 마레스, N. P. 반 와이크 루 같은 내가 모르는 작가들의 아프리카어 소설과 시집도 있다.

"매그너스는 보어 전쟁이나 남아프리카공화국 생활에 대해 별로 말하지 않았지요."

프레더릭이 말한다. 나는 그가 들어오는 인기척을 듣지 못했다. 그는 회색 재킷에 흰 셔츠, 하늘색 짐 톰슨** 타이 차림이다. 신경 써서 제대로 갖춰 입은 사람을 보면 언제나 기분이 좋다. 그가 말을 잇는다.

"저 책들 덕에 난 숙부가 떠나온 세상을 이해할 수 있었소."

"당신의 세상이기도 했잖아요."

"하지만 이제 그 세상은 거기 없어요. 없어져버렸지."

---

* 19세기 중반 영국의 지배를 벗어나기 위해 보어인들이 행한 케이프 식민지로부터의 이동
** 고급 실크 제품을 판매하는 태국의 브랜드

잠시 그가 망연한 표정을 짓다가 말을 잇는다.

"언젠가 당신이 옛 나라들이 죽어가고 신생국이 그 자리에 들어선다고 이야기했던 것을 기억하오?"

그는 공중에 대고 손을 어색하게 젓는다. 마치 내게 가당찮은 일을 부탁했다는 것을 깨달은 듯한 동작이다.

"우리가 처음 만난 날이었지요. 정원 바비큐 파티에서……"

내가 말한다. 그때 일을 기억할 수 있어서 다행스럽다.

나는 턱으로 창을 가리킨다. 창밖으로 집 뒤쪽 정원이 내다보인다. 기억을 공유한 따스한 빛이, 몇 명 남지 않은 사람들 사이의 따스한 빛이 흐른다. 프레더릭은 내가 그 감정을 진정으로 느낄 수 있는 유일한 상대다.

"맞는 말이었어요, 그렇죠? 말라야는 말레이시아가 되었어요. 싱가포르는 우리한테서 떨어져나갔고. 또 인도네시아, 인도, 버마가 있고……"

나는 서가로 가까이 다가가서 『붉은 정글』을 빼서 프레더릭에게 보여주며 다시 말한다.

"난 당신이 서명해준 책을 아직 가지고 있어요."

"그 책은 계속 제법 잘 팔리지. 그 책이랑 차의 기원을 다룬 책이랑. 하지만 내 소설들은 이제 절판되었소."

"지금 책을 집필하고 계세요?"

순간적으로 내가 쓰는 글에 대해 털어놓고 싶은 유혹에 빠진다.

"차 농장을 운영하면서는 글을 쓸 시간이 충분하지 않아요. 아마 은퇴 후에는 작정하고 다시 글을 쓰기 시작해야겠지. 『붉은 정글』의

개정판도 내고."

그는 위스키소다 잔을 내게 주면서 말을 잇는다.

"진평이 고향에 돌아오고 싶어 한다더군요. 사실이오?"

지난 몇 달 사이 말레이 공산당 사무총장인 진평의 소문이 무성했지만, 난 그 문제에 대해 별로 생각해본 적이 없다.

"진평은 원하는 대로 시도할 수 있겠지만 정부는 그의 귀국을 허용하지 않을걸요."

"어째서? 이제 그는 노인네인데. 그는 40년 가까이 망명 생활을 했소. 진평이 원하는 것은 태어난 고향 마을에 돌아오는 것밖에 없을 텐데."

"일단 살던 세상에서 나가면 그곳은 그 사람을 기다려주지 않아요. 진평이 예전에 알던 세상은 영원히 없어졌어요."

나는 안락의자에 앉는다. 가죽의 서늘한 느낌이 바지 사이로 파고든다. 내가 말을 잇는다.

"안타까운 표정을 짓네요. 늙고 가여운 진평이 곤란한 지경이라 그래요?"

"일꾼들이랑 문제가 있어서 그런 것뿐이오."

"아, 네. 텔레비전이요."

"하인들이 또 아 청한테 말을 옮기고 있구먼."

"당신은 일꾼들이 집에 텔레비전을 두지 못하게 한다죠. 그러면 그들더러 일과 후에 뭘 하라는 거예요?"

"전자파가 정원에 있는 곤충의 생명에 악영향을 미치거든. 대학의 연구 결과가 그걸 증명해요. 결과를 보여줄 수도 있소."

203

그가 말한다.

"차 농장 구내에서 텔레비전을 금지하면 전자파가 사라져 당신 정원에 들어오지 않을 거라고 생각해요?"

나는 조롱하듯 웃음을 터뜨리고 말을 잇는다.

"마주바에 비가 내릴 때를 생각해보세요. 빗물을 받으려고 밖에 양동이를 내놓든 말든 여전히 비는 내리고 땅이 침수되잖아요."

나는 잔 속의 얼음을 흔든다.

"웃고 싶으면 웃으시라고, 아주머니! 하지만 단지 내에서 텔레비전을 금지하자 나비들이 많이 돌아왔소. 곤충도 마찬가지고. 또 이제 마주바에는 새들이 많아졌지. 그렇고말고."

프레더릭은 점점 열을 내며 말을 잇는다.

"솔직히 난 피죽새를 봤소. 바로 어제. 오늘 아침에는 초록색 까치 한 쌍을 봤지. 많은 탐조객이 이곳을 찾을 거요."

"저는 에밀리가 함께 자리할 거라고 생각했는데요?"

프레더릭이 대답한다.

"숙모님은 옷을 갈아입고 있어요. 몇 년 전에 손님방으로 옮기셨소. 이제 그렇게 넓은 침실이 필요 없다면서."

그가 미소 짓자 얼굴에 주름이 진다. 프레더릭이 말을 잇는다.

"당신도 그 방을 기억할지 모르겠군. 당신이 처음 여기 왔을 때 묵었던 방 말이오."

우리는 술잔을 들고 앉아서 한동안 침묵한다. 내가 잔을 비우자 프레더릭이 서류들을 건네준다.

"이걸 당신에게 가져가려고 했는데 지난 며칠 당최 정신이 없어서."

"뭐예요?"

"내가 아리토모의 작품을 사용하는 데 동의하는 문건이오. 그 문제에 대해 이야기했는데 기억하오?"

"당연히 기억하죠. 아직 치매는 아니라고요. 펜은 갖고 있어요?"

나는 서류에 서명해서 테이블 위로 내민다. 손에 밀려 서류가 연못의 징검돌처럼 조르르 펼쳐진다.

"최소한 먼저 읽어보기는 해야지."

그가 나를 나무라면서 문서들을 모아 탁탁 쳐 가지런히 정리한다. 손등에 나이 들어 생긴 반점이 내 눈에 들어온다. 손가락 두 개는 관절 마디가 굵고 부었다. 분재 가지에 있는 혹이랑 비슷하다.

"설마 당신이 늙은 여자를 속일까요."

"너무 믿지 말아요."

잠시 술잔을 입술에 대고 그가 미소 짓는다. 프레더릭이 말을 잇는다.

"유기리에 얼마나 머물 예정이오?"

"사실 결정하지 못했어요. 적어도 다쓰지가 여기 일을 마무리할 때까지는 있어야지요."

에밀리가 들어오자 우리는 문을 쳐다본다. 프레더릭은 잔을 내려놓고 얼른 가서 팔꿈치를 잡아 부축한다. 나는 의자에서 일어난다. 에밀리의 머리 모양은 내 기억 속 그대로지만 완전히 백발이다. 회색 치파오*를 입고 어깨에 카디건을 두른 몸매는 가늘고 구부정하

* 몸에 딱 맞는 원피스 형태의 중국 전통 여자 옷

다. 얼굴에 주름이 많고 무력감이 짙은 눈빛이다.

"이런…… 오늘 매그너스가 같이 있으면 얼마나 좋을까!"

그녀가 말한다. 입술에 미소가 감돌고, 목소리는 나이 들어 삐걱거린다.

"안녕하셨어요, 에밀리."

지금 내 나이가 우리가 처음 만났을 때 그녀의 나이보다 훨씬 많다는 생각이 머리를 스친다. 시간이 겹친다. 나뭇잎 그림자 위에 다른 나뭇잎 그림자가 얹히듯 그렇게. 내가 다시 말한다.

"원기가 왕성하신 것 같은데요."

"아이고!"

그 감탄사는 늘 시끄러운 애완견을 산책시키는, 다리가 가는 노인을 연상시킨다.

주방에서 음식 냄새가 난다. 40년이나 지났는데도 고수* 냄새가 익숙하다. 그런데 음식 이름이 생각나지 않아서 이리저리 궁리해야 한다. 병의 진행이 예상보다 빠른가 싶지만 그 생각을 밀어낸다. 음식 이름이 기억나서 신음하며 안도감을 감춘다.

"부르보스군요."

건망증이 내 나이의 정상적인 증세인지, 병이 급격히 악화되는 징후인지 판단할 수 없어서 끔찍하다. 부르보스. 오늘 밤 늦게 돌아가면 메모에 '부르보스'도 포함시켜야겠다고 다짐한다.

---

* 향이 강한 허브로 동남아시아나 중국 등지에서 국, 찌개, 쌀국수, 샐러드, 튀김 등 다양한 요리에 이용한다.

"6개월에 한 번씩 케이프타운에서 공수해오거든요. 콘스탄티아 레드 와인 한 박스랑 함께."

유배자를 위한 와인. 전에 아리토모는 그 와인을 그렇게 불렀다.

* * *

저녁 식사가 끝날 무렵 에밀리는 간간이 대화에 끼어, 현재와 과거를 혼동해서 이야기한다. 그럴 때 프레더릭이 나와 눈을 맞추고, 나는 공감하며 고개를 살짝 끄덕인다. 이따금 그는 부드럽게 숙모의 말을 바로잡지만, 대개는 맞장구치면서 그녀가 추억 속에서 즐거워하게 내버려둔다.

"주무시기 전에 술 한 잔 드실래요?"

에밀리가 식탁에서 일어나 거실로 향하자 프레더릭이 묻는다.

에밀리는 손으로 입을 막으면서 대답한다.

"벌써 잠자리에 들 시간이 지났는걸."

에밀리가 나를 쳐다보면서 말을 잇는다.

"헛소리나 주절대는 노인네를 용서해줘."

"즐거웠는데요."

내가 그녀를 안심시킨다.

"어느 아침에 차를 마시자. 우리 둘만."

나는 그러겠다고 약속하고, 프레더릭은 숙모를 방으로 모시고 간다.

몇 분 후 그가 거실로 돌아와서 말한다.

"보통 오전에는 정신이 더 말짱하셔. 하지만 숙모님이 당신을 만나 진심으로 기쁘다는 것은 알 수 있어."

그가 셰리주* 잔을 내밀고 맞은편에 앉는다.

프레더릭이 묻는다.

"당신이 만난 역사학자는 아직 판화들을 보지 않았소?"

"그가 유기리에 와서 판화 목록을 만들 거예요."

"지난 번에 그는 아리토모가 문신에 손댔다고 말했잖소? 숙부의 몸에도 문신이 있었는데. 여기."

프레더릭은 맹세라도 하는 사람처럼 손바닥으로 심장 위쪽을 건드린다. 그가 덧붙인다.

"그 교수가 그 말을 할 때까지 난 문신을 까맣게 잊고 있었소."

집 안 어딘가에서 시계가 울리기 시작한다. 나는 그 소리가 멈추고 집이 다시 조용해질 때까지 기다린다. 내가 몸을 숙이자 의자가 삐걱댄다.

"매그너스가 문신을 보여줬나요?"

"언젠가 우린 산으로 하이킹을 갔지. 어려서 여기 다니러 왔을 때였소. 집으로 돌아오는 길에 숙부와 나는 폭포수 아래 멈춰서 땀을 식혔소. 그때 그 문신을 봤지."

내가 반응을 보이지 않자 그는 상황을 깨닫고 고개를 끄덕인다. 프레더릭이 내게 묻는다.

"당신도 그걸 본 적이 있소?"

---

* 와인에 브랜디를 첨가하여 알코올 도수를 높인 와인

"아저씨는 문신에 대해 말하는 것을 내켜하지 않았어요."

나는 몸을 비틀어 등 뒤쪽에 걸린 우키요에를 바라보며 말을 잇는다.

"다쓰지에게 보여주게 저 작품을 빌리고 싶은데요."

"사람을 시켜서 유기리로 보내리다."

그는 이렇게 말하고 망설이다가 다시 입을 연다.

"싱가포르와 런던에 사는 친구 몇 명과 통화를 했소. 케이프타운에도 연락했고. 곧 당신에게 도움이 될 만한 사람들이 파악될 거요."

무슨 말인가 싶어 나는 그를 빤히 쳐다본다.

"전문의 말이요. 신경외과 전문의."

프레더릭이 설명한다.

"내가 내 몸을 어떻게 할지 모른다고 생각하는 거예요? 이미 아는 내용을 다른 전문의들의 입을 통해 더 들을 필요는 없어요. 그러니까 뭐든 나를 위해 하려는 그 일을 그만둬요. 그냥 중단해요."

사방이 조용해서 내 목소리가 더 크게 들린다.

그의 눈빛이 차갑게 굳는다.

"누가 당신이 얼마나 독불장군인지 말해준 적 있소?"

"틀림없이 그렇게 생각하는 사람이 많겠지만, 내 면전에 대고 그 말을 할 만큼 기백 넘치는 사람은 당신이 처음이에요. 만나고 싶은 전문의들은 다 만났어요. 모든 검사를, 진찰을 견뎌냈고요. 더 이상은 아니에요, 프레더릭. 더 이상은 싫어요."

프레더릭이 허공에 손을 들었다 내리면서 말한다.

"그냥 모르는 척 있을 수 없는데……"

"병명은 원발성 진행성 실어증*이에요. 신경계의 수초가 파괴되어 유발되는 질환이지요."

내가 말한다. 진단을 내린 의사들을 제외하면 병명을 남에게 내 입으로 처음 말한다. 미신 같은 공포감에 정신이 멍해진다. 이제 병이 온몸에 퍼져서, 병명을 제대로 말하지 못하는 단계로 접어들 것 같아 두렵다. 내가 병명을 들먹이며 욕을 퍼붓지도 못하게 되는 게 그 병의 목표요 승리다.

내가 말한다.

"전에 호르헤**에 대해 읽은 적이 있어요. 그는 앞을 못 봤고 말년을 제네바에서 보냈지요. 그는 누구에겐가 '내가 이해 못하는 언어 속에서 죽고 싶지 않네' 라고 말했대요."

나는 씁쓸하게 웃고 덧붙인다.

"그게 바로 내게 일어날 일이에요."

"의사 몇 명을 더 만나봐요. 검사를 더 받아보도록 해요."

"마지막으로 병원에 입원했던 게 전쟁이 끝난 후였어요. 다시는 나 자신을 그런 상태에 두지 않을 거예요. 절대로."

나는 담담한 어조를 유지하며 말한다.

"쿠알라룸푸르에서 당신을 보살펴줄 사람이 있소? 입주 간병인이나 간호사라든가."

"아뇨."

"당신 혼자 살 수는 없소."

* 뇌의 언어 중추가 계속 파괴되는 질병
** 호르헤 보르헤스. 아르헨티나 작가

프레더릭이 말한다.

"전에 매그너스도 똑같은 말을 했어요."

그 기억이 떠오르자 내 얼굴에 미소가 번진다. 하지만 한편으로 마음에 슬픔이 고인다. 나는 말을 잇는다.

"한평생 나 혼자 살아왔어요. 이제 와서 사는 방식을 바꿀 수는 없어요."

나는 잠시 눈을 감는다. 얼마 후 다시 말한다.

"여기 머무는 동안 정원을 예전처럼 복원해야 될 것 같아요. 아리토모가 살았을 때처럼."

아까 저녁에 아리토모의 판화를 볼 때 그런 생각이 났다.

"혼자서는 감당하지 못할 일이에요. 특히 지금은."

"당신 정원을 관리해주는 여자분…… 이름이 뭐죠? 그녀가 저를 도와주면 되겠네요."

"비말야가?"

그는 조소와 웃음의 중간쯤 되는 소리를 내더니 말을 잇는다.

"유기리 같은 정원을 복원하는 것은 그녀의 원칙에 반하는 작업일 텐데."

"그녀와 이야기해봐요, 프레더릭."

"당신이 걱정할 일은 정원 따위가 아니오. 내 의견을 말하라면 그렇소!"

"지금 이 일을 해야 해요. 이제 곧 나와 대화할 수 있는 것은 유기리 하나밖에 없게 될 거예요."

"정말이지, 윤 링……"

211

그가 나직하게 중얼댄다.

집 안에 음악이 흐른다. 옛 시절의 속삭임처럼…… 선율이 귀에 익숙한데 곡명이 생각나지 않는다. 내 귀에만 소리가 들리는지 궁금해서 프레더릭을 곁눈질한다.

내가 무슨 생각을 하는지 아는 듯이 그가 말한다.

"숙모님은 매일 밤 잠들기 전에 이 음악을 들으세요. 같은 곡을 연주한 여러 피아니스트의 음반이 있어요. 굴다, 아르헤리치, 짐머만, 아슈케나지, 폴리니. 나는 외국에 갈 때마다 숙모님을 위해 다른 연주자의 음반을 찾아보죠. 하지만 「라르게토」만 들으시지. 오랜 세월 그 습관은 변하지 않았어요. 그 부분만 들으신다니까."

그가 천장에 달린 등을 향해 고개를 들자 늘어진 목이 팽팽해진다.

"오늘은 또 이그드라실 4중주단이 협연한 곡이군."

프레더릭은 이 말을 하고 나서 한참 후에 다시 입을 연다.

"몇 달 전 내가 싱가포르에서 찾아냈지요. 숙모님이 이 음반을 자주 들으시네."

"이그드라실? 그게 뭔데요?"

"북유럽 신화에 나오는 얘기예요."

"한 번도 들어본 적이 없는데요."

그가 대답한다.

"이그드라실은 '생명의 나무'지. 그 가지가 세계를 덮고 하늘까지 뻗쳐요. 하지만 뿌리는 겨우 세 개뿐이지. 하나는 '지식 웅덩이'의 물에 잠겨 있어요. 다른 하나는 불 속에 있고. 마지막 뿌리는 무시무시한 동물이 파먹고 있지. 뿌리 중 두 개가 불과 동물에게 먹히면, 나무는 쓰러지고 온 세상에는 영원한 어둠이 퍼질 테지."

"그러니까 생명의 나무는 심어진 순간부터 이미 죽을 운명인 거네요."

프레더릭은 나를 지긋이 바라보면서 조용히 대답한다.

"하지만 나무는 아직 쓰러지시 않았소."

나는 의자에 등을 기대고 눈을 감고 라르게토에 귀를 기울인다. 4중주단과 연주하는 피아노 소리에는, 강바닥에 있는 돌멩이들처럼 암울한 순수함이 있다. 그 강은 오래전에 말라버렸다.

10

'돌을 놓는 기술'은 내가 짐작했던 것과는 달랐다. 나는 열다섯 살 때 윤 홍과 교토의 정원들을 거닐었지만, 그런 정원을 조성하고 유지하려면 얼마나 많은 공이 드는지 짐작도 못했다. 그것은 윤 홍도 마찬가지였겠지만, 그 생각이 떠오른 순간 언니에게 미안했다.

아리토모는 나를 계속 종종걸음 치게 만들었다. 처음에는 그가 내가 실패하기를, 불평하면서 포기하고 유기리를 떠나기를 바라는 것은 아닌지 의심스러웠다. 하지만 일단 나를 제자로 받아들인 후 아리토모는 성내는 기색을 보인 적이 없었다. 과로에 몸이 지쳤지만 나는 작업을 즐기기 시작했다. 그는 오래되고 전문적인 연장을 사용했다. 나는 도구의 이름을 모두 외우고, 닦고 관리하는 법을 익혀야 했다. 일을 하고 돌아다니면서, 긴 고리에 연장의 이름을 하나하나 적은 구슬을 끼워 엄지로 튕겨가며 외웠다. 가케주치. 나타. 기바사미. 샤치. 데바사미. 나무망치. 손도끼. 생울타리용 전지가위. 양묘기. 전지용

가위. 가케주치. 나타. 기바사미. 사치. 데바사미. 하루하루 지나면서 고리가 점점 길어졌고, 고리에 꿴 구슬도 점점 많아졌다.

일찍 유기리에 도착한 날이면 활터에 가서 아리토모의 눈에 띄지 않게 조심하며 그를 지켜보았다. 그의 느리고 신중한 동작들을 바라보면 내 안에 평온이 밀려들었다.

나는 아리토모가 시킨 일들을 처리하고 일꾼들에게 그의 지시를 통역하는 일도 맡았다. 반장인 칸나다산을 제외하면 다들 정원 일에 시큰둥했다. 일을 시작한 첫날 나는 로메쉬가 말썽을 일으킬 일꾼임을 눈치챘다. 그가 술 냄새를 풍기며 자주 지각하기 시작하자, 그에게 앞으로는 나오지 않아도 된다고 통보하라며 아리토모가 알려주었다.

내가 아리토모의 말을 전한 다음 날, 로메쉬가 유기리에 나타났다. 그는 안채 바깥에 서서 고래고래 소리치기 시작했다. 처음으로 술에 취하지 않은 모습이었다. 나머지 일꾼들은 근처에서 작업을 하다가 구경하려고 일손을 멈추었다. 우리는 더 잘 보려고 슬그머니 다가갔다.

"이리 나와, 일본 잡놈아! 내 돈 내놔! 나오라고! 이리 나와!"

로메쉬는 서서 무게 중심을 좌우로 옮기면서 말레이어로 소리쳤다.

잠시 후 아리토모가 현관문에 나타났다. 그는 손에 잡지를 들고 있었다. 그가 내게 물었다.

"이 자가 왜 이렇게 화가 났지?"

"선생님께 돈을 받고 싶다는데요."

"그가 한 말이 그게 전부인가? 거참, 그는 임금을 받았는데."

"전액이 아니라는데요."

나는 아리토모에게 로메쉬의 대답을 통역해주었다.

"그에게 전액을 준다면 다른 사람들에게 불공평한 일일 텐데, 안 그런가? 그는 그만큼 일하지 않았어."

아리토모가 잡지를 비틀어 원통 모양을 만들면서 말했다.

내가 통역할 새도 없이 로메쉬는 칸나다산에게서 파랑*을 빼앗았다. 나는 충격을 받은 나머지 움직일 생각도 하지 못하고, 그가 아리토모의 목 옆쪽에 칼을 휘두르는 광경을 바라보기만 했다. 아리토모는 칼을 피하지 않고, 민첩하게 움직이며 공격 자세를 취했다. 그가 돌돌 만 잡지의 끝으로 일꾼의 목을 찔렀다. 로메쉬는 숨이 막혀서 쿨럭쿨럭하며 허둥지둥 손으로 목을 감쌌다. 아리토모는 재빨리 잡지를 더 단단하게 말아서 끌처럼 잡고 로메쉬의 팔목을 찔렀다. 일꾼은 손가락 감각을 잃고 파랑을 바닥에 떨어뜨렸다. 그는 여전히 숨을 몰아쉬면서 다른 손으로 아리토모에게 주먹을 휘둘렀다. 아리토모가 그 손을 붙잡아 손목을 비틀어 꺾으면서 로메쉬를 무릎 꿇렸다. 일꾼은 아파서 비명을 질렀다.

"이걸 잔가지처럼 뚝 부러뜨려주지."

아리토모가 일꾼에게 얼굴을 들이밀고 말했다. 내가 통역할 필요가 없었다. 로메쉬의 몸이 축 늘어졌다. 아리토모는 손목을 놓고 조심스럽게 뒤로 물러났다.

시간이 다시 흐르기 시작했다. 바람이 다시 움직였다. 싸운 시간은 10초, 어쩌면 15초에 불과했지만 길게 느껴졌다. 일꾼들이 황급

* 말레이시아의 무거운 단도

216

히 로메쉬를 일으키려고 다가갔다. 그는 그들을 밀쳐내고 기다가 가까스로 일어났다. 로메쉬는 손목을 문지르면서 비틀대며 정원을 빠져나갔다. 뒤돌아보지 않았다.

나는 아리토모에게 무슨 말이든 하려고 몸을 돌렸다. 사실 뭐라고 해야 좋을지 모르긴 했다. 아무튼 그는 이미 안채에 들어가고 없었다. 나는 풀밭에서 단도를 주워 칸나다산에게 돌려주었다.

* * *

그날 저녁 유기리를 나서면서 나는 아 청에서 손을 흔들었다. 그는 안채 바깥에서 아리토모가 나오기를 기다렸다. 집사는 정원사의 지팡이를 들고 서 있었다. 하루 일과 중 이 마지막 일을 마치면 그는 자전거를 타고 타나라타의 집으로 퇴근했다.

나는 정글의 가장자리를 따라가다가 내 방갈로 쪽으로 굽어 도는 오솔길을 선택했다. 서둘러 집에 가야 할 이유가 없었다. 몸이 고단했지만 여전히 잠자는 데 애를 먹어서, 가끔씩 첫새벽이 되도록 멀뚱멀뚱 누워 있었다. 어둠 속에는 수많은 소리가 있었다. 포로들의 신음, 감시병의 고함, 내 언니의 울음 소리.

아리토모가 비록 자기 방어를 위해서였지만 로메쉬와 싸우는 광경을 본 일이 내가 생각했던 것보다 훨씬 심하게 마음을 휘저었다. 로메쉬를 무장해제시킬 때 그는 냉담하고 무심해 보였다. 이 일본인 정원사에게는 내가 모르는, 짐작조차 할 수 없는 면이 아주 많았다.

여러 농가와 방갈로의 불빛이 계곡을 수놓았다. 서둘러 집에 돌아가는 차 밭 일꾼들이 내게 손을 흔들었다. 음식을 만드는 아궁이에서 나오는 매캐한 나무 연기 냄새가 노을 속에 번졌다. 희미한 개 짖는 소리도 함께 퍼졌다. 수용소에서 우리는 하루 중 이 시간을 가장 기대했다. 마침내 오두막으로 돌아가라는 허락이 떨어지면, 각자 주위를 흘끔대며 누가 목숨을 잃었는지 살폈다. 친구나 낯익은 얼굴이 보이지 않으면, 가슴이 먹먹해져서 아무것도 느껴지지 않았다.

오솔길이 양 갈래로 나뉘어졌다. 곧장 집으로 가는 대신 마주바 하우스로 가는 길을 걷다가 구르카인 경비병에게 정문을 열어달라고 소리쳤다. 집 뒤쪽을 빙 돌아서 므네모시네와 쌍둥이 자매 조각상 앞을 지나 아래층 테라스 정원으로 가는 계단을 내려갔다. 매그너스는 정글을 개간하면서 첸갈 나무*는 대부분 남겨두었다. 줄줄이 늘어선 나무 사이사이 그가 남아프리카공화국에서 들여온 식물을 심은 꽃밭이 있었다. 소철 잎은 가장자리가 뾰족했다. 그런 잎이 선사시대의 큰 당근 윗부분처럼 땅 위로 솟아 있었다. 극락조화와 파란 군자란. 낯선 토질에서 버둥대는 붉은 꽃이 달린 알로에.

잔디밭 중앙에는 석조 아치가 우뚝 서 있었다. 흰 회칠이 된 아치에는 종이 달려 있었다. 케이프타운의 포도밭에서 자바 출신 노예들에게 일과의 끝을 알릴 때 치던 종이라고 매그너스가 설명한 적이 있었다. 처음 이 아치를 본 후 시간이 흘렀지만, 흐릿한 돌기둥은 여전히 나를 끌어당기는 힘이 있었다. 잊힌 문명의 마지막 유물을 우연히 발견한 기분이었다. 이제 아치 아래를 지나면서 나는 까치발을

* 말레이시아에 많은 목재용 나무

하고 종의 가장자리를 두드렸다. 그렇게 녹슨 침묵에서 희미한 메아리를 불러냈다.

에밀리는 인공 연못가에 서서 눈을 감고 있었다. 그녀가 숨을 들이쉬고 오른발을 왼발에서 멀리 뻗자 나는 가만히 있었다. 그녀의 동작이 워낙 느려서, 나는 시간이 쭉 뻗어나가는 것을 지켜보는 기분이었다. 에밀리가 일련의 동작을 펼칠 때 그녀의 기가 주변의 세상을 다 빨아들이는 것 같았다. 끊기지 않고 동작과 동작이 이어지는 광경은, 물이 물속으로 쏟아지고 공기가 공기와 합해지는 것 같았다. 어찌나 우아하고 자제력 있게 동작을 이어가는지, 중력이 줄어든 공간 속으로 미끄러져 들어가는 듯 보였다.

얼마 후 그녀는 원래 자세로 돌아와서 양손을 엉덩이에 걸쳤다. 내가 나직하게 이름을 부르니, 그녀가 뒤를 돌아 나를 마주보았다. 그녀는 방어 동작으로 손을 들었다.

내가 말했다.

"저예요. 아름다웠어요. 그게 태극권이죠, 아닌가요? 예전에 산책로에서 나이 든 분들이 하시는 것을 보곤 했어요."

그녀의 얼굴에서 경계심은 사라졌지만 그 여운은 조금 더 남아 있었다.

별빛이 공기를 서늘하게 했다. 연못가의 갈대 속에 무릎 꿇은 소녀 청동 조각상이 대리석 받침에 놓여 있었다. 물을 영원히 응시하는 소녀의 눈빛에는 차고 순수한 경이가 담겨 있었다.

"우린 여기 딸을 묻은 후에 저 조각상을 세웠지."

"두 분 사이에 딸이 있었는지 몰랐어요."

"페트로넬라는 태어나서 겨우 며칠 살았으니까."

조각상을 망연히 바라보는 에밀리의 눈에 오랜 슬픔이 드리워졌다. 그녀가 말을 이었다.

"나는 윤 링의 어머니를 만난 적이 없어. 내가 그분과 많이 비슷한가?"

그 순간 나는 아버지가 매그너스를 못마땅해 하는 이유를 알아차렸다. 에밀리가 왜 나를 그렇게 경계했는지도 알았다. 단지 어머니와 외모가 닮았는지 궁금해서 꺼낸 말은 아닌 듯했다.

"두 분 다 결단력이 대단하시죠."

나는 아리토모의 정원에 놓을 암석을 고를 때처럼 신중하게 어휘를 선택해서 말했다.

에밀리는 내 대답에 대단히 만족스런 표정을 지었다.

"매그너스는 그 분과 결혼하고 싶어 했지만, 명문가인 콰우 집안의 고명딸이었으니 미천한 '흰둥이 농장주' 따위를 배필로 삼을 수 없었던 거지."

"하지만 부인은 그러실 수 있었지요."

내 외가 같은 명망가는 아니지만 그녀의 집안도 부유했다는 기억이 났다.

에밀리가 말했다.

"여기 사는 게 상황을 한결 수월하게 했겠지. 캐머런은 그 자체로 하나의 세계지. 지금쯤은 윤 링도 이미 알아차렸을 거야. 전쟁 전 이곳에는 인종이 다른 커플이 아주 많았지. 우리 모두 못마땅한 세상을 피해 여기 왔다는 생각이 들곤 했어."

"매그너스는 어떻게 만나셨어요?"

"내 사촌 벵 격을 통해서 만났지. 그녀가 페낭 힐에서 열린 호랑이 사냥에 나를 초대했는데 손님 중에 매그너스가 있었지. 벵 격이 인사시킬 때 나는 그이에게서 눈을 뗄 수가 없었지. 그 안대! 그게 그이의 깊은 내면에 있는 뭔가를 감추고 있다고 느꼈어. 그게 뭔지 알아내고 싶었지. 꼭 그래야 했어. 그이가 어쩌다 눈을 잃었는지 알아?"

에밀리가 미소 지었다.

"보어 전쟁에서."

그녀는 나를 바라보았다.

"어머니가 그렇게 되셔서 안타까워."

나는 아치에 내려앉은 새에 관심을 두는 척하면서 몇 발자국 옮겼다.

에밀리가 말했다.

"아직 저녁밥을 짓지 않았지? 나랑 같이 가서 먹자."

"매그너스는 어디 있어요?"

"쿠알라룸푸르에. 오늘 아침 일찍 떠났어. 일꾼 봉급을 인출하러 한 달에 한 번씩 거기 가지."

"저한테 알려줬으면 좋았을 텐데요. 가져오고 싶은 책이 몇 권 있거든요."

"저, 우린 그가 언제 오고 가는지 아무에게도 말하지 않아. 안전을 위해서지. 그래야 공격당할 가능성이 줄어드니까. 자, 저녁 먹고 갈 거지?"

그녀가 물었다.

221

나는 고개를 끄덕이고 에밀리를 따라서 계단을 올라갔다. 계단 꼭
대기에서 그녀가 걸음을 멈추고 내게 몸을 돌렸다.

에밀리가 말했다.

"그날 밤, 내가 처음 매그너스를 만났을 때…… 우리는 발코니에
서서 아래에 있는 조지타운의 불빛을 바라보았지. 비가 부슬부슬 내
리기 시작했지만, 그이는 나를 안으로 들여보내려 하지 않았지. 그
러다가 그 시 구절을 내게 읊어주었어. '이제 땅은 밤새 누워 비의 어
둡고 고요한 은총 속에 씻기리.'"

추억이 그녀의 얼굴을 부드럽게 만들었다. 에밀리가 말을 이었다.

"나는 시를 적어달라고 부탁했지만 그이는 거절했지. 그리고 그
사람이 뭐라고 말했는지 알아? '내가 당신을 위해 시를 적을 필요가
없소. 왜냐면 그대는 언제나 기억할 테니까.'"

한동안 우리는 거기 서 있었다. 노을과, 내가 모르는 시인의 언어
가 내 안에서 가라앉았다.

집으로 들어가기 직전 내가 말했다.

"호랑이를 쏴서 잡았나요?"

"내가 매그너스를 봤는데 그런 일이 안중에 있었겠어?"

어스름 속에 그녀의 웃음소리가 번졌다. 에밀리가 덧붙여 말했다.

"추적꾼들이 호랑이의 흔적을 찾아냈지만 결국 호랑이는 못 봤
지. 아마 거기 산에 사는 유일한 호랑이였을 거야."

그녀는 내게 몸을 숙이고 속삭였다.

"내가 비밀 한 가지를 말해줄게. 호랑이가 발견되지 않아서, 그래
서 우리가 호랑이를 죽이지 않은 게 난 다행스러워."

잠시 후 내가 말했다.

"저도 다행스럽네요."

"난 그 호랑이가 오늘날도 여태 살아 있다고 생각하고 싶어. 아직도 산속을 돌아다니고 있다고."

그녀가 산맥을 바라보면서 말했다. 산맥에는 이미 밤이 내렸다.

* * *

유기리에서 하루가 저물면 나는 방갈로로 돌아갔다. 주전자를 불에 올리고 물이 끓기를 기다리는 사이 라디오를 켰다. 요행히 전파가 잡히면 나오는 뉴스에는 늘 공산 게릴라들에게 살해된 농장주나 가족과 관련된 소식이 있었다. 식탁 의자에 주저앉아, 김이 나는 뜨거운 물 대야에 두 손을 담그고 손을 조이는 통증을 풀어냈다. 어떤 날은 너무 아파서 물에서 피가 보이지 않는 게 신기할 정도였다. 늘 왼손의 고통이 더 심했고, 흉터는 주변 살보다 빨갰다. 뭉툭 잘린 자리를 보면 어렸을 때 아버지가 엄지를 없애는 마술을 하던 기억이 났다. 아버지는 그 장난을 좋아했고, 나는 짜릿한 공포에 사로잡혀 얼마나 소리를 질러댔는지.

어느 날 저녁 물에 손을 담그고 있는데, 자동차가 가파른 차도를 올라오는 소리가 났다. 차는 내 방갈로 앞에 멈추었다. 엔진이 꺼지고 현관문을 두드리는 소리가 들렸다. 그러더니 매그너스가 나를 불렀다. 나는 왼손을 수건으로 감싸면서 밖으로 나갔다. 매그너스가 중국 남자와 함께 와 있었다. 카키색 사파리 재킷과 빳빳한 면 반바

223

지가 무릎 아래로 내려와 흰 양말에 닿을 것 같은 차림새였다.

매그너스가 말했다.

"아, 집에 있었군. 다행이야. 우 수사관님이 할 얘기가 있대서 모시고 왔지."

나는 베란다의 등나무 의자를 손짓하고, 안으로 들어가 손을 닦고 장갑을 꼈다. 여전히 라디오가 켜져 있어서 볼륨을 낮추었다. 내가 베란다로 나가자 우 수사관은 다리를 포개면서 은 케이스를 흔들어 담배를 꺼냈다. 수사관은 매그너스에게 담배를 권했지만 그는 사양했다. 나는 담배로 손을 뻗으려다가 그만뒀다. 이제 여기는 수용소가 아니었다. 담배를 모아뒀다가 나중에 필요한 물건과 바꾸지 않아도 됐다.

"여긴 무척 외지군요."

우 수사관이 성냥을 그어 담배에 불을 붙이며 말했다.

"특수부에서 제게 무슨 볼일이 있으신지요?"

그는 내가 신분을 추측한 것에 놀라는 기색을 보이지 않았다. 우 수사관이 말했다.

"당신이 캐머런 하일랜드를 떠나면 좋겠습니다. 쿠알라룸푸르로 돌아가십시오."

나는 매그너스를 힐끗 쳐다보고는 다시 수사관을 바라보았다.

우 수사관이 말을 이었다.

"9일 전 게릴라가 타파의 경찰에 투항했습니다. 그녀는 페라크 3연대의 일원이었지요. 그들은 이쪽 지역을 기반으로 활동합니다. 그녀의 상관이 당신이 여기 사는 것을 알고 있답니다."

진입로 뒤쪽 차 밭이 어스름에 잠기고 있었다. 날개 크기가 내 손바닥만 한 나방 한 마리가 베란다의 전구 주변에서 퍼덕대며, 태양의 심장으로 뛰어들 길을 찾고 있었다.

"그들이 저한테 무슨 짓을 할 거라고 보시나요?"

"당신은 적지 않은 공산 게릴라를 기소하는 데 성공했지요. 찬 리우 풍 사건은 당신을 매우 악명 높게 만들었고요."

우 수사관의 입술 사이에서 연기가 새어 나왔다. 그가 덧붙여 말했다.

"당신은 쉬운 목표물입니다. 또 부친은 독립 협상에 관여하고 있고요."

"그건 몰랐는데요."

내가 말했다.

"그분은 메르데카(독립) 협상 위원회의 자문을 맡고 있습니다."

"정부 측을 자문하나요?"

"아닙니다. 중국 측입니다."

"테오 분 하우가 말라야가 식민지 통치에서 해방되기를 바란다고요? 믿기 어렵군요."

매그너스는 씩 웃으면서 고개를 저었다.

우 수사관이 말했다.

"토론에서 우리 중국의 이익을 대변할, 영어를 구사할 수 있는 사람들이 필요합니다. 영국이 말라야를 떠나는 것은 시간문제일 뿐입니다. 우리 중국인들은 서로 다르더라도 단결해야 합니다. 호키엔*,

---

* 중국 푸젠 성 출신 화교

225

테오추*, 하카**, 광둥, 심지어 당신네 해협 중국인들까지! 말레이인들이 주도권을 쥐게 방관할 수 없습니다. 우리도 이 일에 그들 못지않은 성패가 달려 있지요."

지난 2년간 말레이 민족주의자들 사이에서 자치에 대한 요구가 점점 거세졌다. 자신들의 미래를 염려한 말레이의 중국인들은 '메르데카'를 위한 협의에서 목소리를 내기 위해 그들만의 정당을 만들었다.

"아버지는 심지어 만다린어도 못하시는데요? 그런 사람이 어떻게 중국인들을 대변할 수 있지요?"

내가 말했다.

우 수사관이 대답했다.

"그분은 중국어를 가르쳐줄 선생을 고용했습니다. 저번 날에는 중국인 상공회에서 짧은 연설도 했지요. 솔직히 상당히 뛰어났습니다. 그는 완벽한 만다린어로 '나는 더 이상 바나나가 아닙니다'라고 연설을 시작했지요. 그 말에 좌중이 초토화되었다더군요."

"바나나?"

매그너스가 반문했다.

우 수사관이 말했다.

"겉은 노랗고 속은 흰 것 말입니다. 이보십시오, 미스 테오. 당신은 눈에 띄는 인물입니다. 떠나야 됩니다."

내가 대답했다.

---

* 중국 광둥 동부 차오시안 지방 출신의 화교
** 중국 광둥 북부의 한족 출신 화교. 19세기말~20세기 주석 광산이나 고무 농장 노동자로 많은 중국인들이 이주해서 화교는 말레이시아에서 두 번째로 많은 인구 비율을 차지한다.

"수사관님이 어떤 긴급 사항들을 제시한대도 나는 아무 데도 가지 않을 겁니다."

"분별력 있게 처신해라, 윤 링. 네가 여기 있는 것은 안전하지 않아."

매그너스가 말했다.

수사관이 경고조로 한 손가락을 들면서 말했다.

"당신을 보호할 인원을 확보할 수가 없습니다. 현재 형편으로도 이미 인력이 부족합니다."

"저는 어떤 보호도 요구하지 않았고, 앞으로도 그럴 겁니다."

내가 일어나자 의자다리가 바닥을 긁는 소리가 났다. 나는 덧붙여 말했다.

"하지만 염려해주셔서 감사합니다."

우 수사관이 난간 위로 담배꽁초를 던졌다. 그는 종이에 메모를 해서 내게 주었다.

"제 전화번호입니다. 만일의 경우에 대비해서요."

"마주바 하우스로 옮기기라도 해."

매그너스가 말했다.

"저는 혼자 지내는 게 좋아요."

매그너스는 고개를 저으면서 일어났다. 그는 차에 올라타자 창으로 고개를 내밀고 말했다.

"내일은 중추절이야. 조촐한 파티를 열 예정인데 너도 오련? 좋아. 아리토모를 데리고 오렴. 6시에 시작한다."

나는 잠자리에 들기 전, 집 안을 돌면서 문과 창문이 제대로 닫혔는지, 빗장이 잠겼는지 단속했다. 베란다의 불은 켜두었다. 그날 밤

227

에는 나무에서 매미가 평소보다 크게 울고, 정글은 더 빽빽하고 아
주 가까이 있는 느낌이었다.

* * *

다음 날 저녁 아리토모가 내 방갈로에 들렀다. 회색 정장 재킷과
바지 차림이었다. 그에게 비 온 후의 이끼 냄새 같은 화장수 냄새가
났다. 아리토모는 한 팔에 큼직한 종이 상자를 들었지만, 뭐가 들었
는지 말하지 않으려 했다. 나는 그가 도제 교육을 중단할까 염려되
어 우 수사관이 다녀간 이야기를 하지 않았다.

내가 위스키를 섞은 소다를 건네줄 때, 아리토모의 시선이 내 옥
팔찌에 머물렀다. 그는 내 손목을 잡고 중얼댔다.

"중국 제국 시절의 장신구군. 이런 곳에서는 그걸 차면 안 되는데."

"어머니의 물건이에요. 어머니는 일본군이 들어오기 전에 보석
몇 점을 감출 수 있었고, 이 팔찌도 거기 들어 있었어요."

어머니는 집 뒤편의 파파야 나무 밑에 보석 상자를 파묻었다. 전
쟁이 끝나고 나는 거기 가서 상자를 파냈다. 내가 보석을 보여주었
지만 어머니는 알아보지 못했다.

"드레스랑 잘 어울리는군. 같은 나무에 달린 나뭇잎 두 개 같아."

아리토모가 말했다.

나는 치파오를 내려다보았다. 살짝만 움직여도 연초록색 실크에
서 차분한 광택이 났다.

내가 말했다.

228

"곧장 출발하는 게 좋겠어요. 늦고 싶지 않아요."

마주바 하우스에 도착하니 아리토모는 담장 주변 철조망을 손짓했다.

"저 '잡초'가 전원의 목을 조른다니까. 어디나 저게 솟아난 것 같아."

아리토모가 말했다.

내가 대꾸했다.

"저것도 필요해요. 선생님도 유기리의 경비 수단을 재고하셔야 해요."

하루의 마지막 빛 속에서 철조망에 걸린 이슬방울이 뱀의 송곳니 끝에 달린 독처럼 번뜩였다.

"그래서 정원을 망치라고?"

아리토모가 몹시 경악한 표정을 짓자 나는 웃음을 터뜨렸다. 그가 고개를 돌려 나를 가만히 바라보았다. 아리토모가 말했다.

"자네 웃음소리를 처음 듣는군."

"지난 몇 년간 재미있게 느껴진 일이 별로 없었으니까요."

하늘에 보름달이 떠올랐다. 집 뒤편 테라스 정원에서는 손님들과 차 농장 일꾼들이 뷔페 테이블 주변에 모여 있었다. 테이블 한쪽에 인도인들과 중국인들이 있고, 다른 쪽에 유럽인들이 있었다. 내가 아리토모의 도제 수업을 받는다는 소식이 퍼졌고, 손님 여럿이 내게 호기심 어린 눈초리를 던졌다. 두세 명은 아리토모에게 원예 학교를 열거냐고 놀려댔다. 하지만 그는 빙그레 웃으며 고개만 저을 뿐이었다. 내가 유기리 밖에서 아리토모를 본 것은 이때가 처음이었다. 그가 손님들과 편안하게 어울려서 놀라웠다. 아리토모는 이곳 풍경의 일부가 되었다.

원주민 보호관 툼스는 직접 사냥한 멧돼지를 가져왔다. 멧돼지 가죽은 아슬리 부족민이 벗겨주었다고 했다. 불판에서 고기 익는 고소한 냄새가 진동했고, 나는 속이 메스꺼우면서 배가 고팠다. 매그너스가 브라이* 뒤에서 나와 중년의 미국인을 소개했다. 땅딸하고 숱이 없는 머리를 착 달라붙게 빗었지만 미남이었다.

"짐은 휴가차 여기 와 있습니다. 사업체는 방콕에 있다고 합니다."

"거기서 어떤 일을 하십니까?"

아리토모가 물었다.

미국인이 대답했다.

"머리카락은 말할 것도 없고, 가진 돈을 몽땅 잃으면서 토산물인 실크 직조 산업을 되살리려 애쓰는 중입니다. 매그너스에게 들었는데 선생님은 직접 일본식 가옥을 지으셨다면서요. 저는 '클롱'에 전통 타이 가옥을 직접 세우는 중입니다."

"'수로'를 뜻하지."

내가 멍한 표정으로 바라보자 아리토모가 설명해주었다.

미국인이 말했다.

"방콕에 와보셨습니까?"

"아, 오래전에요. 이쪽 지역을 여행하기 시작할 때 가봤습니다."

아리토모가 대답했다.

---

* 바비큐 굽는 틀

에밀리가 아이들에게 종이 등을 나눠주면서 나를 불렀다.

"이걸 부인에게 갖다드리지."

아리토모가 들고 온 상자를 내게 주었다. 세 남자는 잔디밭에 놓인 등나무 의자를 향해 걸어갔다. 나는 에밀리에게 가서 상자를 건넸다. 그녀는 상자를 가볍게 흔들어 보고는 테이블에 내려놓았다.

에밀리가 말했다.

"윤 링이 아리토모를 데리고 와서 정말 잘됐어. 최근에 그를 자주 보지 못했거든."

"두 분이 오래 알던 사이인가요?"

나는 아리토모를 힐끗 쳐다보며 물었다. 그는 와인 한 잔을 다 마시고 하녀에게 새로 한 잔 받았다.

"매그너스와 아리토모?"

그녀는 잠시 생각에 잠겼다가 말을 이었다.

"10년, 15년쯤 될 걸. 예전에는 정말 친한 사이였지."

매그너스가 뭐라고 속삭이자, 아리토모는 고개를 젖히고 웃음을 터뜨렸다.

"지금도 잘 지내시는 것 같은데요."

내가 말했다.

"전에는 아리토모가 주말마다 여기 찾아왔고, 빈손으로 온 적이 없었지. 술을 진탕 마셨고, 매그너스와 다른 친구들과 만취하곤 했지. 하지만 일본군 점령 이후로는 그리 자주 찾아오지 않아. 항상 이유를 대지. 바쁘다거나 피곤하다거나."

"두 분 사이에 무슨 일이 있었나요?"

231

"말다툼 같은 걸 말하는 건가? 그런 극적인 사건은 없었지. 내 생각에는 전쟁 때문이야. 그게 둘의 우정을 어떤 식으로든 바꾸어놓은 게지."

에밀리는 다른 상자를 열고 종이로 만든 등 한 묶음을 꺼냈다. 등이 하나씩 납작하게 접혀 있었다. 그녀가 내게 하나를 주었다. 양 끝을 당기니 종이 등이 아코디언처럼 펼쳐졌다.

에밀리가 말했다.

"이런 종이 등을 볼 때마다 다시 어린아이가 된 기분이 들어. 어릴 때 자라면서 등을 가지고 놀아봤어?"

"부모님은 음력설을 쇠셨지만, 다른 명절은 지키지 않았어요."

"명절을 지켰다면 오히려 놀랐을걸. 두 분이 상당히 '앙-모*'스러웠다고 그이에게 들었어."

여전히 방콕에서 온 미국인과 대화에 빠져 있던 아리토모는 내 눈길을 알아차렸다. 하지만 난 눈을 돌리지 않았다.

"우리 이웃이었던 옹 노인은 달을 구경하는 잔치를 여러 번 열었어요. 저희는 그의 자식들이 등을 가지고 노는 것을 보곤 했죠. 그의 첫 부인은 항상 저희에게 월병을 주었어요. 중국 황제를 퇴위시키려는 역도들이 음모를 꾸미는 비밀 편지를 월병에 넣었다는 이야기가 사실인지 늘 궁금했어요."

"이런, 사실을 제대로 봐야지. 역도들은 중국인들이었어. 그들은 몽고의 지배를 끝내고 싶었지. 칭기즈 칸에 맞서는 반란이 계획되었

* 紅毛. 머리털이 붉은 사람이란 뜻으로, 중국에서 서양 사람들을 경멸하며 일컫던 말이다.

지. 그리고 쪽지는 늘 월병 속에 감추어진 건 아니었고."

"어디에 쪽지를 감추었는데요?"

"때로는 월병 표면에 소식을 전했지. 문장이 드러나게 월병 틀을 만들기도 했어. 완성된 월병은 4등분 했지."

"모든 조각이 맞추어져야 어떤 소식인지 알 수 있었겠네요."

내가 말했다.

"영리하지? 상상해봐…… 보이지 않는 편지라니!"

"그러니까 칭기즈 칸은 이 반란이 일어날 행사를 여는군요."

에밀리가 말했다.

"윤 링 같은 현대적인 아가씨들이란! 모두 대학 교육을 받았는데 이런 것은 알지도 못하지! 자기네 전통인데도! 여기 있는 아이들 중 아무나 붙잡고 물어보라고. 다들 그 이야기를 알아. 심지어 인도와 말레이 아이들까지도."

"그거야 당신이 해마다 아이들에게 이야기해주기 때문이지."

매그너스가 말했다. 그는 우리에게 술을 가져다주었다.

"아이들이 그 이야기를 좋아해요."

에밀리가 여자아이에게 마지막 등을 주면서 말했다.

매그너스는 내게 눈을 찡긋 하고는 아이들에게 몸을 돌렸다.

"자, 소년 소녀 여러분! 얼른 모여요. 에밀리 아줌마가 이야기를 해줄 거예요. 어서, 어서!"

아이들은 대부분 영어를 알아듣고 간단한 말을 구사할 줄 알았다. 하지만 그는 말레이어를 섞어서 말했고, 마지막 말을 할 때는 손을 구부리면서 간곡하게 채근했다.

아이들이 우리 주위로 모여들었다. 에밀리는 남편에게 짜증스런 표정을 지었지만 내심 즐거운 기색이 역력했다. 일단 아이들이 풀밭에 자리를 잡자 에밀리가 물었다.

"왜 오늘을 '중추절'이라고 하는지 모두 아나요?"

"오늘 밤에 달이 엄청 크기 때문이죠?"

남자아이가 말했다.

"대답 한번 좋고!"

툼스가 킬킬 웃으면서 말했다.

"거기 조용히 하세요."

에밀리가 쏘아붙였다.

그녀는 무릎 위로 치맛단을 모으면서 풀밭에 무릎을 꿇고 앉았다. 에밀리가 이야기를 시작했다.

"옛날 옛적에 세상에는 태양이 열 개 있었어요. 매일 하나씩 돌아가면서 하늘에서 빛났지요. 그런데 어느 아침 이상한 일이 벌어졌어요. 전에는 한 번도 없던 일이었지요. 태양 열 개가 한꺼번에 하늘에 뜨기로 한 거예요. 세상은 너무 뜨거워졌어요. 세상에! 나무들에 불이 붙었어요. 또 슈욱! 정글이 온통 불길에 휩싸였지요. 곧 모든 강과 바다가 펄펄 끓었고, 물은 수증기로 변했어요. 동물들이 죽고 사람 수백 만 명이 고생했지요."

몇몇 아이가 입을 헤벌리고 눈이 휘둥그레져서 에밀리를 바라보았다. 남자아이 한 명은 무릎을 딛고 서서, 부모에게 위로를 얻으려고 두리번거렸다.

에밀리가 이야기를 이어갔다.

"중국 황제는 걱정이 되었지만 가장 똑똑한 참모들도 어떻게 해 볼 수가 없다고 말했어요. 다들 '하늘의 뜻입니다'라고 말했지요."

"그런데 젊은 신하가 말하게 해달라고 청했어요. 그는 '후 이'라는 궁수에 대해 들어봤다고 말했어요. 후 이가 하늘에 있는 것은 뭐든 화살로 쏠 수 있다고 했지요. 하늘을 높이 나는 참새, 학, 독수리 전부. 그의 화살이 구름까지 뚫을 수 있다는 소문이 돌았거든요. 이 젊은 신하는 '황제 폐하, 후 이에게 태양을 쏘아 맞추라고 요청하심이 어떻겠습니까?'라고 말했어요."

에밀리의 말소리가 손님들에게 들리자, 그들도 대화를 중단하고 이야기에 귀를 기울였다. 아리토모가 미국인 실크업자와 나누던 대화를 중단하고, 등나무 의자에 앉아 허리를 세우는 모습이 내 눈에 들어왔다.

"황제는 젊은 신하의 의견이 그럴듯하다고 생각했어요. 황제는 '전령을 보내 후 이를 데려와 나와 만나게 하라. 서두르라!' 하고 명령을 내렸어요. 궁수가 도착하자 황제는 어떤 일을 해야 하는지 말했어요. 후 이는 귀담아 듣더니, 궁에서 가장 높은 탑으로 데려가 달라고 청했어요. 황제는 노예들이 옮기는 가마에 타고 후 이를 뒤쫓아 탑 꼭대기까지 올라갔어요. 일행은 점점 더 높이 올랐고 결국 꼭대기에 도착했지요. 이 곳은 황제가 매년 새해 첫날 태양을 맞는 의식을 거행하는 장소였어요.

"열 개의 태양이 밝고 뜨겁게 빛나자, 후 이는 메마른 땅을 내려다봤어요. 그는 어디에도 그늘이 없다는 것을 알아차렸어요. 너무 환해서 파란 하늘까지 새하얗게 보일 정도였지요."

에밀리는 아이들을 바라보면서 말을 이었다.

"후 이가 활을 들었어요. 후 이는 덩치가 컸어요."

"얼마나 큰데요?"

깡마른 남자아이가 끼어들었다.

"얼마나 크냐고, 무투? 그래, 매그너스 씨보다 덩치는 크지만 물론 배는 그렇게 나오지 않았지. 저기 있는 나무처럼 덩치는 큰데 키는 작았단다."

에밀리는 다른 아이들을 쓱 둘러보면서 말을 이었다.

"그래요, 후 이가 크긴 했지만 활은 그보다 훨씬 컸어요. 그의 체구보다 두 배쯤 됐지요."

그녀는 입술을 적시고 나서 이야기를 이어갔다.

"후 이가 첫 번째 화살을 꺼냈어요. 화살은 창만큼 길고 두꺼웠어요. 그가 활을 당겼어요."

에밀리는 양손으로 무릎을 밀면서 뻣뻣하게 일어났다. 그녀는 팔을 넓게 벌리고 활 쏘는 자세를 취했다. 아이들이 웃음을 터뜨렸다. 나는 아리토모를 힐끗 쳐다보았다. 그는 가슴에 팔짱을 끼고 등을 기대고 앉아 있었다. 그의 얼굴이 그늘 속에 있었다.

"후 이가 활을 당겼어요. 그가 활을 당기고 당기고 당기자, 황제는 시위가 툭 끊어질까 봐 겁났어요. 궁수는 한쪽 눈을 감고, 화살을 가장 가깝고 가장 강한 태양에 겨누었지요."

에밀리는 활을 쏘려는 궁수의 자세를 취한 채 말을 잠시 멈추었다. 그녀는 좌중에 침묵이 흐르게 한 다음 다시 입을 열었다.

"후 이가 활을 쏘았지요."

에밀리는 입술로 휘파람 소리를 내고 다시 말했다.

"화살은 하늘에 있는 태양을 향해 날아갔어요. 화살이 태양 한가운데 꽂혔어요. 한순간 태양이 더 환하게 타오르더니, 1분 다시 1분간 그렇게 탔지요. 허공에 신음과 한탄이 울려 퍼졌어요. 후 이는 실패한 거죠. 그런데 그 순간 태양이 약해지면서 불꽃이 죽었고, 태양이 하늘에서 사라져버렸어요. 사람들은 환호성을 올리고 소리치고 박수를 쳤지요. 황제까지도. 후 이는 땀방울이 맺힌 눈썹을 닦고 한발, 또 한 발 화살을 쏘았어요. 화살은 한 번도 빗나가지 않았어요. 태양이 하나씩 죽자, 황제와 조신들, 노예들과 세상 사람 모두는 타는 듯한 열기가 누그러지는 것을 느낄 수 있었지요.

마침내 텅 빈 하늘에 태양이 딱 하나 남게 되었어요. 후 이가 마지막 태양을 쏘아 떨어뜨리려고 하자, 황제가 의자에서 벌떡 일어나서 소리쳤어요. '멈추어라! 그 태양은 빛나게 내버려둬야 한다. 그러지 않으면 세상은 암흑천지가 될 것이다.'"

"하지만 달은요? 달은 어떻게 된 건데요?"

돼지 꼬랑지같이 머리를 묶은 여자아이가 물었다.

"아이고, 파라메스. 기다리거라. 아직 이야기가 끝나지 않았단다."

에밀리는 잠시 말을 멈추고, 머리가 복잡하다는 시늉을 했다. 아이들이 신음 소리를 냈다. 그녀가 말을 이었다.

"내가 어디까지 말했더라? 아, 맞아. 그래서 마지막 태양은 구제되었지요. 세월이 흐른 후 황제는 세상을 떠나면서 후 이를 중국의 새 황제로 세웠어요. 후 이는 황제가 된 것이 어찌나 좋던지, 신들에게 영생불멸하게 만들어달라고 청했어요."

"그게 뭔데요?"

파라메스가 물었다.

에밀리가 대답했다.

"영원해서 그가 죽을 수 없다는 뜻이란다. 신들은 마법의 알약 한
개를 주어 후 이가 영원히 살 수 있게 하자고 결정했지요.

후 이에게는 아름다운 아내 '창 어'가 있었어요. 그는 아내를 사랑
한 나머지 알약 반 개를 그녀에게 주고 싶었어요. 그래서 창 어를 놀
라게 하려고 약을 상자에 담아서 보관했지요. 창 어는 남편이 뭔가
감추고 있다는 것을 알고 궁금해졌어요. 어느 날 후 이가 사냥을 나
가자, 그녀는 상자를 열었지요. 알약을 보고 집어 들었어요. 그런 다
음……"

에밀리는 엄지와 검지로 알약을 집은 시늉을 하면서, 슬쩍 주위를
둘러보고는 약을 입에 넣고 꿀꺽 삼키는 체했다. 아이들이 비명을
질렀다.

에밀리가 말했다.

"곧 그녀는 몸이 점점 가벼워지는 것을 느꼈어요. 발이 땅에서 높
이, 더 높이 떠올랐어요. 그녀는 둥둥 떠서 창밖으로 나가 하늘로 올
라갔어요. 오르고 또 오르고 또 올라갔지요. 하지만 창 어는 남편을
두고 가고 싶지 않았고, 그래서 달을 지날 때 거기 머무르기로 작정
했어요. 그녀가 남편과 가장 가까이 있을 수 있는 곳이 바로 거기였
거든요. 후 이는 집에 돌아와서 아내가 어떻게 되었는지 알자 마음이
아팠지요. 하지만 1년에 꼭 하룻밤, 달이 가장 커질 때 아내를 볼 수
있다는 것을 알았어요. 창 어는 여전히 거기 달에서 살고 있었지요."

그녀는 말을 멈추고, 머리 위로 떠오른 보름달을 손짓했다. 에밀리가 다시 입을 열었다.

"저기 그녀가 있어요. 소맷자락이 긴 드레스를 입고 후 이와 만날 날을 기다리고 있지요."

아이들처럼 어른들도 고개를 들어 달을 보았다. 한동안 정원에는 고요가 흘렀다. 나도 달을 보았다. 내 눈에는 달 표면의 그림자가 어쩐지 드레스를 입은 여인처럼 보였다.

에밀리가 손뼉을 쳤다.

"어린이 여러분, 등에 불을 붙일 시간이에요."

손님들이 에밀리에게 박수를 보내고 그녀에게 축배를 들었다. 아이들은 소리치고 웃으면서 달려갔다. 어둠 속에서 등불이 반딧불처럼 아래위로 오르내렸다. 에밀리는 아리토모가 준 상자를 열었다. 안에는 화선지로 만든 등 세 개가 놓여 있었다. 각각의 등은 높이가 50센티미터쯤이고 가는 대나무 막대기가 원통형 틀을 이루었다. 에밀리는 등에 불을 붙여 뷔페 테이블의 음식 사이에 놓았다. 등불이 흰 식탁보를 색색으로 물들였다.

"모두 아리토모의 판화네요."

나는 그에게 받은 『사쿠테이키』에서 본 삽화의 화풍을 알아보았다. 아리토모는 목판화 작품을 등갓으로 썼다.

"전쟁 전에 아리토모는 내게 이런 등을 주곤 했지. 제대로 찍히지 않은 것들이라고, 아무튼 버렸을 것들이라면서."

그녀가 말했다.

"이 판화는 흠이 전혀 없는데요."

나는 등을 집어 왼쪽 손바닥에 놓고 천천히 돌렸다. 촛대에서 녹은 왁스가 장갑 위로 흘러내렸다. 판화 속의 산 풍경이 깜빡거렸다.

내가 다시 말했다.

"제대로든 아니든 분명히 가치가 있을 거예요."

내 머리에 한 가지 생각이 떠올랐다. 나는 덧붙여 물었다.

"그런 등을 다 간수해두셨어요? 모두 보고 싶어요."

에밀리가 말했다.

"그럴 수가 없어. 그렇게 화난 표정 짓지 말거라. 나중에 모두 집에 돌아갈 때까지 기다리면, 왜 그런지 알게 될 거야."

나는 테이블에 등을 내려놓고 손을 오므려 주먹을 쥐었다. 손바닥에서 굳은 왁스의 표면이 갈라졌다.

* * *

저녁 식사 후 차와 월병이 나왔다. 월병은 사각형, 팔각형, 원형으로 5센티미터 두께에 말랑한 껍질은 갈색이었다. 에밀리가 4등분한 월병을 손님들에게 돌렸다. 아이를 데려온 사람들은 곧 자리를 떴고, 다른 손님들도 얼마 지나지 않아 돌아갔다. 매그너스는 영향력을 발휘해서 손님들이 통행금지 면제권을 받고 집까지 보조 경관들의 호위를 받도록 조처해두었다. 하인들이 정리할 때 에밀리는 나와 눈을 맞추고 아리토모를 고개로 가리켰다. 나는 그가 뷔페 테이블로 다가가는 모습을 지켜보았다. 그는 등 두 개를 드럼통으로 가져갔다. 매그너스가 부르보스와 양고기를 구울 때 쓴 통이었다. 어둠 속에서 불붙인 등을 든 그는 종교 의식을 행하는 승려 같았다.

"나머지 등을 나한테 가져와."

아리토모가 어깨 너머로 내게 외쳤다.

나는 시키는 대로 했다. 종이 등에 든 초를 빼니 등이 떠는 것처럼 보였다. 아리토모는 첫 번째 등을 드럼통 속의 다다 남은 잉걸불 속에 던졌다. 곧 등에 불이 붙어서, 불길이 판화 속으로 파고들어 몇 초 만에 타버렸다.

내가 그의 팔꿈치를 건드렸다.

"이것들을 제게 주세요."

그는 나를 바라보더니 나머지 등도 드럼통에 던졌다. 불꽃에서 나오는 빛이 그의 얼굴에서 일렁거렸다. 우리는 종이 등이 완전히 타는 광경을 지켜보았다. 재가 밤 공기 속으로 떠올랐다. 재의 가장자리가 나방처럼 소리 없이 붉게 빛났다.

아리토모가 드럼통의 잉걸불 위에 손을 털었다.

"내가 집까지 같이 걸어가주지."

"매그너스에게 손전등을 달라고 할게요."

그는 고개를 젓고, 구름 한 점 없는 하늘을 손짓했다.

"끝없이 먼 길을 가는 데 달빛을 빌려보자고."

11

어느 날 아침 나는 궁도장 밖에 서서 아리토모가 수련을 마칠 때까지 기다렸다. 그가 활을 걸대에 걸자 내가 말했다.

"저도 해보고 싶어요."

그는 믿을 수 없다는 눈빛을 보내는 것 같았다. 아리토모의 반응은 짐작하기 어려운 때가 많았다.

마침내 그가 입을 열었다.

"적당한 복장을 갖추지 않으면 활을 쏠 수가 없는데."

"적당한 복장이요? 혹시 여분의 옷이 없을까요? 제 몸에 맞게 수선해줄 사람을 에밀리가 알 텐데요."

"왜 일본 궁도를 배우고 싶어 하지?"

"숙련된 정원사가 되려면 다른 기예 한 가지를 익혀야 된다고 『사쿠테이키』에 나오지 않나요?"

그는 내 대답을 듣고 한참 궁리했다.

"어딘가 낡은 도복이 한 벌 있을 거야."

며칠 후 나는 궁도 도구가 든 가방을 들고 궁도장에 다시 갔다. 수련장에 들어가기 전에 신발을 벗어 맨 아래 댓돌에 올려놓았다. 수련장 뒤편에 커튼으로 가려진 곳에 들어가서 옷을 갈아입었다. 도복은 얇은 면 상의와 헐렁한 주름이 잡힌 바지인 하카마였다. 에밀리가 손수 수선해서 옷이 몸에 잘 맞았다.

커튼 뒤에서 나와 하카마의 엉킨 긴 끈을 위로 들고 아리토모에게 난감한 표정을 지어 보였다. 그는 끈으로 고리와 매듭을 지어 허리에 매는 방법을 가르쳐주었다. 그런 다음 이상한 모양의 가죽 장갑을 주었다. 그가 연습할 때 끼는 것과 비슷했다.

"유가케*는 활을 당기는 손에 끼어야 해."

장갑의 나뉜 부분에 손가락을 끼느라 애를 먹었다. 가죽이 세 조각이고 끈과 패딩이 여럿이었다. 결국 아리토모가 장갑을 끼워줘야 했다.

우리는 다다미 바닥에 무릎을 꿇고 앉아 맞절을 했다. 나는 그의 동작을 하나하나 따라했다. 이런 예법이 싫었다. 수용소에서 반드시 해야했던 절 동작에 대한 나쁜 기억이 떠올랐다.

아리토모는 거치대에서 활을 골라서, 양 손바닥으로 잡은 활을 내게 내밀었다. 대나무와 향나무를 압착해서 만든 활은, 한쪽 끝을 바닥에 내려놓자 내 머리 위까지 닿았다. 활을 쏘는 자세로 시위를 당겼지만, 활이 내 뜻대로 굽혀지지 않아 애를 먹었다.

* 활 쏠 때 끼는 가죽 장갑

아리토모가 말했다.

"우격다짐하듯 힘을 쓸 필요 없어. 힘은 팔에서 나오는 게 아니라, 땅에서 다리를 타고 엉덩이를 따라 가슴팍으로, 심장으로 올라오는 거니까. 제대로 호흡을 해봐. '하라'를, 복부를 이용하는 거야. 모든 숨을 몸으로 깊이 끌어당겨. 숨을 쉬면서 몸이 늘어나는 것을 느끼는 거야. 그게 우리가 사는 곳이지. 매번 들숨과 날숨 사이의 순간에서 사는 거야."

나는 그가 시키는 대로 했다. 몇 번 목이 막힌 후에야 그가 시키는 것을 엇비슷하게 흉내라도 낼 수 있었다. 공기를 끌어당기는 느낌을 맛보았다.

아리토모는 오늬*를 시위에 걸었다. 한 회에 화살이 두 개였고, 시위를 당길 때 두 번째 화살을 손가락 사이에 끼었다. 그가 수월하게 시위를 당기는 게 부러웠다. 시위 당기기가 얼마나 힘든지 이제는 아니까. 당긴 화살의 끄트머리가 그의 귀 아래쪽까지 내려왔고, 그는 깃털이 떨리는 소리에 귀를 기울였다. 주위의 세상이 기대감이 충만한 정적 속으로, 나뭇잎 끝에 맺힌 이슬 속으로 모아졌다. 그는 화살을 놓았고 화살은 표적의 중앙에 꽂혔다. 아리토모는 1~2초쯤 더 자세를 유지하다가 양팔을 내렸다. 활이 산속으로 떨어지는 초승달처럼 가뿐하게 내려왔다. 그는 전 과정을 되풀이해서 두 번째 화살을 다시 명중시켰다. 나는 활의 시위를 당겼지만, 아까 들은 소리를 흉내 내지 못했다.

---

* 화살의 머리를 활시위에 끼도록 에어낸 부분

아리토모가 내 손을 힐끗 보면서 말했다.

"'쓰루네'. 시위의 노래."

"그런 것까지 명칭이 있나요?"

그가 대답했다.

"뭐든 아름다운 것은 이름이 있을 만하지. 그렇게 생각하지 않나? 활을 쏠 때 시위 소리의 특징을 알아는는 것으로 궁수의 능력을 가늠할 수 있다고들 하지. 쓰루네가 순수할수록 궁수의 능력이 더 크지."

한 시간의 수련이 끝날 즈음, 팔이며 어깨, 배 근육이 떨리고 뻐근했다. 하지만 나는 아리토모 역시 손가락을 누르다가 통증이 일자 신음하는 것을 보았다.

"내 침술사는 습한 공기 때문에 이런 거라더군."

"그럼 선생님은 여기 사시면 안 되겠네요."

"침술사도 그렇게 말해."

작업복으로 갈아입기 위해 아리토모를 따라 안채로 향했다. 우리는 정원의 서쪽 구역까지 쭉 걸어갔다. 거기서부터 땅이 높아지기 시작해 구릉으로 이어졌다. 외벽에 닿기 직전, 아리토모는 오솔길을 벗어나서 오르막길로 계속 걸어갔다. 조금 더 가니 노출된 암벽에서 길이 끝났다. 아침 햇살에 암석의 녹물이 만들어낸 해안 같은 선들이 서로 겹쳐 반짝였다. 나는 손을 뻗어, 패인 표면에 이끼가 그려낸 미지의 대륙들과 이름 없는 섬들을 매만졌다.

"암석 지도지."

아리토모가 중얼댔다.

나는 그를 힐끗 보았다. 아리토모는 고지도 수집가였다.

* * *

막 정오가 지났을 때 나는 방갈로로 돌아가려고 일손을 멈추었다. 텅 빈 연못 앞을 지나갔다. 아리토모가 연못의 점토 바닥을 점검하고 있었다.

"이걸 채우려면 무척 힘들겠군."

그가 나를 바라보며 말했다. 나는 가던 길을 계속 갔지만, 아리토모가 불렀다. 그가 말했다.

"점심 식사를 하러 집에 다녀오는 것은 시간 낭비야. 여기서 나랑 같이 먹도록 하지."

그는 내가 망설이는 것을 알고 덧붙여 말했다.

"아 청은 뛰어난 요리사야, 내 장담하지."

"알겠습니다."

정자의 지붕이 모양새를 갖추고 있었다. 목수인 마흐무드와 아들 리잘이 나무 널빤지 더미 옆 풀밭에 기도용 깔개를 펴고 있었다. 부자는 나란히 무릎을 꿇고 기도를 올리고 서쪽을 향해 엎드렸다.

"정자가 완공되면 저들이 마법 양탄자를 타고 날아갈지 궁금할 때가 있다니까."

아리토모가 말했다. 그는 나를 힐끗 쳐다보며 덧붙였다.

"이름을 생각해보라구. 정자 말이야."

나는 깜짝 놀라서 아무 생각도 하지 못했다. 반쯤 완성된 정자를 빤히 보면서 열심히 이름을 떠올렸다.

"천상의 정자."

246

마침내 내가 말했다.

아리토모는 내가 그의 코 밑에 썩은 음식이라도 갖다 댄 것처럼 얼굴을 찌푸렸다.

"그건 무지한 유럽인들이 동방을 생각할 때 떠올리는 표현인데."

"실은 셸리*의 시에 나오는 구절이에요.「구름」이라는 시죠."

"그래? 그런 시는 들어본 적이 없는데."

"윤 홍이 좋아하는 시 중 하나였어요."

나는 눈을 감았다가 잠시 후 다시 떴다.

"나는 대지와 물의 딸 / 그리고 하늘의 젖먹이 / 나는 바다와 해안의 구멍을 따라 지나간다 / 나는 변하지만 죽을 수는 없다."

윤 홍이 얼마나 자주 이 시구를 읊었는지 기억나서 나는 말을 멈추었다. 언니에게 뭔가를, 그녀가 소중히 간직했던 것을 훔치는 기분이었다.

"정자에 대한 구절은 못 들었는데."

아리토모가 말했다.

"비가 내린 후, 얼룩 하나 없을 때 / 천상의 정자는 황량하고, / 바람과 볼록하게 빛나는 햇살은 / 파란 대기의 지붕을 짓는다, / 나는 조용히 내 자신의 기념비를 비웃고, / 자궁을 빠져나오는 아이처럼, / 무덤에서 나오는 유령처럼, / 비의 동굴에서 빠져나오면서, / 조용히 솟구쳤다 다시 허물어진다."

내 목소리가 숲 사이로 퍼졌다. 반쯤 지은 정자 옆에서는 목수 부

* 영국의 낭만파 시인

247

자가 마지막으로 이마를 땅에 댄 다음 기도용 깔개를 둘둘 말기 시작했다.

"천상의 정자라……"

아리토모는 내가 지은 이름에 대해 전보다 더 미심쩍은 표정을 지었다. 그가 덧붙여 말했다.

"가자. 점심이 준비되었을 거야."

* * *

식사 전에 아리토모가 안채를 전부 구경시켜주었다. 일본 전통 양식으로 지은 집이었다. '엔가와(툇마루)'라고 부르는 널찍한 베란다가 집 전면과 측면을 빙 에워싼 형태였다. 아리토모가 손님들을 맞는 방은 집 앞쪽에 있었다. 침실은 동쪽 구역에 있는 반면 서재는 서쪽 구역에 있었다. 집 중앙에는 바위 정원이 있는 뜰이 있었다. 지붕이 있지만 옆면은 벽 없이 트인 통로들이 다른 구역들을 이었다. 구불구불하고 휘어진 부분들 때문에 실제보다 집이 더 커보였다. 이것은 아리토모가 정원을 설계할 때 사용한 것과 똑같은 기법이었다. 모든 방은 베란다로 통했고, 그가 산악 지형을 고려한 부분은 유리 미닫이문들을 설치한 것밖에 없었다. 아주 추운 날에도 집 안에 따뜻하게 앉아 정원을 구경할 수 있었다. 장식이 없어서 썰렁한 향나무 마루의 광택이 더욱 도드라졌다. 응접실에는 튤립 밭이 그려진 병풍이 있었다. 꽃들이 그늘 속에서 빛나는 금빛 나뭇잎에 덮인 그림이었다. 구석에 팔과 머리가 없는 7세기 때의 불상이 놓여 있었다.

우리는 베란다에서 녹차를 마시면서 식사를 마쳤다. 한 주가 마무리되는 시간이어서, 아리토모가 느긋하다는 걸 알 수 있었다. 그는 서둘러 다시 정원으로 나갈 기미가 없어 보였다. 멀리서 천둥이 쳤다. 커닐스가 와서 아리토모에게 몸을 비볐다. 그는 고양이를 쓰다듬으면서, 조상이 꾸민 절의 정원들에 대해 말하기 시작했다. 그가 정원의 관리를 도우면서 어떻게 가문의 전통을 지켰는지도 말해주었다.

"자네도 그 정원들에 가봐야 하는데."

아리토모가 말했다.

"절의 정원들이요? 보고 싶어요."

그는 먼 곳으로 눈길을 돌렸다. 순간적으로 난 아리토모가 앞을 못 본다고 착각했다.

"도다이지. 도후쿠지. 조주인에 있는 연못 정원. 물론 천룡사(天龍寺)인 덴류지. 그곳은 샤케이 기법을 처음으로 도입한 정원이지."

"샤케이라니요?"

"차경."

"경치를 빌리다니요? 무슨 뜻인지 모르겠네요."

그는 차경에는 네 가지 방법이 있다고 설명했다. 먼 경치를 빌리는 '엔샤쿠'는 산맥과 언덕을 끌어들이는 방식이고, '린샤쿠'는 이웃 땅의 특징을 이용하는 방식이며, '푸샤쿠'는 지형에서 빌려오는 방식이고, '교샤쿠'는 구름과 바람, 비를 끌어들이는 방식이었다.

나는 그의 말을 머릿속으로 되새겼다.

"그것은 속임수와 같은 형태에 불과하잖아요."

"정원의 모든 면이 일종의 속임수지."

그가 대답했다. 말소리의 공허함이 눈빛에도 드러났다.

우리는 1~2분쯤 침묵을 지켰다. 그러다가 아리토모가 백랍 차통을 꺼내서 차잎을 다관에 넣었다.

"아름답네요."

내가 차통을 손짓하며 말했다. 머그컵만 한 통의 목 부분이 우아했고, 옆면에 대나무 잎이 새겨져 있었다.

"매그너스가 준 선물이지."

그는 뚜껑을 소리 나지 않게 꽉 밀어서 통에 공기가 들어가지 않게 했다.

아리토모가 물었다.

"차 맛이 어떤 것 같아?"

"써요. 하지만 쓴맛이 혀를 파고드는 게 좋네요."

"'외로운 나무의 향기'라는 차지. 도쿄 외곽의 높은 산속 작은 차 밭에서 재배되지. 캐머런 고지대를 보면 그 차 밭이 연상되지."

아리토모는 자신의 내면을 응시했다. 그가 말을 이었다.

"어릴 때 여름에 날씨가 너무 후덥지근하면 어머니를 위해 가족들은 그곳에 갔지. 아버지와 차 밭 주인이 친구 사이였거든."

나는 에밀리의 월병을 잘라 아리토모에게 주었다.

"그날 밤 마주바에서 집으로 갈 때, 선생님은 '달빛을 빌린다'던가 그런 말을 하셨어요."

그는 순간적으로 멍한 표정을 지었다.

"아! 하이, 어느 시인이 세상을 떠나기 전에 쓴 구절이야. 그의 유고 시었어."

비가 내리기 시작했다. 아 청이 들어와서 상에 제비집 수프 두 그
릇을 내려놓았다. 아리토모는 제비집을 좋아해서 일주일에 한 번씩
이 수프를 먹었다. 제비집은 국물에 끓이거나, 얼음사탕 시럽과 허
브 그릇에 담아 시원하게 상에 냈다. 시원한 쪽이 내 입맛에 더 맞았
다. 많은 중국인들처럼 아리토모는 제비집이 건강에 좋아서, 몸 안
의 열을 식히고 관절염을 완화시킨다고 믿었다. 금사연*의 침으로
공중에서 굳혀 형성된 새집은 석회암 동굴의 높은 곳에서만 발견되
었다. 제비집 수프는 소수만 자주 먹을 수 있는 고급 음식이었다.

아리토모가 알약 한 개를 꺼내 수프 한 숟가락과 삼켰다.

"무슨 약이에요?"

"혈압 약. 새집도 도움이 될 거야."

난 그가 여기 살면서 스트레스를 받을 일이 별로 없을 거라고 생
각했다. 하지만 그 말을 하지 않고 수프를 떠먹었다.

"일본에서는 숙련된 정원 설계사가 되려면 시간이 얼마나 걸리나
요?"

"15년쯤. 최소한 그 정도."

그는 미소를 지으면서 말을 이었다.

"충격 받은 표정이군. 예전에는 그랬지. 요즘 도제 수업은 보통 겨
우 4~5년이면 끝나지."

---

* 물고기나 해조를 물어다 침을 발라 집을 만드는 새로, 금빛제비라고도 한다. 이 둥지를 '연와
(燕窩)'라고 하며 중국 요리에서 식용한다.

251

아리토모는 고개를 저으면서 덧붙여 말했다.

"기준이 내려갔어. 매사 그렇듯이."

"그래도…… 긴 세월이네요, 5년이면."

산에 비가 뿌리듯 그의 얼굴에 추억이 스치고 지나갔다.

그가 말했다.

"내가 다섯 살이 되자 아버지는 날 가르치기 시작하셨지. 열여덟 살 생일에 아버지가 가방 하나를 주시더군. 그 안에는 스케치북이랑 딱 6개월간 혼슈 지방을 도보로 여행할 정도의 돈이 들어 있었어. '가장 잘 배울 수 있는 방법은 자연을 보는 것이다. 네가 본 것, 너를 감동시킨 것을 그려라. 겨울에 눈이 내리기 시작하면 그때나 돌아오너라.'"

"가혹한 지시였네요."

"그래, 나도 그렇게 생각했지. 처음에는 그랬어. 하지만 그 6개월은 내 평생 가장 행복한 시간이 되었지. 누구에 대한 책임도 없고 의무도 없었어. 자유로웠어."

아리토모는 밤에는 농부와 벌목꾼의 집에서 잤다. 비가 내리면 초가집에서 비를 피했고, 절에서 하룻밤 잠자리와 쌀밥 한 그릇과 차 한 잔을 청했다. 나날이 다른 눈으로 시골 풍경을 보게 되었다.

그가 말했다.

"아주 작은 것만 있어도 걸음을 멈추어 보고 그리고 느꼈지. 풀밭에서 솜털이 난 야생화 사이로 비추는 햇빛, 바위에서 폴짝 뛰어내리는 귀뚜라미, 나뭇잎 틈에 자리 잡은 하트 모양의 바나나 꽃. 심지어 길에 감도는 적막감도 걸음을 붙들었어. 하지만 그 적막감을 어떻게 종이 위에 풀어놓을까?"

여정 중 그가 걸은 내륙으로 향하는 좁은 길은, 200년 전 시인 바쇼*가 걸었던 바로 그 길이었다.

"시인이 기행문에서 기록한 그 풍경을 보는 느낌이었어. 길에서 다른 사람을 만나는 날도 있었지. 유명한 계곡을 보거나 산꼭대기에 있는 법당에 가려고 멀고 험한 길을 돌아가기도 했지. 나는 초목처럼 계절 안에서 살았고 그것들과 함께 변했지. 여름에서 가을로…… 한 해가 저물어가자 첫 눈을 실어오는 구름을 쫓아서 집으로 향했어. 우리 문지기 마츠가 처음에는 날 못 알아보더군. 난 몇 주 전에 돈이 다 떨어졌거든. 거지꼴이었지만, 곧장 아버지의 서재로 들어갔어. 너덜너덜해진 가방에서 스케치북을 꺼내서 책상에 내려놓았지. 아버지는 처음 몇 장을 힐끗 보더니 스케치북을 덮고 오랫동안 나를 쳐다보셨어. 나한테 실망하셨다는 생각이 들었지. 아버지는 내 눈을 똑바로 보면서 '나머지는 볼 필요가 없겠다. 봄이 오면 황궁 정원에서 신입 정원사로 일을 시작하면 된다' 하고 말하셨지."

아리토모는 한동안 나를 바라보았다.

"그 겨울은 참기 힘들 만큼 길었지. 얼른 겨울이 가기를 기다리느라 안달이 나더군. 천황의 정원사들 중 한 명이 되었을 때가 열아홉 살이었어. 나는 황궁 정원에서 히로히토 황태자를 보곤 했지. 난 황태자보다 한 살 위였어."

"그와 대화를 해보셨어요?"

---

* 일본 에도 시대의 하이쿠(일본 고유시) 작가. 동북부 지방을 도보 여행하며 기행문을 남겼다.

"황태자는 해양생물학에 무척 관심이 많았지. 한번은 나더러 해양생물학에 대해 아는 게 있느냐고 묻더군. 난 일개 정원사에 불과하다고 대답했지."

나는 손을 내려다보면서, 아리토모가 대화한 사람이 내게 그런 큰 고통을 안겨준 자라는 생각을 했다. 내게 그리도 큰 것을 잃게 한 장본인이었다.

아리토모가 말을 이었다.

"히로히토는 스물다섯 살의 나이에 천황이 되었지. 그 즈음 정원에 대한 나의 시각은 이미 정해졌지. 내가 원하는 게 무엇인지, 정원에 적합한 게 뭔지 알았어. 연배가 많은 정원사 몇 명은 날 마뜩지 않아 했지만, 그래도 날 어쩔 수는 없었지. 난 뛰어난 재능을 가지고 있었거든. 자랑하는 건 아니지만 재능이 뛰어났어. 또 천황이 날 좋아해서 내 설계를 흡족해했지. 나는 황궁 정원사들 사이에서 고속으로 승진했어. 아수카와 결혼도 했고."

그가 내 찻잔을 손짓하며 덧붙여 말했다.

"그 차는 아수카의 친정 다원에서 난 거야."

"아내분이 돌아가셨다고 하셨지요. 병환으로요?"

"1938년 호랑이해, 내가 서른여덟 살이었을 때 내 인생이 바뀌었지. 아수카가 임신을 했거든."

그는 말을 멈추었다. 추억이 어려 그의 눈이 흐릿해졌다. 아리토모가 말을 이었다.

"우리 첫 자식이 되었을 아이였지."

아리토모와 내 얼굴이 상의 표면에 비추어 번들거리는 게 보였다.

"무슨 일이 있었는데요?"

"아내는 너무 몸이 약했어. 출산하다가 죽었지. 산모와 아이 모두 죽었어. 내 아들도."

아리토모는 상에 묻은 오래된 물 얼룩을 엄지로 문질렀다. 나는 그런 말을 들었을 때 몹시 유감스럽다고 말해야 된다는 걸 알았다. 하지만 남들에게 그런 말을 듣는 게 달가웠던 적이 없었다.

"말라야에는 왜 오셨어요? 어째서 이곳을 선택하셨지요?"

내가 물었다.

커닐스가 아리토모의 무릎에 올라가 자리 잡았다.

그가 말했다.

"우리 정원사들은 황궁 밖의 정원 설계를 의뢰받을 수도 있었지. 황실 정원청이 승인해주면 가능한 일이었어. 의뢰인은 주로 귀족이었지. 나가코 황후의 사촌이 내게 정원 설계를 맡기고 싶어 했어. 그래서 아수카가 세상을 떠나고 얼마 안 되어 나는 작업을 재개했지. 그게 내가 버텨나갈 수 있는 유일한 길이었거든. 그런데 완전히 엉망이었지! 바로 첫날부터 내 설계안을 두고 의뢰인과 싸웠어. 그는 자신이 전문 정원사인 양 생각하는 듯했어. 자기 아이디어를 도입했지. 프로젝트를 시작한 지 한 달쯤 되자, 설계를 변경하라고 요구하더군. 대대적인 수정을 요구했어."

"그래서 그렇게 하셨나요?"

"천황이 내게 당부했어. 사과하고 변경해주라고. 나는 거부했지. 고작 테니스 코트 한 면 넣자고 그럴 수는 없는 노릇이었지."

아리토모는 찡그리면서 말을 이었다.

"테니스 코트라니! 그래서 사임했지. 1년간 무슨 일을 해야될지 모르겠더군. 더는 정원 설계 의뢰를 받지 않았어. 유흥가를 누비면서 과음하고 거기 여자들과 어리석은 짓을 벌였지. 그러다 어느 날 몇 년 전 만난 말라야의 차 밭 주인이 기억나더군. 난 차 농장에 다녀가라는 그의 초대를 받아들인 적이 없었지. 그래서 나 자신에게 말했어. 그 사람에게 편지를 써야겠다고. 여행하는 셈치고 말라야에 가겠다고."

"그 이후 집을 떠나신 건가요?"

"이제 그곳은 내 집이 아니야. 부모님은 돌아가셨지. 내가 아는 것, 내가 기억하는 것, 한때 내 친구였던 이들은 모두 폭풍우에 휩쓸려버렸지."

아리토모는 상에 걸친 손바닥을 내려다보았다. 그가 덧붙였다.

"이제 내가 가진 것은 모두 기억일 뿐이야."

나는 그를 바라보았다. 이 고산지대를 집으로 삼은 이 남자. 어느새 계절이 오고갈 때 자기 정원을 바라보는 이 남자. 세월은 그렇게 흐르고, 그는 점점 나이 들었다.

"정원은 땅과 하늘과 주변 모든 것에서 빌려오지만, 선생님은 시간에서 빌리시는 거예요. 선생님의 기억들 역시 샤케이의 형태지요. 기억들을 차용해서 이곳에서의 삶을 덜 황량하게 만드는 거죠. 이 정원 위로 솟은 산맥과 구름처럼, 그것들을 볼 수는 있지만 언제나 손에 닿지 않을 테지요."

그의 눈빛이 암울해졌다. 방금 난 둘 사이의 선을 넘은 것이었다.

잠시 후 아리토모가 말했다.

"그건 자네도 마찬가지야. 자네의 예전 삶 역시 사라져버렸지. 자네는 여기서 언니의 꿈을 빌려 자네가 잃은 것들을 찾고 있는 거지."

우리는 베란다에 그렇게 앉아서 각자의 추억에 젖어들었다. 앞에 놓인 차의 온기가 천천히 산 공기 속으로 퍼졌다.

* * *

비가 그쳤고 나는 가려고 일어섰다. 현관문으로 통하는 중앙 복도에서 걸음을 멈추고 족자를 바라보았다. 가로로 60센티미터쯤 되는 족자는 하얀 배경에 그린 수묵화였다. 노쇠한 노인이 등이 앙상한 물소를 코뚜레에 밧줄을 매서 끌고가는 장면. 노인이 높은 담장에 난 달 모양의 문을 지나가려는데, 경비병이 손을 들어 막았다. 문 뒤로 잿빛 배경이 질감이 거친 화선지에 잠겼다.

"「서쪽으로 가는 길」이지. 내 아버지가 그린 그림이야. 세상을 떠나기 전에 내게 주셨어."

아리토모가 말했다.

"물소를 모는 노인은 누구예요?"

"노자. 2500년 전 중국 조정의 사상가였지. 혼란한 정국에 환멸을 느낀 그는 그런 삶에 관여하기 싫었어. 그림 속에서 그는 왕국의 국경을 넘어 서쪽의 미지의 땅으로 들어가려고 해."

나는 그림 속의 두 사람을 손으로 가리켰다.

"경비병이 그를 막고 있는데요."

"국경의 문지기지. 그는 현자를 알아보고 하룻밤 머물고 가라고,

재고해달라고 청하는 거야."

아리토모의 얼굴이 그늘 속에 있어서, 그의 눈빛과 평편한 뺨, 굴곡진 입매만 보였다. 그가 말을 이었다.

"노자는 그러겠다고 하지. 그날 밤 그는 평생 지녔던 신념과 원칙을 종이에 쓰지. 바로 그게 『도덕경』이야."

아리토모는 잠시 말을 멈추었다가 다시 입을 열었다.

"하늘의 도리는 활시위를 당기는 것과 같다. 시위 줄이 높으면 낮추어주고 낮으면 높여주고…… 하늘의 도리는 남는 것을 덜어서 부족한 곳에 보태주는 것이다. 사람 사는 세상의 도는 그 반대다."

"노자는 그 글을 다 쓴 후 발걸음을 돌려서 집으로 되돌아갔나요?"

내가 물었다.

"동이 트자 현자는 적은 것을 모두 젊은이에게 주었지. 그는 물소를 끌고 문을 지나 광야로 들어갔지. 다시는 아무도 그를 보지 못했고."

아리토모가 말을 멈추었다. 조금 후 그가 덧붙였다.

"노자가 존재하지 않았다고, 신화에 불과하다고 말하는 사람들도 있어."

"하지만 그는 여기 있잖아요. 물과 종이 속에 영원히 남아 있어요."

"'가장 옅은 먹조차 인간의 기억보다는 오래 남는다.' 아버지가 내게 해준 말이야."

다시 그림을 보니, 문지기가 노인이 문을 못 지나가게 막는 장면으로 보이지 않았다. 이제는 노인에게 아쉬운 작별 인사를 고하는 것처럼 보였다.

12

고등 판무관이 살해된 사건은 연말이 될 때까지도 계속 우리의 마음을 짓눌렀다. 전국적으로 농장주와 광산주의 사기가 곤두박질했고, 짐을 싸서 영원히 말라야를 떠나는 유럽인 가정이 점점 늘어났다. 마주바의 크리스마스는 우울한 분위기였다. 나는 대부분의 파티 초대를 거절했다. 사람들은 계속 매그너스의 주말 바비큐 파티에 찾아왔다. 손님들은 다양했다. 쿠알라룸푸르에서 온 은퇴한 법조인들은 나와 법에 대해 대화하려고 애썼다. 공공사업부 소속 엔지니어, 인도계 영국인 사제, 고급 장교, 말레이 공무원. 마주바에 와서 처음 몇 주는 이런 모임에 얼굴을 내밀 의무감을 느꼈지만, 곧 참석을 중단했다. 수용소에서 나온 이후로는 오랫동안 사람들 속에 있는 것을 견딜 수가 없었다.

매그너스는 경비대들이 차 농장 단지에서 야영하도록 허락했다. 가끔 나는 초원을 지나다 '제1 고든 하일랜더스*'나 '요크셔 경보병대'가 막사를 치는 광경을 보았다. 이들은 정글과 산속을 순찰했다. 마주바 하우스에 가서 식사할 때마다 매그너스에게 소식을 들었다. 하지만 이런 소식이 내게는 사막의 지평선에 있는 여행자처럼, 신기루 속 유령처럼 무관하게 느껴졌다. 나는 온정신을 유기리에서 받는 수업에 쏟았다.

아리토모와의 궁도 수련은 즐거웠다. 궁도에는 과녁을 명중하는 것 이상의 뭔가가 있었다. 모든 의례적인 동작을 통한 집중력 강화를 위해 정신을 수련하는 게 궁도의 목적이라고 아리토모는 설명했다.

"슈팅 라인으로 걸어오는 순간부터 호흡을 규칙적으로 해야 해. 호흡이 모든 동작과 맞아떨어져야 해. 화살이 단순히 손이 아닌 정신을 떠날 때까지."

매번 수련을 시작할 때마다 몇 분간 조용히 앉아 모든 산만한 생각을 비워냈다. 내 머릿속에서 얼마나 많은 잡동사니가 날뛰는지 알게 되었다. 아무 생각도 하지 않고 가만히 앉아 있기가 힘들었다. 눈을 감아도 주위 모든 것이 의식되었다. 바람의 흔들림, 기와지붕 위를 종종걸음으로 지나는 새, 내 다리의 가려움까지.

"마음은 천장에 매달린 파리잡이 끈끈이와 똑같지. 슬쩍 스치는 듯한 사소한 생각도 달라붙거든."

아리토모가 말했다.

심지어 숨 쉬는 순서에 이르기까지 활을 쏘는 여덟 단계를 세세히 배웠다. 그러자 정확하고 의례적인 동작을 수행하는 만족감이 느껴

* 영국군 보병 부대

졌다. 시간이 지나면서 나는 궁도가 호흡법을 통해 사는 방법을 가르쳐준다는 것을 알게 되었다. 시위를 놓는 순간부터 화살이 과녁에 꽂히는 순간 사이에 도망칠 수 있는 고요한 곳을 발견했다. 내가 숨을 수 있는 시간의 틈새였다.

둘이 슈팅 라인에 선 모습이, 그의 책상에 놓인 청동 궁수 조각상과 비슷하다고 상상했다. 활에서 화살이 날아가는 것을 보는 게 좋았다. 처음에는 화살이 빗맞거나 과녁에 한참 못미쳐 떨어지기 일쑤여서 힘들었다.

"화살을 너무 일찍 놔버리는군. 화살을 마음으로 붙들고 있으라고. 화살에게 어디로 날아가길 바라는지 말하고, 그것이 과녁까지 가는 길 내내 인도해야지. 그리고 화살이 과녁에 꽂혀도 한참 더 붙들고 있어야 해."

아리토모가 말했다.

"화살은 살아 있지 않아요. 아무에게도 순종하지 않는다고요."

내가 말했다.

그는 내게 옆으로 물러나라고 손짓하더니, 활을 들고 화살을 시위에 끼웠다. 그가 활을 끝까지 당기자 활이 굽으면서 뻣뻣한 바인딩에 묻었던 고운 먼지가 공중에 퍼졌다. 아리토모는 화살을 과녁에 조준하고 눈을 감았다. 그가 더 길고 조용하게 숨 쉬는 소리가 들렸다. 숨소리가 점점 낮아지더니 결국 전혀 숨을 쉬지 않는 것처럼 느껴졌다.

'시위를 놔요, 놓으라구요.' 나는 마음속으로 채근했다.

아리토모의 입가에 미소가 번졌다. '아직은 아니야.'

그의 입술이 움직이는 것을 보지 못한 게 분명하지만, 내 머릿속에서 그의 목소리가 확실히 들렸다.

아리토모는 눈을 감은 채로 시위를 놓았다. 거의 동시에 화살이 과녁에 꽂히는 소리가 났다. 아리토모가 눈을 떴고, 우리는 고개를 돌려 18미터 떨어진 과녁을 쳐다보았다. 화살 끝이 과녁을 뚫고 과녁 표면에 직선의 그림자를 드리웠다. 그러자 과녁은 해시계로 변했다. 내가 선 자리에서도 그가 화살을 과녁 정중앙에 명중시켰다는 것을 알 수 있었다.

* * *

비가 너무 많이 내려서 정원에서 작업을 하지 못하는 날이면 아리토모는 서재에서 수업을 진행하곤 했다. 그 방에 들어갈 때마다 그는 일왕의 초상화에 절을 했다. 나는 화가 나서 시선을 돌렸지만 아리토모는 그런 나를 못 본 체했다. 그는 정원 조성의 역사를 세세히 설명했다. 수업은 날씨가 나빠져 집에 들어오기 전에 한 작업과 관련된 내용으로 진행되었다. 그는 더 세세한 부분들을 가르쳐주었고, 아버지에게 물려받은 개념과 기법을 설명했다. 그는 코르크 판에 큰 종이를 붙이고 수업 내용을 빼곡하게 연필로 스케치했다. 아리토모는 내가 이 그림들을 가져가는 것을 허락하지 않았고, 수업이 끝나면 다 찢어버렸다.

어느 날 이런 수업 시간이 끝날 즈음, 나는 책상에서 돌 밑에 있는 종이 한 장을 보았다. 붓꽃 판화였는데, 종이에 고사리의 불그스레

262

한 홑씨 같은 곰팡이가 얼룩덜룩 피어 있었다.

"선생님 작품인가요?"

몇 달 전 중추절 밤에 태운 종이 등을 떠올리면서 내가 물었다.

"한참 전에 만든 거야. 도쿄의 수집가가 이걸 사고 싶어 하지."

"다른 작품도 있어요? 보고 싶은데요."

그는 상자에서 판화 몇 점을 꺼냈다. 내가 기대했던 꽃을 표현한 판화들이 아니었다. 악마들, 전사들, 분노한 신들이 머리 위로 칼과 미늘창을 휘두르는 장면이었다. 나는 판화를 대충 보고 돌려주었다. 못마땅한 감정을 숨기지 않았다.

"우리 신화와 민담에 나오는 인물들이지. 전사와 도둑은 중국 소설 『수이후추안』을 일본어로 번역한『수이코덴』의 등장인물들이야."

그 제목이 내 유년기의 기억을 건드렸다.

"『수호전』."

내가 말했다. 중국 고전문학으로 꼽히는 그 책을 모르는 중국인은 거의 없었다. 심지어 나처럼 중국어를 모르는 사람조차 말이다. 내가 덧붙여 말했다.

"열다섯 살 때 읽어봤어요. 웨일리의 번역판으로. 끝까지 읽지는 못했지만, 책에 이런 그림은 없었던 것 같은데요."

"오래 전의 우키요에는 이 소설의 등장인물들을 자주 묘사했지."

아리토모가 말했다. 그는 잠시 생각에 잠겼다가, 찬장에서 작은 백단 함을 꺼내 책상에 내려놓았다. 나는 가죽 장갑을 끼고 있었다. 정원에서 일하지 않을 때는 장갑을 끼었다. 난 아리토모가 양손에 면장갑을 끼는 광경을 지켜보았다. 그가 조롱하는 표정을 짓는지 살폈지만 그런 기미는 없었다.

아리토모는 상자를 열쇠로 열고 조심스럽게 책 한 권을 꺼냈다.

그가 말했다.

"이건 『수이코덴』 사본이야. 2백 년 된 책이지. 삽화는 모두 호쿠사이가 직접 손으로 찍은 거야."

아리토모는 내가 호쿠사이가 누군지 모르는 것을 알고 한숨을 지었다. 그가 다시 말했다.

"큰 파도가 다시 바다로 빠지기 전 적막에 휩싸이는 그림을 본 적이 있을 텐데. 높은 파도 속에 작은 배가 들어 있고 멀리 후지산이 보이는 작품 말이야."

"당연히 본 적이 있지요. 유명한 작품인걸요."

"그래, 그게 호쿠사이의 작품이지."

아리토모는 흰 면장갑을 낀 손가락을 내게 흔들면서 말을 이었다.

"흔히 사람들은 「가나가와 해변의 높은 파도 아래」 때문에 호쿠사이를 안다고 생각하지. 하지만 그는 그보다 훨씬 대단한 사람이었지."

아리토모가 책을 내게 밀었다. 잿빛 표지 한쪽에 붉은 잉크로 세로로 쓴 일본 글자가 있었다. 책은 왼쪽에서 오른쪽으로 넘겨야 했고, 첫번째 우키요에는 좁은 산이 있고 산의 옆면에 아주 작은 절이 매달린 것 같은 풍경이었다. 내가 책장을 넘길 때 방에 완전한 고요가 내려앉았다.

"대단히 세밀하게 묘사되어 있네요."

내가 말했다.

"내고 싶은 색채와 얻고 싶은 효과에 따라 작가는 목판을 여럿 조각해야 됐겠지."

"판화가 일본 문신과 비슷해 보이네요. '이레즈미'라고 하죠, 그렇지 않나요?"

내가 물었다.

아리토모는 나를 힐끗 쳐다보았다.

"그건 속어야. 그 말은 쓰지 마. 절대로. 문신 예술가들은 그것을 호리모노라고 부르지. 새겨진 것들이라는 뜻이야."

"호리모노."

나는 그 단어를 되뇌었다. 외국어라 발음이 익숙하지 않았다. 예전에는 아리토모의 이름이 그렇게 낯설게 들렸다.

내가 말했다.

"쿠알라룸푸르에서 전쟁 범죄 재판이 열린 시기에, 저는 한 일본 전범의 심문 내용을 기록해야 했어요. 경비원들이 셔츠를 벗기자 그의 가슴, 팔, 등에 새와 꽃 문신이 잔뜩 있었어요. 심지어 이를 드러낸 악령도 있더라고요. 나중에 어느 경비원에게 들었는데, 그 일본인은 온몸에 문신이 있었대요. 허벅지며 엉덩이, 다리까지."

"군인치고는 별난 일이군. 전신 문신은 범죄자나 사회의 낙오자한테서나 볼 수 있는데."

아리토모가 말했다.

"문신들이…… 살아 있는 것 같았어요."

"틀림없이 뛰어난 호로시에게서 받았을 거야. 문신 장인."

"매그너스도 문신을 하고 있는데 아셨어요?"

"그걸 본 적 있니?"

아리토모는 나를 쳐다보았다.

"예전에 그가 주말에 페낭에 왔어요. 제가 열여섯인가 열일곱 살 때였죠. 매그너스는 저희를 E&O 호텔로 초대해서 차를 대접했어요."

정원사는 가슴에 팔짱을 끼고 내가 설명하기를 기다렸다.

* * *

호텔 천장에 붙은 선풍기가 습한 공기와 씨름을 벌였지만 번번이 힘을 쓰지 못했다. 나무 날개 가장자리에 달린 쇳조각이 벽과 대리석 바닥에 빛 조각을 내던졌다. 매그너스는 흰 면셔츠에 칼같이 주름 잡힌 회색 바지, 갈색 타이에 리넨 재킷 차림이었다. 내가 상상하던 농장주의 이미지와는 전혀 달랐다. 오른쪽 눈의 검은 실크 안대가 악당 같은 매력을 풍겼고, 그게 호텔 손님들, 특히 여자들의 시선을 끄는 것을 금방 알아차릴 수 있었다.

"네 분만 오셨습니까? 키안 혹은 어디 있습니까?"

그가 내 어머니에게 물었다.

"바투페링기*에 올라갔어요. 순찰대와 해변에서 야영 중이에요."

엄마가 대답했다.

웨이터가 우리를 바닷가 테라스의 테이블로 안내했다. 주변에는 유럽인들과 부유한 중국인들과 말레이 가족들이 있었다. 매그너스는 재킷을 의자 등받이에 걸쳤다. 부모님은 알은체하는 여러 사람에

---

* 말레이시아 페낭 섬 북쪽 해안에 있는 아름다운 해변

게 목례를 했다. 대여섯 살 먹은 중국 남자애 둘이 테이블 사이를 누비며 뛰어다녔고, 유럽인 부인들이 노골적으로 못마땅한 내색을 했다. 페낭과 말라야 본토 사이의 좁은 해협에서는 여객선, 증기선, 화물선이 호텔 앞을 지나갔다. 인도양에서 들어오는 배도 있었고, 안다만 해에서 들어오는 배도 있었다. 그 배들의 승객 모두 몇 주나 몇 달간 망망대해에서 지내다가 말라카 해협으로 들어오니 반가울 것 같았다.

"차 농장은 어떤가?"

아버지가 물었다. 부모님은 매그너스와 있는 게 불편해 보였다. 그래서 나는 팽팽한 긴장감이 도는 분위기에 더욱 민감해졌다.

"제법 잘 돌아갑니다, 분 하우. 한번 와보셔야 되는데요."

매그너스가 대답했다.

"그래야죠."

어머니가 말했다. 나는 그 말투의 미묘한 느낌을 알아차렸다. 어머니가 아버지와 대화하면서 지킬 의향 없이 겉치레로 약속할 때의 말투였다.

"눈은 어쩌다 그렇게 됐어요?"

내가 처음 매그너스를 본 순간부터 마음속을 괴롭히던 질문이었다.

"예의 없이 굴지 마라, 윤 링."

엄마가 말했다.

매그너스는 꾸짖는 그녀를 말리는 손짓을 하며 대답했다.

"보어 전쟁에 참전했다가 눈을 잃었단다."

"아프리카에서 벌어진 전쟁이잖아요."

언니가 말했다.

"그렇지. 영국이 우리 땅을 빼앗으려 했지. 우리는 맞서 싸웠지만, 그들은 농토를 태우고 아녀자들을 집단 수용소에 넣었지."

"이보게."

내가 집단 수용소가 뭐냐고 물을 새도 없이 아버지가 끼어들었다. 아버지가 말을 이었다.

"내 딸들에게 그 개떡 같은 말을 안 하면 좋겠네. 보어인들은 폭력배 집단이었지. 전쟁에서 패했어. 자네가 차 농장 이름을 '마주바*'라고 짓는다고 역사가 바뀌는 것은 아니지."

"그것은 영국인들을 싹 밀어낸 전투를 기념하는 나만의 작은 방법인걸요. 또 말라야와 동양 전역에서 사람들이 차를 마실 때마다 '마주바'를 맛본다는 사실이 내게는 큰 기쁨입니다."

매그너스가 부드럽게 대답했다.

아버지가 말했다.

"페낭 클럽에서 들었는데, 자네는 트란스발 국기를 게양한다면서."

"모국의 국기인걸요. 난 그 나라를 위해 싸웠고요. 설마 그런다고 못마땅하신 건 아니지요?"

매그너스가 대꾸했다.

"정원은 어떻게 되어가나요, 프레토리우스 씨? 그 일본인이 정원을 만들기 시작했나요?"

---

* 남아프리카공화국의 고원 이름. 보어 전쟁 때 중요한 전투가 벌어진 곳

침묵이 좌중을 압박하는 와중에 윤 홍이 물었다.

"대체 네가 그 일을 어떻게 알았지?"

매그너스가 물었다.

"애들이 『스트레이츠 타임스』에서 차 농장에 대한 기사를 읽었어요. 당신이 일본인 정원사와 그가 조성 중인 정원에 대해 말했잖아요. 교토에 다녀온 후 홍은 일본 정원에 매료되었거든요."

어머니가 대답했다.

매그너스가 말했다.

"정원은 순조롭게 진행되고 있단다, 윤 홍."

그는 내 옆에 앉아 있었고, 나를 대화에 포함시키려고 몸을 돌리면서 말을 이었다.

"아리토모는 아직 완전히 마무리하지 않았다고 말하지. 현재 나무를 정리하고 있어. 아마 한 해쯤 더 걸릴 거야. 너희가 와주면 언제든 대환영이지. 장담하는데 그 친구도 개의치 않을 거야."

"정원에 연못이랑 그 위에 다리도 있나요? 또 바위 정원도 있어요?"

윤 홍이 매그너스에게 물었다.

그가 대답을 할 새도 없이 우리 테이블을 지나가던 웨이터가 테이블 사이를 뛰어다니는 중국 아이와 부딪쳤다. 웨이터가 비틀거리면서 손에 든 쟁반을 엎었다. 수저와 중국 찻잔과 받침이 우리 테이블로 쏟아졌고, 몇 개는 타일 바닥에 떨어졌다. 내게 뜨거운 물이 쏟아지자 윤 홍은 놀라서 소리를 질렀다. 내 어깨와 팔에 물이 흘러서 블라우스가 젖었다. 엄마가 의자를 밀고 일어나 급히 옆으로 왔다. 그녀는 테이블 냅킨을 집어서 내 몸을 닦아주었다.

"괜찮니? 윤 링? 윤 링!"

나는 엄마의 말을 듣지 않았다. 피부가 달아오르는 데도 개의치 않았다. 나는 매그너스를 빤히 보고 있었다. 그 역시 뜨거운 물벼락을 맞았다. 셔츠와 타이가 젖었고 나는 그의 왼쪽 가슴에서, 심장 바로 윗부분에서 파란 자국이 천천히 피어나는 것을 지켜보았다. 곧 셔츠가 가슴에 달라붙자 다른 색깔들도 나타났다. 오렌지색, 빨간색, 초록색.

매그너스는 내 눈길을 알아차렸다.

"별 것 아니야. 문신이란다, 윤 링."

그가 말했다.

* * *

"문신을 가까이에서 본 것은 그때가 처음이었어요. 부모님은 매그너스가 몸에 그런 걸 새긴 걸 끔찍해 하셨죠. 꼭…… 깡패 같다고."

내가 말했다. 나는 호쿠사이의 우키요에를 내려다보았지만 제대로 보지는 않았다.

아리토모는 책을 덮고 다시 상자에 넣은 다음, 뚜껑을 단단히 덮고 잠금 장치를 채웠다. 바깥에 비가 그쳤지만 여전히 처마에서 빗물이 흘러내렸다.

* * *

어느 날 이른 새벽에 베란다로 나갔다가, 진입로에 어떤 사내가 서 있어서 화들짝 놀랐다. 뿌연 새벽빛 속에서도 시바는 아니라는 것은 알았다. 시바는 며칠 전 병이 났고, 난 차 농장에 일손이 부족하다는 것을 알기에 굳이 다른 사람을 보내달라고 요청하지 않았다.

"미스 테오?"

사내가 말했다. 1~2초쯤 지나서야 아 청의 목소리를 알아들었다. 유기리에 머무는 내내 그와 대화한 적이 거의 없었다. 아 청이 베란다 계단으로 다가왔다.

"무슨 일이 있어요? 나카무라 씨에게 무슨 일이 생겼나요?"

내가 물었다.

그가 더듬더듬 영어로 말을 시작했다.

"내 형이…… 형이 '피플 인사이드'와 함께 있는데…… 이제는 정글에서 나오고 싶어 합니다."

나는 계단을 내려가 잰걸음으로 걸어갔다. 늦으면 아리토모가 화를 낼 터였다.

"형과 연락을 취하고 있나요?"

"형이 정글에 들어간 이후로는 비상조치 시행령이 떨어지면 한 달에 한 번, 때로는 두 달에 한 번씩 형의 소식을 듣습니다."

"당신이 그에게 식량을 전하고 있나요? 돈은요?"

나는 걷는 속도를 늦추고 아 청을 힐끗 보았다. 집사는 고개를 저었다. 그가 솔직하지 않지만 나는 채근하지 않았다. 산에 가던 날 아침에 연못가에서 카키색 옷을 입은 사람을 본 기억이 났다. 아마도 공산 게릴라일 것이다. 그와 만난 남자가 아리토모였는지, 집사였는지 확실히 알 수가 없었다.

내가 물었다.

"제가 뭘 어쩌면 좋겠어요?"

"형은 이걸 믿어도 되는지 알고 싶어 합니다……"

아 청이 갈색 종이를 내밀었다. 종이를 펼치니, 정부가 정글에 항공 살포한 안전통행증이었다. 정부는 그런 통행증 수천 장을 뿌렸다.

"제가 아는 한 정부는 늘…… 자발적으로 투항하는 공산당에게 약속을 지켰어요. 형의 이름이 뭔가요?"

"콰이 훈. 그가 자수하면 정부가 보상금을 얼마나 줄까요?"

우리는 문제의 핵심에 이르렀다. 중국인들의 실리주의. 위험한 와중에도 그 일로 얼마나 이익을 낼 수 있는지 재봐야 되는 게 중국인들이었다.

"글쎄요…… 전적으로 형의 지위와 중요도에 달려 있지요. 그가 가져오는 정보의 유용함에 따라 다르지요. 진평의 보상금은 25만 달러로 책정되어 있어요."

진평은 말레이시아 공산당의 사무총장이었다. 나는 공산당원들이 이미 보상액의 체계를 꿰고 있다고 확신했다.

내가 물었다.

"아 청이 여기 온 이유가 그것 때문인가요, 그래요?"

집사가 대답했다.

"콰이 훈이 당신에 대해 압니다. 여기 있다는 것을 알아요. 형은 투항하고 싶어 합니다."

"그가 경찰서에 걸어 들어가면 됩니다. 타나라타에 경찰서가 있어요. 경찰서의 위치를 알고 있을걸요. 이미 몇 차례 경찰서를 공격했을 테니까."

"미스 테오가 경찰에 데리고 가준다면, 정부가 속이시 않을 거라는 게 형의 생각입니다."

"아리토모는 뭐라고 말하나요?"

아 청이 내 눈을 피했다.

"제가 문제를 끌어들이면 나카무라 씨는 몹시 역정을 내실 겁니다."

나는 안전통행증을 아 청에게 돌려주면서 말했다.

"형이 투항하고 싶다면 적당한 경로를 따르면 되지요. 사실 내가 할 수 있는 일은 없어요. 또 특수부는 그에 대한 파일을 확보할 거예요. 특수부는 그가 아 청의 형이라는 사실을 파악할 테고요. 당신을 심문하고 싶어 하겠죠. 의도했든 아니든 아 청은 이미 나카무라 씨의 집안에 문제를 끌어들였어요."

"콰이 훈의 어머니는 내 아버지의 첫 부인이었어요. 내 어머니는 세 번째 부인이었고요. 아버지는 혼인 신고를 하지 않았어요. 우린 어린 시절 이후 같은 고장에서 살아본 적이 없습니다. 우리가 이복형제라는 걸 아는 사람이 아무도 없습니다."

아 청은 계속 나를 쳐다보면서 손깍지를 끼었다 풀었다. 그의 문제에 끼어들기 싫었고 그를 돌려보내고 싶었다. 아 청은 내가 꺼리는 것을 알아채고 말했다.

"형이 이 집 뒤편 정글에서 기다리고 있습니다. 동료 몇 명도 같이 있지요. 그를 도와주십시오. 토롱-라(부탁드립니다), 미스 테오."

* * *

공산 게릴라들은 뒷문으로 들어와서 창에 커튼을 쳤다. 4명 다 중국인이었고, 그 중 한 명은 20대 여자였다. 그들이 내 신분을 안 후로 방갈로 뒤에 숨어서 내 일거수일투족을 감시했다고 생각하니 등골이 오싹했다. 내가 전등을 켜려했지만 누군가 막았다. 우리는 부엌 식탁에 둘러앉았다. 그늘 속에서 창백한 얼굴이 허옇게 빛났다. 아청의 형은 만다린어로 말하다가, 내가 알아듣느라 애먹는 것을 알아차리고 말레이어로 바꿔 말했다.

"우린 남부군 3연대 소속입니다. 투항하고 싶습니다."

"왜죠?"

교도소 밖에서 경비병의 보호도 없이 게릴라와 대화하는 게 불안했다. 여기 앉아 테러범들과 차를 마시다니 믿기지 않았다. 불과 몇 달 전이었다면 나는 그런 자들을 교수형에 처하려고 최선을 다했을 터였다.

"상관들은 하루 세끼 잘 먹는데 나머지 우리는 배를 곯지요. 그들은 쓸 돈도 있습니다. 병이 나면 약도 먹고요. 여자랑 살 수도 있습니다."

콰이 훈은 가슴을 주먹으로 때리면서 말을 이었다.

"난 중앙위원회 회의에서 이런 불만을 토로했습니다. 지도자들을 비난했지요."

그가 더 흥분하자 의자가 흔들렸다. 콰이 훈이 덧붙여 말했다.

"사흘 전 위원장이 내게 탄종 정글에서 다른 연대와 접선하라고 지시했습니다. 우리를 캠프에서 내보내려는 구실에 불과했지요. 우리를 죽일 속셈으로 정글 속 어느 지점으로 보낸 겁니다."

다른 테러범이 입을 열었다.

"이제 곧 저들이 우리가 없어진 줄 알 겁니다. 우린 소치를 취해야 합니다."

콰이 훈이 다시 내게 고개를 돌렸다. 바깥에는 점점 날이 밝았고, 그의 얼굴이 더 또렷하게 보였다.

"경찰을 캠프에 데려가고 싶습니다. 저들이 캠프를 버리고 떠나기 전에요. 고위직을 많이 잡을수록 보상금을 더 많이 받겠지요. 그리고 진평이 어디 있는지 압니다. 당신이 당국자에게 말해주면 좋겠습니다. 최고의 협상 조건을 제시할 사람과 대화해주십시오. 누구와 이야기해야 좋을지 당신은 알 겁니다."

* * *

타나라타에 있는 상점들은 대부분 음력 설날을 맞아 이미 문을 닫았다. 나는 중앙로에서 빠져서 나무가 우거진 도로를 달려 스모크하우스 호텔로 갔다. 튜더 양식을 흉내 낸 건물 앞쪽에 보랏빛 부겐빌레아가 피어 있었다. 낮은 서까래, 두툼한 갈색 카펫, 묵직한 가구, 먼지 낀 금색 액자를 두른 여우 사냥 장면 유화들. 호텔 풍경은 케임브리지 인근 시골 여관을 연상시켰다. 안내 직원이 내게 로비 뒤쪽 구석에 있는 전화기를 손짓했다. 전화를 끊으려는 찰나에 우 수사관이 전화를 받았다. 나는 콰이 훈의 투항 의사를 알렸다. 지지직대는 전화선 잡음 속에서 그의 낮은 휘파람 소리가 들렸다.

"그는 남부 폐락 연대 위원회 소속입니다. 고위층이에요. 그가 분대장과 위원회 소속원의 이름을 꿰고 있을 겁니다."

우 수사관이 말했다.

"저, 지금 그는 동지 셋과 함께 제 방갈로에 있습니다. 그가 경찰을 캠프로 데려다줄 겁니다. 하지만 당장 오셔야 합니다."

"어쩌다 미스 테오께서 이 일에 끼어들게 됐습니까?"

우 수사관이 물었다.

짐꾼이 가방이 담긴 수레를 밀고 내 앞을 지나갔다. 유럽인 커플이 그 뒤를 따랐다. 나는 목소리를 낮추었다.

"수사관님이 전에 경고했듯이 나는 공산 게릴라 사이에서 제법 유명하거든요."

* * *

11시 몇 분 전 우 수사관과 부하들이 민간인 차량을 타고 내 방갈로에 도착했다. 방갈로 주변의 차 밭은 한적했지만, 경찰은 게릴라들의 머리에 담요를 씌워 창문 없는 승합차의 뒷문으로 데려갔다.

"그러니까 놈들이 불쑥 여기 나타나서 도움을 청했다는 겁니까?"

부하들이 승합차 뒷문을 닫고 잠그자, 우 수사관이 내게 물었다.

내가 대답했다.

276

"충격적일 정도로 사회 예절을 무시한 짓이지요, 안 그래요? 적어도 언제 찾아오는 게 좋겠냐고 묻는 쪽지부터 남겨놓을 수도 있었을 텐데. 저들이 보상금을 얼마나 받을까요?"

그는 담배를 한 모금 쭉 빨았다.

"2만 달러쯤일 겁니다. 저들이 고위직 공산당원들을 넘긴다면 그보다 더 받게 될지 모르지요. 당신 몫도 있을 겁니다. 얼마 안 되긴 하겠지만."

우 수사관이 나를 쳐다보았다. 그는 내가 보상금을 사양하기를 기대할 터였다.

"저들은 보상금을 받는데, 정작 목숨을 거는 것은 경찰관이라는 사실 때문에 화가 나시죠?"

"이 제도 덕분에 유용한 정보를 상당히 많이 제공받습니다."

우 수사관이 담배꽁초를 던지고 차에 올랐다. 그가 말을 이었다.

"미스 테오, 내가 당신이라면 앞으로 몇 달간 몸조심을 할 겁니다. 공산 게릴라들이 이번 일에서 당신이 역할을 했다는 소문을 들으면, 당신을 일벌백계로 삼으려 할 겁니다. 그들은 뒤끝이 아주 깁니다."

그는 차 문을 쾅 닫고 창을 내리고 덧붙였다.

"음력 설날 가족을 만나러 가십니까? 혹시 연락을 해야될 경우에 알아야해서요."

일주일 전 아버지도 내게 똑같이 물었다.

"난 여기 있을 거예요, 우 수사관님."

"아무튼 새해 복 많이 받으십시오, 미스 테오."

우는 운전수에게 시동을 걸라고 지시했다.

차가 떠날 때 그는 다시 새해 인사를 건넸다.

"쿵 헤이 파트 초이!*"

* * *

부엌을 정리하며 우 수사관을 기다리면서 콰이 훈이 한 말을 떠올렸다.

"나는 영국인들에게 훈련받았습니다. 136부대였지요. 부대원은 약 1백 명이었습니다. 일본군이 상륙하자 그들은 우리를 싱가포르로 보내 훈련받게 했습니다. 그런데 이제는 적이 되었네요."

그는 싱크대 위쪽 창으로 다가가서 커튼을 치며 덧붙였다.

"그는 여기서 멀지 않은 곳에 있습니다."

"누구요?"

"진평. 거기 그의 기지가 있지요. 구눙** 플라타에."

콰이 훈이 창밖의 산 정상을 손짓했다.

나는 그가 식탁에 올려둔 라이플총을 힐끗 보았다. 총은 나무 개머리판에 개미가 갉아먹은 자국이 있었다.

"경찰을 진평에게 데려갈 수 있다면 당신은 큰 부자가 될 거예요."

그는 부엌을 둘러보았다. 그의 동지들은 응접실에 있었다. 콰이 훈은 목소리를 낮추고 말했다.

* '부자 되세요' 같은 의미의 중국 새해 인사
** Gunnung은 '산'이라는 뜻

"당신은 일본군 포로였지요, 맞습니까?"

나는 대답하지 않았다. 그러자 콰이 훈이 계속 말했다.

"일본군 몇 명이 같이 있었습니다."

"그들이 무슨 일을 했지요?"

"그 자식들은 전쟁에 패배하자 항복을 거부했지요. 계속 싸우고 싶어 했습니다. 우리를 만나러 와서 은신처를 달라고 간청했어요. 그리고 보답으로 일본군이 총기를 감춘 곳을 알려주었습니다."

"그들이…… 이 일본군들이 아직도 당신들과 같이 있나요?"

"대부분은 지난 몇 달 사이 떠났습니다. 정글을 떠나서 투항했지요. 석 달 전 중앙 위원회는 같이 있는 일본인들을 더 이상 신뢰할 수 없다고 결정했습니다. 나는 그들을 죽이라는 명령을 받았습니다."

그는 아랫입술을 빨면서 말을 이었다.

"어느 날 아침 우리는 캠프를 떠났습니다. 나랑 부하들이랑 일본군 4명이 함께였지요. 나는 그들에게 고참 대원을 만나서 그를 호위해 캠프로 다시 돌아올 거라고 말했습니다. 일본인들은 1945년부터 우리와 같이 있었고, 나와는 친구가 되었지요."

그는 다시 입술을 빨았다. 축축하고 지저분한 소리가 났다. 콰이 훈이 덧붙였다.

"습지에 도착하자 우리는 그들을 쐈습니다."

"잘 부탁하면 템플러에게 그 일을 기리는 훈장을 받겠네요."

내가 말했다.

"저, 그렇게 모욕할 필요 없습니다."

그는 잠시 나를 노려보다가 다시 말을 이었다.

"나와 가장 친했던 일본인은…… 나는 그를 마지막에 쏘기로 했지요. 우정에 대한 보답으로. 내가 총을 쏘기 직전 그가 뭐라고 했는지 압니까? 일본군이 전쟁 중 약탈한 엄청난 물자가 정글에 숨겨져 있다는 소문을 들었다는 거예요. 우리 중국인들에게 훔친 금괴와 보석이 쌓여 있다고. 살려주면 자기가 그걸 찾게 도와주겠다고 했죠."

"죽음을 목전에 둔 사람이 무슨 말인들 못 하겠어요."

"맞습니다, 그거야 우리 둘 다 알지요. 안 그렇습니까? 아무튼 약탈한 물자에 대한 소문은 오랫동안 돌았습니다. 중앙 위원회는 그것을 찾으려고 팀을 꾸리기까지 했어요."

"그 일본인, 당신 친구를 어떻게 했나요?"

"늘 하는 대로 했지요. 명령에 복종했습니다."

* * *

내가 유기리에 지각한 이유를 아리토모는 묻지 않았고, 나도 다른 변명을 하지 않았다. 그날 오후 지피 식물을 심다가 갑자기 일어나서 고개를 돌려 그를 쳐다보았다. 아리토모는 똑바로 서서 구눙 플라타 주변 산맥을 응시하고 있었다. 바람결에 어렴풋이 총소리가 들렸고, 몇 초 후에는 우르르 박격포 쏘는 소리가 났다. 우리는 서로 바라보았고, 1~2분 후에는 하던 일을 다시 시작했다.

                              * * *

자식들은 아무리 멀리 살아도 귀향해서 섣달 그믐날 저녁 식사는 부모와 함께해야 한다. 이 관습을 무시하는 것은 불효로 간주되고, 인간이 범할 수 있는 가장 무도한 죄다. 적어도 내가 자란 공동체에서는 횡령이나 살인을 저지른 사람도 효심이 깊다는 평가를 받으면 더 쉽게 용서받을 수 있다. 내가 음력 정초 2주간 고지대에 남겠다고 말하자, 에밀리는 못마땅해했다.

"그럼 그날 밤에는 우리랑 식사해야 해. 아리토모를 데려와. 프레더릭도 올 테니까."

마주바 하우스는 빨간색으로 장식되었다. 집에 더 많은 부를 불러들이기 위한 빨간 깃발, 빨간 종이 등과 검은색 한자로 '복'이라고 쓴 네모난 빨간 종이가 넘쳐났다. 복도의 백자 화병에는 솜털투성이 눈이 나온 벚나무 가지가 담겨 있었다. 에밀리의 양친은 오래전 세상을 떠났고 그녀는 무남독녀여서 우리 다섯이서만 저녁 식사를 했다. 하인들은 마을로 돌아가 집이 조용했다. 에밀리는 지난 한 달간 음식을 장만했다. 전형적인 중국, 말레이, 인도 음식이 섞여 있었다. 진한 간장 소스를 바른 돼지구이, 쇠고기 렌당*, 생선 머리를 넣은 카레, 팡코르 섬에서 잡은 게를 코코넛 카레 소스에 조린 음식, 텃밭에서 딴 레몬그라스 줄기로 향을 낸 닭고기 카레. 매그너스는 저장고에서 가져온 와인을 대접했다.

* 코코넛 소스에 쇠고기를 넣고 조린 음식

그가 와인 병을 들고 말했다.

"그로트 콘스탄티아* 포도밭에서 난 와인이지. 나폴레옹이 세인트헬레나 섬에 유배된 후 이 와인을 마셨다고 하지."

아리토모는 한 모금 입에 물고 혀로 맛본 후 삼켰다.

"유배자를 위해 만든 와인이군요."

"마음에 드나? 한 병 줄 테니 집에 가져가게."

매그너스가 말했다.

"노자가 이 와인을 가져갔어야 했는데 아쉽네요."

내가 아리토모에게 속삭였다. 그는 미소 지었고, 나는 맞은편 끝에서 프레더릭이 우리를 쳐다보는 것을 알아차렸다.

음식이 엄청나게 많았지만 아무튼 우리는 다 먹어치웠다. 아리토모는 생선 머리를 넣은 카레를 몇 번이나 덜어 먹었다. 내 입에는 코코넛 카레 소스가 바싹 졸여진 쇠고기 렌당이 맛있었다. 식사가 끝나자 에밀리는 접시를 옆으로 밀치며 말했다.

"우리가 '옌－화'를 준비했어요."

"그게 뭔데요?"

프레더릭이 물었다.

"연기 꽃."

그녀가 대답했다. 에밀리는 벽시계를 보면서 덧붙였다.

"오세요, 밖으로 나가시죠."

차 농장 일꾼들과 가족들이 이미 집 뒤편 잔디밭에 모여 있었다.

---

* 남아프리카공화국 케이프타운에 있는 지역

몇 분 후 불꽃놀이가 시작되었다. 노란색, 빨간색, 흰색 민들레가 하늘에 피어올라 몇 초간 머물렀다가 사르르 사라졌다. 이어 여기서 파란색 자주군자란이, 저기서 빨간 불가사리가 타올랐다. 나는 '피플 인사이드'를 떠올렸다. 그들은 캠프에 앉아 나뭇잎 사이로 밤하늘을 밝히는 연기 꽃들을 보고 있겠지. 지금 이 순간 아버지는 어머니, 오빠와 저녁 식사를 하고 있을까. 엄마의 상태가 침실에서 나올 수 있을 만큼 괜찮은지 염려스러웠다. 그녀는 전쟁이 끝난 후 줄곧 침실에 박혀 지냈다. 우리 가족이 마지막으로 함께 식사한 것은 10년 전이었다. 그때는 언니가 아직 살아 있었다.

"나중에 만나러 가도 되겠어요?"

프레더릭이 속삭이자 나는 고개를 끄덕였다.

마지막 불꽃이 밤하늘에서 사라지자 에밀리가 말했다.

"다음 한 해 동안 연기 꽃이 악한 기운을 겁줘서 쫓을 거예요."

13

집사 아 청은 아내가 세상을 떠난 뒤로 방 여섯 개 중 세 개를 폐쇄하고 가구를 창고로 옮겼다. 매주 서재, 응접실, 침실을 청소하고 환기시킨다. 나는 다쓰지 교수의 작업 공간으로 적합한 방을 찾느라 방마다 살피러 다니고 내 뒤를 집사가 따라온다. 한지를 붙인 병풍과 미닫이문에 좀이 슬고 곰팡이가 잔뜩 피어 있다. 서까래에는 거미집이 걸려 있고, 거미집에는 작은 원시적인 종처럼 생긴 죽은 벌레 껍질이 매달려 있다. 푸석푸석한 다다미 바닥에 맨발이 닿자 먼지가 폴폴 날린다. 빈 방 세 개 중 가장 큰 방은 물이 새서 천장이 썩었고 벽과 바닥에는 얼룩이 있다. 아리토모는 유산으로 집과 정원의 관리 비용을 충분히 남겼지만, 지난 11~12년간 점점 늘어가는 부족분은 내가 감당해야 했다. 아 청과 정원 일꾼들의 급여와 꼭 필요한 수리 비용이 그것이다. 이 집과 정원을 판다는 생각은 한번도 해본 적이 없다.

결국 다쓰지가 쓸 방이 하나 있다고 결정한다. 짧은 복도 끝에 있는 서재 옆방. 그 방에서 문을 열면 안마당 정원이 나온다.

"사람을 시켜 방을 청소해요. 난 아 청이 직접 방을 치우는 건 싫어요. 어차피 방을 정리하니까 다른 방들도 청소하는 편이 좋겠네요."

내가 아 청에게 지시한다.

그는 준비를 시키러 나간다. 나는 안마당의 바위 정원을 가만히 바라본다. 바위에 이끼가 잔뜩 끼어 있다. 처마에 둥지를 지은 새들이 흰 벽에 똥을 싸놓았다.

나중에 아 청의 사촌 누이 두 사람이 타나라타에서 와서 부지런히 쓸고 닦는다. 나는 창고에 어지럽게 쌓인 가구들 사이에서 자단 테이블과 의자 두 개 세트를 찾아낸다. 프레더릭의 일꾼들을 시켜서 가구를 작업실로 옮기니, 타나라타의 상점에 주문한 책상용 램프가 배달된다. 오후 늦게 방 정리가 마무리되고 다쓰지를 맞을 준비가 되자, 나는 일꾼 하나를 스모크하우스 호텔에 보내 메모를 전한다.

난 안채 바깥을 돌면서 수리하거나 교체할 것들을 메모한다. 궁도장과 과녁 사이 길쭉한 자갈밭에 잡초가 무성하다. 계단 세 개를 올라 궁도장에 올라서다가 신발을 벗어야 한다는 것을 기억한다. 대나무 발을 끝까지 말아 올린다. 향나무 바닥에는 쓰지 않는 방의 바닥처럼 먼지가 뽀얗게 쌓여 있다. 거기 서니, 바닥에 떨군 화살통에서 화살이 쏟아지듯 생각이 사방으로 흩어진다. 여전히 거치대에 세워진 아리토모의 활이 눈에 들어온다. 나는 손바닥으로 먼지를 닦아낸다. 그 옆에 내 활이 있어 집어든다. 시위가 헐거워져서 매듭을 푼다. 활이 말을 듣지 않고, 다시 줄을 매려고 활을 굽히니 공중에 먼지가 날린다. 몇 차례 시도하고서야 활의 양 끝에 줄 매는 법이 기억난다. 아리토모가 봤다면 웃었겠지만 결국 나는 활의 줄을 다시 맨다. 이제는 활의 시위가 너무 팽팽하지 않고 적당하다. 종이 과녁을 찾으려고 궁도장 안쪽에 있는 찬장을 뒤지지만 한 장도 못 찾는다. 궁도장 앞쪽으로 돌아와서 활 쏘는 자세로 서서 오만 가지 잡념을 지우려고 애쓴다. 아리토모가 가르쳐준 가장 기본적인 사항들이 되살아난다. 집중하기 위해 매번 숨을 몸속 깊이 들이쉬면서 호흡을 가다듬기 시작한다. 그러기가 몹시 힘들다. 꼭 폐가 낡은 포도주 부대처럼 쪼그라들어서 예전처럼 공기를 채울 역량이 없는 것 같다.

준비가 되었다고 느끼자 활을 겨냥하고 시위를 당긴다. 압박을 버티느라 어깨가 뻣뻣해진다. 나는 정신을 가다듬기 전에 화살을 놓는다. 화살은 활터와 과녁 사이 잡초가 무성한 자갈길에 떨어진다.

새의 지저귐이 공중에 퍼지고, 안개가 산맥 위로 퍼져 산 옆쪽으로 내려온다. 수 킬로미터 밖에서 보이는 산사태처럼 소리 없이 느릿느릿 안개가 내린다. 나는 그가 있다면 눈짓이나 신랄한 말로 꾸짖을 거라고 예상하고 본능적으로 뒤를 본다. 바람 속에서 대나무 발이 가만히 삐걱대고, 뽀얗게 먼지 낀 바닥에 찍힌 내 발자국만이 보인다.

* * *

프레더릭이 고용한 정원사가 나를 만나러 유기리에 와주겠다고 한다. 다음 날 아침 7시 반에 안채 밖에 서서 그녀를 기다린다. 아 청

286

이 정원사를 데리고 들어오자 내가 말한다.

"늦었네요."

"겨우 15분인걸요."

30대 초반의 중국계 인도인 비말야 친은 반팔 체크무늬 셔츠와 탄탄한 장딴지를 드러낸 카키색 반바지 차림이다.

나는 여기가 법정이 아니란 사실을 상기하지만, 위안 삼아 예선 습관대로 한 소리 한다.

"내 정원에 개가 들어오는 건 마땅치 않아요."

나는 붓꽃을 킁킁대는 그녀의 잡종 개를 손짓한다. 비말야는 내게 못마땅한 표정을 짓더니 입 맞추는 소리를 내며 개를 불러 목줄을 나무에 맨다. 개가 와서 자신의 입을 핥는데도 그녀가 가만히 있자 나는 시선을 돌린다. 역겹다.

정원으로 들어가면서 비말야는 주위를 둘러본다.

"제가 어떻게 해주기를 바라시죠? 죄다 외래종 수목이라 이곳을 토속적인 정원으로 바꾸려면 품이 많이 들겠네요."

"나는 그러고 싶은 의도는 전혀 없어요! 내가 왜 당신을 만나고 싶어 했는지 프레더릭이 말하지 않던가요?"

정원사는 고개를 젓는다.

내가 묻는다.

"전에 여기 와본 적이 있나요?"

"한 번이요. 프레더릭 씨가 제게 정원을 맡기고 싶어 하실 때였죠. 둘러보라며 여기 데려 오셨어요."

"프레더릭은 그의 정원이 어떤 모양새면 안 되는지 당신에게 보여주려던 거지요."

"제가 여기서 뭘 어떻게 하길 바라시죠?"

그녀는 주머니에 손을 넣고 열쇠 뭉치를 흔들면서 다시 묻는다.

"그것 좀 그만둘래요?"

비말야가 주머니에서 손을 뺀다.

내가 말을 잇는다.

"당신이 이 정원을 예전 모습대로 복원해주길 바라요."

그녀가 나를 힐끗 쳐다본다.

"저는 일본식 정원의 전문가가 아닌데요."

"전문가는 나예요."

"그러면 제가 필요 없겠네요."

"내 지시 사항들을 이행하고 일꾼들을 감독해줄 사람이 필요해요."

"이 정원의 원래 설계도면들을 갖고 있으신가요?"

"모두 이 안에 있어요. 전부 여기 들어 있죠."

나는 관자놀이를 건드린다. 그녀가 미심쩍어하자 나는 다시 말한다.

"따라와요. 어떤 작업이 필요한지 알려줄게요. 이 일을 맡을지 말지 결정할 수 있을 거예요."

나는 이제껏 땅 속에 묻었던 기억들을 뿌리째 뽑아내야 한다. 하지만 지난주 내내 바로 그 일을 하지 않았던가?

연못가에 다다르자 내가 묻는다.

"건너편 물가에 있는 저 생울타리…… 보이지요? 저걸 다듬어야 해요. 각각의 결이 뚜렷이 나타나도록. 저 생울타리는 물살이 해안으로 밀려들어오는 것처럼 보여야 해요. 그리고 수련 잎도 솎아내요. 물이 숨 쉴 수 있게."

정원 안쪽으로 들어갈수록 공기가 점점 차가워지고, 나는 정리하고 싶은 부분들을 비말야에게 손짓한다. 우리는 돌 수반 앞에서 한동안 걸음을 멈춘다. 수반 양쪽에 빼곡히 이끼가 끼어 있다. 이 수반 위로 몸을 굽히고 덤불 틈으로 산을 보던 아침이 떠오른다. 덤불 틈 위로 나뭇가지가 자라서 시야를 가린다. 이제 산은 보이지 않고, 문득 산이 여전히 거기 있는지 궁금해진다.

"이 가지를 다 잘라내요."

나는 그녀에게 덤불 사이에 얼마나 큰 틈을 내야되는지 보여준다. 그리고 덧붙인다.

"수반도 박박 닦도록 하고."

"일본 정원은 각각 주제가 있지 않나요?"

비말야가 묻는다.

나는 고개를 끄덕인다.

"정원사는 유명한 풍경에 대한 기억을 불러일으키거나 고독, 평온, 반추하는 심경 같은 특정한 감정들을 연출해요."

"저기, 여기는 통일된 하나의 주제가 보이지 않는데요. 그것이 제게는 묘하게 느껴져요. 하지만 어쩐지 익숙하기도 해요. 재현하는 다양한 장면들을 아는데 딱 짚어낼 수 없는 것 같아요."

아리토모가 만든 정원의 이런 특징에 대해 지적한 방문객은 거의 없었다.

내가 말한다.

"그래서 늙은 여자가 정원을 손보는 일을 도울 생각이에요?"

"전에 할아버지가 여기서 일하셨어요. 칸나다산이라고."

"우린 같이 일했어요."

"어릴 때 할아버지한테 미스 테오 이야기를 듣곤 했어요. 프레더릭 씨가 판사님 이야기를 하기 전까지 다 까맣게 잊고 있었죠. 만나보자는 호기심이 생기더군요."

그녀가 생긋 웃는다.

"다음에 올 때는 조부님을 모시고 와요."

"할아버지는 몇 해 전에 돌아가셨어요. 일본인 정원사에 대해 자주 말씀하셨죠. 할아버지가 버마 철도 현장에 끌려가 부역하지 않도록 그 정원사가 구해주었다고요."

그녀가 어깨를 들먹이며 한숨을 내쉰다. 비말야가 말을 잇는다.

"좋아요. 저기, 정원을 손보는 일을 돕죠. 언젠가 제 아이들에게 이야기해줄 일이 될 거예요. 하지만 계속 여기 있을 수는 없어요."

내가 말한다.

"아랫사람들이 내 지시 사항을 이행하는지 확인만 해주면 돼요. 처리할 일들의 목록을 내가 작성할게요. 최대한 빨리 시작할 수 있겠어요?"

"여기 얼마나 머무르실 건가요?"

"모르겠네요. 그리 오래는 아닐 거예요."

반 시간 후 다시 처음 자리로 돌아오자, 비말야는 걸음을 멈추고 주위를 둘러본다.

"판사님의 말씀으로 미루어볼 때 이건 미학적인 문제일 뿐이에요. 아닌가요? 정원 말이에요."

"물론 그렇지 않아요. 정원은 사람의 내면에 닿아야 해요. 정원은 사람의 마음을 변화시키고 슬프게 하고 행복감을 줘야 해요. 마지막 잎이 막 떨어지려는 순간, 남아 있는 꽃잎이 막 지려는 순간의 그 시점…… 그 순간은 인생사의 모든 아름다움과 슬픔을 포착해요. 일본인들은 그것을 '모노노아와레'라고 해요."

"그건 삶을 보는 병적인 방식이에요."

"우리 모두 죽어가요. 하루하루, 시시각각. 누구나 숨을 쉴 때마다 갖고 태어난 한정된 수명을 흘려보내죠."

나는 비말야가 죽음이라는 화제에 무관심한 것을 알 수 있다. 여느 젊은이처럼 죽음이 자신과 무관하다고 믿는 것이다.

비말야가 말한다.

"내일 시작할 수 있어요. 가봐야겠어요. 돌아봐야 하는 다른 정원이 있거든요."

"나가는 길은 찾을 수 있겠죠? 그리고 잊지 말고 개를 데려가도록 해요."

그녀가 떠난 후 나는 연못가에 서서 물을 응시한다. 머릿속에서 다시 아리토모의 음성을 듣는다. '매사를 제대로 하라고. 그러면 자네 대신 정원이 그것을 기억할 거야.' 오랜 세월이 흐르는 동안, 가끔 그가 지시 사항을 종이에 적는 걸 싫어한 이유가 궁금했다. 아리토모는 누가 그의 아이디어를 도용할까 봐 왜 그리 두려워했을까. 이제 그의 의도가 이해되기 시작한다. 진정으로 납득되기 시작한다. 가르침은 모든 나무와 덤불 속에, 내가 보는 모든 풍경 속에 새겨져 있다. 그가 옳았다. 나는 그에게 배운 것을 전부 기억 속에 담고 살아왔다. 그런데 그 저장소에 균열이 생기기 시작했다. 모든 내용을 기록하지 않으면, 내가 아무에게도 제대로 지시하지 못하게 되면 누가 그의 지침을 알 수 있을까? 내가 무슨 말을 하는지 스스로 이해하지 못하는 때가 오면?

* * *

다쓰지는 오전 9시에 판화 선별 작업을 하러 와서 점심시간 한두 시간 후까지 머문다. 나는 아 청에게 아침나절에 다과를 대접하라고 지시한다. 이따금 이 역사학자가 안채 근처 정원을 거니는 광경이 보인다. 그는 내 허락 없이 더 멀리 가면 안 된다는 것을 안다. 그는 늘 조심스러운 표정을 짓고 있다. 심지어 벤치에 앉아 있기만 할 때도. 나는 서재 창을 통해 다쓰지가 낡고 얇은 양장본을 읽는 광경을 자주 본다. 양 발목을 겹쳐 다리를 뻗고 어찌나 가만히 앉아 있는지, 정원의 석상이 된 것 같은 느낌이다.

나는 비말야에게 지시할 사항들을 적으면서 아침나절을 보낸다. 최대한 상세히 설명한다. 내가 유기리에 돌아왔다는 소식이 퍼지자, 모르는 사람들이 보내는 정원 방문을 청하는 메모와 편지가 쇄도한다. 캐머런 하일랜드 관광청, 로터리 클럽, 하일랜드 하이커 협회, 외지인 클럽, 타나라타 정원 협회에서 아리토모와 정원에 대해 이야기해달라는 청탁이 온다. 나는 그런 요청서들을 정리하고 버리면서 이 날 아침을 보낸다. 바로 그때 일이 벌어진다. 이전처럼 아무 경고도 없이.

봉투에서 편지를 꺼내 펼치다가, 손에 든 종이에 알아볼 수 없는 글씨들이 꽉 찬 것을 점점 의식한다. 세상이 어쩌나 조용한지 내 혈관에서 피 흐르는 소리까지 들릴 것 같다. 한참 후, 어쩌면 1~2분이 채 안 되어 다른 종이를 집는다. 손이 덜덜 떨린다. 거기 글자들 역시 읽을 수가 없다. 고개를 들어 책상에 쌓인 책들을 바라보니, 책등에 적힌 제목이 이해되지 않는다. 메모지에 손을 뻗어 뭔가 석어보지만 손이 마구 떨린다. 준비가 되었다고 느껴질 때까지 몇 차례 심호흡을 한 다음, 천천히 또박또박 이름을 적는다. 손의 기억은 이름을 정확히 쓴다고 말해주지만, 종이에 나타난 것은 한 줄의 상형문자들이다.

공포감이 밀려들어 서재에서 나온다. 복도가 어딘지 헷갈린다. 미로에 갇힌 느낌이다. 내가 앞을 휙 지나가자 다쓰지가 부른다. 희미하게 두드리는 소리를 따라 집 뒤편으로 간다. 부엌에서 아 청이 채소를 자르고 있다. 그가 큰 식칼로 두꺼운 도마 위를 리듬감 있게 두드린다. 아 청이 고개를 들다가 나를 보고 깜짝 놀란다. 그는 칼을 내려놓고 행주에 손을 닦더니, 내게 물 한 잔을 갖다 준다. 다쓰지가 나를 따라 부엌에 와서 나를 빤히 쳐다본다. 나는 아 청에게 잔을 받고, 이제 손 떨림이 완화된 걸 알고 안도한다. 느릿느릿 물을 다 마시자, 여전히 손에 뭔가 쥐고 있음을 깨닫는다. 손가락을 펴니 구겨진 종이가 나타난다. 종이를 쫙 펴니 내 이름이 보인다. 글자가 좀 비뚤름하고 분명하진 않지만 알아볼 만하다.

나는 종이를 접고 아 청에게 정원 구경을 하러 오는 사람들을 만류하는 안내문을 입구에 붙이라고 지시한다. 그래도 그들이 찾아오리라는 것을 나는 알고 있다.

* * *

스모크하우스 호텔은 지난 40년간 그다지 변하지 않은 것 같다. 이제 더 많이 자란 보랏빛 부겐빌레아가 튜더풍 벽을 타고 지붕까지 꽃을 피운다. 호텔 안에 여우 사냥 장면 그림들이 여전히 걸려 있다. 로비는 여행자들로 북적댄다. 나는 습관처럼 일찍 도착한다. 웨이터가 장미 정원 테라스의 테이블로 안내한다. 나이 든 유럽인들이 햇빛 속에 앉아서 차와 스콘을 즐기고 있고, 사방에 장미 향이 풍긴다.

평온한 환경도 날 차분하게 만들지 못한다. 여전히 불안정하다. 아니 정직하게 말하면 겁먹고 있다. 하긴 이날 아침 겪은 일을 고려하면 당연히 그럴 것이다. 신경외과 의사들은 이런 경우가 점점 더 잦아지고 매번 시간이 길어지기 시작할 거라고 경고했다. 병원에서는 내 뇌가 급속히 퇴화하는 이유를 밝히지 못했다. 머리 안에 종양은 없다. 난 치매에 걸린 것도 아니고 뇌졸중을 일으킨 적도 없다. 여러 신경외과 전문의 중 마지막으로 검진한 의사가 내게 말했다.

"환자분은 운이 좋은 축에 속합니다. 당장 완전히 실어증에 걸리는 경우도 있거든요."

몇 분 후 에밀리가 도착해서 운전수의 부축을 받아 의자에 앉는다. 운전수 역시 그녀만큼이나 늙어 보인다. 에밀리가 차를 마시자고 초대하자, 나는 마주바 하우스에 들러 모시고 오겠다고 했다. 하지만 그녀는 기사가 운전하는 차를 타려 한다. 이날 아침 그런 일을 겪은 터라, 에밀리가 호의를 사양하는 게 다행스럽다. 유기리에서 호텔까지 차를 몰다가, 갑자기 도로 표지판을 이해하지 못하게 될까

두려웠다.

"여전히 태극권을 하시는군요. 보면 알 수 있어요. 걸음걸이가 10년은 더 젊어 보이세요."

내가 말한다.

에밀리는 운전수를 보내고 미소 짓는다.

"매일 아침 잠깐이라도 수련을 하려고 애쓰시. 전에는 일주일에 한 차례씩 지도를 했지만 이제 늙어서 그렇게 못 하지."

몇 분 후 차가 나온다. 에밀리가 스콘을 베어 물고, 그녀의 입가에 딸기잼이 빨갛게 묻자 나는 시선을 돌린다. 그녀는 입을 닦고 천천히 씹어 삼킨다.

"가족들은 어떻게 지내시나?"

며칠 전 저녁 마주바 하우스에서 식사할 때도 에밀리는 똑같이 물었다.

"아버지는 메르데카* 1년 후에 돌아가셨어요. 오빠는 가족과 오스트레일리아로 이주했다가, 몇 해 전에 교통사고로 죽었죠. 올케와 조카들과는 가깝게 지내지 않아요."

테이블로 안내되는 중국인 노부부가 에밀리에게 손을 흔든다.

그녀가 테이블에 가까이 몸을 숙이면서 말한다.

"내 태극권 수업에 나오던 이들이야. 윤 링도 그 수업에 나가야 해. 새 사범이 맡고 있지. 아주 실력 있는 사람인데 내가 직접 가르쳤지."

"저는 그러기에 너무 늦었어요."

---

* 영국으로부터의 말레이시아 독립

에밀리는 내 눈을 들여다본다.

"아픈 거 아니야?"

나는 접시에 나이프를 내려놓으면서, 속으로 프레더릭의 가벼운 입을 욕한다.

에밀리가 말을 잇는다.

"내가 장님인 줄 알아? 이렇게 갑자기 돌아왔잖아. 오랜 세월 한 번도 우리를 찾아오지 않다가."

그녀가 목을 쭉 빼고 몸을 더 숙이면서 덧붙인다.

"그래, 무슨 병이야? 암? 그렇게 성난 표정 짓지 말라고. 노인네들은 주책을 떨어도 되지. 그게 아니면 늙는 재미가 뭐 있겠어?"

나는 손가락으로 머리를 가리킨다. 내 상태를 상세히 말할 기분이 아니다. 그녀가 마음대로 생각하게 두는 편이 더 쉬울 것 같다.

에밀리가 내 손목을 살짝 건드리며 말한다.

"우린 다른 병을 앓는지 모르지만 결국에는 똑같아진다는 거네, 안 그래? 기억들이 죽어가고 있지."

우리는 한동안 아무 말도 하지 않는다. 그러다가 에밀리가 입을 연다.

"내 나이가 되면 바라는 게 뭔지 알아? 내가 누구인지, 내가 누구였는지 아직 기억할 수 있을 때 죽기를 바라지."

"대부분의 사람들은 그저 평화롭고 고통 없는 죽음을 원하지요. 자다가 다시 깨지 않기를 더 바랄 거예요."

"우린 '대부분의 사람들'이 아니니까. 적어도 나는 아니기를 바라지."

에밀리가 반박한다. 그녀는 스콘을 조금 베어 먹으면서 이어 묻는다.

"프레더릭이 아나?"

"제가 말했어요."

나는 방금 프레더릭의 마음 씀씀이를 의심한 걸 속으로 사과한다.

"우리가 할 수 있는 게 뭐라노 있으면 꼭 알려줘야 해."

에밀리는 내 대답을 기다리다가 다시 말한다.

"언니가 묻힌 곳이 어딘지 못 찾았어?"

"페낭의 '콴 인 사원*'에 언니의 위패를 모셨어요."

"아주 잘했네."

"위패는 나무 조각에 불과한걸요."

"언니를 위한 정원은 못 만들었지?"

"시도는 했지요. 하지만 결과물이 만족스럽지 않았어요. 제가 직접 하기에는 능력이 부족했고요."

에밀리는 접시에서 새 스콘을 집는다.

"일본에서 사람을 수소문해 의뢰할 수도 있었을 텐데."

"윤 홍을 위해 정원을 만들었다 해도 제 고통이 줄지 않았을 테고, 제가 뭘 했어도 마찬가지였겠죠. 저는 그것을 깨달았어요."

에밀리가 미소 지으면서 말한다.

"오래전 우리와 지내러 왔던 때를 기억해? 네 안에 분노가 정말 많았지. 물론 충분히 그럴 만한 이유가 있었지. 하지만 난 여전히 윤

---

* 페낭에서 가장 오래된 중국식 사원인 콴 인 텡 사원

링 안에서 그걸 봐, 그 분노를. 그래, 넌 그걸 잘 감추고 살아왔지. 또 어쩌면 예전의 분노와는 다르겠지. 그렇게까지 강하진 않겠지. 하지만 여전히 분노가 거기 있어."

나중에 스모크하우스 호텔을 나설 때 에밀리는 나를 붙잡는다.

"이런, 하마터면 잊을 뻔했네. 내 친구가 절의 주지인데 말이지. 그 여승이 윤 링을 만나고 싶어 해."

"보고 싶다는 게 저인가요, 아니면 정원인가요?"

내가 묻는다.

"그녀는 아리토모에 대해 윤 링과 이야기하고 싶어 해."

"무엇과 관련해서요?"

"내가 어찌 알겠나? 직접 물어보라고."

나는 잠시 생각에 잠긴다.

"알았어요. 그분에게 오시라고 전해주세요."

* * *

한 시간 후 유기리로 돌아오니, 다쓰지가 댓돌 앞에 있다. 댓돌은 손님이 집 안으로 들어오기 전에 신발을 벗는 곳이다. 다쓰지는 구두끈을 묶다가 내 기척을 느끼고 고개를 든다.

"마침 호텔로 돌아가려던 참이었습니다. 우키요에에 대해 판사님과 이야기를 해야겠는데요."

"늘 읽으시는 책은 뭐예요?"

그는 허리를 펴고 머뭇거리다가, 리넨 재킷의 주머니에서 책을 꺼내 건네준다. 나는 예이츠*의 시집을 보고 깜짝 놀란다.

"다른 책일 거라고 기대하셨습니까?"

다쓰지가 묻는다.

나는 어깨를 으쓱하고는 책을 돌려준다.

"청년 시절, 친구가 제게 예이츠의 시 한 편을 읽어주었습니다."

그가 말한다. 목소리에서 평생 안고 산 듯한 오래된 상실감이 묻어난다. 왠지 나의 상실감과 비슷한 그 느낌에 마음이 끌린다.

"저랑 같이 가세요."

내가 말한다.

내가 정원 안쪽으로 데려간다는 것을 깨닫자 그의 얼굴이 환해진다. 안채 근처에 있는 단풍나무는 잎에 녹병이 들고, 성긴 나뭇잎 뒤쪽에서 가지가 밀고 나온다. 나는 다쓰지를 수풀 안쪽으로 안내해 오솔길을 지나 물레방아까지 간다. 꽃을 피우려 애쓰는 브로멜리아드**가 언덕에 솟아 있다. 유기리에 돌아온 후 난 아직 물레방아를 보지 않았다. 아직도 거기 있는 것을 보니 마음이 놓인다. 하지만 이제 물레방아는 돌지 않는다. 더 이상 수도승 같은 인내심으로 물을 돌리지 않는다. 바퀴 양쪽에 이끼가 두껍게 끼었고, 바퀴의 가로대 두 개가 빠지고 없다. 이제는 물이 졸졸 흐르고 웅덩이에는 수초와 낙엽, 부러진 나뭇가지가 잔뜩 들어 있다.

다쓰지가 속으로는 물레방아가 방치된 광경에 경악할지 몰라도

---

* 아일랜드 출신의 시인 겸 극작가
** 파인애플과 식물의 총칭으로 잎은 길고 뻣뻣하며 꽃은 화려하다.

그런 내색을 보이지 않는다.

"천황의 선물이지요."

그가 말한다. 다쓰지의 꼿꼿한 태도로 볼 때, 내가 없으면 물레방아에 대고 절을 하지 않았을까 싶다.

"이 물레방아는 만들어지고 몇 바퀴나 돌았을까요?"

"지구가 태양 주위를 돈 횟수만큼."

나는 그의 말투를 흉내 내 대답한다.

"황제와 정원."

다쓰지가 고개를 저으며 중얼거리더니 이어서 말한다.

"공산주의자들이 나라를 점령한 후 중국의 마지막 황제가 어떻게 됐는지 아십니까? 그들은 황제를 사회에 복귀시켰습니다. 황제는 정원사로 생을 마감했지요.*"

남아 있는 바퀴살에 새겨진 문구는 이끼에 덮여 있다. 글자는 뭉개지고, 기도문은 알아볼 수 없이 흐릿해졌다. 그 기도문이 완전히 없어질 날이 오리란 것을 나는 깨닫는다.

"쇼부군요."

다쓰지는 물가에 핀 창포를 손짓한다. 그가 잎을 잘라 높이 든다. 다쓰지가 계속 말한다.

"모양이 칼 같아서 저희에게는 용기를 상징하는 식물입니다."

그가 잎을 뭉개자 향내가 퍼지며 처음 아리토모를 따라 여기 왔을 때를 떠올리게 한다. 나는 다쓰지에게 부러진 잎을 받아 깊게 냄새를

---

* 중국의 마지막 황제 푸이는 말년에 자금성의 정원사가 되었다.

맡는다. 그날 아침의 모든 일이 아주 선명하게 떠오른다. 작성 중인 기록물에 이 내용을 첨가해야 된다는 것을 단단히 기억해둔다.

다쓰지가 말한다.

"오늘 아침 호텔 로비에서 등산객 몇 사람과 가볍게 대화를 나누었습니다. 그들은 아리토모가 마지막 날 걸어간 길을 안내해줄 가이드를 기다리고 있더군요."

"앞으로 그런 사람들을 훨씬 더 많이 볼 겁니다. 한 달 후면 아리토모가 정글에서 실종된 지 34년이 되거든요. 그리고 정원을 보고 싶어 하는 관광객들이 있을 테고요."

아리토모를 수색한다는 기사가 몇몇 신문에 단신으로 실렸는데, 싱가포르와 오스트레일리아, 일본의 기자들이 큰 흥미를 느끼고 고산 지대로 모여들었다. 이들 뒤로 곧 불교와 도교 승려들, 중국과 인도의 매체들과 정신세계 여행자들이 쫓아왔다. 다들 하나같이 아리토모가 어디로 갔는지, 어느 협곡에 추락했거나 누구에게 납치되었는지 안다고 나를 설득하려 했다. 별의별 데에서 사람들이 찾아왔다. 이포, 페낭, 싱가포르는 물론, 심지어 방콕과 수마트라에서도 왔고 모두 아리토모의 소재나 그가 어떤 일을 당했는지 안다고 주장했다. 선의를 지닌 사람들도 있었지만, 대부분은 내가 내건 보상금 1만 말라야 달러를 욕심내는 사기꾼이었다. 제법 그럴듯한 신고 내용은 경찰이 추적했지만 성공하지 못했다.

그가 죽은 후 몇 년간 지속적으로 아리토모에 대해 이야기해달라는 인터뷰 요청이 들어왔다. 그러다가 유기리 방문을 허락해달라는 요구가 밀려들었다. 나는 그런 요청들을 다 거부했다. 아리토모에 대한 관심이 완전히 수그러든 건 아니었지만 시간이 흐르면서 퇴색되어 다행스러웠다. 수십 년간 사람들은 주기적으로 반짝하는 호기심을 보였다. 보통은 아리토모가 번역한 『사쿠테이키』가 재발행되는 기간이나 그의 초기 우키요에가 도쿄의 경매에서 판매될 때 그랬다. 수십 년 간 실종담은 그를 모호하게 만들었다. 안개가 산맥의 윤곽을 흐릿하게 해서, 누구나 보고 싶은 형태로 변하게 하는 것과 비슷하다.

"이곳에 온 이후 아리토모 선생을 내세운 영세업체들을 많이 봤습니다. 도보 여행 상품들, 강연회, 맥주잔, 서적, 엽서, 지도……"

다쓰지는 반은 감탄하고 반은 믿기 힘들어 고개를 흔들며 말한다.

"나라면 그런 책들에 돈을 쓰지 않겠어요. 그런 책은 쓰레기예요, 하나같이 똑같아요. 아리토모를 모르는 사람들이 썼죠."

"이론 중 몇 가지는 제법 믿을 만합니다."

다쓰지가 말한다.

"어떤 이론이요?"

나는 그에게 몇 가지 이론을 쏟아낸다.

"그가 공산 게릴라에게 납치되었다는 이론 말인가요? 아니면 호랑이가 달려들어서 그를 먹어치웠다는 거요? 심지어 그가 첩자였고 일본으로 소환됐다고 생각하는 자들도 있어요."

"그가 일본으로 돌아갔다 해도 그를 본 사람이 아무도 없었습니다."

내가 묻는다.

"가장 제 마음에 드는 가설이 뭔지 아세요? 말레이의 주술사가 해준 이야기인데, 원주민 여자 심령술사가 아리토모에게 홀딱 반해서 같이 정글에서 살려고 그에게 주술을 걸었다고 해요."

다쓰지가 말한다.

"신문에서 아리토모 선생의 실종 기사를 읽은 날 아침이 기억납니다. 제게 그가 그저 이름이 아닌 현실적인 인물이 된 게 바로 그 순간이었지요. 이상하지 않습니까, 어떤 사람이 사라지고서야 현실이 되다니요?"

바위 사이에서 빅쥐린*이 가만히 펄럭인다. 한순간 그것들이 우리 대화를 엿들으려 한다는 생각이 내 머리를 스친다.

"그에게 정말 무슨 일이 일어났다고 생각하십니까?"

다쓰지가 묻는다.

"주위를 둘러보세요."

나는 허공에 원을 그리며 산맥 쪽으로 올가미를 던지는 시늉을 하면서 말을 잇는다.

"정글에서 길을 잃기가 얼마나 쉬운 줄 아세요? 한 번만 방향을 잘못 틀면 갑자기 거기가 어딘지 모르게 되죠."

나는 우리 뒤쪽의 산마루를 가리킨다. 산마루 옆으로 틈이 있다. 내가 말을 잇는다.

"저쪽에, 나무 사이에 튀어나온 전망대가 보이나요? 아리토모가 가장 좋아하던 산책로는 저곳을 지나죠. 저기 있는 오솔길에서 벗어난다면 정글에서 빠져나오는 길을 찾을 수 있을까요?"

"아마 못 찾을 겁니다."

"이 고지대에서 사람들은 길을 잃어요. 신문에 보도되지 않아도

* 열대 지역 등에서 나무나 바위에 붙어 자라는 잎이 큰 양치식물

303

아주 빈번하게 일어나지요. 그리고 40년 전만 해도 고지대는 오늘날처럼 개발되지 않았어요. 당시 이곳은 더 야생이었지요."

다쓰지의 시선이 천천히 오래 산악 지대에 머문다. 비탈길 끝으로 걸어가면서 나는 아리토모가 잔디에 빛과 그림자로 새긴 태극무늬에 대해 말한다. 다쓰지가 이마에 손을 대고 내려다본다.

"보이지 않는데요."

"구름의 그림자가 너무 짙어서요."

내가 대답한다.

하지만 나중에 그 구역을 지나다가, 구름이 아니라 막 자란 풀이 태극 문양을 가렸던 것임을 알아차린다. 음양, 남녀, 명암의 경계가 허물어지고 없다. 유기리의 다른 특징들처럼 아리토모가 빚은 음과 양의 요소들은 착시에서 비롯되기 때문에 적당한 환경이 조성되어야 눈에 보인다.

"판사님은 왜 선생을 만나러 여기 오셨습니까?"

다쓰지가 묻는다.

내가 대답한다.

"제가 언니를 위해 정원을 설계해달라고 부탁했지만, 아리토모는 제 의뢰를 거절했어요."

"하지만 그는 판사님을 제자로 받아들였지요."

"제가 직접 정원을 만들 수 있게 가르쳐주겠다더군요. 아리토모에게는 정원을 손보고 그의 지시를 일꾼들에게 통역할 일손이 필요했던 거지요. 아리토모에게 그렇게 들었어요."

"그렇게 믿지 않으시는 것 같네요."

"항상 느끼기에……"

나는 어처구니없는 말로 들릴까 봐 망설이다가 말을 잇는다.

"항상 느끼기에, 그가 저를 가르치려는 다른 이유가 있는 것 같았거든요. 하지만 아리토모는 제게 말하지 않았어요. 저도 묻지 않았고요."

오래전에 그런 의심을 떨쳤지만, 유기리에 돌아온 후로 그 의문이 마음의 수면 밑에서 시간의 물결에 따라 모양이 바뀌고 있다.

다쓰지가 말한다.

"판사님은 1951년 10월 첫 주에 선생을 만나셨지요."

"공산 게릴라들이 고등 판무관을 살해한 다음날이었어요."

다시 한 번 다쓰지의 깊은 기억력에 감탄하면서도 불편하다.

"프레토리우스가 비상사태에 대해 쓴 책 『붉은 정글』을 읽고 있습니다. 매혹적이더군요. 공산주의 게릴라 속에 일본 병사들이 있었다는 건 몰랐거든요."

우리는 다시 걷기 시작한다. 다쓰지는 구역마다 멈추어 서서 석등과 조각상을 일일이 살피고, 거의 한 시간 후에야 우리는 정자로 향한다. 비말야의 일꾼들이 정자 부근의 낙엽을 쓸고 주위를 정리해놓았다. 그들이 연못에서 끌어낸 연잎더미가 한쪽에 쌓여 있다. 잉어 떼가 다가오는 광경이 마치 너덜대는 주황색과 흰색 천이 거무스름한 물속을 헤치고 나오는 것 같다. 오래전 읊조린 시구가 머릿속에서 메아리친다. '나는 대지와 물의 딸이니……'

다쓰지가 쳐다보는데 내가 혼잣말로 중얼댄다는 걸 깨닫는다. 내가 묻는다.

"우키요에와 관련된 작업은 어떻게 되고 있나요?"

"작품을 검토하고 메모하는 과정은 거의 마무리됐습니다. 일본어로 말하거나 읽을 줄 아십니까?"

다쓰지가 말한다.

"니홍-고*? 예전에는 알았지요. 수용소에서 배웠어요."

쿠알라룸푸르에서 몇 킬로미터 떨어진 불법 거주자 마을이 떠오른다. 전쟁 범죄 청문회를 위해 사진을 찍으러 이 버려진 마을에 간 적이 있다. 일본군은 마을 주민들을 인근 들판으로 끌어내서, 스스로 무덤을 파게 한 후 사살했다. 집마다 부서진 문과 창문 사이로 탁자와 의자, 옆으로 누운 흔들 목마, 바닥에 나뒹구는 인형이 힐끗 보였다. 약탈당한 식품점의 벽에는 주민들에게 일본어 사용을 권장하는 영어 포스터가 붙어 있었다. 누군가 '니홍-고'라는 단어에 X를 그리고 밑에 '영국이여 오라!'라고 휘갈겨 써놓았다.

다쓰지가 말을 하고, 나는 현 시점으로 생각을 돌린다.

다쓰지가 말한다.

"아리토모가 작품 뒷면에 적어둔 바에 따르면 첫 우키요에가 제작된 시기는 1940년 초였습니다."

"그 해에 그는 말라야에 왔어요."

"아마도 불명예를 잊기 위해서겠지요?"

"불명예요?"

나는 그를 날카롭게 쳐다본다.

* 일본어

306

다쓰지가 말한다.

"그 일을 알 만한 이들 중 현재 생존자는 별로 없습니다. 아리토모 선생은 황실 가족에게 정원 설계를 의뢰받았고……"

"하지만 그는 사양했어요. 아리토모가 그렇게 말했어요. 자신의 관점을 희생하면서까지 의뢰인의 요구를 수용하고 싶지 않았다더군요."

"그가 그렇게 말하던가요?"

"정확히 무슨 일이 있었나요, 다쓰지?"

"논쟁이 여러 번 벌어졌지요. 설전이 날카로워졌고요. 작업이 3분의 1도 진척되기 전에 의뢰가 중단되었습니다. 설상가상으로 천황이 그를 파면해버렸고요. 모두들 그 일에 대해 들었지요. 선생에게는 몹시 체면이 깎이는 일이었습니다. 그 순간부터는 자신을 '천황의 정원사'로 부를 수 없었지요."

"아리토모는 그런 말을 한 적이 없는데요."

내가 나직하게 말한다.

"지난 몇 년간 저는 선생을 아는 몇몇 생존자와 이야기를 나누었습니다……"

그는 물 위로 눈을 돌려, 바람에 살짝 흔들리는 연꽃을 본다.

"하시려는 말씀이 뭔가요?"

나는 그를 보면서, 핵심을 정곡으로 짚지 못하는 변호사들을 떠올린다.

다쓰지는 나무 난간의 벗겨진 부분을 긁으면서 대꾸한다.

"아리토모 선생이 전쟁에서 작지만 중요한 역할을 담당했다는 게

제 생각입니다."

산들바람이 처마 밑에 달린 풍경을 건드린다. 귀에 거슬리는 불협화음이 들린다. 풍경에 매달린 쇠막대에 녹이 슬었다는 것을 난 알아차린다.

내가 말한다.

"그는 많은 사람들을 일본 헌병대로부터 보호했어요. 많은 남자들과 소년들이 버마 철도로 끌려가지 않게 막아주었지요."

"저는 제국군이 말라야를 공격한 당시 선생이 천황을 위해 일했다고 믿습니다."

"방금 왕이 아리토모를 파면했다면서요."

내가 법정으로 돌아간 듯한 말투를 쓴다는 걸 알아차린다. 증인의 진술이 앞뒤가 맞지 않을 때 나오는 톡 쏘는 말투다.

"그게 선생이 만회할, 훼손된 명예를 회복할 기회였는지 가끔 궁금합니다. 그 일이 그가 일본을 떠난 강력한 이유가 된 것은 분명합니다."

"무슨 일을 하려고요? 아리토모가 첩자였다고 생각하시나요?"

나는 역사학자에게 의심스런 눈초리를 던지며 덧붙인다.

"아리토모가 실종된 직후 저도 그 가능성을 염두에 뒀다는 건 인정하지만, 그 생각은 지워버렸습니다."

다쓰지가 말한다.

"세간에서는 그가 평생 딱 한 번 실종되었다고 생각하지만, 제 의견은 다릅니다. 그는 두 번 자취를 감추었습니다. 첫 번째는 태평양전쟁이 시작되기 전 그가 일본을 떠났을 때였지요. 그가 어디 갔는지, 그때부터 그가 무슨 일을 했는지 아무도 모릅니다. 그러다가 그는 여기 산맥에 나타났습니다."

"저, 전쟁이 터지기 전에 말라야 전역에 일본인 첩자들이 있었다는 것은 누구나 알아요. 그들은 양복쟁이, 사진사로 일하면서 영세업체를 운영했지요. 하지만 그들은 시내에 거주했어요, 다쓰지. 그쪽 군대에 전략적으로 중요한 요충지에 살았다고요. 아리토모는 여기 있었어요. 여기."

나는 손마디로 나무 난간을 두드리면서 말을 잇는다.

"그는 자기 정원에 숨어 살았어요. 아무튼 아리토모가 여전히 조국을 위해 일했다면, 왜 전쟁이 끝난 후 오래도록 말라야에 남았죠? 왜 아리토모는 귀국하지 않았을까요?"

다쓰지는 침묵을 지키고, 그의 몰두한 눈빛으로 볼 때 내 말을 다각적으로 따지고 있음이 분명하다.

"전쟁 중에 무슨 일을 하셨나요, 다쓰지?"

잠시 머뭇거림이 있다.

"저는 동남아에 있었습니다."

"동남아 어디요?"

그는 연꽃 잎사귀 사이로 들어가는 왜가리를 응시한다.

"말라야에요."

"군대에요? 아니면 헌병대?"

내가 굳은 목소리로 묻는다.

"제국 비행단 소속이었습니다. 저는 조종사였어요."

그는 내게서 약간 떨어지며 몸을 기댄다. 나는 그가 얼마나 뻣뻣

309

하게 서 있는지 알아차린다. 다쓰지가 말을 잇는다.

"도쿄에 공습이 시작되자, 부친은 시골 별장으로 옮기셨습니다. 저는 아직 조종 훈련 학교에 있었지요. 어린아이에 불과했어요. 모친은 어릴 때 돌아가셨고요. 며칠씩 휴가를 얻을 때마다 아버지를 찾아갔습니다."

그는 눈을 감았다가 잠시 후 다시 뜬다. 다쓰지가 계속 말한다.

"저희 별장에서 몇 킬로미터 떨어진 곳에 노동 수용소가 있었지요. 동남아에서 이송된 전쟁 포로들이 읍 외곽의 석탄 광산에서 노역을 했습니다. 포로 몇 명이 탈출할 때마다 마을 사람들은 수색대를 만들곤 했습니다. 어느 주말 아버지를 찾아갔다가, 작대기와 농기구를 들고 사냥개들과 함께 있는 주민들을 봤습니다. 그들은 탈출한 포로를 누가 먼저 잡을지를 두고 내기를 했지요. 그것을 '토끼 사냥'이라고 불렀습니다. 달아난 포로들은 다시 잡히면 마을 외곽에 있는 광장으로 끌려가 매질을 당했습니다."

그는 말을 멈추었다가 덧붙인다.

"한번은 소년 한 무리가 포로를 작대기로 때려죽이는 광경을 봤습니다."

오랫동안 둘 다 아무 말도 하지 않는다. 다쓰지가 내게 몸을 돌리고 깊숙이 절을 한다. 그가 어찌나 몸을 깊이 숙이던지, 엎어질 것 같다. 그는 다시 똑바로 서면서 말한다.

"저희가 당신에게 저지른 일에 대해 사죄합니다. 깊이 사죄드립니다."

"당신의 사과는 무의미합니다. 내게 아무런 가치도 없습니다."

310

내가 한 걸음 물러나면서 대답한다.

그의 어깨가 뻣뻣하게 굳는다. 나는 다쓰지가 정자를 떠날 거라고 짐작한다. 하지만 그는 꼼짝 않고 거기 서 있다.

다쓰지가 말한다.

"저희는 조국이 무슨 짓을 하는지 몰랐습니다. 대량 학살이나 죽음의 수용소에 대해 몰랐습니다. 살아 있는 포로들에게 자행된 의학 실험에 대해, 군 위안소에서 일해야 했던 여인들에 대해 몰랐습니다. 전쟁이 끝난 후 집에 돌아와서야 그간 저희가 저지른 짓에 대해 모든 것을 알았습니다. 저희가 저지른 범죄에 관심을 가진 게 그때입니다. 저희 세대의 모든 가족들을 짓누르는 침묵을 메우고 싶었습니다."

뼈 마디마디에 드는 한기가 혈관으로 스며든다. 나는 팔을 문지르지 않으려고 참는다. 아까 그가 한 말이 신경에 거슬린다.

나는 다쓰지의 눈을 깊이 응시하면서 말한다.

"그 마을 소년들…… 그들이 포로를 벌할 때 당신도 끼어 있었군요, 그렇죠? 당신도 구타에 참여했어요."

다쓰지가 내게 등을 돌린다. 잠시 후 그의 어깨 너머로 희미한 목소리가 들린다.

"토끼 사냥이었습니다."

비가 가늘게 뿌리기 시작하자 연못 수면에 소름이 돋는다. 정자 위쪽 나뭇가지 사이에서 새가 울기 시작해 소리가 계속 고음으로 치닫는다. 다쓰지에게 화내고 싶다. 유기리에서 나가 다시는 오지 말라고 쏘아붙이고 싶다. 그런데 그가 애처롭게 느껴지니 어쩐 일일까.

14

비가 내린 탓에 연못 바닥의 진흙이 제대로 마르지 않았지만, 어느 아침 아리토모는 연못을 채울 때가 됐다고 알렸다.

우리 일꾼들이 마지막으로 진흙 위에 자갈과 모래를 한 겹 깔자, 중심에 박아둔 여섯 개의 선돌 쪽으로 바닥이 내려앉았다. 일주일 전 우리는 연못 옆 수원지로 물줄기를 돌려놓았다. 내가 삽으로 낮은 제방 벽을 허물었다. 물이 연못으로 쏟아져, 이미 거기서 기다리던 웅덩이들이 하나가 되었다. 물보라와 잔물결이 잦아들자 땅에 천천히 하늘 조각이 다시 만들어졌고, 물에 구름떼가 포착되었다.

아리토모가 말했다.

"수위가 딱 맞도록 물을 채워야 해. 수위가 너무 낮거나 너무 높을 경우 정자가 어떻게 보이느냐에 영향을 미치지. 연못은 주변에 심은 덤불이나 덤불 뒤편 나무, 심지어 산맥의 높이와도 조화를 이루어야 해."

"이해가 잘 안 되는데요."

아리토모의 시선이 연못 위로 향했다. 그가 말했다.

"눈을 감아봐. 정원의 소리에 귀를 기울이면 좋겠군. 그것을 호흡해. 마음에서 계속 나는 소음들을 잘라내버려."

나는 그가 시키는 대로 했다. 눈꺼풀 아래서 빛이 일렁거리다가 점점 잦아들었다. 연못을 채우는 물소리가 조용해졌다. 바람 소리에 귀 기울이면서 바람이 나무에서 나무로, 나뭇잎에서 나뭇잎으로 지나는 상상을 했다. 마음속에 공중에서 퍼덕이는 새의 양 날개가 떠올랐다. 꼭대기 나뭇가지에서 이끼 낀 땅바닥으로 나선형을 그리며 떨어지는 나뭇잎들을 봤다. 정원의 향기를 맡았다. 갓 피어난 연꽃, 이슬 맺힌 양치식물, 흰개미 떼의 맹렬한 공격으로 바스러지는 나무껍질, 습하고 썩은 기운을 풍기는 냄새. 시간이 존재하지 않았다. 몇 분이나 흘렀는지 알 수가 없었다. 시간이란 그저 멈추지 않는 바람이 아니고 뭘까?

아리토모의 목소리가 멀리서 들리는 것 같았다.

"눈을 뜨고 주위 세상을 바라봐."

내 눈길이 물 위를 스쳐 지나 동백나무 생울타리로, 산맥까지 솟은 나무들로, 구름떼로 옮겨갔다. 특정한 사물을 너무 오래 보지 않고 모든 것을 두루두루 보았다. 바로 그 순간 아리토모가 내게 무엇을 원하는지 이해했다. 그는 평생을 바쳐 정원사가 되었고, 난 그런 정원사가 되려면 뭘 알아야 되는지 깨달았다. 처음으로 살아 있는 입체적인 그림 안에 있는 기분이었다. 내 생각들이 어렵게 형태를 이루면서, 내 본능이 쥐었다가 내놓은 가장 얇은 표면을 표현했다.

내면 깊은 곳에서 흡족하면서도 아련한 한숨이 흘러나왔다.

* * *

　나는 매일 연못의 수위를 점검했다. 물이 충분히 깊어지자 우리는 연꽃을 넣고 연못 가장자리에 갈대를 심었다. 또 아리토모는 연못에 이포의 양식업자에게 산 코이 잉어를 넣었다. 연못에 물을 채우기 시작한 지 일주일 후, 그는 내게 도구 창고에 가서 동선 뭉치를 가져오라고 지시했다. 나는 동선 뭉치를 손수레에 싣고 와서 연못 옆에 내려놓았다. 그는 철사 절단용 가위로 동선을 짤막하게 잘라 주먹만 한 공 모양으로 뭉치는 법을 보여주고 내게 그 일을 맡기고 갔다.
　그가 돌아오자 내가 물었다.
　"이것들을 뭣에 쓰게요?"
　내가 만든 동선 덩어리가 마흔 개쯤 쌓여 있었다. 모든 마을과 학교 마당에서 아이들이 차는 등나무 세팍타크로 공과 비슷한 모양이었다.
　아리토모는 동선 덩어리를 집더니 멀리 연못 속에 던졌다. 그것이 물속에 떨어지자 물고기들이 겁냈다.
　"동이 수초의 성장을 막거든."
　우리는 연못을 빙 돌면서 동선 뭉치를 던졌다. 그 일을 거의 끝내자 아리토모가 걸음을 멈추더니, 구름 한 점 없는 하늘로 고개를 들었다. 내가 말을 하려는 찰나, 그가 손가락을 들어 입을 다물게 했다. 나는 그가 응시한 곳으로 눈을 돌렸지만 처음에는 아무것도 보이지 않았다. 그러다가 먼 하늘에서 새 한 마리가 막처럼 펼쳐진 환한 햇살에서 떨어져 나와 재빠르게 하강했다. 새는 나선형을 그리며 땅에 가까이 내려왔고 결국 나는 왜가리를 알아볼 수 있었다. 털이 뿌연 청회색이었다. 왜가리는 연못 위에 후광을 그리면서 내려와 물 위를 스치듯 지나갔고, 수면에 비친 제 모습과 경주라도 하는 것 같았다. 어찌나 낮게 날았는지 왜가리의 상(像)이 수면을 갈라놓을 것 같은 생각이 들었다.

왜가리가 날개를 획 움직이며 얕은 물에 내려앉자, 연못 위에 잔물결이 퍼졌다.

"아오사기로군. 여기서는 본 적이 없는데."

아리토모가 경이감을 느끼는 목소리로 말했다.

"이 새가 어디서 왔다고 생각하세요?"

그는 어깨를 으쓱했다.

"어쩌면 몽골의 초원 지대만큼 멀리서 왔겠지."

"어쩌면 일본에서도요?"

그는 천천히 고개를 끄덕이며 혼잣말처럼 중얼댔다.

"그래, 아마도."

* * *

그날 저녁 집에 돌아가기 전에 안채에 잠시 들렀다. 뒷문으로 집 안으로 들어갔다. 자전거를 세워둔 곳으로 나오던 아 청이 싱긋 웃었다. 내가 형의 투항을 도와준 후로 그는 더 친근하게 대했고, 가끔 정원에서 나 혼자 작업할 때면 물병을 갖다주기까지 했다.

"콰이 훈이 이걸 보냈더군요. 뭐라고 나와 있습니까?"

그는 『스트레이츠 타임스』에서 오린 기사를 내게 주며 말했다. 2주 전 기사였다.

기사와 함께 실린 사진에는 정글 속 빈터의 헬기 앞에 사살된 공산 게릴라의 시신이 줄줄이 놓여 있었다. 기자와 인터뷰할 때 콰이 훈은 보상금 액수를 밝히기 거부했지만, 이 전직 말라야 공산당 정치위원은 그 돈으로 식당을 개업하겠다고 말했다.

"내가 평생 그의 식당에서 공짜 밥을 먹을 거라 기대한다고 전해줘요."

나는 아 청에게 기사를 읽어준 후에 덧붙여 말한다.

"그리고 나는 전복, 바닷가재, 상어 지느러미만 먹는다고요."

집사는 빙그레 웃었다.

"나카무라 씨께서 기다리십니다."

안채 앞쪽에 있는 가레산스이* 정원은 한 달 전 완공되었다. 그 정원을 볼 때마다 나는 성취감을 느꼈다. 아리토모는 그 정원에서 고운 흰 자갈을 긁어 평행선 물결 문양을 만들고 있을 터였다. 그는 며칠에 한 번씩 그 일을 했고 매번 문양을 바꾸고는 내게 무슨 무늬 같으냐고 물었다. 오늘 그는 막대기의 뾰족한 끝으로 바위 주변에 선을 그리는 중이었고, 자신의 발자국을 지우려고 뒤로 걸었다. 각 선 사이의 간격이 일정하지 않아서 어느 곳은 좁아지고 다른 곳은 넓어

* 물을 사용하지 않고 돌과 모래 등으로 산수를 표현한 정원

졌다. 아리토모는 문양을 다 만들자 내 옆에 와서 섰다.

"파도가 군도를 에워싼 모양이네요."

나는 말을 입 밖에 낸 순간 틀린 말이라는 것을 알았다.

아리토모가 미소를 지으면서 대답했다.

"오늘은 그렇게 시적인 문양이 아니야. 그냥 지도에 있는 언덕들의 등고선이야."

"그 왜가리가 여태 연못에 있어요. 그곳을 집으로 삼기로 했나봐요."

"조만간 여정을 계속하겠지."

"제게 보여주고 싶다고 하신 게 뭔가요?"

아리토모는 막대기를 내려놓고, 같이 서재로 가자고 했다. 그는 왕의 초상에 절한 다음 그림들이 걸린 벽으로 갔다. 아리토모는 거기 서서 천천히 고개를 왼쪽에서 오른쪽으로 돌리면서 그림을 하나하나 바라보았다. 마침내 그는 윤 홍의 수채화를 고리에서 떼서 내게 내밀었다.

나는 그림을 쳐다보고 나서 다시 그에게 시선을 돌렸다.

"이건 선물이었다고 하셨잖아요."

"자네는 여기 들어올 때마다 이 그림을 흘끔흘끔 훔쳐보지."

혹시 그의 마음이 확실한 게 아닐지 모르니 몇 번 더 사양하는 게 예의였지만, 아리토모의 말이 맞았다. 이 그림을 사는 데 실패한 후 계속 탐내던 터였다. 양손으로 그림을 받았다. 그러고 나서 나도 모르게 허리까지 굽혀서 그에게 절하고는 스스로 놀랐다. 다시 고개를 들었고, 그 절이 완전히 진심에서 우러난 인사였음을 우리 둘 다 알았다.

* * *

집에 돌아가니 매그너스가 베란다에 서 있었다. 그는 겨드랑이에 사진첩을 끼고 있었고, 탁자에는 찬합이 놓여 있었다. 내가 그림을 감출 새도 없이 그가 그림을 알아보았다.

"아리토모가 제게 그림을 줬어요."

내가 말했다.

"그림이 네게 돌아가서 다행이야."

그는 후회하는 기미가 살짝 보이는 미소를 지었다. 매그너스가 말을 이었다.

"네가 집에 저녁을 먹으러 오지 않은 지 한참 됐지. 내가 직접 와서 보는 게 나을 것 같더구나. 안사람이 닭고기 카레를 만들었다. 거기 밥도 있어."

그는 찬합을 가리켰다.

"저 대신 감사하다고 전해주세요. 진 한잔 하실래요?"

"그거 좋지."

매그너스가 등나무 의자에 앉았다. 나는 안에 들어가서 둘이 마실 술을 챙겨서 나왔다.

그가 말했다.

"템플러 고등 판무관 부부가 아리토모의 정원에 대해 들었다는구나. 정원을 구경하고 싶다는데."

"아리토모는 관람객이 정원에 찾아오는 것을 내켜하지 않는데요."

"그러니까 네가 말해주면 좋겠구나. 또 이들은 보통 방문객과는

318

다르지. 템플러는 말라야 최고의 유력가거든."

매그너스가 말했다.

"영국 공무원에게 휘둘리시다니 점점 마음이 약해지시네요, 매그
너스. 깃발도 내릴 작정이세요?"

나는 빙긋 웃으며 그를 놀렸다.

"깃발은 그대로 둘 거야."

"템플러는 아무 거리낌 없이 아저씨에게 깃발을 내리라고 명령할
걸요."

부임 첫날부터 신임 고등 판무관에 대한 소문이 전국에 퍼져 고지
대까지 들려왔다. 영국 군인회나 타나라타 골프 클럽에서 정부 관료
들이 쑤근댔다. 템플러는 쿠알라룸푸르에 부임한 지 몇 주일 만에,
비능률적인 사람은 예외 없이 호되게 질책했고, 무능하다고 판단되
는 이들은 해고했다.

매그너스는 주먹으로 가슴팍을 치면서 말했다.

"그는 나 같은 사람을 만나본 적이 없겠지."

"언제 오는데요?"

매그너스가 대답했다.

"우린 그의 일정을 닥쳐서나 알게 될게다. 템플러가 '국민의 마음
과 호감을 얻기' 위한 순시의 일환으로 오는 거야. 물론 다른 사람들
에게는 알리지 않았지. 하인들에게도 말해주지 않았다."

"에밀리가 은식기를 닦으라고 하면 하인들은 귀빈이 오는 줄 알
걸요."

"아이고, 맞는 말일세."

그가 키득대면서 덧붙여 말했다.

"집사람에게 경고해야겠구먼. 네가 보고 싶어 할 것 같아서 가져왔다."

매그너스는 탁자 위로 가죽 장정된 사진첩을 내밀었다.

유기리의 작업 과정을 단계별로 기록한 사진들이었다. 그곳이 정글이었던 시작 단계부터 일본 점령 이전까지. 나는 사진첩을 몇 장 넘기다가 멈추었다.

"언제 아리토모를 만나셨어요?"

매그너스는 손으로 안대를 문질렀다.

"1930년 여름, 아니 1931년이겠군. 맞아, 일본이 중국을 침략한 바로 그 주였어. 나는 도쿄에서 일본인들에게 우리 차를 팔려고 애쓰고 있었지. 사람들이 거리에 몰려 나와 축하를 하더군. 어디서나 깃발과 대중 집회를 볼 수 있었지."

그는 술을 쭉 들이켜고 말을 이었다.

"나는 차 중개인에게 도쿄의 사찰 정원을 정말 잘 구경했다고 말했어. 내가 질문을 어찌나 해댔는지 그 딱한 친구는 다 대답을 못 하고 쩔쩔맸지. 다음날 그가 아리토모를 소개해주더구나. 일왕의 정원사를 직접 만나다니 믿을 수가 없더군! 그가 개인적으로 왕실 정원들을 구경시켜주었지. 엄청나더라고."

매그너스는 말을 멈추고 잠시 생각에 잠겼다. 그가 다시 말을 이었다.

"능률적인 사람들이지, 일본인들 말이야. 그들이 전쟁을 이길 뻔했던 것도 놀랄 일이 아니야."

"그들을 칭찬하시네요."

내가 말했다.

그가 대꾸했다.

"윤 링 너도 나름대로는 그렇게 생각하지 않니? 그게 아니라면 왜 여기 있으려 하겠니?"

"단지 윤 홍을 위해 이 일을 하는 거예요."

매그너스가 나를 지긋하게 바라보았다. 나는 다시 사진을 보기 시작했다. 몇 장 넘기다가 멈추고, 아리토모가 빡빡머리 일본 청년 넷에게 지시를 내리는 사진을 손짓했다. 웃통을 벗은 키 작은 근육질 청년들이 물레방아 바퀴를 지고 안간힘을 썼다. 사진사는 그들을 노동자 혁명 기념 조각상으로 만들기라도 하려는 듯 극명한 콘트라스트*를 주어 촬영했다.

"그가 모국 사람들을 데려왔나요?"

내가 물었다.

"다섯…… 아마 여섯 사람이었지. 그들은 1년간 머무르면서 땅을 고르고 이곳 일꾼들을 가르쳤지."

"그가 말라야에 오기로 선택한 것이…… 이곳을 집으로 삼기로 한 게 이상하지 않으세요?"

"사실 다 나 때문이었지."

매그너스가 말했다.

"무슨 말씀이에요?"

---

* 사진 등에서 극적인 효과를 위해 색깔이나 명암의 차이를 이용하는 것

"저…… 내가 그에게 다녀가라고 초대했거든. 그가 여기 온 지 일
주일도 안 지나서 캐머런에 흠뻑 빠질 줄은 나도 몰랐다."

매그너스가 베란다 주위를 둘러보았다. 그가 덧붙여 말했다.

"아리토모는 처음 마주바에 왔을 때 이 방갈로에서 지냈지."

"제게 그런 말은 안 했어요."

아리토모의 인생이 내 인생을 스치고 지나는 것 같아 기분이 묘
했다. 우리는 한 나무에서 떨어져 가끔 부딪치면서 바닥에 내려앉는
두 개의 나뭇잎 같았다.

"너처럼 아리토모도 우리 부부랑 지내는 걸 꺼렸지. 우리한테 악
취라도 나는지 의아해지기 시작하더구나."

그는 산만하게 가슴팍을 긁었지만, 내 눈길을 의식하고 동작을 멈
추었다.

나는 사진첩을 닫으면서 말했다.

"아저씨 문신이요, 그가 해준 건가요?"

매그너스는 손가락으로 술잔을 문지르며 유리잔에 맺힌 물방울
을 터뜨렸다. 그가 물었다.

"그걸 잊지 않았네?"

내가 대꾸했다.

"어떻게 잊을 수 있겠어요? 아리토모가 해준 거죠, 아닌가요?"

아리토모가 『수호전』을 보여준 후 내 마음 속에서 그런 의혹이 커
졌다. 매그너스의 표정을 보자 그렇다는 것을 알았다. 내가 다시 말
했다.

"저 좀 보여주세요."

그는 내 말이 들리지 않는 것 같았다. 다시 부탁하려는데, 매그너스가 셔츠 단추를 풀기 시작했다. 코르크 판에서 압정을 빼는 사람처럼 조심스럽게 움직였다. 매그너스가 동작을 멈추었을 때 셔츠가 가슴팍의 3분의 1까지 벌어졌다. 목 주위 삼각 지대는 그을려 잔주름이 많고, 그 아래는 흰 살결이 매끈하고 부드러웠다. 심장 위쪽에 새겨진 문신은 기억보다 작았다. 아름답게 그려진 눈의 파란 홍채는 매그너스의 눈과 똑같았다. 눈을 에워싼 여러 색 사각형이 트란스발 국기를 나타낸다는 것을 알 수 있었다.

"아주 정교하네요."

내가 말했다.

매그너스는 가슴팍을 내려다보았고, 목이 메는 소리로 대답했다.

"나는 아리토모에게 지나친 일본풍은 꺼려진다고 말했지."

여전히 색이 생생하고 빛났다.

"바로 얼마 전에 한 문신으로 보여요."

"아리토모는 직접 안료를 섞지."

매그너스는 손가락으로 문신을 쓰다듬다가, 안료가 묻었을까 염려라도 되는 듯 손끝을 보았다.

"아팠어요?"

그가 기억을 떠올리며 얼굴을 찌푸렸다.

"아, 이것…… 그가 경고했지만 각오했던 것보다도 심하더구나."

"왜 문신을 하셨어요?"

그가 대답했다.

"허영심 때문에. 나를 남들과 다르게 만드는 훈장 같았거든. 늘 나

자신이 불완전하다고 느꼈지, 이것 때문에……"

매그너스는 안대를 건드리며 말을 이었다.

"도쿄에서 사람들을 따라 공중목욕탕에 갔지. 엄청난 경험이었지! 남자들이 완전히 알몸으로 걸어 다니는데 온몸에 문신이…… 용이랑 꽃…… 무사들이며 긴 검은 머리 여자들. 그 문신들은 충격적이었지. 하지만 나는 거기서 아름다움도 발견했지."

"언제 문신을 하셨어요?"

"아리토모가 우리를 찾아왔을 때, 나는 목욕탕에서 본 문신에 대해 말했지. 그는 원하는 땅이 있는데 그 땅을 팔면 문신을 해주겠다고 제의하더군. 작은 걸로 해주겠다고."

매그너스가 단추를 잠그고 셔츠의 주름을 폈다. 그가 말을 이었다.

"그는 땅값을 후하게 쳐주고, 내 차 농장에 얼마간 투자도 했지. 덕분에 난 형편이 한결 좋아졌어. 그 무렵 자금이 빠듯했거든."

나무 사이에서 쏙독새 한 마리가 울었다. 방갈로로 이사한 후 처음 그 소리를 들었다. 주민들은 쏙독새를 '똑똑새'라고 불렀고, 어떤 이들은 새가 노크 소리를 몇 번 내는지 내기를 하곤 했다. 새는 다시 울었고, 나는 습관적으로 울음소리를 세면서 미리 정한 숫자가 맞는지 확인했다. 수용소에 있을 때 잠자리에서 모기와 벼룩이 달려드는 것을 잊으려고 쏙독새 우는 횟수를 맞추는 놀이를 하곤 했다.

나는 매그너스가 빤히 보는 것을 알아차렸다.

"내기에서 이겼니?"

그가 미소 지으며 물었다.

"똑똑 소리 내기에서 한 번도 이긴 적이 없어요."

그가 가려고 일어났다.

"사진첩은 갖고 있거라. 다 본 후에 돌려주면 돼."

나는 베란다 계단을 내려가서 매그너스의 랜드로버까지 배웅했다.

"그 불완전한 느낌이요…… 문신을 한 후에 없어졌나요?"

매그너스는 걸음을 멈추고 나를 바라보았다. 오래된 슬픔이 눈에 뿌옇게 차올랐다.

"그건 없어지지 않을 거야."

그가 말했다.

매그너스가 차를 몰고 떠나고 차 소리가 사라지자, 쏙독새가 다시 울기 시작했다. 진입로에 가만히 서서 새 울음소리를 헤아렸다. 이번에도 내기에서 졌다.

* * *

지난 한 주는 평소보다 많이 힘들었고, 그래서 다음날 아침 침대 속에서 게으름을 부리니 기분이 좋았다. 그러다 나를 부르는 소리를 들었다. 침실 벽 위로 드는 햇살로 봐서 7시 반쯤이라는 걸 알 수 있었다. 잠옷 가운을 걸치고, 잠시 윤 홍의 그림을 쳐다보다가 밖으로 나갔다. 아리토모가 배낭을 느슨하게 들고 베란다에 서 있었다.

그가 말했다.

"저, 제비집이 다 떨어졌어."

"타나라타에 있는 약재상에는 제비집이 없어요. 그리고 이 시간에, 토요일에는 문을 열지 않아요."

내가 일러주었다.

그가 손뼉을 치면서 말했다.

"옷을 입어. 어서. 등산화를 신도록 해. 우린 산속으로 올라갈 거
니까."

우리는 걷기 시작해서 마주바 차 농장의 북쪽 구릉으로 향했다.
멀리 동쪽에서는 구름 떼가 베렘분 산을 감쌌다. 곧 차 밭이 끝나고
경작하지 않는 비탈들이 나타났다. 정글 가장자리에서 아리토모는
몸을 돌려 잠시 나를 바라보았다. 그는 우리가 걸어온 길을 휙 둘러
보았다. 그가 흡족해하면서 양치식물 사이로 들어갔다. 나는 잠시
망설이다가 뒤따랐다.

열대 우림으로 들어가는 것이 어떤지는 설명하기 힘들다. 매일 도
심과 마을에서 보는 인식 가능한 선과 형태에 적응된 눈은, 질서나
제한 같은 것 없이 활기를 띠는 무한히 다양한 어린 나무, 덤불, 나
무, 양치류와 풀에 압도된다. 그 색깔 속에서 세상이 하나로, 거의 단
색으로 느껴진다. 그러다가 점점 다양한 초록빛을 받아들이기 시작
한다. 에메랄드, 카키, 회녹색, 라임, 연초록, 아보카도, 올리브. 눈이
다시 적응하면서 여러 색깔들이 드러나며 제자리를 차지한다. 나무
기둥에 하얀 줄무늬가 있고, 햇살 속의 노란 우산이끼와 빨간 끈끈
이주걱, 나무 기둥을 타오르는 뒤틀린 덩굴 식물의 분홍 꽃들.

때때로 우리가 걸어온, 동물들이 다니는 길이 덤불 속으로 완전히
사라졌지만, 아리토모는 망설임 없이 초목 속으로 들어갔다가 잠시
후 다른 길로 나갔다. 공기 중에 퍼진 소란한 벌레 소리는 연기 나는
프라이팬에서 기름이 지글대는 소리와 비슷했다. 새들은 깍깍 울고

찍찍 소리를 냈고 높은 가지를 건드려 우리 머리 위로 이슬이 떨어지게 했다. 원숭이들이 울부짖는 소리가 퍼지다가 깊은 적막감이 감돌더니, 다시 울음소리가 나기 시작했다. 넙적하고 반들거리는 나뭇잎이 우리 뒤쪽 길을 막았다. 나는 아리토모와 보조를 맞추는 게 어렵지 않음을 알고 놀랐다. 유기리에서 일을 시작한 후 기력이 좋아졌다.

"새집들은 어디서 구할 건데요?"

"세마이족에게서. 지독한 중국인들에게 사는 것보다 훨씬 싸지."

그는 걸음을 늦추지 않고 앞쪽 길만 쳐다보면서 대답했다.

나는 중국 약재상에서 공들여 조각한 나무 상자에 담긴 제비집을 본 적이 있었다. 그 옆에는 말린 호랑이 성기가 든 단지와 빨간 벨벳 위에 놓인 산삼 뿌리가 있었다.

"세마이족이 왜 그걸 팔려고 하겠어요?"

"점령기 때 세마이족은 당국과 불화가 있었지. 매그너스가 내게 그들을 도와주라고 부탁하더군. 그 후로 늘 세마이족은 제비집을 헐값에 나한테 주고 있지."

나뭇가지를 휘감고 타오르는 덩굴이 끌어당기기라도 하는 듯 나무들은 이상한 각도로 기울어져 자랐다. 에메랄드색 태양새가 스쳐지나갔다. 밀림으로 날아들기 전 태양에서 빛을 흡수한 새는 여전히 번뜩이는 빛줄기 같았다. 아리토모는 산길을 오르면서 내게 초목에 관해 설명했다. 한번은 그가 걸음을 멈추고 나무의 흐릿한 줄기를 쓰다듬었다.

그가 말했다.

"투알랑*이지. 이 수종은 키가 60미터까지 자라지. 그리고 이것은⋯⋯"

그는 눈에 띄지 않는 얕은 덤불 위로 허리를 굽히고 지팡이로 치면서, 내게 장난스런 표정을 지으며 말을 이었다.

"말레이인들이 '통캇 알리'라고 부르는 식물이야. 말레이인들에게 듣기에는 이것의 뿌리가 남자의 시들어가는 성욕을 되살릴 수 있다던데."

아리토모가 날 쩔쩔매게 만들 속셈이었다면 실패했다. 전쟁 전이었다면 직설적으로 성을 표현하는 말에 당황했겠지만, 이제는 아니었다.

내가 말했다.

"우리가 그걸 걷어다가 팔아야겠네요. 돈을 얼마나 많이 벌지 생각해보세요."

수풀 밖에서 나와 경사진 바위에 올라섰을 때는 해가 중천에 떠 있었다. 땅에는 듬성듬성 자란 풀 더미 몇 개 외에는 아무것도 없었다. 나는 원주민이 사는 마을에 갈 거라고 예상하고 있었다. 그래서 앞에 동굴이 나타나자 문득 걸음을 멈추었다. 깎아지른 석회암 절벽의 옆면에 동굴이 있었고, 동굴 입구에는 종유석이 버티고 있었다.

아리토모가 배낭에서 손전등 두 개를 꺼내 하나를 내밀었지만 나는 고개를 저었다.

"여기서 오실 때까지 기다릴게요."

* 콩과 식물, 열대 우림 나무의 한 종류

328

내가 말했다.

"겁낼 것 없어. 줄곧 내가 바로 앞에 있을 거야."

그는 손전등을 몇 차례 켰다 끄면서 말했다.

동굴에 들어선 순간 축축하고 질펀한 새똥 냄새가 밀려들었다. 바깥에서 드는 햇빛으로도 예닐곱 발자국은 충분히 걸을 수 있었지만 나는 얼른 손전등을 켰다. 내 귀에도 내 숨소리가 크고 들쑥날쑥했다. 우리는 모퉁이를 돌아서 안쪽 공간으로 들어갔다. 아리토모가 내게 손을 내밀었다. 나는 잠시 주저하다가 손을 잡았다. 우리는 버려진 합판 널을 이어 만든, 바닥 높이를 돋운 통로에 있었다. 우리 체중이 실리자 나무 바닥이 나근거렸다. 어두운 동굴에서 날개들이 휙휙 지나가고 딸깍 소리가 났다.

"저게 뭐죠?"

내가 속삭였다.

"반향 위치 측정이지. 새들은 그걸 이용해서 어둠 속에서 길을 찾아."

아리토모가 똑같이 나직이 대답했다.

손전등을 발 주변에 비추다가 나는 넌더리가 나서 비명을 질렀다. 널빤지 밑에 있는 구아노* 더미에서 바퀴벌레 수천 마리가 우글거렸다. 손전등을 위로 비추니, 벽에 망처럼 엉킨, 갈라진 틈처럼 보이는 것들이 불빛 가장자리에 드러났다. 전등을 더 높이 비추다가 지네들이라는 것을 알았다. 25센티미터쯤 되는 지네의 가는 원통형 몸에서

---

* 바닷새의 배설물이 바위 위에 쌓여 굳어진 덩어리

다리들이 튀어나왔다. 그것들은 세월이 바위 속에 가둔 선사시대 물고기 뼈대를 연상시켰다. 빛의 방해를 받자 지네들이 살아나서 바삐 어두컴컴한 곳으로 달아났다.

동굴 속으로 깊이 들어갈수록, 천장이 더 높아질수록 통로가 넓어졌다. 바닥이 뚝 떨어졌다가 솟고 가끔 평편해졌다. 불안감은 사라졌지만 계속 아리토모의 손을 잡고 있었다. 다른 동굴에 도착하니 공기가 많이 나아졌다. 앞서 지나온 두 개의 동굴보다 넓었다. 30~60미터 높이의 천장으로 햇빛이 들어와 바위로 된 바닥을 비추었다. 금사연들이 빛줄기 사이로 쌩하니 날았고, 물 떨어지는 소리와 그 메아리가 적막감 도는 동굴에 퍼졌다.

동굴 뒤편에서 사람 목소리가 났다. 허리케인 램프*의 흐린 불빛에 오랑 아슬리** 사내 둘이 보였다. 그들은 대나무 발판 밑에서 어두컴컴한 위를 올려다보며 서 있었다. 둘 다 마른 체구의 30대로, 헐렁한 반바지만 걸치고 있었다. 그들은 아리토모가 휘파람을 불 때까지 우리가 거기 있는 줄 몰랐다. 휘파람 소리에 금사연 떼가 휙 날아갔다.

두 사내는 나를 보자 달갑지 않은 듯 보였다.

"사람을 데려오면 안 되지요."

한 사람이 아리토모에게 말했다.

"이 분은 아무에게도 말하지 않을 거네, 페랑."

아리토모가 말했다.

---

* 바람이 불어도 불꽃이 꺼지지 않게 유리 갓을 두른 램프
** 말레이시아 원주민 부족

"전 심지어 여기서 돌아가는 길도 몰라요."

나는 말레이어로 페랑을 안심시켰다.

그는 옆에 있는 사내에게 몸을 돌렸다. 사내의 가슴과 팔을 뒤덮은 옅은 검은 문신은 윤곽선이 일그러져 살에 번졌다. 문신한 사내가 어깨를 으쓱했다.

페랑이 내게 경고조로 말했다.

"딱 한 번입니다. 다시 오면 안 됩니다, 알겠죠?"

"알았어요."

나는 고개를 끄덕이며 대답했다.

그들은 위의 어둠 속으로 관심을 돌렸다. 나는 그들의 시선을 좇다가, 땅바닥이 푹 꺼지는 기분을 맛보았다. 처음에는 아무것도 볼 수가 없었다. 점점 동굴 벽을 따라 움직이는 기미가 느껴졌다. 열한 살쯤 된 남자애가 갈대 위의 개미처럼 대나무 막대 위에서 엉덩이와 어깨를 흔들고 있었다. 소년은 몸에 밧줄도 매지 않고 2미터 혹은 2.5미터 공중에 있었다. 이따금 동작을 멈추고 한 팔로 암붕*에 매달려 다른 손으로 바위에 달린 새집을 잘라 허리에 찬 주머니에 넣었다.

"새알은 어쩌고요?"

나는 소년을 빤히 쳐다보면서 물었다. 동굴이 커서 목소리가 울렸다.

"이들은 새가 알을 낳기 전에 둥지를 훔치지. 암컷은 제 둥지가 없어진 줄 알면 다른 둥지를 만들지. 다시 만든 둥지는 그냥 둬서 암컷이 알을 낳을 수 있게 하지. 안에 아기 새가 있는 둥지는 절대로 가져

---

* 해안에 발달한 선반 모양의 암석 입지

오지 않아."

고개를 한껏 젖히고 위를 보려니 목이 뻣뻣해졌고, 소년이 발판에서 내려올 무렵 난 동굴에 대한 두려움은 까맣게 잊었다. 페랑이 소년에게 주머니를 받아, 햇빛이 쏟아지는 평편한 낮은 바위 옆에 쭈그리고 앉았다. 그는 주머니를 흔들어 안에 든 것을 바위에 쏟았다. 빛 속에서 먼지 입자가 빙빙 돌며 회오리를 일으켰다. 깃털로 덮인 여러 개의 둥지는 적갈색부터 연노란색까지 다양했다. 사람의 귀를 연상시키는 모양이었다.

아리토모는 더 흰 것들을 골랐다. 그는 짙은 색 새집은 동굴 벽에서 철과 마그네슘을 흡수한 것들이라고 내게 속삭였다. 그가 새집 값을 치루고, 우리가 금사연 동굴을 떠날 때 뒤에서 페랑이 외치는 소리가 들렸다.

"당신은 다시 오지 마시오!"

* * *

우리는 깊은 골짜기가 들여다보이는 널찍한 암붕에서 쉬었다. 동굴에서 나오니 마음이 놓였다. 숨을 깊이 들이마셔서 냉습한 공기로 폐에 남은 동굴의 끈적이는 악취를 씻었다. 맞은편 암석 돌출부에서 폭포수가 쏟아졌다. 물이 떨어지면서 물보라가 퍼져 하얀 깃털처럼 바람에 휩쓸려 땅에 닿았다.

아리토모가 보온병에 담긴 차를 두 컵 따라 하나를 내게 주었다. 전날 저녁 매그너스가 부탁한 말이 기억났다.

"고등 판무관 부부가 유기리에 다녀가고 싶대요."

내가 말했다.

"작업이 마무리되지 않았어."

"완성된 구역들을 구경시켜주시면 되잖아요."

그는 내 제안에 대해 생각했다.

"자네는 지난 다섯 달 동안 아주 열심히 일했지. 자네가 그들을 안내하지 그래?"

문하생이 된 이후 아리토모에게 칭찬을 받은 것은 이때가 처음이었다. 그의 칭찬에 얼마나 기분이 좋던지 나 자신도 놀랐다.

"제가 괜찮은 정원 조경사가 될까요?"

"이 일에 계속 매진한다면. 자네는 타고난 재능은 없지만 결심이 단단하다는 것을 내게 보여주고 있지."

그가 말했다.

그 말에 어떻게 응답할지 몰라서 계속 잠자코 있었다. 우리가 촛불 주변을 맴도는 나방 두 마리 같다는 생각이 들었다. 빙빙 돌면서 불꽃에 점점 가까이 다가가면서, 누구의 날개에 먼저 불이 붙는지 보려고 기다리는.

잠시 후 아리토모가 말했다.

"처음 나를 만나러 왔던 날, 도미나가 노부루와 친구가 되었다고 했지. 그는 자네가 있던 수용소에서 어떤 일을 했지?"

그는 등을 꼿꼿이 펴고 미동도 하지 않은 채 산맥만 응시했다.

"죽도록 일을 시켰지요. 그는 우리 모두 죽을 만큼 일을 시켰어요."

내가 대답했다.

그가 나를 바라보았다.

"하지만 자네는 여기 있어, 윤 링. 유일한 생존자지."

"저는 운이 좋았어요."

나는 그와 잠깐 눈을 맞추다가 시선을 돌렸다.

아리토모는 배낭에서 새집 두 개를 꺼내서 내 손바닥에 올려놓았다. 비스킷처럼 부서질 듯 가벼웠다. 동굴 속 높은 바위틈에서 방금 딴 새집을 손에 쥐니 느낌이 이상했다. 먹이 사냥을 마치고 서둘러 동굴에 돌아올 금사연이 떠올랐다. 새들은 자신들이 내는 메아리에, 그 소리의 흔적에 의지해 어둠 속에서 길을 찾지만, 둥지가 있던 자리에 내려앉은 형체 없는 적막감만 만날 터였다. 금사연을 생각하자 가슴에 애잔함이 웅어리져서 새의 타액 가닥처럼 굳었다.

아리토모가 동쪽 하늘을 손짓했다. 베렘분 산 뒤쪽에서 구름 벽이 밀려 올라왔다.

"지평선에 내일의 비가 걸려 있군."

내 시선이 산맥의 한쪽 끝에서 다른 쪽 끝으로 옮아갔다.

"저게 영원히 계속될 거라고 생각하세요?"

"산맥?"

아리토모는 전에도 들어본 적 있는 질문인 듯 되묻고 말을 이었다.

"서서히 사라지겠지. 삼라만상이 그렇듯이."

15

금사연 동굴에 다녀오고 2주 후인 금요일 오전 10시 몇분 전, 검은 롤스로이스가 양옆으로 랜드로버의 호위를 받으며 마주바 하우스 앞에 멈췄다. 매그너스와 에밀리는 고등 판무관을 영접하려고 진입로에서 대기 중이었고, 나는 개들이 나오기 전에 문을 닫고 그들 옆으로 갔다. 구르카인 경비원은 차렷 자세로 서 있었다. 랜드로버 두 대에서 말레이 경찰관 8명이 내려, 집 입구에 줄지어 섰다. 제럴드 템플러 경이 롤스로이스에서 내려 아내가 내리도록 도왔다. 50대인 고등 판무관은 중키에 마른 체구로, 카키색 부시 재킷*과 날렵하게 주름 잡힌 같은 색의 바지를 입었다. 그의 눈이 지붕 위 깃대에 걸린 깃발에 쏠렸다가 매그너스에게 옮겨졌다. 매그너스의 가다듬은 콧수염이 입가로 처졌다. 나는 그의 눈빛을 보았다. 그는 템플러가

---

* 밀림 등에서 수렵하는 사람들을 위해 디자인한 재킷. 일명 사파리 재킷

마주바에 찾아온 아이러니를 만끽하고 있었다.

"더 많은 영국 관료들이 와서 존경을 표하게 해야될 텐데."

템플러 부부를 맞으러 앞으로 나가면서 매그너스가 내게 속삭였다. 에밀리가 팔꿈치로 남편의 옆구리를 찔렀다.

"마주바에 오신 것을 환영합니다."

매그너스가 템플러와 악수를 하면서 말했다.

고등 판무관은 옆에 서 있는 여인에게 고개를 돌리며 말했다.

"아내, 페기입니다."

"여기 차 농장이 가볼 만하다는 말을 들었어요."

레이디 템플러가 말했다.

곧 매그너스는 안내를 시작했다. 템플러의 급한 성미는 이미 전설이 되었다. 우리는 그를 뒤쫓아 12구역으로 갔다. 이 구역이 선택된 것은 비탈길이 그리 가파르지 않은데도 차나무가 자라는 계곡 중 최고의 풍광을 볼 수 있어서였다. 키 큰 중년의 경관이 무리에서 떨어져 내 옆에서 걸었다.

그가 자기 소개를 했다.

"토머스 앨드리치입니다, 경감이지요. 테오 분 하우의 따님이시죠, 맞습니까? 우리에게 일본 정원을 구경시켜줄 거라고 들었습니다만. 이곳에는 휴가 차 오셨습니까?"

"저는 여기 살아요."

고등 판무관이 방문하기 전 특수부가 마주바 거주자들의 서류 일체를 검토했을 게 뻔해서 나는 그렇게 대답했다.

하늘에는 구름 한 점 없고, 공기가 맑아서 빛줄기가 선명했다. 계

336

곡 밑바닥에서 간간이 산들바람이 불어와 나무 꼭대기 위로 지나갔
다. 고등 판무관 부부는 바퀴 자국이 난 길을 편안히 걸어서 일꾼 숙
소로 향했다. 철조망을 친 3미터 높이의 담장이 차 농장을 에워쌌다.
매그너스가 훈련시킨 말레이인 경비병 둘이 차렷 자세를 하고 템플
리에게 경례했다. 빨랫줄에는 물 빠진 옷가지가 걸려 있었다. 일행
이 다가가자 노란 병아리를 쫓아가던 암탉들이 황급히 달아났다. 집
밖에 쭈그려 앉은 노파가 우리에게 손을 흔들었다. 노인의 몸에 두
른 사리 자락 사이로 뱃살이 삐져나와 있었다. 느릿느릿 무심히 시
리*를 씹을 때, 보이지 않는 손이 그녀의 밀가루 반죽 같은 얼굴을 주
무르는 것 같았다. 이따금 노파는 씹던 구장 나무 찌꺼기를 바로 앞
에 뱉었다.

"부친께서 메르데카 회담에 큰 도움을 주십니다. 몇 년 내로 말라
야가 독립할 가능성이 크다는 생각이 듭니다."

앨드리치가 말했다.

"적극적이신 것 같네요. 말라야가 독립하면 경감님은 직장을 잃
을 수도 있는데요."

내가 말했다.

"우리 백인들보다는 중국인들이 메르데카를 더 두려워하지요."

그는 한쪽 입 끝이 처지게 빙긋 웃었다.

그 말은 사실이었다. 특히 영국식 교육을 받고 스스로를 '왕의 중
국인'이라고 부르는 우리 스트레이트(해협) 중국인들은 인도, 버마,

---

* 이나 잇몸을 보호하는 약용 잎. 구장 나뭇잎과 함께 씹는다.

네덜란드령 동인도 제도*에서 독립 운동이 폭력적으로 변하는 양상을 지켜보았다. 그래서 유사한 공동체 간의 분쟁이 말라야를 분열시킬 거라는 두려움을 느꼈다. 말레이인들의 통치하에서 어떻게 될지 확신할 수 없기에 중국인들은 말라야가 독립할 준비가 될 때까지 영국이 지배하는 쪽을 선호했다.

내가 말했다.

"공산당원 역시 독립을 위해 싸운다고 말해요. 아이러니하지 않은가요? 영국이 말라야에 메르데카를 준다면, 공산당원은 즉시 쫓겨날 판인데 말이죠."

앨드리치는 템플러 쪽을 고갯짓하면서 말했다.

"저 분이 말라야가 최대한 빨리 독립하기를 바라는 것도 그 때문입니다. 공산주의자들에게 치명타가 될 테니까요. 어쨌든 여러분 모두를 일본에 넘겼던 우리에게 여전히 통치할 권리가 있겠습니까?"

* * *

매그너스는 템플러 부부와 단지를 돌면서 고지대의 역사를 간략히 설명했다. 그는 윌리엄 캐머런이 코끼리를 타고 산맥을 탐사한 일에 대해 말했다.

"알프스 산맥을 넘는 한니발 장군처럼 말입니다."

그가 말하자 에밀리는 물고기의 빛나는 배 같은 두 눈알을 굴렸

* 현재의 인도네시아 제도

다. 매그너스는 얼른 내게 미소 지으면서 말했다.

"제가 차 농장을 시작했을 때 다들 제가 미쳤다고 생각했습니다. 그리고 그들이 옳았지요. 저는 처음부터 이 대단한 식물의 마법에 빠졌거든요."

그는 차나무에서 밝은 녹색 잎을 따서 손가락 사이에 말아 코 밑으로 가져갔다. 그러더니 찻잎을 고등 판무관의 아내에게 주었다.

"이것들은 동부 히말라야에서 처음 발견된 식물에서 진화했습니다. 예수가 탄생하기 전에 이미 중국 황제는 차나무에 대해 알고 있었지요. 그는 이것을 비취 즙의 거품이라고 불렀지요."

"끓는 물 주전자에 잎사귀 몇 개가 떨어진 후 차를 발견했다는 황제 말이지요? 그건 신화에 불과합니다."

앨드리치가 말했다.

매그너스가 반박했다.

"글쎄요, 저는 그 이야기를 믿습니다. 2천 년 동안 이렇게 다양한 형태로, 이렇게 다양한 민족이 마신 음료가 또 있습니까? 티벳인, 몽고인, 중앙아시아 스텝 지대의 부족, 샴* 사람과 버마인, 중국인과 일본인, 인도인. 그리고 마지막으로 우리 유럽인."

그는 말을 멈추고 차에 대한 꿈에 빠져들었다. 그러다가 매그너스가 다시 입을 열고 덧붙였다.

"도둑과 거지부터 작가와 시인에 이르기까지, 농부와 병사와 화가부터 장군과 황제에 이르기까지 모든 사람이 차를 마셔왔습니다.

* 태국의 옛 명칭

그리고 어느 사원이든 들어가서 제단에 바쳐진 공물을 보면, 신들까지도 차를 마신다는 것을 알게 될 겁니다.”

그는 우리를 차례로 쳐다보면서 말을 이었다.

“영국인이 최초로 찻잔을 받았을 때, 실은 중국 제국의 궁극적인 몰락을 위해 건배한 셈입니다.”

템플러가 얼굴을 붉히자 부인이 그의 팔꿈치를 살짝 건드렸다. 앨드리치가 말했다.

“글쎄요, 중국이 세계에 차를 판매해서 엄청난 수익을 올렸다는 것은 부인할 수 없을 겁니다.”

옅고 날카로운 미소와 가시 돋힌 말에서 왠지 앨드리치가 의도적으로 매그너스를 괴롭히는 느낌이 들었다.

매그너스가 대답했다.

“맞습니다, 처음에는 그랬지요. 하지만 차와 맞바꾼 은이 중국으로 유입된 게 근심의 이유가 되었습니다. 그래서 영국은 그 물결을 되돌릴 방법을 강구했습니다. 어떻게 했는지 아십니까?”

“라오 쿵(여보)……”

에밀리가 남편에게 경고했다. 그녀는 매그너스의 입을 다물게 하라는 눈빛을 내게 던졌지만, 나는 무기력하게 어깨를 으쓱했다.

매그너스는 질문을 던지고 스스로 답했다.

“아편이었지요. 파트나와 베나레스*에 있는 동인도 회사의 들판에서 나온 아편. 영국 국고에서 손실된 은을 벌충하려고 중국에 그

---

* 두 곳 모두 인도 동부에 있는 도시. 베나레스는 지금의 바라나시

아편을 팔았지요. 그래서 '천국*'은 아편 중독 국가가 되었고, 모든 것은 차를 마시려는 욕망에서 비롯된 겁니다."

"헛소리를 하시는군요."

앨드리치가 말했다.

"그렇습니까? 영국은 아편을 판매할 권리를 지키려고 중국과 두 번이나 전쟁을 했습니다. 두 번이나. 역사책을 찾아보세요. 혹시 놓치고 지나칠지 몰라 말씀드리는데, 역사책에서는 그 전쟁을 '아편 전쟁'이라고 부릅니다."

"시찰을 계속하실까요? 저희 일꾼들의 어린이집을 보셔야 해요."

에밀리가 매그너스를 밀치고 나와 앞장서면서 말했다.

템플러 부부는 어린이집에 들러서, 부모가 찻잎을 따는 사이 아기들을 봐주는 나이 든 여인들과 대화했다. 통역은 에밀리가 맡았다. 서까래에 밧줄로 맨 포대기 안에서 아기들이 자고 있었다. 이따금 보모가 아기 요람을 가만히 흔들었다.

고등 판무관은 보모들과 헤어져서 차 농장 단지를 돌아보며, 일꾼들이 사는 오두막의 창문 안을 들여다보고 건물 상태를 점검했다. 매그너스는 그다지 걱정하지 않는 눈치였다. 그는 유달리 일꾼들을 챙기지는 않았지만, 그들을 잘 대접했다. 또 일꾼들에게 엄격해서, 생산성을 해치는 처신에 대해서는 반드시 징계하고 품삯을 제했다. 내가 가본 몇 군데 고무 농장들과 달리, 여기는 뛰어다니며 노는 아이들 중 피부가 희다는 의심이 가는 아이가 없었다.

* 중국에서는 청조까지 계속된 중국의 왕조를 뜻하는 어휘로 쓰인다.

고등 판무관이 비탈에서 찻잎을 따서 한 주먹씩 바구니에 던지는 일꾼들과 대화하는 동안, 우리는 참을성 있게 기다렸다. 템플러는 농장에서 만난 일꾼 전원과 악수하겠다고 고집을 부렸고, 비상조치 하에서 겪는 고충들을 들으려 했다.

"오빠는 잘하고 있습니다, 미스 테오. 그는 경찰 내에서 힘들게 지내왔지요."

앨드리치가 말했다. 다른 사람들은 우리보다 조금 앞서서 공장으로 향했다.

"힘들다고요?"

내 목구멍 뒤쪽에서 조소가 터져 나왔다. 오빠 키안 혹은 말라야 경찰대에서 몇 안 되는 중국인 경위였고, 아버지는 아들의 출세를 도우려고 영향력을 발휘했다. 또 그는 내가 해임당할 때까지는 나를 위해서도 줄을 댔다.

"일본 항복 후, 창이*에 있던 사람들은 경찰의 본분을 져버리고 도망친 사람들을 쳐다보려고도 하지 않았어요. 오빠도 종종 그런 부류, 그러니까 편하고 쉽게 전쟁을 치른 부류로 간주됐거든요."

"경감님은 그런 경험을 하셨는데도 더 너그러우신 것 같네요."

내가 말했다.

그의 눈이 뿌옇게 변했다.

"이상하지 않습니까, 우리 같은 사람들은 항상 서로 알아볼 수 있는 것 같으니 말이지요? 나는 1년간 창이에 잡혀 있었고 일본군은

---

* 싱가포르 동쪽 끝에 위치한 지역

나를 철로 공사장으로 보냈습니다."

"생존하셨으니 운이 좋으시네요."

내가 말했다.

"운으로 따지자면 어떤 사람들보다 당신이 최고지요. 어느 강제 노동 수용소의 유일한 생존자지요? 수용소 위치는 밝혀지지 않았고요."

그는 미소 지었지만 눈빛에는 웃음기가 없었다. 앨드리치가 덧붙여 말했다.

"내가 당신의 RAAPWI* 보고서를 찾아냈다는 말을 해야겠군요…… 좀 짧은 감이 있어도 흥미롭더군요."

순간적으로 그가 무슨 말을 하는지 어리둥절했다. 그러다 내가 병원에 있을 때 군 기관에 제출한 보고서가 기억났다.

"할 말이 별로 없었으니까요."

내가 말했다.

앞쪽에서 매그너스가 우리를 힐끗 쳐다보았다. 앨드리치가 그에게 우리를 놔두고 공장 쪽으로 계속 가라고 손짓을 했다.

"그런데 콰이 훈에게 대단한 일을 했더군요. 그는 당신이 아니면 투항하지 않았을 거라고 단언했지요."

그가 말했다.

"그는 경찰에게 진평의 은신처를 알려주겠다고 했어요."

"안타깝게도 우리 경찰이 거기 도착했을 때 캠프는 이미 비어 있었습니다. 하지만 우린 진평이 여전히 이 근처에 있을 거라고 생각

---

* 연합군 수중에 있는 전쟁 포로와 피억류자의 회복을 위한 보고서

합니다. 진평 같은 그쪽 고급 간부들이 캐머런 고지대를 본부로 삼고 있다는 게 우리 정보원의 보고입니다."

"그들이 여기 있는 걸 알면 가서 잡으세요."

앨드리치는 눈을 가늘게 뜨고 계곡을 쳐다보았다.

"저쪽에 빈 방갈로, 산장, 오두막, 판잣집이 몇 채나 되는지 압니까? 그 집들을 일일이 수색하거나 감사할 수 없습니다. 우리가 그들의 회의가 열린다는 정보를 입수할 때마다, 놈들은 우리가 도착하기도 전에 정글로 도망쳐버리지요."

앨드리치가 왜 내게 이런 말을 하는지 의아했다. 곁눈질로 보니, 매그너스와 템플러 부부는 이미 공장에 들어가고 없었다. 다음 일정은 유기리 방문이었다.

앨드리치가 계속 말했다.

"우리 정보원 말로는 마주바의 누군가가 식량과 돈을 대서 공산 게릴라를 지원한다고 합니다. 어쩌면 정보까지 넘길지 모르지요."

"그게 누구인데요?"

"우리 정보원은 모릅니다."

"이곳의 어떤 일꾼이라도 그들을 도울 수 있어요. 경비병들이 항상 감시할 수는 없거든요. 매그너스는 경관을 더 보내달라고 요구해왔어요. 그 요청에 아무도 응답하지 않고요."

"매그너스 요하네스 프레토리우스는 최악의 불리한 상황을 호재로 바꾸는 귀재로 유명하지요."

"무슨 말을 하려는 거예요?"

"그는 일본 강점기 동안 억류당하지 않았습니다. 또 마주바를 일본인들에게 빼앗기지도 않았고요."

"아리토모가 대신 중재를 해주었지요."

"나카무라 아리토모."

앨드리치는 다시 희미한 미소를 짓고는 덧붙여 말했다.

"아, 물론 그랬지요. 전범 재판소에서 그 자를 조사하지 않은 게 놀랍습니다."

"매그너스가 공산 게릴라를 지원한다고 생각하세요?"

"글쎄요, 그는 영국인을 딱히 좋아하지는 않지요. 아닌가요?"

"그럴 만한 이유가 있지요."

"그리고 공산당은 마주바를 습격한 적이 없습니다. 단 한 차례도!"

앨드리치가 검지를 들면서 말했다.

"이곳 여러 농장도 습격당한 적 없어요. 경감님의 말처럼 공산당 간부들이 캐머런을 본부로 이용한다면, 우리를 습격하지 않을 게 뻔하죠. 주목받고 싶지 않을 테니까."

"일부 농장주는 공산 게릴라가 농장에 얼씬하지 않도록 뇌물을 주고 있습니다."

앨드리치가 말했다.

내가 대꾸했다.

"비상조치 초기부터 그런 소문이 떠돌고 있지요. 왜 그렇게 매그너스에게 관심이 많으시죠? 그가 게릴라에게 뇌물을 준다는 증거가 있나요?"

"당신이 여기서 일어나는 특이한 움직임을 주시하다가, 우리가 알아야 될 일을 보거나 들으면 알려주시길 바랍니다. 매그너스가 무슨 일을 하는지 계속 제보해주십시오."

"저더러 그를 염탐하라는 건가요?"

경감은 표정의 변화없이 계속 미소를 지었다.

"당신은 우리를 돕기 딱 좋은 상황에 있습니다, 미스 테오. 여기서 산 지 5개월 됐나요? 6개월? 이제 당신은 이곳의 일부가 되었지요. 일본인 밑에서 공부하러 여기 온 것은 아주 특이한 일이지요. 이렇게 말해도 좋을지 모르지만 아주 별난 일입니다. 아무도 당신이 우리를 위해 일한다고 의심하지 않을 겁니다."

내가 앨드리치를 두고 혼자 걷기 시작했지만, 그가 제지했다.

"특수부는 그 일본인 정원사에게도 관심이 있습니다. 그가 여기서 무슨 일을 하는지 대단히 궁금해합니다. 그가 강제 추방당하는 것을 바라지 않겠지요?"

"어떤 근거로 추방하죠?"

위축되지 말자고 스스로 다짐했건만, 내면에서 올라오는 공포와 싸워야 했다. 비상조치하의 법에서는, 내란 관련 사건과 관련해 보안대가 무소불위의 권한을 휘두를 수 있었다.

"아, 그건 걱정할 바 아닙니다. 뭔가 찾아낼 거라는 확신이 드니까요."

"그렇다면 그렇게 될지 두고 보죠."

나는 몸을 돌려서 차 공장으로 성큼성큼 걸어갔다. 앨드리치 경감이 따라왔다.

* * *

유기리에서 시간을 보낸 후로는 어쩐지 정원이 내 것처럼 느껴졌다. 거기서 일한 적 없는 이들에게 정원을 보여주는 것이, 나와 아리토모의 사적인 영역을 침범당하는 기분이 들게 했다. 일행이 유기리 입구에 도착하자 니는 차에서 마지막으로 내렸다. 그들을 정원으로 안내하기가 이렇게 못마땅할 줄 미처 몰랐다. 아리토모가 밖에서 기다리다가 일행을 돌려보내기를 바랄 정도였다.

"어디, 들어가볼까요?"

템플러가 말했다.

나는 벽에 붙은 나무 현판을 건드린 다음 문을 밀어 열었다. 사람들은 나를 따라 유기리에 발을 들여놓자 침묵에 잠겼다.

이곳의 햇빛은 더 부드럽고 고즈넉했고, 노랗게 물드는 대나무 잎의 톡 쏘는 냄새가 풍겼다. 굽이굽이 돌아가는 길은 방향 감각뿐 아니라 기억을 혼란스럽게 만들었고, 몇 분 지나지 않아 나는 방금 지나온 세상이 아득히 잊혔다고 생각했다.

일행이 오솔길에서 벗어나 연못가에 도착하자 레이디 템플러와 에밀리는 감탄사를 내뱉었다. 이들의 눈을 통해 나는 정원을 새롭게 보면서 아리토모의 기법을 되새겼다. 물에서 솟은 여섯 개의 길쭉한 바위는 손가락을 연상시켰다. 멀리 물속으로 날아가는 마법의 칼을 잡으려고 손을 뻗은 장면 같았다. 순간적으로 왜 그가 안채 앞쪽과 달리, 연못에는 『사쿠테이키』에 나온 조언에 따라 바위의 숫자를 다섯 개로 국한하지 않았는지 궁금해졌다.

"연못 이름은 '우수구모', 박운*이라는 뜻입니다."

"연못 이름치고 이상하군."

고등 판무관이 말했다.

"물을 보세요."

그의 아내가 말했다. 바람이 잦아들었고, 연못가에 낀 구름은 우물을 들여다보는 얼굴의 상 같았다.

"재치 있군."

템플러가 말했다.

"계속 물어보고 싶었는데 유기리가 무슨 뜻인가요?"

레이디 템플러가 물었다.

"저녁 안개입니다."

"박운보다는 훨씬 더 구체적이네요. 솔직히 말해 더 모호한 뜻일 거라고 생각했거든요."

"유기리는 『겐지 이야기**』에 나오는 인물입니다."

그녀의 공손한 표정으로 미루어 보아 내가 무슨 말을 하는지 모르는 듯했다. 내가 덧붙여 설명했다.

"유기리는 겐지 황태자의 장남이었습니다."

"정말 흥미롭네요. 그럼 정자는요? 정자에도 이름이 있나요?"

"아리토모는 아직 이름을 정하지 않았습니다."

고등 판무관은 보좌관이 들고 있는 가방에서 라이카 카메라를 꺼

* 엷게 낀 구름
** 11세기 궁정 여인인 무라사키 시키부가 쓴 최초의 산문 소설

냈다. 내가 얼른 말했다.

"나카무라 씨께서는 정원 내에서의 모든 촬영을 금하고 있습니다."

템플러는 내게 짜증스런 표정을 짓고 카메라를 가방에 쑤셔 넣었다.

아리토모는 진청색 면 저고리와 회색 하카마 차림으로 안채 밖에서 우리를 기다렸다. 궁도 수련 시간을 제외하면 그가 일본 전통 복장을 한 모습은 처음이었다.

"친절하게도 정원을 구경하게 해주시네요, 아리토모."

에밀리가 내 뒤를 바싹 쫓아오며 말했다.

아리토모는 그녀에게 미소를 지었다.

"부인이 여기 오시는 것은 언제나 환영입니다, 에밀리."

"이곳을 많이 바꾸었군."

잠시 후 매그너스가 다가와서 말했다.

아리토모는 그와 템플러 부부에게 절을 했다.

"윤 링이 안내자 노릇을 잘하고 있는지 모르겠군요."

"훌륭해요. 지식도 풍부하고 적극적이고요."

레이디 템플러가 말했다.

"스승님이 워낙 까다로우시거든요."

아리토모를 힐끗 보면서 내가 말했다.

레이디 템플러가 말했다.

"정자가 매력적이더군요. 이름을 지어야지요, 특별한 이름으로."

"천상의 정자입니다."

아리토모가 말했다. 나는 놀라서 그를 쳐다보았다. 그가 내게 고

349

개를 끄덕였다.

"정말…… 동양적이네요. 그런데 자택이!"

레이디 템플러의 시선이 아리토모를 지나 안채로 향했다.

"정신을 똑바로 차리지 않으면 우리가 지금 일본 어딘가에 있다고 믿고도 남겠어요!"

"그러니까 선생이 히로히토의 정원사로군요?"

템플러가 물었다.

"오래전 일입니다."

아리토모가 대답했다. 앨드리치가 아리토모에게 자기 소개를 하고 덧붙여 말했다.

"일부 일본 민간인들은 이 나라를 순례하면서, 일본군이 우리 병사들과 싸운 곳들을 순례합니다만."

"누가 그런답니까?"

아리토모가 눈을 반짝였다.

"'우리 쓰러진 영웅들의 복구를 위한 단체'라고 하더군요. 아니면 그 비슷한 괴상하고 거창한 이름입니다. 경찰에 자기 순례자들을 보호해달라고 요청하지만, 우리는 인원이 부족해서 그런 요구까지 챙길 수가 없습니다. 그들이 선생에게 접촉한 적이 있습니까?"

"전쟁이 끝난 후 모국 사람을 만나거나 대화한 적이 없습니다."

아리토모가 대답했다.

"모국을 방문한 적도 없습니까?"

"없습니다."

고등 판무관은 고지대의 다른 농장들도 방문해야 했다. 일행이 유기리를 떠나려 할 때, 레이디 템플러는 아리토모와 나를 한쪽으로 불렀다.

그녀는 간절하게 아리토모를 바라보았다.

"저희를 위해 정원을 설계해주시겠어요, 나카무라 씨? 오늘 아침에 이런 풍경을 보고 나니, 관저 마당이 너무 심심한 것 같아서요."

"이 나이가 되니 제 정원에서 작업하는 것 외에는 관심이 없습니다."

아리토모가 대답했다. 딱 부러지는 단호한 말투가 그녀와의 공간에 들어차면서 그가 마음을 바꿀 여지가 없음이 분명해졌다.

"낙심하게 되는 말씀이네요."

레이디 템플러가 이맛살을 찌푸리더니 내게 미소를 지었다. 그녀가 내게 말했다.

"하지만 틀림없이 숙녀분이 우리 정원을 설계해줄 수 있을 테죠, 그렇지요?"

"제가 준비됐다고 스승님이 판단하시면, 그때는 맨 먼저 부인의 정원을 만들어드리겠습니다."

내가 대답했다.

"반드시 그 약속을 지키게 하겠어요."

레이디 템플러가 말했다. 그녀가 아리토모에게 고개를 돌리고 덧붙였다.

"정원을 대중에게 공개하셔야 해요. 이렇게 아름다운 것을 독차지하는 것은 너무 애석한 일이에요."

나는 아리토모를 조심스레 지켜보았다. 그의 눈에 슬픔이 번졌다.

"유기리는 언제까지나 사적인 공간으로 남을 겁니다."

* * *

　나는 방갈로 베란다에서 쉬면서, 일본 순례자들이 전국을 돌아다 닌다는 앨드리치의 말에 아리토모가 신경 쓰는 이유를 궁리했다. 공 책을 집어 신문 스크랩을 넘기면서, 내가 기사 밑에 휘갈겨 쓴 정보 들을 대충 훑어보았다. 공책 갈피에서 하늘색 봉투가 바닥에 떨어졌 다. 봉투를 집어서 들여다보았다.

　당시 나는 전범 재판소에서 일하는 진짜 이유를 아무에게도, 심 지어 아버지나 오빠에게도 밝히지 않았다. 내가 있던 수용소를 찾는 데 도움이 될 정보를 찾는 중이었고, 조사 보조원으로 근무하면서 말라야에서 재판받는 일본인 전범들과 대화할 기회를 엿보았다. 또 내게 일본어를 더 가르쳐줄 일본 여자도 구했다.

　전범 심리에서는 정상적인 공판 절차가 엄격하게 적용되지 않았 다. 재판소는 미확인 정보를 중시했고, 일본군 피해자들이 밝힌 정 황 증거*와 전문 증거**를 인정했다. 나는 일본 장교들을 면담해서 진 술을 기록하면서도, 내가 묻고 싶은 질문을 슬쩍 끼워 넣어서 내가 지낸 수용소에 대해 아는 바가 있는지 알아봤다. 전범들이 집행유예 받는 것을 막으려고 내가 조사하는 사건들을 꼼꼼히 정리했다. 검사 들은 내 끈기에 감탄했지만, 나는 찾아낸 모든 증거를 일일이 조사 하고 모든 심문 과정에 참석하면서 건강이 악화되었다. 증언을 꺼리

* 어떤 사실의 증명에 간접적으로 이용하는 증거
** 전해 들은 증거

는 희생자들이 일본 전범들에게 불리한 증언을 하도록 다독이고 어르고 겁주는 것도 내가 한 일이었다. 당연히 거리를 두고 업무를 대할 수가 없었다. 이전에 경험한 공포와 고통이 떠올라서 서류를 계속 검토할 수 없는 순간도 있었다. 그런 경우에도 계속 나아가라고, 정보들을 분류해서 진실을 밝히라고 자신을 채근했다. 하지만 우리가 억류된 수용소와 관련해서는 아무것도 알아낼 수가 없었다. 공부를 하려고 전범 재판소를 떠나면서도 그 공책을 간수했다. 마음 한구석에는 거기서 답을 찾으리란 희망이 있었다.

히데요시 마모루 대위의 교수형 집행일에 그를 찾아갔다. 그는 말라야 서부 해안의 어촌 마을 틀룩인탄에서 중국인 주민 2백 명을 대량 학살한 죄로 사형 선고를 받았다. 생존한 목격자들은, 그가 부하들에게 주민들을 바다로 몰아가라는 명령을 내렸다고 증언했다. 물이 허리까지 차오르는 곳에 이르자 병사들은 주민들에게 총을 발사했다. 한 주민은 바다가 피로 물들어서, 일곱 번 물이 들고 난 후에야 해변의 핏자국이 씻겨나갔다고 말했다.

시크교도인 간수가 나를 히데요시의 감방으로 데려갔다. 일본인 장교는 나무 침상에 웅크리고 누워 있었다. 내가 쇠창살에 바싹 다가가자 그가 일어나 앉았다. 나는 간수에게 물러가라고 손을 흔들었다.

"안 그런 사람도 있는데 당신은 차분해 보이는군요."

내가 히데요시에게 말했다.

"속지 말아요, 미스 테오. 두렵습니다. 그래요, 아주 많이. 하지만 마음의 준비를 할 시간이 충분히 있었지요. 이유를 알고 싶습니까?"

그는 유창한 영어로 대답했다. 그가 영국에서 군사 교육을 받은 적이 있다는 내용을 파일에서 본 기억이 났다. 히데요시는 호리호리한 40대 사내였고, 우리 모두가 그렇듯 전쟁으로 인한 결핍으로 더 앙상해졌다.

"왜죠?"

"처음 법정에 들어오는 모습을 본 날부터, 당신이 임무를 충실히 이행할 줄 알았으니까요. 내가 교수형을 할 줄 알았습니다."

"교수형을 당하는 거죠. 하는 게 아니라요."

내가 말했다.

"그러나 저러나 내게는 다를 게 없습니다. 당신은 우리 수용소에 있었지요, 맞습니까?"

"어느 일본군 수용소에 있었어요."

나는 교수형을 언도받게 하려고 애썼던 다른 전범들에게도 똑같은 말을 했다. 이제 히데요시가 뭘 물을지도 알았다. 대화를 나눈 전범들은 내가 억류당한 사실을 알면 이구동성으로 물었다. 히데요시도 날 실망시키지 않았다.

"그래서 보내진 곳이 어디였습니까? 창이? 자바?"

"말라야에 있는 곳이었어요. 정글 속 어딘가."

히데요시는 침상에서 일어나서 발을 질질 끌고 창살로 다가왔다.

"수용소가 은폐되어 있었습니까?"

그에게 퀴퀴한 땀내가 났지만 나는 한 걸음 다가섰다. 히데요시가 이어서 물었다.

"다른 수감자들 모두 죽지 않았습니까? 어떻게 당신은 유일한 생존자가 될 수 있었습니까?"

"그 수용소에 대해 들어봤어요?"

내가 속삭였다.

"풍문만 들었지요. 말레이어로는 그걸 어떻게 말하나요?"

"카바르 앙긴."

"바람에 실려 오는 소식이라. 맞아요, 그런 수용소에 대해 들어봤습니다." 그가 고개를 끄덕이며 말했다.

"더 말해 봐요."

흔들리지 않는 목소리로 말하기가 어려웠다.

"그 대가로 뭘 해줄 수 있습니까?"

"고위층에 말해서 당신 사건을 재검토하도록 도울 수 있을지 모르죠."

히데요시가 물었다.

"어떤 이유를 제시할 겁니까? 불리한 증거가 법정에서 명확하게 진술되었는데요. 명확하게."

그의 말이 옳았다. 만약 내가 그의 선처를 호소한다면 대단히 의심스럽게 보일 터였다. 나는 통로를 둘러보았다. 그가 아는 내용을 더 밝혀내야 했다. 꼭 그래야 했다. 긴 시간 동안 내가 접한 정보는 유일하게 이것뿐이었다.

"내가 아들에게 편지를 쓰면 대신 부쳐줄 겁니까? 검열하지 않고?"

히데요시가 물었다.

"당신이 말해주는 내용이 사실이어서 만족스러우면요."

"그것들은 풍문일 뿐인데요."

그는 장담이 지나쳤다 싶었는지 반복해서 말했다. 나는 그를 빤히 쳐다보았다.

히데요시가 말했다.

"긴노유리*. 골든 릴리."

나는 일본어 단어를 알아들었지만 히데요시가 번역해주었다.

"그걸로 뭘 알 수 있겠어요."

내가 언성을 높였다. 복도 저쪽 끝에서 시크교도 간수가 나를 쳐다보았다. 나는 아무일도 없다는 신호를 보냈다.

히데요시가 말했다.

"당신이 있었던 곳 같은 수용소들의 명칭이 그겁니다. 거기 보내졌다면 그곳에 대해서는 당신이 나보다 더 잘 알 겁니다."

그게 그가 아는 전부임을, 내게 말해줄 수 있는 것이 그게 전부임을 알았다. 방금 전 솟구치던 희망이, 내가 억류된 수용소에 대해 아는 사람이 있다는 희망이 사라졌다. 나는 쇠창살에서 물러났다.

"약속을 지키지 않을 셈이군요, 아닌가요?"

그가 말했다.

나는 휙 돌아서서 그에게서 멀어졌다. 그의 감방에 다시 간 것은 30분이 지나서였다. 이름을 부르자 히데요시는 눈을 뜨고 올려다보았다. 나는 창살 사이로 그에게 필기도구를 주고, 벽에 기대서서 그가 편지 쓰는 모습을 지켜보았다. 잠시 후 히데요시가 창살로 다가

---

* 황금 백합이라는 뜻. 아시아의 금, 골동품 등을 약탈하기 위해 1937년 설립된 일본 부대의 이름으로, 일왕이 지은 시 제목에서 따왔다.

와서, 편지를 넣고 봉한 하늘색 봉투를 건네주었다. 그는 내 손을 보았다. 손가락들이 잘려나간 손을.

"당신이 겪은 일을 모두 잊어야 합니다."

봉투에는 영어와 일본어로 주소가 적혀 있었다.

"아들은 몇 살인가요?"

"열한 살입니다. 마지막으로 본 것은 아들 에이지가 세 살, 거의 네 살이 다 되었을 때였습니다. 아이는 날 기억하지 못할 겁니다."

나는 손바닥에 봉투를 놓고 무게를 가늠했다.

"더 묵직할 줄 알았는데요."

"아들에게 사랑한다고 말하는 데 종이가 얼마나 많이 필요하겠습니까?"

그가 대꾸했다.

그를, 마을 전체를 죽음으로 몰아가라는 명령을 내린 이 사내를 보면서 나는 깊은 슬픔을 느꼈다. 그에게도, 나에게도.

간수들이 히데요시를 데리러 오자, 그는 내게 같이 걸어달라고 부탁했다. 나는 망설이다가 고개를 끄덕였다. 복도를 나란히 걸어가면서 다른 죄수의 감방 앞을 지나갔다. 쇠창살 안에서 몇 명이 차렷 자세로 서서 그에게 경례를 했다. 히데요시는 계속 정면을 응시하면서, 소리 나지 않게 입술을 달싹였다.

교도소 뒤쪽 마당으로 나갔을 때, 하늘에는 노을이 붉게 타올랐다. 히데요시는 걸음을 멈추고 하늘을 향해 고개를 들어, 초저녁 별빛 속에서 숨을 쉬었다. 간수들이 그를 교수대 계단으로 올라가게 해서 올가미 아래에 세웠다. 그들은 히데요시의 목에 올가미를 씌우고 단단히 당겼다. 그는 비틀거렸지만 다시 균형을 잡았다. 간수가 눈가리개를 위로 들었다. 히데요시가 고개를 저었다.

이런 처형식을 주관하는 소임을 맡은 승려가 독경을 시작했다. 그는 손가락에 감은 염주 알을 하나씩 엄지로 내리면서 한 구절씩 독송했다. 나는 웅얼대는 소리에 휩싸였다. 히데요시와 나는 서로 바라보았다. 결국 교수대 바닥의 문이 갈라져 열리면서 히데요시는 심연으로 떨어졌다. 그만이 알 수 있는 심연 속으로.

* * *

하루 일과의 끝을 알리는 사이렌이 울리자, 나는 기억의 미로에서 빠져나왔다. 공책을 다시 방에 가져다 두고 윤 홍의 수채화를 보면서 몇 분 정도를 흘려보냈다. 내 마음이 동요하는 것을 알았다. 캐머런 고지대에 오기 전에 사로잡혔던 절망의 시간들이 다시 시작된다는 경고였다. 이런 기분이 닥치려는 순간을, 그 감정이 내 마음의 지평선에 밀려드는 순간을 알고 있었다.

카디건을 걸치고 목에 스카프를 두르고 유기리로 걸어갔다. 산등성이 사이의 허공에 구름더미가 갇혀 있었다. 우수구모 연못에서 걸음을 멈추고 꾸물거렸다. 이제 연못이 채워지니 정원이 더 넓어 보였다. 이 물로 된 거울이, 여백의 풍광을 빌려와 더 큰 여백을 연출하는 또 다른 형태의 샤케이(차경)라는 것을 깨달았다. 연못에 깐 돌멩이와 자갈이 이제 물에 잠겼다. 노력의 결과가 보이지 않아도 우리가 모든 것을 제대로 했음을 느끼자 깊은 만족감이 밀려들었다. 바닥에 잠긴 돌들이 물에 그만의 특징을 주어, 더 고풍스럽고 짜임새 있으며 비밀을 감춘 것처럼 보이게 만들었다.

얕은 물에서 왜가리가 한 다리로 서서 제 몸을 다듬었다. 새는 동작을 멈추고 나를 쳐다보더니 다시 물속에서 생각에 잠겼다. 어떤 이유인지 왜가리는 여기 남아 있었다. 하루나 이틀간 떠났다가 늘 연못으로 돌아왔다.

귀뚜라미의 목 쉰 울음소리가 허공을 메웠다. 맞은편 물가의 나무고사리 사이에서 뭔가 움직이는 것이 내 주의를 끌었다. 나는 긴장해서 여차하면 달아날 준비를 했다. 잠시 후 나무고사리 뒤에서 아리토모가 나왔다. 나는 한숨을 내쉬었고 긴장이 풀려서 팔다리가 축 처졌다. 왜가리처럼 아리토모도 물 저편에서 동작을 멈추고 나를 바라보았다. 그러더니 나를 향해 걸어왔다.

황혼이 습한 안개로 대기를 적시며, 또 하루가 저문 서글픔을 정원의 모든 나뭇잎에 아로새겼다. 아리토모는 내 옆에서 걸음을 멈추고 지팡이에 기대서서 왜가리를 가만히 바라보았다. 아리토모를 안후 처음으로 그가 젊지 않다는 생각이 들었다.

"물새가 지키는 연못은 집에 평온을 가져올 것이다."

나는 『사쿠테이키』에 나온 조언을 회고하며 중얼거렸다.

미소 짓는 그의 입가에 주름이 번졌다. 영원 같은 그 순간, 나는 그의 눈을 똑바로 보았다. 아리토모는 화살을 쏘기 직전에 시위를 곰곰이 쳐다볼 때처럼 집중하면서 나를 바라보았다.

가장 높은 산맥 위로 하루의 끝이 하늘에서 흩어졌다.

"천상의 정자…… 윤 홍이 지금 여기 있다면 좋아할 거예요."

"다행이군."

왜가리가 한두 차례 날개를 뻣뻣하게 퍼덕였고, 그 소리가 나무 사이로 메아리쳤다. 새가 날아오를 때 다리에서 물방울이 떨어져, 연못 수면에 겹겹의 고리가 생기며 꽃이 핀 것처럼 보였다.

머리 위 높이, 왜가리보다 더 높은 데서 어떤 움직임이 우리 눈을 끌었다. 두 사람이 동시에 고개를 들어 하늘을 보았다. 아리토모가 고대의 선지자처럼 지팡이 손잡이로 방향을 가리켰다. 이미 밤으로 변한 동쪽 하늘의 끝자락에서 가는 빛줄기들이 펼쳐졌다. 처음에는 그게 뭔지 몰랐지만, 내가 보는 게 뭔지 알게 되자 입술 사이로 탄성이 나왔다.

그것은 유성 비였다. 우주 끝에서 궁사들이 쏜 빛의 화살들이 대기의 막을 뚫으면서 불붙어 타올랐다. 별똥별 수백 개가 대기 중간에서 타버려, 죽기 직전에 가장 밝은 빛을 쏟아냈다.

하늘을 향해 고개를 들고 그렇게 서 있자니, 고대의 별빛과 행성의 파편들이 죽어가며 내는 불꽃이 우리 얼굴에 비쳤다. 내가 어디 있는지, 이제껏 어떤 일을 겪었는지, 무엇을 잃었는지 아득히 잊어버렸다.

아리토모가 말했다.

"조부님은 내게 행성과 별의 이름을 가르쳐주셨지. 우리는 밤이면 종종 조부님 댁 정원에 앉아, 망원경으로 하늘에서 흩어지는 빛을 구경하곤 했어. 조부님은 그것을, 그 망원경을 대단히 자랑스러워하셨지."

"별 이름을 말해주세요. 별을 손으로 가리켜서 알려주세요."

"이곳에 있는 별들은 달라."

그가 다시 하늘을 훑어보았고, 그 목소리에 묻어나는 상실감이 평생 그를 따라다닐지 궁금했다.

잠시 후 그는 계속 하늘을 올려다보면서 말을 이었다.

"조부님은 어느 정원을 만들면서 흰 돌만 사용하셨어. 새하얀 색, 거의 야광에 가까운 색이었지. 그는 가장 좋아하는 별자리와 똑같은 패턴으로 돌을 배치했어. 기수*, 조각도자리, 지미원**."

그의 입에서 나오는 별자리 이름이 하늘에 바치는 제물처럼 들렸다. 아리토모가 덧붙여 말했다.

"조부님은 그 정원을 찾아온 사람들이 밤하늘을 걷는 기분에 젖기를 바라셨지."

유성 비가 그쳤지만, 하늘은 유성의 빛을 간직한 것처럼 계속 광채를 뿜어냈다. 어쩌면 그것은 하늘이 아닌 우리 눈에, 우리의 기억에 갇힌 광채일지도 모른다.

"우리 '아마(하녀)'는 이런 별똥별이 나쁜 징조라고 경고하곤 했어요. 그녀는 이걸 '소 파 싱'이라고 불렀어요. 빗자루 별이 행운을 모두 쓸어버린다는 거죠. 난 항상 아마의 말에 반대했어요. 어떻게 이렇게 아름다운 게 재수가 없을 수 있겠냐고."

"유성을 보면 난 가미카제*** 조종사들이 떠올라. 내 동생도 그중 하나였지."

* 동양의 별자리 체계인 3원 28수 중 청룡의 몸을 이루는 별자리 중 하나
** 3원 중 북극을 중심으로 자리잡은 별자리들로 북두칠성이 여기 속한다.
*** 제2차 세계대전 당시 일본 공군의 자살 특공 대원

아리토모가 말했다.

몇 초가 지나서야 내가 입을 열었다.

"그가 전쟁에서 살아남았나요?"

"동생은 자원한 첫 번째 조종사 집단에 끼었지."

"무엇이 그를 그렇게 하도록 만들었나요?"

"가문의 명예."

아리토모가 대답했다.

내가 만났던 일본인 전범들이 자주 그렇게 합리화할 때마다 혐오를 느꼈다. 아리토모가 이어서 말했다.

"자네가 생각하는 것과는 달라. 우리 아버지는 내가 일본을 떠난 직후에 세상을 떠나셨지. 동생은 부친의 타계가 내가 저지른 일 때문이라고 생각했어."

그는 지팡이 끝으로 물가의 자갈을 긁었다. 아리토모가 계속 말했다.

"자네를 만나기 전, 그러니까 자네가 여기 오기 전에는 개인적으로 아는 사람들 중에 일본 점령 때 가족이나 친구를 잃은 이가 없었어. 물론 이곳 사람들이 내 모국인들에게 괴롭힘을 당한 사실은 알았지. 마을 사람들, 이곳 일꾼들, 매그너스와 에밀리까지도. 하지만 나는 그 모든 것에서 멀찌감치 있었지. 모든 불쾌한 일과 거리를 두고 지냈어. 오직 내 정원에만 신경 썼지."

첫 저녁 별이 나타났다. 몇 분 전에 쏟아진 빛에 압도된 듯 별빛은 뿌옇고 흐릿했다. 나는 허공을 응시하면서, 새벽이 밝을 때까지 거기 서 있을 수도 있겠다고 느꼈다. 지구와 함께 변하면서, 별 무리가 하늘에 수놓는 수수께끼 같은 무늬들을 구경하면서.

아리토모가 한 손을 뻗어 내 뺨을 가볍게 쓰다듬었다. 나는 손을 잡아서 그를 가까이 당겨 키스했다. 그가 먼저 몸을 뗐다. 아리토모는 뒷걸음질해서 나를 스쳐 지나가 나무가 쏟아내는 그림자 속으로 들어갔다. 나는 몸을 돌리고 안채로 향하는 아리토모를 바라보았다. 그가 걸음을 늦추더니 멈추었다.

한동안 나는 꼼짝하지 않고 서 있었다. 그러다가 그에게 다가갔고, 우리는 침묵을 지키며 안채로 걸어갔다. 우리의 숨결은 별빛에 타버린 구름에 지나지 않았다.

16

자정이 지난 지 두 시간, 나는 글쓰기를 멈춘다. 단어들이 적힌 모든 지면에서 내가 기억해낸 것들을 마주하고 싶지 않다. 하지만 그 단어들은 내 마음에 박힌 돌덩이 뒤에 웅크리고 앉아 다시 나올 때를 기다리고 있다. 책상에 펜을 내려놓고 의자를 뒤로 민다. 미닫이 문을 열고 나와 어두운 베란다를 지나 집의 앞쪽으로 걸어간다.

달빛이 비추는 세상은 서리로 덮여 있다. 쏙독새가 울다가 멈춘다. 난 다시 새가 울기를 기다리지만, 쏙독새는 나를 실망시킨다. 혈액 순환을 하려고 손목을 문지르면서, 연못에서 아리토모와 만난 저녁 이후로 밤에 밖에 있을 때면 자주 하늘을 보던 기억이 떠오른다. 하지만 그런 광경을, 하늘에 별들이 장맛비처럼 쏟아지는 광경을 다시는 보지 못했다.

히데요시 마모루 대위의 일은 까맣게 잊고 있었다. 글을 쓰면서 그와 대화한 기억이 되살아났다. 나는 글쓰기를 멈추고 싶었지만,

대신 펜이 그 이야기를 풀어내게 내버려두었다. 내가 했던 말을 다시 떠올리니 간담이 서늘해진다. 교수형을 목전에 둔 사내에게 문법을 바로잡아줄 만큼 난 냉정한 인간이었던가? 교수형을 행하든 당하든 뭐가 중요하다고?

나는 판사로서 민사와 형사 사건의 재판을 맡았다. 살인죄, 마약 밀매죄, 무장 강도죄로 원고에게 사형선고를 한 적도 있었다. 언제나 내 담담함, 객관성에 자부심을 느끼며 살았지만, 이제는 심장이 죽어버려서 그런 면이 생긴 건 아닌지 의심스럽다.

안으로 들어가기 전에 다시 하늘을 올려다본다. 여전히 별들이 꼼짝 않고 거기 있다. 영원한 지도에서 제자리를 벗어난 별은 하나도 없다.

* * *

지난 며칠간 다쓰지 교수는 정원에서 더 긴 시간을 보내고 있다. 일주일 전 천상의 정자에 대해 대화한 후 서로 별로 말이 없다. 내가 유기리를 돌아보라고 승낙했지만 다쓰지는 안채에서 멀리 떨어진 곳에는 얼씬하지 않는 것 같다. 정자 옆에 뒷짐을 지고 가만히 선 그를 보는 날도 간혹 있다. 나는 그가 최대한 빨리 우키요에 검토를 마치길 바라면서도, 어쩐지 연못을 응시하는 그를 보면 재촉하기가 꺼려진다. 몇 번 그가 구름 뒤에서 뭔가 찾으려는 듯 하늘을 올려다보는 광경을 본 적도 있다.

일왕이 아리토모를 말라야로 보냈을 거라는 다쓰지의 의심에 어떤 진실이 숨었는지 궁금하다. 답은 물에 흩어진 잉크처럼 손에 잡히지 않는다.

이날 아침, 부엌에서 차와 스콘이 담긴 쟁반을 들고 나오는 아 청을 내가 붙잡는다.

"내가 교수님께 갖다드릴게요."

작업실에 들어가니, 다쓰지는 책상에 펼쳐진 우키요에를 유심히 보고 있었다. 대나무 발을 말아 올린 탓에 햇빛이 들어, 향나무 마루를 딛자 맨발이 뜨겁다. 예이츠 시집이 책상에 놓여 있다. 다쓰지는 계속 목판화를 바라보다가, 내 인기척을 느끼고 힐끗 위를 쳐다본다. 그가 시선을 비끼는 순간, 나는 그의 눈에 가득한 깊은 슬픔을 본다.

난 잠시 주저하다가, 말라야의 어촌 마을을 그린 작품 옆에 쟁반을 내려놓는다. 동해안 어딘가 있을 법한 마을이다. 이 작품의 어떤 점이 다쓰지를 그렇게 뭉클하게 하는지 궁금하다.

그가 헛기침을 몇 번 한다.

"모두 제목이 없습니다. 제가 제작 연대순으로 배열했습니다."

그는 판화를 뒤집어 뒷면에 세로로 적힌 일본어를 손짓하며 덧붙인다.

"이 작품은 쇼와* 시대 20년 다섯 번째 달에 제작했습니다."

나는 일본식 달력에서는 왕의 치세에 따라 시대 명이 달라지는 것을 안다.

"히로히토가 왕이 된 게 언제였나요?"

* 왕위에 오른 히로히토의 연호

366

"1926년 크리스마스 날이었지요. 그러니까 아리토모가 이 날짜를 적은 것은 1945년이라는 뜻입니다. 1945년 5월이지요."

"일본이 항복하기 석 달 전이군요."

내가 아직 수용소에 있을 때, 아리토모가 여기 유기리에 앉아 판화를 만드는 광경을 그려본다. 당시 우리는 서로 몰랐고 언젠가 우리의 길이 맞닿을 줄은 전혀 몰랐다.

나는 팔을 뻗어 그 판화를 들어올린다. 해안에 오징어를 건조하는 나무 받침대가 줄줄이 있다. 그 뒤로 코코넛 나무들이 서로 절하듯 서 있고, 나뭇잎이 어찌나 섬세한지 짭짤한 바람이 불면 바스락대는 소리가 날 것 같다. 아리토모는 큰 오징어의 윤곽선 안에 풍경 전체를 넣고, 바깥 테두리는 반투명한 남색의 작은 오징어들이 겹쳐져 음영 위에 음영이 덮이게 표현했다.

내가 중얼대듯 말한다.

"고대 중국인들은 오징어를 '해신의 필경사*'라고 불렀지요. 오징어는 몸속에 먹물이 있으니까요. 전에 아리토모에게 들은 말이에요. 이 우키요에들은 선생님의 저서에 들어갈 수준이 되나요?"

다쓰지가 다시 헛기침을 한다.

"대부분 그렇습니다. 물론 가나오카의 작품만큼 훌륭하지는 않습니다. 하지만 그건 어느 누구의 작품이라도 마찬가지일 겁니다."

내가 그를 쳐다보자 다쓰지가 설명해준다.

"가나오카는 7세기 사람입니다. 사실주의적인 화풍으로 유명하지

---

* 글씨 쓰는 일을 직업으로 하는 사람

요. 그가 어느 궁전 벽에 말을 그렸는데, 밤에 말이 살아나서 초원으로 나가 가을 달빛 속을 달렸다고 합니다."

"몇 점은 습기에 훼손되었어요."

내가 지적한다.

"그 작품들이 상하긴 했어도 사람들에게 보여주고 싶습니다. 그것들도 책에 들어갈 겁니다. 물론 판사님이 승낙하신다면."

그는 다시 어촌 풍경을 찬찬히 보면서 한결 부드러운 소리로 말을 잇는다.

"전쟁 이후 여기 돌아온 것은 이번이 처음입니다."

"이제는 우리처럼 나이 많은 사람만 기억하는 일이지요."

내가 말한다.

그는 판화에서 눈을 떼고 나를 쳐다본다.

"건강이 좋지 않으시지요?"

나는 한동안 잠자코 있다가 대답한다.

"교수님은 해군 조종사였다고 하셨지요."

그가 고개를 끄덕인다.

"기지가 어디였나요? 버터워스*였나요? 싱가포르?"

난 그가 싱가포르와 페낭 거리를 처음 폭격한 전투기 부대원이었는지 궁금하다. 다쓰지가 프린스 오브 웨일스**와 리펄스***를 격침한 부대의 조종사였을지 모른다.

---

* 페낭행 배가 떠나는 말레이시아의 도시
** 1941년 12월 일본군에 격침당한 영국 전함
*** 프린스 오브 웨일스와 함께 격침당한 순양전함

그는 지평선에 걸린 뭔가를 보는 것처럼 눈을 가늘게 뜨고 창을 내다본다.

"저희 기지는 어느 어촌 마을 외곽에 있었습니다."

"어디였는데요?"

나는 뒤로 팔을 뻗어서 자단나무 의자를 당겨 다쓰지와 가까이 앉는다.

그는 오랫동안 아무 말도 하지 않는다. 그러다 마침내 담담한 목소리로 느릿느릿 이야기를 시작한다.

* * *

"제가 죽기로 되어있던 날 아침에는 비가 내렸습니다. 간밤에 통 못 잤습니다. 밤새도록 남지나해*에서 비가 몰려와서, 막사 초가지붕에 빗물이 주룩주룩 쏟아졌지요. 우기가 끝날 때도 됐는데 매일 여전히 비가 내렸습니다.

비행 교관이었던 데루젠 대좌**님은 벌써 베란다에 서서 해안을 내다보고 있었습니다. 낮게 깔린 구름과 바다 사이에 빛이 번뜩였습니다. 제가 다가가서 옆에 서자 그는 '오늘은 비행이 없군'이라고 말씀하셨지요. 안도하는 기색이 역력했습니다. 그해에 대좌님은 마흔 살이었고, 저는 그가 전쟁에서 살아남으리란 걸 알았습니다. 그래서

---

* 남중국해
** 제2차 세계대전 때까지 일본에서 '대령'을 이르던 말

369

다행스러웠습니다.

이 작은 비행장은 말라야 동남부 해안, 캄퐁폐뉴 외곽에 있었습니다. 활주로가 해변과 나란히 나 있었지요. 이제 데루젠 대좌님과 저 외에 다른 조종사가 없어서 막사가 텅 비어 있었습니다.

'오늘은 비행이 없습니다'라고 제가 따라 말했지요. 하루 더 살게 된 거지요. 안도감 때문에 좀 어지럽고 수치스러웠습니다. 하지만 그 감정에는 기다림에 대한 점점 커지는 좌절감과 불확실성도 섞여 있었습니다.

두 달 전 같은 비행 중대 조종사들과 함께 임무를 부여받았지요. 저희 6명은 규슈의 해군 항공 기지를 떠나 루손*을 향해 날아갔습니다. 루손의 항공 기지에서 하룻밤을 보낸 후, 미군의 추적을 피하기 위해 다음날 이른 새벽에 출발했습니다. 루손을 이륙한 지 한 시간쯤 지났을 때 제 비행기에 엔진 이상이 생겨서, 동체 밑에 장착된 230킬로그램의 폭탄 무게 때문에 동체가 떨렸습니다. 그런 화물을 운반하게 설계된 비행기가 아니었거든요. 그 무렵 비행기들은 조잡하게 제조되었지요. 제가 할 수 있는 일이 없었습니다. 전쟁이 길어지자 비행기들은 겨우 기본적인 것만 갖추어서 만들어졌고 서로 교신할 수 있는 무전 장비조차 없었지요. 저는 동료 조종사들이 속도를 내서 말라야를 향해 남쪽으로 날아가는 것을 지켜볼 수밖에 없었습니다. 그러다가 그들은 사라져버렸습니다.

비틀대는 엔진이 꺼지지 않기를 기도하면서, 지도에서 가장 가까

* 필리핀 군도 최대의 섬

운 활주로를 찾아봤습니다. 40분 후 바콜로드* 항공 기지에 아슬아슬하게 착륙했습니다. 기지라고 해봤자 낮은 산속에 나무 오두막이 옹기종기 모인 곳이었습니다. 산봉우리마다 먹구름에 싸여 있더군요. 살아 있는 기미라고는, 안에 새라도 갇힌 듯 정신없이 도는 풍향계뿐이었습니다.

다리를 저는 중년 정비사와 조수가 지상 요원이었습니다. 저는 그들에게 엔진의 문제점을 자세히 설명했습니다. '고치는 데 시간이 얼마나 걸리겠습니까?'라고 물어봤지요.

'엔진이 식을 때까지 기다려야겠지만, 설명으로 미루어볼 때……' 정비공은 이를 쭉쭉 빨았습니다. 그는 저의 절박한 마음을 이해했지요. 저는 전우들과 함께 죽어야 했습니다. 우린 조종 훈련을 함께 겪어냈고 제국해군사관학교를 같이 졸업했습니다. 저 혼자 남고 싶지 않았습니다. '작업장에 고물 미쓰비시 엔진이 하나 있네. 거기서 부품 몇 개를 얻을 수 있을 걸세. 최대한 서둘러 손봐주지.'

그가 차렷 자세를 취하자 저는 뒤에서 누군가 다가오는 것을 알아차렸습니다. 몸을 돌리니, 데루젠 대좌님이 있었습니다. 1년 만에 다시 그와 조우했지요. 대좌님은 약간 재미있어 하면서 눈을 가늘게 떴고, 저는 뒤늦게 경례를 했습니다.

'요시카와 중위, 친절하게도 날 만나러 들러주었군'이라고 그가 말했습니다.

'제 비행기에 문제가 생겼습니다, 대좌님.' 저는 예상치 못한 그의

* 필리핀의 도시

371

등장에 당황해서 대답했습니다.

데루젠 대좌님은 제 뒤쪽에 있는 비행기를 힐끗 보았고, 그의 눈이 흐려졌습니다. '자네가 독고(특공)대에 배정되었나?'

'저를 포함해 반 생도 전원은 자원했습니다. 여긴 어쩐 일이십니까? 도쿄에 계시다고 들었습니다만.'

'남지나해의 우리 항공 기지들을 순찰하면서, 젊은 조종사들을 사지로 내모는 효과에 대해 오니시 제독에게 보고 중이지.' 그의 말투에 분노가 확연히 드러났지요. 대좌님은 우리 중 다수를 훈련시킨 교관이었습니다. '하나로 올리는 1백 만 개의 심장.' 그가 자살 특공대 조종사들의 표어를 중얼대더군요. 이즈음 일본 전역에서 너나없이 떠드는 표어였습니다. '낭비지. 무지막지한 낭비.'

저는 고단했고, 군복은 이미 습기에 젖어서 시큼한 냄새가 풍겼습니다. 제가 '모두 어디 있습니까?'라고 물었습니다.

데루젠 대좌님이 대답했습니다. '마지막 조종사들은 어제 떠났네. 술루 해*에서 미군 전함 호송대가 포착되었지. 다음에 출정할 조종사들을 기다리는 중이네. 아마 아이들을 곧 보내겠지. 따라오게. 아침 식사를 하게 해주지. 부대장에게는 나중에 보고해도 될 거야. 보통 이 시간에 그는 취해 있거든.'

저는 그를 따라서 격납고에서 200미터쯤 떨어진 나지막한 건물 안의 방으로 갔습니다. 책상 하나와 빛바랜 필리핀 군도 지도만 붙어 있어서 방은 썰렁했습니다. 제가 천황 초상에 절을 했습니다. 데

* 필리핀 제도와 보르네오 섬 북부 사이에 있는 내해

루젠 대좌님은 문틀에 기대서서 가슴에 팔짱을 끼고 지켜보더군요.
'어디로 가나?'라고 묻더군요.

'말라야의 동남부 해안입니다'라고 대답했지요.

그는 '캄퐁페뉴? 우리가 그 기지를 포기한 줄 알았는데'라고 하면서 찡그렸습니다.

'저는 모릅니다, 데루젠 상. 그저 명령에 따를 뿐입니다.'

대좌님이 더 가까이 다가왔고, 저는 그와 도쿄에서 함께한 마지막 날을 떠올렸습니다. 당시 저는 의무를 다하기로, 제 자신의 욕망을 밀쳐내기로 결정한 참이었습니다. 이제 모든 특공대 조종사들이 걷는 길에 들었으니 그 시절을 상기하고 싶지 않더군요. '노리코는 잘 계십니까?'

그가 굳은 얼굴로 대답했지요. '공습이 있었네. 안사람은 집에서 저녁 식사를 준비하던 중이었지. 이웃 전체가 공격당했네. 화재가 며칠이나 계속되었어.'

우리는 한동안 떨어져서 서 있었고, 그러다가 제가 앞으로 나가 그를 끌어안았습니다."

* * *

"정비공이 비행기 엔진을 수리하는 데 닷새가 걸렸고, 엔진을 미세 조정하느라 다시 사흘이 지났습니다. 저는 정비공을 재촉하고 싶은 마음과 체류를 연장하고 싶은 욕망 사이에서 허우적댔습니다. 데루젠 대좌님은 저를 데리고 근처 산으로 하이킹을 갔습니다. 이제 말을 많이 할 필요가 없었지요. 서로 침묵의 그늘을 이해했으니까요. 우리가 하는 모든 일에 새로운 강렬함이 생기더군요. 오래전 그와 만난 이후 처음으로, 저는 모든 쓸데없는 죄책감에서 벗어났습니다. 밤이면 깬 채로 누워서, 옆에 있는 그의 존재를 느끼곤 했습니다. 그는 곤히 잤지요. 머리가 옅은 잿빛이 되고 눈가에 주름이 늘었더군요.

그를 처음 만난 것은 제 도쿄 본가에서였습니다. 데루젠은 제 아버지가 납품하는 비행기의 제작을 감독하려고 파견된 해군 고문이었습니다. 일본은 막 싱가포르를 점령했고 아시아에서 전쟁이 일취월장하던 때였지요. 그날 밤 그에게 절하고 눈을 본 순간, 둘 사이에 교감이 있었습니다. 아버지가 그를 다른 기업가들에게 소개할 때 저는 주변을 어슬렁댔지요.

그는 부친과 비행기 생산과 기술적인 세부 사항을 의논하려고 주기적으로 찾아왔습니다. 밤을 보내고 가는 날도 많았지요. 저는 열여덟 살이었습니다. 주변에서는 조국을 지키기 위해 입대해야 한다는 권고가 넘쳐났지요. 히스테리에 사로잡히기 쉬웠습니다. 신문에 실린 영웅적인 전투기 조종사들의 사연에 기꺼이 매혹되기 쉬웠지요. 일본의 모든 고교생들은 해군 조종사가 되고 싶어 했습니다.

저는 예비 항공 훈련을 수료하고 그가 가르치는 제국해군사관학교에 지원했습니다. 가끔 데루젠은 저희 생도 몇 명을 자택으로 초대했습니다. 그가 제게 처음으로 아리토모의 우키요에 몇 점을 보여준 것도 자택에서였지요. 그가 수집한 우키요에가 상당히 많았습니다. '천황의 정원사가 만든 작품이지.' 제가 혼자 방문했을 때 그가 말했습니다.

'교관님께 문신을 해준 사람입니까?'라고 제가 물었지요. 이미 등 왼쪽 상단에 있는, 원을 그리며 서로 쫓는 왜가리 한 쌍의 문신을 본 적이 있었거든요. 처음에는 문신이 혐오스러웠지만 자주 볼수록 마음이 변하더군요. 데루젠 같은 사람이 문신을 했다는 걸 이상하게 여기던 차였습니다. 그래서 이때다 싶어 문신에 대해 물어보았지요. 데루젠은 '우린 가까운 친구였지'라고 대답했습니다.

그 목소리가 이상해서 '무슨 일이 있었습니까?'라고 물을 수밖에 없었습니다.

'천황께서 그를 파면하셨네. 아리토모는 몇 해 전 고국을 떠났지. 그가 어디로 갔는지는 아무도 몰라.'

데루젠은 몇 차례 저를 아리토모가 설계한 정원에 데려가서 정원 사에 대해 이야기해주었습니다. 지금 와서 되돌아보면 그 시절이 제 인생에서 가장 행복한 나날이었습니다. 하지만 제가 그의 아내 노리 코를 만난 무렵이기도 했지요. 당시 노리코는 30대였고, 그녀의 나 긋나긋한 아름다움은 건장해 보이는 남편과 대조적이었지요. 저는 우리 관계를 끝내야 된다는 걸 알았습니다.

그 당시 일본은 전쟁에서 패하고 있었습니다. 조국 수호를 위한 오니시 중장의 계획에 대한 소문이 퍼지기 시작했습니다. 조종사들 은 미군 전함을 자살 공격하라는 요청을 받았지요. 이 조종사들은 '벚꽃'이라고 불렸습니다. 아주 잠시 피었다 떨어지는 꽃이 벚꽃이 니까요.

저는 졸업 후 배치를 받았습니다. 산화한 전사들의 혼백을 기리기 위해 데루젠을 따라 야스쿠니 신사에 갔을 때도, 저는 임무에 대해 언급하지 않았습니다. 경건한 적막감에 휩싸인 신사의 뜰에서 제가 다시는 못 만날 거라고 말했습니다.

지금도 기억에 아주 또렷이 남아 있습니다. 슬픔에 젖은 그의 얼굴을. 데루젠은 주위의 영령들에게 기도라도 하듯 눈을 감았습니다. 그가 다시 눈을 뜨고 말했습니다. '전쟁이 끝난 후 여기서 다시 만나겠다고 약속해주게.' 저는 그러겠다고 대답했지만, 전쟁이 끝나면 모든 게 변할 터였습니다. 그에게는 돌아가야 할 노리코가 있으니. 저는 절하고 신사에서 나왔습니다.

바콜로드에 비상착륙하고 열흘이 지났을 때, 다시 말라야를 향해 비행을 계속할 수 있도록 비행기 정비가 끝났습니다. 제가 감사 인사를 하자 정비공은 저를 쳐다보더니, 활주로의 저쪽 끝에서 다가오는 데루젠을 바라봤습니다. 정비공이 말했지요. '내가 용기가 있었다면 엔진을 수리하지 못할 만큼 망가뜨렸을 텐데. 이제껏 헛된 죽음이 너무 많았으니.'

'나가 상, 제가 용기가 있었다면 그렇게 해주십사 부탁드렸을 겁니다.' 우리는 맞절을 했습니다. 그런데 그는 떠나려다가 걸음을 멈추고 다시 제게 몸을 돌리더군요. '이 전쟁이 끝나면 야스쿠니에 가서 자네를 위해 기도하지.'

데루젠이 다가와서 비행기 동체를 두드렸습니다. 쇠에서 얇고 텅빈 소리가 났습니다. '자네 부친께서 이 비행기들을 제조할 때 나와 상의하셨지. 하지만 이것들은 우리가 만들고 싶었던 것과 달라. 이 비행기들은 자네 가문의 이름을 더럽히지. 또 우리 나라를 수치스럽

게 하네.'

'아버님께서 전쟁 전에는 최고의 비행기를 만드셨어요. 하지만 우리는 물자가 부족했습니다. 기백이 바닥나버렸고요.'

데루젠은 제 어깨를 꽉 쥐고 말했습니다. '우린 기백이 바닥난 게 아니네.'

저는 낡아빠진 비행복에서 종이 한 장을 꺼내고 말했습니다. '우리가 만나고 얼마 안 지나서 대좌님께서 제게 이걸 주셨지요.'

그는 그것을 힐끗 보더니 내 손을 뿌리쳤습니다. '난 필요 없네. 다 외우는 걸.'

'대좌님의 목소리로 이 구절을 다시 듣고 싶습니다. 부탁드립니다'라고 제가 말했습니다.

'I know that I shall meet my fate, somewhere among the clouds above(나는 하늘 위 구름 속 어딘가에서 내 운명을 만나리란 것을 알지)……' 그는 영어로 암송하기 시작했습니다. 예이츠의 시 「아일랜드 비행사가 자신의 죽음을 예견하다」라는 시의 첫 구절이지요. 저는 눈을 감고 데루젠의 목소리에 귀 기울였습니다. 마지막 구절에 이르러서는 그의 음성에서 체념한 분노를 들었지요. 그때 저는 알았습니다. 지난번 이별과 달리 다시 그를 잊으려 애쓰지 않아도 된다는 것을…… 천천히 눈을 떴습니다. '그날 야스쿠니 신사에서 제가 바보짓을 했습니다, 그렇지 않습니까? 이 모든 것은 시간 낭비였습니다.'

'하지만 자네의 요구에 응한 나 또한 똑같았지.'

'그래도 우리가 옳은 일을 했다고 확신합니다'라고 제가 말했지요.

아침에는 하늘이 낮았고 풍향계가 절룩거리듯 돌아갔습니다. 정글 끄트머리에서 왜가리 한 쌍이 나무에서 날아올랐습니다. 새들이 하늘로 높이 더 높이 날아올라, 계곡 사이로 주룩주룩 내리는 빗속으로 사라지는 광경을 지켜봤습니다. 새들은 제 눈에는 보이지 않는 안식처를 향해 날아갔을 겁니다. 저는 새들을 바라볼 때 느낀 열망과 똑같은 감정을 데루젠의 눈에서 보았습니다. 저는 그가 무엇을 바라는지 알았지만 입 밖으로 말하고 싶지 않았습니다. 고개를 저으면서 말했지요. '그럴 순 없습니다.'

그는 눈을 내리 깔았습니다. '이해하네.'

저는 조종석으로 올라가서 안전띠를 맸습니다.

'자네 부친께 여기서 만났다고 말씀드리겠네'라고 데루젠이 말했습니다.

'그 말을 들으시면 아버지가 좋아하실 겁니다'라고 제가 대답했습니다. 그가 다른 말을 할 새도 없이 저는 조종석 덮개를 닫았습니다.

엔진이 몇 차례 불발되다가 마침내 시동이 걸렸고, 불안정하게 털털대면서 검은 연기를 바람 속에 내뿜었습니다. 스로틀*을 작동하면서 비행기가 저를 남지나해를 지나 말라야 해변까지 쭉 데려가게 해달라고 기도했습니다. 비행기가 움직이기 시작하다가, 하부에 매달린 폭탄 때문에 속도를 내지 못했습니다. 암 덩어리를 안고 가는 새 같았지요. 활주로를 거의 벗어날 즈음, 비행기가 앞으로 기울면서 아스팔트 위로 떠올랐습니다. 저는 비행장을 한 바퀴 돌다가, 활주

* 내연 기관의 기화기에 붙여 흡입 공기량을 조절하는 판

로에 서 있는 데루젠을 보았습니다. 하늘로 높이 더 높이 올라가는데, 참았던 눈물의 온기에 고글이 뿌옇게 변했습니다.

말라야 해안에서 140킬로미터 남짓 떨어진 지점에서, 더 높이 짙게 낀 우기의 구름과 맞닥뜨렸습니다. 총알처럼 단단한 빗방울이 비행기 앞 유리창을 때렸습니다. 뭔가 뒤쫓아 오는 불편한 기분을 느꼈습니다. 미군 전투기가 저를 보고 쫓아오는가 해서 앉은 채 몸을 비틀어 뒤쪽 하늘을 살폈습니다. 하늘에는 아무것도 없었지만 미심쩍은 기분은 좀처럼 떨쳐지지 않았습니다. 잠시 후 가시거리가 제로로 떨어졌습니다. 제가 아무것도 볼 수 없다면, 상대방도 저를 볼 수 없겠다 싶었습니다.

바람과 물의 역류로 인해 비행기가 요동쳤습니다. 폭풍우 위로 상승할 만큼 연료가 충분하지 않았습니다. 현재 항로를 유지하면서 산속으로 날아들지 않기를 바랄 수밖에 없었습니다. 몇 분마다 지도를 검토하고, 집중해야 했기에 데루젠과 아버지에 대한 생각을 할 겨를이 없었습니다.

곧 아래쪽에서 희미한 빛이 힐끗 보였습니다. 다시 지도를 살피다가 안도의 환호성을 질렀습니다. 캄퐁페뉴에 와 있더군요. 창공에서 활주로를 향해 고도를 낮추었지만, 지상의 조명 배열 형태로 볼 때 착륙이 불가능한 상황임을 알 수 있었습니다. 거기 착륙하는 것 말고 선택의 여지가 없었지만, 무사히 착륙할 수 있을지 먼저 확인해야 했습니다. 계속 날다가 1.5킬로미터 남짓 떨어진 곳에서 빈 터를 발견했습니다. 그 위로 낮게 스쳐 지나면서 폭탄을 버리고, 어둠과 빗속에서 폭탄이 폭신한 곳에 떨어지기를 바랐습니다. 엄청난 무게를 떨쳐내자 비행기는 하늘로 솟구쳤습니다. 폭풍우 속에서 비행장을 시야에서 놓치지 않으려고 애쓰며 그쪽으로 돌아갔습니다. 착륙했고, 바퀴가 활주로에 닿으며 물보라를 일으켰습니다. 잠시 후 움푹 파인 구멍들을 지났습니다. 활주로에서 비행기가 회전했습니다. 착륙 장치가 부러지는 소리가 들리더군요. 저는 머리를 유리창에 부딪쳤고 의식을 잃었습니다."

* * *

"정신을 차리니 썰렁한 방에 제가 있더군요. 누군가 저를 등지고 서서 창밖 해변을 내다보고 있었습니다. 저는 그를 알아보았고, 순간적으로 꿈을 꾸고 있다고 생각했습니다. 파도 소리가 다가왔습니다. 그가 몸을 돌렸지요. 일어나 앉으려다가 통증이 심해서 움찔했지요. 데루젠 대좌님이 침대 옆으로 다가오면서 말했습니다. '갈비뼈 두 대가 골절되었네. 군의관이 최선을 다했지만 제대로 조치하지는 못했어. 약품이 워낙 부족한 터라.'

'제 비행기는요?'라고 제가 물었습니다.

'지상 요원이 비행기를 다시 쓸 수 있는지 확인할 거야.'

'바콜로드에서 오는 내내 대좌님께서 제 뒤에 계셨지요.' 누군가 쫓아오는 느낌이 떠올라서 제가 말했지요. 그는 미지근한 물을 제 입술에 대주었습니다. 제가 물을 마시자, 손수건으로 제 입을 닦아주더군요. '대좌님은 저와 달리 말짱하게 착륙하셨군요'라고 말하는데 새삼스럽게 낭패감이 밀려들더군요.

'그래, 하지만 그건 예상 가능한 일이지. 난 자네의 교관이었다고.'

'저희 그룹 중 아직 여기 있는 사람이 있습니까?'

그의 얼굴에 애정 어린 미소가 번졌습니다. '겐지 중위가 있네. 그의 비행이 예정되었던 사흘 전 아침에 엔진이 말썽을 일으켰지. 겐지는 나를 보더니 아무 말도 못 하더군.' 그러더니 미소가 사라졌고 데루젠이 말을 이었습니다. '비행기 결함이 해결되었고 겐지는 명령을 받았지. 내일 출격할걸세.'

제가 말했습니다. '겐지는 저보다 어립니다. 아직 아이인걸요. 제가 먼저 가야 합니다.'

'자네는 비행기를 조종할 수 있는 상태가 아니야, 다쓰지!'라고 쏘아붙이더군요.

제가 대꾸했지요. '저를 쫓아 여기까지 오시는 게 아니었습니다, 데루젠 상. 대좌님은 명령에 불복종하신 겁니다.'

'자네 부친은 어떻게 되셨나?' 나는 피할 새도 없이 그의 질문에 맞닥뜨렸습니다. 하지만 이제 와서 질문을 피한들 무슨 소용이 있겠습니까? 아일랜드 시인 예이츠가 썼듯이 '지나간 세월, 다가올 세월은 호흡의 낭비*'일 뿐인데 말입니다. 살고 죽는 것은 바로 이 순간뿐인 것을. 그래서 아버지를 본 마지막 순간에 대해 느릿느릿 털어놓기 시작했습니다."

* 예이츠의 시 「아일랜드 비행사가 자신의 죽음을 예견하다」의 구절 인용

* * *

"저는 특공대 부임 승인을 받자 군마 현의 언덕 지대에 있는 집안의 시골 별장으로 갔습니다. 공습이 시작되자 부친이 거처를 그곳으로 옮기셨거든요. 도쿄는 미군의 심한 폭격을 당했는데, 군마 현에서 어린 시절에 봤던 늙은 단풍나무가 여전히 그 모습으로 늘어선 길을 보자 반가웠습니다. 단풍잎은 겨울을 맞을 준비에 한창이었고, 전에 봤던 것보다 붉은색이었습니다. 어쩌면 나뭇잎까지 전쟁의 애환에 물든 거겠지요. 대문 옆에 매달린 줄을 당겼습니다. 집 안에서 울리는 깊은 종소리를 들을 수 있으리라 짐작했지요. 몇 분 후 빗장이 젖혀졌습니다. 아버지가 나오셔서 충격을 받았지만 내색하지는 않았습니다. 부친이 건장했던 적이 없었지만 이제는 더 여위고 앙상한 체구에, 눈에는 수심이 가득했습니다. 낡은 회색 유카타를 걸치셨더군요. 옷이 너무 헐렁했습니다.

아버지는 '온다는 말이 없었잖니'라고 하셨죠.

오랫동안 모르는 사람들처럼 서로 쳐다보기만 했습니다. 그러다가 저는 한번도 해본 적 없는 일을 했습니다. 아버지를 끌어안았으니까요. 아버지가 제 머리를 쓰다듬으면서 몇 차례 이름을 속삭였습니다. 마침내 아버지는 포옹을 풀고 미소를 지었습니다. 해후의 기쁨을 솔직히 표했는데도 허공에 감도는 긴장감이 느껴졌지요.

우리는 툇마루에서 차를 마셨습니다. 전에 자주 그랬고, 추억에서 위안을 받았지만 한편으로 슬프기도 했습니다. 임무 이야기를 어떻게 꺼내야 할지 난감했지요. 한동안 전쟁 이전에 대해서만 이야기했

382

고, 그러다가 아버지가 먼저 오니시 중장의 특공대 프로그램을 화제로 삼아서 저는 놀랐습니다.

아버지가 말했습니다. '전쟁에 쓸 비행기들을 더 제작하라는 지침이 내려왔단다. 날기만 하면 성능 따윈 형편없어도 상관없다 이거지. 그들은 우리가 비행기 생산을 최대한 서두르기를 바라지.' 아버지는 못마땅해서 고개를 절레절레 흔드셨지요.

제가 대답했습니다. '그게 천황의 뜻인걸요. 우리가 미국을 방어하는 데 비행기가 도움이 된다는 거지요.' 이런 말은 라디오에서 뻔질나게 들었지만 이제 공허하게 들렸습니다.

어머니가 돌아가신 후로 아버지가 저를 키우셨으니, 그 분은 제 눈만 보고도 집에 온 이유를 아셨지요. 눈을 크게 뜨고 소리 없이 울기 시작하시더군요. 부친은 일본 최대 재벌이었고, 이런 모습을 보는 것이 제게는 충격이었지요. 그제야 저는 우리가 전쟁에 패하리란 걸 알았습니다.

닷새간 집에 머물렀습니다. 다시는 전쟁 이야기를 나누지 않았지요. 마지막 날 아침, 깨보니 평소와 다른 적막이 느껴졌습니다. 집 안을 돌아다니다가 정원에 나와 계신 아버지를 발견했습니다. 이제는 물고기가 없는 코이(잉어) 연못을 바라보시더군요. '하인들은 어디 갔습니까?'라고 물으니, '내가 모두 보냈다'라고 대답하셨어요. 그 말보다 말투 때문에 더럭 겁이 났습니다. 왜 아버지가 흰 옷을 입었는지, 무슨 일을 하실 작정인지 저는 그제야 깨달았습니다.

'안 돼요, 오토상(아버지)'이라고 제가 말했지요.

아버지가 제게 손을 내밀었습니다. 저는 그 손을 잡았고, 제가 기억하는 그의 내적인 강인함을 느꼈습니다. 아버지가 손을 꽉 쥐었다가 놨습니다. 그러더니 집 뒤쪽으로 걸어가셨어요. 저는 서둘러서 아버지를 부르면서 쫓아갔지만 그는 멈추지도, 뒤돌아보지도 않았습니다. 우리는 가레산스이 정원으로 갔습니다. 아버지가 직접 설계한 정원이었지요. 굵은 모래를 긁어서 무늬가 있고, 네모난 하얀 모래밭의 가장자리에 갈대 돗자리가 펼쳐져 있었습니다. 돗자리에 놓인 칼들이 집안에 내려오는 검임을 알아차렸습니다. 가타나(긴 칼)와 그보다 짧은 와키자시(작은 칼)가 나란히 놓여 있었습니다. 쟁반에 잔 하나와 작은 사케(청주) 주전자가 있었습니다.

아버지는 모래밭의 선들을 빤히 쳐다보았습니다. 중심점에서 소리 없는 물결들이 바깥쪽으로 퍼지는 문양이었습니다. 아니면 고요 속에서 되돌아오는 물결들이었을까요? 매일 저녁 퇴근해서 집에 돌아오면 새 무늬를 만드는 게 아버지의 습관이었습니다. 그 일을 하면 마음이 느긋해졌지요. 이제 아버지가 말했습니다. '부처가 땅에 엄지 지문을 찍었구나.'

'이러지 마세요.' 제 목소리는 떨렸지만, 아버지는 침착하고 단호했습니다. 바다에서 폭풍우를 뚫고 안전한 항구로 들어오는 배 같았지요. 그는 돗자리에 무릎을 꿇고 앉아 잔에 사케를 따랐습니다. 다시 전투기 안에서 훈련하는 기분이 느껴지더군요. 폐에서 산소가 빠져나가 눈앞이 까매지자, 버둥대다가 정신이 아득해지는 것 같았지요.

아버지가 말했습니다. '인생은 공평하지, 그렇지 않니? 나는 다른 사람들의 아들을 죽음으로 내모는 비행기를 만들었다. 그러니 계산을 맞추어야겠지. 내 아들도 죽어야 될 거야.' 그는 흔들림 없이 나를 바라보면서 말을 이었습니다. '너에게 명령에 불복종하라고 압박하는 게 아니라는 걸 알아두어라. 네가 의무를 수행해야 한다는 것을 나도 인정한다. 마찬가지로 내가 해야 될 일을 너도 인정해야 한다.'

아버지는 한동안 앉아 있었고, 어찌나 가만히 있던지 저는 속으로 그가 다시는 움직이지 않기를 바랐지요. 아버지가 이 일을 하느니 차라리 돌로 변하는 게 나을 테니까요. 아버지가 단도를 집어 칼집을 벗겼습니다. 아침 햇살이 칼날에 닿자 저는 눈을 돌려야 했습니다. 아버지가 말했습니다. '위대한 요시카와 가문은 이렇게 끝나는구나.'

제가 팔을 잡아 만류하자 아버지는 아주 부드럽게 말했어요. '다쓰 짱*.' 어릴 때 저를 깨울 때마다 부르시던 말투였지요. 목소리에 깃든 처연함이 저를 아프게 했습니다. 차라리 고함을 치셨다면 그보다 덜 아팠을 겁니다. 아버지가 말을 이었지요. '다시 평화롭게 잘 수 있다면 좋을게다. 난 몹시 지쳤다, 아들아. 너무나 지쳤다.'

'오토상(아버지)…….'

아버지가 제 손을 잡고 쓰다듬으셨습니다. '마지막으로 너를 한 번 보고 싶었는데 이제 널 봤으니 더 이상 뭘 바라겠니? 여기 있지 마라. 가거라.'

저는 고개를 저었습니다. '저는 아버지의 아들인걸요.'

오토상은 고개를 끄덕였습니다. 그가 오른손에 칼날을 들고 옷섶을 벌렸습니다. 천천히 깊게 숨 쉬면서 호흡을 음미하셨지요. 정원

* 짱은 친근함을 나타내는 호칭

은 고요했고 새들은 날아가고 없었습니다. 저는 긴 칼을 들고 아버지가 못 견딜 정도로 심한 고통에 시달리거나 머뭇거릴 경우에 대비했습니다.

하지만 아버지는 흔들리지 않았습니다."

* * *

"활주로에 가장 먼저 나온 사람은 데루젠과 저였습니다. 겐지 중위와 부대장은 몇 분 후에야 저희와 합류했습니다. 앞에 있는 탁자에 도자기 잔과 사케 병이 놓여 있더군요. 특공대 프로그램의 초창기에 참석한 수많은 행사들이 떠올랐습니다. 매번 조종사가 비행기에 오르기 전 참석자들은 사케를 한 잔씩 마시고 그에게 절을 했습니다. 돌이켜 생각하면 이 전쟁에서 패하리라는 걸 아는 사람이 이미 많았지만 그래도 전투는 계속되어야 했습니다. 다른 길이 없었으니까요.

겐지가 이마에 두른 흰 머리띠에 떠오르는 태양이 그려져 있었습니다. 이마 가운데 총이라도 맞은 것처럼 보였지요. 제가 사케를 따랐고, 다 같이 천황이 있는 황궁을 향해 절을 했습니다. 데루젠은 사케를 마셨지만 절은 하지 않더군요. 겐지는 소년처럼 앳돼 보여도 결연한 음성으로 절명시*를 낭독한 다음, 저희에게 절하고 조종석에 올라탔습니다. 저는 비행중대의 마지막 부대원에게 '비행 잘해'라고

---

* 죽음을 앞두고 읊는 단형시

말했습니다. 겐지가 소리쳐 대답했습니다. '중위님도 오래 기다리시지 않아도 될 겁니다. 야스쿠니에서 뵙지요!'

그는 이륙했고 저는 그가 시야에서 사라질 때까지 손을 흔들었습니다. 겐지가 성공적으로 미군에게 폭탄을 투하했는지는 아무도 모릅니다. 이제 제가 마지막으로 남은 조종사였습니다. 데루젠은 몸을 돌리더니 팔을 뻗어 술잔을 하늘에 던졌습니다. 워낙 높이 또 멀리 던져서, 술잔이 땅에 떨어져 깨지는 소리는 들리지 않았습니다. 제가 다시 몸을 돌려서 데루젠을 봤을 때, 그는 이미 막사로 향하고 있었습니다.

저희는 기지에서 멀지 않은 해변에 코코넛 야자수로 급조한 쉼터 아래서 시간을 보냈습니다. 맑은 날이면 남쪽 수평선에 떠오른 티오만 섬의 흐릿한 윤곽선이 보였지요. 동네에 사는 어부는, 아득히 오래전 중국에서 배를 타고 온 공주가 그 섬으로 변했다고 말해주었습니다. 데루젠과 저는 그 섬에 가볼지 의논했지만 바다가 너무 거셌습니다.

그가 바다를 가리키면서 말했습니다. '믿기 어렵지만, 여기서 북쪽으로 80킬로미터 지점에서 우리 전투기들이 영국 전함 두 척을 침몰시켰지.'

제 상처는 빨리 회복되었습니다. 데루젠은 그렇게 빠른 회복이 달갑지 않았을 겁니다. 겐지 중위가 출발하고 일주일 후, 정비공에게 제 비행기를 살리지 못한다는 전갈이 왔습니다. 그 소식을 전하는 데루젠의 눈빛에서 희망이 타오르는 것을 보았습니다. 늦은 아침이었고 하늘이 맑았습니다. 방금 염장 생선을 말리는 선반이 늘어선 어촌 마을을 지난 참이었습니다.

제가 말했습니다. '다른 비행기를 구해야겠군요.'

'이런 멍청이!' 그가 언성을 높인 것은 그때가 처음이었습니다. 데루젠이 말을 이었습니다. '자네와 내가…… 우리가 한때 포기한 것을 얻을 두 번째 기회가 생겼다고.'

제가 대답했습니다. '제가 겁쟁이가 되길 바라십니까? 제가 맹세와 명예를 저버리기를 바라시는군요.'

그가 말했지요. '지금 자네가 할 수 있는 일은 아무것도 없네. 우리는 전쟁에서 패했네. 그걸 인정하는 것을 거부하고 있을 뿐이라고.'

'저는 의무보다 욕망을 먼저 돌볼 순 없습니다'라고 제가 대꾸했지요.

'나는……' 그가 말을 더듬거리다가 말을 이었습니다. '나는 자네에게 내 욕망을 먼저 돌봐달라고 요청하는 걸세.'

저는 그를 빤히 쳐다보았습니다. '우리 어디로 갈까요?'

그는 텅 빈 바닷가를 내다보았습니다. 마침내 데루젠이 대답했습니다. '우린 아무 데도 가지 않아도 되네. 이곳이면 충분할 테니, 그렇지 않아? 여기서 나머지 세상과 떨어져서 우리의 나날을 살아가는 거지. 이 해변에 집이 있고, 시간은 영원하고.'

한동안 그냥 그의 꿈이 주는 유혹에 젖었습니다. 지금 제게 열린 모든 가능성들을 잠시 맛보았지요. 제가 누릴 수도 있는 삶을…… 그와 서서, 왜가리 한 쌍이 성소로 날아가는 광경을 봤던 기억이 났습니다. 하지만 그게 불가능하다는 걸 저는 알고 있었습니다. 그것은 불가능했지요. 저는 결심을 설명하려고 애쓰면서 말했습니다.

'제가 명령을 수행하지 않는다면, 그렇게 되면 아버지의 죽음이 헛되게 됩니다. 아버지는 제가 비행해야 된다는 것을 받아들이셨습니다. 그러니 그 일을 수행하지 않는다면 아버지의 죽음이 무슨 소용이 있겠습니까?' 저는 말을 멈추고 각오를 단단히 굳혔습니다. 그리고 덧붙였지요. '그래서 대좌님의 비행기를 제게 주십사 부탁드리는 겁니다. 제 비행기에 부착된 폭탄 운반대를 대좌님의 비행기에 옮겨 달면 됩니다.'

그의 얼굴이 갑자기 늙어 보이며 돌아가시기 전 아버지의 얼굴과 아주 비슷해 보였습니다. 전쟁이 시간의 구조 자체를 망가뜨렸다는 느낌이 들더군요. 데루젠을 안 이후 처음으로 그는 감정을 주체하지 못했습니다. 데루젠이 말했습니다. '자네를 따라 여기까지 오는 게 아니었어. 내가 이기적이었네. 자네를 보고 싶었네. 자네가 떠나는 때만이라도.'

'비행을 가르쳐주신 첫날부터 대좌님은 제 운명을 아셨어요.' 제가 나직하게 말했습니다. 저는 그의 어깨를 만지면서 덧붙였지요. 그 무엇도 운명을 바꾸지 못한다고."

* * *

"데루젠의 비행기는 2인승 요시카와 K41로 제 부친이 예전에 만든 모델 중 하나였습니다. 동체에 데루젠 가문의 문장이 그려져 있었지요. 왜가리 한 쌍이 서로 쫓아서 영원히 맴도는 그림이었습니다. 비행기에 폭탄이 장착되는 사이, 아침나절 내내 그는 저를 교육시켰습니다. 해변에서 그 이야기를 나눈 이후 데루젠은 비행기 작동에 대한 논의 외에 별말이 없었습니다. 어느 날 늦은 저녁 그가 말하더군요. '자네를 저 위로 데려가서 한 번 더 같이 비행하고 싶네. 비행기의 감을 잡게 해주지.'

제가 조종간을 잡았고 그는 뒤에 앉았습니다. 아버지가 전쟁 후반에 정부 지시로 만든 조악한 비행기를 수치스럽게 여긴 이유를 처음으로 분명히 알겠더군요. 제 비행기와 비교해 데루젠의 비행기는 순조롭고 강력해서, 제 비행기가 참새라면 그것은 독수리였습니다. 생도 시절 처음 함께 훈련기를 탄 날이 떠오르자 저는 큰 슬픔에 사로잡혔습니다.

데루젠이 말했습니다. '저 높이 올라가도록 해. 최대한 높이.'

구름 위로 올라갔고, 그곳은 마지막 햇빛이 아직 하늘을 붉게 물들이고 있었습니다. 아래 지상으로 밤이 내리는 사이 계속 비행했습니다. 곧 비행기 천장 위로 별이 나타났습니다. 제가 말했지요. '야간 순찰 중 착륙하기 꺼려졌던 적이 한 번 있었습니다. 계속 날고 싶은 욕심이 생겼고, 어둠 속에서 영원히 안전하게 있을 듯한 기분이었지요.'

'비행하면서 영원토록 남아 있다면 근사하겠지.' 유리 캡슐 안에서 부드럽지만 또렷한 목소리로 데루젠이 말했습니다. 저는 어깨를 잡는 그의 손길을 느끼고 손을 뻗어 그의 손을 잡았습니다. 저 같은 자살 특공 대원을 위해 1백만 개의 심장이 함께 뛰었을지 몰라도, 그날 밤 거기서 듣고 느낄 수 있는 것은 그와 나의 심장뿐이었습니다."

* * *

"출격하라는 명령이 세 번 떨어졌지만, 악천후로 세 번 다 취소되었습니다. 1945년 8월 5일 오후, 네 번째 명령이 내려왔습니다. 북쪽으로 향하는 미군 항공모함이 보르네오 해안 밖에서 포착되었다더군요. 저는 다음날 아침 8시에 출발할 예정이었습니다. 날씨가 화창할 거라는 예보가 있었습니다.

기지에 남는 이들이 송별 만찬을 베풀어준 후, 데루젠과 저는 해변으로 산책을 나갔습니다. 바다 위에 달이 떠 있었습니다. 파도는 잔잔했고요. 데루젠은 체념해서 차분했고, 비행기를 가장 잘 운행할 수 있는 여러 요령과 조언을 해주었습니다.

'전쟁 이야기는 그만 하시지요'라고 제가 말했습니다.

그는 저를 쳐다보더니 고개를 끄덕였습니다.

제가 말했습니다. '이 상황이 모두 끝나면 무슨 일을 하실지 말해주세요.' 앞으로 함께 하지 못할 그의 삶에 대해 일부라도 들여다보고 싶었습니다.

'아마 전범으로 분류되어 재판을 받겠지.'

저는 고개를 저으면서 다시 말했지요. '무슨 일을 하실지 말해주세요.'

그는 제가 원하는 답을 이해하고 바다를 바라보았지요. '다시 이곳으로, 이 섬으로 와서 집을 지을 거야…… 저기에.' 데루젠이 줄지어 선 코코넛 나무 아래 한 곳을 손짓했습니다. 그가 다시 말했습니다. '여생을 여기서 살겠네. 매일 아침 배를 띄워 고기를 잡고 바다

위로 해가 뜨는 광경을 지켜볼걸세.'

'멋진 삶이 될 겁니다.' 제가 장담했지요.

'매일 자네를 생각하겠네.' 데루젠이 저를 바라보면서 그렇게 말하더군요.

'절명시를 써두었습니다. 들어보시겠어요?'

'내일 읽어주게.'

둘은 다시 걷기 시작했습니다. 저는 잠으로 시간을 낭비하기 싫었지만 마침내 그가 말했습니다. '자네는 좀 쉬어야 해. 내일 비행할 때 민첩하게 대응해야 하니까.'

제가 말했습니다. '오늘 밤 여기 있고 싶습니다, 이 해변에서.'

그가 대답했습니다. '자게. 내가 깨워줄 테니.'

저는 서늘하고 축축한 모래 위에 누웠습니다. 하늘의 별이 손에 잡힐 듯 가까이 느껴졌습니다. 별에게 손만 뻗으면 될 것 같았지요. 대신 그의 손을 잡고 꼭 쥐었습니다. 스르르 잠에 빠질 때까지 손을 놓지 않았습니다."

* * *

"깨보니 데루젠은 거기 없었습니다. 8시 10분 전이 다 되었고, 해가 이미 중천에 떠 있었습니다. 저는 욕설을 내뱉으며 기지로 헐레벌떡 뛰어갔습니다. 요시카와 K41은 활주로에 있었고, 엔진이 공중에 연기를 뿜고 있었습니다. 저는 멈춰 서서 숨을 돌리고는 비행기를 향해 냉큼 뛰어갔습니다. 이제 시간이 없었지요. 곧 항공모함이 그 지역을 벗어날 테니까.

K41이 움직이기 시작했습니다. 도저히 믿기지 않더군요. 스로틀이 작동되더니 비행기가 활주로의 출발선으로 굴러가기 시작했습니다. 조종석 덮개 유리로 데루젠의 얼굴이 보였습니다. K41이 멈췄습니다. 영원 같았던 한순간, 그가 내 눈을 응시했습니다. 데루젠이 눈을 한 번 깜빡이더니 미소 지었습니다. 그가 한 손을 들고, 멀리서도 저를 잡을 수 있는 듯이 손바닥을 펼쳤습니다. 저도 모르게 그에게 소리쳤습니다. 그 순간 아무 소리도 들을 수 없었지만 목이 쉬도록 고함을 질렀습니다.

그가 손을 내렸습니다. 비행기는 앞으로 움직이더니 속도를 냈습니다. 있는 힘을 모두 다리에 실어 데루젠을 따라잡으려고 달렸지요. 불가능한 줄 알면서도 활주로 가운데서 비행기를 막을 수 있을까 해서 방향을 바꿔서 달렸습니다. K41이 지면에서 날아올랐습니다. 저는 넘어졌다가 일어나면서도 데루젠에게서 눈을 떼지 않았습니다. 그는 비행장 위를 한 차례 낮게 선회했습니다. 의심의 여지없이 우린 마지막으로 서로 바라보았습니다. 그는 선회를 마치고 태양을 향해 올라갔습니다.

바로 그 순간 하늘의 색이 바뀌었습니다. 하늘이 순백색으로 변하다가 빨강색, 자홍색과 보라색 줄이 마구 생겨났습니다. 저는 눈을 꼭 감았지만 여전히 빛이 들어와 앞이 보이지 않았습니다. 몇 주 후가 지나서야 겨우 알았습니다. 미국이 일본에 최초의 원자폭탄을 투하했다는 것을. 그 순간, 데루젠이 저 대신 전함에 투신하러 날아오르던 그때 사실상 전쟁은 끝났던 겁니다.

그래서 저는 땅에 떨어지지 않은 벚꽃이 되고 말았습니다. 잠자코 있다가 패전을 공표한 천황의 명령으로 구제된 것이지요. 전쟁이 끝났을 때 저는 스물두 살이었고, 히로히토 천황은 처음으로 방송을 통해 패배를 인정하고 우리에게 '견딜 수 없는 것을 견디라'고 촉구했습니다. '신적인 존재'가 국민에게 한 첫 번째 방송이었지요.

그의 말이 얼마나 적절했는지 모릅니다. 저는 견뎠거든요."

* * *

다쓰지가 말을 멈추고, 우리는 오랫동안 침묵 속에서 앉아 있다. 그는 차를 건드리지도 않았고 나도 마찬가지다. 그가 다시 어촌 마을 우키요에로 시선을 돌린다.

그가 말한다.

"이제 저는 노인입니다. 그날 아침 하늘로 날아간 데루젠보다 나이가 많지요. 아리토모에 대한 책이 마무리되면 저는 캄퐁페뉴로 돌아갈 겁니다. 그곳에 땅을 사두었습니다. 데루젠이 말하던 바로 그 자리에. 거기 데루젠이 같이 살고 싶다던 집을 지을 겁니다. 그리고 이번에는…… 이번에는 다시는 떠나지 않을 겁니다."

그는 맹세하듯 말한다.

"전쟁이 끝나고 억류당하셨나요?"

"싱가포르에서요. 저는 수백 명과 함께 노역에 동원되었습니다. 거리의 폐허 더미를 치우고 하수구를 청소하고, 쓰러진 전신주를 수리했지요. 귀국 후에는 해군을 제대했습니다."

그는 꼿꼿하게 일어나서 말을 잇는다.

"여지껏 다시 야스쿠니 신사를 찾지 않았습니다. 특공대 조종사들이 몰았던 비행기 몇 대가 바다에서 인양되어 보고 만질 수 있게 전시된 가고시마 전쟁박물관에도 안 갔습니다. 제게는 일본에서 지구 반 바퀴 거리인 그 해변만이 데루젠의 영혼이 평화를 누릴 수 있는 유일한 곳입니다."

"거기서 뭘 하실 건데요?"

내가 묻는다. 그가 사랑했고 여전히 사랑하는 이에게 예전에 던졌던 질문이다.

"매일 새벽 동틀 녘에 작은 배를 저어 바다로 나갈 겁니다. 마지막으로 데루젠의 비행기를 본 그곳을 향해 배를 돌리고, 해가 뜨기를 기다릴 겁니다."

17

사람들 앞에서 아리토모는 예전과 다름없는 태도로 나를 대했다. 나는 그의 어떤 영역에 들어가는 것이 허용되지 않는다는 것을 알아차렸다. 이따금 함께 정원에서 작업할 때, 생각에 잠긴 표정으로 날 바라보는 그의 눈길이 느껴졌다. 내가 눈을 맞추면 그는 피하지 않고 계속 나를 응시했다.

비교적 잠잠한 시기가 지나고 공산당은 활동을 강화해서, 한 달간 민간인 3백 명 이상을 살해했다. 또 이제는 부녀자와 아이들도 목표로 삼는 듯했다. 한 고무 농장에서는 두 살 난 여자아이가 집안 요리사와 놀다가 총에 맞았다. 어떤 농장주 부부는 간선도로에서 매복하던 테러범들과 맞닥뜨렸고 테러범들은 아내를 죽였지만 남편은 내버려두었다. 일주일 전에는 공산 게릴라 5명이 타나라타에 있는 적갈색 사암 교회 건물에 들어가서, 아침 미사를 집전 중인 프랑스인 사제를 죽였다. 남편과 말라야에 남겠노라 맹세한 농장주와 광산주의 부인들은 짐을 싸서 아이들을 데리고 떠나라는 조언을 들었다. 캐머런 고지대에 사는 일부 유럽인들은 이미 떠났다.

템플러는 공산 게릴라에게 피해를 입은 지역을 '흑색 지대'로 분류하고, 그 지역에는 식량 배급을 축소하고 통행금지를 실시했다. 주민의 삶을 몹시 고달프게 만들어, 게릴라 지원을 막으려는 의도였다. 이런 조치에도 불구하고 흑색 지대의 수가 극적으로 증가해, 공산 게릴라의 침입이 전혀 없는 '백색 지대'의 숫자를 압도했다. 가끔 아리토모와 내가 흰 돌과 검은 돌로 하는 바둑이 연상되었다. 그가 내 돌을 에워싸서 그의 돌 색깔로 바꾸는 것과 비슷했다.

나는 밤에 침대에 누워서, 인근 계곡에서 군이 공산당 캠프를 포격하는 소리를 들었다. 어떤 밤에는 나가서 베란다에 섰다. 하늘은 포화로 얼룩지고 이 부자연스러운 '북극광*'으로 환해졌다. 매그너스는 그런 빛을 '적도의 오로라'라고 불렀다.

* * *

어느 밤 유기리에서 돌아와 방갈로를 빙 돌아 집 뒤쪽으로 갔다. 나는 이즈음 뒷문을 이용하기 시작했다. 그러면 전등을 켤 때 앞쪽 문간에 내 실루엣이 생기는 것을 피할 수 있었다. 집으로 들어가려는 순간, 누군가 나무 뒤에서 튀어나와 내게 권총을 겨누었다.

"들어가! 빨리빨리!"

* 북극 라플란드에서 펼쳐지는 오로라

사내가 말했다.

부엌 전등이 켜져 있었다. 나는 눈을 깜박였다. 창에는 블라인드가 내려져 있었다. 작은 식탁에 이미 세 사람이 앉아 있었다. 한 명은 여자였다. 나보다 어렸고, 깡마른 체구에 짧게 친 머리가 보기 흉했다. 사내들은 20대나 30대 초반이었다. 카키색 제복은 땟물이 흐르고, 모자에 달린 빛바랜 빨간 별 세 개는 말라붙은 핏방울로 보였다. 권총을 든 사내가 나를 의자로 떠밀자 관성 때문에 바닥에 엎어질 뻔했다.

"원하는 만큼 식량을 가져가요. 돈은 지갑에 있어요."

내가 말했다.

여자가 일어나서 내게 다가왔다.

"검사보 테오 윤 링."

그녀가 영어로 한 마디씩 천천히 말했다.

"이제는 아닌데. 당신들도 계속 뉴스를 파악해야지."

그녀가 내 뺨을 때렸다. 통증을 느끼며 나는 속으로 중얼댔다. '이건 아무것도 아니야. 전에는 매질도 견뎠잖아.' 1분쯤 지나자 오른쪽 귀가 울리는 증상이 가라앉았고, 나방 한 마리가 부엌 전등 주위에서 퍼덕이는 소리가 들렸다. 방 안을 둘러보면서 도움이 될만한 무기를 찾아보았다. 탁자에 『주간 농장주』 잡지가 있었지만, 아리토모와 달리 나는 그것을 무기로 쓰지 못할 터였다.

여자가 조리대로 다가가서 라디오의 전원을 켜고, 지역 중국어 방송에 주파수를 맞추었다. 유명한 발라드곡이 부엌을 가득 채웠다. 어머니가 가사를 모르면서도 좋아했던 「유에 라이 시앙」이라는 노래였다.

여자가 말했다.

"난 이 곡을 들을 때마다 언니가 생각나. 언니는 늘 이 노래를 불렀지. 그녀의 이름은 리우 풍이야. 당신 덕에 중국으로 추방당했지."

"중국에서 상황이 당신들이 바라는 대로 돌아가지 않나봐?"

사내가 내 쪽으로 다가왔다. 나는 몸에 힘을 빼야 통증이 덜할 거라고 생각했다. 예전에 수용소에서 배운 요령이었다. 하지만 그래본들 아픈 것은 매한가지였다. 노래가 흐느끼면서 끝날 때 나는 의식을 거의 잃었다. 피가 눈 속으로 흘러들고 턱으로 뚝뚝 떨어졌다. 어렴풋이 그들이 부엌 찬장을 뒤져서 아무거나 보이는 대로 주머니에 담는 소리가 들렸다.

여자가 다시 와서 내가 앉은 의자를 발로 차 넘어뜨렸다. 내 왼쪽 어깨가 바닥에 부딪쳤다. 나는 비명을 질렀고 그녀는 옆에 쭈그리고 앉았다. 부은 눈에 그녀의 손에 들린 칼이 보였다. 나는 몸을 굴려 빠져나가려 했지만, 그녀가 발목을 잡아 당겼다. 나는 미친 듯이 발길질을 했고 발이 그녀의 턱을 쳤다. 그녀는 신음하면서 칼을 들어 내 허벅지를 찔렀다. 나는 비명을 질렀다. 저 멀리서 다른 목소리가 들렸다. 또 다른 내 목소리가 다른 생에서 비명을 지르고 있었다.

* * *

얇은 흰 커튼이 창틀에서 찰랑거렸다. 벽, 천장, 심지어 바닥까지 온통 흰색이었다. 전에 기거하던 마주바 하우스의 방에 있다는 생각이 들었다. 시야가 흐릿했고 눈꺼풀이 끈적거리는 느낌이었다. 방 저편의 침대에서 여자가 나직하게 신음 소리를 냈다. 바깥 복도에서 사람들이 중얼댔다. 카트가 바퀴를 삐걱거리면서 지나갔다. 내가 정신을 차린 것을 알자 간호사들이 병실에서 나가, 몇 분 후 의사를 데리고 돌아왔다.

"여기는 타나라타 병원입니다."

의사가 말했다. 매그너스의 바비큐 파티나 만찬 모임에 참석하는 사람이어서 나도 그를 알았다. 테오…… 아니 그건 내 이름이고. 여. 닥터 여.

그가 계속해서 말했다.

"출혈이 심했습니다. 환자분이 일하러 오지 않자 일본인 정원사가 찾으러 갔다는군요. 그가 아니었으면……"

"제가 여기 얼마나 있었나요?"

내 목소리가 이상하게 들렸다.

"이틀이요."

간호사가 대답하면서 내가 일어나 앉도록 부축했다.

내 얼굴에 붕대가 둘둘 감겨 있었다. 얼굴을 만져보니 부은 것을 알 수 있었다. 테러범이 칼로 찌른 허벅지에도 붕대가 감겨 있었다.

그날 아침나절 타나라타 경찰서의 리 경위가 찾아왔고, 거의 같은 시간에 매그너스와 에밀리도 도착했다. 난 맨손인 걸 알고 정신없이 장갑을 찾았다. 매그너스가 주머니에서 장갑을 꺼내 내게 주었다.

내가 일어난 일을 모두 자세히 말하자 리 경위가 말했다.

"당신을 찌른 여자는 웡 메이 화 같군요. 그녀가 이 지역에 있다고

400

들었습니다. 그녀는 공산당 캠프의 '라우 통 투이'입니다."

"그게 뭔데요?"

내가 물었다.

경찰관이 매그너스와 에밀리를 힐끗 쳐다보면서 말했다.

"특수대입니다. 부상을 입는 정도로 끝났으니 운이 좋았습니다."

"그녀는 내가 언니를 기소했다고 말했어요. 찬 리우 풍이죠. 그녀는 추방당했어요."

리 경사는 수첩을 찬찬히 보았다.

"아…… 몇 달 전, 당신은 고위급 공산 게릴라가 투항하도록 도와주었지요. 공산당이 보복을 가했을 가능성이 있습니다. 웡 메이 화가 그 일에 대해 무슨 말을 하던가요?"

나는 고개를 저었다.

"도대체 수사관이 무슨 말을 하는 게냐? 네가 공산 게릴라가 투항하는 것을 도왔다니?"

매그너스가 끼어들었다.

나는 그간의 사정을 말했다.

에밀리가 말했다.

"그 일이 기억나네! 『스트레이츠 타임스』에 실린 기사가 이제 기억나. 그 사람은 거액의 보상금을 받았죠. 식당을 열겠다고 말했고."

"아무 말씀도 드리고 싶지 않았어요. 아셨으면 걱정하셨을 거예요."

내가 말했다.

"당연히 그렇지! 네가 우리 모두를 큰 위험에 처하게 했으니!"

매그너스가 분통을 터뜨렸다.

"그렇게 고함치지 말아요!"

에밀리가 말했다.

매그너스는 요란하게 의자를 뒤로 밀더니 병동 끝으로 가버렸다.

경관이 돌아간 후, 에밀리는 가져온 보온병을 열고 그릇에 닭고기 국물을 따랐다.

"이것 좀 마셔봐. 몸을 보할 수 있을 거야. 내가 직접 끓였어. 인삼도 넣었고."

맛이 역했지만, 에밀리의 말을 거역하는 것보다는 국물을 마시는 편이 더 쉬울 터였다.

기름진 국물을 남김없이 다 마셨는지 확인한 후 에밀리가 말했다.

"네 아버지에게 전화를 드렸어. 네가 쿠알라룸푸르에 돌아오기를 바라시더구나."

나는 입술을 닦고 대답했다.

"저는 떠나지 않을 거예요."

"글쎄, 계속 혼자 지낼 수는 없지!"

매그너스가 병실로 돌아와 침대 발치에 서서 말했다. 병동 저편에서 간호사가 그를 조용히 시키자, 에밀리가 사과의 의미로 미소지었다.

"저는 아이가 아니에요, 매그너스."

내가 말했다.

"리 경위 말을 들었잖아. 그 여자가 너를 죽일 수도 있었단 말이다. 쿠알라룸푸르의 집으로 돌아가거라. 비상조치가 끝나면 언제든 다시 올 수 있는데 왜 그래?"

"그럼 그게 언제인데요? 제게 말해주실 수 있어요?"

내가 맞받아쳤다.

에밀리가 남편의 손을 잡았고, 그는 부아를 참는 기색이 역력했다. 매그너스가 한숨을 쉬었다.

그가 에밀리를 당겨서 일으켰다.

"여보, 갑시다. 수다로 윤 링을 지치게 하지 말고. 멍청한 아가씨가 좀 쉬게 해줍시다."

* * *

귀찮아하는 간호사의 도움을 받아 나는 절뚝이며 닥터 여의 진료실로 갔다. 아버지에게 전화하기 위해서였다. 긴 복도의 끝에 있는 진료실은 크고 빛이 잘 드는 방이었고, 거기 도착하니 내 눈썹이 땀에 젖어 촉촉했다. 닥터 여는 부재중이었고, 내가 안달하며 짜증스럽게 통화하자 간호사는 병실을 돌아보려고 나갔다.

아버지가 말했다.

"무사해서 다행이구나, 링! 걱정되어 병이 날 지경이었단다. 난 내일 싱가포르에 가야 된다. 거기 얼마나 머물지 모르지만, 네가 집에 올 수 있게 내 운전수를 마주바로 보내마. 언제 퇴원하는지만 알려주렴."

"저는 괜찮아요. 심각한 상태가 아니에요."

"심각한 상태가 아니라고? 넌 공격당했어! 칼에 찔렸고! 난 매그너스 책임이라고 본다."

"제가 매그너스에게 혼자 살게 해달라고 고집을 부렸어요, 아버지. 설마 어머니에게 사고 소식을 전하진 않았겠지요?"

"말하지 않았다. 아무튼 말해봤자 무슨 소용이냐. 네 어머니는 이
제 나도, 혹도 알아보지도 못하는데."

'그러니 네가 여기 와서 네 엄마를 보살펴야지'. 아버지는 그렇게
말하지 않았지만, 그의 생각이 내 귀에 들리는 듯했다.

"전쟁 중 매그너스는 우리에게 숨어 지낼 안전한 곳을 제공하겠
다고 제의했어요. 아버지는 제게 그런 말을 안 하셨죠."

내가 말했다.

아버지가 맞받아쳤다.

"그의 일본인 친구의 보호하에 있는 것 말이냐? 그건 받아들일 수
없는 일이었다. 그리고 넌…… 일본인 밑에서 일을 한다지! 그들이
우리에게 그런 짓을 저질렀는데도……"

"아버지가 매그너스의 제의를 받아들였다면 윤 홍은 지금 살아
있을 거예요. 우리 모두 안전했을 거라고요. 어머니도 저러지 않았
을 테죠…… 어머니는 지금 정상이었겠죠."

"내가 너희를 수소문하지 않은 줄 아니? 너와 홍에게 무슨 일이
생겼는지 알아내려고 안 해본 일이 있는 줄 알아? 너희가 어떻게 됐
는지 알아보려고 내가 매달린 일본인이 몇 명이었는지 셀 수 없을
정도야. 난 그들이 달라는 대로 돈을 다 주었다. 하지만 그 작자들은
날 갖고 놀았지! 아무것도 모른다더구나. 일본 문서 어디에도 너희
의 기록이 남아 있지 않다고."

내가 말했다. "운전수를 보내는 수고를 하실 것 없어요, 아버지.
저는 떠날 의향이 없어요."

404

내가 들을 수 있는 것은 침묵뿐이었다. 그러더니 그는 전화를 끊었다.

* * *

그날 저녁 잠에서 깨니, 매그니스가 앉았던 의자에 아리토모가 앉아 있었다. 그는 서머싯 몸의 『나뭇잎의 하늘거림』을 내려놓고 탁자로 갔다. 거기 찬합이 놓여 있었다.

바깥은 이미 어두웠다.

"지금 몇 시에요?"

내가 베개에 등을 대고 앉으면서 물었다.

"막 6시가 지났지."

그는 찬합 뚜껑을 열고, 위 칸을 들어서 내게 주었다. 나는 찬합에 든 것을 보고 고개를 저으면서 웃었다. 몸을 움직이니 얼굴에 통증이 한바탕 밀려들었다.

통증이 가라앉자 내가 말했다.

"제비집 수프네요. 지체없이 다시 일하러 갈게요."

"그러면 여기 머무를 작정인가?"

"아직 우기가 시작되지 않은걸요."

그는 창으로 다가갔다. 아리토모는 유리창에 얼굴을 대고 하늘을 보았다.

"올해는 우기가 늦어질 것 같군."

아리토모가 말했다.

* * *

내가 병원에서 회복하는 동안 아리토모는 매일 병문안을 왔다. 늘 제비집 수프가 담긴 찬합을 가져와서, 내가 수프를 먹는지 확인했다. 그러다가 내 휠체어를 밀고 정원으로 나가곤 했다. 정원이라야 넓고 경사진 잔디밭이었다. 풀밭 가장자리에 수국 몇 그루가 있었다. 그가 내 휠체어를 밀고 오솔길을 지날 때면 우리는 반복해서 정원을 다시 설계했다.

어느 날 저녁 아리토모가 병원에 와서 말했다.

"아 청이 내일 결혼해. 타나라타에 사는 아가씨랑. 아 청의 모친이 중매를 했지. 그가 우리를 초대했지만, 자네 상태로 미루어 사양하는 게 좋겠다고 생각했지."

"아 청에게 축의금을 주셔야 해요. 빨간 봉투에 넣어서 주세요."

내가 말했다.

"이미 그렇게 했지."

아리토모가 찬합을 열면서 말했다.

이 무렵 나는 제비집 스프에 물렸지만, 아리토모를 속상하게 하지 않으려고 아무 말도 하지 않았다.

"이게 뭐예요?"

첫 번째 찬합을 들여다보고 음식 냄새를 맡으면서 내가 물었다.

"아 청이 보낸 거야. 전복이지. 상어 지느러미 수프도 있어. 바닷가재 구이도 있고. 그의 이복형이 결혼 연회에 음식을 제공하는 것 같아. 쿠알라룸푸르에서 식당을 하고 있나봐. 아 청에게 이복형이 있는 줄 몰랐는데."

아리토모가 워낙 슬쩍 미소를 지어서, 내가 그 표정을 제대로 봤는지 확신이 없었다. 그가 내게 물었다.

"자네는 알았나?"

* * *

퇴원 하루 전날, 간호사가 매그너스를 정원으로 데려왔다. 그는 백합 다발을 가져왔고, 아리토모가 목발을 짚고 걷는 나를 부축하는 것을 보고 활짝 웃었다. 매그너스가 내게 백합 다발을 건넸다.

"꽃을 주시는 게 좀 늦은 것 같지 않아요? 내일 퇴원할 거거든요."

나는 두 사람의 부축을 받아 벤치에 앉자 미소 지으면서 말했다.

"프레더릭이 보낸 거야. 그 녀석은 이틀 전에야 소식을 들었거든. 프레더릭은 쭉 정글에서 지내고 있지."

한동안 우리는 사소한 것에 대해서만 이야기했다. 나는 매그너스가 초조해하는 기미를 두어 차례 감지했다. 마침내 그가 내게 고개를 돌리고 말했다.

"어제 아버지가 전화하셨더구나."

"정말 못 말린다니까요. 운전수를 보내지 말라고 벌써 말해두었는데요."

"그분이 전화한 이유는 그 일 때문이 아니었다. 아버지는 내가 널 마주바에서 혼자 지내지 못하게 하길 바라지. 또 그런 사고가 일어났으니 나도 네 아버지에게 동의할 수밖에 없구나, 윤 링."

매그너스는 안대의 끈을 문질렀다.

"저더러 마게르스폰테인 코티지에서 나가달라는 말씀이에요?"

내가 날카롭게 물었다.

"에밀리가 네 짐을 싸서 다시 우리 집으로 옮겨 놓았단다."

나는 매그너스가 이러지도 저러지도 못 하는 처지인 걸 이해하면서도 부아가 치밀었다.

"지낼 만한 다른 거처를 찾아볼게요. 마주바 밖에 거처를 구하죠."

매그너스는 무기력하게 아리토모에게 몸을 돌렸다.

"이 아이가 분별력 있게 생각하도록 자네가 잘 말해주겠나?"

아리토모는 한동안 잠자코 있었다. 그러다가 마침내 그가 말했다.

"나랑 같이 지내면 되겠군."

* * *

한 달 후 나는 유기리에서 다시 일을 시작했다. 아리토모는 쉬운 작업만 시켰고, 기운을 되찾을 때까지 무리한 작업은 삼가게 했다. 매그너스와 에밀리는 유기리에서 살겠다는 내 결심을 돌리려고 애썼다. 사람들이 쑥덕대고 며칠 내로 소문이 아버지의 귀에 들어가리란 것을 난 알았다. 하지만 유기리로 이사한 순간부터 세상과의 경계를 넘어 외떨어진 기분에 젖어들었다. 온 나라에서 살해가 자행되는 중인데도 몇 년 만에 처음으로 평온을 맛보았다. 하지만 곧 외부 세계가 침입했고, 그럴 줄 몰랐던 내가 어리석었다고 할 수밖에 없었다.

어느 날 아침 궁도 수련이 끝날 즈음, 아 청이 힐끗 내 눈에 들어왔다. 그는 궁도장 밖에 서서, 아리토모가 두 번째 화살을 쏘고 활을 내릴 때까지 일체 입을 열지 않았다.

"대문에 주인어른을 뵙고자 하는 분들이 와 계십니다."

아리토모의 관심은 여전히 표적에 쏠려 있었다. 그가 쏜 화살이 중심을 벗어나 꽂혀 있었다.

"만나기로 한 사람이 없는데. 그들에게 돌아가라고 전하게."

"그분들은 도쿄에서 왔다고 전하라고 했습니다. 소속이……"

아 청은 손바닥에 쥔 종이를 힐끗 보면서 적힌 글자를 읽으려고 애썼다. 그는 아리토모가 답답해하는 것을 눈치채고 쪽지를 내게 주었다.

나는 일본 글자를 겨우 알아볼 수 있었다.

"천황의 전몰장병 귀환 협회."

내가 천천히 글자를 읽었다.

구름들이 잇닿은 틈새로 햇살이 새 나왔다. 강풍에 나뭇잎이 떨어지듯, 멀리서 새들이 소리 없이 나무에서 날아올랐다. 아리토모는 알아보지 못했던 뭔가를 보는 듯 궁도장 주위를 두리번댔다. 그가 수련 시간을 재려고 켜놓은 향은 거의 끝까지 탔다. 타버린 향에서 마지막 연기가 피어올라 공중으로 흩어졌다.

아리토모가 말했다.

"그들을 앞쪽 엔가와(툇마루)에서 기다리게 하게."

집사는 고개를 끄덕이고 나갔다. 아리토모가 나를 보면서 말했다.

"나랑 같이 가지."

나는 활을 궁도장 안쪽에 걸어놓고 다시 몸을 돌려 아리토모를 바라보았다.

"그 사람들을 만나고 싶지 않아요."

나는 성큼성큼 그의 앞을 지나갔지만, 아리토모가 내 손목을 낚아채서 잠시 잡고 있다가 놓았다. 그는 향로로 가서 재가 된 향을 후 하고 불었다. 타버린 향이 무너지면서 향로 가장자리와 주변에 흰 가루가 날렸다. 그때 지나가는 바람이 재를 빛 속으로 날려 보냈다.

* * *

여자 한 명이 세 남자와 거리를 두고 서 있고, 모두 가레산스이 정원의 바위를 살피면서 낮은 목소리로 정원에 대해 말했다. 아리토모가 부르는 소리를 듣고 그들이 몸을 돌렸다. 그들은 나를 힐끗 보기만 했다. 남자들은 검은 정장과 무채색 넥타이 차림이었고, 완전히 대머리인 사람만 잿빛 전통 복장이었다. 50대 부인은 고급스러운 에메랄드 색 블라우스와 베이지 색 스커트 차림이었다. 진주 목걸이가 거미줄에 달린 아침 이슬만큼이나 영롱했다.

첫 번째 남자가 서류 가방을 내려놓고 반보쯤 앞으로 나와 절을 했다.

"세키가와 히사토라고 합니다. 방문하겠다고 미리 알려드렸어야 마땅한데 그러지 못해 죄송합니다. 하지만 저희를 만나주시니 감사합니다."

그가 일본어로 말했다. 세키가와는 50대로 어깨가 좁았지만, 일행의 리더로서 자신감 있게 행동해 체구가 더 커 보였다. 그런 지위에 익숙한 사람으로 보였다. 세키가와가 동행들을 차례로 소개하자 다들 절을 했다. 민머리 사내는 마쓰모토 켄이었다. 여자의 이름은 마루키 요코. 그녀가 내게 미소를 지었다. 마지막으로 이시로 주로는 무심하게 목례만 했다.

"친황의 전몰장병 귀환 협회는 4년 전에 결성되었습니다."

모두 다다미 바닥에 놓인 낮은 상 주변에 자리를 잡자 세키가와가 설명했다. 내가 일본식으로 무릎을 꿇고 앉자, 그의 시선이 내게 쏠렸다. 세키가와가 말을 이었다.

"저희는 장병들이 싸우다 죽은 모든 지역을 돌아보는 중입니다."

아 청이 차 쟁반을 들고 베란다로 나왔다. 아리토모는 모두에게 차를 따라주었고, 세키가와는 잔을 들고 냄새를 맡더니 눈썹을 치떴다.

"'외로운 나무의 향기'입니까?"

"그렇습니다."

아리토모가 대답했다.

"정말 좋군요! 미묘합니다!"

그는 한 모금 마시고 잠시 입속에 머금었다가 삼켰다. 세키가와가 덧붙여 말했다.

"전쟁 후 처음으로 이 차를 마셔보네요. 어디서 차를 구하셨습니까?"

"이곳으로 옮겨올 때 몇 통 가지고 왔지만 거의 떨어졌습니다. 곧 더 주문해야 합니다."

"이제는 차를 구하실 수 없습니다."

세키가와가 말했다.

"왜 그렇죠?"

"전쟁 때 차 밭과 창고가 전부 파괴되었습니다."

"저는…… 저는 듣지 못했습니다만……"

갑자기 아리토모는 정신이 아득한 것 같았다.

세키가와가 고개를 저으면서 대답했다.

"하이(네), 몹시 애석한 일입니다. 차 밭 주인과 가족 모두 목숨을 잃었습니다. 몹시 애석하지요."

마루키 부인은 자세를 고쳐 앉으면서 말했다.

"저희가 여기 온 것은……"

그녀는 말을 멈추고 내게 불확실한 시선을 던졌다.

아리토모가 생각을 모았다.

"윤 링은 일본어를 제법 잘 구사합니다."

마루키 부인이 고개를 끄덕였다.

"저희가 여기 온 것은 우리 병사들의 유골을 찾아서 고국으로 모셔가 적절한 장례를 치러주기 위해서입니다."

"그들은 태평양 전쟁에서 사망한 모든 병사의 영령과 함께 야스쿠니에 거할 겁니다."

마쓰모토가 거들었다.

아리토모가 잠시 생각한 후에 대꾸했다.

"코타바루 해변과 슬림 강 주변 지역, 영국군과 일본군의 가장 치열한 전투가 거기서 벌어졌습니다."

"저희는 이미 그곳에 다녀왔어요. 제 남동생이 슬림 강에서 전사했습니다."

마루키 부인이 말하고 기대하는 듯 기다렸다. 아리토모는 아무 말 하지 않았고 나 역시 잠자코 있었다. 이들의 뭔가가 내 마음을 불편하게 했다. 나는 아리토모를 곁눈질했지만 그의 표정을 읽을 수가 없었다.

내가 물었다.

"일본군과 영국군의 유골을 어떻게 구분하지요? 영국 병사들의 유골을 이교도의 사원으로 가져가면 유족들이 고마워할지 의심스럽군요."

마루키 부인은 내가 얼굴에 침이라도 뱉은 것처럼 고개를 홱 젖혔다. 그녀의 볼이 빨개졌다.

세키가와는 능숙한 중재자 같은 달래는 말투로 끼어들었다.

"그것은 상징적인 행위입니다. 저희는 방문하는 지역에서 유골을 조금씩만 가져갑니다."

세키가와는 엄지와 검지로 공기를 꼭 짚는 시늉을 하며 덧붙여 말했다.

"아주 조금씩만."

"유족들은 늘 아들이나 오라버니, 아버지의 유골이 고향으로 돌아올 수 있는 것을 고맙게 여기지요."

마루키 부인이 말했다.

"유기리에는 병사들의 시신이 없습니다만."

아리토모가 말했다.

세키가와가 대꾸했다.

"물론이지요, 당연합니다. 저희도 압니다. 선생께서 들어본 지역들을 알려주실지도 모른다는 희망이 있습니다. 저희가 전혀 정보를 얻지 못한 지역들을 선생이 아실까해서요."

"저희는 잘 알려진 전쟁터를 모두 다녀왔습니다. 알려지지 않은 곳들, 잊힌 곳들을 방문하고 싶습니다. 민간인 억류 센터도 가고 싶고요."

마루키 부인이 말했다.

내가 말했다.

"민간인 억류 센터? 강제 노동 수용소 말이군요. 그런 곳들은 일본군 기록에 나와 있을 텐데요."

"군은 전쟁에서 승리하지 못하리란 것이 확실해지자 모든…… 불필요한 문건들을 없앴습니다."

내내토록 잠자코 있던 이시로 주로가 나서서 말했다.

"저, 어쩌면 제가 도와드릴 수 있겠네요. 헌병이 죄수를 고문한 곳을 안내해드리죠. 타나라타에 있는 정부 휴양소 주변의 건물들은 오늘날에도 여전히 비어 있지요. 지역 주민들은, 어떤 날 밤에는 희생자들의 비명이 들린다고 말하거든요."

나는 덤불을 칼로 베면서 나아가는 정글 가이드처럼 가차 없이 밀고 나갔다. 내가 말을 이었다.

"마을 사람들은 여기서 몇 킬로미터 떨어진 '블루 밸리' 어딘가에 생긴 공동묘지에 대해 말하죠. 당신네 병사들이 중국인 수백 명을 트럭에 싣고 그곳에 데려가 총검으로 찔렀죠. 제가 얼마든지 여러분을 위해 그 사건을 조사해드릴 게요. 사실 말라야와 싱가포르 전역에 그런 곳은 쉰 군데, 백 군데, 어쩌면 이백 군데까지 찾아낼 수 있을 겁니다."

"그런…… 유감스러운…… 사건은 저희 단체의 목적에는 포함되지 않습니다."

마루키 부인이 말했다.

나는 마쓰모토 씨에게 몸을 돌려 그의 옷을 가리켰다.

"신도교*의 사제시군요, 그렇지 않나요?"

그는 고개를 한쪽으로 기울였다.

"항복 1년 후 사제 서약을 했습니다. 저는 아무 거리낌 없이 이런 지역을 축원하는 의식을 거행할 수 있습니다. 저희가 할 수 있는 일은 그게 전부인 경우가 많습니다. 일본인, 영국인, 중국인, 말레이인, 인도인 할 것 없이 혼백이 평안을 찾도록 도울 수밖에 없지요."

"그들은 죽었습니다, 마쓰모토 상. 당신들이 도와야 하는 것은 산 사람들입니다. 당신네 일본인들에게 잔혹하게 당한 이들, 당신네 정부가 보상을 거부하는 이들이란 말입니다."

내가 말했다.

이시로가 대꾸했다.

"당신과는 상관없는 일입니다."

내가 대꾸하기 전에 아리토모가 끼어들었다.

"윤 링은 내 제자입니다. 예의를 갖춰 주십시오."

"선생의 제자라고요? 여자가요? 중국 여자가 말입니까? 황궁 정

* 조상과 자연을 섬기는 일본 종교

415

원청의 허가를 받은 사항입니까?"

"난 오래전부터 정원청의 감독을 받지 않습니다."

아리토모가 대답했다.

세키가와가 말했다.

"저, 정원청은…… 저희가 뵈러 온 또 다른 이유이기도 합니다, 나카무라 선생님."

그는 서류 가방에서 크림색 봉투를 꺼내면서 말을 이었다.

"이것을 선생님께 전달해달라는 요청을 받았습니다."

그는 고대의 명판을 다루듯 숭배하는 태도로 봉투를 양손으로 들었다. 봉투 가운데 국화꽃 상징이 금박으로 찍혀 있었다. 아리토모는 양손으로 봉투를 받아서 상에 올려놓았다. 세키가와가 봉투를 힐끗 쳐다보고 다시 아리토모에게 눈을 돌렸다. 그가 말했다.

"저희에게 답을 주셔야 합니다."

아리토모는 꼼짝 않고 그대로 앉아 있었다. 다들 그를 바라보았다. 아무도 입을 열거나 움직이지 않았다. 마침내 그가 다시 봉투를 집어서 엄지손톱으로 봉인을 뜯었다. 아리토모는 편지를 꺼내 펼쳐서 읽기 시작했다. 종이가 워낙 얇아서, 거기 적힌 검은 붓글씨가 햇빛에 비춘 나뭇잎의 잎맥처럼 보였다. 마침내 그가 종이를 다시 접고 접힌 곳을 엄지로 꾹꾹 눌렀다. 아리토모는 편지를 봉투에 넣어 조심스레 상에 놓았다.

세키가와가 말했다.

"선생님이 황궁의 이전 직위로 즉시 재임명되시는 것으로 압니다. 저희의 축하를 받아주시기 바랍니다."

"유기리에서 일이 끝나지 않았습니다."

세키가와가 말했다.

"하지만 편지에 선생님과 도미나가 노부루 사이의 일에 대해 정원청이 선생님을 용서했다고 명시되어 있을 텐데요."

그 이름을 듣자 나는 화들짝 놀랐다. 일본인들이 아리토모를 쳐다보느라 나를 보지 않아서 천만다행이었다.

"도미나가 상이 어떻게 되었는지 들으셨습니까?"

침묵 속에서 이시로가 입을 물었다.

"저는 일본에서 일어난 일은 모르고 지냅니다."

아리토모가 대답했다.

이시로가 말했다.

"그는 참전했습니다. 천황이 항복을 발표한 후 그는 조부의 집으로 돌아갔지요. 며칠 후 그가 뜰의 테니스 코트에 나가서 세푸쿠(할복 자살)했다고 하인들이 신고했습니다."

도미나가 노부루의 사망 소식에 나는 망연자실했다. 그는 내가 잡혀 있던 수용소와 연결된 마지막 끈이었다. 그 수용소에 있었고, 여전히 살아 있으리라 예상되는 유일한 인물이었다. 그런데 그 사람역시 세상을 떠났다니.

"그가 유서를 남겼습니까?"

마침내 아리토모가 다시 입을 열었다. 공허한 목소리는 그가 이시로의 말에 영향을 받았다는 유일한 표시였다.

이시로가 대답했다.

"아무것도 발견되지 않았습니다. 하인들 말로는, 도미나가 상은 자살하기 전날 모든 문건을 태웠다고 합니다. 서류, 공책, 일기까지. 모두 다 소각했답니다."

"미국이 재판정에 세울까 봐 두려웠나보군."

아리토모가 말했다.

세키가와가 대답했다.

"그의 이름은 어떤 재판에서도 언급된 적이 없었습니다. 증인이나 기소된 우리 국민 누구도 그의 이름을 말하지 않았지요. 많은 사람처럼 도미나가 상은 조국이 외국인들에게 점령당하는 것을 못 견뎠을 거라고 저는 확신합니다."

사제인 마쓰모토를 찬찬히 보면서, 익숙하지만 반쯤 잊었던 공포가 내 안으로 스멀스멀 파고들었다. 보자마자 난 그가 전직 헌병대 장교임을 알아봤어야 했지만, 마쓰모토는 위장을 잘하는 사람이었다.

"당신은 어떤가요, 마쓰모토 상? 어떤 전범 공판에서 당신 이름이 거론된 적이 있나요?"

신도교 사제는 시선을 외면하지 않았지만, 일행은 조심스럽게 지켜보며 침묵을 지켰다.

"예전에 '천황의 손님'이었던 분을 만나고 있다는 걸 알아차리지 못해 유감이군요."

마쓰모토가 말했다.

"예전이요? 우리는 언제까지나 당신네 천황의 손님일걸요."

세키가와가 무거운 분위기를 가볍게 하려고 애썼다.

"아! 한 달 후면 미국의 점령이 끝날 겁니다. 우리는 다시 자유로워질 겁니다. 미국 치하에서 7년을 보냈으니. 그보다 훨씬 길게 느껴지지요!"

"원하시면 대답할 시간을 더 가지실 수 있게 저희가 머무는 기간을 며칠 연장하겠습니다."

이시로가 말했다.

"그럴 필요 없습니다."

아리토모는 더 이상의 논의는 허용하지 않는 유려한 몸놀림으로 일어났다. 다른 세 사람은 세키가와를 바라보았다. 그가 고개를 끄덕이자, 일행 모두 동시에 일어났다. 마쓰모토가 마루키 부인을 부축했다.

"저희는 선생님의 정원에 대해 아주 많이 들었습니다. 정원을 돌아봐도 되겠습니까?"

세키가와가 물었다.

마루키 부인이 말했다.

"네, 그리고 물레방아도요. 천황께 그런 선물을 하사받으셨다니 대단한 영광이었겠네요."

"그쪽 지역은 보수 중입니다. 다음에 모든 작업이 마무리되면 그때 보시지요."

아리토모가 워낙 아쉬운 듯 대답해서 나도 그 거짓말에 속을 뻔했다.

"방문해도 좋은 때가 되면 꼭 저희에게 알려주셔야 합니다."

세키가와가 말했다.

"비상사태가 끝나면 다시 오십시오. 그때 조사를 재개하시는 편이 더 안전할 겁니다. 당장은 시골에 머무르는 게 안전하지 않습니다."

아리토모가 말했다.

"이곳 당국자들과 불화가 있었습니다. 그들이 저희의 방문을 거부하는 지역이 제법 많아서요."

이시로가 말했다.

"비상사태는 얼마나 계속될까요?"

마루키 부인이 물었다. 아주 작은 거라도 얻어야 물러나는 타입의 여자임을 난 알아차렸다.

"몇 해 걸릴 것 같군요. 제법 오래갈 겁니다."

아리토모가 대답했다.

* * *

봉투는 여전히 상에 놓여 있었다. 번들대는 국화 문장은, 연못 수면에 떠오른 일그러진 태양 같았다. 아리토모는 잔에 차를 따르고, 찻주전자를 내게 내밀었다. 나는 고개를 저었다.

"귀국 요청을 받으신 게 사실인가요?"

나는 그가 돌아갈 수도 있을까 봐 걱정스러웠다.

아리토모는 주전자를 화로에 내려놓았다.

"지금쯤 정원사가 부족하겠지. 젊은 정원사들은 전쟁 통에 죽거나 다쳤을 테고, 연로한 정원사들은 이제 일을 하지 못할 테니."

그는 차가 담긴 찻잔을 몇 번 휘휘 돌리며, 눈을 가늘게 뜨고 잔을 들여다보았다. 부인이 살던 차 밭을 생각하고 있을까? 궁금했다.

아리토모가 말했다.

"난 아주 오랜 세월, 일본을 떠나서 지냈지. 아주 오랫동안."

"왜 고국에 돌아가지 않으세요? 방문조차 안 하시잖아요?"

"미국이 점령한 동안은 안 갈 거야. 우리 도시에 외국 군인이 득실 댄다는 생각에 참을 수가 없어."

"외국군이 말라야를 점령했을 때는 여기 사는 게 그리 못 참을 일 은 아니었잖아요!"

"쿠알라룸푸르의 예전 생활로 돌아가! 그런 분노를 안고 산다면 자네는 좋은 정원사가 되지 못할 거야."

그가 쏘아붙였다.

한동안 서로 아무 말도 하지 않았다.

한참 후 내가 말문을 열었다.

"도미나가와 친구 사이가 아니었나요? 두 분 사이에 무슨 일이 있 었던 거죠?"

"산맥 속에 절이 있지. 여승들에게 도미나가를 위해 기도를 올려 달라고 부탁하고 싶군. 나랑 같이 가겠나? 일꾼들에게는 내일 하루 쉬어도 좋다고 전해."

구름들 속에서 천둥이 울었다. 머리에서 일본인 방문객들과 나눈 대화가 떠나지 않았다. 그들이 말라야에 온 다른 이유가 있다는 생 각이 들었다. 아리토모는 그 이유를 알지만 내게 말해주지 않을 것 같았다.

그는 왼손으로 오른 소매를 걷어 올리고 찻주전자를 들어 넘칠 정 도로 잔을 채웠다. 그가 주전자를 원래 자리에 내려놓고, 무릎을 꿇 은 채로 몸을 돌려 동쪽의 산맥을 마주보았다. 그 자세로 앉아 있는 시간이 아주 길게 느껴졌다. 그러더니 꽃가지가 땅에 닿듯이 그는 머리가 바닥에 닿도록 몸을 숙였다. 잠시 후 아리토모는 몸을 일으키고 양손으로 찻잔을 높이 들었다가 이마에 댔다.

　나는 그를 거기 두고 떠났다. 그는 예전에 알았던 사람에게, 이미 산맥을 지나 안개와 구름 너머로 가버린 이에게 마지막 작별을 고했다.

18

더 높은 산맥으로 접어드는 길은 짙은 안개에 싸여 있었다. 아리토모의 랜드로버 안은 추웠고, 입김이 앞창을 뿌옇게 만들었다. 이따금 그는 전방을 보기 위해 유리를 닦곤 했다. 계단식 소규모 경작지에서 수탉이 해가 떴음을 알렸다. 브린창 마을에 도착하기 직전, 아리토모는 좁은 흙길로 접어들어 오르막길을 달렸다. 마침내 작은 빈터에서 도로가 끝났다. 우리는 차를 세우고 내렸다.

아리토모가 등에 배낭을 지면서 말했다.

"정상까지 가는 산길은 두 군데야. 우린 여기 이 길을 택할 거야. 더 어려운 코스지."

그는 개미고사리와 띠 군락 속으로 들어갔다. 나는 아리토모를 바싹 따라붙었다. 식물 군락 뒤로 좁은 산길이 이어졌다. 이끼 낀 곳에서 미끄러지지 않으려고 조심스럽게 걸음을 옮겼다. 오른쪽으로 땅이 60센티미터쯤 푹 꺼져 강이 되었고, 반쯤 잠긴 큰 돌 옆으로 물살이 하얗게 부서졌다. 정글은 단색의 막과 비슷했다. 흐릿해 보이는 나무는 지나가면 또렷해졌다가 우리 뒤로 사라졌다. 새들이 울지만, 빼곡한 초목 속 어디 있는지 보이지 않았다. 빽빽한 나무뿌리가 반쯤 노출된 오솔길은 양질의 흙으로 된 계단으로 이어졌고, 내 체중이 실리자 흙바닥이 쑥 들어갔다. 급경사 길에서 우리는 걸음을 멈추고 해가 뜨는 것을 구경했다. 아리토모가 자욱한 안개 속에 벌어진 틈으로 보이는, 계곡 끝에 흩어진 얕은 건물들을 가리켰다.

"저기가 마주바야."

정글에 들어온 후 그가 입 밖으로 낸 첫마디였다. 나는 금사연 동굴에 올라간 일을 회상했다. 그때는 아리토모가 풀과 나무의 비밀을 알려주느라 무척 말을 많이 했다.

"집이 저기 있네요."

나는 휘날리는 트란스발 국기를 힐끗 보면서 말했다. 템플러 고등판무관이 그 깃발을 보고 불쾌해하던 일이 생각나서 아리토모에게 이야기했다. 난 그가 웃을 거라고 기대했지만, 대신 그는 생각에 잠긴 표정을 지었다.

아리토모가 말했다.

"내가 열여덟 살 때 혼슈를 도보 여행했다는 이야기를 기억하나? 어느 날 절에서 하룻밤을 보냈지. 다 쓰러져가는 절이었고, 그곳에 사는 스님은 한 분뿐이었어. 노승이었지, 아주 연로한 분이었어. 그리고 앞을 못 봤지. 다음 날 아침 나는 떠나기 전에 그를 위해 장작을 팼지. 내가 떠날 때 그는 뜰 가운데 서서 위쪽을 손으로 가리켰어. 지붕 끝에 빛바랜 너덜거리는 기도 깃발이 휘날리고 있었지. 노승이 말했어. '젊은이, 말해보게. 움직이는 것은 바람인가? 아니면 그저 깃발이 움직이는 건가?'"

"뭐라고 대답하셨어요?"

내가 물었다.

"나는 이렇게 말했지. '둘 다 움직이고 있습니다, 스님.'"

"승려는 고개를 저었어. 내 무지에 실망한 기색이 역력했지. 그가 말하더군. '언젠가 바람 따위는 없고 깃발이 움직인 게 아님을 깨달을걸세. 가만히 있지 못하는 것은 인간의 마음과 정신일 뿐이지.'"

한동안 우리는 아무 말도 하지 않고 그 자리에 서서 계곡만 쳐다보았다. 마침내 그가 말했다.

"가자. 아직 갈 길이 멀어."

소나기가 정글을 적셨고 아리토모는 튀어나온 나무뿌리를 가뿐하게 넘었다. 편안히 절도 있게 움직이면서 그만이 들을 수 있는 소리에 반응했다. 이전의 폭풍우에 잘린 나뭇가지가 길을 가로막고 있었고, 우리는 그 나무더미를 기어오르느라 손과 허벅지가 이끼와 젖은 나무껍질투성이가 됐다.

한 시간쯤 산을 오른 후 내가 물었다.

"이 '구름 사원'까지는 얼마나 더 가야 되나요?"

아리토모가 어깨 너머로 대답했다.

"산에 오르는 길의 4분의 3을 더 가야지. 신앙심이 깊은 이들만 그 절에 올라가지."

"과연 그렇겠네요."

산길에서 다른 사람은 만나지 않았다. 나는 주위를 훑어보면서,

수백 만 년의 세월을 거슬러 정글이 막 생긴 무렵으로 들어왔다고 상상했다.

"바로 저기야."

절의 경내에는 산의 가장자리에 지은 낮고 칙칙한 건물들이 모여 있었다. 힘겹게 산을 올라왔으니 그보다 멋진 광경을 만나리라 기대 했기에 실망스러웠다. 개울이 절을 지나 좁은 협곡으로 흘러들었다. 물이 떨어지면서 일으킨 물보라 속에 작은 무지개가 생겼다가 흔들렸다. 아리토모는 맞은편 물가의 바위를 손짓했다. 돌들이 덜덜 떠는 것처럼 보였다. 얼마 후 나는 바위마다 수천 마리 나비로 덮여 있는 것을 알아차렸다. 잠시 그 광경을 바라봤지만 얼른 걸음을 옮기고 싶어 안달이 났다.

"기다려."

아리토모가 하늘을 힐끗 보면서 말했다. 구름 뒤에서 해가 나오자 바위 표면이 반짝이는 옥색, 노란색, 빨간색, 보라색, 초록색으로 변했다. 빛이 프리즘을 뚫고 지나간 것 같았다. 나비들은 날개를 씰룩이다가 더 빠르게 퍼덕였다. 나비가 삼삼오오 무리지어 바위에서 날아올라 잠시 빛줄기 속에 떠 있다가 정글 속으로 흩어졌다. 바람에 우표들이 흩날리는 광경 같았다. 한 줌쯤 되는 나비 떼가 협곡 위에 뜬 무지개 속으로 날아들자, 빛과 물이 빚은 아치 속에서 나비들은 더 활기차고 날개의 색감 때문에 더 생생해 보이는 것 같았다.

절 입구로 걸어 올라갔다. 천으로 만든 등 한 쌍이 처마에 걸려 있었다. 예전에 흰색이었을 등은 누에가 내던진 고치 같았다. 오랜 세월 숯과 향 연기에 그을려서, 등에 적힌 붉은 글씨는 갈라져 너덜대는 천에 피처럼 스며들었다. 글자들은 상처로 변해버렸고.

우리가 절에 들어가 깨진 돌계단을 오를 때, 아무도 나와서 맞아주지 않았다. 요란한 강물 소리가 조용해졌다. 대웅전에서 잿빛 승복을 입은 여승이 나와 우리 앞을 지나갔다. 그녀가 손에 든 향 다발에서 연기가 공중으로 피어올랐다. 서까래들에 매달린 향나무 다발이 느릿느릿 나선형을 그리며 돌았다. 제단에 신들이 서 있었나. 날카로운 눈매와 찌푸린 얼굴로 삼지창과, 쇠고리가 달린 날이 넓은 칼을 든 신도 있었다. 모두 먼지와 재를 뒤집어쓰고 있었다.

나는 붉은 얼굴을 한 전쟁의 신 관우상을 알아보았다. 오래전 보모를 따라 조지타운 계곡에 있는 절에 몇 번 간 적이 있었다. 그때마다 보모는 매주 사는 복권 번호를 알려달라고 신들에게 기도했다. 그녀는 당첨된 적이 한 번도 없었지만, 매주 절 나들이를 빼먹지 않았다. 전쟁의 신은 검은 갑옷을 입고 장갑을 낀 손으로 누런 수염을 가다듬고 있었다.

"이 신은 장사의 신이기도 해요. 비즈니스는 전쟁이거든요, 저는 그렇게 들었어요."

내가 아리토모에게 말했다.

"그리고 전쟁은 비즈니스지."

아리토모가 대답했다.

다른 신 앞에 70대 노부인이 무릎을 꿇고 있었다. 방석을 얹은 나무 스툴 위였다. 그녀는 납작한 대나무 막대기가 잔뜩 꽂힌 나무 상자를 양손에 들고 흔들었다. 상자에서 막대기 하나가 바닥에 떨어졌다. 그녀는 상자를 내려놓고 신 앞에 절하고 막대기를 집었다. 노부인은 다리를 절면서 절의 무당에게 갔다. 무당은 턱에 수염이 덥수룩한 사내였다. 그는 몸을 돌려 성냥갑만 한 칸이 있는 서랍장에서, 노부인의 막대기에 적힌 숫자에 해당하는 종이를 골랐다. 그녀는 무당 쪽으로 몸을 숙이고 신이 준 점괘를 들었다.

"점을 보고 싶나?"

아리토모가 속삭였다.

"점괘는 제가 알고 싶은 것을 알려주지 못해요."

내가 대답했다.

비구니가 우리에게 다가왔다. 차분한 자태와 깎은 머리 때문에 나이를 가늠하기 어려웠다. 아리토모는 한자로 도미나가의 이름을 적어서 비구니에게 주었다. 그리고 그녀에게 향 한 뭉치를 받아서 등불에 향을 대고 불을 붙였다. 아리토모가 관음보살상 앞에 가서 섰다. 지붕에 난 구멍으로 든 햇빛이 그가 선 자리에 쏟아졌다. 아리토모는 눈을 감았다가 다시 뜨고, 제단에 놓인 놋그릇에 향을 꽂았다. 흰 실타래 같은 연기가 햇살 속으로 피어올랐다.

아리토모는 공중에 퍼지는 향나무의 향처럼 담담한 목소리로 말했다.

"예전에 내가 말을 듣지 않자 어머니는 어느 살인범 이야기를 해주셨지. 살인범은 죽은 후 지옥에 보내졌대. 어느 날 부처가 극락의 정원을 산책하다가 우연히 연꽃이 핀 연못을 힐끗 보게 되었어. 그리고 연못 깊은 곳에서 지옥의 고통에 시달리는 살인범을 봤지.

부처는 다시 걸음을 옮기려다가 거미 한 마리가 집 짓는 광경을 보았지. 그때 그 살인범이 다리를 기어오르는 거미를 죽이지 않고 참은 일이 기억났지. 부처는 거미의 허락을 얻어 거미집 한 줄을 잘라서 연꽃 연못 속에 드리웠지.

연못 아래 지옥구덩이에서 살인범은 하늘에서 핏빛처럼 빨간 무언가가 번들거리는 것을 보았어. 그것이 점점 가까이 내려왔지. 머리 바로 위까지 오자 살인범은 손을 뻗어 그것을 당겼어. 놀랍게도 그 실은 그의 무게를 감당했시. 그는 실을 타고 지옥에서 벗어나 극락으로 올라가기 시작했지. 하지만 지옥에서 극락까지는 멀고도 멀었지. 곧 다른 죄인들도 살인범이 뭘 하는지 알고 뒤에 붙어 거미줄을 타고 오르기 시작했지. 이제 살인범은 더 높이 올라 지옥을 벗어날 찰나였어. 그는 쉬려고 멈추었다가 아래를 내려다보았어. 남녀노소 할 것 없이 수천 명이 한 가닥 실에 매달려 올라오려고 애쓰는 광경이 보였지. 그가 사람들에게 소리쳤어 '줄을 놔! 이 줄은 내 거라고! 줄을 놓으라고!'

하지만 아무도 그의 말을 듣지 않았고 그는 줄이 끊어질까 봐 겁이 났어. 몇 명은 바로 그의 뒤에 있었기에 살인범은 그들을 발로 찼어. 발길질을 하자 결국 그들이 줄을 놓쳐 아래로 떨어졌지. 그런데 그가 정신없이 몸부림치는 바람에 그의 머리 위에서 줄이 툭 끊어졌고, 그 역시 비명을 지르며 지옥 바닥에 처박히고 말았지."

금사연이 서까래 사이를 날아다녔고, 새들의 몸짓에 향 연기가 흩어졌다.

"난 그 이야기를 듣고 몇 주간 잠을 잘 수가 없었다."

아리토모가 말했다.

우리는 법당에서 나와 다른 계단을 올라갔다. 아리토모는 비구니들 앞을 지나면서 몇 사람에게 인사했다. 계단 맨 위에서 나타난 오솔길이 작은 정원으로 이어졌다. 정원의 경계에 낮은 담장이 있었다. 저 아래 킨타 밸리에 있는 이포 시가지를 알아볼 수 있었다. 상점과 주석 거부의 저택이 밥주발 바닥에 붙은 밥알처럼 보였다. 산맥 안쪽은 나무 꼭대기 위로 정글이 성글어지면서 더 위로 오를 힘을 잃었다.

"자네라면 이 작은 정원을 어떻게 손보겠나?"

아리토모가 흔들거리는 돌 벤치에 앉으면서 물었다.

난 아직도 그 살인범을 생각하고 있었다. 지옥에서 탈출할 기회를 얻었지만 놓치고 만 사내. 몇 초 지난 후에야 대답했다.

"저라면 저 히비스커스 울타리를 없애겠어요. 그것까지 두기에는 공간이 너무 비좁아요. 또 어설프게 만든 관상용 연못을 메우고, 시야를 가리는 저 구아바 나무를 거의 쳐내겠어요. 모든 것을 간결하게 하겠어요. 정원이 하늘을 향해 탁 트이도록."

그는 흡족한 듯 고개를 끄덕였다. 아리토모는 보온병 마개를 돌려서 차 두 잔을 따라 내게 한 잔 주었다. 아래 절의 어느 공간에서 비구니들이 독경을 시작했다. 그 소리가 우리가 있는 곳까지 올라왔다.

"여승들이 선생님을 잘 아는 것 같아요."

내가 말했다.

"이곳에는 스님이 많지 않아. 대부분 아주 연로하고. 마지막 스님이 가고 나면 절이 버려지게 될 것 같아 걱정스럽지. 사람들은 이 절이 있었다는 것도 잊겠지."

우리는 한참 그렇게 앉아서 차를 마셨다.

마침내 그가 말했다.

"자네에게 무슨 일이 있었는지 알고 싶군, 수용소에서."

장갑 안으로 찻잔의 온기가 스며들어 손바닥이 따스했다.

"아무도 우리 죄수들의 이야기를 듣고 싶어 하지 않아요, 아리토모. 우리가 일본군 점령의 고통을 되새기게 하니까요."

그는 나를 처다보더니 내 눈썹을 가만히 매만졌다. 마치 내 내면 깊은 곳에서 종이 울리는 것 같았다.

"알고 싶어."

그가 다시 말했다.

내 삶의 첫 번째 돌은 오래전, 아리토모의 정원에 대해 들었을 때 놓여졌다. 그 이후 일어난 모든 일이 이 산맥 속으로, 이 순간으로 나를 이끌었다. 그것을 깨닫자, 위로가 되기보다는 내 삶이 어디로 갈지 겁이 났다.

나는 이야기를 시작했다.

19

영국 예찬자인 내 아버지 테오 분 하우가 유일하게 믿는 중국 격언은 '부자 삼대 못 간다'였다. 부자의 외동아들이었던 아버지가 인생의 목표로 삼은 것은 부친이 일구어 물려준 재산을 잘 간수해서 늘리고, 세 자녀가 재산을 탕진하지 않게 잘 키우는 일이었다. 나는 아버지가 걱정할 만한 이유가 있었다고 생각한다. 페낭에는 백만장자의 자식들이 아편과 경마에 중독되거나 극빈자가 되어 조지타운의 좁은 골목을 누비면서 새벽 시장에서 구걸한다는 소문이 차고 넘쳤다. 아버지는 우리에게 그런 사례를 일일이 일러주었다.

키안 혹, 윤 홍, 나 삼 남매는 할아버지가 노덤 가에 지은 집에서 성장했다. 오빠는 나보다 열두 살 많았다. 나는 막내였고, 윤 홍 언니와 세 살 터울인데도 친하게 지냈다. 언니는 어머니를 거들었고, 부모님을 포함해서 많은 사람에게 예쁘다고 칭찬받았다. 키안 혹과 나는 아버지를 닮아 통통했는데, 나는 식사 때 한 그릇 더 먹겠다고 할 때마다 어머니에게 꾸중을 들었다.

"너무 많이 먹지 마라, 링. 뚱보 아내를 원하는 사내는 없단다."

식탁에서 늘 듣는 말이었지만 나는 한 귀로 흘렸다. 그렇다고 상처를 덜 받은 건 아니었지만. 그때마다 윤 홍은 내 편을 들어주었다.

집에서 우리는 영어로 말했고, 페낭에서 쓰는 중국어 사투리인 호키엔을 조금씩 섞어 썼다. 아버지는 어릴 때 영국 기독교 학교에 다녔고 만다린어를 배우지 않았다. 그는 자식들에게도 모국어를 가르치지 않았다. 오빠는 '세인트 사비에르*'에 다닌 반면 윤 홍과 나는 수녀원 여학교에서 공부했다. 말라야에서 영어를 못하는 중국인들은, 조상의 언어를 모르는 우리를 경멸했다. 그들은 우리를 '유럽 놈들의 똥이나 먹는 것들'이라고 흉봤다. 맞서서 우리 해협 중국인들은 그들을 상스럽다고 비웃고, 고위공직을 차지하거나 식민 사회에서 출세하지 못했다고 가련해했다. 우리가 어릴 때 아버지는 영국이 말라야를 영원히 지배할 테니 영어 외에 다른 언어를 배울 필요가 없다고 누누이 말했다.

우리 이웃은 전직 자전거 수리공인 옹 노인이었다. 그는 모국과 계속 끈을 이어왔다. 일본이 중국을 침공하자, 옹 노인은 국민당**자금 조성을 위해 '중국 원조 기금'을 시작했다. 그 대가로 옹 노인은 국민당 군대 대좌로 임명되었다. 이것은 장제스가 재외 중국인들에게 후한 기부의 보답으로 인심 좋게 나눠준 명예직이었지만, 옹 노

---

* 페낭에 있는 남자 사립학교
** 쑨원이 결성한 정당. 쑨원 사망 후 장제스가 총재가 된다.

인은 대단히 자랑스러워했다. 그는 임명장을 받는 사진이 실린 중국의 지방 신문을 우리에게 보내주었다.

옹 노인과 20년간 이웃으로 살았지만, 아버지가 그와 친구가 된 것은 일본이 난징에서 중국인 수십 만 명을 대량 학살 한 후였다. 노인과 젊은 여자들, 아이들이 강간과 살해를 당했다는 소식을 듣고 우리는 받아들이기가 힘들었다. 모든 야만적인 처사에 정신이 멍해졌다. 아버지를 더욱 분노하게 만든 것은, 영국이 그 사건을 막기 위해 어떤 조치도 하지 않았다는 사실이었다. 그는 영국에 대한 높은 평가와 존경심을 평생 처음으로 의심했다. 후원금을 모금하고 지지를 얻기 위해 세계 순회 중인 국민당 대리인들에게 옹 노인이 자택을 개방했다는 소식을 듣자, 아버지는 모임에 참석하기 시작했다. 그는 옹 노인을 비롯해 명망 있는 중국인 사업가들과 어울려, 말라야와 싱가포르 여러 도시와 마을을 방문해서 연설하고 중국 원조 기금에 헌금하도록 촉구했다. 국민당 대리인들이 동행해서, 청중에게 국민당 병사들이 얼마나 열심히 일본과 맞서 싸우는지 상세히 설명했다. 가끔 나도 이런 행사에 참석할 수 있었다.

집회가 끝나고 집으로 오는 차에서 아버지에게 들었던 말이 기억난다.

"집에 누구 사진이 걸려 있는지만 봐도 그 사람이 어느 쪽 지지자인지 알 수 있지. 가족사진 옆에 쑨원 초상화 아니면 마오 동무의 사진이 걸려 있기 마련이거든."

우리 집 뒤쪽 숙소에 사는 하인들도 마찬가지였다. 며칠 후 아버지는 그들에게 마오의 초상화를 내리라고 지시했다.

1938년, 내가 열다섯 살이 되었을 때, 일본 정부는 아버지에게서 고무를 매입하고 싶어 했다. 아버지는 그 요청을 거절했지만, 나중에 마음을 바꾸어 도쿄에 가서 통상 관료들을 만나는 데 동의했다. 아버지는 가족을 데려 갔고, 그 여행에서 언니는 일본 정원에 흠뻑 빠졌다.

일본과의 협상은 실패했다. 아버지는 그들에게 고무를 팔지 않기로 했다. 그 후 관료 부인들은 우리를 쌀쌀맞게 대했다. 아버지가 일본 정부의 초대를 받아들인 건, 정보를 캐서 보고하라는 국민당의 지시를 받았기 때문이라고 나중에 언니에게 들었다. 안타깝게도 국민당은 아버지에게 일본 정부가 뒤끝이 길다는 귀띔은 해주지 않았다.

3년 후, 1941년 연말을 몇 주 앞두고 일본군은 말라야 북동쪽 해안에 착륙했다. 자정을 15분 넘긴 시간, 그리고 진주만이 공격당하기 한 시간 전이었다. 흔히 일본이 진주만 공격으로 전쟁을 개시했다고들 하지만, 그들이 처음으로 짓밟고 문을 연 곳은 말라야였다. 매년 그맘때 바다에서 나타나 매끈한 둥근 알을 낳는 장수거북 떼를 쫓아서 일본군은 '판타이 친타 베라히' 해안을 기어 올라왔다. '열정적인 사랑의 해변'에서 그들은 자전거로 말라야를 가르며 내달렸다. 시골길을 달려 말레이의 작은 촌락과 논을 지나고, 당국자가 일본군은 절대 못 뚫는다고 국민을 안심시켰던 정글을 통과했다.

아버지는 영국군이 일본군을 막을 거라고 낙관했다. 하지만 3주 후 일본군은 페낭에 입성했다. 영국은 자국민을 싱가포르로 이주시키고, 말레이 주민들은 일본군과 맞닥뜨리게 방관했다. 오랜 세월 우리 집 파티에 참석했던 유럽인들인 프레데이 부부, 브라운 부부,

스콧 형제들은 말 한마디 없이 배를 타고 사라졌다. 하지만 탈출을 거부한 사람, 친구와 하인을 일본군에게 내팽개치고 떠나지 않은, 휴턴 일가나 코드링턴 부부, 라이트 부부 같은 사람도 많았다.

키안 혹 오빠는 경찰에 있었다. 그는 일본군이 오기 두 달 전에 훈련을 위해 실론으로 파송되었다. 아버지는 오빠에게 거기 남아 있으라고 했다. 옹 노인은 가족을 데리고 두리안 과수원으로 간다며 우리에게 같이 가자고 권했다. 과수원은 페낭의 서쪽 지역인 발릭풀라우에 있었다.

"거기 있으면 일본 놈들로부터 안전할 거요."

그는 장담했다.

일본 전투기가 조지타운을 폭격하기 시작한 날 아침, 우리는 집을 떠났다. 옹 노인과 부인 둘, 아들들과 식솔이 자동차 세 대에 나눠 탔다. 부모님과 윤 홍 언니, 나는 아버지의 쉐보레에 탔다. 조지타운을 빠져나가는 도로마다 북새통이었다. 수백 명이 '아이어이탐'에 있는 산으로 피난을 떠났다. 일본군 부대가 마을을 휩쓸고 지나가면서 주민들에게 어떤 짓을 저질렀는지 다들 들어서 알고 있었다.

발릭풀라우에 가까워지자 도로가 한산했다. 우리 일행은 방금 이상한 말레이 마을을 지나왔다. 나는 섬의 이쪽 지역으로 와본 적이 없었다. 옹 노인의 두리안 과수원은 높고 가파른 비탈에 있었다. 차를 타고 갈 때 윤 홍은 나무 사이로 보이는 저 아래 바다를 손짓했다.

"물감이랑 붓을 가져왔으면 좋았을 텐데."

언니가 말했다.

앞좌석에서 어머니가 몸을 돌리지 않고 말했다.

"그림을 그릴 정도로 오래 머무르지 않을 거야."

옹 노인과 사촌지간인 과수원 관리인은 옹 노인의 부와 지위 때문에 온갖 예를 갖춰 우리를 맞이했다. 그는 아내와 딸들에게 집을 비우게 하고, 옹 노인 일가를 머물게 했다. 우리가 기거할 쓰러져가는 단층 판잣집을 보자 어머니는 울음을 터뜨릴 듯한 표정을 지었다. 옥외 변소를 써야 된다는 것을 알자 그녀는 훨씬 더 끔찍해했다. 어머니는 당장 노덤 가의 집으로 돌아가고 싶었지만 아버지가 완강하게 버텼다.

윤 홍과 나는 곧 판잣집 생활에 익숙해졌다. 우리는 매일 과수원을 돌아다니면서 보냈다. 두리안 철이 막 시작되어서 '과일의 왕'이 내뿜는 톡 쏘는 농익은 냄새가 짙게 풍겼다. 관리인 아 푼은 우리에게 조심하라고 경고했다.

"떨어지는 것을 머리에 맞으면 죽을 수도 있어요."

떨어지는 두리안을 받는 그물망이 나무 사이에 걸려 있었다. 그 아래를 걷노라면 서커스 천막에서 곡예사의 안전망을 올려다보는 기분이었다. 두리안이 나뭇가지 사이로 떨어지는 소리가 날 때마다 우리는 얼른 위를 쳐다보면서 안전한 곳으로 가려고 애썼다. 윤 홍은 두리안을 견디지 못했지만, 나는 쏘는 듯한 걸쭉한 맛을 좋아했다.

내가 두리안을 먹으면 윤 홍이 투덜대곤 했다.

"네 입에서 고약한 냄새가 나. 너랑 키스하고 싶은 남자는 없을 거야."

우리는 종종 해변에 내려갔고, 바닷가를 독차지하는 게 신났다. 거의 처음으로 사람들이 쳐다보면서 웃고 흉볼까 걱정하지 않고 수

437

영을 할 수 있었다. 페낭의 이쪽 지역에서는 안다만 해가 내다보였고, 물 밖으로 나와 숨 쉬는 고래 떼를 본 적도 있었다. 고래 떼가 해안 가까이 헤엄칠 때면 우리는 고래 몸에 붙은 따개비 수를 세거나 숨소리를 들을 수 있었다. 고무호스에 입을 대고 툴툴대는 것처럼 축축하고 휑한 소리였다. 나는 바위에 올라가서 몇 시간이고 앉아 고래를 구경했다. 그러다 날이 저물면 고래는 보이지 않고 고래 떼가 내뿜는 한숨 같은 물방울만 보였다. 고래는 일주일간 머물다가 어느 날 아침 떠나버렸다.

전쟁 중임을 잊기 쉬웠지만, 일주일에 한 번씩 아 푼은 몇 킬로미터 떨어진 마을에서 생필품을 구해 돌아와서는 소식을 전해주곤 했다. 먼저 쿠알라룸푸르, 후에 싱가포르가 함락되었다. 수천 명의 양-모(백인)가 수용소로 보내졌다. 이제 대동아공영권*이 준비되었고 일본은 가장 큰 몫의 이익을 차지했다.

그러다가 헌병대가 페낭 전역을 휩쓸고 다니기 시작하면서, 사람들을 징발해 트럭에 태워 데려갔다. 옹 노인은 아 푼에게 한동안 마을에 얼씬하지 말라고 경고했다. 어느 날 오후에 아버지는 우리가 아 푼의 집에 가는 것을 허락했다. 옹 노인의 부인들을 포함해 여자들은 모두 늘어서서 아 푼의 부인에게 머리를 잘라야 했다. 우리가 가능한 눈에 띄지 않는 게 신중한 처사라는 결정이 내려졌다. 내가 진짜 공포를 느낀 것은 그때가 처음이었다.

---

* 제2차 세계대전 당시 일본이 아시아 침략을 합리화하기 위해 내건 슬로건으로 일본을 중심으로 동아시아에 동남아시아를 더한 지역을 가리킨다.

* * *

두리안 과수원에서 지낸 지 5개월쯤 지났을 때 헌병대가 옹 노인을 찾아왔다. 비밀경찰은 쭉 그를 찾고 있었다. 또 그들은 아버지도 찾던 참이었다. 그들은 두 대의 트럭을 타고 와서는 우리를 아 푼의 집 앞에 모이게 했다. 정오의 햇살 아래서 우리는 손을 머리 뒤로 올리고 무릎을 꿇었다. 과수원 일꾼 몇 명은 헌병대가 온다는 말을 듣고 빠져나가 정글로 숨어들었지만 우리는 그럴 기회가 없었다. 기회가 있었대도 어디로 달아날 수 있었을까?

헌병대 장교들은 우리에 대해 상세히 알았다. 그들은 문건에 붙은 사진과 우리 얼굴을 대조했다. 그들은 옹 노인과 아버지에게 아 푼의 집에 들어가 있으라고 명령했다. 우리는 밖에 무릎을 꿇고 앉아 안에서 나는 소리를 고스란히 들었다. 고함, 매질 소리, 고통스러워서 내지르는 동물 같은 울부짖음. 옹 노인의 젊은 부인은 기절했다. 나는 아버지의 목소리를 더 이상 알아들을 수 없을 때까지 귀를 기울였다. 그러다가 집이 침묵에 잠겼다.

아버지와 옹 노인을 안에 두고 장교들만 밖으로 나왔다. 그들이 명령을 내리자 부하들은 우리 사이를 돌아다니면서 한 명씩 일으켜서 트럭으로 끌고 갔다. 옹 노인의 아들들과 부인들 모두, 아 푼의 10대 딸들, 일꾼 아내들과 아이들이 끌려갔다.

그러고 나서 윤 홍과 나도 선택되었다.

사방에 울음소리가 났고, 가족은 우리를 놔달라고 헌병에게 애걸했다. 나는 일어나려다가 몸에 뼈가 없는 듯한 기분을 느꼈다. 숨을 쉴 수가 없었다. 감시병들은 우리를 트럭 뒤 칸으로 떠밀었다. 어머니가 비명을 질렀다. 어머니의 그런 목소리는 처음 들었다. 헌병이 어머니를 때렸고, 그녀가 쓰러지자 연신 발길질을 했다. 그가 어머니의 얼굴, 머리, 배를 걷어찼다. 나는 붙잡힌 사람들 속에서 빠져나와 어머니에게 달려갔다. 경비병이 총 개머리판으로 내 배를 찔렀다. 나는 허리를 굽히며 무릎을 꿇고 주저앉았다. 생전 처음 그런 통증을 느꼈다. 목구멍으로 올라오는 역한 구역질을 억지로 참았다.

"일어나, 링! 일어나지 않으면 그 자한테 죽어!"

뒤에서 희미하게 언니의 고함 소리가 들렸다.

나는 비틀대면서 가까스로 일어났다. 땅바닥에 나자빠진 어머니가 보였다. 그녀는 움직이지 않았다. 어머니가 숨을 쉬는지 가늠이 되지 않았다. 감히 아무도 그녀를 살펴주지 못했다. 나는 아버지가 고문당한 건물을 돌아다보았다. 경비병이 나를 밀면서 윽박질렀다. 나는 다리를 절면서 트럭으로 돌아갔다. 윤 홍이 손을 뻗어 날 끌어올렸다.

헌병대는 몇 군데 마을에 더 들러서 사람들을 잡아 트럭이 꽉 찰 때까지 태웠다. 트럭의 방수포 가리개 안쪽은 찔 듯이 더웠다. 열린 뒷문의 옆 자리는 경비병이 차지했다. 우리 중 몇 명은 멀미가 심해서 옷에 그대로 토했다. 악취에 속이 메스꺼웠다. 욕지기를 가라앉히려 애썼지만 그럴 수가 없었다. 윤 홍은 내가 토사물을 닦도록 도와주려 했지만, 할 수 있는 일이 별로 없었다.

트럭이 멈추자 내려서 볼일을 보라는 명령이 떨어졌다. 여자들은 길 한쪽에 쭈그려 앉았고, 남자들은 맞은편 길가의 나무에 소변을 보았다. 경비병들은 담배를 피웠다. 그러고 나서 다시 이동했다. 배를 타고 해협을 건너 본토로 갔다. 버터워스 기차역에서 헌병대는 우리를 측선에 대기 중인 화물 열차로 옮겨 타게 했다. 가축 운반칸이 잡혀온 사람들로 꽉 채워졌다. 난 목이 말랐다. 온종일 먹지도 마시지도 못한 터였다.

"놈들이 우리를 창이로 데려갈까?"

기차가 움직이기 시작하자 내가 윤 홍에게 물었다.

"모르겠어. 나도 모르겠어."

언니가 대답했다.

기차가 몇 시간 동안 달렸다. 경비병들이 물 한 양동이를 주자, 화물칸에 탄 50~60명이 서로 마시려고 다퉈야 했다. 윤 홍은 우리가 싱가포르로 이송될 거라고 희망을 가졌다.

"아버지가 거기서 우리를 찾아내실 거야. 아버지가 우릴 여기서 빼내주실 거야."

언니가 말했다. 윤 홍은 기운을 북돋워주려 애썼다. 그녀가 속삭이며 덧붙여 말했다.

"우리를 죽일 셈이었으면 이렇게 수고하지 않았을 거야."

기차는 한 번 정차했다. 문이 열리고 우리는 재빨리 내렸다. 더웠고, 멀리 산맥 뒤로 해가 지고 있었다. 우리가 철로 옆에 소변을 볼 때, 나는 기차가 오는 소리를 들었다. 윤 홍이 나를 잡아 일으켜서 얼른 치마를 내려주고, 그녀도 치마를 내렸다. 지친 나머지 옷매무새 따위는 신경 쓰지 못하는 여자도 많았다.

기차 소리가 점점 커졌다. 기차는 굽이를 돌아서 속도를 늦추다가 우리가 타고 온 화물 열차 옆에 멈추었다. 일본 병사들이 가축 칸의 문을 열었다. 침울하고 지친 표정의 영국 병사들이 비척비척 철로로 내려섰다. 지저분한 군복을 입은 사람들도 있고, 허리에 치마를 두른 사람들도 있었다.

"버마 철로로 끌려가는 사람들이네. 망할 일본 놈들. 나쁜 자식들."

내 옆에 있던 유라시아 혼혈 여인이 속삭였다.

경비병들이 모여 담배를 피우며 수다를 떨었다. 한 영국인 포로가 주위를 두리번거렸다. 한순간 그의 눈이 내 눈과 마주쳤다. 그때 그는 나무 수풀을 향해 철로를 가로질러 뛰었다. 경비병들이 고함치면서 그에게 총을 쏘았다. 영국인은 몸을 비틀대면서 잡초 밭에 쓰러졌다. 그는 일어나려 안간힘을 썼지만 그러지 못했다. 그가 정글 쪽으로 기어가기 시작했다. 경비병이 다가가서, 군홧발로 영국인의 목을 누르고 머리에 총을 쐈다.

우리가 탄 기차가 마지막으로 멈추고 화물칸 문이 활짝 열린 것은 늦은 저녁이었다. 철로 양옆으로 빽빽한 정글이 펼쳐졌다. 나무 사이를 지나 빈터로 걸어가니 거기 트럭이 기다리고 있었다. 운전병들이 시동을 걸고 전조등을 켰다. 경비병 한 명이 우리 발 아래로 눈가리개를 던지더니 눈에 매라는 몸짓을 했다. 윤 홍은 내 손을 꼭 잡았다. 언니는 떨고 있었다. 헌병대가 포로들을 정글 속 한적한 데로 끌고 가 총살한다는 소문을 들은 적이 있었다.

여정은 끝없이 이어졌다. 계속해서 산 위로 올라가는 것 같았다. 도로가 험해지다가 마침내 트럭이 멈추었다. 아무도 움직일 엄두를 내지 못했다. 갑작스런 고요 속에서 일본어로 고함치는 소리가 들렸다. 그때 누군가 우리에게 눈가리개를 풀라고 명령했다. 나는 어지럽고 방향 감각이 없어서 눈을 깜빡거렸다. 조명등 불빛 때문에 눈을 가리고 두리번거렸다. 이미 밤이 내린 후였다. 나무 사이로 높은 철제 담장이 힐끗 보였다. 담장 위에 철망이 둘러져 있었다. 담장 저편은 어둠뿐이었다. 나무 사이 망루에서 무장한 병사들이 담장을 감시하고 우리를 지켜보았다.

나는 힐끗 언니를 보았다. 한순간 둘의 눈이 마주쳤다. 우리는 전혀 모르는 세상에 와 있었다.

경비병들은 여자 죄수만 따로 모아, 나무 아래 오두막으로 가게 했다. 야자수로 지은 오두막 안에는 여자 20~30명이 차렷 자세로 서 있었다. 낮은 서까래에 걸린 등잔 불빛에 비친 그들의 얼굴은 누르게 했다. 깡마른 대머리 장교가 새로 온 사람들을 점검했다. 그는 내 앞에 멈춰 섰다. 그가 눈을 빤히 들여다보자 나는 벌벌 떨었다. 그는 윤홍에게로 옮겨갔다. 그는 점검을 마치자 경비병에게 말을 걸었고, 경비병은 절을 하더니 줄지어 선 여자들 중 대여섯을 끌어냈다. 윤 홍도 선택된 여자들에 끼었다. 그들 중 두 사람이 흐느끼기 시작하자 경비병이 때렸다. 윤 홍을 포함해 여자들이 끌려 나갔다.

* * *

다음 날 새벽 아직 어두울 때, 나는 다른 포로들과 함께 오두막을 나섰다. 밤새 잠을 못 잤다. 모기에 물려서 팔과 얼굴이 부었고 가려웠다. 우리는 연병장에 모였다. 윤 홍은 젊은 여자들이랑 끝에 서 있었다. 뿌연 새벽빛으로 나는 붓고 멍든 언니의 얼굴을 보았다.

왜소하고 비쩍 마른 사내가 자신을 푸미오 대위라고 소개했다.

그가 수용소 통역관인 야코부스 캄페 신부를 통해 말했다.

"내가 이곳 책임자다. 지금 도쿄는 새벽이다. 천황께서 궁에서 조반을 드실 시간이다. 폐하께 예를 표하도록."

그는 일본을 향해 우리가 절하도록 했다. 우리는 기미가요*를 불렀다. 가사를 모르는 신참들은 입술이라도 달싹이지 않으면 맞을 수도 있었다. 노래 제창 후 해산했다. 나는 윤 홍과 여자들이 끌려가는 광경을 지켜보았다.

"군인들이 저들에게 무슨 짓을 하죠?"

내가 앞에 있는 중국 여자에게 속삭였지만, 그녀는 대답하지 않았다. 내 말을 못 들은 체했다.

우리는 주방과 식당으로 쓰는, 한 면이 트인 오두막에 들어가 아침밥을 먹기 위해 줄을 섰다. 각자 멀건 국 한 사발과 작고 거친 빵한 조각씩을 받았다. 10분 만에 먹어치워야 했다. 그런 다음 감시병들이 일렬로 서라고 명령했다. 우리는 정글을 지나 산비탈에 있는 굴로 들어갔다. 그곳은 광산 입구였다. 일본인 기술자들의 감독 하에 남자 포로들은 산 속 깊이 굴을 뚫고, 나무 기둥과 콘크리트 기둥으로 통로를 떠받쳤다. 여자들은 깨진 돌을 대나무 바구니에 담아서산 맞은편 골짜기에 버렸다. 나는 바구니에 든 돌을 버리고 절뚝거

---

* 일본의 국가. 일본 '천황'의 시대가 영원하기를 바라는 노래로 제2차 세계대전 후 폐지되었다가 1999년 일본의 국가로 법제화되었다.

리며 굴로 돌아오다가, 순시하면서 앞으로의 계획을 의논하고 태양의 각도를 도표에 그리는 일본 민간인 여럿을 보았다.

광산에는 네 개의 층이 터널과 수직 갱도로 연결되어 있었다. 수용소에 갇힌 지 한 달 후, 며칠간 폭우가 내리자 맨 아래층 벽이 무너진 것을 보면 광산 근처에 강이 흐르는 게 분명했다. 물이 굴 안으로 밀려들어서 작업 중이던 포로들이 익사했다. 우리는 들어가서 물을 퍼내야 했다. 기술반장은 시신들이 밑바닥에 매장되게 그대로 두라고 말했다.

수용소에는 포로 3백 명이 살았다. 유럽인은 70~80명이었고, 민간인과 생포된 연합군 병사였다. 나머지는 중국인과 몇 명의 유라시아인. 영국 남자들은 자기들끼리 어울렸고, 오스트레일리아와 네덜란드 남자들도 마찬가지였다. 하지만 여자들은 그렇게 갈라지지 않았다. 44명 전원이 덥고 비좁은 오두막 한 채에서 잤다. 유럽인, 중국인, 유라시아인 할 것 없이 다 같이. 숙소는 야자수와 대나무, 짚으로 지은 막사였고, 나무 밑에 있었다.

수용소의 위치를 아는 사람은 아무도 없었다. 다른 사람들도 눈을 가리고 이곳으로 옮겨졌다. 중국 여자들과 대화한 끝에, 나는 우리가 공통적인 배경을 가졌다는 걸 알았다. 모두 반일 감정을 부추기는 데 적극적이었던 아버지나 친척을 둔 사람들이었다.

나는 수용소를 돌아다니면서 윤 홍의 안부를 수소문했지만, 그녀를 본 사람이 없었다. 마침내 나이가 많은 편인 여자 수용자 적 인이 말해주었다.

"장교 주방 뒤편에 오두막 한 채가 있어. 그녀가 운이 좋다면 장교들만 상대하게 될 거야."

잠시 나는 말을 하지도, 움직일 수도 없었다. 그러다가 그녀에게서 몸을 돌렸다. 언니가 끌려갈 때부터 알았지만 인정하지 않았던 것을 그 여자가 말한 것뿐이었다.

* * *

나는 캄페 신부에게 일본어를 가르쳐달라고 부탁했다. 60대의 네덜란드 선교사인 그는 요코하마에서 산 적이 있었다. 일본군은 내가 간단한 일본어를 구사하는 것을 알자 다른 수용자들보다 잘 대해줬다. 나는 그들에게 일본어를 가르쳐달라고 청했고, 이따금 그들은 여분의 배급품이나 담배를 쥐어주곤 했다. 나는 담배를 먹을 것과 바꾸었다. 음식이 충분하지 않아서 항상 허기졌다. 다들 오매불망 음식 생각뿐이었다. 나는 장교 식당에서 식사 준비를 맡게 해달라고 수용소 관리자를 설득했다. 평생 한 번도 음식을 해보지 않았지만 주방 일은 목숨을 부지할 가능성이 가장 큰 작업이었고, 나는 일을 얼른 익혔다. 주방 창으로 윤 홍이 붙잡힌 오두막이 내다보였다. 하루 다섯 차례씩 밖에 줄을 서서 기다리는 일본 병사들을 볼 수 있었다.

어느 오후 내가 주방에서 일할 때 갱도가 무너졌다. 장교들은 식사하다 말고 피해 상황을 파악하러 달려갔다. 감시하는 사람이 없다는 걸 확인하자, 나는 살그머니 주방을 빠져나가 자연스럽게 그 오두막으로 걸어갔다. 문에 자물쇠가 걸려 있었다. 뒤쪽으로 돌아가서 창살 안을 들여다보았다. 어두컴컴한 내부에서 침대들을 알아볼 수 있었다. 침대 사이에 얇은 대나무 가리개가 있었다. 아가씨 몇 명이 침대에 앉아 이야기를 나누었고, 몇 명은 열넷이나 열다섯 살 밖에 안 돼 보였다. 나는 윤 홍의 이름을 불렀다. 아가씨들이 서로 속닥대고 나서 내 용건을 전해주었다. 잠시 후 윤 홍이 창가에 나타났다. 얼굴에 옅은 멍 자국이 잔뜩 있었다. 그녀의 놀란 눈빛으로 볼 때 나 역시 많이 변했음을 알 수 있었다.

"무척 날씬해졌구나. 어머니가 지금의 너를 본다면 무척 기뻐하시겠는걸."

윤 홍의 볼과 입술에 눈물이 흘러내렸다. 나는 쇠창살 사이로 손을 넣어 언니의 손을 잡았다. 언니와 자리를 바꿀 수 있다면 무슨 일이라도 했을 터였다. 그래야 했는데 그러지 못했으니⋯⋯

* * *

매일 변화가 없었고 다만 누가 다쳤는지, 누가 병에 걸렸는지, 누가 죽었는지가 어제와 오늘을 구분할 뿐이었다. 밤이면 자려고 나무 침상에 누워, 파리와 모기 때문에 미칠 것 같은 와중에 쏙독새 울음소리를 셌다. 하루 18시간씩 광산에서 일하면서, 썩은 채소가 조금 든 국과 빵 한 조각으로 매일 연명했다. 다들 이질, 각기병, 말라리아, 펠라그라* 등 각종 병에 시달렸다. 여러 질환을 앓는 사람도 많았다. 나는 운 좋게 주방에서 일했지만, 나 역시 질병과 매질에 시달렸다. 식량과 의약품 부족, 중노동, 체벌 때문에 수용자 수가 천천히 줄었다. 우리는 가장 고약하게 구는 감시병들에게 별명을 지었다.

미친개, 백정, 고름 주머니, 똥 머리, 흑사병. 그러면 아주 잠깐이나마 생명의 칼자루를 내가 쥔 기분이었다.

두세 번쯤, 담장 뒤쪽에서 나무 사이를 소리 없이 스르르 지나는 유연한 갈색 형체가 힐끗 보였다. 어떤 수용자가 내게 말했다.

"오랑 아슬리**야. 일본 놈들은 그들을 내버려둬. 그들의 독화살에 일본 놈 몇이 죽기도 했고."

3주마다 적십자 마크가 그려진 트럭들이 수용소에 도착해서, 철제 상자와 통을 잔뜩 내려 놓으면 수용자들이 광산으로 옮겨야 했다. 오스트레일리아 병사가 감시병이 보지 않는 줄 알고 상자 하나를 열어보았다. 푸미오는 그를 연병장의 대나무 틀에 묶고 채찍질했다. 그 후 이등병은 양철 지붕을 얹은 낮은 우리에 이틀간 갇혔다. 거기서는 앉거나 똑바로 설 수 없었다. 병사는 미쳤고 결국 일본군에게 총살당했다.

우기가 시작되었지만, 매일 아침 끝없이 퍼붓는 빗속을 뚫고 광산으로 걸어가야 했다. 일본 감시병들이 아는 영어 단어는 딱 하나인 것 같았다. 우리는 모든 일을 '스피도! 스피도!' 하게 해야 했다. 수용자들은 몸이 허약해져서 죽었지만, 언제나 새 포로들이 실려 와서 죽은 사람들의 자리를 채웠다.

나는 주방 보초에게 눈감아달라고 담배를 뇌물로 주고 기회가 생길 때마다 빠져나가 윤 홍을 보러 갔다. 언니에게 줄 음식을 조금씩

* 니아신 부족으로 생기는 병
** 말레이시아 원주민 부족

훔쳤다. 곰팡이 핀 빵 한 쪽, 바나나 한 개, 쌀 한 줌. 우리는 언니가 일본군에게 당하는 짓에 대해 말하지 않았다. 윤 홍은 전에 갔던 교토의 정원에 대해 이야기하며 마음을 딴 데로 돌렸다. 그녀는 꿈꾸는 목소리로 정원에 대해 상세히 설명했다.

한 번은 윤 홍이 말했다.

"이게 우리가 살아날 길이야. 이렇게 해서 우린 살아서 여기를 나갈 거야."

"이런 일을 당하면서도 여전히 일본 정원에 감탄하는 거야?"

"그들의 정원은 아름다워."

윤 홍이 대답했다.

그녀는 한두 차례 부모님에 대해 이야기하려 했다. 마지막으로 부모님을 본 후 어떤 일이 생겼는지 궁금하다고 했다. 나는 언니의 말을 끊었다. 부모님 생각은 하고 싶지 않았다. 그 이야기를 하면 미쳐버릴 것 같았다. 두 분이 안전하게 잘 계시는 척하는 편이 더 나았다.

윤 홍이 있는 오두막에서 한 아가씨가 서까래에 목을 맸다. 나는 병사들이 시신을 끌어내는 광경을 보았다. 그녀는 열다섯 살이었다. 푸미오 대위는 내가 있는 숙소에서 네덜란드 아가씨를 골라 죽은 소녀 자리를 채웠다. 그 일을 보면서 난 묘수를 떠올렸다.

"푸미오에게 내가 언니 대신 들어가겠다고 말할게."

그날 저녁 늦게, 남자들이 언니의 오두막에 오기 전에 내가 말했다.

윤 홍은 얼굴을 창살에 바싹 들이대고 대답했다.

"감히 그런 생각은 하지 마. 내 말 듣고 있니, 링? 감히 그런 짓은 꿈도 꾸지 말라고!"

언니는 양손으로 내 손을 꼭 쥐었다.

나는 윤 홍을 바라보면서 깨달았다. 그게, 내가 수용소에서 위안부가 되지 않았다는 사실이 몇 달간 언니를 버티게 했다는 것을. 나중에 조금 사람 좋은 감시병이 내게 알려주었다. 윤 홍은 목을 매려고 시도했지만, 숙소 밖에서 차례를 기다리던 장교가 막아서 자살 시도는 미수로 끝났다. 그때 푸미오는 윤 홍에게 '목숨을 끊기만 해봐 아주. 네 동생이 그 자리를 대신할 테니'라고 경고했다.

* * *

수용소 생활을 견디기가 좀 수월해졌다. 혹은 적응해서 그랬을 것이다. 감시병들은 여전히 아주 사소한 실수만 해도 때렸다. 절할 때 몸을 깊이 숙이지 않거나 얼른 하지 않는다고, 일이 너무 더디다고 후려갈겼다. 또 나는 윤 홍의 숙소 밖에 남자들이 줄지어선 광경을 늘 지켜보았다. 적어도 거기 여자들은 다른 수감자보다는 배급을 더 잘 받았다. 2주마다 의무 장교가 병이 있는지 그녀들을 진찰했다. 닥터 가나자와는 검진을 마치면 늘 장교 식당에 와서 누구와도 대화하지 않고 혼자 앉아 있곤 했다.

"그 아가씨들은 운이 좋지."

어느 날 닥터 가나자와는 몸을 돌려 식당에 누가 없는지 확인한 후 내게 말했다. 그가 말을 이었다.

"큰 고장 위안부들은 하루에 병사 50~60명을 상대하거든. 하이, 하이, 우리 아가씨들은 그나마 운이 좋아."

450

그는 타인이 아닌 자신을 설득하려고 그런 말을 하는 듯했다. 낙태 시술도 닥터 가나자와의 임무에 포함된다는 것을 나는 나중에 알았다.

일본군 상전들은 잘 먹었고, 덕분에 주방에서 음식을 조금씩 훔치기가 수월했다. 그 음식을 윤 홍과 내가 있는 숙소 여자들과 나눠 먹었나. 나는 수용소 주변에서 낯익은 인물이 되어서, 아무도 날 세워 수색하지 않았다. 그러다보니 나는 조심성이 없어졌다.

어느 밤 주방에서 나오는데, 푸미오 대위가 그림자 속에서 나오더니 나를 세웠다. 그는 내 옷 속에 손을 넣고 손가락으로 몸을 훑었다. 마구 자른 손톱에 내 유두가 긁혔다. 나는 움찔했다. 그가 뭘 원할지 알기 때문이었다.

"소, 소, 소(그래, 그래, 그렇지)."

그는 내가 허리에 두른 띠에 매달린 닭발 두 개를 만지면서 속삭였다. 나는 닭발을 허벅지 사이에 감추고 있었다.

조사실로 쓰는 오두막에서 감시병이 나를 꼭 붙잡고 푸미오를 마주보게 했다. 대위는 내 앞 탁자에 닭발을 올려놓았다. 그가 허리에 찬 칼집에서 칼을 빼더니, 잰 동작으로 닭발의 발톱을 잘라 껍질과 살과 뼈를 분리해냈다. 다른 감시병이 내 왼손을 탁자에 올려놓고 손가락을 벌렸다. 나는 흐느끼면서 푸미오에게 풀어달라고 애원했다. 그는 칼을 다시 쳐들었다. 이제 나는 미친 듯이 버둥댔다. 감시병들을 걷어차고 발을 밟았지만, 그들은 똑같은 힘으로 나를 눌렀다.

"망할 놈의 중국 년."

푸미오는 영어로 쏘아붙이더니 다시 일본어로 덧붙여 말했다.

"우리 식량을 훔치면서 네가 똑똑한 줄 알았지? 우리 격언 한 가지를 가르쳐주지. '원숭이도 나무에서 떨어진다.'"

그가 칼을 휘둘러 내 약지와 새끼손가락을 잘랐다. 비명이 계속 터지는 것 같았다. 정신이 아득해지기 직전, 나는 교토의 어느 정원을 걷고 있었다. 그러다가 의식을 잃었고 고통이 사라졌다.

* * *

손가락 상처가 아무는 데는 오래 걸렸다. 나는 의식이 혼미했고 계속 통증에 시달렸지만, 푸미오는 그 주가 끝나기도 전에 나를 주방으로 보내 다시 일하게 했다. 다른 수감자들은 최선을 다해 나를 보살펴주었다. 닥터 가나자와는 손가락 두 개가 잘린 부분을 봉합해주었다. 그는 수용소의 보급품이 점점 줄어서 일본인에게만 쓰는 모르핀을 몇 병 빼돌려 내게 주었다. 나는 다른 수용자들과 떨어져 혼자 생각에 잠겨 지내는 게 더 좋았다. 생각을 딴 데로 돌리려고, 순전히 기억만으로 머릿속에 정원을 꾸몄다. 몇 주간 언니를 보지 못했다. 내가 말라리아를 앓는다고 윤 홍에게 전해달라고 닥터 가나자와에게 부탁해두긴 했었다. 하지만 무슨 일이 벌어졌는지 언니가 알고 말았다. 푸미오 대위가 그녀에게 발설한 것이다.

나는 어느 정도 회복되자 몰래 빠져나가 언니를 만나러 갔다. 그때 윤 홍이 말했다.

"내가 그 놈을 죽일 거야."

그녀는 내 손을 잡으려고 창살 틈으로 손을 뻗었지만 나는 양손을 옆에 내리고 있었다.

윤 홍이 말했다.

"나한테 보여줘."

나는 붕대로 싸맨 다친 손을 위로 들었다. 그녀가 속삭였다.

"아, 링…… 나쁜 자식……"

"낫고 있는걸."

나는 푸미오 대위가 손가락을 자르기 직전, 나도 모르게 정원에 있었다는 이야기를 했다.

윤 홍이 말했다.

"둘만의 정원을 만들자. 아무도 거기서 우리를 끌어내지 못해."

그날 밤 나는 침상에 누워서, 언니가 헤어지기 전에 한 말을 다시 떠올렸다.

"링, 네게 도망칠 기회가 생긴다면 도망갔으면 좋겠어. 아니, 토 달지 마. 달아나겠다고 약속해. 생각하지 마. 뒤돌아보지 마. 그냥 달 아나."

나는 언니에게 약속했다. 다른 선택의 여지가 없었다.

* * *

캄페 신부가 말라리아에 걸려 죽자, 푸미오는 나를 수용자의 통역 사로 임명했다. 수용소에 온 지 2년 반쯤 지난 어느 날, 수용자들에 게 오두막 한 채를 지으라는 명령이 떨어졌다. 집이 완성되자 푸미 오는 내게 거기로 오라고 지시했다. 그는 다른 사람과 같이 있었다.

처음 보는 남자였다. 푸미오가 경의를 표하는 품새로 미루어 보아 중요한 인물임을 눈치챌 수 있었다. 40대 초반으로 머리를 짧게 자르고 얼굴은 좁고 갸름했다. 사내는 흰 바지와 스탠드칼라의 흰 셔츠 차림이었다. 정글에서 어떻게 그렇게 깔끔한 차림을 유지하는지 궁금했다. 그는 내게 도미나가 노부루라고 소개하면서 영어 문건을 일본어로 번역해줄 사람이 필요하다고 말했다.

"전에는 캄페 신부가 그 일을 해주었는데."

그가 투덜댔다.

"댁의 부하들이 필요한 약을 주었다면 신부님은 아직 살아 있겠죠."

내가 대꾸했다.

푸미오가 손을 뒤로 젖혀 날 때리려 했다. 우리 모두 익숙해진 동작이었다. 도미나가가 눈빛으로 그를 제지했다.

"우리끼리 있게 해주게, 푸미오 대위."

대위는 손바닥을 접어 주먹을 쥐더니 옆으로 내렸다. 그는 도미나가에게 공손히 절하고 오두막에서 나갔다. 도미나가는 내게 의자 두 개를 손짓하고, 이동식 스토브로 가서 차를 준비했다. 구석에 놓인 책상에는 도표, 서류, 지도가 잔뜩 놓여 있고, 군복을 입은 히로히토의 초상화가 벽에서 내려다보고 있었다. 다른 벽에는 목탄 스케치 액자가 걸려 있었다.

"가레산스이 정원이네요."

나는 윤 홍에게 들은 말을 기억하고 중얼댔다. 그 말을 들은 때가 전생처럼 멀게 느껴졌다.

"맞아, 돌의 정원이지."

도미나가가 들고 있는 찻주전자를 잠시 잊고 나를 쳐다보며 말했다.

"어디 있는 정원인가요?"

그는 내 손을 힐끗 쳐다보았다. 상처가 낫는 중이지만 여전히 피로 얼룩진 붕대를 감고 있었다.

"우리 정원에 대해 아나?"

"말라야에 사는 일본인 정원사가 있었어요, 케머런 하일랜드에요. 그가 여전히 이곳에 있는지는 모르겠어요."

나는 잠시 생각에 잠겼다가 덧붙여 말했다.

"나카무라…… 뭐인데. 그게 그의 이름이었어요."

"나카무라 아리토모를 말하는 건가? 그는 천황의 정원사들 중 한 사람이었는데."

"그를 만난 적이 있나요?"

나는 예전에 알던 삶에서 나온 실 한 가닥을 붙잡았다.

"나카무라 선생은 대단히 존경받는 정원사지. 어떻게 네가 그 분에 대해 알지?"

도미나가가 맞은편 등나무 의자에 앉으면서 말했다.

나는 아주 순간적으로 머뭇거렸다.

"언제나『입석 기술*』에 매료되었거든요."

"어떻게 된 거지?"

그가 내 뭉툭한 손을 가리켰다. 내가 대답하지 않자 그의 얼굴이 일그러졌다. 도미나가가 말했다.

---

* 마크 P. 킨이 쓴 교토 정원에 대한 에세이. '돌을 놓는 기술'은 일본 정원 조성 방법을 뜻한다.

"후미오 짓이군."

나는 찻잔을 코 밑으로 가져갔다. 수용소에 들어온 후로 차를 마셔본 적이 없었다. 차 냄새가 어떤지 까맣게 잊고 살았다. 나는 눈을 감고 차 향기 속에 젖어들었다.

* * *

도미나가는 내 일본어 실력이 캄페 신부에게 못 미친다는 것을 금방 간파했지만, 내 우려와 달리 나를 퇴짜 놓지 않았다.

그가 말했다.

"이제 너도 일본 신민이고, 그러니 일본식 이름을 가져야지."

도미나가는 내 이름을 '구모모리'로 하자고 고집했다. 그의 의견에 반대하지 않는 편이 현명할 터였다. 사실 어찌 보면 일본 이름으로 불리는 게 내게도 좋다는 생각이 들었다. 그러면 여기 있는 사람이 내가 아닌 다른 여자인 것 같아 마음이 편할 것 같았다.

도미나가는 정원에 대해 대화하는 것을 즐겼고, 나는 그가 여가를 이용해 친구의 정원을 설계해준다는 것을 알았다. 그는 끊임없이 지도를 살피면서 방대한 양의 메모를 했다. 그는 하루 대여섯 차례씩 광산을 점검했다. 그가 다가갈 때마다 감시병들은 수감자들에게 엄포를 놓았다. 수감자는 물론 감시병들까지도 절을 하고 바닥을 봐야 했다. 나는 장교 식당에서 일을 시작한 이후 광산에 들어가 본 적이 없었다. 그사이 광산의 커진 규모에, 땅속으로 대단히 깊고 넓게 만들어진 데 깜짝 놀랐다. 굴속 벽마다 철제 선반이 박혀 있고, 철제 상자가 잔뜩 놓여 있었다.

　몇 달이 흘렀다. 우기가 왔다가 물러갔다. 나는 왔다 가는 절기의 자유로움이 부러웠다. 윤 홍과 만날 때마다, 도미나가와 대화하면서 알은체 할 수 있도록 일본 정원에 대해 더 말해달라고 청했다. 나는 도미나가에게 언니를 풀어달라고 부탁했다가 거절당했다.

　"나머지를 그대로 두고 한 사람만 풀어줄 수는 없어. 그건 옳지 않아."

　"하지만 언니가 반복해서 강간당하게 두는 것은 옳은 일인가요? 제게 옳고 그른 것은 상관없어요, 도미나가 상."

　그가 잠자코 있자 나는 더 밀어붙였다.

　"제가 원하는 것은 언니가 시달리지 않는 것뿐이에요."

　도미나가 역시 언니를 강제로 겁탈했는지 궁금했다. 언니가 절대 용서하지 않을 줄 알면서도 난 이렇게 말했다.

　"제가 언니 대신 갈게요. 그 오두막에서 언니를 빼내주기만 하세요."

　"넌 내게 쓸모가 많으니 그럴 순 없어, 구모모리."

　도미나가는 그렇게 말했다.

* * *

　일본이 전쟁에서 패하고 있다는 소문이 수용소 안에 퍼지기 시작했다. 수용자들의 태도 변화를 감지한 감시병들은 한층 야만적으로 그들을 매질했다. 아니 '그들'이 아니라 '우리'. 바로 우리였다. 난 그 사실을 잊는 때가 있었다. 도미나가가 아무리 친절하게 대해줘도, 그와의 친분 덕분에 감시병들의 가혹 행위를 면해도 나는 여전히 수용자, 일본인의 노예였다. 일본군의 패배가 임박했다는 소문을 전하자, 윤 홍은 침묵에 빠졌다.

"저들은 이제 곧 우리를 풀어줘야 될 거야. 우리는 자유롭게 집에 가게 될 거야."

나는 왜 언니가 같이 기뻐하지 않는지 의아해하면서 말했다.

"그러면 사람들이 나에 대해 뭐라고 말할까?"

"여기서 무슨 일이 벌어졌는지 아무도 모를 거야. 내 장담해."

"결국은 밝혀질걸. 누군가 말하겠지. 그리고 네가 알아."

그녀가 내게서 시선을 돌렸다.

난 좀 전에 한 말을 다시 했다.

"여기서 나가면 다시는 이 일을 입에 담지 말자. 아무도 모를 거야."

"이 일을 입에 담지 않아도, 내가 너를 쳐다볼 때마다 네 눈빛에 담겨 있을 텐데."

앞쪽에서 거친 웃음소리와 사내들의 목소리가 들렸다. 언니가 얼른 말했다.

"넌 어서 가."

윤 홍이 창문에서 물러섰고, 그녀는 침울해졌다.

이 무렵 매주 상자들이 반입되었다. 이즈음 수용소에 갇힌 사람은 1백 명 이하로 줄었다. 마지막으로 포로들이 수용소에 들어온 것은 4개월 전이었고, 그 후 신입 수용자는 없었다. 2주에 한 번씩 도미나가는 적십자 승합차를 타고 수용소를 떠났다. 며칠 후 돌아온 그는 시무룩하고 심란해 보였다.

나는 도미나가에게 어디 다녀왔는지, 심지어 전쟁에서 그가 무슨 일을 수행하는지 묻지 않았다. 그는 나와 정원에 대한 이론을 논의할 때 가장 행복해 보였다. 가끔 모래 바닥에 막대기로 그림을 그려서, 내가 못 알아듣는 아이디어나 개념을 설명해주곤 했다. 나는 아주 세세한 부분까지 놓치지 않고 물었다. 그가 해주는 이야기에 관심이 있어서도 그랬지만, 질문을 하면 도미나가와 같이 있는 시간을 끌 수 있었다. 수용소의 현실로 되돌아가는 것을 피할 수는 없어도 미룰 수는 있었다.

어느 날 그가 내게 말했다.

"전쟁이 끝나면, 너는 꼭 가서 나카무라 아리토모의 정원을 봐야 해."

"전쟁이 금방 끝나나요?"

도미나가는 나를 힐끗 보더니, 수용소 위쪽의 높은 산에서 떨어지는 두 개의 폭포로 시선을 돌렸다. 그는 체중이 너무 줄어서, 눈이 얼굴 안으로 녹아드는 것처럼 길쭉하고 기형적으로 보였다.

* * *

도미나가는 3주간 수용소를 떠나 있었는데, 그를 만난 이후 이렇게 오래 자리를 비운 것은 처음이었다. 그래서 다시는 못 만날 거라는 생각이 들었다. 어느 오후, 감시병이 그가 돌아왔다고 내게 속삭였다. 나는 늘 그랬듯이 도미나가가 부르기를 기다렸지만, 밤이 되었는데도 아무 전갈도 받지 못했다. 그래서 살그머니 오두막을 빠져나가 그의 숙소로 갔다. 거기 도착했을 때 헛간은 어둠에 싸여 있었다. 나는 가까이서 그를 보았다. 도미나가는 등불을 밝혀 들고 나무 사이를 걷고 있었다. 소리 나지 않게 그를 따라 위안부 오두막으로 향했다. 오두막 밖에서 기다리던 병사들이 차렷 자세를 하고 그에게 절을 했다. 도미나가는 그들 앞을 지나 오두막 안으로 들어갔다.

나는 그에게 분노했지만 그런 나 자신에게 더 화가 났다. 그에게 뭘 기대했을까? 그도 똑같은 사내인 것을.

다음 날 아침 기미가요를 부르고 일본에 있는 왕을 향해 절을 한 후, 나는 도미나가의 부름을 받았다. 수용소를 누비는 감시병들은 초조하고 긴장한 듯 보였다. 푸미오가 부하 몇 명에게 윽박지르듯 명령을 내리자, 나는 그를 피하려고 서둘렀다. 도미나가는 숙소 앞에서 왔다 갔다 하다가 나를 보자 걸음을 멈추었다.

"나랑 같이 가지."

그가 말했다.

나는 그를 쳐다보려 하지 않았다. 도미나가가 내 손을 잡아끌고 오두막 뒤로 갔다. 거기 적십자 차량이 있었다. 그가 주머니에서 검은 면 끈을 꺼내서 양손으로 잡아 당겼다.

"이걸 해!"

나는 그를 빤히 보았다. 그가 전날 밤 어떤 아가씨를 이용했을지 궁금했다. 우정을 나누는 사이였지만, 내 눈을 가린 후 총살할까 봐 두려웠다. 어쩌면 그가 이런 예우를 하는 게, 이런 자비를 베푸는 게 그나마 우정 덕분인 듯했다.

도미나가가 말했다.

"어젯밤 네 언니를 예약해두었지. 내가 너를 빼내겠다고 말했어. 내 영어가 시원찮기는 하지만 그녀는 내 말을 알아들었지."

그는 다시 주머니에 손을 넣어서 작은 네모로 접은 종이를 꺼냈다. 도미나가가 이어서 말했다.

"네게 이걸 전해달라고 부탁하더군."

그가 쪽지를 내 손바닥에 쥐어주었다. 그가 덧붙였다.

"우린 시간이 별로 없어, 구모모리."

쪽지를 펴자 윤 홍의 단정하고 우아한 필체가 눈에 들어왔다. '네가 한 약속을 기억해. 생각하지 마. 뒤돌아보지 마. 달아나.'

나는 쪽지에서 눈을 들어 도미나가를 올려다보았다. 그런 다음 수풀 사이에 숨은 오두막을 뒤돌아보았다. 신새벽의 어둠 속에서 집이 잘 분간되지 않았다.

도미나가가 다가왔고, 나는 그가 눈을 가려도 가만히 있었다. 그가 긴 노끈으로 내 팔목을 묶는 게 느껴졌다. 그는 내 팔꿈치를 잡고 승합차 뒷좌석에 태웠다.

그가 문을 닫기 전에 말했다.

"소리 내지 마라."

그가 운전석에 오르는 소리가 들렸고, 잠시 후 엔진에 시동이 걸렸다. 승합차가 휘청하면서 움직이기 시작했다. 정문에서 그는 차를 세우고 경비병과 대화했다. 나는 숨을 멈추고 그의 말을 들으려 애썼다. 그러다가 다시 움직이기 시작했다. 거의 3년 전 윤 홍과 끌려온 이후 처음으로 수용소를 벗어났다. 나는 말없이 언니에게 맹세했다. '데리러 돌아올게. 다시 수용소를 찾아낼게. 언니를 데리러 올게.'

461

도로가 있는지도 모르겠지만 길은 형편없었다. 이따금 급커브를 돌 때면 나는 승합차의 벽면에 부딪쳤다. 45분에서 한 시간쯤 지나자 차는 방향을 바꾸면서 갑자기 멈추었다. 도미나가가 내려서 차 뒤쪽으로 빙 돌아와 문을 여는 소리가 났다. 그는 나를 부축해 차에서 내리게 하고, 눈가리개를 벗기고 손목에 묶은 끈을 풀어주었다.

우리는 작은 빈터에 있었다. 산맥 뒤로 달이 지고 있었다. 나는 오랫동안 깊이 숨을 들이마셨다. 도미나가가 주머니를 주었다. 주머니 속에 물병과 판다누스* 잎에 싸서 찐 타피오카**가 있었다. 그는 비탈길을 내려가 수풀로 접어드는 산길을 가리키며 말했다.

"맨 아래서 강을 만날 거야. 강을 따라 걸어서 정글을 벗어나도록 해. 지금까지 본 것들은 다 잊어."

"여기가 어디예요? 수용소가 어디 있는지 말해주세요."

그는 내게 깊이 절했다.

"전쟁은 끝났어. 며칠 후면 천황은 항복을 발표할 거야."

기쁨과 안도감에 현기증이 돌았다.

"그건 우리가 풀려난다는 뜻이잖아요."

"수용자들은 아무도 풀려나지 않아, 윤 링."

그의 입에서 내 이름이 튀어나오자 나는 혼란스러웠다. 아주 잠깐 도미나가가 누구에게 말하는지 감이 잡히지 않았다. 그러다가 그가 한 말을 알아들었다.

---

* 열대 지역에서 자라는 잎이 단단한 나무
** 카사바 나무에서 얻는 녹말 알갱이

"수용소로 데려다줘요! 나를 데려다줘요!"

나는 승합차를 향해 몸을 돌렸다.

그가 내 몸을 홱 돌려 뺨을 두 대 때렸다. 그가 떠밀자 나는 땅바닥에 얼굴을 박았다. 그가 차에 올라타는 소리가 들렸다. 엔진에 시동이 걸렸고 차는 후진하더니 떠나버렸다.

정글이 다시 정적에 휩싸였다. 나는 일어나서 음식 주머니를 들고 차가 달려간 쪽을 향해 뛰었다. 이끼 너미에 미끄러지고, 돌과 나무뿌리에 발이 걸려 고꾸라졌다. 자주 멈추고 숨을 골라야 했다. 결국 속도를 늦춰 걸었다. 두 번이나 길을 잃었고, 온 길로 돌아가느라 귀한 시간을 허비했다. 결국 내가 맞는 방향으로 가는지 가늠이 되지 않았다. 포기하고 싶었지만 계속 걸었다. 수용소로 되돌아가야 했다.

골짜기 끄트머리에 닿았을 때는 해가 중천에 떠 있었다. 동쪽 하늘은 맑았지만, 내 뒤에서는 산맥 위로 폭풍우를 품은 구름이 움직이고 있었다. 나는 물병에 남은 물을 다 마시고 물병을 내던졌다. 눈으로 계곡들을 훑으며 수용소에서 자주 본 폭포 두 곳을 찾았다. 폭포를 지표 삼아서 광산을 찾아보았고, 1분쯤 후에 튀어나온 석회석 절벽 아래서 광산을 발견했다. 희망이 생기자 다시 기운이 났다.

더 잘 보려고 바위 표면으로 올라갔다. 수용자들이 광산 입구에 모여 있고, 감시병들이 그들을 에워싸고 있었다. 나는 사람들 속에서 윤 홍을 짚어내려 애썼지만, 내가 서 있는 곳이 너무 높았다. 회색 옷과 이상하게 생긴 모자를 쓴 남자가 광산 밖을 왔다 갔다 하면서, 손에 든 것을 흔들었고 거기서 연기가 났다. 잠시 후 그게 향이라는 것을 알아차렸다.

광산 안쪽에서 한 사람이 나타났고, 경사진 터널로 다가올수록 그의 몸이 점점 커보였다. 흰색 옷을 입었고, 확실히 알아볼 수는 없었지만 도미나가 같았다. 그는 수용자들 앞에 멈춰 서서, 전에 우리에게 아무도 한 적 없는 일을 했다. 그가 양팔을 옆으로 내리고 몸을 굽혀 깊이 절했다.

그는 다시 똑바로 서서 감시병들에게 신호를 보냈다. 군인들이 수감자들을 수용소 방향이 아닌 정글 안쪽으로 몰아대기 시작했다. 마침내 광산 밖에 도미나가만 남았다. 나는 민첩하게 움직여야 했다. 얼른 광산으로 내려가서, 수용자들을 놓치기 전에 그들이 어디로 끌려가는지 알아봐야 했다. 하지만 웬일인지 도미나가가 무슨 일을 하는지 꼭 봐야 될 것 같았다.

그는 입구에서 물러나 정글 끄트머리에 이를 때까지 걸어갔다. 거기서 그는 멈추었다. 바람결에 희미한 폭발음들이 실려 왔다. 그러더니 고요. 잠시 후 광산에서 먼지와 연기가 몰려나왔지만 도미나가는 계속 거기 서서, 땅 아래 깊은 곳에서 나오는 구름에 완전히 휩싸였다. 잠시 후 바람에 먼지가 실려가 뿌연 기운이 약해졌을 때도 그는 꼼짝 않고 같은 자리에 서 있었다. 그는 광산에서 몸을 돌려 정글로 들어갔다. 뒤돌아보지 않았다.

그때 광산 위쪽 언덕이 무너지며, 나무, 바위, 흙을 포함해 모든 것을 끌어내렸다.

마침내 내가 계곡으로 내려갔을 때 비가 내리고 있었다. 어쩌면 두 시간쯤, 어쩌면 네 시간쯤. 시간이 얼마나 흘렀는지 알 길이 없었다. 나는 수용소를 찾을 수가 없었고, 이미 거기 들어와 있다는 것을 깨달았다. 담장은 무너져버렸다. 오두막이 전부 없어졌고 수용자가 가꾸던 텃밭은 흙더미로 변했다. 돌무더기조차 없어졌다. 수용소의 흔적은 전혀 남아 있지 않았다.

나는 광산으로 달려갔다. 막 일어난 산사태가 광산 입구를 매몰시켜버렸음을 알았다. 흙바닥이 마구 휘저어져 어린 묘목과 큰 나무가 뽑혔다. 주변 정글을 둘러보면서 수감자들이 걸어간 오솔길을 찾아보았다.

산맥 위 어딘가에서 천둥이 쳤다. 다시 천둥소리가 나면서 땅이 살짝 흔들렸고, 나는 곧 천둥소리가 아니라는 것을 알았다. 세 번째 폭발이 일어났고 그 소리가 산맥에 메아리쳤다. 소리가 어디서 났는지 알아내려고 애썼다. 알 수가 없었다. 정글로 난, 사람들이 지나간 오솔길이 눈에 들어오자 그 길 쪽으로 뛰었다. 빗줄기가 더 세차게 내려서 앞이 보이지 않았고, 산길은 진흙탕 강으로 변했다. 얼마나 걸었는지 알 수 없었지만 결국 걸음을 멈추고, 낮게 드리워진 나뭇가지 아래서 비를 피했다.

내가 다시 눈을 뜬 것은 늦은 아침나절이었다. 폭풍우는 그쳤지만, 나뭇가지와 나뭇잎에서 여전히 물이 뚝뚝 떨어졌다. 일어나서 경사가 큰 비탈의 가장자리로 갔다. 나무 꼭대기 위로 엷은 아침 안개가 피어올랐다. 정글은 끝없이 계속 이어질 것 같았고, 더 들어가면 길만 잃을 터였다. 다시 되돌아서 광산으로 갔다. 간밤에 내린 비에 산에서 나온 잔해들이 쓸려 내려갔다. 무릎이 후들거려서 땅바닥에 주저앉았다. 적막 속에서 내 울음소리만 들렸다.

결국 나는 일어났다. 가야할 때였다. 감시병들이 수용자들을 데려

465

갔던 정글 쪽으로 고개를 돌려, 산맥의 모양과 색깔, 길쭉하게 튀어
나온 석회암을 기억 속에 차곡차곡 담았다. 그리고 언니를 위해 다
시 돌아와서, 그녀가 갇힌 곳에서 혼백을 꺼내주겠노라 맹세했다.

　나는 다리를 절룩이며 다시 수용소로 돌아가서 계속 정글로 들어
갔다. 전날 걸은 오솔길을 되밟아가면서, 빠져나가는 길을 찾을 수
있기를 기도했다. 나뭇가지와 가시에 찔려서 얼굴과 팔에 피가 났
다. 내내토록 야생 동물에게 쫓기는 느낌이었다. 호랑이가 쫓아오는
것 같았다. 아니면 정글의 악령이 달라붙어 내가 혼란에 빠져 빙빙
돌도록 하는 걸까. 열이 났다. 뼛골이 쑤셨다. 어느 순간 더 이상 계
속 갈 수 없다는 걸 알았다. 벽 같은 무화과나무가 만든 옴폭한 곳에
누워 눈을 감았다. 줄곧 쫓아온 것이 나와의 거리를 좁히는 기미가
감지되었다. 덤불이 바스락대더니 더 세게 흔들렸다. 나는 눈을 떴
다. 가까이 다가오는 상대의 인기척이 들렸고, 곧 바로 앞에서 양치
식물들이 갈라졌다.

　열대여섯 살쯤 된 원주민 소년이 내 앞에 서 있었다. 소년은 허리
에 천을 두르고, 입으로 부는 화살 총을 입술 가까이 대고 있었다. 그
는 계속 나를 주시하면서 허리춤에 달린 작은 대나무 통에 손을 넣
어 10센티미터 길이의 화살을 꺼냈다. 그가 화살 총에 화살을 넣고
입을 대는 부분을 작은 천으로 꾹꾹 눌렀다. 그러더니 총을 입술로
가져갔다. 머리로는 그런 화살에 독이 묻었다는 걸 알았지만 지친
나머지 그런 데 신경 쓸 여력이 없었다.

　소년은 내게 화살 총을 겨누고 뺨에 바람을 넣어서 화살을 가슴에
쏘았다.

* * *

　멀리서 들리는 아이들의 고함과 웃음소리에 정신을 차렸다. 눈앞이 희미했지만 양팔의 상처에 감긴 붕대는 보였다. 거기서 흙이 섞인 약 냄새 같은 게 났다. 나는 길쭉한 방의 한쪽 구석에 거친 담요를 덮고 누워 있었다. 여러 사람의 목소리가 들렸다. 내 주위에 여럿이 있는 것 같았다. 마룻장 아래서 돼지가 꿀꿀대고, 닭이 흙바닥을 긁는 소리가 났다.

　내가 거듭 물었지만 오랑 아슬리들은 어느 부족인지 밝히기를 거부했다. 전통 주택에서 가족 20~30명이 함께 살았다. 가족마다 각각의 공간이 있고, 그 공간은 완전히 노출되어 있었다. 그들은 내가 일주일간 거기서 지내게 해주었다. 어쩌면 그보다 오래였는지 모르겠다. 그 시기는 별로 기억나지 않는다. 나는 의식을 찾았다 잃었다 했다. 의식이 또렷한 짧은 순간, 그들이 내게 약물을 먹였는지 궁금했다. 끊임없이 사람들이 와서 쭈그리고 앉아 나를 멍하니 쳐다보았지만 아무 말도 하지 않았다. 내가 쓰는 말레이어가 그들의 언어와 크게 다르지 않은데도 내 말을 못 알아듣는 척하는 편이 안전하다고 생각하나 싶었다. 딱 한 번 족장이 내게 말을 걸어서, 그 아이는 날 죽이려 했던 게 아니라, 의식을 잃게 해놓고 도움을 청하러 가려고 화살을 쐈다고 말했다.

　내가 기력을 되찾자 족장은 그 소년을 시켜서 나를 다시 정글로 데려다주었다. 소년은 가장 가까운 도시인 이포로 날 데려갔다. 멀고 헷갈리는 길로 골라서 가라고 지시받은 듯했다. 그래야 내가 온

길을 되짚어 다시 찾아오지 못할 테니까. 그들은 내가 다시 찾아와 곤란하게 만들까 봐 염려한 것 같았다.

정글에서 타르를 칠한 도로로 나오는 데 너덧 시간 걸렸다. 소년은 내게 방향을 가리키면서 '이포'라고 말했다. 내가 이름을 물었지만 아이는 손만 흔들고 몸을 돌려 정글로 쓱 사라졌다.

시내로 타피오카를 싣고 가던 트럭 운전수가 차를 세워 나를 태워주었다. 그는 20일 전 일본이 항복했다고 말해주었다. 전쟁이 끝났다.

20

내가 말을 멈추었을 때도 비구니들의 독경은 여전히 계속되고 있었다.

"전쟁이 끝났지요."

내가 다시 말했다. 내 안에 담아두었던 것을 털어놓으면, 마음이 한결 가벼워질 줄 알았는데 그게 아니었다.

"내게 손을 좀 보여주지. 장갑을 벗어."

아리토모가 말했다.

그는 내 맨손을 이미 여러 번 보았다. 나는 움직이지 않았다. 아리토모가 고개를 끄덕이자 나는 왼쪽 장갑을 벗었다. 잘려나간 손가락 두 개가 드러났다. 그가 내 손을 잡고 흉터를 어루만졌다.

"자네는 왼손잡이군."

아리토모가 말했다.

"푸미오도 그걸 알고 있었어요. 아주 간단한 일을 하는 것도 처음부터 다시 배워야 했어요."

"도미나가 노부루의 숙소에서 가레산스이 정원의 스케치를 봤다고 했지. 어떻게 생겼던가?"

아리토모가 물었다.

나는 잠시 생각에 잠겼다.

"한쪽 구석에 돌이 세 개 있고, 대각선으로 낮고 평편한 회색 암석 두 개가 있었어요. 그 뒤로 오목한 절의 종처럼 생긴 소나무 분재가 한 그루 있었고요."

"비와 호수에 있는, 그의 조부 소유 별장의 가레산스이 정원이군. 3세기 전에 만들어졌고 일본에서 전국적으로 유명한 정원이지."

아리토모가 말했다. 그는 잠시 입을 다물었다가 말을 이었다.

"도미나가 상은 입석 기법과 관련된 부분에서는 박식한 사람이었지."

"하지만 선생님처럼 노련하지는 않았어요."

"스스로는 노련하다고 생각했지. 도미나가 상은 왕비의 사촌이었어. 우리는 대여섯 살 때부터 서로 아는 사이였지."

그가 워낙 나직하게 말해서 혼잣말을 하는 것 같았다.

"정원 설계를 두고 선생님이 논쟁을 벌인 상대가 바로 그였군요. 일왕이 선생님을 해임해야 했던 이유가 도미나가였어요."

벌써 눈치챘어야 했는데 그걸 몰랐다니.

아리토모가 대답하지 않자 내가 다시 말했다.

"정원 때문에 싸우다니 어처구니없는 일이에요."

"단순히 정원 때문만은 아니었지. 우리는 각자의 신념 때문에 싸운 거야. 도미나가는 자기 관점, 원칙에 관해서는 언제나 양보가 없었지. 내가 그에게 훌륭한 군인이 될 거라고 말한 적도 한 번 있었어."

"그 정도로 고지식했을 리 없어요. 도미나가는 명령에 불복종했어요. 제가 탈출하도록 도와주었거든요."

"평소의 그답지 않은 처신이었지. 그는 늘 우리 정부의 가장 강력한 지지자였고, 천황과 지도자들에게 충성하는 인물이었어."

"그는 선생님에 대해 나쁜 말은 조금도 하지 않았어요. 사실 선생님이 설계했던 정원들을 자주 칭찬했어요."

아리토모의 얼굴이 나이 들어 보였다.

"하지만 그가 수용자들에게 한 짓은…… 우리가 자네들 모두에게 저지른 짓은……"

그는 조용히 입을 다물었다가 다시 덧붙였다.

"이 이야기를 아무에게도 한 적이 없지?"

"아버지에게 얘기했던 적이 있어요, 딱 한 번이었죠. 그는 이 일에 대해 듣는 것을 꺼렸어요. 오빠도 마찬가지였고요."

"친구들은 어땠나?"

"저는 과거에 알던 세상과 단절되었어요. 발밑에 그림자가 없었지요. 익숙하지만 동시에 알아볼 수 없는 풍경 속에서 움직이는 기분이었어요. 때때로 정말이지 공포스러워요…… 공포스러운 기분, 평생 그 느낌 속에서 살겠죠."

"자네는 여전히 거기, 수용소에 있군. 아직도 거기서 나오지 못했어."

아리토모가 말했다.

내가 말했다. 말이 느릿느릿 나왔다.

"제 안의 일부는 여전히 그곳에 갇혀 있어요. 윤 홍과 다른 수용자들과 함께 산 채로 묻혀 있죠. 저의 일부를 거기 남겨두고 와야했어요."

나는 말을 멈추었다. 아리토모는 재촉하지 않았다. 내가 다시 입을 열었다.

"수용소로 돌아가서 저의 그 부분을 놓아버릴 수 있다면, 다시 한번 온전하게 느낄 수 있을지 모르지요."

아리토모가 먼 곳을 응시하며 말했다.

"자네가 아는 바로 볼 때, 수용소와 광산은 바로 저 산맥들 너머일 수도 있겠군."

"이렇게 높지 않았어요. 그리고 거기는 습하고 더웠어요."

나는 숨을 깊게 들이쉬고 말을 이었다.

"공기가 여기와는 달랐어요. 이렇게 깨끗하지 않았어요."

"지내던 수용소를 찾아보려고 노력했나?"

"회복한 후 그 일에만 매달렸어요. 저들이 윤 홍을 어디서 죽였는지 알아내고 싶었어요. 언니를 풀어주고 싶었어요. 언니와 거기서 죽은 모든 이들을. 그들 모두에게 적합한 장례를 치러주고 싶었죠. 하지만 그 수용소에 대해 아는 사람이 전혀 없었어요. 그간 만나본 여러 일본인, 전쟁 포로나 병사, 그 누구도 모르더라고요."

손의 잘려나간 부분을 긁으면서, 장갑을 다시 끼지 않았음을 깨달았다. 당황스럽거나 어색하지 않아서 나 스스로 놀라웠다.

내가 말했다.

"여러 원주민 마을에 찾아가봤는데, 제가 구조되었던 마을을 자세히 설명해도 저를 구해준 원주민들에 대해 아는 사람이 아무도 없었어요."

"광산에 숨긴 상자에는 뭐가 들어 있었다고 생각하지?"

"저희는 무기와 탄약이라고 짐작했어요. 그런데 나중에 일본이 전쟁에 패배하고 있다는 소문이 들리자, 일본군이 그 무기를 사용하려 들지 않는 게 이상하다 싶더군요."

아리토모가 말했다.

"우리 병사들이 착륙하기 몇 달 전, 도미나가가 나를 만나러 왔더군."

나는 몸을 숙이고 앉아서 그를 빤히 쳐다보았다.

"그가 여기 와요? 그 사람이 뭘 원하던가요?"

"천황을 대신해서 내게 물레방아를 선물했지."

아리토모는 손금을 찬찬히 쳐다보면서 말을 이어갔다.

"이 말이 조금이라도 위로가 될 수 있을지 모르지만, 도미나가가 자네 언니를 겁탈하지 않았다고 난 분명히 말할 수 있어. 그는 남자를 더 좋아했지. 언제나 그랬어. 그가 언니를 만나러 갔던 것은, 자네가 언니를 두고 떠나지 않을 거라고 생각했기 때문일 거야."

"하지만 결국 저는 언니를 두고 떠났어요. 저는 언니를 버렸어요."

"언니는 동생이 그러기를 바랐어. 자네는 언니와의 약속을 지킨 거야."

우리는 거기 벤치에 앉아서, 이제 곧 잊힐 산사에 남은 늙은 여승들의 독경을 들었다. 어쩌면 그들은 이승을 떠날 때가 오면 데려가라고 구름을 부르고 있었다.

　　　　　　　　　　* * *

　구름 사원에 다녀온 후 나흘간 나는 안절부절못했다. 유기리에서
도통 일에 집중할 수가 없었다. 아리토모에게 윤 홍이 겪은 일을 말
한 것이 언니와의 약속을, 그녀가 당한 고초를 비밀로 하겠다는 약
속을 저버린 짓처럼 느껴졌다.

　아리토모는 깊은 생각에 빠진 듯 보였다. 매일 아침 궁도 수련을
할 때 그가 바람을 시험하거나 수풀에서 나는 소리를 듣는 것처럼
고개를 살짝 쳐든 모습에서 그런 느낌이 감지되었다. 매일 비가 더
세차게, 더 오래 내리기 시작했지만, 아리토모는 빗줄기가 약해질
때마다 일꾼들을 더 다그치곤 했다. 우리가 그의 지시를 완수하는
데 시간을 질질 끈다 싶으면 벼락이 떨어졌다.

　그는 정원 주변에 있는 소나무들을 쳐내라고 지시했다. 체중이 가
장 덜 나가는 내가 밧줄에 묶인 채 9미터 상공에 매달리곤 했다. 양
뺨과 팔이 솔잎에 긁혔고, 바람이 점점 거칠어지면서 아리토모가 고
함치는 지시 사항을 알아듣기가 힘들었다. 그렇게 10분가량 매달렸
을 때, 그가 일꾼들에게 나를 땅으로 내리라고 손을 흔드는 광경이
보였다. 밧줄을 맨 채 몸을 뒤틀어 뒤쪽을 보니, 하늘이 검게 변해 있
었다.

　우리는 안채를 향해 냅다 뛰었고, 때맞춰 집에 도착했다. 엔가와
(툇마루)에 나란히 서서, 세상이 물속으로 녹아드는 광경을 지켜보
았다. 산맥, 정글, 정원 모두 빗속으로 사라졌다.

　묘한 어스름이 집에 내려앉았다. 번개가 방 앞에서 번뜩이며 병풍

474

을 환하게 비추었다. 마치 영령들이 이 세상에서 저 세상으로 지나다니는 것 같았다. 아리토모는 서재에 들어가서 책상에 놓인 램프의 스위치를 켰다. 그가 일왕의 초상에 절하지 않았다는 생각이 내 머리를 스쳤다. 사실 이제 벽에 일왕의 얼굴이 걸려 있지 않다는 것을 난 알고 있었다.

그가 말했다.

"우기가 시작되었군. 앞으로 몇 달간 할 일이 별로 없을 거야."

"계속 비가 내리지는 않겠죠."

나는 그가 도제 수업이 끝났다고 말할까 봐 걱정했지만 마음을 숨기고 가볍게 말했다. 내 손으로 정원을 만들 준비가 아직 덜 됐다는 것을 잘 알았다.

"저 소리를 들어봐."

머리 위로 바람 속에서 비가 쏟아져 기와지붕을 때렸다. 정원, 집, 우리 둘 사이의 공간 모두 정지 상태 속에 숨은 노래가 되었다.

"제가 유기리를 떠나면 좋으시겠어요?"

내가 물었다.

"아니, 난 자네에게 문신을 해주고 싶어."

그가 대답했다.

비가 퍼붓고 있는데 내가 제대로 들은 걸까?

"문신이요? 매그너스에게 해주신 문신 같은 거요?"

"내 말을 못 알아듣는군. 자네의 상반신을 덮는 진짜 호리모노(문신)가 될 거야."

아리토모가 몇 차례 손을 쥐었다 펴면서 말했다.

나는 그를 빤히 쳐다보았다.

"제정신이 아니시네요, 아리토모. 제가 몸에 그런 것을 했다는 사실을 누가 알면 제 인생이 어떻게 될지 생각해봤어요?"

"남들이 어떻게 생각하는지에 신경 썼다면 자네는 날 찾아오지도 않았을 테지."

"문신 작업은 접었다고 하셨잖아요."

"최근 그게 나를 다시 부르고 있지. 통증이 점점 심해지고 있어. 난 호리모노를 하고 싶어, 윤 링. 그럴 기회가 없었지. 아니, 적당한 대상을 찾지 못했지."

그는 손가락을 구부렸다. 손 관절이 내가 알던 것보다 더 부은 상태였다. 아리토모는 빈 대나무 새장 뒤로 가서, 대나무 살 사이를 들여다보았다. 나는 길고 좁은 나무살로 나뉜 그의 얼굴을 보았다. 그가 손목을 휙 움직여서 새장을 빙글빙글 돌렸다. 그의 얼굴이 일그러졌다.

"난 작고 단순한 문신을 새기는 데는 관심 없어. 하지만 호리모노는……"

새장이 도는 속도가 느려졌지만, 벽에 드리워진 대나무 살 그림자는 계속 일렁거렸다. 마법의 램프에 들어가서, 주위 세상이 병풍 위에서 빙빙 도는 것을 구경하는 기분이었다.

아리토모가 계속 말했다.

"호리모노를 받는 것은 대단한 영광이지. 일본에서 호리모노를 받으려면 소개장이 있어야 하고, 호로시(문신사)와 면밀하게 면담을 해야 해. 그런 후에야 호로시는 작업을 해줄지 말지 결정하지."

그가 새장이 도는 것을 붙잡자 가볍게 대나무가 삐걱대는 소리가 났다. 그 후 몇 초간 벽이 계속 빙빙 도는 것 같았다. 아리토모가 새장 뒤에서 물러났다.

"어떤 디자인을 생각하시는데요?"

"호로시와 고객이 논의해서 디자인을 결정하지."

"어떻게 결정하는데요?"

"이미 작업한 문신의 도안이나 사진을 보관하는 호로시도 있지."

"저한테 그것들을 보여주세요."

"나는 그림이나 사진을 보관하지 않았어. 그것들이 아무렇게나 취급되는 게 마땅치 않았거든. 그리고, 아무튼 나는 제대로 된 호리모노를 작업해본 적이 없어."

그는 잠시 생각에 잠겼다. 그러더니 서재 구석에 놓인 서랍장 앞으로 가서 무릎을 꿇고 앉았다. 아리토모는 전에 보여준 적이 있는 우키요에가 담긴 상자를 꺼내서, 상에 작품들을 펼쳤다.

"대부분의 호로시는 전문 목판 화가들이지. 기본적으로 기법이 똑같거든. 호로시가 『수호지』에서 영감을 받은 문신을 새기는 경우가 많아."

"어떤 과정을 거치죠?"

그는 우키요에 한 장을 상에 올려놓았다. 아리토모는 문신 과정은 붓으로 윤곽선을 그리는 스지 작업으로 시작된다고 설명했다. 그 말을 할 때, 잠자리가 연못 수면을 스치고 날아가듯 그의 손가락이 판화 위를 가볍게 스쳤다. 윤곽선을 문신으로 새기고, 다음 단계로 넘어가 물감으로 윤곽선 안을 메우는 보카시 작업을 할 터였다.

"보카시를 하는 방법은 두 가지가 있지. 진한 색을 넣고 싶은 부분에는 더 많은 바늘을 사용하지. 바늘들을 이렇게 잡고, 균일한 높이로 색소를 피부에 주입하는 거야."

그는 마치 새 머리 그림자를 만드는 것처럼 손가락들을 점점 가늘어지게 모았다. 그가 내 손목에 손가락들을 수직으로 찍었다.

아리토모가 우키요에의 구석에 있는 동백 꽃잎을 손짓하며 설명을 이어갔다.

"여기서 보는 것 같은 음영 효과는 만들기가 더 어렵지. 색소가 피부에 다른 깊이로 주입되어야 하니까. 더 적은 수의 바늘로 비스듬한 각도로 작업해야될 거야."

그의 느리고 담담한 말투에 내 마음이 진정되었다.

아리토모가 계속 말했다.

"호리모노는 테두리 안에 그려질 거야. 아니면 옅어져서 주위 피부에 닿을 수도 있지. 아케보노 미키리*가 되는 거야. '동틀 녘' 디자인이지."

"동틀 녘."

내가 속삭였다. 그 말이 눈에 보이는 경계선이 없는 경계를 연상시켰다. 오직 빛의 가림막으로 울타리가 둘러진 하늘. 내가 다시 물었다.

"문제가 될 만한 부작용이 있나요?"

---

* 아케보노는 새벽, 미키리는 문신이 피부에서 끝나는 경계 부위를 뜻한다. '아케보노 미키리'는 문신 경계를 점점 옅어지는 색조로 마무리하는 문신 기법으로 에도 시대에 유행했다.

"저기…… 예전에 빨간 물감에 카드뮴이 들어 있을 때는 의뢰인들이 열과 통증을 경험하곤 했지. 문신한 피부 부위에 땀이 나지 않는다고, 심지어 무더운 날에도 한기가 느껴진다는 불평도 있었어."

"파충류 같이 말이죠. 문신을 완성하려면 시간이 얼마나 걸릴까요?"

"대부분의 사람들이 한 주에 한 시간 정도의 작업만 견딜 수 있지."

아리토모는 말을 멈추고 머릿속으로 계산을 한 다음 말을 이었다.

"내가 염두에 둔 호리모노라면 대략…… 그래, 20주에서 30주쯤 필요할 거야. 반 년. 어쩌면 그보다 짧을 테고."

나는 조심스럽게 말했다.

"고민해볼게요. 만약 문신이…… 호리모노가……"

나는 어감이 같지 않다는 것을 깨닫고 일본어가 더 마음에 들어서 다시 고쳐 말을 이었다.

"…… 호리모노가 제 등만 덮는다면."

그는 몇 초 동안 궁리했다.

"내게 몸을 보여줘."

"덧문을 닫아주세요."

"멍청이가 아닌 다음에야 누가 이런 폭풍우가 내리는데 밖에 나온다고."

내가 계속 빤히 쳐다보자, 얼마 후 아리토모는 내가 시키는 대로 했다. 이따금 바람이 바뀌면서 지붕에 들이치는 빗소리가 변했다. 변하기까지 몇 초가 걸렸고, 그 불규칙한 리듬은 내 호흡과 맞아떨어지는 것 같았다.

아리토모는 천천히 블라우스 단추를 풀고 내 몸을 돌려 옷을 어깨

479

아래로 내렸다. 그가 브래지어를 벗길 때 나는 양팔을 문질렀다. 우리는 자주 알몸으로 함께 있었지만, 그의 서재에 그렇게 서 있으려니 어색했다. 그는 내 옷을 의자 등받이에 걸쳐놓고, 다른 램프를 켜서 내게 각도를 맞추었다. 나는 눈을 가렸다. 맨살에 닿는 열기가 기분 좋았다.

아리토모가 내 주위를 돌았고, 나는 지구 주위를 위성인 달이 돌듯 그와 함께 빙 돌았다.

"가만히 있어. 더 반듯하게 서도록 해."

그가 말했다.

나는 어깨를 젖히고 가슴과 턱을 위로 들었다. 처음에 그는 부드러운 손길로 만지다가, 양쪽 엄지로 내 등을 꾹꾹 누르기 시작했다. 내가 움찔하자 아리토모가 손길을 멈추었지만, 나는 계속하라고 신호했다. 수용소에서 매질을 당해 생긴 흉터 위에서 그의 손이 맴돌았다. 손끝으로 흉터를 가만히 쓰다듬는 손길이 느껴졌다.

"난 여기서부터 색을 입힐 거야."

아리토모가 내 어깨의 곡선을 따라 쓰다듬다가, 등과 엉덩이가 만나는 오목한 곳에서 손길을 멈추었다. 그가 덧붙여 말했다.

"여기까지. 옷에 덮여서 호리모노는 드러나지 않을 거야."

"통증은 견딜 만한가요?"

"자네는 훨씬 더 심한 것도 견뎌왔지."

나는 몸을 돌려 얼른 옷을 입었다. 블라우스 칼라를 매만지고 손으로 머리 매무새를 가다듬었다.

내가 말했다.

"다른 사람에게 이런 것을 해주신 적이 있어요? 부인은요?"

"오직 자네 한 사람뿐일 거야, 윤 링."

내가 우키요에를 집어 들자, 종이 속에 눌린 악귀들이 지옥 감옥에서 도망치려고 버둥대는 것처럼 종이에서 탁탁 소리가 났다. 나는 얼른 우키요에 뭉치를 내려놓았다.

"내 몸에 이런 그림들은 싫어요."

"그것들은 자네에게 아무 의미도 없지."

그가 맞장구쳤다.

"그럼 어떤 그림을 권하실래요?"

그는 1~2분쯤 침묵하다가 입을 열었다.

"호리모노는 『사쿠테이키』의 확장판이 될 수도 있지. 오랜 세월 내가 쌓은 아이디어들을 집어넣을 작정이야. 자네가 정원을 설계할 때 기억해야 되는 내용들이지."

그 가능성이 마음속에 자리 잡자, 뒤엉킨 덤불이 잘 다듬은 나무로 정리된 것 같았다.

"다른 책이나 정원사에게 배울 수 없는 것들 말이군요."

"맞아."

"좋아요."

그가 내 몸에 문신을 새기는 데 동의하는 게 아주 쉬운 일 같았다. 어떤 옷을 다시는 못 입을지 궁금해졌다.

아리토모가 말했다.

"호리모노가 완성되기 전에 마음을 바꾸거나 포기하는 일도 흔히 있지. 나는 이 호리모노를 완성할 거라고 확신하고 싶어."

나는 창문으로 가서 덧문을 열었다. 차고 촉촉한 공기가 얼굴에 밀려들었다. 잠시 폭풍우가 약해졌고, 산 위에 은색과 잿빛의 소용돌이무늬 구름이 끼었다. 나는 바다 밑바닥으로 들어가 진주를 따는 사람이 된 것 같았다. 내 머리 위 멀리에서 소리 없는 파도가 바위투성이 해안에 들이치고 있었다.

21

정오가 막 지난 시각, 아리토모와 내가 스모크하우스 호텔에 도착해보니, 호텔 밖 도로에 차들이 일렬로 세워져 있었다. 어두컴컴한 로비를 지나 밝은 테라스로 나가니 눈이 시렸다. 나는 이마로 손을 올려 눈을 가리고 주위를 둘러보았다. 비가 올 경우에 대비해 대형 천막이 준비되어 있었지만 하늘은 맑았다. 페낭에서 온 유라시안 4인조 밴드 '에롤 몬테이로'가 흰 깃발로 장식된 낮은 단에서 연주 중이었다. 하객 대부분은 아는 이들이었다. 몇 사람이 우리를 힐끗 보더니 얼른 눈을 돌렸다. 지금쯤 캐머런 하일랜드 전체가 내가 아리토모와 산다는 소문을 들었을 터였다. 매그너스가 하객 속에서 빠져나와 우리에게 성큼성큼 걸어왔다.

"내 오랜 친구."

아리토모가 미소 지으며 말하고 허리 굽혀 절했다.

매그너스가 찌푸리며 대답했다.

"맞네, 오늘 일흔세 살이 되었거든. 자네를 처음 만났을 때 내가 예순 살도 안 되었다니 믿을 수 있나?"

두 사람은 서로를 바라보았다. 아마 교토의 어느 정원에서 인사를 나누던 순간을 떠올릴 터였다. 그들처럼 친구로 안 어울리는 사람들도 없다는 생각이 들었다. 에밀리가 중추절 잔치에서 전쟁 때문에 둘 사이가 예전처럼 돈독하지 않다고 말했지만, 그들은 친구였다.

"생신 축하드려요, 매그너스. 저희 둘이 드리는 거예요."

나는 갈색 종이로 싸서 리본을 묶은 상자를 내밀었다.

"아, 바이 당키*."

매그너스는 상자를 가볍게 흔들면서 덧붙여 말했다.

"신혼 시절 몇 년간 내가 손님이 모두 돌아가기 전에 선물을 열어볼 때마다 에밀리가 타박했지. 백인들만의 무례한 행동이라면서."

매그너스 뒤쪽에 선물이 잔뜩 쌓인 테이블이 보였다. 모두 선물 포장이 되어 있었다. 내가 말했다.

"중국식 관습이 좋지요. 선물을 열고 마음에 드는 척해야 되는 상황을 면할 수 있거든요."

"그래서 이게 뭐지?"

매그너스는 상자를 귓가에 대고 흔들면서 물었다.

내가 웃으면서 말했다.

"저희가 아저씨를 위해 나귀 한 마리 샀죠. 두 분이 이야기 나누게

---

* '고맙습니다'라는 뜻의 아프리칸스어. 네덜란드 식민지였던 남아프리카공화국에서 네덜란드어가 독자적인 발전을 이루며 사용되었는데 이를 아프리칸스어라 한다.

해드릴게요."

악단은 경쾌한 '턱시도 정크션'을 연주하고 있었다. 나는 하객 사이를 걸어가다가, 웨이터가 든 쟁반에서 샴페인 잔을 집었다. 그리고 아는 사람들에게 인사를 했다. 음악 사이로 사람들이 웃고 떠드는 소리가 들렸다. 근심 없고 낙관적인 분위기였다. 템플러 고등 판무관의 조치가 효과를 내는 것 같았다. 공산 게릴라의 공격 횟수가 절반쯤으로 줄었다. 이제 '흑색'보다 '백색'으로 지정된 지역이 더 많았고, 대부분의 지역에서 통행금지가 해제되었다.

"들었어요? 저들이 공산 게릴라 하나를 더 죽였다던데! 마납이라는 일본인이라고!"

툼스가 나를 멈춰 세우고, 음악 소리보다 크게 말했다.

"저도 들었어요."

며칠 전 구르카인 순찰관의 총에 공산 게릴라 10연대 지휘관이 죽었다. 말라야인 어머니와 일본인 아버지 사이에서 태어난 마납의 머리에 7만 5천 달러의 보상금이 걸렸던 참이었다.

꽃망울을 터뜨리는 람부탄 나무 옆에, 하객들과 약간 떨어져 술을 즐길 만한 한적한 그늘이 있었다. 호텔까지 차를 타고 오는 동안 아리토모는 말수가 적었다. 내가 문신을 받는 데 동의한 지 일주일 이상 지났다. 그 후 아리토모는 호리모노에 대해 말하지 않았고, 나도 그 이야기를 꺼내지 않았다. 잔디밭 건너편에서 웃고 떠드는 사람들을 보니 궁금해졌다. 곧 내가 등 전체에 문신을 하는 것을 알면 다들 얼마나 경악할까. 윤 홍이 알았다면 뭐라고 했을지 상상하려 애썼지만, 언니의 얼굴 아니 심지어 목소리도 기억나지 않았다. 수용소 시절을, 윤 홍을 마지막으로 봤던 때를 떠올리니 마음의 눈에 천천히 얼굴이 드러났다. 나는 잘 익은 망고 한 개를 들고 그 방 창문으로 찾아가서 언니를 만났다. 3주 넘게 찾아갈 기회를 얻지 못하던 참이라, 어두컴컴한 그늘 속에 드러난 수척한 그녀의 얼굴에 충격을 받았다. 윤 홍은 무슨 일이 있는지 말하지 않으려 했지만 내가 계속 조르자 결국 임신했다고 털어놓았다. 이틀 전 닥터 가나자와에게 낙태 수술을 받았다고 했다. 그 때 이후 언니를 보거나 대화하지 못했다. 그 직후에 도미나가가 나를 수용소에서 빼냈다.

눈물을 훔치고 보니 프레더릭이 다가오고 있었다.

"거기 있군요."

그가 불렀다.

"당신이 여기 온다는 말을 숙부에게 못 들었는데요."

나는 억지로 가벼운 말투로 대답했다.

"방금 도착했어요."

그를 만나지 못한 지 거의 1년이 지났다. 프레더릭은 얼굴이 더 검어졌고, 내 기억보다 더 단단한 분위기를 풍겼다. 난 그의 뺨에 있는 베인 흉터를 손짓하며 물었다.

"무슨 일이 있었던 거예요?"

"매복에 당했어요."

나는 얼른 그를 힐끗 살폈다.

"심한 부상은 아니어야 될 텐데?"

"몇 바늘 꿰맸어요. 당신이 입은 부상에 비하면 아무것도 아니지, 뭐."

그는 내 얼굴을 찬찬히 보았다. 그의 시선이 내 몸통을 지나 허벅지에서 잠시 머물다가 다시 얼굴로 올라왔다. 프레더릭이 말을 이었다.

"공격받았다는 소식을 들었어요. 휴가를 낼 수가 없어서 보러 오지 못했어요. 광란의 시기였죠. 내 카드는 받았어요?"

"네. 백합도요. 아름다웠어요."

나는 걱정해준 데 대한 감사를 전하고 싶었고, 한 가지 생각이 머리에 떠올랐다. 내가 다시 말했다.

"얼마나 머물 예정이에요?"

"이틀간 다니러 왔어요."

"우린 유기리 작업을 거의 마무리했어요. 내일 이른 시간에 한가하면, 내가 정원을 구경시켜줄게요."

"유기리는 이미 본걸요. 당신을 마주바로 태워오려고 거기 갔던 날 아침에. 우리가 처음 만났을 때죠."

프레더릭은 내가 그 사실을 잊은 줄 알고 짜증스런 기색을 내보였다.

"네, 그랬죠. 하지만 당시에는 정원이 완전히 준비되지 않았어요."

"어떻게 준비되었는지 모르겠지만, 모든 게 관리되고 인위적으로 보이더군요."

"그렇다면 당신은 정원이 뭔지 이해하지 못하는 거예요."

"그가 만드는 식의 정원은 사람의 감정을 조종하기 위해 설계된 거예요. 난 그것을 정직하지 못하다고 보는 거고요."

"그래요? 어떤 예술 작품도 다 그렇다고 말할 수 있겠죠. 어느 문학이나 음악 작품도 마찬가지죠."

내가 맞받아쳤다. 그 정원에서 말로 다 할 수 없이 열심히 일했기에 누군가 그곳을 폄하하는 말을 하니 부아가 치밀었다. 내가 계속 말을 이었다.

"당신이 그렇게까지 아둔하지 않다면, 감정을 조종당하는 게 아니라 더 숭고한 것, 영원한 것을 깨우치게 된다는 것을 알겠죠. 유기리에서 내딛는 걸음은 우리를 마음을 연 명상 상태의 한가운데로 데려다주죠."

"지금 그 일본인이랑 산다고 들었어요."

프레더릭이 까탈을 부리는 이유가 명확해졌다.

"난 그와 자요, 당신이 묻는 게 그거라면."

"그거예요."

나는 프레더릭에게서 몇 발자국 물러나, 잔디밭에 있는 하객들 쪽으로 몸을 돌렸다.

"내가 처음 그의 이름을 들은 것은 열일곱 살 때였어요. 거의 반평생 전이었죠."

내가 말했다. 분노가 누그러지면서 내가 잃은 모든 것에 대한 슬픔이 그 자리를 메웠다.

프레더릭이 대답했다.

"이름에 불과한걸요."

"그 이상이었어요."

환호와 박수를 받으며 에밀리와 매그너스가 연단으로 걸어갔다. 악단은 연주 중이던 곡을 멈추고 「해피 버스데이」의 앞부분을 연주하기 시작했다. 환호성이 점점 더 커졌다. 프레더릭은 나를 바라보다가 하객들에게로 가버렸다.

내 머리 위 나뭇가지에 찢어진 거미집이 매달려 있었다. 아리토모가 말해준, 거미줄에 매달려 지옥에서 빠져나오려던 살인자의 이야기가 생각났다.

나는 나뭇가지에서 거미집을 거두려고 팔을 뻗다가, 거미집에 손이 닿기 직전에 멈추었다.

* * *

저녁 식사를 하는 동안 나는 말수가 없었고 아리토모도 별로 말을 하지 않았다. 음식을 고스란히 남긴 채 우리는 식당에서 나왔다.

나는 침실에 혼자 있게 되자 블라우스와 브래지어를 벗고, 바닥에 흘러내린 스커트에서 발을 뺐다. 실크 가운을 걸치고 맨발로 복도로 나갔다.

집은 어두웠다. 복도 맨 끝 방에서 새어 나오는 희미한 불빛이 나를 그곳으로 끌어당겼다. 열린 문으로 나오는 불빛 속에서 걸음을 멈추고 주위를 둘러보았다. 처마에서 물이 뚝뚝 떨어지고, 뜰에 놓인 돌들이 살짝 번들거리자, 금사연 동굴 속을 지나던 기억이 떠올랐다. 방금 내가 지나온 복도의 끝이 아주 멀게 느껴졌다. 나는 가운에 달린 끈을 바싹 맨 다음 방으로 들어갔다.

아리토모는 정좌 자세로 앉아 있었다. 숯 화로가 방에 온기를 내뿜었다. 다다미 바닥에 부드러운 하얀 면 호청이 깔려 있었다. 황동 향로에 꽂힌 향나무 향에서 연기 한 줄이 피어올랐다. 나는 아리토모와 마주 보고 같은 자세로 앉았다. 이제 이렇게 앉는 데 익숙해서,

발목과 정강이가 찢어지는 듯한 느낌은 없었다. 우리는 양손으로 바닥을 짚고 서로 쳐다보면서 맞절을 했다.

그가 따끈한 사케를 한 잔 따라서 내밀었다. 나는 고개를 저었지만 그는 고집을 굽히지 않았다.

"미국의 일본 점령이 이틀 전 끝났어."

아리토모는 그의 잔을 내게 들어 보였고, 나는 마지못해 똑같이 따라하면서 단번에 들이켰다. 술이 넘어가자 목구멍이 타는 것 같았고, 눈에 눈물이 솟구쳤다.

나는 일어났다. 천천히 끈을 푸니 가운이 바닥에 떨어졌다. 살갗에 한기가 스몄지만 사케가 몸을 따뜻하게 했다. 아리토모는 잠시 나를 지켜보았다. 그는 호청에 배를 대고 엎드리라고 말하고, 내가 벗은 가운을 얌전하게 개켜서 다다미 바닥에 놓았다. 그러더니 내 옆으로 와서 무릎을 꿇고 앉았다. 그는 한 손에 도구가 가지런히 담긴 나무 쟁반을 들고 있었다. 단아하고 빈틈없는 동작은, 정원에서 작업할 때의 몸가짐 그대로였다. 그가 손가락에 물을 흘려 돌벼루에 떨어뜨리고 먹을 갈았다. 새로 간 먹의 싱그러운 그을음 냄새를 맡으면서, 나는 서재에서 붓글씨 연습을 하는 학자를 지켜보는 상상을 할 수 있었다.

아리토모는 작은 수건으로 내 등을 닦더니, 붓을 벼루에 담갔다가 벼루의 가장자리에 붓을 훑어 여분의 먹물을 덜어냈다. 그는 가볍게 재빨리 붓을 놀려 내 왼쪽 어깨에 그림을 그렸다. 그림이 완성되자 내게 일어나 앉으라고 했다. 그는 내가 볼 수 있도록 큰 거울을 내 어깨 부분에 비추었다.

내 살에 동백꽃, 연꽃, 국화의 검은 윤곽선이 가늘게 그려졌다. 나는 아리토모에게 거울을 받았다. 내가 등을 살피는 사이 그는 초 한 자루를 켜서 우리 사이에 내려놓았다. 그가 작은 나무함을 열고 위 칸을 드니 아래 칸이 나타났다. 조르르 놓인 바늘이 불빛을 받아 반짝였다. 아리토모는 바늘 너댓 개를 고르고, 실패에 감긴 긴 실을 잘라 가느다란 나무 막대기에 묶었다. 그는 다시 호청에 엎드리라는 몸짓을 하고, 바늘을 차례로 촛불에 지졌다. 한지를 바른 벽에 비친 그림자가 흔들렸고, 한순간 나는 와양쿨릿* 속에 들어간 기분을 느꼈다. 말레이인들이 등잔불 앞에서 가죽 인형으로 공연하는 그림자 인형극에 나오는 인물이 된 것 같았다.

그는 왼손 약지와 새끼손가락 사이에 붓을 끼고 붓에 바늘을 문질러 검게 만들었다. 그런 다음 내 어깨의 살을 당겨서 몸에 바늘을 꽂았다.

아리토모에게 미리 경고를 들었는데도 참기가 어려웠다. 앞으로 겪을 1백만 번 중 첫 번째 절개에 비명을 질렀고, 몸 밑에 있는 호청을 움켜잡았다.

"가만히 있어."

그가 말했다. 나는 일어나려 했지만, 그가 손바닥으로 내 몸을 누르면서 절개를 반복했다. 나는 앓는 소리를 내지 않으려고 애썼다. 눈꺼풀에 힘을 주고 눈물을 참으려 했지만 눈물이 흘러내렸다. 그가 몸에 바늘을 찌를 때마다 내 몸이 움찔했고, 살갗이 주르르 한 땀 한

* 고전적인 그림자 인형극

땀 헤집어지는 느낌이었다.

"꼼지락대지 마라."

아리토모가 다시 내 등을 닦았고, 나는 몸을 돌려 뒤를 보았다. 흰 수건에 축축한 붉은 얼룩이 잔뜩 있었다.

"수용소에 모로쿠마라는 일본인 기술자가 있었어요. 그가 문신을 수집했어요."

쉰 소리가 나와서 헛기침을 했다. 내가 말을 이었다.

"문신을 한 수용자들은 담배를 얻는 대가로 그에게 문신을 보여주었어요."

아리토모가 다시 내 살에 바늘을 꽂았고 나는 비명을 참았다. 내가 다시 말했다.

"그는 문신을 촬영했어요. 나중에 필름이 떨어지자 스케치북에 문신을 그렸죠. 한번은 모로쿠마가 어느 남자의 문신에 적힌 문구를 번역해달라고 부탁하더군요. 저는 글귀를 정확히 번역하는 실수를 저질렀죠."

아리토모의 손이 등 위에서 움직이다가 멈추었다.

"무슨 일이 있었지?"

"그 사람은 고무 농장주였어요. 팀 오스본. 팔뚝에 총검 위에 '폐하 만세*'라고 적힌 문신이 있었죠. 모로쿠마는 문신을 스케치북에 베꼈어요. 그 후 수용소장에게 알렸어요. 팀은 57세였지만 아무튼 그들은 그를 매질했어요."

* 원문은 「God Save The King」으로 영국 국가 제목이다.

나는 잠시 말을 멈추었다가 이었다.

"그들은 모두 앞에서 팀의 팔에서 문신된 부분을 도려내서 태웠어요. 이틀 후 팀은 죽었지요."

지나는 바람이 처마에 매달린 풍경의 놋쇠 막대를 건드렸다. 촛불이 흔들리자 주위 벽들이 기울어졌다. 한순간 다시 살 타는 냄새가 코끝을 지나갔다.

아리토모는 말없이 한 시간쯤 작업했다. 내 희망과는 달리 통증은 무뎌지지 않았다. 계속 바늘에 찔릴 때마다 처음과 똑같이 아팠다. 마침내 그가 무릎을 꿇고 앉아 길게 숨을 내쉬었다. 아리토모는 도구를 쟁반에 올려놓고, 수건을 여기저기 두드리면서 내 등을 닦기 시작했다. 그의 손길은 부드러웠지만 천이 거칠었다.

"오늘 밤은 이 정도면 충분해."

그가 말했다.

나는 비틀대며 일어나 방 안을 걸으면서 뻣뻣한 팔다리를 흔들었다. 아리토모의 손가락, 손바닥, 팔목에 검은 먹이 스며들었다. 그의 손가락이 굳었고 통증이 있다는 것을 알 수 있었다.

"괜찮으세요?"

내가 물었다.

"몇 분 지나면 풀릴 거야."

그가 대답했다.

나는 거울을 들고 등 위쪽을 비추고는, 거울에 떠오른 모습을 보고 비명을 질렀다.

"끔찍해 보여요."

내가 말했다.

아리토모가 번진 먹물과 핏자국을 닦아냈지만, 벗겨지고 멍든 살갗은 벌써 부어오르기 시작했다. 등에 그물 세공 같은 선들이 겹쳐 있고, 내가 보는 순간에도 상처 아래 살갗에 핏방울이 모여서, 끈적이는 시뻘건 핏물이 굴곡진 등을 타고 흘러내렸다. 전에 본 문신들과 전혀 달랐고, 아리토모의 우키요에 작품들과도 전혀 비슷하지 않았다. 그래서 그가 문신 실력에 대해 거짓말을 했나 하는 의심이 생겼다.

"완성될 때까지 이렇게 보일 거야. 그만 닦어. 아물게 놔두라구."

그가 내 손을 치웠다.

아리토모는 내가 가벼운 면 가운을 걸치도록 도와주었다. 천이 등에 달라붙어 욱신거렸다.

"피가 더 날 줄 알았어요."

내가 말했다.

"솜씨 없는 호로시나 과도한 통증을 일으키거나 불필요한 피를 쏟게 하지."

아리토모가 잠시 나를 쳐다봤지만 다른 생각을 한다는 것을 알았다.

"무슨 일이에요?"

"이게 문신을 받는 사람뿐 아니라 예술가에게도 얼마나 중독성이 강한지 잊고 있었어."

"저라면 이걸 중독성이 있다고 표현하지 않겠네요."

"몇 차례 더 시술한 후에는 생각이 달라질 거야."

밖으로 나갔을 때 복도는 어둠에 싸여 있었다. 아리토모를 따라 집 뒤쪽의 욕실로 가면서 방향 감각을 잃은 기분이었다. 향나무 욕조의 물이 데워져서 욕실에 수증기와 청량한 향기가 꽉 차 있었다. 아리토모는 물을 확인하고 나서 내 손을 잡아 욕조에 들어가 앉게 했다.

"물이 식을 때까지 거기 앉아 있어. 피부가 더 빨리 아물 거야. 똑바로 앉도록 해. 기대지 말고."

아리토모가 욕실에서 나가려 하자 내가 그의 팔을 잡았다.

"들어와서 같이 있어요."

그는 양손을 위로 들며 말했다.

"먼저 씻고."

욕조에 몸을 담그니 뻣뻣했던 몸이 풀어지면서 살갗에서 먹물과 피가 흘러나와 물속에서 섞였다.

22

우기가 다가오자 아리토모는 일꾼들을 해산시키면서, 장마가 끝난 후에나 다시 오라고 지시했다. 우리 둘만 남아서 정원을 가꾸었다. 잠시 비가 멈추면 나는 가지치기를 하고 폭풍우가 남기고 간 상흔을 치웠다. 아리토모와 나란히 일하면서, 바깥세상과 격리된 것이 위로가 된다는 것을 알았다.

그는 빗줄기가 지붕을 때리는 밤이면 내 몸에 문신을 하곤 했다. 어깨에 국화꽃 윤곽을 그리는 작업이 끝나자 등으로 내려갔다. 나는 방에 전신 거울을 걸었다. 곧 그가 그린 얇고 검은 윤곽선이 등고선처럼 내 몸을 덮었다. 아리토모는 정원을 조성할 때와 마찬가지로, 종이에 먼저 스케치하지 않고 내 살갗에 디자인을 새겼다. 딱지가 생기고 떨어질 때까지 기다린 후에야 문신을 진행할 수 있었다. 등이 계속 벗겨졌다. 그는 피부가 아물 틈을 주지 않았다. 내가 문신을 망칠까 봐 문신한 자리를 긁지 말라고 두어 번 경고했다.

매번 시술이 끝나면 나무 욕조에 몸을 담갔다. 수면 위로 턱을 내밀면 수증기 때문에 얼굴에 땀이 났다. 유난히 긴 시술이 끝난 후 난 욕실에 서서 거울에 등을 비추고 꼼꼼히 살폈다. 아리토모가 잿빛과 연파랑색으로 문신에 음영을 넣기 시작해서, 살에 연기구름*이 불어온 것처럼 보였다.

아리토모는 내가 통증을 견딜 수 있다는 것을 확인하자, 더 오래 호리모노 작업을 했다. 방에 켜놓은 등불이 산맥 속에 유일하게 밝혀진 불이라는 생각이 들 때까지 밤 깊도록 시술이 이어졌다.

* * *

고지대는 일몰 후에 가끔 기온이 10도 아래로 떨어졌다. 우기라서 비 때문에도 밤이 더 서늘했지만, 저녁 식사를 마치면 대나무 발을 처마까지 올린 베란다에 아리토모와 앉아 있곤 했다. 우리는 불을 켜지 않고 정원을 느끼는 것을 더 좋아했다.

쏙독새가 울어댈 때 상 옆 화로에서 주전자가 김을 내뿜기 시작했다. 아리토모는 숟가락으로 찻잎을 떠서 다관에 넣었다. 그는 차통을 들고 안을 들여다보았다.

"마지막으로 한 번 우릴 분량만 남았군."

"'외로운 나무의 향기' 차요? 주방에 더 있지 않나요?"

"아니."

---

* 연기 모양의 매우 엷은 구름

그는 차통을 닫아 옆으로 치우고, 주전자에 끓인 물을 다관에 부었다. 그가 다관의 물을 휘휘 돌려 베란다 난간 너머 풀밭에 버렸다. 공기 중에 김이 퍼졌다. 아리토모는 다관에 물을 다시 채워 내 잔에 따랐다.

"왜 항상 이렇게 하세요?"

내가 물었다. 차를 버리는 게 늘 낭비로 보였고, 지금은 특히 그랬다.

"물론 찻잎에 묻은 먼지를 제거하기 위해서지. 이런 격언이 있어. '처음 우린 차는 원수에게만 어울린다.'"

"제가 처음 여기 왔을 때도 그렇게 하셨는걸요."

내가 웃으면서 말했다.

"자네가 어떤 사람인지 몰랐으니까."

그가 대답했다. 아리토모는 웃지 않았다.

"하지만 지금은 아시고요?"

"자네 차가 식어."

차를 홀짝일 때마다 찻잎에 배인 비애 같은 걸 흡수하는 기분이었다. 다관이 비자 내가 말했다.

"문신하는 날을 하루 더 늘리고 싶어요. 일주일에 세 번, 어쩌면 네 번 해도 되겠어요."

"문신에 중독되었군. 그렇다고 당황할 필요 없어. 늘 있는 일이니까."

그의 말은 사실이었다. 난 그가 내 몸에 무엇을 그릴지 기대하기 시작했고, 심지어 통증을 즐기기 시작했다. 바늘이 살을 찌르는 시간 동안은 마음속에서 아우성이 잦아들어서였다. 마지막 절개가 끝나면, 마지막으로 절개된 곳에 안료가 주입되고 다져지면, 그때는 어떻게 될지 걱정스러웠다.

"호리모노는 내 계획보다 빨리 진행되고 있어. 하루이틀 후면 물감을 채우기 시작할 수 있지. 우기가 끝나기 전에 마무리할 수 있으면 좋겠군."

아리토모가 말했다.

"선생님이 서둘러 마무리하시는 것 같기도 해요."

"비상사태가 끝나가고 있어. 오늘 백색 지역이 한 군데 더 선포되었지."

"실망하시는 것 같은데요."

"비상사태 동안에는 어쩐지 삶이 유예되지. 종종 배에 타고 세상의 반대편에 있는 목적지로 향하는 느낌이 들지. 내가 텅 빈 공간에, 지도 제작자들이 쓰는 캘리퍼스*의 두 지점 사이에 있다는 상상을 하지."

"그 빈 공간은 지도에만 존재해요, 아리토모."

"지도와 기억 속에도 존재하지."

그는 양손을 사발처럼 모으고 거기 대고 숨을 쉬었다. 아리토모가 계속 말했다.

"호리모노의 묘한 점 중 하나는 하리(바늘)가 피뿐 아니라 그 사람의 내면에 숨겨진 생각도 끌어낸다는 거지. 수용소에서 정확히 어떤 일을 했지?"

그가 나를 올려다보았다.

* 자로 재기 힘든 둥근 물체의 직경 등을 재는 기구

"살기 위해 필요한 일은 뭐든 했죠."

"일본인을 위한 일도 포함되나?"

밤이 더 서늘해졌다. 오랜 침묵의 시간이 흘렀으니 말해도 될 것 같았다.

"저는 푸미오에게 정보를 넘겼어요. 누가 탈출을 계획하는지 그에게 알렸어요. 누가 무전기를 만드는지, 그걸 어디 숨겼는지 그에게 알렸죠. 그래도 매질을 당할 만큼 당했지만 점점 배급이 좋아졌어요. 약도 얻었어요. 윤 홍이 그걸 알았죠. 제게 그만두라고 간청했어요. 저는 거절했죠."

잃어버린 기억의 편린처럼 올빼미가 베란다를 지나 날아갔다.

"저는 언니를 버렸어요. 윤 홍을 거기 버렸어요."

내가 말했다.

아리토모는 화로 위로 손을 뻗어 화로의 작은 문을 열었다. 그가 팔꿈치에 몸을 기대고 화로에 숨을 불어넣자, 불꽃이 밤 속으로 소용돌이치듯 날아올랐다.

* * *

처음에는 총소리가 꿈으로 밀고 들어오려는 기억인 줄 알았다. 하지만 눈을 떠도 총소리는 멎지 않았다. 불규칙한 간격으로 작은 폭발이 일어났다. 나는 침대에서 일어나 앉았다. 방 안의 뿌연 빛은 아침 7시경임을 말해주었다. 반쯤 열린 미닫이문들 사이로 엔가와(툇마루) 아래서 마주바 차 농장 쪽을 쳐다보는 아리토모가 보였다. 난 옷을 입고 밖으로 나가 그 옆에 섰다. 구름이 비를 머금고 강한 바람이 나뭇잎을 흔들어댔다. 무슨 말을 할 새도 없이 카키색 군복 차림의 사내 넷이 모퉁이를 돌아 나타났다. 앞에 선 사내가 우리에게 라이플총을 겨누었다.

아리토모가 내 앞으로 나서며 나를 막아주었다. 사내가 총 개머리판으로 아리토모의 뺨을 찍고 머리통을 후려갈겼다.

그들은 찬장을 엎고 부엌의 그릇을 마구 깨뜨리며 집을 헤집어놓았다. 나는 그들이 아 청을 해치지 않았기를 빌다가, 이날이 일요일임을 기억했다. 공산 게릴라들은 집에 있는 식량과 돈을 다 찾아내고 만족하자, 우리를 마주바로 향하게 했다. 우리는 자주 다니던 오솔길을 지나갔다. 정글에 벌레 우는 소리가 들끓었다. 곧 나무 사이로 차나무 천지인 낯익은 비탈이 보였다. 잠시 후 정글을 빠져나와 차 농장으로 계속 걸어갔다. 일꾼 숙소의 철제 대문이 열려 있고, 남자 일꾼들과 가족들이 풀밭에 무릎을 꿇고 무장 게릴라의 감시를 받고 있었다. 말레이 지방 의용병은 땅바닥에 얼굴을 박고 엎드려 꼼짝하지 않았다. 저 아래 흙길에서는 공산 게릴라 무리가 협동조합 매점에서 쌀 포대와 통조림 상자를 들고 나왔다. 진료소 앞을 지나자, 더 많은 게릴라가 약품과 붕대를 마대에 담는 광경이 보였다.

마주바 하우스의 경비용 대문이 열려 있었다. 집의 벽과 현관문에 총알 자국이 뻥뻥 뚫리고 덧문은 산산조각 나 있었다. 극락조화가 찢겨져 풀밭에 나뒹굴었다. 집 안에서는 누런 마룻바닥에 유리, 석고, 나무 조각이 널브러져 발에 밟혔다. 부서진 덧문과 찢긴 철망 사이로 빛이 비스듬히 들었다. 화약 냄새가 다른 악취와 섞여 공기 중에 퍼졌다. 브롤록스와 비테르갈은 바싹 붙은 채 복도 바닥에 쓰러져 있었다. 개들의 배에 난 상처에서 피가 쏟아져 주위가 흥건했고 배설물도 피에 젖어 있었다. 식당에서 바닥에 무릎을 꿇은 매그너스와 에밀리를 발견했다. 우리가 들어가자 두 사람이 고개를 들었다. 매그너스의 얼굴에 피가 흘렀다. 게릴라가 우리를 짓눌러서 그들 옆에 무릎 꿇게 했다. 복도 끝의 부엌에서 하인들이 흐느끼는 소리가 들렸다.

"나는 얍 사령관이다."

점잖고 학구적인 얼굴의 사내가 말했다. 나는 그가 정부에 대항해 무기를 들기 전에는 교사였는지 궁금했다.

"도대체 원하는 게 뭐요?"

매그너스가 물었다.

게릴라가 라이플총의 개머리판으로 그의 머리 옆쪽을 쳤다. 매그너스는 무릎을 꿇은 채 휘청했지만 똑바로 앉았다. 공산 게릴라가 다시 때리려는 순간 에밀리가 소리쳤다.

"그만해요! 그만!"

얍이 에밀리와 나를 번갈아 보면서 쏘아붙였다.

"너희 두 계집. 한 년은 백인 놈이랑 결혼했고, 한 년은 일본 악마랑 몸을 섞고!"

그가 손가락으로 딱 소리를 냈다. 여자 게릴라가 한 남자의 머리채를 잡아끌고 와서 발로 차 무릎을 꿇렸다. 사내의 부은 얼굴은 피와 흙투성이였다.

얍이 아리토모에게 몸을 돌렸다.

"너희 종자야. 여기 이노키는 제 나라가 전쟁에서 패한 이후 우리에게 들어와서 싸웠지. 그런데 이제 투항하고 싶다는군. 고국으로 돌아가고 싶다나 어쩐다나."

그는 쭈그려 앉아서 얼굴을 아리토모에게 들이밀었다. 얍이 말을 이었다.

"정글에 있으면 별 희한한 얘기를 많이 듣지. 기도 안 차는 얘기가 많지. 이노키가 너희 일본 놈들이 훔친 금에 대해 말하더라고. 여기 산 속에 숨겨져 있다고 말이지. 그래서 이노키에게 금이 있는 곳을 찾아낼 기회를 줄까 하는데."

"동화를 믿기 시작하는 걸 보니 당신네 상황이 점점 나빠지는 게 분명하구면."

아리토모가 말했다.

이노키가 무릎을 질질 끌고 아리토모에게 다가와서 일본어로 말했다.

"소문 말입니다. 나카무라 상, 틀림없이 그런 얘기를 들어보셨을 겁니다. 그런 소문에 대해 뭐든 아시면 이들에게 말해주십시오. 제발."

공포와 히스테리의 소용돌이 속에서 그가 말을 쏟아냈다.

아리토모는 이노키에게서 눈을 떼고 얍에게 고개를 들었다. 그가 말했다.

"나는 군인이 아니라 정원사요."

"야마시타의 금! 우린 그 이야기를 들었어요. 금이요, 나카무라 상, 야마시타 장군이 훔친 금. 야마시타의 금. 그렇죠? 네?"

이노키는 최선을 다한다는 것을 게릴라에게 보여줄 욕심으로 영어로 바꿔 말했다.

"모두 헛소리지. 소문일 뿐이요."

아리토모가 말했다.

얍은 이노키에게 총을 겨누었다. 그 일본인은 아리토모의 셔츠 자락을 붙잡고 통곡하기 시작했다. 아리토모는 꼼짝하지 않고, 계속 얍의 눈을 응시했다. 내 시선이 아리토모에서 얍으로, 이노키로 다시 얍으로 옮겨갔다. 게릴라 사령관의 표정은 부드러웠다. 그가 이노키의 머리에 총을 쏘았다. 에밀리가 비명을 질렀다. 피와 살, 뼈 조각이 식당 의자와 마룻바닥에 튀었다. 나는 얼굴에 따뜻하고 축축한 게 달라붙는 것을 느꼈지만, 닦아내고 싶은 마음을 꾹 눌렀다. 부엌에서 하인들의 울음소리가 발작적으로 변했다. 귀가 윙윙 울리는 와중에 남자가 윽박지르는 소리가 났고, 철썩철썩 때리는 소리가 연이어 터져 나왔다. 울부짖음이 낮은 신음으로 잦아들었다.

얍 사령관이 내게 총구를 돌렸다.

"일본인이 금을 숨긴 곳을 내가 알고 있소. 내가 당신들을 거기로 데려다주겠소."

다들 매그너스를 빤히 보았다. 에밀리가 남편의 팔을 움켜잡으며 나직한 비명을 질렀다.

"어리석게 굴지 말아요, 매그너스."

아리토모가 말했다.

"금이 어디 있지?"

얍이 물었다.

"블루 밸리. 강에서 북쪽으로 몇 킬로미터 지점이요."

"그걸 어떻게 알지?"

"하야시 대좌에게 들었소. 그와 사냥을 다니곤 했소. 그가 금에 대해 내게 말해주었소. 산을 손짓해주기까지 했소. 그들은 거기 총기류도 파묻었소. 그게 야마시타의 금인지 아닌지는 모르오."

"당신 스스로 금을 찾아보지 않았나?"

얍이 물었다.

"말도 안 되는 소리요! 그 자는 주정뱅이였는걸! 아무튼 하야시는 늘 헛소리를 지껄였소."

"매그너스……"

아리토모가 말했다.

한 남자가 부엌으로 뛰어들어와 얍의 귀에 속삭였다. 얍은 신경 써서 듣다가 찡그리면서 말했다.

"당신…… 일어나, 노인네!"

그는 권총을 매그너스에게 휘둘렀다.

매그너스는 어렵사리 움직여 일어났다. 에밀리가 신음하고 고개를 저으면서 그에게 매달렸다. 내가 팔을 붙잡았지만 에밀리는 내 손을 뿌리쳤다. 그녀가 팔을 휘젓다가 팔꿈치로 내 얼굴을 쳤다. 매그너스가 아내를 끌어안고 뭐라 중얼댔고, 에밀리는 그의 품에서 축 늘어졌다. 그가 키스하고 그녀를 가만히 밀어냈다. 매그너스는 아리토모를 쳐다보다가 내게 시선을 돌렸다. 에밀리는 양팔을 늘어뜨린 채 그대로 서 있었고, 게릴라들은 매그너스를 데리고 집에서 나갔다.

＊ ＊ ＊

에밀리가 현관 밖으로 달려 나갔고, 아리토모와 내가 쫓아갔다. 공산 게릴라들이 떠나고 15분 후, 진입로에서 맥없는 사이렌 소리가 났다.

"놈들이 매그너스를 데려갔어요. 블루 밸리로! 놈들이 그이를 거기로 데려갔어요."

에밀리는 경찰이 차에서 내리기도 전에 울부짖었다.

다리 근육에 경련이 일어났다. 잠시 후 나는 덜덜 떨었다. 아리토모가 나를 집 안으로 데려가서 복도에 있는 의자에 앉혔다.

"숨을 쉬어."

그가 내 등을 오래 힘껏 문지르며 말했다. 몇 분 후 떨림이 멈추었다. 그가 손수건을 꺼내서 얼굴을 닦아주었다.

"매그너스가…… 그가 금에 대해 한 말이 다 사실인가요?"

내가 물었다.

"하야시는 주정뱅이였고 그것만큼은 사실이지. 또 그는 매그너스와 한두 차례 사냥을 나갔지. 하지만 금이 거기 블루 밸리에 숨겨져 있대도, 하야시가 취했건 아니건 매그너스에게 가르쳐주지 않았을 거야. 매그너스와 친구들은 오랫동안 그 지역을 뒤지고 다녔지."

경관들이 집에 들어왔고 나는 리 경위를 알아보았다. 공산 게릴라가 마주바에 들어가는 것을 본 일꾼이 있다고 리 경위가 말해주었다. 그 일꾼은 중앙로로 달려가서 지나가는 트럭을 얻어타고 타나라타로 갔다. 경찰은 게릴라가 공격할 때 집에 있었던 우리를 다 조사했

506

다. 부관리인 두 명과 차 따는 일꾼 한 명이 게릴라에게 난도질당해 죽었다. 그들은 하퍼의 방갈로를 샅샅이 뒤졌지만, 마침 그는 어느 주석 광부의 부인과 타나에서 밤을 보내고 있었다. 구르카인 경비병은 쿠크리 칼이 가슴에 꽂혀서 나무에 철망으로 묶인 채로 발견되었다.

시간이 흐르면서 에밀리의 두려움과 공포가 점점 커졌다.

"왜 당신들 모두 여기 가만히 있는 거죠? 내 남편을 찾으려면 뭔가 해야될 것 아니에요?"

그녀가 리 경위에게 소리쳤다.

"경보병대(KOYLI)*가 이미 마주바와 블루 밸리 인근 산을 수색 중입니다. 저희는 가능한 모든 조치를 취하고 있습니다, 프레토리우스 부인."

그가 말하는 부대는 국왕 요크셔의 경보병대였다.

경찰이 떠나자마자 에밀리는 문을 닫고 아리토모와 내게 몸을 돌렸다.

"당신은 공산 게릴라에게 유기리를 건드리지 않는 대가로 돈을 준다고 남편에게 들었어요. 아뇨, 못 알아듣는 척하지 말아요! 내 말 들려요? 모르는 척할 엄두도 내지 말아요!"

에밀리가 말했다.

"거래 조건에는 마주바도 포함되었습니다. 저들이 방침을 바꾼 겁니다, 에밀리. 협정이 깨졌습니다."

---

* 영국 왕실 요크셔 경보병대(King's Own Yorkshire Light Infantry)

아리토모가 말했다.

에밀리는 그에게 한 걸음 다가섰다.

"나는……"

그녀의 목소리가 갈라졌다. 에밀리는 의자 등받이를 잡고, 아리토
모에게 턱을 치켜들었다. 그녀가 말을 이었다. 신중한 말투였다.

"나는 남편을 되찾고 싶어요. 그들이 뭘 원하든 다 내줄 거예요.
매그너스를 내게 돌려보내라고 그들에게 전해요."

* * *

나는 유기리의 서쪽 경계선에 서서, 양치류가 빼곡한 산등성이를
오르는 아리토모를 지켜보았다. 그는 얼룩덜룩한 정글의 그림자 속
으로 사라졌다. 따라가고 싶었지만 그가 말렸다. 나는 나무뿌리에
앉아 기다렸다.

아리토모는 두 시간 후 돌아왔다. 셔츠는 땀범벅이고 나무에 긁혀
서 팔과 얼굴에 피가 흘렀다. 나는 일어나서 그가 말해주기를, 매그
너스는 안전하며 집에 올 거라고 말하기를 기다렸다.

아리토모가 말했다.

"그들은 사라졌어. 캠프를 버리고 떠났더군."

나는 절망감에 망연자실했다.

"매그너스를 못 찾았다고 에밀리에게 알려야겠네요."

마주바로 돌아가는 길에 우리는 아리토모의 집을 지나쳤다. 부서
진 가구, 화병, 찢어진 책이 잔디밭에 흩어져 있었다. 게릴라가 유기

리에, 안채에 쳐들어온 게 겨우 오늘 아침이었나? 쓰레기 더미에 반쯤 묻힌 것이 내 눈을 끌었다. 노자 수묵화가 반으로 찢어져 나뒹굴었다. 아리토모는 내가 건네준 그림을 묵묵히 바라보았다.

"얍이 제게 총을 겨누었을 때, 매그너스가 나서지 않았다면 선생님은 뭐라고 말했을까요?"

나는 망가진 그림에서 눈을 떼지 않고 물었다.

오랜 침묵으로 느껴진 시간이 흐른 후에야 아리토모가 말했다.

"이미 했던 말을 되풀이했겠지. 야마시타의 금은 소문일 뿐이라고."

그의 관심 역시 그림에 쏠려 있음을 난 알아차렸다. 어쩌면 우린 심지어 그림의 같은 부분을 보고 있었다.

나로서는 그 대답이 실망스러웠지만, 그로서는 그 말밖에 할 수 없었으리란 것을 받아들였다. 전쟁 중이었고, 논리와 이성이 낄 자리가 없었다.

"특수부에게 듣기로는 매그너스가 게릴라에게 돈을 줘서 마주바를 건드리지 않게 한댔어요."

아리토모는 눈을 감고 엄지와 검지로 비볐다.

"매그너스는 명예를 지키는 사람이야, 윤 링. 늘 그렇게 살았지. 내가 그 이야기를 꺼냈을 때 매그너스는 그런 건 고려조차 하지 않으려 했어."

"하지만 선생님은 그 놈들에게 돈을 줬어요."

"누군가 내 정원 일을 방해하게 두고볼 수가 없었지. 난 그럴 수 없었어."

그가 말했다.

"아무리 정원이 대단해도 그 정도로 가치 있지는 않아요."

"그것은 자네가 보호받았다는 의미도 되지. 그날 밤 자네를 찾아 갔을 때 저들은 자네를 죽일 수도 있었어. 여기 있어. 집을 정리하도록 해. 나는 에밀리를 만나야겠어. 이것은 내 책상에 갖다 두고."

그가 찢어진 그림을 내게 돌려주면서 말했다.

* * *

요크셔 경보병대는 매그너스나 게릴라의 자취를 찾지 못했다. 더 많은 부대가 정글에 투입되었고, 사라왁*에서 온 이반족 추적꾼들이 앞장섰다. 농장주와 매그너스의 친구들로 수색대가 꾸려졌지만 비가 이런 노력을 방해했다. 일시적으로 날씨가 맑아지면 다코타 비행기들이 산맥을 순회하면서 나무 위를 훑고 지나갔다. 비행기 날개에 장착된 스피커로 매그너스를 무사히 돌려보내는 대가로 면책과 보상금을 주겠다는 내용을 흘려보냈다. 나는 프레더릭의 소재를 파악해서 전화로 소식을 알렸다.

"휴가를 얻어서 가도록 노력할게요."

그가 말했다.

나는 수화기를 내려놓았다가 다시 들고 아버지에게 전화했다.

그가 물었다.

* 보르네오 섬에 있는 주

510

"괜찮으냐? 너에게 전화하려던 참이다."

"무슨 일이 있었는지 들으셨어요?"

"오늘 아침에 네 오빠가 그 소식을 들었다는구나."

"혹시 오빠가 매그너스를 찾도록 손을 써줄 수 있어요? 틀림없이 게릴라 중 정보원이나 연락책이 있을 거예요."

"내가 물어보마. 템플러는 모든 것을 게릴라에게 쏟아 붓고 있지."

그는 잠시 말을 멈추었다가 다시 이었다.

"그런데 나는 메르데카 대표단과 런던에 갈 거야. 내일 떠날 예정이다."

"얼마나 떠나 계실 건데요?"

"한 달. 어쩌면 그 이상. 회의 진행 상황에 따라 다르겠지. 전망이 좋아 보이는구나. 아직 아무한테도 말하지 마라. 하지만 우린 5년 내로 독립을 볼 수 있을 거야."

"어머니는 누가 보살피는데요?"

"하인들. 물론 네 오빠 혹도 있지."

"어머니는 차도가 있으세요?"

"아니. 네 엄마는 여전히 똑같아. 넌 마주바 하우스로 들어갔니?"

그는 희망적인 목소리로 물었다.

"저는 계속 에밀리와 같이 있어요."

"그렇구나. 모두 매그너스의 무사 귀환을 기도한다고 에밀리에게 전하렴."

전화를 끊은 후, 난 아버지가 캐머런 하일랜드를 떠나라고 당부하지 않았음을 깨달았다. 왠지 그가 그 말을 하지 않아서 실망스러웠다.

* * *

개들을 집에서 끌고 나와 방수포에 싸서 바깥에 두었다. 하지만 에밀리는 개들을 매장하지 못하게 했다. 냄새가 고약했고, 나이가 가장 많은 미신을 믿는 하인 아 얀은 내게 어떻게 좀 해보라고 매달렸다.

내가 설득하려 하자 에밀리가 대답했다.

"매그너스가 집에 오면 직접 묻고 싶을 거야."

나는 그녀를 바라보았다.

"물론 그렇죠, 에밀리."

악취가 더 심해졌다. 프레더릭이 쿠알라룸푸르에서 차를 몰고 도착하자, 나는 그에게 도움을 청해 개들을 아래쪽 테라스로 옮겼다. 나무에 가려서 안채에서는 보이지 않는 먼 구석에, 구멍 두 개를 파고 개들을 묻었다.

나는 삽으로 흙을 다지면서 말했다.

"개들 이름을 어떻게 지었는지 아저씨에게 물어보고 싶었어요."

"개들 이름? 동화에 나오는 이름이에요. 어려서 아버지에게 들었어요. 브롤록스와 비테르갈은, 카루*에 살면서 애들을 잡아먹는 괴물이죠. 내가 말썽을 피울 때마다 아버지는 그 이름을 들먹이며 날 겁주곤 했죠."

그가 발로 흙더미를 밟으며 중얼댔다.

---

* 남아프리카공화국에 있는 고원

"가여운 녀석들."

다시 비가 내리기 시작했다.

"안으로 들어갑시다."

우리가 거실의 벽난로 앞에서 옷을 말릴 때, 서재에서 전화벨이 울렸다. 누군가 전화를 받았다. 내가 프레더릭을 힐끗 보았고 우린 복도로 나갔다. 몇 분 후 서재 문이 열렸다. 에밀리는 우리가 누군지, 이 집에 어쩐 일인지 모르겠다는 듯 우리를 쳐다보았다. 천천히 그녀의 눈에서 혼란이 거두어졌다.

"그이를 찾았대."

에밀리가 말했다.

* * *

오솔길에서 굽이를 도니, 칸나 생울타리 옆에 무릎을 꿇은 아리토모가 보였다. 나는 걸음을 멈추고 그를 지켜보았다. 그는 능숙한 손길로 식물을 뜯고 뽑아냈다. 나뭇가지에서 새순을 벗겨 먹는 사슴의 입술처럼 그의 손놀림이 정교했다. 처음 궁도장에서 그를 본 때가 떠올랐다. 아리토모가 이 정원의 뛰는 심장이라는 생각이 들었다. 그가 없으면 이곳 전체는 결국 폐허가 될 터였다.

그가 고개를 들더니 비틀비틀 일어났다. 내가 아리토모에게 손을 내밀었다. 그가 얼마나 많이 늙어 보이던지 내 마음이 저렸다.

"매그너스가 죽었어요."

내가 말했다.

그의 얼굴이, 심지어 온몸이 축 처졌다. 그는 구겨진 칸나를 바닥에 던지고 손에 붙은 나뭇잎과 꽃잎을 털었다.

이포에서 돌아오던 중국인 농부가 길 옆 풀밭에서 뭔가를 발견했고 그는 트럭을 세우지 않고 곧장 타나라타에 있는 경찰서로 달려갔다고 한다. 나는 그 말을 전하면서 눈물이 났지만 계속 눈을 뜨고 있었다. 아리토모가 양팔로 나를 감싸 끌어당겼다. 우리는 그가 꺾어서 버린 꽃 더미 속에 그렇게 오래 서 있었다.

어느 토요일 오후 장례식이 열렸다. 농장주와 가족, 일꾼, 매그너스의 지인이 고지대는 물론 전국에서 테라스 잔디밭으로 모였다. 매그너스가 바비큐 파티를 열던 자리였다. 말라야 전역에서 애도사가 도착했고, 고등 판무관 부부도 애도사를 보냈다. 내 아버지는 런던에서 전보를 보냈고, 에밀리에게 흰 봉투에 조의금을 담아 전하라고 내게 일렀다. 장례식에서 나는 아리토모 옆에 서 있었다. 한두 차례 손을 뻗어 그의 팔을 잡았지만, 그는 몸이 굳은 채 먼 곳을 응시할 뿐이었다. 마지막으로 「구름은 하늘을 가리워도*」가 흘러나올 때 나는 눈물을 참았다. '그리고 만일 구름이……'

매그너스는 마주바 하우스 뒤편 정원에, 딸의 무덤 바로 옆에 묻혔다. 경야**가 진행되는 동안 아리토모는 살그머니 빠져나갔다. 나는 곁눈질로 그가 떠나는 것을 보았지만 따라가지 않았다.

그날 저녁 더 늦은 시간에 아리토모가 큰 종이 상자를 들고 마주

* 베버의 오페라 「마탄의 사수」에 나오는 곡
** 초상집에서의 밤샘

바 하우스로 돌아왔다. 그는 지쳐서 눈이 떼꾼했다. 상자에는 그가 만든 종이 등 세 개가 들어 있었다. 중추절 잔치 때 에밀리에게 만들어준 등보다 컸고, 윗면을 덮어 봉인한 상태였다. 아리토모는 내게 어떻게 할지 설명하고는 몸을 돌려 느릿느릿 집으로 걸어갔다.

저녁 식사 중간에 에밀리가 식탁에서 일어나 식당을 빠져나갔다. 내가 따라가려 했지만 그녀가 고개를 저었다. 그녀의 뺨에 눈물이 흘렀다. 프레더릭이 내 팔을 잡자 나는 의자에 다시 기대앉았다.

나중에 우리는 피아노 앞에서 그녀를 발견했다. 에밀리는 건반 위로 어깨를 구부정하게 굽히고 있었다. 그녀의 손가락이 건반 위에서 움직였다. 연주했던 악보의 음표를 기억하려 애쓰는 것 같았다. 우리가 들어가자 그녀는 힐끗 쳐다보더니 다시 건반을 내려다보았다.

"보여드리고 싶은 게 있어요."

내가 말했지만, 에밀리는 내 말을 못 들은 것 같았다. 그녀가 건반을 누르자 적막 속에 불협화음이 퍼졌다.

"딱 몇 분만요, 에밀리 숙모. 부탁입니다."

프레더릭이 말했다.

에밀리가 천천히 일어났고, 우리는 그녀를 집 뒤쪽 테라스로 데려가서 난간까지 쭉 걸어갔다. 이슬 냄새가 알싸하고 청량했다. 하늘에 달은 없었다. 방갈로와 오두막의 불빛이, 발 아래 저 멀리 있는 산등성이와 계곡의 윤곽을 희미하게 드러냈다. 나는 아리토모가 주고 간 등에 불을 붙였다. 촛불 불빛에 화선지의 주름이 비쳐 보였다. 내가 등 하나를 골라서 높이 드니, 빛이 우리 얼굴에 쏟아졌다.

여러 계곡의 어둠 속에서 더 많은 빛들이 점점이 반짝였다. 어떤 곳은 반짝이는 씨앗처럼 불빛이 모여 있고, 어떤 곳은 불빛이 하나이거나 거리를 두고 뚝뚝 떨어져 있었다. 하지만 다 합치자면 불빛이 워낙 많아서 다 헤아릴 수가 없었다.

"무슨 일이 벌어진 거지?"

에밀리가 물었다.

"등불이에요. 아리토모가 만들었어요. 매그너스를 위해."

내가 설명했다.

나는 공중에 들었던 등을 아래로 내려 에밀리에게 주었다. 프레더릭에게는 다른 등을 건넸다. 내가 마지막 등을 들고 손목시계를 보았다. 8시 정각에 내가 말했다.

"등을 띄우세요, 에밀리."

그녀가 얼른 눈을 감고 손에서 등을 놓았다. 종이 등은 몇 초간 공중에 머물다가 떠오르기 시작해, 인광을 발하는 해파리처럼 하늘로 올라갔다. 계곡 위로 수많은 등이 날아올라 어둠 속에 빛을 내뿜었다. 프레더릭과 나는 동시에 등을 띄웠고, 나는 내 손을 감싸는 그의 손길을 느꼈다. 유기리의 형태 없는 검은 나무 위로 물방울 같은 빛 하나가 떠올라 강한 바람에 실려 날아갔다. 에밀리는 가볍게 고개를 끄덕여 그 등을 아는 체했고, 그녀의 뺨에서 눈물이 반짝거렸다.

종이 등 몇 개는 곧 구름 속으로 들어가 먼 곳에서 치는 벼락처럼 번쩍댔다. 다른 등들은 더 멀리 멀리 날아가, 바람결에 실려 먼 산맥 속으로 떠갔다. 나는 그것들이 땅에 떨어지지 않기를 숨죽여 기도했다.

23

지난 나흘간 내가 불러도 어휘들이 다가오기를 거부해서, 하염없이 종이만 바라볼 수밖에 없다. 내 펜에서 말들이 새나갈 때도 그 의미가 파악되지 않는다. 밤에 집필할 때만 실독증*에 시달리지 않는다. 그래서 밤에 계속 집필에 몰두해 최대한 많이 쓰고서야 잔다.

자정 이후 쭉 책상머리에 앉아, 수용소 시절을 기록한 원고를 검토하고, 내가 쓴 어휘와 문장 구조를 수정한다. 카디건을 입었는데도 서재는 춥고 손가락이 저리다.

의자에서 일어나 목을 주무르며 방 안을 거닌다. 몸이 쑤시지만 고되게 몸을 쓴 후의 기분 좋은 아픔이다. 궁도 수련을 다시 시작했다. 몇 차례 연습하자, 예전에 익힌 기술이 되살아나는 것을 느낄 수 있었다.

---

* 시각에 이상이 없으나 글자를 읽지 못하는 증상

다시 책상으로 돌아가서 몇 장 넘기며 적힌 내용을 읽는다. '원숭이도 나무에서 떨어지지.' 그랬다, 푸미오가 내 손가락을 자르기 전에 분명히 그 말을 했다.

기억은 구름이 낮게 드리운 계곡에 비치는 햇살 줄기 같아서, 구름의 움직임에 따라 변한다. 이따금 빛은 어느 특별한 시점에 쏟아져 일순간 그곳을 환히 밝히고, 곧 바람이 그 틈을 봉인하면 세상은 다시 그늘에 휩싸인다.

과거의 일이 떠오르면 계속해서 글을 쓰기 힘든 순간이 있다. 하지만 무엇보다 마음을 괴롭히는 것은, 어떤 일이 벌어졌는지 확실히 기억하지 못하는 경우다. 평생토록 잊으려고 애쓰며 살아왔건만, 이제 내가 원하는 것은 기억해내는 것밖에 없다. 언니가 어떻게 생겼는지 기억나지 않는다. 심지어 사진 한 장 가지고 있지 않다. 또 유성비가 쏟아진 밤, 우수구모 연못가에서 아리토모와 나눈 대화…… 템플러 부부가 방문한 날이었던가? 아니면 완전히 다른 날 저녁이었나? 시간이 내 기억을 파먹어 들어간다. 시간과 이 질환이, 내 뇌의 침입자가.

* * *

누군가 대문에서 치는 종소리가 한동안 집 안에 퍼진다. 나는 서재에서 서가에 꽂힌 책을 다시 정리하는 중이다. 아 칭을 부르지만 그가 쉬는 날이라는 사실이 떠오른다. 누가 찾아왔든 포기하고 돌아가길 바라며 기다린다. 입구에 안내문을 붙였지만 사람들은 단념하

518

지 않는다. 지난 한 주간 유기리를 찾는 사람이 점점 많아지고 다들 정원에 들어오고 싶어 한다. 아리토모의 일생을 다큐멘터리로 제작 중인 지역 방송 촬영팀이 찾아왔지만 나는 그들을 돌려보냈다.

바닥에 책 더미를 내려놓고, 등허리를 문지르며 주위를 둘러본다. 아리토모가 문신을 새기자고 청한 곳이 바로 이 방이었다. 대나무 새장이 여전히 여기 있고, 벽에 그 그림들이 걸려 있다. 언니의 그림 이 내게 되돌아오기 전에 걸려 있던 자리는 색이 변했다.

밖에서 나는 인기척이 점점 커진다. 나는 서재에서 나와 현관문으 로 간다. 비말야가 베란다 바로 아래에서 중국 여인 둘과 이야기를 나누고 있다. 한 사람은 민머리에 빛바랜 회색 옷을 입고 있다. 나보 다 약간 연하인 듯싶지만 가늠하기 힘들다. 그녀 옆에 다른 여인이 서 있다. 내가 나가자 비말야가 고개를 들어 나를 본다.

"제가 여기 도착하니 이분들이 정문에 계셨어요."

"고마워요, 비말야."

"참, 한 가지 더요, 테오 판사님. 일본 정원 관련 서적을 추천해주 실 수 있나요?"

"내가 몇 권 빌려줄게요."

그녀가 우리를 두고 물러나자, 나는 여인들에게 몸을 돌린다. 여 승이 영어로 말한다.

"제 이름은 친 라이 큐입니다. 왕 부인께서 친절하게도 오늘 저를 이곳까지 태워다주셨습니다."

그녀의 이마에 세로로 난 둥근 흉터 세 개는, 절을 하면서 향에 화 상을 입은 자국이다.

"에밀리에게 스님 이야기를 들었어요. 안으로 들어가 앉으시지요."
내가 말한다.

"그러실 필요 없습니다."

여승은 동반자에게 몸을 돌리고 만다린어로 말한다.

"연못 옆에서 기다려주실래요? 제가 테오 판사님의 시간을 많이 빼앗지는 않을 겁니다."

여인이 우리 곁을 떠나자 여승이 말한다.

"우린 전에 '구름 사원'에서 만난 적이 있지요."

"기억나지 않습니다."

"아리토모 씨께서 제게 친구를 위한 기도를 올려달라고 부탁하셨지요. 그날 판사님은 그분과 오셨습니다."

오래된 묘비문에 종이를 눌러 탁본하듯, 40년 전 그날 아침에 본 그녀의 얼굴이 기억 속에 천천히 떠오른다. 흐릿하고 윤곽선이 분명하지는 않지만.

"스님은…… 그 때는 아주 젊었지요?"

여승이 벌어진 치아를 드러내며 활짝 웃는다. 그녀가 덧붙여 말한다.

"판사님도 마찬가지셨지요. 하지만 그때 우리는 젊다고 느끼지 않았지요, 안 그런가요?"

"무슨 말씀이지요?"

잠시 후 나는 알아차린다.

그녀가 팔목에 찬 염주를 문지르자, 옥구슬끼리 부딪치는 소리가 난다.

"저는 위안부였습니다."

나는 그녀의 용건을 듣고 싶다는 확신이 생기지 않아서 집 안쪽을 힐끗 돌아본다.

여승이 계속 말한다.

"전국에서 잡혀온 12명이 거기 있었지요. 저는 열세 살이었고 거기서 가장 어렸습니다. 가장 연장자는 열아홉이나 스무 살이었지요. 병사들은 저희를 타나라타에 있는 수도원에 가두었습니다. 그들은 그곳을 기지로 삼고 있었어요. 저는 거기 두 달간 있었습니다. 그러던 어느 날 저를 풀어주더군요. 갑자기 그렇게 되었지요. 저는 이포에 있는 집에 갔습니다. 하지만 일본군이 제게 무슨 짓을 했는지 다들 알았지요. 어떤 사내가 저를 아내로 맞으려하겠어요? 아버지는 저를 너무도 창피해했고, 저를 사창가에 팔았습니다. 하지만 저는 달아났습니다. 다른 고장으로 갔지만 어찌어찌 사람들이 알았지요. 언제나 사람들은 알아차렸습니다. 어느 날 어떤 여자가 캐머런 하일랜드에 있는 사원에 대해 말하는 것을 들었습니다. 그 절이 저 같은 여자 몇 명을 받아주었다더군요. 저는 거기 올라갔습니다. 지금까지 그곳에 머물고 있지요."

그 절이 얼마나 허물어지고 폐가처럼 보였는지 기억하면서 내가 묻는다.

"사찰은…… 여전히 거기 있나요?"

"저희가 최선을 다해 절집을 건사합니다."

여승은 그렇게 말하고 잠시 침묵한다. 그러다가 다시 입을 열어 찾아온 이유를 설명한다.

"아리토모 씨가 가시고 몇 해 후, 강점기에 그 분이 지역 사령관을 찾아가 타나라타의 위안부들을 풀어주게 했다는 사실을 알게 되었습니다. 사령관은 가장 어린 넷을 풀어주는 데 동의했다더군요."

아리토모는 내게 그런 말을 한 적이 없다.

여승이 말한다.

"그 분이 실종됐을 때 판사님께 이 말을 전하고 싶었지만, 이미 떠나셨더군요. 그리고 다시 오지 않으셨지요."

"스님께서 저를 만나러 오기로 결심하셔서 다행입니다."

"다른 이유도 있었습니다."

"정원을 구경하고 싶으시군요."

"정원이요?"

여승은 순간적으로 당황한 표정을 짓는다. 그녀가 말을 잇는다.

"아! 아닙니다. 아니에요. 한데 아리토모 씨께 노자 그림에 대해 들은 적이 있습니다. 그 그림이 여전히 여기 있다면 보고 싶습니다."

"여전히 여기 있습니다. 스님의 절처럼."

나는 그녀를 집 안으로 안내해서, 아리토모의 부친이 그린 수묵화가 있는 곳으로 데려간다. 여승은 옛 현자 앞에 선다. 그림의 가운데가 찢어졌지만, 워낙 솜씨 좋게 보수해서 거의 눈에 띄지 않는다.

"일을 이루었으면 물러나는 것이 천도의 이치다.*"

여승이 나직하게 말한다.

나는『도덕경』을 여러 번 읽어서 그 구절이 익숙하다.

* 노자의『도덕경』9장의 문구

"아리토모는 그의 일이 완성되지 않은 상태에서 떠났지요."

여승은 내게 몸을 돌리고 미소 짓는다. 내가 아니라 세상에게 짓는 미소다.

"아…… 그렇다고 확신하실 수 있습니까?"

* * *

여승과 일행을 정원 밖까지 배웅한 후, 서재를 정돈하면서 그녀에게 들은 말에 대해 생각한다. 내가 아리토모에 대해 모르는 게 여전히 아주 많다. 내가 모르고 지나갈 사실이 아주 많다.

책꽂이에서 책 몇 권을 꺼내다가 그 뒤에 있는 상자를 발견한다. 열어보니 오래되어 당밀처럼 누런 제비집 한 쌍이 들어있다. 아리토모가 내게 줬던 것이다. 나는 둥지 한 개를 꺼내 든다. 가만히 누르니 바스라질 것 같다. 동굴에서 돌아와서 이 제비집을 상자에 담아 보관한 기억이 없다. 아리토모는 수프를 끓이라고 권했지만 그러지 않았다.

"테오 판사님?"

다쓰지 교수가 문간에 나타난다. 나는 상자를 닫아 원래 자리에 올려놓고, 그에게 들어오라고 손짓한다.

"우키요에 검토를 마무리했습니다."

그가 말한다.

"모두 다 쓰세요. 제가 승낙합니다."

내가 다쓰지에게 말한다.

이것은 그가 기대한 것 이상의 대답이다. 다쓰지가 내게 절을 한다.

"제 변호사가 계약서를 보내드릴 겁니다."

"교수님께 평가를 부탁하고 싶은 아리토모의 작품이 한 점 더 있습니다."

이 일을 계속 밀고 나가야 될지 모르겠다. 아직 마음을 바꿀 기회가 있지만, 다쓰지를 만나고 싶었던 것은 바로 이 일 때문이었다. 이게 그를 유기리로 부른 이유였다. 내가 다시 말한다.

"아리토모는 문신사였습니다."

"그러니까 제 짐작이 맞았군요. 그는 호로시였지요. 그가 작업한 문신의 사진을 갖고 계십니까?"

그의 얼굴에 환한 미소가 떠오른다.

"그는 사진을 한 장도 찍지 않았습니다."

"스케치라도?"

나는 고개를 젓는다.

"그가 문신 작품을 판사님께 남겼습니까?"

"딱 하나요."

다쓰지가 상황을 파악하자 그의 얼굴에 희미한 흥분감이 번진다.

"그가 판사님 몸에 문신을 했군요?"

내가 고개를 끄덕이자 다쓰지는 잠깐 눈을 감는다. 문신의 신에게 감사 인사라도 하는 걸까? 그런 신이 존재한다 해도 그리 놀랍지 않다.

"어느 부위입니까? 팔인가요? 어깨입니까?"

"등."

"정확히 어디입니까?"

점점 조급해져서 그가 묻는다. 나는 계속 그를 쳐다보고, 갑자기 그의 얼굴에 알아차린 표정이 떠오른다.

"아, 아, 그렇군요. 단순한 문신이 아니라 호리모노군요."

한동안 그는 말이 없다. 마침내 다쓰지가 입을 연다.

"일본 예술계에서 가장 중요한 발견 중 하나가 되겠군요. 상상해보십시오. 히로히토 천황의 정원사이자 호로시라니. 그가 다름 아닌 중국 여인의 몸에 작품을 남겼으니 말입니다."

"아리토모의 우키요에를 사용하고 싶다면, 이 일을 언급해서는 안 됩니다."

"그러면 왜 제게 말하셨습니까?"

"제 사후에 이 호리모노가 보존되기를 바라서입니다. 교수님이 맡아서 처리해주시면 좋겠습니다."

"그거야 쉽게 처리할 수 있습니다."

"어떻게요?"

"사망 시 피부를 제게 유증한다는 계약서를 작성하면 되지요. 원하시면 대가는 즉시 지불하는 조건으로."

다쓰지가 말한다. 그가 허공에 우아하게 원을 그리면서 덧붙인다.

"세부 사항은 나중에 의논할 수 있습니다. 하지만 우선……"

그는 소리 나지 않게 손바닥을 모으고 말을 잇는다.

"우선 판사님의 몸에 새겨진 작품의 수준과 질감을 제가 확인해야 합니다. 물론 도와줄 여성을 배석시키고 진행할 겁니다. 도쿄에서 만나도록 준비할 수 있는데요."

"아니요. 여기서 합니다. 바로 여기서. 이 방에서 할 겁니다. 저는 이것을 교수님께만 보여드릴 겁니다. 다른 누구도 안 됩니다. 그렇게 난감한 표정을 지으실 필요 없어요, 다쓰지. 우리 둘 다 성인인 걸요. 남의 알몸을 볼 만큼 보고 산 사람들인걸요."

"저는 삼자가 배석하는 편이 더 좋겠습니다. 그러면 생길 수 있는 문제를…… 아……."

그가 넥타이를 매만진다.

"우리 나이에요? 분명히 그건 아니지요. 아님 혹시 제가…… 교수님의 취향을 바꾸어놓을 가능성이 있다면 그건 제가 으스댈 일 아닌가요?"

나는 그의 불편한 기색을 즐기면서 한숨을 푹 내쉬고 덧붙였다.

"알았어요, 다쓰지. 제가 사람을 찾아보죠. 샤프롱*을요."

나는 웃음을 터뜨린다. 그 단어의 어감이 좋다. 내가 말을 잇는다.

"샤프롱이라니 진짜 유행 지난 말이네요, 그렇게 생각하지 않으세요?"

다쓰지가 말한다.

"아리토모 선생과 관련된 조사를 진행하면서 당황스러운 일들을 겪었습니다."

유쾌한 기분이 사라지고 대신 경계심이 생긴다.

"어떤 종류의 일이지요? 그와 어울리지 않는 일인가요?"

다쓰지가 대답한다.

* 보호자, 후견인

"아닙니다. 사실은 정반대입니다. 제가 밝힌 그의 인생사는 모든 것이 자연스럽지만…… '만들어졌다'고 느껴졌습니다. 마치…… 꼭 거장 니와시(정원사)가 설계한 정원을 거니는 것 같았지요. 예를 들면 도미나가 노부루와 선생이 불화한 연도도 그렇습니다. 그들은 어릴 때부터 친한 친구였지요."

"어릴 때 친구들이 어른이 되어 말다툼을 벌이는 일은 아주 흔하죠."

다쓰지는 잠시 생각에 잠긴다. 그는 내게 기다리라고 말하고 서재에서 나갔다가 몇 분 후 가방을 들고 돌아온다. 다쓰지가 가방을 열고 작고 검은 주머니를 꺼낸다. 그는 주머니의 끈을 풀고 반짝이는 금속 물건을 집는다. 순간적으로 나는 그가 물고기 입에서 낚시 바늘을 뺀다고 생각한다. 그가 물건을 내 손바닥에 떨군다. 10센트만 한 은 브로치다. 절제되고 정교한 장인의 솜씨가 돋보인다.

"꽃인가요?"

내가 브로치를 뒤집어보면서 말한다.

"국화지요. 이 브로치는 태평양 전쟁 중에 천황이 선발한 집단의 구성원에게 내린 하사품입니다."

"어떤 목적으로요?"

나는 자단 의자에 앉는다.

"혹시 '골든 릴리'에 대해 들어본 적이 있습니까?"

주름진 내 장갑 낀 손바닥에서 브로치가 반짝인다.

"아뇨."

"천황이 지은 시의 제목입니다. 「긴노유리」. 제 조국이 저지른 최악의 범죄의 이름 치고 아름답지 않습니까? 1937년, 저희가 난징을

527

공격한 후였습니다. 황궁 관료들은 군이 전리품을 빼돌릴까 봐 걱정하였습니다. 제국 총사령부가 제 몫의 약탈품을 확보하기 위해 한 가지 작전을 내놓았습니다. 그 작전의 명칭이 '골든 릴리'였지요."

이 작전은 군의 통제를 받지 않고, 히로히토의 형제인 지치부노미야 야스히토가 주관했다. 지치부는 다른 형제 몇 명의 도움을 받았다.

"이 왕자들의 지휘하에 회계사, 재정 자문가, 미술품과 골동품 전문가 집단이 있었습니다. 이 전문가 중 다수가 혈연이나 혼인으로 천황과 인척 관계였지요."

다쓰지가 설명을 이어간다.

"골든 릴리는 첩자들을 아시아로 보내, 그들이 훔칠 수 있는 보물에 대한 정보를 수집했습니다. 뭐든 빼앗을 가치가 있는 것에 주목했고 정보를 꼼꼼히 기록했지요."

"경매 회사가 카탈로그를 편집하듯 말이죠."

내가 말한다.

"하이(그렇습니다). 대단히 독점적인 경매 회사지요."

그는 다른 다리에 체중을 실으면서 말을 잇는다.

"제국군이 중국…… 말라야와 싱가포르…… 한국, 필리핀, 버마…… 자바와 수마트라를 휩쓸고 지날 때, 골든 릴리 요원들이 밀착해서 따라붙었습니다. 그들은 어디를 뒤져야 될지 알았고, 손에 넣을 수 있는 것은 모두 훔쳤습니다. 고찰에서 옥과 금불상을, 박물관에서 문화재와 골동품을, 은행을 불신한 중국 부자들이 쌓아둔 금을 훔쳤지요. 골든 릴리는 각 나라의 왕실 소장품과 국고를 털었습니다. 금괴와 대단히 귀중한 미술품, 조각상, 도자기와 지폐를 옮겼지요."

"그 모든 것을 일본으로 가져갔나요?"

다쓰지는 머나먼 시간에 시선을 고정시킨다.

"골든 릴리는, 전쟁이 시작되자 이 물품을 일본으로 수송하는 게 위험하다는 것을 알았습니다. 또 저희가 외세에게 점령당할 경우 골든 릴리가 이 보물들을 확보하지 못할 거라는 두려움도 있었지요. 약탈품을 일본으로 옮기지 않고 필리핀에 숨기는 편이 안전했습니다. 민다나오 섬과 루손 섬에 적당한 은닉처를 알아보려고 첩자가 파견되었습니다. 제국군이 이 섬들을 관할하자 골든 릴리가 거기로 들어간 겁니다."

"골든 릴리는 여기 말라야에서도 활동했나요?"

"부유한 가정과 은행에서 뺏은 금은을 녹이는 공장이 페낭과 이포에 있었습니다. 골든 릴리가 그 공장들을 운영했을 수 있습니다."

다쓰지가 말한다.

"그런 후에 말라야에서 약탈한 보물들을 필리핀으로 반출했군요?"

"그렇습니다."

"약탈품을 바다 건너로 운반하는 데 위험 부담이 엄청났겠네요?"

다쓰지가 대답한다.

"골든 릴리의 선박들은 등록된 병원선들로 위장했습니다. 이 배들과 마주치는 연합군 전투기들과 전함들은 깃발을 알아보고, 등록 번호를 재차 확인한 후 그냥 내버려뒀지요."

나는 분노로 몸이 굳는다.

"민간인 수천 명이 적십자기를 단 배를 타고 싱가포르를 빠져나왔습니다. 당신네 비행기들은 그들 전원을 수장시켰어요. 바다에 떠다니던 생존자들은 폭격당하거나 방치되어 익사했지요. 여자들은 선별되어 강간당한 후 바다에 내던져졌고요."

다쓰지는 내게서 시선을 거둔다. 그가 말한다.

"상황이 안정되고 우리가 전쟁에서 승리하면, 필리핀의 은닉처는 개방되어 보물들은 도쿄로 옮겨질 터였습니다."

"하지만 당신들은 전쟁에서 패배했지요."

"하이(그렇습니다). 생각할 수 없는 일이 벌어졌습니다. 그리고 골든 릴리가 훔친 것은 여전히 거기에 남아 있을 수도 있습니다."

나는 브로치를 다쓰지에게 돌려준다.

"이것은 어디서 구하셨나요?"

"캄퐁페뉴에 있을 때 데루젠은, 황실 가족을 어디든 원하는 곳에 태워다 주고 그들의 선박을 공중 엄호하는 임무를 맡았다고 말했습니다. 제가 채근했지만 더 이상은 말하지 않으려 하더군요."

다쓰지는 국화 브로치를 빤히 쳐다본다. 그가 말을 잇는다.

"그 마지막 아침, 데루젠이 날아간 후 저는 오두막으로 돌아갔습니다. 제 소지품 사이에서 브로치를 발견했지요."

그가 침묵에 잠긴다. 얼마 후 다쓰지가 입을 연다.

"오랜 세월 긴노유리 관련 연구를 한 것은, 단지 데루젠이 어떤 일을 했는지 알아내기 위해서입니다."

"그분이 이…… 골든 릴리의 일원이었나요?"

나는 골든 릴리라는 말이 낯선 척한다.

다쓰지가 말한다.

"1년 전 골든 릴리 소속이었던 엔지니어를 추적했습니다. 그는 90대였고 죽기 전에 자기 이야기를 하고 싶어 했지요. 그는 루손 섬에 파견되어, 산 속 지하 금고에서 노역하는 전쟁 포로들을 감독했습니다. 강제 노동자 수백 명이 밤낮으로 일하며 터널과 방을 팠습니다. 일단 방마다 보물을 채우면 신도교 사제를 불러들여 그 땅을 축복하는 의식을 했지요. 일본에서 온 도자기 전문가가 도토*와 그 지역의 바위를 섞어서 터널 입구를 밀봉했습니다. 지역의 토질과 섞이게 색깔을 입혔지요. 엔지니어는 전체 지역에 파파야와 구아바 같이 빨리 자라는 나무와 관목을 심어서 주위 시골 풍경과 어우러지게 했다고 합니다."

"어떻게 됐지요…… 그 포로들은 어떻게 됐나요?"

"인근 다른 지역으로 보내졌지요. 동굴이나 몇 달 전에 미리 준비된 폐광으로 보내졌습니다. 저항하는 자들은 사살당했어요. 포로가 전부 안에 들어가면, 폭발물을 터뜨려서 입구를 막아버렸습니다."

"사람을 산 채로 묻었군요."

내가 속삭인다.

"오랜 세월 보물 사냥꾼들이 필리핀의 이 지역을 알아내려고 애썼습니다. 어쩌면 일부 은닉처에 있던 약탈품을 꺼내서 배에 실어 일본으로 보냈을 겁니다."

"보물 사냥꾼들이요?"

내 의심이 그를 흥미롭게 하는 모양이다.

* 도자기의 원료가 되는 점토

531

"그들은 언론에 야마시타 장군이 루손에서 철수하면서 숨긴 금괴를 추적 중이라고 말했습니다. 혹은 필리핀 당국자에게 일본에서 죽은 병사들을 제대로 매장해주기 위해 유골을 수습한다고 둘러댔지요. 누가 이런 은닉처를 발견한다 해도, 금고에는 1천 파운드*에 달하는 폭탄이 설치되고 청산가리가 담긴 유리병들이 모래에 묻혀 있습니다. 누구든 동굴을 개봉하려고 하면, 만약 제대로 된 지도가 없으면……"

나는 헤어나기 힘든 기억에서 빠져나온다.

"교수님이 말한 일이 실제로 벌어졌다면, 지금쯤 누군가 이런 이야기를 했을 테지요. 그 엔지니어처럼 이런 지하 금고에서 일한 일본인이나 어느 감시병이 말이에요."

다쓰지가 말한다.

"일본인 근무자도 포로와 함께 모두 생매장되었으니까요. 저와 대화한 사람은 운이 좋은 축에 속했습니다. 그들이 그의 눈을 가리고 수용소로 데려왔거든요. 하지만 그는 누군가 자기를 풀어준 게 실수였을 거라고 의심하며 한평생 두려워했습니다."

"이 모든 게 아리토모와 무슨 관계가 있지요?"

"제 관심은 오직 그의 우키요에였지만, 그에 대해 알수록 골든 릴리에서 무언가 역할을 했다는 확신이 점점 커집니다. 물론 그렇다는 증거는 없습니다."

다쓰지가 얼른 덧붙인다.

* 약 450킬로그램

532

"그저 저만의 의심일 뿐입니다."

"그는 정원사였어요, 다쓰지."

나는 다쓰지의 말에 얼마나 동요하는지 들키지 않으려고 단호한 말투로 대꾸한다.

"그는 지형을 조사할 목적으로 여기 왔는지 모릅니다. 필요한 조경과 원예에 대한 지식을 두루 갖춘 사람이었으니까요. 은닉처는 위장되거나 숨겨진 곳이어야 된다는 점을 염두에 두십시오. 샤케이(차경)의 거장보다 적격자가 또 어디 있겠습니까?"

"하지만 이런 작전의 일원이 되려면……"

내 목소리가, 심지어 기운도 약해진다.

"저희는 전쟁에 뛰어들고 있었습니다, 테오 판사님. 다들 역할을 맡아야만 했습니다. 천황께 충성해야 했지요."

"심지어 그의 친구인 도미나가 노부루도요?"

"그는 동남아에서 골든 릴리를 관할했습니다. 제가 인터뷰했던 목격자들인 연로한 병사, 군 행정관은 1938년에서 1945년까지 몇 년 사이 그를 말라야와 싱가포르에서 봤다고 말했습니다."

"하지만 아리토모는 여기 있었어요, 심지어 전쟁이 끝나고 오랜 후까지. 그는 귀국하지 않았습니다."

"당시 말라야 상황이 어땠는지 잊으셨습니까? 『레드 정글』에서 읽어본 내용에 의하면, 항복 이후 무법천지로 불안했지요. 공산 게릴라들은 밀정들에게 보복했고, 중국인과 말라야인은 서로를 죽였습니다. 또 영국군이 돌아오고 있었지요. 아마 골든 릴리는 보물을 옮길 적당한 시기가 아니라고 판단했지만, 누군가는 여기 남아 보물이 제대로 보존되는지 확인해야 했을 겁니다."

"그러니까 그는 상황이 안정되기를 기다리면서 여기, 그의 정원
에 머물렀다는 거군요."

나는 머릿속으로 조각들을 배치하며, 모자이크에서 적당한 패턴
을 찾아낼 수 있는지 살핀다. 내가 덧붙여 말한다.

"하지만 그때 공산주의자들이 전쟁을 시작했어요."

"그가 골든 릴리의 일원이었다면, 약탈품이 숨겨진 곳을 알았을
겁니다. 적어도 말라야의 은닉처는 알았겠지요."

아리토모가 이런 일에 연루되었다고 알려져서 나를 만나려고 몰
려들 사람들을 생각하면 겁이 났다.

"아리토모는 알았다 해도 혼자만 알고 갔을 거예요."

내가 단호하게 말했다.

다쓰지도 인정한다.

"아무렇게나 흘려버릴 정보는 아니지요."

"그는 제게 아무 말도 하지 않았어요."

다쓰지는 좀 무례하다 싶게 웃는다.

"그렇게 성장하고 그런 배경을 가진 사람이니 의무를 제대로 수
행했어야 될 겁니다. 마지막까지 줄곧."

* * *

마주바의 새로운 티 하우스는 가파른 언덕 정상에 있고, 나는 한
참을 걸어서 도착한 후 숨을 몰아쉰다. 점심시간 몇 분 전이지만, 방

수 재킷과 큰 장화를 신은 나이 든 관광객들이 식탁을 전부 차지하고 있다. 나는 식당 안을 둘러보다가, 바깥 테라스에서 손을 흔드는 프레더릭을 본다.

"여기서 가장 멋진 테이블을 준비해두었네요."

프레더릭이 의자를 빼주자 내가 말한다.

"이곳 주인이라는 게 도움이 되지요. 1년 전 방갈로를 이렇게 개조했소. 예전에 조프 하퍼의 방갈로였는데. 그가 기억나나요?"

우리 테이블은 길고 좁은 테라스의 끝에 있다. 테라스는 부두처럼 계곡 위로 쭉 뻗었고, 가슴 높이의 판유리가 울타리처럼 세워져 있다. 산맥과 차나무 비탈이 가장 멋지게 보이는 자리다. 머리 위의 격자 구조물에서 등나무 꽃이 향기를 내뿜는다. 잠시 눈을 감고, 이날 아침 다쓰지가 골든 릴리에 대해 한 말을 다시 생각한다. 표면상으로는 헛소리지만, 사실 내가 아는 바로는 터무니없는 말이 아니다.

프레더릭이 찻잔에 차를 따라 내 앞으로 밀어준다.

"가장 최근에 일군 밭에서 딴 차예요. 여전히 테스트 중이지."

나는 찻잔을 코에 대고 피어오르는 김을 들이마신다. 한 모금 마신 후 차를 입 안에 머금고 혀에 풍미가 퍼지게 한다.

"오랫동안 마주바 차 맛을 못 봤어요."

그가 모욕당한 표정을 짓는다.

"우리 차를 좋아하지 않는군요?"

"그런 게 아니에요."

그에게 어떻게 설명해야 될지 난감하다. 내가 말을 잇는다.

"이곳에서 재배한 차는…… 나름의 독특한 풍미가 있어서…… 너무 많은 기억을 불러내거든요."

"난 여행할 때마다 우리 차를 한 통씩 들고 가지."

프레더릭이 말한다.

"전에 매그너스가 중국에 있는 어느 절에 가봤다고 말했는데……"

프레더릭이 내 말을 끊고 말한다. 그의 얼굴에 미소가 번진다.

"우이 산에 있는 사찰. 몇 해 전에 나도 가봤어요. 숙부가 말한 게 전부 거기 있더군. 새벽에 차를 따는 승려, 독특한 풍미의 차. 여전히 세상에서 가장 비싼 차예요."

아래 계곡에서 차 따는 일꾼들이 머리에 쓴 원색 스카프가 잔디밭에 뿌려진 꽃잎 같다.

그는 주위 사람들을 가리키며 말한다.

"많은 사람이 아리토모의 기일 때문에 여기를 찾아왔소."

"알아요. 그들이 나를 성가시게 해요. 아리토모 관련 다큐멘터리를 찍는 저널리스트는 나를 촬영하고 싶대요. 뉴스 채널에 내보낼 인터뷰를 하라고 강요하는 사람도 있고."

"당신이 그들과 만나야 해요. 아리토모에 대해 말해줘야지. 누구보다 그를 잘 아니까."

"내가요?"

음식이 나오자 우리는 말없이 식사한다.

"다쓰지가 목판화 선별 작업을 마무리했어요."

그릇이 치워지자 내가 말한다. 천천히 사건 순서대로 짚어가면서 골든 릴리에 대해 말한다. 내가 이야기를 끝내자 긴 침묵이 이어진다.

마침내 그가 묻는다.

"아리토모가 연관이 있다고 생각해요?"

"모르겠어요. 하지만 다쓰지에게 이야기를 들은 후, 내가 있던 곳이 골든 릴리의 강제 수용소란 확신이 들어요. 그가 말한 많은 부분이 내가 거기서 본 것과 일치해요."

"그 일본인들이 당신한테 저지른 짓을 아리토모가 알았나요?"

"내가 말했어요."

"하지만 당신은 내게 아무 말도 하지 않았소. 난 당신이 유기리를 떠난 이유를 도무지 알 수가 없었지."

그의 말투에서 해묵은 상처가 묻어난다. 긴 세월이 흘렀지만 상처는 여전히 아리다.

"여기서 살 수가 없었어요, 프레더릭. 언니를 위해 하고 싶었던 정원 조성조차 할 수 없더라고요. 그 모든 게 아리토모를 떠올리게 했을 테니까. 내가 잘하는 것은 법률밖에 없다는 걸 알았죠."

"당신은 그럭저럭 꾸려왔소."

"이상하지 않아요? 법조계로 돌아갔을 때 난 사법부에 들어갈 의향이 전혀 없었어요. 그런데 난 신생 독립국이 필요로 하는 자격을 갖췄죠. 유럽인이 아니고, 식민 지배국이 우리를 얼마나 홀대했는지에 대해 몹시 비판적이었으니까."

"당신은 포로였던 과거를 회복하지 못했군요."

"그걸 회복한 사람도 있어요?"

"미안. 바보 같은 말을 했구먼."

프레더릭 뒤로 열기구가 시야에 들어온다. 선홍색의 눈물방울을 거꾸로 세운 모양이다. 프레더릭이 내 시선을 좇더니, 몸을 비틀어서 어깨 너머를 쳐다본다.

"일주일 전에 어떤 사람이 쿠알라룸푸르에서 저걸 가져왔소. 그가 관광객을 태워주고 있지. 인기 있는 코스는 유기리 주변 지역이라고 들었소."

열기구가 우리를 향해 천천히 돈다. 옆면에 '마주바 차 농장'이라는 글자와 남아프리카의 네덜란드풍 주택, 즉 마주바 하우스를 그린 로고가 있다. 나는 그것을 보고 짐짓 못마땅한 듯 신음 소리를 낸다.

"그럴 것 없어요, 광고 효과가 좋거든!"

프레더릭이 말한다.

"감히 유기리 위로 날아오면 총으로 쏴버릴 거예요."

그가 웃음을 터뜨리자, 주변 몇 사람이 고개를 돌려 우리를 쳐다본다.

"매년 중추절 잔치 때 에밀리 숙모가 해주던 이야기 기억해요?"

프레더릭이 눈물을 닦으면서 말을 잇는다.

"후 이가 화살로 태양을 쏴서 차례로 떨어뜨렸지요? 그의 아내는 마법 알약을 삼키고 영생불멸하게 됐고?"

"가여운 후 이. 달에게 빼앗긴 아내를 갈망하다니. 그는 그녀를 잊었어야 해요."

내가 말한다.

프레더릭이 대꾸한다.

"아마 그럴 수 없었을 거요. 그러고 싶지 않았을 테니."

* * *

그날 저녁 5시, 산책 복장으로 갈아입는다. 긴팔 셔츠, 헐렁한 면바지, 등산화 차림이다. 아 청은 이미 현관문에서 기다린다. 내가 매일 저녁 산길을 산책하던 아리토모의 습관을 물려받았음을 아 청은 일찌감치 눈치챘다. 집 관리인인 그는 내가 채비하는 기척을 들을 때마다 잊지 않고 지팡이를 들고 나타난다. 나는 지팡이를 받아본 적이 없지만, 그는 단념하지 않고 매번 지팡이를 권한다.

캐머런 하일랜드의 마을 세 곳에 있는 공식적인 산책로는 열세 가지 코스로 길이와 난이도가 다양하다. 또 산림 관리인과 고지대 주민만 아는, 지도에 나오지 않는 산길도 많다. 그런 코스 중 하나가 유기리 단지의 끄트머리를 지난다. 그 코스를 완주하는 데 채 한 시간이 안 걸리고, 매년 이맘때면 다른 사람과 마주칠 일이 없다.

산책로를 걷자 무거운 마음이 가벼워진다. 머리 위에서 나뭇잎이 다른 나뭇잎에 그림자를 드리운다. 뿌리덮개 냄새가 야생란 향기에 가려진다. 숨뿌리가 반얀 나무의 가지에서 솟는다. 더 오래된 뿌리의 일부는 오랜 세월 종유석처럼 굳어서 처진 가지를 떠받친다. 내가 걷는 산길에 다른 사람이 앞서 지난 흔적이 없고, 몇 분이 지나지 않아 열대 우림의 습하고 부패하는 중심부로 빠져드는 기분을 느낀다.

산길은 가파르고 힘에 부친다. 계곡이 내려다보이는 산등성이에서 걸음을 멈추고 숨을 고른다. 오래된 억울함이 다시 나를 찔러댄다. 수용소에서 건강을 해치지 않았더라면 더 건강한 여인이 되었을 것이다. 신경외과 전문의에게 처음 병명을 들었을 때, 과거에 겪은 결핍이 원인이냐고 물었다. 40년 전에 뿌려진 씨앗이 내 몸에 독이 든 뿌리를 천천히 내려서 아픈 거냐고.

"확실히 모르지만 의심스럽긴 합니다."

의사는 그렇게 대답했다.

마음 한 구석에 계속 그런 의심을 갖지 않을 수가 없다. 나는 마호가니 나무의 그루터기에 앉으면서 생각한다. 아파시아(실어증). 그렇게 아름다운 이름이라니. 이 어휘는 꽃을 연상시킨다. 동백일까. 아니 라플레시아와 더 비슷하다. 꽃을 피우면 고기 썩는 냄새로 파리 떼를 꾀어들이는 꽃.

골든 릴리에 대한 다쓰지의 가설로 생각이 되돌아간다. 그 가설이 맞고, 도미나가 노부루가 골든 릴리의 동남아 지역 수장이었다면, 내가 끌려간 수용소가 그 작전의 일부라는 것은 의심할 여지가 없다. 하지만 전체 작전에서 아리토모는 어디쯤 들어갈까? 아리토모가 골든 릴리의 작전 수행을 위한 기초 작업을 하려고 여기 파견되었다는 다쓰지의 추측이 맞을까?

아리토모를 향한 분노가 갑작스럽게 몰려든다. 나는 마호가니 나무의 줄기 옆 부분을 움켜쥔다. 잠시 후 분노가 가라앉는다.

일어나서 엉덩이에 묻은 흙을 털어낸다. 점점 어둠이 짙어진다. 언덕 위에 내린 안개 속에서 오렌지색 빛이 생기는 광경이 나무에 불이 붙은 것처럼 보인다. 이 산맥에 뚫린 수백 개의 동굴에서 박쥐들이 몰려나온다. 나는 주저 없이 안개 속으로 뛰어드는 박쥐를 지켜본다. 박쥐는 메아리와 고요를 믿고 그 안에서 날아다닌다.

누구나 다 같지 않을까? 지형의 지도를 그리기 위해, 주변 세계를 이해하기 위해 들리는 말 사이의 침묵을 해석하고, 되돌아오는 기억의 메아리를 분석하니 말이다.

24

정원은 다양한 시계로 구성된다고 아리토모가 말한 적이 있다. 어떤 시계는 다른 시계보다 빨리 가고, 우리가 감지할 수 있는 것보다 느리게 움직이는 시계도 있다. 내가 이 말을 완전히 이해한 것은 그의 제자가 되고 오래 지난 후였다. 유기리에서 자라는 모든 화초 한 포기, 나무 한 그루는 나름의 속도에 따라 자라고 꽃을 피우고 죽었다. 하지만 그 주위는 영원 무상한 분위기에 휩싸여 있었다. 참나무, 단풍나무, 향나무같이 추운 곳에서 온 나무는 계속되는 비와 안개, 산맥 속의 늘 같은 계절에 적응해야 했다. 나무의 빛깔 변화는 그리 눈에 띄지 않았다. 다만 안채 옆에서 자라는 단풍나무만이 기억의 나이테 속에서 계절 변화를 다시 살려냈다. 단풍잎은 완전히 붉게 물들고 가지에서 떨어져 정원 안을 떠다녔다. 나는 우수구모 연못의 바위에 달라붙은 단풍잎을 자주 보곤 했다. 파도에 갇힌 불가사리처럼 보였다.

유기리를 벗어나 타나라타 마을에 갈 때마다, 시간이 그렇게 흐른 걸 알고 어리둥절해지곤 했다. 캐머런 고지대에 올 때는 잠시일 줄 알고 세상을 두고 떠나왔다. 그런데 어느 날 1년 넘게 아리토모의 제자 노릇을 했다는 사실이 머리를 스쳤다. 난 이 말을 아리토모에게 했다.

"내게 처음 에덴동산 이야기를 해준 사람은 매그너스였지. 나는 좀체 그곳을 상상할 수가 없었어. 무엇도 죽거나 썩지 않는 정원이라니. 거기서는 아무도 늙지 않고 계절도 변하지 않지. 얼마나 비참할까."

그가 말했다.

"그게 뭐 그리 비참하죠?"

"계절을 각각 색이 다른 섬세하고 투명한 비단 조각이라고 생각해봐. 개별적으로도 아름답지만, 조각 가장자리가 겹치기만 해도 특별한 뭔가가 연출되지. 한 계절의 끝과 다른 계절의 끝이 겹치면 그 좁은 시간의 조각이 그렇게 변하는 거야."

아리토모는 잠시 침묵했다. 그러더니 그가 물었다.

"그 남자와 여자가 떠나야 했던 이후 에덴동산은 어떻게 되었지? 모든 것이 폐허가 되었나? 생명 나무와 지식 나무는? 아니면 모두 그대로 변함없이 거기 남아 기다리고 있나?"

나는 학창 시절 수녀들에게 배운 이야기를 기억해보려 애썼다.

"모르겠네요. 그냥 이야기일 뿐이에요."

아리토모가 나를 쳐다보았다. "최초의 남자와 여자가 집에서 쫓겨났을 때, 시간 역시 세상에 풀린 거야."

* * *

어느 날 아침 유기리에 칸나다산과 일꾼들이 나타나자 나는 우기가 끝났음을 알았다. 그간에 피해가 많이 생겨서 정원을 손봐야 했다. 폭풍우에 나뭇가지가 잘려나갔고, 산맥에서 쓸려 내려온 나뭇잎과 쓰레기가 개천을 막아 양쪽 둑이 침수되었다. 나는 관심과 에너지를 다시 정원에 쏟을 수 있어서 행복했다. 곧 우리는 오솔길 청소, 바위들 위치 조정, 나뭇가지 다듬기, 아리토모가 조화롭지 않다고 지적한 것을 다 치우는 등 간단한 작업에 매달렸다.

저녁에 그가 아 청에게 지팡이를 받아들면 우리는 정원 뒤편 산기슭을 걸었다. 그 순간이 좋았다. 그런 때면 그는 나 혼자였으면 못 보고 지났을 것들을 일러주었다.

"자연은 최고의 스승이지."

아리토모가 내게 말했다.

고급 공무원과 고위 군 장교에게 유기리 관람 요청이 들어오기 시작했다. 아리토모가 대부분의 요청을 허락하는 게 나로서는 놀라웠다. 물론 그는 방문객에게 구경시키는 일은 내가 맡아달라고 했다. 이즈음 정원에 대한 지식이 제법 많아졌지만, 난 아리토모와 몇 년 더 공부해야 된다는 걸 알았다.

어느 날 오후 나는 안채 앞 잔디밭에서 낙엽을 긁고 있었다. 그때 그가 다가오는 기척이 느껴졌다. 몇 분간 그는 말없이 나를 지켜보았다. 나는 계속 일했다. 이제 그가 작업하는 내 모습을 찬찬히 살펴도 초조하지 않았다.

"선생님이 설계한 다른 정원과 비교할 때 유기리는 어떤가요?"
내가 물었다.

"아마 다른 정원들은 조악하고 미숙한 관리로 망가졌겠지. 여기
이 정원은…… 여기가 유일한 진짜 내 정원이지."

그는 주위를 둘러보면서 말했다.

"선생님은 여기 말라야에서 정원을 더 많이 설계하실 수 있어요.
입석 기술의 원리를 이 기후에 적용하세요. 같이 일해요, 선생님이
랑 저랑. 제가 윤 홍을 위해 만들고 싶은 정원을 조성하는 것으로 시
작할 수 있어요."

"오늘 세키가와에게 편지 한 통을 건네받았어. 정원청에서 나를
만나 보라고 그를 보냈지."

나는 나뭇잎 더미를 마대에 쓸어 담고, 갈퀴를 바닥에 내려놓았다.

"그 사람에게 뭐라고 하실 건데요?"

그는 바다에 비친 제 모습을 응시하는 태양처럼 흔들림 없이 나를
쳐다보았다.

"내 집은 여기, 이 산맥 속이라고 말할 작정이야."

오랫동안 서로 바라보기만 했다. 그러다가 나는 마대를 들어서 그
에게 주었다.

"이제 정원이 완전해졌네요."

아리토모는 내게 받은 마대에 손을 넣어 시든 갈색 낙엽을 한 줌
꺼냈다. 그가 잔디를 밟고 서서, 바람이라도 되는 듯 낙엽을 휘휘 뿌
렸다. 마지막 나뭇잎이 손에서 떨어지자, 아리토모는 마대를 내게
돌려주고 물러서서 자신이 연출한 풍경을 바라보았다.

그날 밤 문신을 할 때, 그의 손길이 평소보다 느리고 무겁게 느껴졌다. 잠자리가 나뭇잎에 내려앉듯, 두어 차례 그의 손가락이 내 등에 머물렀다. 자정이 지난 시각, 그는 작업을 멈추고 무릎을 꿇고 앉았다. 밖에서는 풀밭에서 개구리들이 울어댔다. 잠시 후 내 어깨를 가볍게 쓰다듬는 그의 손길이 느껴졌다.

"다 됐어."

그가 말했다.

눈의 초점을 맞추는 데 잠시 시간이 걸렸다. 나는 다다미 바닥에서 몸을 떼고 일어났다. 어깨 너머로 거울에 비친 몸을 살피며 그가 색을 입힌 마지막 문신을 찾아냈다. 둥그스름한 마주바 하우스. 초록빛 차의 물결 위에 큰 배가 떠 있는 것 같았다. 내 목과 팔뚝, 옆구리 주변, 부푼 엉덩이 위쪽 맨살에 호리모노가 희미하게 번졌다.

나는 거울에 등 전체가 비칠 때까지 몸을 돌렸다. 잔뜩 나염한 셔츠를 입은 것 같았다. 한쪽 어깨를 움직여서 몸을 쭉 늘렸다. 갑자기 덜컥 겁이 났다.

"이제 자네는 새 피부를 갖게 되었어."

아리토모가 거의 1년 전, 내 맨살을 만지며 살폈을 때처럼 내 주위를 빙빙 돌았다.

"하지만 완성된 것은 아니에요. 아직 여기 빈자리가 있는걸요."

나는 왼쪽 엉덩이 위쪽의 담뱃갑 두 개만 한 네모난 자리를 만졌다. 빈자리가 부자연스럽고 부실해 보였다.

"호로시는 언제나 호리모노의 한 부분을 빈 채로 놔두지. 문신이 완성되지 않았다는, 결코 완벽하지 않다는 상징으로."

아리토모가 수건에 손을 닦으면서 말했다.

"선생님이 잔디에 뿌린 낙엽처럼 말이죠."

내가 말했다.

* * *

유기리 정원은 완성되었지만 언제나 관리를 위한 잔일이 남아있었다. 아리토모는 대부분의 잡다한 일을 내게 맡기면서, 정원사가 어떤 일을 해야 되는지 설명해주고 지시를 내릴 때마다 이유를 상세히 밝혔다.

어느 날 저녁 일꾼들이 퇴근한 후, 궁도장을 지나다가 아리토모를 보았다. 그는 궁도복을 입고 거기 있었다. 그를 안 후 이런 늦은 시간에 궁도 수련을 하는 것은 처음 본 데다 그의 자세가 어쩐지 어색해서, 난 멈춰 서서 지켜보았다. 그가 시위에 화살을 거는 시늉을 하자 내 의구심은 더 커졌다. 아리토모는 시위를 당기더니 놓는 몸짓을 했다. 화살이 없지만, 뭔가 강력한 것이 과녁을 뚫은 것처럼 종이가 출렁대는 소리가 얼핏 났다는 생각이 들었다.

그는 한 팔을 뻗고 활을 눈높이에 든 채로 꼼짝 않고 서 있었다. 마침내 그가 활을 내리고 동작을 완전히 마무리 짓는 시늉을 했다. 아리토모는 계속 과녁을 주시하다가, 흡족해서 한 차례 고개를 끄덕였다.

나는 자갈밭 가장자리를 걸어가서 아리토모 밑에 섰다.

"명중시키셨어요?"

내가 물었다.

그는 과녁을 돌아보았다.

"응, 그랬지."

"그리 어려웠을 리 없죠, 화살을 쓰지 않으셨으니까."

나는 혼란스런 마음을 감추느라 살짝 놀리는 투로 말했다.

"아니 틀렸어. 그것도 오랜 세월 수련해야 가능하지. 처음 시작했을 때는 번번이 명중을 놓쳤지. 그리고 화살이 있었어."

아리토모가 말했다.

"화살은 없었어요."

나는 몸을 돌려서 과녁을 확인해보고 싶은 마음을 누르면서 대꾸했다.

"있었어. 여기."

그가 옆머리를 건드리면서 말했다.

아리토모가 활터에서 보이지 않는 화살을 쏘면서 보내는 시간이 점점 길어지기 시작했다. 또 매일 저녁 그는 호리모노를 보여 달라고 청했다. 내가 호청에 엎드리면 그는 피부를 찬찬히 살피고 등에 그려진 그림을 쓰다듬었다. 산맥 속에 있는 절, 금사연 동굴, 태양을 쏘는 궁수. 이렇게 몇 분이 흐르면 나는 몸을 돌려서 그를 끌어당기곤 했다.

* * *

늦은 저녁이었고, 정원에는 아리토모와 나만 있었다. 땅속 깊은 곳에서 고요가 차올랐다. 나는 이 침잠의 막이 세상에서 걷히지 않기를 바라면서 꼼짝하지 않았다. 그때 구름이 다시 움직이기 시작했고, 안개가 내리면서 작은 산을 감싸 안았다.

나는 연장을 씻어서 헛간에 걸었다. 궁도장 앞을 지나는데 안이 비어 있었다. 현관에서 지팡이를 들고 서 있는 아 청을 발견했다. 고양이 커닐스가 계단에 앉아 제 발을 핥고 있었다. 곧 아리토모가 밖으로 나왔다. 그는 잠시 주저하다가 집사에게 지팡이를 받았다.

우리는 우수구모 연못가를 거닐었고, 고양이는 꼬리를 치켜세우고 쫓아왔다. 아리토모는 멈춰 서서 물 위를 내다보았다. 뒤쪽에서 자갈이 달그락대는 소리가 어렴풋이 들렸다. 아 청이 자전거를 정원 밖으로 끌고나갈 때 바퀴 하나가 삐걱거렸다.

평소 아리토모가 선택하는 산으로 올라가는 길은 정원의 서쪽 경계선을 지났다. 벽처럼 빽빽한 양치식물과 길게 자란 풀 사이에 숨은 산길에 접어들었을 때, 아리토모가 걸음을 멈추었다. 그는 허리를 굽혀 커닐스의 머리를 문지르고는 다시 일어나서 말했다.

"오늘 저녁은 혼자 있으면 좋겠는데."

아리토모가 지팡이를 내게 내밀었다. 우리는 서로 바라보았고, 결국 나는 지팡이를 받았다.

"서재에 갖다 둘게요."

내가 말했다.

아리토모가 고개를 끄덕이고 내 앞을 지나다가, 손을 한 번 가볍게 쓰다듬었다. 나는 그가 비탈길을 오르는 모습을 지켜보았다. 양치식물에 빛이 반사되어 대기가 초록빛을 띠었다. 비탈길 끝에서 아리토모는 뒤돌아 정원을 바라보았다. 어쩌면 그는 내게 미소 지었을지 모르겠지만, 그의 등 뒤로 햇살이 비쳐서 내가 제대로 봤는지 자신이 없었다. 나는 손을 가슴께로 들었다. 그에게 손을 흔들었을까? 아니면 그에게 돌아오라고 부른 걸까?

* * *

아리토모를 찾을 가능성이 가장 큰 시간대는 실종 후 첫 24시간이라고 리 경위가 알려주었다. 다음 날 아침 나는 차를 몰고 타나라타의 경찰서로 갔다. 리 경위는 아리토모의 심리 상태에 대해 묻고 착용한 복장을 설명해달라고 했다. 그가 아리토모의 사진을 요청했지만, 그제야 나는 그의 사진이 없다는 것을 깨달았다.

경찰은 유기리를 수색 본부로 이용했다. 아리토모의 서재 벽에 군이 제공한 지도들이 걸렸다. 아 청은 종일 집에 드나드는 사람들의 음식을 준비하느라 분주했다.

"그의 책상에서 이걸 발견했어요. 약이에요. 혈압 때문에 복용하시죠."

나는 약병을 리 경위에게 건넸다.

나는 수색대에 참여한 인원수에 놀랐다. 리 경위에게 이 말을 하자 그가 대답했다.

"아리토모 덕분에 헌병대의 고문이나 버마 철도 노역장에 끌려가는 것을 면한 사람들입니다."

수색대가 아리토모의 흔적을 찾지 못하고 돌아오는 날이 계속되자 희망이 약해졌다.

리 경위가 말했다.

"비가 도와주질 않는군요. 비 때문에 경찰견이 체취로 흔적을 쫓아가지 못하거든요. 그리고 이반족들도 그를 추적하는 데 성공하지 못하고요."

처음에 지역 신문사들은 아리토모의 실종을 가볍게 넘겼다. 결국 정글에서 길을 잃은 등산객이 하나 더 생긴 데 불과했으니까. 하지만 산맥의 공산 게릴라에 대한 기사를 쓰던 일본 기자가 도쿄 본지에 기사를 게재하자, 기자들이 타나라타로 몰려들기 시작했다. 그들은 내가 아리토모를 마지막으로 본 사람이라는 점을 중시했다. 내가 일본군 포로였다는 사실이 드러났고, 나와 아리토모의 관계에 대한 이야기도 나왔다. 아버지는 회복 불가능할 정도로 가문의 명예를 더럽히기 전에 당장 캐머런 하일랜드에서 나오라고 지시했다. 하지만 나는 아버지의 말을 무시했다.

아리토모의 수색이 시작된 지 일주일이 지났을 때, 세키가와가 나타났다. 내가 베란다에서 공책을 넘기고 있는데, 아 청이 그를 데려왔다. 1년 전쯤 바로 이 자리에서 그와 만난 게 기억났다. 아리토모가 호리모노를 시작하기 직전이었다.

세키가와가 말했다.

"제가 도움이 될 방법이 있으면 꼭 알려주십시오. 필요한 기간만큼 스모크하우스 호텔에 머물겠습니다."

"어떤 용건으로 아리토모를 만나려고 하셨나요?"

그가 대답했다.

"그분께 직접 말씀드리는 편이 더 좋겠습니다. 곧 발견되시리라 확신하니까요."

"당연히 그럴 거예요."

세키가와가 베란다 앞쪽 정원을 휙 둘러보더니 다시 집 내부를 살폈다. 그가 말했다.

"그가 제게 남긴 메모나 편지가 있습니까? 저나 다른 사람에게?"

"아리토모는 자신이 정글에서 길을 잃을 줄 몰랐거든요, 세키가와 씨. 아무튼 말하신 대로 그는 곧 발견될 겁니다."

그는 오래 머물지 않았다. 세키가와가 떠난 후 나는 다시 공책을 펼쳐서 하늘색 봉투가 끼워진 페이지를 넘겼다. 커닐스가 나와서 내게 몸을 문질렀다. 나는 봉투를 들고 바라보았다. 일본 전범이 아들에게 쓴 편지였다. 편지봉투를 상에 놓고, 다음 날 아침 아 청에게 부쳐달라고 청하리라 머릿속으로 다짐했다.

차가 식어버렸다. 베란다 위로 차를 버리고 새 차를 따랐다. 정좌 자세로 앉아서, 몸을 돌려 정원과 수풀 쪽을 돌아보았다. 산맥과 구름이 눈에 들어왔다. 찻잔을 위로 들고 한 번 머리를 숙인 후 차를 마셨다.

25

오후 늦게 서재로 들어선다. 하루 종일 이 순간을 생각하며 보냈고, 더 이상 미룰 수 없다는 걸 안다. 프레더릭이 곧 이리 올 것이다. 하지만 여전히 망설여진다. 내 눈길이 서가를 따라 백랍 차통에 머문다. 차통을 집으니 선반의 다른 데보다 짙은 둥근 자리가 드러난다. 통에 묻은 먼지를 닦아내고 가만히 흔든다. 통에 든 것이 바스락댄다. 뚜껑이 잘 당겨지지 않다가 마침내 살짝 폭 소리를 내면서 벗겨진다. 통 속을 보니 바닥에 찻잎이 조금 남아 있다. 한두 숟가락 정도 분량이다. 차통을 코 밑에 댄다. 희미한 냄새가 아직 남아 있다. 비에 젖은 모닥불 같은 냄새, 향 자체보다 향에 대한 기억이 더 짙게 남아 있다.

"윤 링? 아무도 안내해줄 사람이 없어서."

프레더릭이 문간에 서 있다.

나는 차통을 책상에 내려놓는다.

"아 청에게 오늘은 일찍 퇴근하라고 했어요. 들어와요."

나는 방구석에 있는 백단 장롱 앞에 무릎을 꿇고 장롱 안을 뒤진다. 찾는 물건에 손 관절이 부딪친다. 그것을 꺼내 책상으로 가져와, 편지 뜯는 칼로 뚜껑을 밀어서 연다. 아리토모가 전에 똑같이 했던 기억이 난다. 나는 한 생애 전에 난 소리의 메아리 같다.

"이걸 끼도록 해요."

나는 프레더릭에게 세월이 흘러 누렇게 변한 흰 장갑을 건네준다. 그의 손이 통통해서 장갑이 작지만, 어쨌든 그는 장갑을 끌어당긴다. 나는 함에서 『수호전』을 꺼내 상에 올려놓는다.

"다쓰지가 문신 예술을 바꾼 책에 대해 말했잖아요, 기억해요?"

"『수호전』."

14세기에 쓴 소설로, 12세기에 부패한 중국 황실에 맞서 반란을 일으킨 송강과 1백 7명의 추종자 이야기라고 내가 프레더릭에게 설명한다. 압제와 독재에 맞서 싸운 무법자 집단의 이야기는 도쿠가와 막부 통치하의 일본인들에게 반향을 일으켰다. 18세기 중반부터 책이 큰 인기를 얻으면서 계속 수많은 판본이 나왔다.

나는 책을 들어 올리면서 말한다.

"가장 잘 알려진 것은 호쿠사이*의 삽화가 들어간 판본이지요. 이 책에는 호쿠사이의 판화 원본이 들어 있어요."

"그런데 이제껏 이 책을 여기 놔둔 거예요? 분명히 가치가 엄청날 텐데."

---

* 에도 시대에 활약한 대표적인 우키요에 작가

그는 책갈피를 천천히 넘기면서 판화를 오래 쳐다보고, 이따금 앞서 본 그림으로 되돌아가서 다시 살핀다. 호쿠사이가 나무에 새겨 종이에 인쇄한 선이 노파의 엄지손가락 지문처럼 섬세하다.

책의 마지막 장에 이르자 프레더릭이 말한다.

"정말 대단하지 않소? 소설 한 권이 문신을 평범한 것에서 예술의 영역으로 부상시킬 수 있다니."

"이 책은 문신을 완전히 변형시켰어요. 책이 나오기 전에는 소악 했거든요."

나는 문신에 가장 심한 오명을 씌운 장본인이 중국인들이었으니, 아이러니가 더 놀랍다고 설명한다. 중국인들은 1세기 이후 문신을 야만적인 부족이나 행하는 관습이라는 견해를 가졌다. 중국인들의 견해는 5세기부터 쭉 일본에 퍼졌고, 그 시기 범죄자들은 몸에 문신을 새기는 벌을 받았다. 살인범, 강간범, 반역자, 도둑의 팔과 얼굴에 가로 줄과 작은 원이 먹으로 영구히 새겨졌다. 범죄자들을 쉽게 식별해 가족과 주류 사회에서 효과적으로 격리시키는 체벌로 문신을 사용했다. 문신은 일본 사회의 '불가촉천민'에게도 부과되어, 무두장이와 분뇨 운반꾼, 송장을 다루는 이들은 문신을 새겨야 했다.

요령 있는 범죄자들은 이 표식을 가리려고 원래 문신 위에 정교하고 세밀한 문신을 겹쳐서 새겼다. 17세기 말까지 문신은 매춘부와 손님 사이든, 사제와 미동* 사이든, 연인들이 서로에 대한 사랑을 증명하기 위해 새기는 정표가 되었다. 이런 문신은 그림이 아닌 연

* 성인 남자가 섹스를 위해 노예로 부리던 소년

인의 이름이나, 부처에게 하는 맹세 같은 중국 표의문자로 이루어졌다. 1세기 후에야 그림을 이용한 문신이 인기를 얻었다. 물론 문신을 새기는 행위는 억압받았고, 개인적인 표현을 엄격히 벌한 도쿠가와 막부 시대에는 특히 그랬다. 체제 전복적으로 보이는 일에는 제한이 가해졌고, 여기에는 연극과 불꽃놀이, '뜬구름 세상*'에 대한 서적이 포함되었다.

"그런 적대적인 사회에서 어떤 기법의 실험도 불가능했겠군."

프레더릭이 말한다.

"문신은 지하에서 행해졌고 점차 수그러졌지만,『수호전』의 인기로 인해 재기했어요. 고객은 문신사에게 호쿠사이의 그림을 몸에 새겨달라고 요청하기 시작했지요."

일부 문신 예술가들은 호쿠사이의 작품에 근거해서 자신만의 디자인을 만들어냈다. 소방수들은 전신 문신으로 소속 집단의 연대감을 표시한 최초의 단체로 꼽혔다. 곧 다른 협회들이 뒤따라서 그렇게 했다. 작가와 화가가 문신을 했다. 가부키 배우와 야쿠자도 마찬가지였다. 일부 귀족도 문신을 했다. 도쿠가와 막부는 이런 양상을 공포로 여겼고 문신 행위는 다시 불법이 되었다.

내가 말을 잇는다.

"서구인들은 문신을 금지하지 않았어요. 조지 5세는 유명한 일본인 문신사에게 문신을 받았어요. 팔뚝에 용을 새겼지요."

프레더릭이 고개를 저으면서 대답한다.

---

* 우키요에를 뜻한다. '우키요'는 뜬구름, 덧없는 세상이란 의미

"일본 문신을 한 조지 왕이라니 숙부가 들으셨으면 좋아하셨겠네요."

"아리토모가 매그너스에게만 문신을 해준 건 아니에요."

내가 부드럽게 말한다.

"이전에 다른 사람들에게도 문신을 했겠지……"

나는 그의 눈을 똑바로 본다.

"당신?"

그가 내게 의심하는 미소를 던진다.

"다쓰지에게 내 문신을 보여주고 싶었어요. 그를 여기 초대한 것도 그 때문이에요."

"그러니까 목판화 작품들 때문이 아니었군요."

"그것 때문이었어요."

나는 책을 덮고 도로 상자에 넣는다. 내가 덧붙여 말한다.

"하지만 문신이 보존되도록 조치를 취해야 해요. 내가 세상을……"

나는 침을 삼킨다.

"이 모든 일이 혐오스럽소. 당신은 사후에 껍질이 벗겨지는 동물이 아니잖소."

"일왕의 정원사가 창작한 문신은 희귀한 예술 작품이에요. '반드시' 보존되어야 해요."

"하지만 당신은 망할 일본 놈들을 증오하잖소!"

"그건 완전히 다른 문제예요."

"글쎄…… 그걸 보존하고 싶으면 사진을 찍어요."

"그러면 렘브란트의 작품을 촬영한 다음 원본을 폐기하는 것과 비슷할 거예요. 다쓰지는 내가 문신을 보여줄 때 제삼자가 동석하는 게 더 편할 거라고 생각해요. 그 자리에 당신이 있으면 좋겠어요."

나는 심호흡을 크게 한다.

그는 침묵하다가 입을 연다.

"이…… 이 문신은 크기가 어느 정도요?"

"당신이 그걸 보면 좋겠어요."

내가 말한다. 프레더릭은 수십 년 전 내 알몸을 본 적이 있고, 이제 늙은 몸을 그에게 보이는 것에 나는 좀 전전긍긍한다.

그가 깜짝 놀란다.

"뭐요, 여기서? 지금?"

"다쓰지가 도착하면요. 그가 곧 여기 올 거예요."

나는 손목시계를 본다.

"그가 당신에게 한 짓을 보고 싶지 않소."

프레더릭이 물러나면서 말한다.

"달리 부탁할 사람이 없어요, 프레더릭. 아무도 없어요."

* * *

다쓰지에게 작업실로 내준 방은 아리토모가 밤마다 내게 문신을 했던 방이었다. 한순간 나는 먹과 피 냄새가 어렴풋이 난다고 상상한 다. 그가 시술할 때마다 태운 백단 향을 벽 속에 밀봉해 놓은 것처럼.

"덧문을 닫아요."

그 말이 익숙하게 들리고, 예전에 이 방에서 그 말을 했던 기억이 난다. 아니, 그 말은 시간의 협곡 저편에서 굽이쳐 되돌아오는 메아리에 불과할까?

오랫동안 프레더릭은 꼼짝 않고 나를 쳐다본다. 그러더니 창으로 가서 덧문을 당기고 걸쇠를 건다. 다쓰지가 책상 위의 램프에 전원을 넣는다.

나는 오늘 아침 갓다둔 거울을 보면서 카디건을 벗어 의자 등판에 얌전히 걸친다. 실크 블라우스에 달린 진주 단추를 푸느라 애를 먹자, 프레더릭이 도와주려고 손을 뻗지만 나는 고개를 젓는다. 브래지어를 벗고, 블라우스를 뭉쳐서 가슴을 가린다. 그리고 거울을 향해 등을 돌리고 오른쪽 어깨 너머를 돌아본다.

내 피부에서 빛이 나와, 그림자를 밀어내고 벽 뒤로 공간을 펼치는 것 같다. 오랜 세월이 흘렀는데도 문신을 보면 불편한 기분이 밀려든다. 자랑스러움과 어색함이 섞인 기분. 아리토모가 디자인한 직선과 곡선 하나하나까지 익숙하면서 새로운 것이, 그가 정교하게 패턴을 짜 넣은 순간들을 기억나게 한다.

프레더릭은 얼어붙은 표정을 짓는다. 흥분과 경외심, 또 방금 내가 느낀 두려움까지 뒤섞인 표정이다.

"이것들…… 이것들은 괴이해 보이는군요. 엄청나네요."

그가 쉰 목소리로 말한다.

내 등에 잿빛 왜가리 한 마리가 서 있다. 사찰이 구름 속에서 나타난다. 적도의 숲에만 있는 꽃과 나무의 세밀한 소묘가 엉덩이부터 위로 새겨져 있다. 불가사의한, 설명할 길 없는 상징들이 문신 속에 수놓여 있다. 이제껏 내가 해설할 수 없었던 상징. 삼각형, 원, 육각

559

형. 그 선들은 거북이 껍질을 태워서 적은 초기 중국 글자만큼 원시적이다.

다쓰지는 바람이 불어 나뭇잎이 흔들리기를 기다리는 나무처럼 나를 응시한다.

"제가 오한 들기를 기다리시는 거예요, 다쓰지?"

그가 깜짝 놀라 사과한다. 다쓰지는 램프 갓을 내 쪽으로 움직이고 내 등 위로 몸을 굽히고 확대경을 피부에 바싹 댄다. 확대경을 통과한 빛이 등에 화상을 입히겠다는 생각이 내 머리를 스친다. 바보 같은 소리라고 속으로 중얼대면서 고개를 돌려 그가 뭘 하는지 본다.

그의 그림자가 호리모노의 부분부분을 가리고, 그가 움직이자 문신이 다시 나타난다. 구름이 해에서 비켜난 순간 색깔이 되살아나는 산호초처럼. 확대경의 차가운 쇠테가 몸에 닿자 나는 움찔한다.

다쓰지가 중얼중얼 말한다.

"미안합니다. 양팔을 올려주시지요."

나는 앞을 빤히 보면서 시키는 대로 한다. 겹겹의 빛과 그림자 사이에서 떠다니는 먼지 티끌은 바다의 크릴새우 떼 같다. 어릴 때 옹노인의 두리안 농장 아래쪽 해변에서 본 고래 떼가 기억난다.

다쓰지의 목소리가 내 몽상 속으로 파고든다.

"주목할 만하군요. 양식은 일본식이지만 디자인은 일본식이 아닙니다. 호리모노는 그의 우키요에의 자매로 간주될 수 있을 겁니다. 판사님이 디자인을 선택하셨습니까?"

"우리는 근거 자료로 『사쿠테이키』를 이용하자고 합의했어요. 하지만 결국 저는 모든 것을 그에게 맡겼습니다."

"마주바의 집이 보이는군요."

그가 말하자 프레더릭이 중얼대며 맞장구친다. 다쓰지가 묻는다.

"그런데 이 문신은 뭔가요, 여기?"

그는 내 등의 움푹 꺼진 부분을 건드린다. 나는 몸을 뒤틀어 볼 필요 없이 그게 뭔지 안다.

"제가 갇혀 있던 수용소예요."

내가 말한다.

"그럼 이것은? 이 흰 선들은 무엇입니까?"

다쓰지의 손가락이 왼쪽으로 2~3센티미터쯤 움직인다. 거기 우표만 한 검은색 사각형이 있다는 걸 나는 안다.

"유성비."

나는 혼잣말하듯 중얼거린다.

그는 엉덩이에서 2~3센티미터 떨어진 지점을 손으로 누른다. 거기 태양에 활을 쏜 후의 궁수가 새하얀 사각형 하늘을 배경으로 서 있다.

"후 이의 전설이에요. 중국 신화죠."

나는 프레더릭을 힐끗 보면서 말한다.

다쓰지가 대답한다.

"그 이야기를 압니다. 전설에서 후 이는 태양 하나는 빛나도록 남겨두었지요. 그런데 여기는 궁수가 하늘의 마지막 태양을 쏴서 떨어뜨린 것 같군요. 그리고 궁수의 옷은 중국 복식이 아니라 일본 복식입니다. 하카마를 보십시오."

"그리고 태양은…… 당신네 국기랑 거의 흡사해 보이는군요, 다쓰지.”

프레더릭이 말한다.

다쓰지의 손가락이 다시 내 살 위로 미끄러지다가 사찰을 가볍게 스친다. 그날 아침 아리토모와 산을 오른 기억이 다가온다. 비구니가 절이 여전히 거기 있으며, 여전히 구름으로 향이 피어오른다고 알려주어서 나는 반갑다.

프레더릭이 말한다.

“그는 문신을 완성하지 않았군요. 사각형 빈자리가 있네요.”

“호리모노는 반드시 빈자리를 남겨두어야 합니다.”

다쓰지가 설명한다. 그가 확대경을 내려놓는다. 프레더릭은 의자에서 옷을 가져와서 내게 내민다. 두 사람은 저만치 방 끝으로 간다.

거울 속에서 나는 얼굴에 새겨진 나이의 흔적을 본다. 이런 주름이 등에는 생기지 않았다. 몸을 돌려서 어깨 너머 거울에 비친 문신을 본다. 저녁 어스름이 서재에서 마지막 빛을 빨아들였지만, 내 살갗 위의 선과 색채는 계속 빛을 발한다. 호리모노 속의 형상 하나가 움직이는 것 같지만, 착시 현상일 뿐이다.

* * *

다음 날 오후 다쓰지가 유기리에 와서 대화를 나눈다. 우리는 엔가와에 앉는다. 그는 우키요에와 관련된 계약서를 챙겨 왔다. 나는 문건을 힐끗 쳐다본다. 합의한 조항들이 있고 내가 반대할 만한 내용은 없다. 그런데도 난 계약서를 검토할 시간을 하루이틀 달라고 요청한다.

"아침나절을 정원에서 보냈습니다."

그가 말한다.

"교수님을 봤어요."

그가 큼직한 모눈종이를 펴서 상 위에 올려놓는다. 종이에는 그의 단정한 글씨와 도표가 빼곡하다.

"유기리의 설계도를 스케치했습니다. 안채, 물레방아, 연못, 잔디밭에 만든 도교 상징, 지도처럼 놓인 바위 등 관심이 가는 주요 지점들을 모두 표시했습니다."

이런 식으로 그린 유기리를 보는 것은 처음이라서 나는 시간을 들여 찬찬히 살핀다.

"아리토모 선생은 정원 설계에 차경 기법을 즐겨 도입했습니다. 이제 그의 정원에서 사람은 언제나 바깥을 보고 있을 겁니다. 저는 아주 여러 날 그의 우키요에를 검토했습니다. 그러다 보니 만약 제가 같은 방식으로 그의 정원을 본다면, 즉 정원 밖에 서서 안을 들여다본다면 무엇을 보게 될지 궁금해졌습니다."

"그래서 무엇을 보셨나요?"

"석등, 조각상, 바위, 아리토모가 가장 눈에 띄는 경관을 배치한 여러 구역을 표시해봤습니다. 이것들은 모두 오솔길의 구불구불한 곳이나 굽이 도는 곳에 배치되어 있습니다."

그가 말하면서 종이 위의 여러 지점을 손으로 짚는다.

"정원이 실제보다 넓어 보이게 하려고 그가 그런 식으로 설계했지요."

"저도 그건 압니다. 저는 정원 전체를 여러 번 거닐었지만, 그 사물들이 서로 어떻게 연관되어 배치되어 있는지 확실히 파악하지 못했습니다. 지금까지는요."

그는 주머니에서 만년필을 꺼내서, 석등 표시에 원을 그리더니 선을 그어 다른 사물들, 정원의 경관들이 위치한 장소에 연결한다. 결국 마지막으로 양치식물 밭에 있는 돌부처상까지 연결된다. 직사각형이 생기고, 그것은 유기리의 경계선 안에 자리잡고 있다.

나는 그 자리에 앉아서 그것을 쳐다본다.

"판사님의 호리모노와 비율을 맞춰 그려보면 제 생각에 이 부분은……"

다쓰지는 그가 모눈종이에 만든 도형을 가리키며 말을 잇는다.

"…… 등의 문신을 하지 않은 공간에 해당될 겁니다. 호리모노의 선들은 아마 여기 종이에 그려진 유기리의 표식들과 오솔길들에 해당될 테고요."

나는 돋보기를 쓰고 모눈종이를 살핀다. 다쓰지가 이제 거의 2주 전 처음 나를 만나러 온 이후 그에게 들은 얘기를 모두 곰곰이 따져본다. 그의 말은 내가 아리토모에 대해 아는 것을 되짚어보고, 아리토모의 말과 행동을 다른 각도에서 보게 했다. 이것은 예상하지 못한 일이다.

* * *

다음 날 밤, 나는 마주바 하우스에서 프레더릭, 에밀리와 식사를 한다. 그녀가 생기 있고 정신이 초롱초롱해서, 식사 후 우리와 응접실에 앉아 수다를 떤다. 늦은 시각 에밀리는 내게 침실까지 부축해달라고 부탁한다. 나는 방을 둘러보며, 여기서 자던 시절을 떠올리려 애쓴다. 이제 벽은 흰색이 아닌 부드러운 파란색이다. 침대 옆 탁자에 매그너스의 사진 액자가 있다. 액자에 얼룩무늬 뿔닭의 깃털 한 개가 꽂혀 있다. 탁자는 사당 같고 앞에 놓인 약병들은 기도하러 온 사람들 같다.

에밀리는 침대에 눕다가 통증 때문에 신음한다. 에밀리가 오래 눈을 감고 있어서 난 그녀가 잠들었다고 생각한다. 조용히 빠져나오려는데 그녀가 다시 눈을 뜬다. 저녁나절보다 반짝이는 눈빛이다. 에밀리는 일어나 앉아, 선반을 쳐다보지도 않고 손으로 가리킨다.

"저 상자. 그걸 내려봐."

그녀가 말한다.

"이거요?"

"응. 열어봐."

상자에는 얇은 종이더미 위에 종이 등 하나가 들어 있다. 등은 낡아서, 내가 에밀리에게 건넬 때 갓에 찍힌 양치식물 판화가 바스라진다. 등 안에 반쯤 탄 양초 토막이 아직 들어 있다.

내가 말한다.

"아리토모가 등을 다 없앤 줄 알았는데요."

"아, 이건 내가 간수했지. 네가 그를 만나기 오래전, 내가 연 중추절 잔치 때 쓴 등이야."

그녀는 등을 응시하면서 말을 잇는다.

"그가 매그너스를 위해 만든 등을 기억하지? 그날 밤 우리가 등을 하늘로 올려 보낼 때 정말 장관이었지. 여기 노인들은 지금도 그 일을 얘기해."

그녀는 몸속 깊은 곳에서 한숨을 토해낸다. 그러고 나서 계속 말한다.

"내 기억은 오늘 밤 달처럼 둥글고 밝아. 어찌나 밝은지 달에 난 흉터까지 다 볼 수 있지."

에밀리는 손바닥에 등을 놓고 천천히 돌리다가 내게 돌려준다. 내가 등을 다시 상자에 넣으려는데 그녀가 말린다.

"아니, 아니야. 이건 네 거야. 네가 가지면 좋겠다."

"고마워요."

내가 말한다.

거실로 돌아가자 프레더릭이 종이 등을 힐끗 본다. 그가 위스키를 건네면서 말한다.

"비말야는 어떻소? 그 친구와 잘 지내고 있어요?"

"똑똑하고 지시 사항을 귀담아들어요. 유기리가 그녀를 사로잡기 시작하고 있죠."

그는 내 맞은편에 앉는다.

"그 문신을…… 이렇게 오래 감추고 산 거예요?"

"신경외과의를 포함한 주치의들을 제외하면 누구에게도 보여준 적 없어요."

오래전 내 호리모노를 처음 본 주치의의 표정이 기억난다. 난 수십 년에 걸쳐 다양한 질병을 앓았지만, 모두 가벼운 질환이어서 수

566

술이 필요하지 않았다. 아리토모의 주장처럼 정말 호리모노가 부적 같은 효과가 있는지 궁금할 때도 있다. 그렇다면 난 이제 그 효험을 누리지 못한다.

"당신의…… 당신의 연인들은? 그들은 당신의 문신을 보고 뭐라고 말했소?"

"아리토모가 마지막이에요."

프레더릭은 내가 말하지 않고 남겨둔 말을 알아듣는다.

"맙소사, 윤 링."

그가 부드럽게 말한다.

나는 고독한 세월을 떠올린다. 내 피부에 뭐가 있는지 아무도 보지 못하게 옷차림에 신경 써야 했던 것도 기억난다.

"아리토모가 그것을 내게 주었고, 다른 사람에게 보여주기 싫었어요. 또 사법부에서 한참 승진하는 상황에서 이런 소문만으로도 내 경력은 어그러졌을 거예요."

나는 그에게서 물러나면서 덧붙인다.

"또 정직하게 말해 아리토모 이후 관심을 끄는 사람을 못 만났어요."

"치료받기를 꺼리는 이유가 그것 때문이오? 치료를 받아야 해요. 꼭 그래야 해요."

프레더릭이 말한다.

"어떤 치료 과정을 겪든, 어떤 약을 복용하든 결국 날 구하지 못해요."

내가 대답한다. 내 마음 속에 갇힌다는 생각에 겁이 난다. 내가 덧붙여 말한다.

"호리모노가 보존되어야 해요."

프레더릭의 시선이 방의 가장자리를 훑는다.

그가 말한다.

"다쓰지와 문신을 보존할 준비를 해요. 하지만 제발 치료를 받아요. 요즘은 문신 좀 있다고 창피할 게 없소. 당신이 판사인 게 뭐 어떻다는 거지? 당신은 은퇴했소. 사람들이 떠들고 싶으면 맘대로 떠들라고 해요! 치료받으러 갔다가 여기 돌아와서 요양해요, 살아요. 타나라타에 당신이 갈 만한 좋은 요양원이, 당신을 보살펴줄 사람들이 있소, 윤 링."

"말년을 코끼리 무덤*에서 보내라고요?"

내가 말한다.

"당신이 마주바 하우스로 들어와도 되는데."

그는 다음에 할 말이 약간 불량하고 가볍게 들리게 하려고 웃으려 하지만 웃지 못한다. 프레더릭이 덧붙여 말한다.

"내가 당신을 보살펴주겠소."

"당신이 그런 제안을 해줄 거라 바라고 여기 돌아온 게 아니에요, 프레더릭."

내가 말한다.

그의 뺨에 눈물이 흘러내린다. 나는 손을 뻗어 손등으로 눈물을 닦아준다.

* 코끼리들이 죽을 때가 되면 아무도 모르는 곳으로 가서 죽음을 맞이한다는 전설 속 이야기

"호리모노는 내게 일어난 일의 일부예요. 그건 아리토모가 내게 준 거예요. 내게는 그것이 제대로 보존되게 할 의무가 있어요."

나중에 불을 켜지 않은 종이 등을 들고 마주바 하우스에서 나오는데, 쇼팽의 피아노 협주곡 중 「라르게토」가 들린다.

그날 밤 에밀리가 죽었다는 소식을 다음 날 아침 프레더릭에게 듣는다. 그녀는 잠자리에 들었다가 깨지 않았다. 에밀리는 매일 밤 매그너스가 들려주던 음악을 타고 해변에서 둥둥 떠내려갔다.

* * *

집 밖으로 나가니 아 청이 기다리고 있다. 그는 성냥갑과 내가 사오라고 부탁한 향 꾸러미를 건네준다. 평소처럼 그가 지팡이를 내민다. 나는 주저하다가 받는다. 아 청이 놀랐는지, 자신의 인내가 보람되다고 느끼는지 몰라도 겉으로는 아무 내색하지 않는다.

"늦었어요. 집에 가봐요."

내가 그에게 말한다.

마주바까지 이어지는 오솔길에 그림자를 드리운 나무들 속에서 매미가 운다. 소리굽쇠를 연신 두드리는 소리와 비슷하다. 허공에서 비에 젖은 흙냄새가 난다. 마주바 하우스에 도착하니, 하녀가 프레더릭은 아직 사무실에 있다고 알려준다.

나는 집 뒤편으로 빙 돌아간다. 므네모시네와 이름 없는 다른 쌍둥이 자매의 조각상이 보이자 걸음을 멈춘다. 기억의 여신은 변함없이 그대로지만, 실망스럽게도 다른 자매의 얼굴은 반질반질하고 이

목구비도 닳았다. 조각가가 쓴 돌의 품질이 달라서겠지만, 그것을 보자 내 마음이 동요한다.

지팡이를 들고 점판암 타일이 깔린 계단을 조심스레 내려가, 격식을 갖춘 정원으로 들어간다. 늙은 징후 중 또 한 가지는 넘어질 걱정이다. 그런 염려가 얼마나 싫은지.

종이 매달린 새하얀 아치가 나를 부른다. 그 위에 앉은 찌르레기가 내 쪽으로 고개를 젖힌다. 나는 종을 올려다보면서, 거무스름한 자색을 띤 종의 추를 찬찬히 살핀다. 그것을 만지려고 손을 뻗는데 몸이 굳는다. 장갑을 통해 쇠가 차갑게 느껴지고, 건조한 피부의 살 비듬 같은 녹이 손가락 끝에 달라붙는다.

비말야가 부리는 일꾼들이 이미 땅을 파고 외래 수종 초목을 파냈지만, 에밀리의 장미 정원은 전과 다름없고 땅에 단지가 묻혀 있다. 프레더릭은 그것을 건드리지 않고 두기로 결정했다. 장식용 연못에는 소녀 청동 조각상이 여전히 물을 응시하고 있고, 이제 그 소녀의 얼굴에 세월의 흔적이 더 짙게 배어 있다. 부겐빌레아 수풀 뒤를 돌아 낮게 늘어진 나뭇가지가 만든 그늘로 들어간다. 세 군데 묘비 주변은 잘 가꾸어져 있다. 무릎 통증 때문에 찌푸리면서 가장 오래된 묘비 앞에 무릎을 꿇는다. 매그너스와 에밀리의 딸을 위해 향 세 개에 불을 붙여 땅바닥에 꽂는다. 무릎을 꿇은 채로 에밀리의 무덤으로 몸을 돌려서 똑같이 향을 꽂는다. 마지막 묘비로 다가가서, 매그너스를 위해 세 개의 향에 불을 붙인다. 내가 이러는 것을 매그너스가 꺼리지 않으리라는 걸 알 것 같다.

지팡이에 의지해 일어나는데, 나무 안쪽에 있는 가느다란 수직형

돌이 눈에 들어온다. 그 비석은 그늘 속에 숨어 있다. 이끼가 잔뜩 끼었지만, 간지*로 새겨진 아리토모의 이름을 보고 난 깜짝 놀란다. 산의 메마른 곳에서 흐르는 얕은 실개천 같은 서예체로 이름이 적혀 있다. 무덤이 아닌 빈자리일 뿐인데 이 묘비에 대해 내게 말해준 사람이 없다.

향 세 개에 불을 붙여 묘비 앞 축축한 흙에 꽂으니, 연기가 나무 속으로 피어오른다.

* * *

종이 달린 아치가 풀밭에 그림자를 길게 드리울 무렵, 나는 계단을 올라 집으로 간다. 첫 저녁 별이 반짝거릴 때 돌 벤치에 앉는다. 맞은편 계곡을 보면서, 다쓰지가 처음 유기리에 온 이후 들려준 이야기를 모두 떠올린다.

얼마 후 프레더릭이 부엌에서 나온다.

"거기 있군요. 가시지요, 할머니. 안으로 들어갑시다. 내가 불을 잘 피워놨소."

그가 팔을 문지르면서 소리친다.

응접실에서 프레더릭은 솔방울을 불꽃에 던지고, 나는 아리토모의 이름이 적힌 묘비에 대해 묻는다.

"몇 해 전에 에밀리 숙모가 세웠소."

* 일본어 한자

그가 대답한다.

"내게 말해주었어야죠."

그가 나를 쳐다본다.

"했는데."

"난……"

내 목소리가 흔들리고, 무슨 말을 하고 싶었는지 모르겠다. 내가 다시 말한다.

"나는 에밀리가 매그너스의 죽음이 아리토모 때문이라고 생각하는 줄 알았어요."

"나이 들면서 숙모님의 생각이 달라진 것 같소. 어느 날 내게 이렇게 말하신 기억이 나는군. '그의 시신이 발견되지 않아도 상관없어. 제대로 된 무덤이 없는 것은 옳지 않아.'"

나는 다쓰지가 유기리의 배치도를 스케치해서 보여줬다고 전한다. 내 이야기가 끝나자 한참 동안 난로에서 불꽃 타는 소리만 들린다.

내가 말한다.

"그의 짐작이 옳다면, 그게 지도라면 그것을 이용해 윤 홍이 묻힌 곳을 찾을 수 있어요. 하지만 결국 내가 무엇을 얻겠어요? 내가 말라야에 있는 골든 릴리의 은닉처를 다 찾아낸다 한들…… 내가 여전히 의사소통할 수 있고 의사표현을 할 수 있다 한들?"

아리토모가 산맥에서 실종된 후 나는 오랫동안 그에게 버림받은 것 같았다. 아픔을 감당할 유일한 방법은 그에게 배운 모든 것과 거리를 두는 것이었다. 그가 내게 남긴 것이 정원 그 이상인지 궁금하다. 아리토모는 내가 줄곧 던진 질문에 대한 대답도 남겼을까? 내가 유기리를 떠나지 않았다면 결국은 정원과 호리모노의 상관관계를 알아냈을까?

버림받은 느낌이 연못에서 물이 빠지듯 옅어지면서, 아리토모에 대한 서글픔만 남는다. 내 인생이 나름대로 허비되었듯 그의 인생도 마찬가지라는 게 슬프다. 이제는 수용소나 광산을 찾고 싶지 않다. 윤 홍이 죽은 지 40년도 넘었다. 언니가 묻힌 곳을 찾는다고 내 쇠책감이 줄거나 일어난 일이 없던 일로 되지 않을 것이다.

"아무도 호리모노를 사용하지 못하게 해야 돼요, 프레더릭."

"정원을 바꿔요. 아리토모가 정원에 만든 모든 것을 없애요. 그러면 문신이 쓸모없어지겠지. 비말야가 도와줄 거예요. 나도 인부들을 보내주겠소."

"당신은 그 정원을 싫어하죠, 아닌가요?"

그에게 생긋 웃자 한순간 무거운 가슴이 가벼워진다.

"내게 정원은 당신이 내 마음을 받아주지 않는 상징이었지."

프레더릭이 가볍게 응수하지만, 그가 진지하다는 것을 깨닫자 난 마음이 아프다.

"윤 홍에게 세 가지 약속을 했어요. 기회가 생기면 수용소에서 도망치겠다고 약속했죠. 유일하게 그 약속만 지켰어요. 둘이 꿈꾼 정원을 만들지 않았어요. 또 언니가 어디 묻혀 있든 거기서 혼백을 풀어주지 못했어요."

다쓰지에게 들은 골든 릴리 이야기와, 그 집단이 강제 노역자들에게 저지른 행위를 생각하니, 윤 홍과 모든 수용자가 떠오른다. 중국

북부 지방에 있는 황제의 무덤에서 2천 년간 흙속에 묻혀 있다가 출토된 진흙 병사들처럼 수용자들은 진흙으로 굳어버렸다.

프레더릭이 내 앞의 카펫에 무릎을 꿇고 내 손을 모아 쥔다. 나는 뿌리치고 싶은 마음을 억누른다.

"전에 당신은 아리토모가 연못의 정자 이름을 언니가 좋아하는 시에서 땄다고 말한 적이 있소."

그가 말한다.

"천상의 정자."

내가 혼잣말처럼 중얼댄다.

"그녀를 위한 정원은 이미 존재해요, 윤 링. 거의 40년간 그 자리에 있었소."

나는 그를 빤히 바라본다. 프레더릭이 손을 놓지만 나는 그의 손을 붙잡는다.

그가 말한다.

"시들어가는 그 세월에서 우리 둘만 남았소. 떨어지기를 기다리며 아직 가지에 달린 두 개의 마지막 나뭇잎이지. 바람이 우리를 하늘로 휩쓸어가기를 기다리는……"

26

캐머런 하일랜드에서의 마지막 날 다쓰지는 평소보다 일찍 유기
리에 도착한다. 그는 우키요에를 포장할 재료를 갖고 온다. 나는 서
명한 계약서를 내주고 포장 작업을 거든다. 다쓰지는 각각의 우키요
에를 비닐 포장지로 싼 다음 밀폐 상자에 담는다.

마지막 우키요에를 담은 상자를 봉하면서 그가 말한다.

"정원 작업이 잘 진행되는 것 같습니다. 오늘 아침 여기 와보니,
아리토모 선생의 생전에 정원이 어떤 모양이었는지 알겠습니다."

"여전히 할 일이 아주 많아요. 하지만 정원은 원래 모습대로 복원
될 겁니다. 제가 기억하는 그대로."

내가 말한다.

"호리모노는……"

"제가 알려드리지요."

다쓰지는 가방에서 예이츠 시집을 꺼낸다. 그는 책을 쳐다보더니

내게 내민다. 나는 고개를 젓지만 그가 말한다.

"부탁입니다, 판사님이 가지고 계시면 좋겠습니다."

나는 양손을 뻗어서 시집을 받는다. 우리는 그가 여기서 보낸 2주보다 훨씬 오래 알아온 사이처럼 느낀다. 나는 우리가 똑같다는 것을 깨닫는다. 사랑하는 이가 떠났고, 그 후 우리는 삶을 지탱하려고 애써왔다. 하지만 우리가 하지 못하는 일 한 가지는 잊는 것이다.

나는 떠나는 그와 함께 정원을 걷다가, 우수구모 연못가에 있는 천상의 정자를 지난다. 정원 입구에서 다쓰지가 내게 몸을 깊이 숙여 절한다.

"캄퐁폐뉴에 제 집이 지어지면 방문해주십시오."

나도 맞절을 한다.

"해변의 집, 그리고 영원한 시간."

내가 말한다. 다시는 그를 만나지 못하리란 것을 안다.

* * *

궁도장에서 활쏘기 수련을 하는데, 처음으로 안개가 내 눈에 들어온다. 아무 신호도 없이, 아무 경고도 없이 빈 유리병에 입을 대고 중얼대는 것처럼 시야가 뿌옇게 변한다. 나는 손가락을 활에 걸고 팔다리에 퍼지는 공포감을 떨치려고 싸운다. 아 청을 부르고 싶지만, 도움을 청하고 싶지만 다른 사람이 내 겁먹은 목소리를 듣는 게 싫다.

'숨을 고르도록 해.' 아리토모의 목소리가 들린다. 어찌나 분명한지 그가 옆에 서 있을 것만 같다.

그에게 배운 대로 해보지만 처음에는 효과가 없다. 어렵게 숨을 불러들여서 내보낼 때마다 그 간격이 점점 길어진다. 산과 산 사이에 가로놓인 넓은 저지대처럼. 천천히 공포감이 잦아들고 다시 정상적으로 호흡하기 시작한다. 소매 끝으로 이마의 땀을 닦고, 활의 하단 끝을 바닥에 댄다. 그 소리에 마음이 놓인다.

'활을 쏠 때 끝까지 집중해.'

바람이 불자 나무가 바스락댄다. 뒤쪽에서 화살통에 담긴 화살이 살짝 흔들리고, 궁도장 앞쪽 바닥에서 자갈이 움직이는 소리가 들린다. 누군가 손가락 관절을 꺾는 소리와 비슷하다. 앞이 안 보이는 가운데 시위에 화살을 대고 당긴다. 갈비뼈가 늘어나는 느낌이다. 바람이 가라앉기를 기다리면서 마음으로 과녁을 본다. 평온한 기분에 젖어들자 그 허공 속에 영원히 있을 수 있을 것 같다.

활을 놓고, 과녁 중앙에 이를 때까지 마음이 활을 인도한다. 고요 속에서 시위가 떨리면서 내는 강하고 청아한 노래로, 내 생애 최고의 습사였다는 것을 안다.

나는 오래 거기 서 있다. 결국 텅 빈 눈에 무형의 사물들이 다시 채워진다. 그것들이 합쳐져서 낯익은 나무, 산, 앞에 있는 길다란 자갈밭이 된다. 손을 눈 위로 드니, 다시 한 번 내 몸이 보인다.

활을 거치대에 갖다 놓고 안채로 걸어간다. 화살은 그대로 과녁 중앙에 꽂혀 있다.

* * *

에밀리에게 받은 종이 등이 서재의 서가에 놓여 있다. 그날 밤 늦게 책상에 앉으려다가 동작을 멈추고 등을 바라본다. 서랍을 뒤져서 종이 한 장을 찾아 둥글게 잘라서 등의 윗부분을 덮는다. 다쓰지가 작업실에 두고 간 스카치테이프를 잘라서 종이를 등에 붙인다.

연못은 별들의 초원이다. 내 인기척을 알아차린 개구리들이 울음을 멈추었다가 얼마 후 다시 울기 시작한다. 나는 등 안에 든 초에 불을 붙이고 등을 양손으로 잡는다. 눈을 감고 아리토모를 본다. 눈꺼풀 아래로 한 여인의 얼굴이 나타나고, 나는 그가 윤 홍임을 알아본다. 그녀는 미소 짓지 않는다. 그녀는 화내지 않는다. 그녀는 슬프지 않다. 그녀는 그저 기억일 뿐이다.

등이 가벼워지더니 결국 무게가 없어진다. 등을 놓자 손에 든 새를 풀어주는 기분이 밀려든다. 오늘 밤에는 바람이 없고, 등은 반짝이며 하늘로 오른다. 빛나는 부표가 되어 위로, 더 위로 떠오른다. 나는 등이 구름 위 어디쯤으로 사라질 때까지 지켜본다.

* * *

마지막 줄을 마무리하니 새벽이 밝았다. 밤새도록 수정 작업을 했지만 전혀 피곤하지 않다. 손에 원고를 들고 있지만 내 생각은 멀리, 거의 40년 전 마지막으로 아리토모를 본 양치식물 천지인 작은 빈터에 남아 있다.

그를 소리쳐 부르지 않았던 걸 자책한 시절도 있었다. 불렀다면 그가 마음을 바꿔 나중이나 다른 날 산책하러 갔을 테고, 그런 일을 당하지 않았으련만…… 짧은 기간의 일을 글로 풀어내면서, 심지어 그 글을 다시 읽은 후에도 여전히 확신이 없다. 하지만 이제는 그 일이 사고든 아리토모가 의도한 일이든, 내 어떤 말이나 행동으로도 막지 못했으리란 걸 안다.

서까래에서 도마뱀붙이 한 마리가 딸각 소리를 낸다. 손에 든 종이를 다른 원고 밑에 넣고 가지런히 정리해서 끈으로 묶는다.

기억 속에서 뭔가 꿈틀거리고, 나는 의자에 가만히 앉아 있다. 숨어 있다가 튀어나오는 게 뭐든 겁내며 밀어내지 않을 것이다. 그것은 구름이 생기는 것처럼 천천히 모양을 드러낸다.

아리토모가 실종된 후 오랫동안 계속 같은 꿈을 꾼 기억이 난다. 그 꿈은 희미한 투명무늬*처럼 내가 깨어 있는 순간에도 얼룩져 있었다. 유기리를 떠나서야 그 꿈을 꾸지 않았고, 그 꿈에 대해 까맣게 잊었다.

꿈속에서 나는 열대 우림에 난 산길에서 머리 위의 나뭇가지와 덩굴 식물을 밀어내면서 걷는 아리토모를 지켜본다. 여기저기서 산길이 좁아지거나 사라져 강이 되어버린다. 그는 나보다 얼마간 앞에 있고, 나는 그를 조용히 살그머니 쫓아가는 느낌이다. 몇 번인가 그는 내가 놓치지 않게 해주려는 듯 걸음을 늦춘다. 그는 한 번도 돌아보지 않는다. 오솔길은 빈터에서 끝나고 거기서 그가 멈춘다. 그는

* 종이를 빛에 비추면 생기는 무늬

몸 전체를 천천히 돌려서 나와 마주 선다. 그가 아무 말 없이 나를 바라본다. 바로 이 순간 나는 활을, 그의 활을 들고 있다는 걸 깨닫는다. 활을 쏠 준비를 하느라 그가 완벽하게 가르쳐준 자세를 취하니, 활이 늘어나면서 당기는 느낌이 든다. 묵직한 활을 들어 시위를 당기고 똑바로 그를 조준한다. 힘을 쓰자 내 양팔, 가슴, 배가 떨린다. 여전히 그는 움직이거나 말하지 않는다.

내가 시위를 놓는다. 화살이 없는데도 그는 쓰러진다. 그래도 쓰러진다.

* * *

서재에서 나와 노자 수묵화 앞을 지난다. 그림의 여백이 그늘 속에서 빛난다. 나는 걸음을 멈추고 그림을 본다. 아리토모의 아버지가 그린 작품이다.

환멸을 느낀 중국 철학자 노자는 서쪽으로 갔고, 다시는 그를 보거나 소식을 들은 사람이 없었다. 아리토모도 떠나기 전에 그의 생각과 가르침을 남겼다. 그는 그것을 정원에 기록했고 내 몸에 그려놓았다.

정원을 복원한다는 내 결정은 옳다. 내가 할 수 있는 유일한 결정이기도 하다. 반드시 유기리를 보존할 것이다. 내 언니를 위해서. 정원이 준비되면 대중에게 개방할 것이다. 천상의 정자 옆에 표지판을 세워서, 윤 홍의 삶을 설명할 것이다. 다쓰지에게 아리토모의 우키요에를 유기리에 반환해야 한다고 말해두었다. 나는 그 작품들을 이곳에 영구 전시할 것이다. 안채 역시 보수해야겠지. 또 비말야에게 지시할 일들을 최대한 많이 적어야 한다. 아리토모의『사쿠테이키』를 찾아 그녀에게 주어야 한다. 할 일이 정말 많다. 앞으로 몇 주, 몇 달 간 바쁘게 지낼 것이다. 예전 비서에게 쿠알라룸푸르의 내 집에서 윤 홍의 수채화를 찾아 보내도록 부탁해야 한다는 것을 되새긴다. 그 그림을 전시해서 정원을 구경하러 오는 방문객들에게 보여줄 것이다.

그녀는 그런 식으로 기억되어야 한다. 내가 점점 윤 홍을 잊고 시간이 지나면 완전히 잊을 테니까.

정원은 계속 존재해야 한다. 그러려면, 내 사후에 호리모노가 소멸되어야 한다. 그 책임을 믿고 맡길 사람이 없다. 다쓰지도, 프레더릭도 마찬가지다. 내가 직접 그 일을 처리해야 할 것이다.

우수구모 연못으로 나가니 하늘에서 어둠이 옅어지기 시작한다. 새가 하늘을 가로질러 산맥으로 돌아간다. 아리토모가 금사연을 보려고 나를 데려간 동굴의 기억이 밀려든다. 원주민들이 여전히 거기서 제비집을 따는지 궁금하다. 그들이 사용하던 대나무 발판이 여전히 벽에 걸려 있을까. 내가 다시 동굴을 찾을 수 있을까.

어쩌면 청년 시절에 아리토모가 시골길을 걷다가 만난 눈먼 노승이 옳았다. '바람 따위는 없지. 깃발은 움직이지 않네. 그저 안절부절 못하는 것은 사람의 마음과 정신일 뿐.' 하지만 나는 천천히 확신한다. 요동치는 심장 역시 곧 잠잠해질 거라고, 그 고요한 정적을 향해 평생 두근댔던 거라고.

내가 자신을 잃어가는 동안에도 정원은 생명을 되찾을 것이다. 나는 정원에서 일하고 프레더릭을 방문할 것이다. 우리는 이야기를 나누면서 울고 웃으리라. 오랜 친구만이 그럴 수 있다. 저녁이면 나는 산속을 거닐 것이다. 아 청이 현관문에서 기다리다가, 아리토모의 지팡이를 건네겠지. 물론 나는 그것을 받을 것이다. 하지만 언젠가 지팡이가 필요 없다고 말할 날이 오리라는 것을 안다.

내 앞에는 머나먼 여행길이 놓여 있고, 기억은 내가 길을 밝히려고 빌리는 달빛이다.

첫 햇살 속에서 연꽃이 벌어진다. 내일의 비가 지평선에 걸려 있지만, 높은 하늘에서 작고 여린 뭔가가 내려와 땅에 가까워질수록 점점 커진다. 나는 연못을 맴도는 왜가리를 본다. 나선형으로 떨어지는 나뭇잎처럼, 왜가리는 정원에 고요한 잔물결을 일으킨다.

소설의 등장인물은 명확한 역사적 인물을 제외하면 모두 상상해서 만들었다. 제럴드 템플러 경 부부의 마주바 차 농장과 유기리 방문은 허구다.

말레이 비상사태는 시작된 지 12년 만인 1960년 7월에 끝났다. 지역 경비대, 민간인, 영연방 부대들의 협력으로 말라야는 공산당 게릴라전을 패배시킨, 세계에서 꼽히는 나라가 되었다. 노엘 바버는 저서 『뛰는 개들의 전쟁』에서 '세계 최초로 게릴라 공산당에 맞서 저항했다'고 말했다.

다쓰지 교수의 가미가제 경험은 『아시아 문학 리뷰』 2007년 가을호 제5권에 실려 있다. 쇼팽 피아노 협주곡 1번과 2번의 실내악곡 버전은 1997년 이그드라실 4중주단이 녹음했다.

『해 질 무렵 안개 정원』을 쓰면서 다음의 책들을 참고했다.

노엘 바버의 『뛰는 개들의 전쟁: 말라야 1948~1960(*The War of the Running Dogs: Malaya 1948~1960*, by Noel Barber)』

앤터니 쇼트의 『산쥐들을 쫓아서: 말라야에서 공산당 게릴라전(*In Pursuit of Mountain Rats: The Communist Insurgency in Malaya*, by Anthony Short)』

개번 다우스의 『일본 포로들: 태평양의 제2차 세계대전 전쟁포로들 (*Prisoners of the Japanese: POWS of World War II in the Pacific*, by Gavan Daws)』

앤턴 질의 『지옥으로의 회귀(*The Journey Back from Hell*, by Anton Gill)』

조지 힉스의 『위안부: 제2차 세계대전의 강제 성노예라는 일본의 야만적인 체제(*The Comfort Women: Japan's Brutal Regime of Enforced Prostitution in the Second World War*, by George Hicks)』

모데카리 G. 셰프탈의 『바람 속의 꽃: 가미카제의 인간 유산(*Blossoms in the wind: Human Legacies of the Kamikaze*, by Mordecai G. Sheftall)』

지로 타케이, 마크 P. 킨 공저 『사쿠테이키: 일본 정원의 미학(*Sakuteiki: Visions of the Japanese Garden*, by Jiro Takei and Marc P. Keane)』

도널드 리치, 이언 버루마 공저 『일본 문신(*The Japanese Tattoo,* by Donald Richie and ian Buruma)』

스털링 시그레이브, 페기 시그레이브 공저 『황금 전사들(*Gold Warriors*, by Sterling Seagrave and Peggy Seagrave)』

말레이 비상사태 시기에 캐머론 고지대의 차 농장 생활이 어땠는지 상세히 들려준 트리스탄 보샹 러셀에게 감사드린다.

'만약 무인도에 갈 때 소설을 딱 한 권만 가져갈 수 있다면 무엇을 택하겠는가?'라는 질문을 예전에 받았다면 무척 망설였을 것이다. 훌륭한 작품이 생각나지 않아서가 아니라, 이것은 이래서 저것은 저래서 좋으니 한 권만 정할 수 없기 때문이다. 하지만 지금 동일한 질문을 받는다면 망설임 없이 대답할 수 있다. 시간이 흐르고 더 많은 소설을 접하면서 마음이 변할지 몰라도, 이 순간만은 이번에 번역한 『해 질 무렵 안개 정원』이라고 답하겠다.

말레이시아 태생으로 영국에서 교육받은 작가 탄 트완 엥은 이 작품에서 제2차 세계대전 중 일본의 아시아 침략과 강제 점령이 가져온 비극을 인생으로 받아낸 여성 윤 링을 통해, 소설이란 장르가 담을 수 있는 모든 것을 풀어낸다.

동양과 서양이 만나는 말레이 반도, 다양한 민족으로 구성된 말레이인들과, 영국 식민지 시기 이후 남은 유럽인들이 섞여 살아가는 열대 우림의 땅. 이 땅을 일본이 침략하고, 윤 홍과 윤 링 자매는 수용소로 끌려간다. 언니 윤 홍은 위안부로 차출되고, 어딘지 모를 수용소에서 자매는 목숨을 걸고 서로를 지키지만 결국 윤 링만이 살아남는다. 전쟁이 끝난 후 윤 링은 죽은 언니가 꿈꾸던 일본식 정원을 조성하기 위해 깊은 산맥 속에 일본식 정원 '유기리(저녁 안개)'를 만든 정원사 아리토모를 찾아간다. 안개 내린 비탈을 따라 끝없이 이어지는 너른 차 밭, 장엄한 산맥 속 밀림과 주변의 자연 경관을 차경기법으로 빌려와 조성한 신비로운 일본식 정원을 배경으로 이 이야기는 시작된다.

열두 폭 병풍이 펼쳐지듯 사람과 사람, 시대와 전쟁, 삶과 죽음을 엮으며 소설이 펼쳐지는데, 그 모든 풍경을 아우르는 것은 사랑이다. 위안부가 되자 자살 시도까지 했지만 동생을 지키기 위해 죽을 수 없었던 스무 살 윤 홍의 사랑, 정원을 사이에 두고 활시위를 당길 때 같은 팽팽한 긴장감을 나누다가, 그 깊은 감정을 연인의 몸에 새기고 밀림으로 홀연히 사라진 일본인 정원사 아리토모의 사랑, 평생 그를 사랑하며 살다가 결국 그가 만든 정원으로 돌아가는 윤 링의 사랑.

하지만 가장 마음이 끌린 것은 아리토모의 목판화(우키요에)를 찾아서 유기리에 온 다쓰지 교수가 참전 중 비행 교관과 나눈 사랑이었다. 두 남자는 서로 첫눈에 사랑을 느끼지만 아무 표현도 하지 못한 채 헤어지고, 다쓰지가 가미카제 조종사로 출격해야 하는 순간에 재회한다. 결국 교관은 다쓰지 대신 비행기를 몰고 죽음을 향해 날아오른다. 이륙할 때 비행기 창을 통해 두 사람의 눈이 마주치는 순간은 지금껏 읽은 모든 사랑 이야기 중 가장 처연하고 아름다운 대목이라는 생각이 든다. 슬픔과 아름다움이 통한다는 것을 배웠다. 아름다운 관계를 이루는 것은 녹록치 않은 일임을, 가진 모든 것을 온전히 쏟아야만 아름다워진다는 것을 알았다.

　해 질 무렵 안개 내린 정원은 수묵화 같은 잿빛이 되어 고요히 거기 있는데, 그곳에서 벌어지는 사건과 사람들이 빚어내는 관계, 전쟁, 역사, 예술의 이야기는 일본 목판화 우키요에처럼 생생한 색이 넘쳐난다. 우아하고 섬세한 선들이 서로 어우러지고 엇갈리며 드러난다. 삶과 죽음, 기억과 망각, 그리고 사랑. 소설이 담을 수 있는 그 모든 것이 여기 있다.

2016년 8월
공경희

옮긴이 **공경희**

1965년 서울에서 태어나 서울대학교 영문학과를 졸업하고 성균관대학교 번역대학원 겸임교수를 역임했으며 전문 번역가로 일하고 있다. 옮긴 책으로『모리와 함께한 화요일』,『매디슨 카운티의 다리』,『파이 이야기』,『시간의 모래밭』,『침묵의 행성 밖에서』,『천국에서 만난 다섯 사람』,『호밀밭의 파수꾼』,『지킬 박사와 하이드』,『마시멜로 이야기』,『행복한 사람, 타샤 튜더』,『타샤의 집』,『우리는 사랑일까』,『행복의 추구』,『우연한 여행자』,『고양이 오스카』,『눈먼 올빼미』,『이반 오소킨의 인생 여행』등 다수가 있다. 저서로 에세이『아직도 거기, 머물다』가 있다.

해 질 무렵 안개 정원

ⓒ 탄 트완 엥, 2016

초판 1쇄 인쇄일 2016년 9월 6일
초판 1쇄 발행일 2016년 9월 12일

지은이   탄 트완 엥
옮긴이   공경희
펴낸이   정은영
편집   최성휘

펴낸곳   ㈜자음과모음
출판등록   2001년 11월 28일 제2001-000259호
주소   (04083) 서울시 마포구 성지길 54
전화   편집부 (02)324-2347, 경영지원부 (02)325-6047
팩스   편집부 (02)324-2348, 경영지원부 (02)2648-1311
이메일   literature@jamobook.com

ISBN 978-89-544-3192-7 (03830)

이 도서의 국립중앙도서관 출판시도서목록(CIP)은 서지정보유통지원시스템 홈페이지
(http://seoji.nl.go.kr)와 국가자료공동목록시스템(http://www.nl.go.kr/kolisnet)에서
이용하실 수 있습니다.(CIP제어번호: CIP2015028024)